CW01018634

BESTSELLER

Jesús Maeso de la Torre (Úbeda, 1949) estudió magisterio en su ciudad natal y posteriormente se licenció en filosofía e historia en Cádiz. En los últimos años se ha afianzado como uno de los más sólidos valores de la narrativa histórica española con títulos como *La piedra del destino* (2001), *Al-Gazal, el viajero de los dos orientes* (2002), *El Papa Luna* (2002), *Tartessos* (2003), *El auriga de Hispania* (2004), *La profecía del Corán* (2006), *El sello del algebrista* (2007), *El lazo púrpura de Jerusalén* (2008), *La cúpula del mundo* (2010, II Premio CajaGranada de Novela Histórica) y *En una tierra libre* (2011), obras todas ellas que han tenido una amplia repercusión entre la crítica y los lectores. Actualmente reside en Cádiz, donde colabora con diversas publicaciones culturales y se dedica a la investigación y a la creación literaria.

Biblioteca

JESÚS MAESO DE LA TORRE

En una tierra libre

DEBOLS!LLO

Primera edición en Debolsillo: julio, 2012

Printed in Spain – Impreso en España

ISBN: 978-84-9989-790-5 (vol. 686/5)
Depósito legal: B-16245-2012

Compuesto en Fotocomposición 2000, S. A.

Impreso en Barcelona por: blackprint
                          A CPI COMPANY

P 997905

PRIMERA PARTE

TIEMPOS

DE

CODICIA

(1808)

El Perfume de las Princesas

Palacio Real, Madrid, marzo de 1808

La misión que le habían ordenado transcurría con pasmosa lentitud. Pero no importaba. Tenía toda la noche para ejecutarla.

El capitán Figueroa irguió la cabeza como si olfateara algún peligro. Hinchó las fosas nasales y ascendió cautelosamente por las escaleras desiertas del Palacio Real. Su certeza de cumplirla era rotunda; sus movimientos reflejaban seguridad y la expresión de su rostro revelaba una confianza total.

Pero de repente detrás de él sonaron los gritos de los amotinados, los partidarios del príncipe Fernando, que habían tomado Madrid, y se sobresaltó como aguijoneado por un alacrán. Las voces provenían de fuera del palacio. No los esperaba allí, y mucho menos pisándole los talones. Recorrió con sus pupilas dilatadas el gigantesco escenario de piedra blanca, las cristaleras, los salones y las galerías, recelando de presencias intrusas que pudieran dar al traste con su secreto encargo.

Predispuesto a la alarma, escuchó de nuevo una voz atronadora; esta vez procedía del Patio de Armas. El pulso se le paralizó. Aspiró el aire sedoso del Real Sitio, esa mezcla balsámica de alhucema, caoba, azahar y áloe volatilizados que impregnaba las cortinas, los muebles y los tapices del palacio, e intentó tranquilizarse. Aguzó el oído y se serenó al descubrir que en el interior de la residencia real, tal como había previsto, no había nadie más que él.

La custodiaba una dotación de la Guardia Valona, pero estaba apostada en la calle Nueva* para impedir cualquier asalto o expolio de la chusma partidaria del príncipe Fernando. Por exigencia de su superior, el duque de Alcudia, Príncipe de la Paz y Generalísimo de los Reales Ejércitos, don Manuel Godoy, el valido real recién defenestrado, el capitán Figueroa debía ejecutar el servicio más delicado de su trayectoria militar: recuperar las dos joyas más valiosas de la Corona y reemplazarlas por otras falsas. Y no era tarea fácil. Luego debía escabullirse sin ser visto y encontrarse con el contacto del duque —una dama francesa, al parecer—, en un reservado de la Fonda y Mesón de Venecia, en el paseo del Prado, y entregárselas.

Albergaba la esperanza de poder desempeñar su cometido sin contratiempos, pues el día había sido insufrible y estaba cansado y tenso. Aún no se había tropezado con nadie, pero los recientes motines de Aranjuez lo mantenían intranquilo y el corazón se le había encogido con los gritos. El tiempo se comprimía. Debía calmarse y seguir adelante. Era un soldado y no podía abandonar. No tenía otra opción.

«¡Viva el príncipe don Fernando!», oyó. «¡Muera Godoy!»

Al escuchar una retahíla de calificativos degradantes dirigidos hacia su superior, vaciló un instante, pero acto seguido, exhibiendo una serenidad imperturbable, subió los últimos peldaños de la escalinata y se encaminó hacia el ala oeste. Se tenía por un hombre de recursos, y estaba cargado de razones para pensar que realizaría con éxito la tarea que tenía entre manos. Viró hacia la izquierda y alcanzó la puerta de la Sala Amarilla, la predilecta de la reina María Luisa, que enlazaba con las habitaciones privadas de los reyes, ahora enclaustrados en Aranjuez.

Sus perspicaces pupilas atendían a cualquier aparición inoportuna, pero únicamente oía el tictac de los relojes. El rey Carlos IV, cual un Cronos terrenal, había llegado a coleccionar hasta cuatrocientos, como si quisiera controlar todos los instantes de su tediosa existencia.

Introdujo el llavín con determinación, giró el pomo de la

* Calle Bailén en la actualidad.

puerta lentamente y penetró en la silenciosa cámara decorada con tapicerías amarillas. Las cortinas se estremecían mansamente, movidas por una brisa inaudible. La lámpara de cristal que pendía del techo, imitando la cascada de una fuente, estaba apagada, pero las llamas de los candelabros del escritorio parpadeaban.

¿Resultaría suficiente su exigua luz para realizar su cometido de inexperto relojero? Impaciente, fijó las pupilas en los jarrones de porcelana del Buen Retiro, mudos fantasmas de fulgor efímero, luego en el fastuoso escritorio forjado por el ebanista Forestier, y finalmente en su objetivo: el velador que embellecía el centro geométrico de la saleta. Durante unos instantes clavó su mirada en la fastuosa mesita central. Asió uno de los flameros y se dirigió hacia ella con cautela.

El silencio sólo era interrumpido por el punteo del reloj situado encima de la mesa. Para quien no frecuentara aquellas dependencias, ese mueble aparentaba carecer de interés. Pero no se trataba de una simple consola de adorno en madera de cerezo. Sostenida por tres patas de jade verde que representaban quimeras egipcias, encerraba en su interior un espectacular tesoro. Al contemplarla de cerca observó que su tablero sostenía la artística estructura de un reloj de seis manecillas que indicaban no sólo las horas y los minutos, sino también los días del mes, las semanas, los ciclos lunares y los símbolos del zodíaco. Fundido en bronce dorado, poseía una autonomía de una semana; dos celosías laterales permitían la salida del sonido. Su sofisticada técnica y sus inverosímiles mecanismos, diseñados por Jean Démosthene Dugourc, el relojero del malogrado rey francés Luis XVI, constituían el capricho del viejo soberano y la admiración de la corte.

Figueroa se concentró en materializar en su mente todo lo que aquel ingenio horario podía contener. Procuraría comportarse como una hormiga avanzando sobre algodones; su actuación debía ser rápida y calculada. Según las instrucciones, previamente anotadas, paralizaría primero el volante y la espiral del artilugio y neutralizaría inmediatamente después los péndulos de varillas de la máquina. Luego, si llegaba a conseguirlo, acometería lo más exigente de la misión. Acercó la lámpara a la mesita y se secó el sudor de la frente. No sería fácil anular la tirantez del muelle espiral que regía los sutiles engranajes interiores. Oculto a la vista se hallaba firmemente enrollado y tirante en el sentido de giro de las flechas horarias.

Pero Aníbal Figueroa era un hombre impasible y metódico, y tanteó una y otra vez para aflojarlo con el tacto de los dedos. Se proponía detener las ruedas, los piñones y los dientes del autómata. Sólo así tendría a su merced los calibres que marcaban los tiempos y los discos rotativos lunares y del zodíaco, lo que le permitiría disponerlos, sin dilación alguna, según los precisos datos escritos en un papel que guardaba en el bolsillo de la levita. Lo sacó y leyó la enigmática clave que abriría el mueble:

> Seis de julio, martes, seis de la mañana. Año 1782. Cuarto creciente. Signo zodiacal: Cáncer.

El isócrono compás del reloj y el crepitar de las velas le percutían en las sienes mientras intentaba desactivarlo. Le costaba lo indecible conseguir su propósito. Nervioso, resopló por la inesperada dificultad. El péndulo horario oscilaba en el aire con un tictac opresivo e irritante. Con la respiración contenida, accionó una y otra vez el dispositivo de la espira, hasta dañarse los dedos. El muelle no cedía y el reloj seguía su enervante ritmo. No podía dañarlo, pues debía dejarlo como lo había encontrado para no levantar suspicacias. La operación se complicaba.

—¡Maldita sea! —masculló entre dientes.

Jadeó rítmicamente y la sombra de su peluca empolvada, agrandada por el bilioso haz de las velas, se proyectó pavorosa en uno de los tapices. De repente se oyó un sonido silbante, como si la serpentina de metal se hubiera liberado finalmente de su presión.

El tren de sonería y el tictac se paralizaron al unísono.

Se había hecho el silencio en la sala. Figueroa aproximó el papel a la menguada luz y memorizó otra vez las fechas en él escritas: día de la semana, martes; hora, seis de la mañana; mes, julio; año de 1782; huso lunar, cuarto creciente; y signo zodiacal, Cáncer.

Se trataba de los datos astrológicos del nacimiento de la infanta Luisetta, la hija predilecta del rey Carlos, dueño natural de las joyas de la Corona, quien, contraviniendo una costumbre secular de los reyes españoles, se las había regalado en propiedad a su esposa María Luisa tras un parto difícil. Una vez más el dócil monarca había sucumbido ante las presiones de la reina, cuando la tradición impuesta por Felipe II obligaba al monarca a entregarlas en el lecho de muerte al príncipe heredero.

Esos datos, que nadie conocía en la corte, salvo los reyes, su artífice Dugourc y el favorito Godoy, eran la llave que mantenía a buen recaudo las dos alhajas más valiosas de la realeza hispana y las más renombradas del mundo: una perla en forma de perilla y un diamante fastuoso. Hasta aquel momento constituía el secreto mejor guardado de Occidente: nadie sabía dónde eran custodiadas, ni las habían visto jamás en cofre alguno del Palacio Real. Las llamaban «el Perfume de las Princesas», pues cuando las lucían en algún acto atraían como imanes el interés de quienes las contemplaban deslumbrados por su magnificencia.

Con el reloj detenido, el capitán debía acoplar la combinación exacta para acceder a un cajetín oculto bajo el tablero, el cual, según Godoy, atesoraba los dos aderezos por los que matarían banqueros, prestamistas, orfebres y reinas: la Peregrina, una fascinadora perla del tamaño de un huevo; y el Estanque azul, un diamante de dimensiones insólitas y de un azul puro, nítido, sin matices. Juntas valían más de treinta millones de reales de oro. Y en ese momento el capitán las tenía al alcance de la mano. «Una fortuna tentadora», pensó Figueroa.

El oficial de Corps, que permanecía rígido, situó en perfecta conjunción los seis nomon o radios del singular cronógrafo siguiendo los datos anotados en el billete. Las seis manecillas quedaron debidamente ubicadas según el nacimiento de la infanta. Durante unos desesperantes segundos, aguardó a que algún resorte escondido abriera el mueble, como le había asegurado don Manuel Godoy. Pero nada cedía y comenzó a intranquilizarse. Aquellos instantes le resultaron insoportables y a punto estuvo de golpear con ira el ingenio, pero permaneció inmóvil y, conteniendo la respiración, esperó.

De pronto se oyó un crujido sordo y seco. Un cajoncito, bajo el velador, se abrió deslizándose suavemente.

Figueroa introdujo su mano y palpó una cajita de delicado tacto. La cogió con pavor. ¿Sería un ardid que alertaría a la guardia y lo apresarían irremisiblemente? ¿Era una trampa para ladrones incautos? La abrió lentamente, con estremecimiento.

Se trataba de una caja china de carey con dragones y lotos estampados y un extraño dios pagano con el cuerpo cubierto de ojos sin párpados. «¿Quién será esta deidad tan espantosa?», se preguntó. El estuche contenía otras dos cajitas idénticas encajadas una dentro de la otra. En la de menor tamaño se ocultaba un envoltorio afelpado. Lo alzó y lo expuso al fulgor de las velas. Estaba encandilado. De repente las joyas se deslizaron de su envoltorio y un deslumbrante centelleo relampagueó ante sus ojos. Las lágrimas cristalinas de la araña colgante se llenaron de brillos y la sala se inundó de destellos. Después de culebrear la perla y el diamante en la palma de su mano, Figueroa intentó sosegar los latidos de su corazón desbocado.

—Tengo el Perfume de las Princesas en mi mano —balbució, maravillado.

Había sucumbido ante la perfecta armonía y la deslumbrante belleza de las dos alhajas. Sus brillos irisados y la cascada inagotable de sus tonalidades variaban como en un calidoscopio.

La perla estaba rodeada por una cadeneta de ópalo lechoso que al contacto con la luz irradiaba la totalidad de los colores del arco iris. «Un tesoro que provocaría la envidia del mismísimo Napoleón, del zar de las Rusias, o del sultán mameluco de El Cairo —pensó—. Fascinante, perfecta.» La perla de mayor valor de la Tierra poseía el grosor del pomo de una espada y la forma de una pera. Sin vetas ni imperfecciones, encastrada en una montura de oro pavonado, lucía una tonalidad de blanca niebla. La designaban la Peregrina, y también la Lágrima de Panamá, pues había sido el alguacil mayor de esa colonia americana, don Diego de Tebes, quien la había traído a Sevilla en 1580, después de buscar durante años un ejemplar único que lo hiciera rico, en las profundidades del golfo de Paria, en los corales de las Bermudas, en los arrecifes de Barbados, en las fabulosas Islas de las Perlas, en Port-au-Prince y en la remota Trinidad, donde los buceadores morían narcotizados por el mal de las simas abisales o atraídos por las traicioneras fosforescencias del Caribe.

Pesaba cincuenta y nueve quilates, según el escribano del Consejo de Indias, y le fue comprada por nueve mil ducados, para ofrendársela luego a Su Majestad el Rey Prudente, Felipe II. Su rutilante esplendor había resbalado por los escotes de las soberanas de España, hasta ser lucida por su última poseedora, la lasciva e intrigante María Luisa de Parma. «Cuánta lujuria, sexo e impudicia habrán sembrado la coquetería y astucia de las reinas con estos aderezos», pensó, examinándola.

Pero antes de proseguir debía verificar si era la auténtica. Don Manuel le había explicado cómo hacerlo. Colocó la perla oblicuamente respecto a las velas. Un signo muy peculiar, secreto y exclusivamente reconocible con cierta tonalidad luminosa surgió entonces entre la penumbra. Aquella extraordinaria perla contenía dentro de sí otras más pequeñas, en un fantástico laberinto que concluía con la imagen de una perla diminuta. Figueroa se quedó boquiabierto ante el espectáculo.

—Sorprendente. Qué belleza tan asombrosa… —murmuró, atónito, antojándosele tan hermosas como inalcanzables para él.

Dirigió después su mirada hacia el diamante, el Estanque azul, que, ajustado en un chatón cuadrado de plata, resplandecía en su transparente esplendor. Cuajado de diminutos brillantes, topacios, rubíes y zafiros, pertenecía a la leyenda de los tesoros de las grandes cortes europeas. El verde oliva del crisoberilo se volvió cobrizo al contacto con la luz y los pequeños zafiros adquirieron una tonalidad anaranjada y violeta que magnetizaba. Procedente de las minas de Bihar, en la India, había sido adquirido por Felipe II, en Flandes, al mercader Carlo Affettato. Exhibido por vez primera por la reina Isabel Clara Eugenia el día de su entrada triunfal en Toledo, con el correr de los años había subyugado a las mesalinas coronadas de los Austrias y los Borbones.

El capitán Aníbal Figueroa, rendido ante tan selecta exquisitez y los centelleantes destellos de colores que desprendían las joyas, creía vivir un ensueño. Por un momento extravió la noción del tiempo. Las deslizaba delicadamente entre sus manos, una y otra vez, hasta que las depositó en una bolsita de terciopelo *frappé* que ocultó en el bolsillo interior de la casaca. A continuación sacó de su chaleco dos joyas asombrosamente análogas a las que había sustraído. Sólo un joyero o un tasador muy experto habrían podido diferenciarlas de las auténticas. Sin embargo, juntas apenas si valían tres mil reales. Habían sido talladas por un orfebre de la plaza Mayor de Madrid. Engastadas a semejanza de las auténticas, la falsa Peregrina era una perla de las llamadas de cultivo de Haití, de escaso valor pero de intenso color de oriente; y el supuesto diamante no era sino un vulgar cristal de Sudán de mínima tasación pero de apariencia refulgente. La insidiosa María Luisa las había usado en más de un baile o recepción, dispersando fascinación a su alrededor, y nadie se había percatado del engaño. Figueroa sustituyó con calma las auténticas por las imitaciones y volvió a colocar las seis manecillas del reloj donde correspondía, según la hora exacta, que miró en su reloj de bolsillo. Enrolló de nuevo la espiral y le dio cuerda. El ritmo del tictac volvió a adueñarse de la atmósfera cálida de la Sala Amarilla.

Cerró con el llavín la cámara privada, pero por seguridad permaneció unos segundos inmóvil junto a la puerta. Luego se escabulló con diligencia por los desiertos corredores con el propósito de alcanzar la Armería y desaparecer por el Campo del Moro, como tenía previsto. Pero cuál no sería su sorpresa cuando oyó las voces airadas de los partidarios del príncipe Fernando: habían tomado el palacio, recorrían sus estancias y pasillos y, para su disgusto, al parecer habían alcanzado la cercana Sala de Alabarderos. El oficial se detuvo. «Si me descubren, soy hombre muerto y la misión se irá al diablo. ¡Por todas las Furias!», protestó para sus adentros.

«¡Muerte al perro Choricero* y a sus secuaces!», gritaban unos. «¡España por Fernando VII!», respondían otros.

Figueroa decidió cambiar de rumbo y se movió sigiloso de salón en salón, como un ladrón en la noche. Penetró en la Sala Gasparini, donde los reyes solían cenar, y sintió cierto temor ante los colosales cuadros de *La Rendición de Breda*, *La fragua de Vulcano*, y el retrato del hierático Felipe IV, que con su mirada vacua parecía reprenderlo. Luego se escurrió hasta la Sala de Música, donde don Carlos solía mortificar a sus invitados haciendo chirriar los Stradivarius que la embellecían.

---

* Nombre con el que el pueblo conocía al ministro favorito Godoy.

—Debo variar el camino de huida —musitó—. Saldré por la Real Farmacia.

Las dudas lo atormentaban, y con los nervios optó por la peor de las posibilidades. A pesar de conocer la residencia regia como su propia casa, aquella noche se sentía acobardado por la presencia de los exaltados partidarios del sublevado Príncipe de Asturias, que se había proclamado rey. Se dijo que la cromática monumentalidad de las estancias, cubiertas de sombras, lo ayudaría a escapar. Aún no había salido el sol y los flameros dividían las estancias en dos ambientes: el iluminado por su limitada claridad y el sumido en la oscuridad más absoluta. Y en esta última se refugió. Según las órdenes recibidas, si era descubierto, o si sospechaba que lo seguían, debía sembrar la confusión y ocultar las pedrerías en un lugar seguro de palacio.

Pero ya era demasiado tarde.

De súbito se detuvo y entrecerró los ojos en la opacidad de la penumbra. No estaba solo. Notaba una respiración entrecortada en su nuca. El vuelo de un hábito o de un vestido femenino arañaba el suelo. Alarmado, se volvió muy despacio, con la mano en la pistola cebada. Sus expectativas podían irse al traste con una indeseada aparición. Su expresión, habitualmente recia y marcial, se descompuso. En medio de la densa oscuridad flotaba un rostro anónimo.

Quiso huir, pero la alarmante presencia lo dejó petrificado.

La imagen de porcelana

—¿Quién va? —retumbó una voz hosca a sus espaldas.

El desconocido que había surgido de la oscuridad poseía ojos de batracio y destacaba por la palidez de su figura. Detectó que era un clérigo, pero sólo podía distinguir su pelo desgreñado y sus hombros caídos. Al colocarse frente a una lámpara, Figueroa reconoció el semblante afeminado y la mirada ladina del confesor del príncipe rebelde, fray Cirilo, quien se agarraba con las dos manos a su hábito de tafetán morado y lo miraba con expresión de sorpresa y recelo.

—¿No me conocéis, padre? —balbució el soldado.

Mezcla de confusión y alarma, el sacerdote lo escrutó inquisitoriamente y cabeceó. Abandonó la rigidez de sus gestos y, evitando mirarle a los ojos, esbozó un gesto de asentimiento. Sabía quién era, y su imprevista aparición lo contrarió. Figueroa pasaba por ser un soldado disciplinado, capitán de la Guardia de Corps, pero también uno de los secretarios del detestable Godoy, ahora preso. A Figueroa nunca le había gustado aquel capellán, demasiado embarullador y despreciativo en el trato con el rey Carlos, un monarca bobalicón y bondadoso, incapaz de matar a una mosca y menos aún de gobernar un imperio.

—¡Capitán Figueroa! —exclamó el fraile alzando sus pobladas cejas—. No os había reconocido sin uniforme —explicó con su sonrisa viscosa—. Habéis escogido un mal momento para deambular por esta real casa. Sois el ayudante de Godoy, que a estas horas se halla encarcelado en el castillo de Villaviciosa por imposición de don Fernando VII, nuevo soberano de las Españas. Después de caer en desgracia vuestro general, ese honor podría costaros la vida.

—No obedezco órdenes de don Manuel Godoy, *pater*. Estoy aquí por un encargo personal de Su Majestad, don Carlos IV —mintió con aplomo.

El fraile, más irritado que turbado, ironizó con uno de sus comentarios venenosos.

—¡Ah, entiendo! Con ese paletó,* la camisa y las botas de montar os asemejáis más a un cochero que a un soldado. ¿Sabéis que ahora don Fernando es el rey legítimo de España por abdicación de su padre?

—Es posible que el heredero reine por poco tiempo —lo cortó Figueroa desabridamente—. Los franceses ocupan el país. El general Murat, lugarteniente de Napoleón, espera en Aranda con doscientos mil hombres, dispuesto a caer sobre Madrid. Hoy todo puede resultar efímero.

Fray Cirilo no se sentía complacido. No encontraba respuesta a aquella enigmática aparición.

—¿Y qué os ha traído a palacio a estas horas tan intempestivas? —preguntó, intrigado.

El capitán notó que el nerviosismo se apoderaba de él, pero se recompuso.

—Asuntos de interés para la seguridad del reino, padre. Su Majestad, don Carlos, me ha enviado para velar por la integridad de unos documentos importantes de la Cancillería Real y también para comprobar que su despacho queda clausurado y vigilado por los alabarderos —volvió a mentir.

La respuesta suscitó un torrente de dudas en el clérigo.

—Aquí no sufrirán menoscabo alguno. No se permitirán saqueos, señor. La Guardia Valona, fiel a don Fernando, su nuevo rey y señor, lo impedirá a quien lo intente. Quedaos tranquilo.

«Antes confiaría en un reptil del desierto», pensó Figueroa para sí.

El oficial, que sabía de la fidelidad del clérigo al tortuoso príncipe golpista don Fernando, ocultó sus verdaderas intencio-

* Gabán largo y entallado.

nes, aunque se sonrojó visiblemente. Deseaba ganar tiempo y huir cuanto antes. El eclesiástico bien podía delatarlo a sus partidarios, cuyas voces resonaban en los corredores del Salón de Columnas.

Aquella compañía imprevista lo incomodaba y podía dar al traste con su misión. Por eso determinó mostrar tranquilidad y comentar los recientes motines de Aranjuez para congraciarse con él, pues lo sabía defensor de la unión del trono y la cruz y del absolutismo real. Unos minutos más no pondrían en peligro su servicio. Comenzó a hablar atropelladamente, sin reflexionar apenas sobre sus palabras, confuso e incoherente, pues le urgía concluir su cometido antes de que fuera demasiado tarde. El sudor comenzó a deslizarse por sus largas patillas hasta las chorreras de la impecable camisa.

«Este hombre miente. ¿Qué misión tan urgente lo inquieta? Parece trastornado por una tarea incómoda. ¿De qué se tratará?», se preguntó el abate.

Una corriente de suspicacia se abría entre el soldado y el fraile.

—¿Estáis al tanto entonces de los graves sucesos de Aranjuez?

—Sí, capitán, el pueblo estaba harto de las excentricidades de vuestro superior Godoy. Únicamente don Fernando, hombre enviado por la Providencia, podrá detener esta debacle de laicismo, caos y herejía revolucionaria que se nos viene encima. El levantamiento ha sido la voz del pueblo reclamando firmeza y seguridad.

—No os equivoquéis, padre. Nadie ignora que esas turbas que se amotinaron hace unos días en el Real Sitio estaban manipuladas por los partidarios de don Fernando. Hasta *La Gaceta de Madrid* lo ha publicado. Todo Madrid sabe que el conde de Montijo, a quien los sublevados llaman el «tío Pedro», reclutó a vagabundos, soldados de fortuna, soplones y la más baja hez de la capital para asaltar el palacio. Creo que nuestro Príncipe de Asturias se ha precipitado en levantarse contra su señor natural y ha conculcado el precepto bíblico de no alzar la mano contra el propio padre.

—Dicen —replicó, airado, el clérigo— que han obrado así porque Godoy, en connivencia con Bonaparte, quería llevarse a los reyes a Cádiz para embarcarlos luego a América.

Figueroa agitó exasperado la cabeza, negándolo.

—¡Eso es falso! —soltó el oficial—. Nunca pasó por la cabeza de don Manuel, os lo aseguro; el mismo rey Carlos en su proclama aseguró que era una invención maliciosa. Los revoltosos, alentados por el aguardiente y por los agentes pagados, fueron derechos al palacio del Generalísimo.* Por las ventas y tabernas se veían majos de San Bernardo, lacayos del Príncipe, pendencieros de la Cava Baja, chisperos del Barquillo, curas de San Antón, y mucha servidumbre de los poderosos. El pueblo llano no participó.

—Creía que había sido un acto espontáneo —replicó el cura.

—¡Las onzas de oro corrían de bolsillo en bolsillo, padre! Alzando gritos de «¡Viva don Fernando!» y «¡Muera don Manuel!», enarbolaron antorchas, facas y arcabuces, y fueron por su cabeza para clavarla en una pica. Allanaron el portón y expoliaron el palacio del señor duque con brutalidad. Había que aplastar al ídolo caído en desgracia, costumbre muy española. Volaron por los aires vajillas, candelabros, cortinajes, cuadros y tapices en llamas. Y al fin los amotinados lograron lo que pretendían: la caída de Godoy y la abdicación del rey en su hijo.

—Pero don Manuel salvó la vida. Cristo sea alabado —falseó el fraile.

—Fue un milagro, creedme. El Generalísimo apareció al día siguiente en la puerta de su devastado palacio, en camisa, demacrado, y a merced del populacho. Uno de sus sirvientes lo había ocultado en una buhardilla, tras unas esteras. La plebe quiso lincharlo y colgarlo de un árbol, pero la Guardia Real lo protegió y lo llevó entre sus arzones al cuartel y luego en presencia de los reyes, que lloraron amargamente su desgracia. Ha sido un golpe de Estado de graves consecuencias para la nación. He llegado a Madrid y he visto que su casa también ha sido asaltada. ¡Chusma incontrolada! Hoy mismo vuelvo a mi regimiento. He de informar a Su Majestad, al que aún considero mi soberano y señor.

Sin acusarlo ni exculparlo por sus palabras, el sacerdote, como si dudara de la respetabilidad del soldado, opinó:

—La morralla se deja manipular y es imprevisible y mudable, hijo mío. Pero don Fernando la apaciguará —afirmó con evangé-

* Manuel Godoy, Generalísimo de los Reales Ejércitos.

lica mansedumbre—. Dios está probando al cristianísimo pueblo español.

El capitán percibía intensamente falsedad y lo escrutó con un desprecio mal disimulado. Pero no podía abandonar. Fingiría. «Si esa insolente aberración de la naturaleza se mantiene en el trono, será la ruina de España», caviló.

—Bien, padre, confiemos en el Príncipe, pero os ruego que no mencionéis a nadie nuestro encuentro. He de partir para Aranjuez sin demora.

El sacerdote tiró de su brazo y lo detuvo con sospechoso gesto.

—¿Ahora? ¿Con esos incontrolados en el Patio de Armas buscando adictos de Godoy? Esperad a que se vayan. Ocultaos mientras tanto en la capilla. Allí no os buscarán —le aconsejó con provocativa frialdad—. Yo os avisaré cuando vea el campo despejado, y entonces podréis abandonar el palacio sin contratiempos. Confiad en mí, capitán.

Por un momento pensó en seguir su sugerencia, pero era una simulación para salir del paso. Había advertido en las pupilas del fraile una chispa de traición y un odio inconsciente. El sagaz religioso también atisbó un halo de apremio en el capitán, como si ocultara un secreto inconfesable. Debía descubrir el extraño empeño que lo había llevado hasta allí y necesitaba ganar tiempo. Sin intercambiar palabra alguna, se separaron. Pero Figueroa, anticlerical y escéptico, no creía en las palabras del sacerdote. Esperaría unos momentos en la Capilla Real y se esfumaría después.

Arrastró las botas por las losas frías de la planta elíptica del oratorio, erigido por un viejo conocido suyo, el arquitecto Ventura Rodríguez,* con el que había mantenido una recia amistad en La Matritense, la logia masónica de Madrid. Inquieto, miró hacia la cúpula, donde las figuras parecían espiarlo, animadas por las llamas rojizas de los cirios. Los lugares sagrados lo amedrentaban, y todos sus fantasmas se reencarnaron de improviso. Le pareció indecoroso acomodarse en los sillones reales y, agotado, se apoyó en una de las columnas negras que sostenían el templo. Se recomendó paciencia y se aferró al silencio.

---

* Arquitecto y ejecutor de la Capilla Real.

La luna seguía vagando en el oscuro firmamento, coronada por un resplandor intenso que diluía las nubecillas.

Durante un rato no percibió más sonido que el chisporroteo de la candela del santísimo. El sacro lugar emanaba calma, intimidad y sosiego. Figueroa contemplaba extasiado cómo el humo de las lamparillas desdibujaba las esculturas de los altares. Mientras pensaba en el modo de huir, prestó atención a las figuras del arcángel san Miguel y de la Anunciación de Mengs, pinturas muy veneradas por los reyes. Inesperadamente escuchó vozarrones desentonados por las galerías contiguas a las Salas de los Tapices y de los Espejos: «¡Afuera los chorizos del Favorito! ¡Queremos la cabeza de Godoy y de sus esbirros!». Su corazón se aceleró y sintió la excitación de la supervivencia en sus entrañas.

«Ese fraile odioso los ha alertado. No sólo no abandonan el palacio, sino que parece que lo están tomando. ¡Y la guardia! —se lamentó—. Si me encuentran con las joyas, mi vida no valdrá ni un real. ¡Dios me ayude!», se dijo. Pero no lo habían cogido desprevenido. Ocultaría las joyas y escaparía.

Una imagen sagrada de la Capilla Real había reclamado su atención durante el corto tiempo de espera. Allí estaba, incomparablemente insólita y bella, tan enigmática, tan insondable, tan extraña. En la contemplación de los detalles de la capilla, su mirada había estado posada un rato en el altar del Evangelio, donde se veneraba la singular talla de un Santo Niño de Cebú con rasgos de Buda, de los que en Madrid llamaban «niños filipinos», pues sus rasgos eran achinados. Salidas de las manos de ceramistas chinos del taller de los padres agustinos, los *sangleses* de Manila, mitad católicos, mitad paganos, intentaban recrear en la misma talla al Niño Dios cristiano y a Zakiamuni infante, el príncipe hindú que con el correr de los años se convertiría en Buda, «el Sabio», el fundador de la religión que contaba con millones de adeptos en Extremo Oriente.

Su brillante tonalidad era de un azul lavanda con tintes blancos y dorados. Sus ojos, de brillante cristal, no se parecían a los de los Niños de la Pasión que plagaban las iglesias europeas, ni a los del Niño Jesús de Praga, con la bola del mundo, ni tampoco a los del Buen Pastor Infante. Se asemejaba más a un Jesús Niño de

Gloria con los brazos abiertos en actitud acogedora. Su desproporcionada cabeza contrastaba con su estilizada y blanquecina desnudez.

Su exquisitez lo había seducido de inmediato. Esas piezas, transportadas por la Compañía de las Indias, eran rarísimas en España y muy costosas; solían arribar a Acapulco en el legendario *Galeón de Manila*. Por un instante pensó que esa insólita figura podía convertirse en su salvación. De un salto, Figueroa se acercó al altar y tomó en sus manos la andrógina escultura, no más grande que la muñeca de una niña. Esperanzado, echó un vistazo a la parte de atrás de la figura y una mueca de disgusto se dibujó en su semblante sudoroso.

—Por vida de Dios. Creí que estaba hueca —masculló.

Instintivamente la puso boca abajo y descubrió que tenía un agujero, del tamaño de un real de plata, cubierto con una vieja gamuza adherida con almidón. Era el lugar por donde las imágenes eran fijadas en un borne para el vaciado, para luego ser cocidas en el horno del alfarero. No existía escondrijo más seguro que aquella talla para ocultar las alhajas, escabullirse y regresar por ellas en el momento más propicio. A nadie se le ocurriría hurgar en aquel lugar sagrado, y menos en las entrañas de una imagen de culto.

Una mueca triunfal agrandó su sonrisa de satisfacción.

—¡Salvadas! —susurró.

Debía darse prisa. Retiró con cuidado el paño que ocultaba la oquedad, de la que cayeron grumos resecos. Extrajo de su bolsillo la escarcela con los dos valiosos aderezos y, tras presionar con vigor, introdujo la bolsita roja en la talla de porcelana. Volvió a tapar el orificio con la gamuza, lo acercó a una de las velas y lo selló de nuevo con la cera derretida.

El Palacio Real se había abismado en un tenebroso silencio.

Figueroa comprendió enseguida sus urgencias. Sus enemigos lo tenían acorralado. En ese momento ya sólo le preocupaba escapar. La oscuridad siempre inspira temor, pero el capitán alivió su miedo observando la luz azafranada de los candelabros que iluminaban tenuemente el laberinto de corredores. Contuvo el aliento. ¿Habría alguien en la oscuridad esperándolo? La expresión de su semblante era inescrutable.

Tragó saliva y la sintió arder en la garganta mientras oía a la turba que buscaba adictos de Godoy para colgarlos de un gancho. Ese ejército de pérfidos y salvajes que apoyaban al conspirador y apóstata Fernando, el instigador de los graves sucesos acaecidos en Aranjuez, no tendría piedad de él, conocido ayudante de campo del valido Godoy, ahora caído en desgracia. Se acercaban a la Capilla Real; prevenidos seguramente por el clérigo.

—Estos fanáticos están dispuestos a arrebatarme la vida y no puedo fallar al duque de Alcudia en estos momentos tan cruciales —murmuró.

Vociferando órdenes, el cabecilla de los insurrectos intentaba reunir a su banda de sediciosos en los corredores del Comedor de Gala. «No son soldados, son demonios pagados por un demente ansioso por perpetuarse en el trono de España por la fuerza», pensó Figueroa. Escapó del oratorio por la puerta de la sacristía y cruzó a grandes zancadas la Sala de los Tapices Azules. Sacó del bolsillo del levitón su pistola, la amartilló y se escabulló por una escalera de servicio que conducía a la Real Farmacia. Desde allí intentaría escapar al exterior.

Estaba a oscuras, sólo unas pocas bujías prestaban un resplandor desmayado a los albarelos, tubos de destilaciones y redomas. Descorrió el cerrojo del portillo lateral y asomó la cabeza con cautela. El silencio glacial le erizó el vello. El paso estaba franco; debía asumir el riesgo. La fortuna le había concedido un respiro; podría darles esquinazo. Se alzó el cuello de la levita e, impulsado por una temeridad asombrosa, salió al exterior.

Pero de repente oyó a sus espaldas voces bruscas y rabiosas y disparos como ojos de fuego que se fundían en la negrura. Lo estaban esperando. Y le habrían volado la cabeza si no se hubiera tirado al suelo instintivamente. Mientras sus perseguidores cebaban los fusiles, su determinación no flaqueó. Debía aprovechar aquellos segundos y correr hasta la Cuesta de San Vicente. Ya hallaría después un lugar seguro donde esconderse.

Se incorporó, pero otra ruidosa descarga sonó a sus espaldas. Al instante, un chorro de sangre caliente le corrió por el cuello, y su corbatín y su pantalón se tiñeron de un color ocre. La sangre le goteaba espalda abajo. Figueroa se detuvo. Sintió que le faltaba el aire y que perdía la conciencia. Ya no podía mostrarse optimista. Las cosas se habían complicado seriamente, pero, anegado de rabia y dolor, siguió adelante, en dirección a San Ginés y a la calle Arenal. En la carrera de San Jerónimo, su silueta tambaleante se perdió entre las medias luces como un borrón que desaparece en la noche. Pero las callejas de Madrid se le antojaban barreras infranqueables; se sentía como si anduviera en un universo flotante.

Estaba exhausto. El recelo le impulsaba a mirar hacia atrás de forma apremiante y percibió los cercanos pasos de sus perseguidores. Para esquivarlos, se coló en el zaguán de una carbonería, donde su vejiga se descargó a su pesar. Tenía que escapar. Su mente maquinaba enloquecida cuando se percató de que el eco de las voces y los ruidos sonaba lejano, confundido con los rumores de la ciudad que se despertaba. Salió afuera con el corazón en la garganta, desfallecido, dando tropezones y asiéndose a las rejas para no caerse de bruces. Cruzó como un borracho entre pesados carros cargados de carbón que avanzaban parsimoniosos por las solitarias calles.

El cielo asumía la tonalidad del ópalo y los tejados relucían como la plata. Espirales de humo salían de las chimeneas, y los faroles de las esquinas exhalaban su rezagada luz ámbar.

Con la repentina claridad del alba, las campanas de un convento tocaron a laudes. Su presencia apenas si fue notada; hubo incluso quien lo tomó por un tarambana que regresaba a su hogar. Al fin, tras algunos rodeos, y después de sortear la cuba de unos aguadores gallegos, alcanzó, jadeante y sudoroso, la puerta trasera de la Fonda y Mesón de Venecia, en la esquina de la calle del Príncipe y el paseo del Prado. Se sentía sin fuerzas, tenía sed y a punto estuvo de derrumbarse.

La posada olía a chocolate, pan con ajo, aguardiente y bizcochos recién horneados. Su dueño, Andrés, un manchego de Ocaña de aspecto vulgar, se sorprendió al ver herido al capitán, hombre principal de la corte, cliente, amigo y, según sus hombres, un estratega temerario.

—¡Por el gallo de la Pasión! —exclamó llevándose una mano a la boca—. ¿Qué os ha ocurrido, señoría? —Corrió a acercarle una silla y a servirle un vaso de cariñena.

—Después te explicaré. Dime, ¿ha preguntado por mí una dama?

—No, señor, la hospedería está hoy muy tranquila.

—Entonces facilítame un recado de tinta y pluma. Debo escribir una nota antes de que sea tarde y mi muerte no sirva para nada.

No se atrevía a confiar el secreto al mesonero, pues dudaba de que lo entendiera. Decidió confesarlo a un hermano muy querido de su logia masónica, al que consideraba su maestro. Pero ¿cómo explicar en unas pocas líneas, y de una manera coherente, el paradero exacto del tesoro y de su terrible fatalidad? Aún conservaba la lucidez, pero no se sentía capaz de describirlo con claridad. Si la carta caía en manos inconvenientes, podía costarle la vida a su receptor, maestro de su hermandad a quien conocía con el nombre cifrado de Galileo. Así que optó por emplear él también su nombre secreto en la masonería, Fidias, y escribir el aviso en clave. Galileo lo entendería, pues acudía asiduamente al Palacio Real y conocía todos sus vericuetos.

La vida se le iba a chorros, no podía esperar a la dama a quien debía entregar las dos joyas. La situación había cambiado. Le quedaban pocos minutos de vida, y él, como soldado, lo sabía. Tenía que poner las alhajas a salvo. Sacando fuerzas de flaqueza, rasgó el rugoso papel y escribió en apresurados y deformes garabatos:

ALGDGADU.* De Fidias, H. M. y C. O. y O. (Hermano Masón y Caballero de Oriente y Occidente) a Galileo S. P. R. S. (Sublime Príncipe del Real Secreto).** Siguiendo las órdenes del Duque, de las que te hablé ayer, abrí la hermética arca de Joannes Demóstenes y vacié sus entrañas. El Perfume de las Princesas ya no aromatiza, pues se halla encerrado en el tabernáculo de Ventura, nuestro hermano. Nada es lo que parece. Buda puede ser Jesucristo y el infante de Belén el príncipe Siddharta Gautama. Por una cadena de circunstancias adversas, hube de salvaguardar el

* A la Gloria del Gran Arquitecto del Universo. Así iniciaban sus mensajes los masónicos.

** En los grados masones, al Caballero le corresponde el grado n.º 15; al Príncipe, el n.º 32.

preciado fruto en su vientre de porcelana. Allí te aguarda presto a ser liberado. Si muero, rescátalas con tu reconocida solvencia y reputación. Emplázalas a buen recaudo y comunícaselo al Duque, si es que tu animosidad hacia su persona así te lo dicta, o al menos ponlas a salvo de los lobos franceses que muy pronto morarán entre sus muros. Sé que harás lo que más convenga a estos reinos y a su supervivencia.

*Vincere aut Mori,**

Que Dios salve mi alma.

Su nariz aguileña había adquirido la afilada lividez de la muerte. La euforia de la misión y la alarma sentida habían quedado atrás. Había fallado y se moría. Sin embargo, a pesar de su fragilidad, consiguió decir con un hilo de voz:

—Entrégaselo en mano al director del Teatro del Príncipe, don Juan Grimaldi. A nadie más, por favor. Lo hallarás en las tertulias de La Cruz de Malta o en el Parnasillo.**

—¿La reunión a la que llaman «la tertulia del trueno»?

—La misma. Toma, para el recadero. —Figueroa, agónico, le entregó una moneda, que se embadurnó de tinta y sangre.

—No os esforcéis, señor. Ya viene de camino un cirujano.

—Mejor un sacerdote que me consuele con el Santo Crisma.

El desangrado y agonizante capitán Figueroa sintió que la vida lo abandonaba. Sus desvaídas pupilas escudriñaron al mesonero con el inquietante matiz del hielo y sus facciones se crisparon con el esfuerzo del espasmo final. Era un hombre acostumbrado al rigor de la batalla, y un soldado jamás se quejaba, pero ahogó un grito de dolor y se desplomó exánime. Exhaló su último suspiro con la cabeza apoyada en las manos del ventero, sin el consuelo de los sacramentos. Su semblante rebelde estaba en paz, como si la muerte le hubiera sido deseable. Andrés le cerró los ojos y le cruzó las manos sobre el pecho ensangrentado. La luz nacarada del amanecer iluminó su cuerpo yermo.

Entretanto se despejaba el día, una neblina gris desdibujaba las

---

* «Vencer o morir», divisa que llevan bordada los Venerables en su mandil de masón.

** Los bajos del Teatro Español del Príncipe eran lugar de reunión de librepensadores y masones.

cúpulas, torres y espadañas de Madrid. El posadero permaneció en silencio mientras el físico certificaba su muerte y lo cubría con una manta. Los ojos se le anegaron en un llanto inconsolable. Ajeno a cuanto le rodeaba, pasó una hora y oyó las campanas que convocaban a misa.

Sin que lo advirtiera, una dama que ocultaba su rostro tras un chal de seda descendió de un coche de caballos en el preciso momento en que un mozo salía de la hospedería con un papel en la mano. Con aire orgulloso, se identificó como una pariente que se había citado con el capitán Figueroa allí mismo, pero al enterarse de la aciaga noticia de su inesperada muerte, que daba al traste con el encargo de verlo vivo y recibir las joyas, su bello rostro se llenó de indignación. Había llegado a la hora convenida, pero el destino había dispuesto que fuera demasiado tarde. Recelosa, con sus hermosos ojos llenos de disgusto, escudriñó al mesonero.

—¿No ha dejado nada el capitán? Debía entregarme una escarcela con unos objetos pertenecientes a la familia —lo instó con afabilidad.

—Nada, señora —respondió él, abatido—. Registrad vos misma sus bolsillos si os queréis convencer.

La desconfiada dama, que tenía un marcado acento francés, hizo unas preguntas precisas al posadero y, con ademán desinhibido, registró sin pudor los fondillos del cadáver. Rebuscó en todos los pliegues, pero no halló lo que buscaba. Bufó de enojo y contrariedad.

—Sólo ha escrito una nota personal de despedida al director del Teatro del Príncipe, aunque antes de eso preguntó por una dama —quiso congraciarse el posadero.

—¿Una nota, decís? ¡No me interesa! Pero si le habéis robado algo, acabaréis pendido de una soga. ¿Lo sabéis? La mentira se convertirá en vuestra perdición —lo amenazó intimidándolo con los ojos encendidos.

—¡Señora! Soy un cristiano honrado y cabal, y el capitán don Aníbal Figueroa era mi amigo —protestó—. ¡Por Dios bendito!

—Excusadme, su muerte me ha alterado —se disculpó la dama fingiendo dolor—. ¡Pobre primo Aníbal! Siempre vivió rodeado de peligros.

El tabernero no entendía qué buscaba aquella mujer, pero era evidente que no pretendía desvalijar al capitán, pues vestía y se adornaba como una dama acaudalada y además aseguraba ser su pariente. Los bolsillos de Figueroa contenían un reloj partido, varias monedas de plata, un pañuelo ensangrentado, un papel con unos números ininteligibles, una tabaquera, una cajita de rapé y un llavín dorado.

La mujer le palpó también las botas y, tras componer un gesto de irritación, regaló los objetos del militar al ventero, quien agradeció la generosidad de la aristócrata y dio por buenas su identidad, sus impertinencias y sus incorrectas búsquedas. ¿Acaso no había preguntado Figueroa por una señora que recalaría en el mesón? Aun así, todo le parecía muy extraño.

—Avisaré a la familia y los amigos para que se hagan cargo del cadáver —dijo, dolida—. Tendrá un entierro digno, conforme a su rango.

—Descanse en paz. Vivimos tiempos de aflicción —gruñó el mesonero.

Al despedirse, se percibió el roce del vestido contra el suelo y un perfume de rosas inundó el aire. La mujer ahogó un gesto de incomodidad y desapareció con presteza, para no ser notada por los carreteros que comenzaban a llegar a la taberna a por su ración de aguardiente y pan con ajo. Dentro de la calesa esperaba a la dama un hombre de tez morena y elegante vestimenta que ocultaba su perfil con el sombrero.

Desaparecieron con la misma rapidez con que se disipan los fantasmas de un sueño.

El Teatro del Príncipe

Madrid, verano de 1808

Las calles de Madrid estaban desiertas y silenciosas.

Por encima del horizonte, el sol avanzaba por un cielo sin nubes e iluminaba en su carrera los tejados de la Villa y Corte. La luz penetraba hasta en los rincones más escondidos, revelando sus secretos e incluso los rostros de ira de los invasores y las lágrimas mal contenidas de los madrileños.

Sumida en un estado de abandono, Madrid había sido barrida por el vendaval de la represión francesa.

El aire estaba enrarecido y el mutismo de los cementerios pesaba en los corazones. Se habían suspendido las óperas en los jardines del Buen Retiro, la feria de Santiago el Verde en el Manzanares y las comedias en el Teatro del Príncipe. En el doliente escenario de Madrid se estaba representando el descrédito de los Borbones y la ocupación napoleónica de España. Crespones negros engalanaban la capital mártir desde las matanzas de primeros de mayo. El negro y el rojo, los colores de la tragedia.

El lunes 2 de mayo de 1808 jamás se olvidaría en Madrid.

La sangrienta represión de los granaderos franceses, unos perros infames, había sido estremecedora; la capital se había convertido en la llanura de Armagedón. Fue el Día del Furor.

La madrugada anterior había llovido y las calles estaban embarradas. Un confuso rumor llenaba la urbe de miedos. El ejército de ocupación había acampado en Madrid como si fuera su legítimo propietario. Pero ante la amenaza de los franceses de llevarse al infante don Francisco de Paula, los paisanos reaccionaron con valor repentino e inesperado. Y lo hicieron con un ímpetu valeroso, como un solo hombre.

Los gritos de «¡Muera el invasor, muera el francés!» recorrían las calles como un torrente.

Crearon de la nada un ejército espontáneo de resistencia que se opuso ferozmente a la horda napoleónica. Nació cerca del Palacio Real y se extendió a las calles Mayor, Alcalá y Montera. ¿Cómo borrar de la memoria la desesperada rebeldía de los héroes de la Puerta del Sol o del parque de artillería de Monleón? Sin armas, sin un líder que los guiara.

Sólo con las espadas de sus corazones indomables se enfrentaron en sangriento combate a la caballería polaca del general Caulaincourt, a las brigadas de Dufort y Lefranc, a los dragones de Privé y a los alfanjes mamelucos. De los patios de vecinos salían hombres, mujeres, niños, armados con palos, navajas, horcas, y gritando «¡Mueran los gabachos!». La lucha se prolongó durante horas hasta que la artillería francesa barrió de metralla las plazas y las calles.

Aquel día el cielo brillaba como el azul cobalto y el suelo empedrado atronaba con el estruendo de las ruedas de las cureñas, las detonaciones de los fusiles y el estrépito de los cascos de las caballerías. La razón de los madrileños se revelaba contra el azote del dios napoleónico. En plena refriega, los capitanes Luis Daoíz y Pedro Velarde arrancaron del polvo de la ira un ejército de paisanos, chulapos, mozos de cuerda, arrieros y escribientes que, en un alarde de valentía, rabia y terquedad, hicieron frente al ejército francés, triunfante en los campos de Europa. La sangre hervía en las venas de los insumisos, gentes sencillas, rodeadas por pelotones de coraceros, que, lejos de amedrentarse, sacaban pecho y sajaban sin miedo los vientres de las caballerías.

¿Por qué la injusticia despierta a los valerosos y a los espíritus libres? Quizá porque el pueblo español nunca se había mostrado sumiso ante la intrusión.

Debían saberlo.

La Junta General quiso restablecer la paz, pero Joaquín Murat, duque de Berg y Clèves y general en jefe de las tropas francesas en España, temeroso ante una rebeldía que no esperaba, sació su sed de venganza reprimiendo brutalmente el levantamiento con el fusilamiento de cientos de madrileños. El gran Murat, amparado por la fatua suficiencia del poderoso, acabó con la insurrección de la forma más cobarde: matando inocentes: «La sangre francesa derramada clama venganza. Todos los apresados serán fusilados», proclamaba el bando.

Murat había devorado a dentelladas la vida de los patriotas del barrio de las Maravillas. Los ajustició en la noche del Siniestro Exterminio en las huertas del Príncipe Pío y en las tapias del Retiro, donde abrían sus pecheras a la fusilería del conquistador, que sonaba seca y vergonzante. Los franceses habían cercenado el levantamiento a degüello, sin piedad, manchando los paredones de un rojo caliente y llenando la ciudad de cadáveres y de víctimas gemebundas. Pero de aquel llanto contenido nació un clamor popular que se extendió por la vieja piel de toro. Los franceses lo ignoraban. Estaban labrando el principio del fin del invicto Napoleón.

Se había iniciado la más sombría de las miserias: la guerra.

Los días y las semanas transcurrieron lánguidas y desoladoras a pesar del color añil del cielo y del perfume que exhalaban los huertos de la Victoria y los jardines de Medinaceli. Los ciudadanos apenas si se dejaban ver por la Carrera de los Jerónimos, la Mariblanca, las aceras del Buen Suceso o la plaza de la Casa de la Villa, la infausta escenografía de la carnicería. El mercado de la Cebada estaba casi desierto de vendedores, aguadores y cigarreras, y las tabernas se habían convertido en lugares donde debatir y conspirar. Los balcones eran observatorios para espiar los movimientos de los franceses en la iglesia de Aragón o en sus idas y venidas con las majas del barrio de San Blas. El acoso no cesaba, como tampoco el saqueo de los ocupantes. Madrid vivía un verano de anticipados horrores.

Nada quedaba ya de la que fuera la corte más alegre de Europa.

Juan Grimaldi, director del Teatro del Príncipe y venerable maestro de la logia masónica La Matritense, salió de su casa y avizoró a uno y otro lado, como si recelara de algún peligro. Siguiendo su costumbre diaria, recorrió a pie el tramo que separaba su casa, en la calle del Barquillo, de la reunión del café La Cruz de Malta, o «la tertulia del trueno», como la llamaban los castizos por su índole liberal y masónica, y por ser el primero y único lugar de la capital donde se podía leer *L'Ami du Peuple*, el periódico revolucionario de París.

Caminaba cabizbajo, como sumido en una insondable deliberación, pero de vez en cuando se volvía para cerciorarse de que no lo seguían. Tras la muerte de Figueroa, su miedo era real. Hacía días que no percibía el encanto de las mil insinuaciones para los sentidos que ofrecía la ciudad, y la alarma le producía una singular inquietud. Le resultaba imposible olvidar el semblante de la muerte en las exequias del oficial de Corps Aníbal Figueroa, su perseverante amigo y hermano del Gran Oriente, y sobre todo su enigmática carta, que una vez transcrita le impedía conciliar el sueño.

Después de leerla cien veces, había concluido que el tesoro ocultado por el capitán podía convertirse en una poderosísima arma para la hermandad masónica a la que pertenecía y que vivía sus horas más bajas, dividida, vilipendiada. Él no mantenía ningún lazo de obediencia con el desterrado Godoy, ya a salvo en Francia junto a los reyes, y no valoraba las joyas en términos monetarios, sino de influencia política.

Si las recuperaba, no lo pondría en conocimiento de Godoy, el Duque; las emplearía en otros menesteres más justos e íntimos. Deseaba poseerlas para mediar, para persuadir, para exigir. No obstante, sí se lo confiaría secretamente a su superior, el Venerable Gran Maestro, un anciano de poca vitalidad y cabeza olvidadiza al que aspiraba suceder. Sería su gran secreto, y de ese modo contaría con la poderosa ayuda de la Orden Masónica. Y su candidatura subiría como la espuma.

Sin embargo, entrar en el Palacio Real para recuperarlas se había convertido en una angustiosa esperanza. Lo había intentado de todas las maneras, pero ya no tenía contactos dentro del palacio, tomado por los franceses. Su propósito se dilataría en el tiempo. «Debo tener paciencia. Los tiempos no son propicios, pero allí están seguras. ¿Quién va a imaginarse que se hallan ocultas en la imagen de un Niño Jesús?», se repetía. Todos los intentos habían resultado en vano, pero mantenía la esperanza de lograrlo. Ocupada primero por los partidarios del efímero soberano Fernando VII, ahora en Francia, y luego por Murat, la Capilla Real se había convertido para él en un fortín tan deseado como inaccesible.

Las recepciones oficiales se habían cancelado y, por más que Grimaldi lo intentaba, su compañía de actores no era invitada a actuar ante la nueva corte. Las tentativas de soborno sólo habían servido para despertar sospechas. Protegidas en la suave barriga de porcelana del Niño Jesús Buda, las piedras preciosas más admiradas y deseadas del orbe seguían fuera de su alcance. «Si me invitaran una sola vez a palacio, me haría con ellas. Sólo necesito unos minutos de descuido», pensó con desespero.

Sólo una persona en el mundo conocía ese secreto: él mismo.

Grimaldi era un hombre maduro, obeso, de corta estatura, rasgos aristocráticos, peluca rizada, rostro sonrosado, vientre abultado y vestir elegante de casaca y chapines de charol. Caminaba a paso lento, con afectación teatral y un bastón de caoba con pomo de plata. Su figura emanaba una maravillosa ingenuidad y una inquebrantable fe en sí mismo, incrementada por el uso de un monóculo suspendido de una cadena que usaba con estudiada pose. Pero lo que dominaba sus pensamientos no era la avaricia de hacerse rico, sino la lealtad hacia el hermano masón asesinado y el incumplimiento de su deseo.

La muerte de Figueroa estaba acarreándole serios contratiempos. Días atrás, un desconocido había abordado en la calle a su criada preguntándole sobre las visitas del oficial de Corps a su domicilio. «Señor —le respondió ella, airada—, las visitas que recibe mi señor no son de su incumbencia.» Desde aquel día había advertido que una dama embozada seguía disimuladamente sus pasos, cuando no lo hacía un caballero escurridizo de aspecto extravagante pero distinguido. Una cosa estaba clara: aquellos elegantes desconocidos se conducían por las calles de Madrid con soltura. Aparecían y desaparecían como ánimas y lo tenían escamado. Por eso miraba constantemente con el rabillo del ojo. ¿Habría transgredido la ley? ¿Estaban otras personas al tanto de la misión de Figueroa? ¿Serían agentes de Godoy? ¿Del príncipe usurpador, tal vez?

«Es imposible. Nadie conoce una tilde del mensaje de Figueroa», se decía. Sin embargo intuía que sobre el secreto de Figueroa planeaba una maldición, como si un presagio temible se cerniera sobre su enigmática existencia.

El pavor a sentirse vigilado comenzaba a dominarlo.

Como todas las mañanas, don Juan se disponía a cultivar su entretenimiento preferido: ejercitarse en la elocuencia de las discusiones, criticar el nefasto absolutismo de los Borbones, hablar de los acontecimientos de Bayona, donde los reyes seguían presos, y entregarse con persuasión a la defensa de las ideas ilustradas de Voltaire, del barón de Holbach, de Rousseau y de Diderot, junto a los parroquianos del café, la mayoría de ellos liberales y masones. Había viajado por media Europa con sus actores, hablaba el francés a la perfección, y odiaba al Gran Corso por su rapacidad tanto como a la familia real española, a la que consideraba banal, egoísta y ajena a las miserias del pueblo. «El rey don Carlos, alojado en un mundo de placeres de minueto, sólo atiende a su provecho y ociosidad, pues considera la nación una finca generadora de rentas», solía quejarse.

Una vez en La Cruz de Malta, tras servirle un mozo un oloroso chocolate, don Juan ofreció su tabaquera a la ronda y aspiró por la nariz un poco de tabaco, costumbre a la que también era dado Napoleón. Saludó a los contertulios —militares retirados, poetas, libreros, funcionarios y gacetilleros— y elevó sus palabras por encima del humo de los cigarros y los quinqués.

—¡Esto no es un ejército ocupante; es una plaga, señores! Los ideales de libertad, igualdad y fraternidad prometidos por Napoleón son puro cinismo y sarcasmo. *C'est la guerre.*

—Nuestra nación sigue levantada en armas —aseveró un anciano pulcro y de miembros recios, antiguo coronel del Almirantazgo—. Que se anden con cuidado esos gabachos. En otros tiempos el pueblo español inventó la guerra de guerrillas y ahora sorprende al mundo con la guerra revolucionaria. Los españoles nunca hemos soportado la bota del invasor en el cuello.

—¿Y qué nos cuenta hoy *La Gaceta de Madrid*? —preguntó Grimaldi.

Un letrado covachuelista* del Tesoro le informó, jactancioso:

---

* Así se les llamaba a los secretarios de los ministerios.

—¡Deplorables noticias, don Juan! Napoleón se está comportando con la familia real española como lo que es: un pirata corso sin entrañas. Los está esquilmando con avarienta codicia. Y nuestros príncipes soportan sumisamente las humillaciones y bajezas de su carcelero francés, al que además rinden diaria pleitesía lamiéndole el culo y las botas y entregándole sin pudor la Corona. ¡Indignos Borbones!

—Es deshonroso. Con la sangre que se está derramando aquí…

—Y por lo visto don Fernando ha declarado a Bonaparte su amor sincero y fidelidad, e incluso el deseo de ser adoptado como hijo de Su Majestad Imperial. ¡Bochornoso!

—¡Miserable heredero! Qué forma tan ruin de traicionar a quienes defienden el trono con su vida —sentenció el dueño de la imprenta Alemana, que acto seguido encendió un oloroso habano.

—A veces odiamos aquello que no podemos comprender, y ese príncipe no sabe lo que es la libertad del pueblo —afirmó don Juan.

—Como ya sabéis, ante la debilidad de nuestros monarcas, Bonaparte ha ofrecido la Corona de España y de las Indias a su hermano mayor, José, el rey de Nápoles —dijo el militar—. A cambio de unas bagatelas, la familia real ya le ha jurado fidelidad eterna. ¡Qué vileza, señores!

—Esa decisión sólo recrudecerá más los enfrentamientos —insistió Grimaldi, con el rostro encendido—. El reinado de José Bonaparte se inicia con una mascarada que el pueblo no aceptará ni aunque envíen cien regimientos de dragones para protegerlo.

—Pues no sabéis aún lo mejor, don Juan —intervino, irónico, el funcionario, que jugueteaba con sus anteojos—. Tenemos noticias recientes que ha traído el ministro Cabarrús desde Bayona, del castillo de Marrac, donde están presos.

—¿Peores aún? —El director de escena se resistía a creerlo.

—Don Fernando VII, en un alarde de amor hacia España, ha renunciado a la Corona a cambio de convertirse en rey de Etruria. ¿Qué os parece?

—Qué me va a parecer, que es un cobarde. Iluso príncipe… Cambia el mayor imperio de la historia por una choza en el dulce Arno de Dante. ¿Y qué tocan los reyes en este concierto? ¿Acaso no protestan?

—Lo podéis imaginar. Sólo quieren una renta anual de ocho millones de duros y que los dejen en paz. Carlos y María Luisa se han retirado a un palacio de Compiègne, como prisioneros del emperador. Están acabados.

—¡Mezquinos Borbones! Un corazón innoble rige sus actos.

Sentados en corro, la luz de la montera prestaba a la reunión la tonalidad del marfil. Sin la menor apariencia de emoción, el director preguntó en tono neutro:

—¿Y cómo se produjo esa farsa de la cesión de los derechos dinásticos a Napoleón?

Lo que obtuvo, más que una contestación, fue una réplica cargada de indignación.

—De forma afrentosa. Según palabras del conde de Cabarrús, en la cena que les ofreció Napoleón en el *château* de Marrac de Bayona, don Carlos le transfirió sus derechos sobre España y los españoles como quien renuncia a una minucia. Padre e hijo se pasaban la Corona de uno a otro como quien juega una partida de naipes. ¡Ahora para ti, ahora para mí!

—¡Vergonzoso! —gritó el librero, indignado.

—Ese monarca inútil que nos tocó padecer devoró la cena como si nada le fuera en el envite. Entre plato y plato abastecía de bocaditos selectos al carcamal lujurioso de su esposa, acicalada para la ocasión como un mimo de circo. Y, como es su costumbre, se bebió dos jarras de agua helada y se atiborró de pastelillos de crema. Luego confesó sus pecados a sus capellanes y durmió a pierna suelta, como si el mundo y los sufrimientos de España no fueran con él. ¿Qué os parece, amigos?

—¿Por qué tenemos que sufrir los dislates de ese rey bobo? —espetó Grimaldi.

Un abogado del Consejo Real aspiró de su cigarro, pensativo.

—¿Qué se le puede pedir a un monarca maniático de la puntualidad? —respondió—. A un rey que retaba a sus criados a levantar pesos, que disfrutaba serrando troncos o barnizando muebles y que había cedido las riendas del gobierno al venal Príncipe de la Paz, Godoy, y a la insaciable María Luisa, una mujer lasciva y siniestra… A un rey con los bolsillos llenos de relojes para pasearlos y preservar la precisión de sus maquinarias… Siempre fue el hazmerreír de las cancillerías europeas.

—Pero ¿por qué no se preocupó con igual celo por el bienestar de su pueblo? ¿Y qué me decís de la retahíla de misas que oye al día? Creo que cuatro o cinco.

—Don Carlos IV, entre preces, oficios divinos, cacerías y bromas a lacayos, ha pasado su existencia ajeno a las miserias de sus súbditos —sentenció el covachuelista, que parecía bien enterado—. Ahora comentan que está aprendiendo a tocar el violín y que trae locos a sus maestros vieneses. Napoleón, como burla, que no por deferencia, sigue tratando de rey tanto al padre como al hijo. Mientras les roba la Corona, ellos intercambian insultos cuando se cruzan por los pasillos: «cornudo», «chupaculos», «conspirador», «puta», «monstruo», «pérfido», «ingrato» o «asesino de súbditos inocentes». Un espectáculo denigrante el que están dando.

—Estos reyes de nariz colgante nos han conducido a la ruina. —El director del Teatro del Príncipe movió, afligido, la cabeza.

—El que más me preocupa de toda esta ralea de ineptos es don Fernando. Es un cínico capaz de las más indecentes vilezas y un necio perverso. Ha dado pruebas de que es un enemigo abierto de los cambios. Si algún día llega a reinar en España, lo hará como un feroz rey absolutista. Recordadlo.

—Pues el pueblo lo reclama como si fuera la panacea de los males que nos asolan; lo llama el rey «Deseado» y el «Suspirado». ¡Qué error! No me fío de ese judas; es incapaz de sacrificarse por su nación.

—No toda la culpa es suya, don Juan —le recordó el militar—. Es conocida la fatal influencia que ejerció sobre él su maestro, el canónigo Escoiquiz. Desde que era niño, ese clérigo sembró en el corazón del infante los vientos de la venganza y también las sospechas sobre su concepción y la infidelidad conyugal de su madre. Eso es duro.

—El miedo siempre engendra desconfianza —apuntó Grimaldi.

—Ese eclesiástico hizo del príncipe un ser huraño, cruel y receloso. ¿O acaso los papeles que hallaron en el cuarto del Príncipe de Asturias en la conspiración del Escorial no habían sido redactados por ese capellán? Lo separó en beneficio propio del amor de sus padres e hizo de él un engendro. ¡Una desgracia para él mismo y para el reino!

—¿Aseguráis que ese cura lo corrompió, coronel?

—Lo afirmo sin dudar, pues he sido cortesano de palacio. Escoiquiz se adueñó de su mente y de sus pensamientos. El capellán considera indignos a los reyes por sus costumbres licenciosas, y ha conseguido que el heredero sienta aversión por su lujuriosa madre y odie con toda su alma al favorito Godoy, causante, según él, de las desgracias de España. A ese sacerdote torticero hay que achacar la trama del Escorial y los tumultos de Aranjuez. ¡No me cabe la menor duda!

Grimaldi quiso mostrarse conciliador y repuso con ironía:

—Pues la verdad es que ese canónigo no mintió sobre nuestra fea y presumida reina. Antes que Godoy, a María Luisa le calentaron las sábanas el conde de Teba, lord de Lancaster y luego Pignatelli, el arquitecto predicador. Con tales personajes, ¿cómo no iba a abocarse España a la más espantosa de las hecatombes? De rodillas ante el emperador le han facilitado un salvoconducto para apoderarse de nuestro país y degollar a los españoles con licencia real. Nos aguardan días de aflicción y de sangre.

—Desde hace semanas —el letrado había bajado el tono de su voz y los demás se le acercaron—, Bayona se ha convertido en un cobijo para los espías de las potencias europeas. Savary por Francia y Ricardo Welleslley, el hermano del duque de Wellington, por Inglaterra, no pierden palabra de lo que allí se trata. El duque de San Carlos, el de Santa Fe, el conde de Fuentes y Godoy se arrastran como víboras intentando sacar tajada para el señor al que sirven, don Fernando. Sólo don Pedro Ceballos mantiene la dignidad de la patria con su prudencia.

—No en vano es hermano de la francmasonería —recordó uno.

—Siempre me atrajo ese personaje que proclama no soportar la corte real por odiosa e insoportable. Hay que tener valor para confesarlo abiertamente.

—Yo he tratado a Ceballos —dijo el coronel— y puedo asegurar que hoy por hoy no existe en España ministro de más talento. Conoce varios idiomas y es recibido en todas las cortes de Europa con estima y respeto.

—Lo único que puede achacársele —intervino Grimaldi— es que esté casado con una prima de Godoy; lo lleva como una maldición. Como gran político que es, jamás se sabe si don Pedro viene o va.

Siguió un breve silencio que rompió el letrado escamado.

—Pues habéis de saber —dijo en voz baja— que en Bayona se habla de tratados secretos y de cláusulas infamantes para España que por ahora se ignoran. Los espías de media Europa andan tras ellas como hurones, intentando repartirse los despojos de esta ejemplar nación cuyo destino es sufrir.

—¿Tratados secretos sin conocimiento de la Regencia? —preguntó Grimaldi muy interesado.

—Sí, don Juan. Estipulaciones enigmáticas e inconfesables que harían sonrojar al español más lerdo. No sólo se nos está dando una Constitución impuesta desde Bayona, sino que se están firmando pactos secretos bajo cuerda que algún día, para nuestra vergüenza, se conocerán.

—Entonces esta monarquía estallará deshecha en mil pedazos. ¡Por todas las Furias! Me dejáis sin habla —aseguró Grimaldi—. Qué descrédito para el país, qué inmoralidad la de esos Borbones...

—Pues creedlo, amigo mío. Cabarrús así me lo ha detallado en el ministerio —aseguró el secretario con sinceridad—. Europa no ha conocido jamás mercadeo semejante de un trono tan grande como el nuestro. España puesta en almoneda por unos príncipes ineficaces, como si fuera una ramera de puerto.

—Que Dios salve a esta sufrida tierra regida por políticos nefastos —imploró el empresario teatral.

Inmediatamente pensó en la posibilidad de hacerse con aquellas cláusulas secretas haciendo uso de su influencia y de la poderosa máquina de la francmasonería francesa y española. No tendrían precio. Su sociedad secreta investigaría para conocerlas y sacarlas a la luz. Poseía los resortes para como mínimo intentarlo, y sabía cómo hacerlo. Los tentáculos se extendían por toda Europa. Grimaldi, tras aquella sorprendente revelación, seguía la conversación en la distancia mientras pensaba en los hombres a través de los cuales podría acceder a tan relevantes documentos. De repente alzó la mirada y se puso el monóculo en el ojo derecho.

Un súbito fulgor de sobresalto alertó sus pupilas. Algo no iba bien.

Un hombre alto, ataviado con levita de seda azul y calzas ajustadas, cuya silueta se enmarcaba en el dintel de la puerta, le hacía señas disimuladamente. Se trataba de Isidoro Máiquez, uno de los más celebrados actores de Europa y la gran figura española teatral del momento. El maestro de la declamación e ídolo de las masas, que había actuado en los escenarios de París, Venecia, Nápoles y Viena, era tenido por un héroe popular, pues había intervenido activamente, y en primera línea de batalla, en el levantamiento del 2 de mayo, donde resultó herido.

Hombre de modales exquisitos, refinado y culto, frecuentaba las tertulias liberales de La Cruz de Malta y La Fontana de Oro. En su rostro centelleaba una mirada penetrante. Saludó con su robusta voz a los miembros de la tertulia y luego a don Juan, con el que cruzó un gesto de complicidad. Grimaldi se levantó sobresaltado.

—¿Qué hay, Isidoro? ¿Ocurre algo?

Expuestos a las miradas de los contertulios, se apartaron a un rincón. El semblante del actor no era nada tranquilizador.

—Don Juan, esta mañana, cuando se abrió el teatro para los ensayos, los tramoyistas y escenógrafos advirtieron que las puertas de los camerinos habían sido forzadas y que todo estaba manga por hombro. Los baúles y los arcones habían sido inspeccionados minuciosamente, la orquesta, los muebles de los palcos y las plateas habían sido registrados. Las bambalinas y los bastidores, el guardarropa y los cajones de la contaduría estaban revueltos. Vuestro despacho y el camarín de los libretos habían sido examinados por alguien que sabía lo que buscaba. Sin embargo, no falta ni el gorro de un polichinela. ¿No os parece raro?

A Grimaldi, que había escuchado lo que el intérprete le decía al oído mientras se sobaba la papada con preocupación, la indignación le encasquilló la garganta. Se llevó la mano a la boca y contuvo una exclamación.

—¿Se sabe quiénes han cometido la tropelía, Isidoro? —preguntó por fin dando un manotazo a una mesa.

—Ladrones, no, desde luego. Han rebuscado pero no han robado.

Tras considerar los hechos con la gravedad que demandaba el caso, se despidieron de la tertulia y abandonaron presurosos La Cruz de Malta. Grimaldi estaba persuadido de que el ruin registro del teatro estaba relacionado con las joyas que había escondido su amigo Figueroa, quien se había llevado el secreto a la tumba. Estaba claro que Godoy, exento ahora de poder, y fuera de España, había enviado a unos agentes para que las recuperaran y vivir así un retiro dorado. Sin embargo, él era el depositario del críptico enigma y el único que conocía dónde se encontraban ocultas. Las joyas reales jamás volverían a los bolsillos de la familia real, y mucho menos a los de Godoy. Los detestaba. Sentía no cumplir exactamente los deseos de su amigo asesinado, pero ahora él tenía la sartén por el mango y se sentía extrañamente poderoso aunque las alhajas no estuvieran todavía en sus manos.

La siguiente pregunta del actor estaba cargada de angustia.

—Don Juan, sabéis que os quiero como a un padre. ¿Debemos inquietarnos por algo? ¿Os habéis metido en algún lío con los franceses?

—¿Con los franceses? —Grimaldi rió—. No, Isidoro, hijo. Es algo más complejo y delicado. Estoy en paz con ellos y con Dios. Pero me persigue la promesa hecha a un muerto y la avidez de un Duque corrupto y avaricioso.

El actor esbozó una mueca dubitativa.

—¿Esa promesa concierne al capitán Figueroa, maestro? —inquirió con suspicacia.

Grimaldi entrecerró los ojos.

—¿Cómo lo sabes?

—En esta corte, su muerte fue un delicioso bocado para los rumores.

—Mira, Isidoro, Dios te ha concedido un valioso don: el arte de interpretar la palabra y las pasiones escondidas de los personajes como nadie jamás en este país. Y además te ha otorgado la virtud de la discreción. No sé cuándo, pero un día seré el poseedor del misterio que le costó la vida a Figueroa y la razón por la que han registrado el teatro. Un enigma que ni siquiera puedes imaginar. Espera un tiempo y serás el primero en conocerlo y contemplarlo.

Un silencio incómodo los envolvió, y al poco el actor asintió sorprendido.

—Sé que vivimos una época de miedos y de secretos, pero me preocupáis, don Juan, y temo por vuestra vida. No obstante, aguardaré a que ocurra ese milagro. Un secreto compartido es más llevadero.

Grimaldi suavizó la decepción del actor con un gesto de padre protector. Casi con la voz rota, y sin ocultar su emoción, añadió:

—Tan sólo te diré que lo que ahora te oculto encarna la belleza perfecta. En este momento se halla a salvo de la avidez humana. Inaccesible para cualquier mortal, aguarda plácidamente a que yo la rescate, aunque ignoro cuándo será eso. Sé que te parecerá un rompecabezas absurdo, pero de esa naturaleza es el secreto que me confió Aníbal Figueroa. Lo conoceremos tú y yo. Nadie más. Y te deslumbrará, te lo aseguro.

Cuando se hubo recobrado de la impresión, Isidoro Máiquez se sumió en un enojoso malhumor, mezcla de confusión e inquietud. La información que le escamoteaba su patrón de escena lo había llenado de turbación. ¿Acaso su maestro estaba decidido a satisfacer los caprichos de un loco?

La revelación, por asombrosa, no había sido nada tranquilizadora.

El Intruso

¿No era el rey legítimo de aquella tierra? ¿Acaso no estaba en sus manos el destino, la vida y la muerte de los españoles? Comenzaba el lento y sofocante atardecer de un día de julio de oneroso recuerdo.

Las cálidas temperaturas del estío madrileño habían ascendido bruscamente. Los muros de las casas parecían arrojar fuego y una capa de luz cegadora cubría las piedras de las casas solariegas.

Tras su larga estancia en las provincias del norte, José I Bonaparte había arribado a Madrid para tomar por fin posesión del trono de las Españas. Pero la acogida del pueblo madrileño al monarca impuesto por Napoleón resultó calamitosa, indiferente y hasta despreciativa.

Cien carruajes protegían la carroza de José Bonaparte, que marchaba como un dios inaccesible, envuelto en un halo de magnificencia vacía y de resquemor popular. En el pescante, los generales Merlin, Franceschi-Delonne y el coronel Clermont lo escoltaban hieráticos como gárgolas. En otras provincias lo habían aclamado como un salvador, y en Andalucía la bienvenida había sido clamorosa. ¿Qué ocurría entonces en la capital del reino? ¿A qué se debía esa apática frialdad?

Cinco regimientos galos presentaban armas a ambos lados de la calzada, pero el pueblo no había acudido a recibirlo. Se hallaba solo. Desde la ventanilla, con ojos incrédulos, José I Bonaparte miraba el frío recibimiento.

Sorprendentemente, no había súbditos que lo aclamaran. Las multitudes lo asustaban, pero aquella ingrata indiferencia lo había puesto de mal humor. Envarado tras un muro de respetabilidad, deseó llegar a palacio cuanto antes. ¿No le había asegurado su hermano que los recibirían como libertadores? Aún recordaba las palabras de Su Majestad Imperial: «Están deseosos de liberarse de las cadenas de la religión y de sus amos corruptos. Los españoles anhelan la luz de Francia y tú se la proporcionarás, José».

Se notaba abatido y tan intranquilo como si cabalgara sobre una piedra ardiente. Al salir de Vitoria había abandonado el lecho de su amante, María del Pilar de Acedo, la hermosa condesa de Vado. Entre sus brazos y su deliciosa sensualidad se había sentido inmensamente feliz. Nada le importaron las habladurías de sus generales ni las protestas veladas de su anciano esposo, el burlado don Ortuño, marqués de Montehermoso. Pilar era la dulzura y la gentileza en estado puro, y la corte ya la conocía como la «favorita real».

Pero ahora ante él se abrían paso la desazón, la duda y la inquietud.

Al cruzar la solitaria Puerta de Alcalá, José experimentó un súbito fulgor. Observó con sus ojos color marrón a los grupos de repulsivos mendigos que vociferaban y corrían como posesos a la par de los coraceros, seguramente pagados por el jefe de la policía, el eficiente Barrás. «¿Ya empiezan a desobedecerme? Quizá los madrileños me aguardan en el Palacio de Oriente. Sí, así será», caviló, indignado e incrédulo.

¿No había dictaminado que el buró de propaganda debía desplegar su eficaz maquinaria en la capital y en los pueblos limítrofes para que el recibimiento resultara clamoroso? Por otra parte, el despliegue militar le parecía desproporcionado. «Si el pueblo no me conoce, me detestará más», se dijo. Pero los aledaños del Palacio Real también estaban desiertos, y un calor achicharrante caía a tajo sobre sus mármoles y techumbres. El silencio de la población significaba la primera lección para el nuevo rey. El gran duque de Berg, Marat, su ambicioso cuñado, que deseaba para sí el trono de España, lo recibió en el Patio de la Armería. «¿He de considerarlo un enemigo más? ¿Como la sombra de Napoleón respirando tras mi nuca?», se preguntó José.

El enojo se reflejaba en el rostro del nuevo soberano que había sido coronado por el arzobispo de Burgos como rey de las Españas. ¿Por qué los españoles lo rechazaban si les traía el regalo de la liberal Constitución de Bayona y las ideas ilustradas de la Revolución? ¿No sabían que era una ley más justa y más filantrópica? ¿Por qué sus súbditos lo despreciaban con tan arrogante orgullo? Venía dispuesto a modernizar la nación, a acometer grandes reformas arquitectónicas, a leer a Calderón, Cervantes y Moratín, y a ganarse el afecto de los españoles. Se proponía asistir a corridas de toros y adoptar todas sus costumbres. Por eso le costaba trabajo comprender aquel desaire generalizado.

Lo asistían trescientos mil soldados franceses, con ocho divisiones dirigidas por los prestigiosos generales Victor, Ney, Junot y los húsares de Bessières. Al verlos se sintió más tranquilo.

Los clarines llamaron al silencio, pero entre los mariscales de Francia crecía la inquietud por una revuelta semejante a la del 2 de mayo de 1808. La derrota en Bailén del general Dupont, el «León del Norte», hacía tan sólo un día, escocía en lo más hondo a los nuevos amos franceses, que permanecían alerta ante nuevos motines y disturbios.

Aguardaban a Su Majestad Católica, don José Bonaparte, algunos Grandes de España, siempre al lado del poder y a verlas venir. Habría tiempo para hacerlo caer, en el momento que más conviniera, y llamar a don Fernando para sustituirlo. Pero debían agasajarlo por imposición y acatar el cetro de hierro impuesto por Napoleón.

José sabía que no podía exigir lealtades inmediatas. Esperaría pacientemente hasta ganárselas.

Entró solemne en el Salón del Trono y agradeció la frescura del suntuoso recinto. Era un lugar diseñado por el absolutismo Borbón para sojuzgar a quien penetraba en él con insolencia. Como él. Las banderas amarillo damasco y rojo bermellón y el gonfalón blanco con la cruz de San Andrés se asentaban en los trípodes de oro, junto a los leones traídos de Italia por Velázquez.

Sus nuevos ministros, escogidos entre la Asamblea de Notables de Bayona y de algunos círculos francmasones, lo recibieron con fría afabilidad. Allí estaban, circunspectos, Urquijo, los duques del Infantado, Híjar, San Carlos y Cabarrús, O'Farril y Miguel de

Azanza, duque de Santa Fe, y, cómo no, el insustituible, talentoso y refinado don Pedro Ceballos, que había aceptado la cartera de Asuntos Extranjeros. Ningún rey podía prescindir de tan enigmático y perspicaz personaje. ¿O acaso el diplomático no había ayudado al inquisidor Llorente y a Urquijo a redactar la Constitución de Bayona y contentar a todos? Por algo en la corte lo llamaban don Pedro «el Indispensable».

Se mostraron obsequiosos al besarle la mano y le rindieron pleitesía en nombre de la nación. Eran los hombres ideales para emprender su política de renovación del país. Los guiaba la buena fe de unas reformas necesarias para España. ¿Pero las sostendría alguien? ¿Las bendeciría la Iglesia? La tarea de imponer ideas revolucionarias en un país tan atrasado, tan supersticiosamente religioso y tan altivo… una regencia ilustrada al estilo francés, considerada herética por la Iglesia de Roma, podía estar condenada al fracaso. Andaría con pies de plomo.

José Bonaparte, abrumado ante tan adversa situación, abandonó sus nefastos pensamientos y envió desde el trono una mirada de auxilio, como si un amargo presentimiento agitara su corazón. «No soy querido en este país. Lo sé. ¿Es eso lo que deseáis transmitirme? ¿Sabe mi hermano en la trampa que me ha metido?»

José parecía un hombre experimentado para gobernar, con la madurez propia de sus cuarenta años. Bajo el dosel tenía la apariencia de un emperador romano. Era alto, bien parecido y estaba dotado de un porte majestuoso que ya lo quisiera para sí su hermano Napoleón. Sin embargo, su parpadeo continuo daba a entender un carácter titubeante e irresoluto. La maledicencia popular y la propaganda patriótica habían comenzado a achacarle una inclinación excesiva hacia el vino, y en Burgos había oído una coplilla injusta y falsa: «Cada cual tiene su suerte, y tú, Pepito, serás borracho hasta la muerte». Estaban equivocados. Su gran pasión eran las mujeres elegantes y hermosas. Jamás se le había visto en estado ebrio.

No entendía la intriga y el doble juego político de Su Majestad Imperial, que únicamente quería a España para que le sirviera de parapeto ante Inglaterra, lo que lo hacía blanco de las críticas de sus ministros. José, en cambio, había comenzado a hablar en castellano y a asistir a oficios sagrados y a fiestas populares, como un español más. Pronto los comprendería, y el pueblo que hoy lo rechazaba, lo aceptaría. Licenciado en leyes por Pisa, diplomático durante la Revolución, rey de las Dos Sicilias y de Nápoles desde hacía dos años, y ahora soberano de un viejo imperio... todos esos títulos no le aportaban ninguna serenidad de ánimo.

A pesar de hallarse escoltado por cuatro mariscales de Francia —Joaquín Murat, Jean Baptiste Bessières, el curtido Soult y el eficiente Suchet—, desconfiaba de su futuro. Pensaba hacer cumplir la Constitución aprobada en Bayona, la que dividía al país en provincias y lo convertía en una monarquía constitucional regida bajo los principios de la Revolución francesa. En la ceremonia faltó cordialidad y sobró desapego, por lo que la recepción derivó en un ritual glacial y distante. José Bonaparte, sintiéndose un intruso, rumió su propio desconcierto y se dejó envolver en el manto de su propia soledad, la única compañera que lo ampararía en su incierto reinado.

Por los grandes ventanales del Salón del Trono penetraban miríadas de puntos de luz que embellecían el decadente esplendor del Palacio Real de Madrid. Las capas de color escarlata se agitaban junto a los sombreros emplumados de gala, los sables y los galones dorados. José se puso en pie para recibir el juramento de fidelidad.

—Señor —dijo el duque del Infantado—, los españoles esperan del reinado de Su Majestad toda su felicidad. Pertenecéis a una familia destinada por Dios para reinar en el mundo. Sed bienvenido.

Sin embargo la ceremonia no se dilató, lo que hurtó solemnidad y pompa al augusto momento. Los silencios eran más largos que las frases de bienvenida, y José Bonaparte no sabía dónde posar la mirada. El ritual tenía aires de preámbulo y se diría que la obra no acabaría nunca. Todo parecía confabularse para ser efímero.

La investidura duró menos que una misa. El conde de Cabarrús, como ministro de Hacienda, entregó al nuevo monarca de España y de las Indias el inventario de las posesiones y los tesoros reales, que el rey Carlos IV le cedía gentilmente. Don Francisco de Cabarrús era un hombre severo y perfeccionista a quien le gustaba hacer las cosas ceremoniosamente. En la corte era admirado por su eficacia para resolver espinosos asuntos de Estado y por su discreción.

Cabarrús se adelantó a la fila de jactanciosos mariscales franceses, envueltos en amplias capas bordadas de oro y guerreras de terciopelo azul con brillantes condecoraciones y escarapelas. Lo miraron con altivez y murmuraron entre ellos. ¿Qué se proponía hacer? Las damas francesas y españolas, exhibiendo sus muselinas y sedas de colores, vestidas al modo de la emperatriz Josefina, no perdían detalle de sus evoluciones fuera del protocolo. De inmediato, el ministro captó la atención de todos al abrir una arqueta argentada que portaba en sus manos. Con una reverencia y las manos temblándole ostensiblemente, abrió la caja china que contenía los dos aderezos más valiosos de la Corona de España: el Perfume de las Princesas. Y en la densa y tirante atmósfera, la Peregrina y el Estanque azul relumbraron como dos estrellas en el primer día de la Creación. José no pudo ahogar una exclamación de asombro. No lo esperaba.

—Majestad —dijo en francés el conde de Cabarrús—, nos llena de alegría y de reconocimiento vuestra aceptación del trono de España, cuya corona ceñiréis solemnemente el día del apóstol Santiago. Es deseo del Consejo de Castilla y de la Junta Central Suprema ofreceros las pedrerías más señaladas de la Corona española como sucesor que sois de los dignos linajes que os precedieron. Así que, a la par que os damos la bienvenida, señor, os rogamos aceptéis como vuestros estos dos aderezos irreemplazables del tesoro real de España, que ya os pertenecen por derecho propio. Que el cielo os ayude en vuestro gobierno.

—Gracias, don Francisco. Nunca olvidaremos vuestra lealtad. —contestó José, emergiendo del sopor de la ceremonia, mientras admiraba deslumbrado el contenido del estuche—. ¡Son dos joyas únicas, soberbias! —exclamó—. Qué exquisitez y belleza.

El ministro, que las había retirado de la Sala Amarilla utilizando la combinación facilitada por el rey don Carlos, las depositó en las manos de su superintendente, monsieur Miot de Mélito, quien a su vez las entregó al ayuda de cámara del rey, Cristóforo Chinvelli, un personaje rechoncho, vivaracho y profusamente acicalado que las contempló extasiado.

En medio de un mutismo expectante, los cortesanos, tanto españoles como franceses, aguardaron la primera voluntad de José Bonaparte. ¿Qué haría con las joyas? ¿Se las enviaría a Napoleón como botín de guerra? ¿Las entregaría al erario público?

—Cristóforo —se pronunció el rey—, es mi deseo que a partir de hoy las dos gemas más rutilantes de mi Corona luzcan en la persona de mi esposa dame Julia Clary, la reina consorte.

—Así se hará, majestad —dijo el palafrenero inclinando la cabeza.

La atmósfera se cargó de decepción. ¿Cómo podían ser tan depredadores los Bonaparte? Se comportaban como alimañas allá por donde pasaban.

Cuando la noticia se propagó y traspasó los Pirineos, el rey Carlos pensó que había cumplido su deber: había perdido sus más preciadas prendas, de un valor incalculable, pero había evitado más derramamiento de sangre.

Semanas después, Julia Clary, la nueva reina de España, la hija del mercader de Marsella que ahora se codeaba con la realeza europea, las lució como una emperatriz en los salones de París, Viena y Versalles, ajena a su artificiosa y falsa duplicidad.

Mientras, Godoy, exilado en Roma, sabía a ciencia cierta que aquellos sofisticados adornos no eran las alhajas auténticas y se relamía de placer pensando en recuperarlas según un plan que ya había ideado su intrigante cabeza. Pero, muerto Figueroa, ¿dónde se hallaban las verdaderas? El misterio le quitaba el sueño.

El príncipe Fernando, que ansiaba recobrar el trono y convertirse en el poseedor de las dos joyas que conocía desde niño, no se fiaba ni de su madre ni del favorito y maliciaba de su legitimidad. Algo no cuadraba en la rápida y obsequiosa entrega. ¿Iban a entregarlas sus codiciosos y avaros padres tan generosamente y sin nada a cambio? No. Aquel asunto escondía alguna perversidad. Por eso calló como un nigromante descifrador de secretos. «Por ahora no atizaré ese viento. Ya llegará la ocasión. Son dos clarines de luz que difícilmente pueden permanecer ocultos sin descubrir su fulgor», se dijo.

Y no le faltaba razón al Deseado.

SEGUNDA PARTE

LA CIUDAD DE LAS LUCES

(1811-1812)

Habrá que luchar contra los españoles, un pueblo nuevo cargado de valor y con el entusiasmo propio de hombres a quienes aún no han gastado las pasiones políticas.

NAPOLEÓN BONAPARTE,
carta al general Murat,
29 de marzo de 1808

Cádiz, la ciudad sitiada

Cádiz, febrero de 1811

En Cádiz, Germán Galiana Luján era tenido por un héroe.

Durante años, su hazaña de la infancia había sido tema obligado en los mentideros de la ciudad, en los cafés y en las tabernas. Aún se recordaba que, siendo un grumete de tambor del *Argonauta*, había participado en la batalla de Trafalgar con el coraje de un hombre cuando apenas si frisaba los catorce años. «¡Ya habrían querido tener sus redaños los franchutes!», se decía en Cádiz.

Hubo un tiempo en que los viajeros que arribaban a Cádiz deseaban conocer al chiquillo que había contemplado cara a cara al almirante Nelson y a Collingwood, a los gabachos Villeneuve y Dumanour, al estratega español don Cosme Gravina, y a los brigadieres Churruca, Alcedo y Valdés. Había presenciado las pericias de las fragatas inglesas *Sirius* y *Victory*, la inmolación del *Redoutable* y el *Temeraire*, y había sufrido sin miedo el fragor de sus andanadas, en la más grande batalla naval que vieran los tiempos, comportándose con la decisión y el coraje de un veterano.

Y podía contarlo.

Su reputación había alcanzado una aureola de leyenda cuando se supo que ante un más que seguro naufragio de la nave había ayudado a un sargento malherido a sacar de la bodega cinco cerdos, magníficos nadadores. Atados con largas sogas a la quilla de la nave, los lanzaron al agua y, en medio de la tormenta, los gorrinos condujeron al *Argonauta* hasta la playa, evitando el hundimiento del navío y salvando de una muerte segura a sus compatriotas que yacían exhaustos o descalabrados en la cubierta.

El pequeño e imaginativo Germán, sin soltar el timbal, había tirado, en las turbulentas aguas, del cuerpo maltrecho del capitán de fragata Evaristo Galiana. Aquel día de infausta memoria para la ciudad de Cádiz y para España, el país perdió lo más granado de la marinería y toda su escuadra por los chalaneos escandalosos entre Godoy y Napoleón. Desde entonces, el oficial salvado, don Evaristo, que no tenía hijos, lo tomó a su cargo y lo adoptó: le cedió su apellido y lo incorporó a la familia.

—Aún oigo el ruido ensordecedor de los cañones de Trafalgar, las rachas de viento y el olor de la pólvora. Pero lo que no consigo expulsar de mi nariz es el acre hedor de la sangre y la muerte —solía decir a sus amigos.

Hoy, a sus veinte años, Germán era el hombre de confianza de la Compañía Galiana y un marino y armador cualificado. Demostraba un gran talento para comerciar y una cortés delicadeza en el trato. Su mirada irradiaba un respeto infinito por lo humano y una ironía radical ante la vida, que consideraba efímera e indigna de ser tomada en serio. Se crecía ante los desafíos y su corazón poseía el instinto de la supervivencia. Navegaba con frecuencia a Cherburgo, en la costa normanda francesa, a Plymouth, Brest, Mahón, Gibraltar, Marsella y Tolón, y poseía casa propia en el barrio del Pópulo, cerca de la antigua Academia de Guardiamarinas.

Conocía la Académie Royale de Musique,* el Louvre y el Teatro de París, y había surcado el Támesis en una gabarra cargada de cacao y lino. Sin arrogancia ni vanidad, evitaba que las conversaciones se desviaran hacia el heroico tema de su intrépida niñez, que él había arrinconado en lo más profundo de la memoria, y minimizaba con chanzas su arrojo y sus méritos.

—¿Quién dice que no sentí miedo? Estuve al lado de gigantes, y parte de mi alma se extravió en las frías aguas de Trafalgar.

Germán era de piel clara, llevaba una larga melena color avellana recogida con un lazo negro, y poseía una gracia no aprendida, innata. De maneras desenfadadas, estatura media, boca sensual,

* Ópera de París.

nariz recta, patillas largas pulcramente recortadas y rostro ovalado y varonil, despertaba una atracción apasionada entre las mujeres.

Al conversar, sus labios se movían agradablemente y sus ojos brillaban con viveza. Era consciente de que las muchachas lo miraban sin decoro entre la veladura sedosa de los abanicos; nada se les escapaba a sus imperiosos ojos, de una turbadora tonalidad verdosa.

Las distinciones que le dispensaban las mujeres tampoco pasaban desapercibidas a sus competidores más enconados. ¿De dónde había sacado esa inteligencia si su padre era un actor ambulante de poca monta y su madre una dama del barrio del Fideo venida a menos? ¿Cómo exhibía esa apostura si se había criado en la plaza de la Cruz de la Verdad,* donde menudeaban la morralla y las posadas de mala reputación?, se preguntaban sus rivales.

Había perdido a su madre, Rosario León, en la epidemia de las fiebres; Gabriel recordaba su dulzura y su denodado coraje para enfrentarse a la vida. Pero deploraba no haber conocido a su padre, del que únicamente sabía el nombre: Gabriel Luján, buscavidas, revolucionario y actor desaparecido en extrañas circunstancias al poco de que él naciera; todo eran medias palabras y murmullos, como si los que lo rodeaban quisieran ocultar un pecado nefando de su progenitor.

Para los gaditanos, Germán era un miembro más de los Galiana, un caballero. «Si mis padres me concedieron la vida, los Galiana me han proporcionado la savia de un hombre respetable», solía decir él. Su afortunada posición social lo había apartado de la pobreza y le había mostrado la cara próspera de una vida acogedora. Concebía grandes planes para el futuro de la compañía naviera al rebufo de las libertades que conquistaban para España los diputados de las Cortes reunidas por aquellos días en el Oratorio de San Felipe de Cádiz; y, al amparo de sus protectores, vislumbraba su porvenir con optimismo.

La familia Galiana —acreditados armadores de Indias— detentaba el monopolio sobre el comercio de las sedas de Lyon y el azúcar de caña, que vendían a comerciantes de Gibraltar, Menor-

* Hoy plaza del Mentidero.

ca e Inglaterra a precios provechosos. Doña Mercedes, la viuda del marino al que había salvado, había proporcionado a Germán una completa educación junto a su sobrino, y así fue como se convirtió en un negociante eficaz en el comercio ultramarino. Se vestía en los mejores sastres y frecuentaba las sombrererías más afamadas de la ciudad. Por otra parte, sentía una particular inclinación hacia la música, que había estudiado en el Conservatorio de Cádiz, y había llegado a ser un virtuoso violinista, habilidad que sólo mostraba en las tertulias familiares, o para refugiarse en las armonías de su instrumento cuando su ánimo se hallaba maltrecho.

Los ataderos familiares no lo frenaban; Germán vivía inmerso en el mundo próspero y arriesgado de los marinos gaditanos que comerciaban en el mundo entero. Para él, lejos de una condena, comerciar y navegar era un gozo. Sin embargo, en Cádiz se decía que había ejercido el corso, sin patente real, en las costas del Estrecho, donde había asaltado barcos franceses y bajeles de Berbería. Ante las autoridades, él lo negaba con picardía y sentía en el fondo de su alma una culpable delectación. A veces el recuerdo de los gritos de los náufragos de los barcos que había abordado le producían desvelos y tortuosos desasosiegos.

Germán, que jamás descuidaba su indumentaria, aquella mañana vestía a la inglesa, con una levita color canela, botas y pantalón de montar, chistera de copa alta adornada con cinta de seda o *bourdalou*, y corbatín verde sobre una camisa de encaje de Ypres. Se mostraba algo frívolo en sus costumbres, por lo que era reprendido por doña Mercedes, que lo quería como a un hijo.

Con frecuencia se topaba con desencuentros y controversias entre sus semejantes debido a la oscuridad de su nacimiento y a una suficiencia y un orgullo torpemente entendidos. Liberal convencido, mostraba sus tormentas internas cuando asistía a las tertulias del Café Apolo y litigaba con el resuelto Juan Mendizábal o con los diputados Mexía Lequerica —el sagaz americano que había lanzado la idea de elaborar una Constitución—, el peruano don Dionisio Yupanqui, y algunos progresistas tan descontentos con el atraso de España como él mismo. Entonces su mirada centelleaba con la indocilidad propia de los rebeldes.

España se veía reducida a lo que guardaban las murallas de Cádiz. Las cosas no iban bien, y la nación seguía enfrascada en la guerra contra el francés, que unos llamaban de la Revolución y otros de la Independencia. Germán mantenía una fe inquebrantable en las reformas que promovían Argüelles, apodado «el Divino», y los padres de la nueva Constitución, entre ellos Toreno, Quintana y Martínez de la Rosa, en un texto que tomaba forma en la planta ovoide del Oratorio de San Felipe Neri de su querida ciudad. «Los sueños y el futuro de España están encerrados en estas murallas», afirmaba Germán.

Había despuntado una mañana fría y serena, y Germán se sentía pletórico. Cruzó el Arco del Pópulo y rezó la jaculatoria que le había enseñado su madre: *Ave Maria, ora pro populo*. Profesaba gran devoción por la imagen de Nuestra Señora de la Antigua, la misma que en otro tiempo la soldadesca del duque de Essex había profanado en el asalto a Cádiz. Aspiró el salado aire de las estrechas calles atestadas de clérigos, soldados, vendedores de pescado, voluntarios que se adiestraban en el Campo del Balón, caleseros, sacamuelas, pedigüeños y bravucones de muelle. Se detuvo a saludar a un piloto en la plaza Real, desde donde se adivinaban, tras la Puerta del Mar, los picos de las velas, las arboladuras, los trinquetes, las banderolas, mesanas y botavaras de los veleros anclados en el muelle, escenario desde el amanecer de operaciones de carga y descarga.

Mientras tanto, las inocuas bombas francesas dibujaban un arco en el cielo y morían sin estallar en la ribera del Campo del Vendaval o en las rocas de las murallas. Era un peligro diario, pero inofensivo e inútil hasta el momento.

Saludó a *domine* Téllez, el músico de La Posadilla, un mutilado de Trafalgar que había perdido parte de una pierna y a quien quería como a un padre. Su cara, en la que aún quedaba metralla incrustada, parecía el mapa de un pedregal. Lo tildaban de afrancesado porque era un hombre culto y filántropo, y porque su cabeza era una filial de la biblioteca de Alejandría. Siempre hablaba desde el borde de la duda. Para vivir, solía vender los llamados «pliegos de cordel», unas hojas escritas en verso por él mismo en las que narraba horrendos crímenes de celos, historias de bandoleros, exageradas gestas de guerrilleros o lacrimógenos folletines amorosos, muy del gusto del pueblo llano.

El «poeta del pueblo», como le gustaba que lo llamaran, vestía una desvaída chupa de tafetán, calzas remendadas, se tocaba con una vieja peluca, llevaba quevedos y usaba un reloj de bolsillo, más como colgajo que como medidor del tiempo. Su barba le confería un aspecto de patriarca bíblico, y sus ojos, acuosos y encendidos, parecían los de un lunático soñador. No había gaditana a la que el cojitranco no hubiera dedicado sus galanteos mientras les cantaba con la zanfonía o les escribía cartas para parientes o novios que servían al rey en las Indias.

El poeta estaba cantando un romance a un corro de comadres, sirvientas y desocupados: «Tres mil franceses murieron en la batalla del cerro. Pero han logrado un desquite, que una bomba mate a un perro», cantaba con su ronca voz entre las risotadas de sus oyentes. Lo acompañaba su ángel tutelar: un monito amaestrado, oriundo de las selvas de América, que atendía al nombre de Chocolate. Lo había vestido a la usanza napoleónica, con una pequeña levita negra, un chaleco blanco abotonado y un bicornio con escarapela tricolor. Después de que su dueño tocara una gavota o una gallarda, que solían levantar el aplauso de propios y forasteros, el primate hacía las delicias de los paseantes pasando un cazo de peltre para recoger unos ochavos.

—Salud, Téllez. ¿Ha caído esta noche alguna bomba en Cádiz?

—Al alba cundió el pánico en el barrio del Boquete, y en los tejados de la Torre Tavira rebotó un proyectil incendiario. ¡Poca cosa! Ya se cansarán esos gabachos de tirar fuegos de artificio.

—Toma —dijo Germán al tiempo que daba una moneda a Chocolate—, compra un pan de ajo para ti y unos buñuelos de ajonjolí para el tití. No te lo gastes en la bodeguilla de la Candelaria, ¿eh?

—Un héroe sólo recibe limosnas de otro héroe, de nadie más. ¡Conste! Tuvimos la suerte del diablo, ¿verdad, Galiana? —recordó Téllez con orgullo mientras se atusaba sus greñas de apóstol enfebrecido.

—Los héroes siempre acaban resultando molestos. Quizá el cielo nos reserve para empeños más provechosos, Téllez.

—¿El cielo? La providencia trenza y destrenza nuestras vidas ajena a nosotros. Tú y yo somos unos descreídos y sabemos que el paraíso y el infierno están aquí.

—Queda con Dios, poeta de Cádiz —se despidió el marino con una sonrisa.

Téllez le dedicó un saludo cortesano.

A Germán Galiana le seducía el embrujo de su ciudad, donde nadie se sentía extraño, la mirada de una mujer asomada al alféizar de la ventana y el rumor del océano, que armonizaba sus aires como una orquesta. Pero Cádiz era también para él la capital de sus melancolías, esos recuerdos lastrados que perduraban en las calles que había frecuentado en su niñez, ardientes en el estío, frías en el invierno, e insonoras por la estrechez de su tortuosa fisonomía. Germán amaba la paz que reinaba en los patios, sus altos edificios, todavía sólidos a pesar de los muchos asaltos que habían sufrido a lo largo de su milenaria historia.

Pero lo realmente hermoso de Cádiz apenas si se veía. Se hallaba oculto en el interior de las casas y en sus estancias guarecidas tras las puertas de clavos de bronce y los antiguos blasones donde los caballeros habían grabado las insignias de una estirpe olvidada. En sus patios y zaguanes floridos crecían nardos, jazmines, geranios y claveles blancos.

Cádiz, cercada por el océano, había escrito en sus muros la historia de España del último siglo, y lo había hecho en primera línea de fuego. Era la primera ciudad española que contaba con corresponsales de prensa y con más de medio centenar de periódicos diarios. Era una ciudad de mercaderes, una urbe rica, pero se hallaba sitiada por el general Jean de Dieu Soult, duque de Dalmacia y comandante en jefe del ejército imperial en el sur de España, su pertinaz asediador. Napoleón le había dictado como advertencia: «General, tenéis ante Cádiz, la joya del imperio Borbón, el mejor ejército del mundo. Asediadla e irrumpid en ella a sangre y fuego, y entrad en sus murallas con las enseñas de Francia desplegadas y victoriosas».

Más de veinte mil soldados franceses del Primer Imperio, dirigidos por el general Victor, asediaban sin tregua Cádiz y la Isla de León.* Sus habitantes no pasaban hambre ni necesidad, pero el miedo estaba instalado en sus corazones. Desde el 3 de diciembre de 1810 soportaban pacientemente más de cien disparos diarios desde el infierno conocido como «batería Napoleón».

Los gaditanos, pertrechados de catalejos y gemelos, observaban a los gabachos desde los baluartes y las azoteas y hacían mofa de José Bonaparte, «el Intruso», «Pepe Botella», a quien se negaban a rendir obediencia. «Cádiz no reconoce otro rey que a Fernando VII», clamaban.

Las bombas de plomo caían desde hacía un año en las calles de Cádiz, y aunque cundía la alarma y mantenían en vilo a los sitiados, éstos las acogían con humor componiendo coplillas: «Con las bombas que tira Soult, se hacen las gaditanas mantillas de tul», cantaban irónicamente.

Sin embargo, a pesar del acoso de la artillería desde el fuerte de La Cabezuela, en Cádiz sólo de hablaba de dinero. Los discursos de la mañana de los diputados, y las últimas batallas libradas contra los ejércitos napoleónicos, apenas si eran comentadas por *El Diario Mercantil*, *El Conciso* y *El Semanario Patriótico*. La ganancia y el lucro eran los reyes de la ciudad cercada. A pesar de los bombardeos, las transacciones se realizaban al aire libre, en la calle Ancha, en la Nueva, o en la Casa de la Camorra, un casino de talante colonial que se alzaba en la calle del Empedrador,** donde se había comenzado a servir café en España. La Casa de la Camorra hacía las veces de centro neurálgico del comercio nacional, aunque según el reaccionario padre Vicente, al que llamaban «el cura de Algeciras», y el antiliberal padre Vélez, estaba atestado de masones y de herejes jacobinos que conducirían a España a la ruina. En sus salones se hablaba en todos los idiomas. Y entre las acaloradas partidas de billar, con una copa de brandy y un habano, los negociantes y armadores de buques arreglaban tratos, ordenaban fletes, enrolaban tripulaciones, tasaban el valor del real de plata con el doblón mexicano, y decidían los precios del palo de Campeche, del café verde, de los salazones, del cacao o de las sedas de Manila.

*   Actual San Fernando.
** Hoy calle Arbolí.

En sus casas, que olían a esencias, especias y vainilla, estos comerciantes destinaban los pisos bajos para almacenes y tiendas con escaparates y mostradores de venta. Allí, los dependientes ofrecían en todos los idiomas relojes franceses, lonas para las velas de los barcos, tostadores de café, sacas de especias, tabaco apretado en mazos, piezas de paño inglés, barreños llenos de sal con bacalao de Islandia, barriles de azúcar de La Habana, café de Bogotá y cacao de las Antillas. Las campanillas anunciaban la llegada de los compradores. La luz diáfana entraba a raudales por las claraboyas e incendiaba de luminosidad los pisos superiores, donde habitaba la familia y la servidumbre.

Era sábado. El poniente enfriaba la tibieza del aire y el cielo adquiría un color azul frío. Por la ciudad soplaban vientos de guerra, y a Germán no le pasó desapercibido el alboroto. El hacinamiento era agobiante; desde el cerco francés, Cádiz había triplicado su población. A primeros de aquel templado mes de marzo se habían visto columnas francesas evolucionar frente a las murallas, carros enfilando el camino de Sevilla uno tras otro, mientras se oía el ruido de las cureñas, el relincho de los caballos y las voces exaltadas de los oficiales. Con los catalejos, los gaditanos habían observado los rostros barbudos y extenuados de los franceses que volvían grupas y abandonaban sus defensas improvisadas.

Mientras cruzaba la calle Ancha, verdadera bolsa de contratación de las Españas, Germán observó a los tenderos, muchos de ellos italianos, y alemanes, sentados a sus puertas o encaramados a las torres miradores, donde suspiraban por las vicisitudes de la meteorología y sometían a un espionaje incesante a los barcos que llegaban de ultramar, o a las salidas hacia Europa de las fragatas atestadas de productos indianos. Los propietarios de los navíos, más que preocuparse por las andanadas de la artillería francesa, o por las discusiones de los diputados en las Cortes, vivían su pugna particular contra los vientos y sus intereses comerciales. «El barómetro aflige más a los gaditanos que las bombas de Soult», solía decir el diputado don Dionisio, gran amigo de los Galiana.

Damas con flores en los escotes, zapatos bordados y sombreros parisinos iban de tienda en tienda, donde las atendían mercaderes de todas las nacionalidades con inmaculadas camisas de holán.

La contabilidad era una pesadilla para Germán, quien prefería dejarla en manos del sobrino de doña Mercedes. Lo suyo era navegar y comerciar. Y esa mañana había decidido que no acudiría al almacén de la Compañía Galiana; visitaría el Apolo para platicar con sus amigos.

Germán aceleró el paso. Los castizos llamaban al Café Apolo «las Cortes chicas» en alusión al segundo piso del local, donde se hallaba el salón de tertulias y el comedor del hotel para los viajeros en tránsito hacia América. Sobre la puerta principal, un tímpano de hierro representaba una lira, el símbolo del dios Apolo. Era un lugar muy concurrido, su lugar preferido desde que los diputados, huyendo de la pandemia de la Isla de León, instalaron sus escaños en la iglesia de San Felipe. En el Teatro de las Cortes de la Isla, en la primera sesión solemne, habían proclamado nulas las abdicaciones de Carlos IV y de Fernando VII en Bayona: «La soberanía de las Españas radica en las Cortes, legítimas representantes de la Nación». A Germán aquella declaración le parecía sones de ángeles, pero significaba el inicio de la gran ruptura con el pasado.

El Café Apolo se hallaba en la esquina de la plaza de San Antonio con la calle Murguía. Allí se reunían secretamente los francmasones de la logia gaditana de los Caballeros Racionales y la fauna humana más variopinta de Cádiz: los profesores del Colegio de Medicina y Cirugía, los liberales confesos, los maestros de la Escuela de Bellas Artes, los más esclarecidos diputados en Cortes, los caballeros huidos del empuje francés, los miembros del Consulado de Cargadores de Indias y los personajes más excéntricos de España, que en esos días atestaban la ciudad sitiada en un rumor de conversaciones, pláticas y discusiones.

Cuando el marino puso el pie en el café,* escuchó el alboroto de las cafeteras y el tintineo de las tazas y los vasos de porcelana filipina. El aire, denso por el humo de los habanos, olía a chocolate, a licor de frambuesa y de ciruela mirabel, y a café molido. Decenas de gaditanos leían panfletos incendiarios, proclamas revolucionarias y los numerosos periódicos que se publicaban en

---

* En 1811 solamente existían cafés en Cádiz.

Cádiz. Arrellanados en sillas de mimbre, alrededor de un velador, se hallaban cuatro de las más singulares figuras que pululaban por la ciudad al rebufo de la contienda contra el francés. Para no variar, hablaban de guerra.

Uno era el barón de Geramb, aventurero alemán a quien la Regencia había concedido el título de mariscal de campo. Este fantoche, que leía a diario el *Morning Chronicle* de Londres, se paseaba por Cádiz, rodeado de la chiquillería de la ciudad, vestido con un uniforme adornado con calaveras de metal. Se definía como el gran rival de Napoleón, aunque no se le conocía ningún mérito de guerra. Como un batracio hinchado, leía *El Robespierre Español* y bebía una olorosa taza de café, ajeno al mundo.

A su lado lo imitaba un escocés de porte estrafalario, mister Downie, un tipo desgarbado de descomunales bigotes rojizos. Este bravo soldado había creado en Cádiz un regimiento de voluntarios, la «Legión Extremeña», a los que había vestido como una comparsa de carnaval, con atuendos a la usanza de los Tercios de Flandes.

El tercer parroquiano, que discutía en voz alta y gesticulaba con sus manazas de cargador de muelle, era el pintoresco Pablo López, al que llamaban «el Cojo de Málaga», un tipo castizo con aspecto de arriero. Sastre y vagabundo, se había transformado en alborotador a sueldo en las tribunas públicas de las Cortes, donde dirigía a un grupo de pendencieros cuyo cometido era reventar los discursos de los conservadores.

El cuarto en discordia, que escuchaba al malagueño con aire seráfico, era el diputado por Granada Jiménez Guazo, «don Quijote» lo llamaban, individuo muy religioso y exaltado patriota. Lucía un espadón medieval al cinto y una cruz templaria en el pecho. Solía largar encendidos sermones sobre moralidad y concebía la guerra contra el francés como una cruzada contra el mal ilustrado. Apoyado por algunos clérigos gaditanos que consideraban que Cádiz era la Nueva Babilonia, había organizado un ejército ineficaz e inocuo cuya peculiaridad consistía en ir uniformados como los cruzados de Ricardo Corazón de León y dar bandazos por Cádiz para impresionar a la chiquillería. El periódico *El Duende de los Cafés* ridiculizaba a los tres estrafalarios adalides, no así al escocés, y los tachaba de holgazanes que vivían del erario público y al halo de las heroicidades de las milicias patrióticas de voluntarios.

Cuando Germán llegó al segundo piso del local, éste se hallaba vacío y silencioso. Le extrañó que sus amigos contertulios no se encontraran ya alrededor de las mesitas del salón. Por los ventanales penetraba una luz ambarina. Desconcertado, se acomodó en un sillón, pidió al mozo un café y aspiró el aroma del burbujeo. Se distrajo leyendo el periódico local *El Antimilitar Oficial*, que en su incendiaria columna central exigía un golpe de fuerza contra el invasor y reformas en los mandos militares, a los que tildaba de viejos y caducos. «Cuánto oficialito y oficialazo al frente de las tropas», apuntaba, y añadía: «Las libres designaciones imposibilitan los ascensos de los oficiales valiosos y valientes y la lucha eficaz contra el invasor francés. ¡Salgan al campo de batalla y demuestren su valor!».

—Perdona, Blasillo —abordó Germán al mozo.

—¿Sí, caballero?

—¿Y los parroquianos? ¿Cómo es que todavía no han llegado?

—¿No lo sabéis? La proclama que estáis leyendo ha servido de acicate al alto Estado Mayor, que ha iniciado inmediatamente las movilizaciones. La Regencia ha convocado en el edificio de la Aduana a los oficiales, acusándolos de temerosos y de holgazanes por su falta de acción. ¡Tendremos guerra, señor! En este momento muchos de sus amigos están enrolándose en el cuartel de La Bomba.

En ausencia de un rey legítimo, España era gobernada por el Consejo de Regencia, formado por: el doctor Quevedo, obispo de Orense; Saavedra, consejero de Estado; el almirante Escaño; Miguel Mendizábal, representante de los territorios ultramarinos; y el ilustre general Castaños, vencedor en Bailén. Éstos habían propiciado la reunión de las Cortes bajo el principio de que, tras la farsa de la transmisión de los derechos dinásticos, la soberanía residía en la nación. «Una ficción», pensaba Germán.

La respuesta lo dejó estupefacto pero pareció satisfacerlo. Agradeció la información con una inclinación de cabeza y salió del local. Lo había decidido: él también se alistaría. El perspicaz

Germán era un experto en las mezquindades más indecentes en el mar, pero también en las acciones más sublimes. La decisión tomada por sus compañeros lo había conmovido; él no se quedaría atrás. Con paso enérgico, cruzó la plaza de San Antonio en dirección al cuartel. Oyó el redoble de los tambores y percibió el alborozo colectivo de los muchachos que, ignorando las calamidades del combate, acudían a la misa dominical.

El poder de la guerra había exacerbado su ardor guerrero.

La visión

Germán, convertido en voluntario, fue nombrado piloto del barco de defensa *La Afortunada* y juró dar su sangre por la patria, aunque trataría de salvar el pellejo. Ataviado con el uniforme de miliciano —casaca roja con solapa y cuello verde, pantalón marfil ajustado, botas negras, correajes blancos, sombrero de copa con cabos de plata y plumero, corbatín negro y sable toledano— estaba imponente. Y cuando se presentó así vestido ante doña Mercedes, la mujer ahogó un grito de exclamación.

—¡Por la Virgen del Rosario, pareces un mariscal de zarzuela!

—Madre, me he alistado en el Cuerpo de Voluntarios Distinguidos y me han destinado a asistir a la escuadra que sale en unos días para Tarifa —informó con alegría—. La guasa de Cádiz nos ha encasquetado el nombrecito de «los guacamayos»… no hay más que ver el colorido del atuendo.

—¡Estás loco, Germán! Te vas a la guerra sin decirme nada y sin encomendarte ni a Dios ni a la Virgen. ¡Dios mío de mi vida! —protestó, amorosa—. ¿Correrás algún peligro grave? Tengo miedo, hijo mío.

—La ocasión es favorable para batir a los franceses de una vez, madre. Nuestra familia necesita que las costas queden libres de franceses. Aprovecharemos que el mariscal Soult retira parte de las fuerzas del bloqueo para enfrentarse a Wellington en Sevilla. Saldremos de las murallas y los echaremos de aquí.

—Este repentino afán patriótico me sorprende, Germán, pero rezaré.

Por medio de un sistema de señales ópticas inventadas por el marqués de Ureña, se conocían los movimientos de los franceses por las islas gaditanas y la costa. Para Napoleón, Cádiz era una ciudad fundamental, hasta el punto de considerarla decisiva para la victoria final. Por eso había que sacudirse cuanto antes el yugo del «tirano de Occidente» y hurtarle la presa para siempre.

Era la ocasión propicia para expulsarlos del territorio. Los estrategas planearon ataques fulminantes a Puerto Real, la Carraca y el Trocadero, para finalmente arrasar las defensas de artillería de las playas de Chiclana y Sancti Petri. El plan concebido era amplio, ambicioso y posible. Y un optimismo contagioso se propagó por Cádiz.

En medio del entusiasmo se preparó una armada de doscientos barcos con rumbo a Tarifa. Caerían sobre los gabachos por la retaguardia y en uno de ellos navegaría Germán.

Las temperaturas habían descendido bruscamente.

Una fría mañana de febrero de 1811, la milicia urbana, vitoreada por una multitud enfervorizada, partió de la ciudad cercada. La luz de la alborada trazaba una línea dorada en el horizonte. Los voluntarios, ataviados con sus vistosas casacas e imbuidos de fogosidad batalladora, iniciaron la parada militar. Destacaban las Milicias Urbanas, veinte compañías de cien hombres entusiastas uniformados de azul que se hacían llamar «los vecinos honrados» pero a los que el pueblo gaditano denominó con guasa «los pavos reales». Seguía la Infantería Ligera, algo menos apasionada, ataviada con guerreras pardas y formada por los artesanos de la ciudad sitiada; los Voluntarios de Extramuros, llamados «lechuguinos» por ser hortelanos en su mayoría; los cazadores, apodados «cananeos», por sus cananas o cartucheras en bandolera; la milicia urbana de los Artilleros Gallegos, a los que llamaban «obispos» por ir vestidos con levitones color burdeos, y los «perejiles», la valerosa infantería del Fuerte de Puntales, abrigados con paletós verdes.

Dos mil soldados cerraban el desfile militar: el Cuerpo de Voluntarios Distinguidos, los «guacamayos», regimiento al que estaba adscrito Germán, que lucían un distinguido uniforme de guerrera roja con solapa y cuello verde, pantalón ajustado, sombrero de copa con cabos de plata y plumero, corbatín negro, sable, botonadura y correajes blancos. Pertrechados de cartuchos fabricados por los frailes capuchinos del Campo del Sur, desfilaban orgullosos tras sus capitanes, quienes, afianzados en los estribos de los caballos, enarbolaban los sables desnudos. Las cabalgaduras, oliendo la pólvora y los incendios del Arrecife, piafaban y alzaban sus belfos rosados al viento.

A la espera de que la escuadra zarpara del puerto, en los baluartes de las Puertas de Tierra las madres y las novias agitaban los pañuelos mientras las lágrimas corrían entre plegarias y suspiros. Los generales Zayas, Lapeña y Lardizábal comandaban la flota y los regimientos expedicionarios de voluntarios, que se alejaron, inflamados sus espíritus, entre los vítores de los ciudadanos. La emoción era impetuosa y el temor a la muerte, dramático.

En medio de aquel atronador bullicio de voces exaltadas, el ruido ensordecedor de los cascos de las caballerías y las ruedas de las cureñas y los carromatos de intendencia, Germán percibió la pesadez del firmamento, que había adquirido la tonalidad de un azul gélido, antes de embarcar.

Pero la espera impasible y humillante había concluido.

De repente, un recuerdo lastrado en los pliegues de su memoria le recordó su hazaña infantil, cuando cruzaban con viento de popa el cabo Trafalgar. Ahora iba junto al timonel de una fragata de cuarenta cañones de las fuerzas navales de la Isla de León.

—Que el derecho de humillar a los tiranos sea eterno —musitó.

Las tropas arribaron a Tarifa, donde se les unieron los destacamentos aliados de sir Thomas Graham, ocho mil excelentes soldados de la Guardia Real inglesa y de los aguerridos Highlanders, cuyos vistosos uniformes encarnados destacaban en la lejanía. Costaba creerlo, pero los ingleses se habían convertido en aliados de España. Tras desembarcar, Galiana no tardó en darse cuenta de que no había ningún tipo de entendimiento entre los oficiales ingleses y los españoles.

El enemigo se había parapetado tras las murallas de Medina Sidonia. Los voluntarios avanzaron hacia la ciudad al mando del cínico Lapeña, que ni tan siquiera intentó conquistarla. Nadie lo comprendía: tenía a los franceses a su merced, pero demostró ser un cobarde. Mientras tanto, el general Zayas destruyó los atrincheramientos del sitio de Cádiz y regresó al caño de Sancti Petri para seguir castigando al ejército enemigo, pero se encontró con la desagradable sorpresa de que Lapeña había pasado de largo y se dirigía a Cádiz sin dar un solo tiro, como si temiera el roce de las balas y los proyectiles franceses de Victor, Ruffin y Leval.

En Chiclana, el intrépido Zayas se encontró en medio de dos fuegos. El batallón de Germán guardaba la playa, pues aún quedaban algunas baterías galas dispersas y emboscadas que hacían mucho daño. El mediodía del 5 de febrero se produjeron los primeros embates contra el general Villate. La lucha fue tenaz, feroz, cuerpo a cuerpo. Los franceses, superiores en número, hicieron retroceder a los españoles. Varios grupos de voluntarios cruzaron las líneas francesas para liberar al generar Lardizábal, atrapado en territorio adversario, en medio del fuego cruzado de los cañones y de la fusilería napoleónica. Pero fue tal el ímpetu de la acometida, que los franceses retrocedieron y no pudieron bloquear el camino a Cádiz.

Germán, desde la amurada de su barco, oía las detonaciones y asía con fuerza su mosquete. Ya no sentía frío. Anhelaba entrar en combate. El fragor era lejano; en la orilla reinaba la calma. Las balas silbaban y el humo se alzaba por encima de los pinares. Las piezas de artillería de la fragata de Germán apenas si hubieron de emplearse, pues las baterías francesas habían huido. Los ingleses, al mando del general Graham, luchaban hombro con hombro con los españoles de los batallones de Cantabria y Zaragoza y con los voluntarios de Valencia y Cádiz. Se oían los alaridos y lamentos de los muchachos enrolados en Cádiz y los chasquidos de los fusiles gabachos, horrísonos, brutales. Los invasores caían, pero no cedían un palmo de terreno.

De pronto se hizo un silencio sepulcral. ¿Qué ocurría? ¿Por qué todos parecían haberse quedado como petrificados? El regimiento «Flankers», jinetes de casacas rojas, irrumpió en el campo de batalla. Eran los húsares comandados por Browne que, luciendo sus brillantes guerreras, se unieron con temerario arrojo a los españoles para obligar a los franceses a abandonar sus defensas. Los ingleses se batieron como leones; murieron muchos de sus jinetes y más de cincuenta oficiales. El general Ruffin cayó prisionero.

La «Legión Extremeña» del estrafalario John Downie Forrester también acudió en su auxilio. Guerreaban uniformados a la usanza de los Tercios de Flandes, y su capitán daba tajos a diestro y siniestro con su famosa espada, que según él había pertenecido a Francisco Pizarro.

Germán observó la acometida desde la distancia. Fue una batalla señalada para los hijos de Britania y una página negra para parte del ejército español, encarnado por Lapeña, al que el general inglés recriminó haberlos dejado abandonados en el campo de batalla.

A Galiana y su grupo se les encomendó que embarcaran de nuevo para recoger a las partidas que habían quedado entre las dunas y que abastecían con unas barcazas a los expedicionarios. Desde el puente contempló las ruinas humeantes de los campamentos enemigos de La Isla y Chiclana, las baterías desvalijadas, el cuartel general galo destruido y las banderas tricolores aplastadas.

Con el inicio de la declinación del sol, la costa de Cádiz se convirtió en un infierno. Desde la cubierta se veían las tiendas en llamas, los puentes desplomándose con estruendo, el fulgor de las últimas descargas de los fusiles en el aire inmóvil, la madera de los carros de los víveres ardiendo... Salvo el cielo, todo era un mar de llamas. El saqueador Napoleón había perdido irremisiblemente su gran trofeo: Cádiz, cebada para ser engullida por sus águilas imperiales. La creía presta para poseerla y desvalijarla; no contaba con sus aguerridos defensores.

En el regreso, Germán se topó con un peligro inesperado. Acosado por la retaguardia de la artillería francesa que se retiraba de las formaciones costeras, sufrió el embate de una andanada que habría hecho naufragar la embarcación de no ser por la pericia de los pilotos al timón. Y al recoger en una chalupa a los heridos que se habían refugiado tras las rocas de la playa, los sorprendió otra descarga despachada por unas baterías escondidas en los esteros. Él conocía bien aquella sensación de terror, que no de heroísmo, y a punto estuvo de zozobrar en la maniobra de rescate. Al poner pie en tierra, hubo de disparar con el fusil y acabar, junto a unos marinos, con la cañonera franca. Una bala le voló una de las hombreras y la metralla le quemó el cuello. Por lo demás, la suerte estuvo de su parte y Germán rezó al cielo, agradecido.

En Cádiz no se hablaba de otra cosa que de la gran victoria. Se tachaba a Lapeña de cobarde, de valeroso a Zayas y de temerario, aunque imprudente, a Lardizábal. Pero aún habría que esperar a que los franceses abandonaran definitivamente las líneas y el cerco de Cádiz. La batalla no había tenido resultados estratégicos definitivos, pero los ingleses y los voluntarios rozaron la gloria.

Una nube de humo había envuelto la Batería Napoleón, que hostigaba Cádiz. Sin duda alguna, el destino le reservaba otro final.

Entretanto, fuera de la seguridad de las murallas de Cádiz, el país entero se revolvía, en sierras, pueblos y barrancos, contra las bayonetas francesas. En el Oratorio de San Felipe Neri, las Cortes, formadas por eclesiásticos, abogados, militares y nobles de las dos orillas del Atlántico, intentaban dar el cerrojazo al viejo orden. La modernidad pugnaba por abrirse paso entre la inmovilidad del pasado. Los congresistas embocaban el camino hacia la libertad, alumbraban ideas de liberación, decretaban la libertad de expresión, liquidaban los señoríos y la Inquisición, y reforzaban un nuevo Estado que instauraría la igualdad de los españoles. «Lograremos una nueva comunidad nacional, unida bajo el cetro de un rey compasivo», decían.

Una semana después de concluida la campaña, los camaradas y contertulios reanudaron sus veladas en el Café Apolo. Aquella soleada mañana la ciudad hervía de actividad. En la calle Ancha, la gran bolsa de comercio de las Españas, burgueses, armadores y comerciantes con sombrero de copa y damas atildadas con tocados de flores miraban los escaparates de las joyerías mientras suntuosos cabriolés cruzaban la calzada entre el estridente fragor de las ruedas deslizándose por el adoquinado. Clérigos, mozos de cuadra, diputados, marineros y mercachifles se abrían paso entre el gentío.

En el Apolo, los amigos del marino, que había vuelto sólo con un rasguño en el cuello pero cansado, lo felicitaron.

—Dios y el destino han hecho que sobreviviera. Decenas de muchachos yacen muertos en las dunas de Chiclana —dijo.

—La guerra siempre envilece al ser humano, pero cuando se hace para salvar del tirano el hogar y la tierra, siempre es justa —opinó el diputado inca.

Galiana pidió al mozo una copa de manzanilla y se unió a la tertulia que mantenían su tutor don Dionisio, el coronel peruano de dragones de Su Majestad, y José Mexía Lequerica, el volteriano, masón, humanista, botánico y diputado por Quito, al que había conocido recientemente. También se acomodaban alrededor del velador el conde de Puñoenrrostro y un joven de la edad de Germán, Juan Álvarez de Mendizábal, un visionario nacido en Chiclana, de gran talento y de fe ilimitada en las ideas de la Ilustración. Muy pocos sabían que su verdadero nombre era Juan de Dios Méndez y que era de origen judío. Llamaban la atención su formidable estatura, su mirada inquisitiva, sus espesas cejas y su abundante cabellera castaña. Germán, que ocultaba su herida bajo un pañuelo de seda, decía de él que era un espíritu sin barreras ni torceduras, una mezcla incendiaria de sencillez, pasión por la libertad y grandeza de alma. Trabajaba de dependiente en un comercio de la ciudad y le costaba un mundo asistir a las tertulias, que siempre animaba con su vehemente ardor libertario. Germán lo consideraba un amigo fiel.

El quiteño Lequerica era un liberal y jurisconsulto cultísimo. Su piel alabastrina y su rostro casi femenino le conferían un aspecto de delicada fragilidad. De dulce carácter y agradable charla, magnetizaba a quien lo escuchaba. Doctor en Derecho y Filosofía, el polifacético diputado por Quito había ejercido como médico y botánico en el Hospital General de Madrid y había luchado contra los franceses el 2 de mayo en la Puerta del Sol. Tras la ocupación francesa, había huido a Sevilla y luego a Cádiz, disfrazado de carbonero, junto a su compañero el conde de Puñoenrrostro. Ambos habían sido elegidos, por sus méritos, diputados en Cortes en representación del Virreinato de Santa Fe. Astuto y sutil redactor del diario *La Abeja Española*, el quiteño se había convertido en martillo de conservadores y serviles, que le profesaban un odio visceral. Frecuentaba la logia masónica gaditana, donde brillaba como defensor de los derechos de las colonias americanas, la libertad y la justicia. A pesar de su mesura esmerada, era temido como el más fogoso orador del Congreso. Lo unía con Germán el que ambos eran hijos ilegítimos y tenían una amante en el barrio del Ave María. Germán a la Cubana, y Lequerica a la bella gaditana Gertrudis Salanova. Pero para el marino, el diputado americano era sobre todo un espejo donde mirarse: un hombre idealista que creía en la igualdad de los hombres y en el triunfo de las ideas de la Ilustración en el Nuevo Mundo, que él llamaba la España Ultramarina.

—Se dice, don José, que ayer ofrendasteis al pueblo español un gran servicio —afirmó Germán—. Habéis solicitado que se abra el Teatro de Cádiz y que un cuarto de lo recaudado se destine a la fábrica de fusiles, para luchar contra el invasor.

Lequerica tosió levemente y meneó la cabeza.

—Hay que enardecer los ánimos de los patriotas y echar a los franceses de España de una vez por todas. Yo fui testigo de la sangrienta barbarie que esos crueles chapetones* sembraron en unos días tristemente memorables para Madrid, donde el pueblo llano, y no los poderosos, se comportó con valentía.

—Un pueblo al que defendéis en las tribunas de San Felipe.

—¡Cómo no hacerlo! Es mi deber, Galiana. Me indigna que a esa buena gente, después de combatir por su país, se la llame «plebe» o «canalla», apelativos vejatorios y humillantes.

—Decís bien. Los españoles merecemos que nos consideren un pueblo soberano y no que nos traten como chusma o canallas —dijo Mendizábal.

El coronel de dragones, Dionisio Inca Yupanqui, un hombretón achaparrado, de rostro moreno, cabeza grande poblada de cabellos lacios y evidentes rasgos incaicos, se aprestó a intervenir. Era de sangre real, un príncipe descendiente directo de los monarcas

* Denominación del ejército realista.

del Perú, y profesaba una franca amistad hacia el gaditano, a quien protegía como si fuera su hijo. Aseguraban que el oficial compartía las penalidades de su regimiento, que a veces dormía en los jergones del cuartel, junto a sus hombres, y que no consideraba indecoroso comer el rancho de la tropa. Era un soldado salido de la Academia Real de Toledo, y representaba al Perú en los escaños liberales. Le gustaba mantenerse en segundo plano y era muy respetado por los serviles.* El príncipe inca había fijado su residencia en Cádiz, en la casa del comerciante Lobo, y era muy querido por los Galiana, pues mantenían negocios comunes. Obstinado defensor de los indios, se quejaba en los escaños del Congreso de la codicia de los virreyes y del rigor con que eran tratados sus compatriotas. «Un pueblo que oprime a otro, no puede ser libre», solía decir.

—Ese pueblo está devolviendo el honor al país —afirmó—. Y si derrama su sangre, es legítimo que consiga sus derechos.

Mexía Lequerica era el gran animador de la tertulia, y aquella mañana exhibía un humor excelente debido a los acuerdos que habían conseguido en las sesiones de las Cortes. Vestido con un paletó negro, su semblante ovalado y pálido y sus ojos encendidos destacaban como una medalla entre el humo de los habanos. Su ingenio, su brillante oratoria y su incisiva inteligencia suplían con creces su delicada salud. Germán no se cansaba de oírlo, lo consideraba su maestro en ideas políticas.

—No olvidéis que nuestro pueblo es ignorante —dijo Mexía; había elevado la voz y muchos parroquianos callaron para no perderse sus palabras—, y aunque no escatima su sangre ante el francés, sigue amordazado por la religión y las supercherías.

—Ése es el verdadero rostro de España en el mundo —dijo Germán.

El quiteño enarcó las cejas, como si hubiera herido su orgullo.

—Eres peligrosamente perspicaz, Galiana, y te asiste la razón. La Iglesia es una institución que ha cabalgado sobre las espaldas del pueblo durante siglos y que luchará para que la Constitución no se aplique nunca. La consideran hija del diablo. *Opus diaboli!*

* Partidarios de la monarquía absoluta.

—¿Y qué me decís del clero menor que comanda la sublevación popular empuñando las armas contra el francés? —refutó Puñoenrrostro—. Tiene su mérito.

—No os confundáis, señor conde —intervino Germán, inflamado—. Esos frailes destacan hoy por su audacia, una rara mezcolanza de sentir patriótico y beatería religiosa. Esos frailes han inflamado el corazón de las gentes sencillas, crédulas y también incultas. Pero esos frailes con el sable entre los dientes no defienden la libertad y la Constitución, sino sus seculares privilegios y a los reyes tiránicos.

Mendizábal, el dependiente del mercader de paños Bertrán de Lis, intervino con vehemencia y con su portentosa imaginación. Su arrebato liberal fascinaba a todos.

—Yo preveo un duro enfrentamiento entre el púlpito y los escaños; un enfrentamiento que nos helará la sangre si Su Majestad, don Fernando, no lo remedia cuando regrese.

—¿De verdad esperáis algo humano del Deseado? —se extrañó el marino—. Engañó a su padre, se ha entregado a Napoleón y venderá a su pueblo —sentenció; su alma parecía atormentada por el futuro de España.

Siguieron conversando con una complicidad sin límites. El tema suscitó una prolongada disputa entre los parroquianos del Café Apolo, que presidía un cuadro del diputado Argüelles, «el Divino». Pero de repente Germán enmudeció. Tenía la mirada fija más allá de los ventanales. Dejó de oír y dejó de hablar. El universo se paralizó a su alrededor. Ya no oía los fogosos alegatos de Yupanqui, de Mendizábal ni de Mexía Lequerica; sólo oía la armonía de cien laúdes juntos. Sus ojos se habían detenido en una visión mágica que había surgido en la plaza. Antes jamás había reparado en aquella joven tan hermosa. La acompañaba una dama de avanzada edad. ¿Era de la ciudad? ¿Acaso era una refugiada?

—Excusad, amigos, ¿sabéis quién es esa joven?

—¿No la conoces? Se llama Inés Muriel —le informó Yupanqui alzando la mirada— y es hija de don Anselmo, uno de los corregidores del cabildo.

Germán, arrobado, se incorporó como un autómata.

—Pues no, la verdad, no conocía a esa beldad.

—Hace muy poco que la presentaron en sociedad y ya le llueven los pretendientes. Ahí tendrás que echar el resto, Germán. Es una joven inaccesible.

—¿Y cómo puedo conquistarla?

—Ya sabes, con la poesía, el baile y el galanteo. Ésos son los alimentos del amor. Invítala, escríbele, hazte el encontradizo en sus paseos. Se dice que es muy coqueta y, como a todas las damas, a buen seguro le agradan la lisonja y el piropo.

El marino sonrió al irónico diputado y observó boquiabierto a la deliciosa mujer que pasaba ante sus ojos. La luz resbalaba por su cabello. La fragilidad de sus ademanes lo conmovió. El viento zarandeó los árboles con sus impetuosas rachas y secó la humedad. Germán siguió contemplándola de hito en hito.

De repente su corazón le dictó que debía conocerla.

La Cubana

Germán Galiana era un experto en cuestión de mujeres.

Sus amistades femeninas eran considerables y sus conquistas, dilatadas. Algunos hasta lo hacían amante clandestino de la condesa de Bureta, que había intervenido heroicamente en la defensa de Zaragoza y que asistía a su esposo en Cádiz, diputado en las Cortes por Aragón. Pero Germán era un caballero y lo negaba terminantemente. «Doña María de la Consolación es sólo una amiga, una tertuliana lúcida y dulce como la arropía», solía decir con respeto.

Sin embargo, en Cádiz buscaba siempre la compañía fraternal y a veces amorosa de una amiga de la infancia que bailaba en Los Cuatro Vientos, una posada de la calle Flamencos, en el barrio del Ave María, regentada por el vasco Urbina, un avispado posadero de talante liberal. En el jaranero local menudeaban los rufianes, las celestinas vendedoras de filtros de amor, los traficantes de joyas robadas y diestros rateros en las más descaradas pillerías. Pero también estaba «la Cubana».

La conocida bailaora Soledad Montano, la Cubana, era una de las mujeres más deseadas de la ciudad y gentes de todos los puertos acudían al mesón para verla bailar. Poseía un cuerpo esplendoroso y una tez del color del almíbar, muy parecida a la de las mulatas del Caribe, causa de su apodo. Sus prominentes pómulos, su sonrisa incitadora, su melena azabache que caía en cascada sobre unos hombros sinuosos, su pecho opulento, su talle cimbreante y sus ojos rasgados de negro profundo causaban un feroz magnetismo entre los varones.

Soledad disfrutaba con la compañía de Germán Galiana, su amante y confidente desde que sus cuerpos descubrieron el amor clandestino siendo aún unos jovenzuelos. En el calor del lecho se contaban sus penas, decepciones, esperanzas y alegrías, mientras la joven le informaba de los adulterios y líos amorosos entre clérigos y viudas, damas y cocheros, con los que se despertaba cada día la ciudad sitiada.

En el piso superior de la hostería, los clientes, en su mayoría tenderos de ultramarinos, mercaderes y navieros extranjeros, se solazaban con las muchachas en los reservados, mientras en la planta inferior media docena de mesoneras servían vino de Chiclana y de Jerez, guisos de caza, sopicaldos, adobos y espetones de pescado. En un rincón, un guitarrista de rostro curtido canturreaba una quejumbrosa copla, sofocada por las pláticas de un grupo de aficionados a la tauromaquia que conversaban sobre la última faena en la plaza de toros del Derrumbe. El matador de toros de la localidad, El Platero, un hombre membrudo como un gladiador y de patillas que parecían dos hachas pintadas en su anguloso rostro, relataba sus hazañas en el coso agrandando hasta la desmesura su valor.

Germán sentía una gran estima por la Cubana, joven viuda de un conocido torero malagueño, muerto en la plaza de Ronda, y madre de un hijo malogrado por unas fiebres fulminantes.

Esa noche, en la que el viento de levante hacía crujir los postigos de las ventanas, disfrutaba del suave abrazo de la Cubana, que lo miraba con sus rasgados ojos y lo besaba con su boca sensual. El marino percibía un gran deleite mientras calentaba sus sábanas, pues se sabía amado por un alma gemela que lo idolatraba desde que juntos compartieron los primeros frutos del deseo cuando apenas habían cumplido los quince años. La capacidad de afecto de Soledad hacia él era ilimitada y su caudal de ternura, interminable. Sin embargo, él sólo podía ofrecerle una débil chispa de cariño y un pasional afecto. Su vida pasada y su profesión impedían una relación firme. Además, ella era reacia a atarse con los votos del matrimonio, pero le procuraba toda su ardiente pasión y una amistad sin fisuras.

Esa misma noche, antes de su encuentro con Germán, la Cubana, llena de inspiración, había desvelado al público del mesón todo un universo rítmico con el contoneo de sus brazos, cintura, caderas y piernas. A pesar del calor reinante, bailó seguidillas y tangos al son de la leve percusión y los toques del guitarrista. Ninguna bailaora en Cádiz conseguía tal embrujo; su cuerpo parecía estar poseído por el duende de los tablaos. Sus caderas se movían impulsadas por la música, ascendían, crecían, mientras sus hombros y sus brazos se cimbreaban como las lentas olas del mar. Danzó hasta la extenuación; sus pechos sueltos por la camisa ladeada, sus brazos sudorosos, sus piernas bronceadas... Hubo un momento, cuando golpeaba las maderas con sus pies minúsculos, en que se hizo un silencio religioso y su cuerpo, pegado al vestido bermellón, fue cual incendio de llamas en movimiento. Sólo se escuchaba el golpeteo de sus tacones, el chispeo de las velas y su respiración acelerada. Y cuando culminó el emotivo baile con una explosión de movimientos incitantes y cayó rendida, un rugido de aplausos atronó en el mesón y sobre el tablao cayeron decenas de monedas que un zagal recogió con presteza.

Cuando se retiró entre aplausos, Germán acudió a felicitarla.

El grato cuarto de Soledad acogía todo un repertorio de objetos y enseres que le había regalado el marino, entre ellos una bacinilla de plata del Perú, un arcón castellano sobre el que la Cubana exhibía un juego de tazas chinas de laca, y un aparador de nogal con lamparillas e imágenes de vírgenes americanas y de santos, a los que profesaba gran devoción. La bailaora era una mujer muy creyente, casi rayana con la obsesión.

La noche prometía unas horas excitantes.

Saciaron su pasión sin prisas, deleitándose en la caricia pausada de sus cuerpos. Germán, que era un amante adiestrado, besó sus labios, y una llamarada de lujuria lo envolvió; mientras, la gaditana exploraba impulsivamente su piel con una ternura tan suave que lo incitaba a entregarse sin reservas. La silueta felina de la bailaora se estremecía, giraba y se retorcía entre el centelleo de las mariposas de luz.

El amante disfrutó de la salvaje tibieza de la joven y anidó entre el blando cuello y su cabellera derramada sobre los almohadones. Soledad, fogosa e insinuante, consumía el deseo de su cuerpo reluciente de sudor cimbreando sus caderas, sus senos desafiantes y su vientre terso. Tras una hora de delicias, aspiraron el placer de la entrega en un frenesí que los dejó exhaustos, pegados el uno al otro, en el arco manso de sus brazos.

Cuando Soledad abrió sus sedosos párpados, fuera sonaban los truenos de la artillería sitiadora. No importaba. No había por qué preocuparse. Cádiz vivía ajena a aquel ruido atronador pero inofensivo. Entonces Galiana, que nada le ocultaba, alumbró su mejor sonrisa y le confió su amor a primera vista por la joven a la que había visto en San Antonio. Los más feroces celos de la bailaora se encendieron de inmediato. Soledad comprendía que ella no era mujer para tal galán. Se contentaba con mantener una apegada camaradería y amarle en la clandestinidad de su alma, pero confiaba en que ese último «amor» fuera un capricho más.

—Esas damiselas de alcurnia suelen jugar con los sentimientos de sus pretendientes y luego se casan con un viejo acaudalado. Ten cuidado, Germán, no sea que esa muñequita te rompa el corazón.

—¿Dictan los celos tus palabras? Tú siempre reinarás en un rincón de mi corazón. Lo sabes bien, Soledad.

La inicial animosidad de la mujer se trocó en afable cariño.

—Yo no deseo un rincón, Germán, quiero la plaza Mayor de tus afectos —repuso en tono áspero, y lo besó con una ternura que enardeció a su amante—. Pero sé que nuestra unión es imposible.

Había pasado la medianoche y olía a jazmines. El aire del estío gaditano era tibio, acariciante. Soledad, tapada solamente con el velo oscuro de la noche, abrió el balcón, y la luna con su reflejo lamió su cuerpo de bronce. ¿Qué atractivo podía ejercer en un hombre tan ardoroso una niña de piel de porcelana y de gestos afectados?

Cuando Germán navegaba en *La Marigalante*, la Cubana subía a la azotea para refrescarse con agua de rosas, oteaba las aguas de la bahía con un catalejo y lo observaba en el mástil de proa. Estaba enamorada de él, y cuando zarpaba a comerciar a Gibraltar,

Lisboa o Silves, imaginaba inquietantes azares y una desazón intensa le corroía por las entrañas. Su desamparo se transformaba entonces en un temor sofocante que la transportaba a las puertas mismas de una angustia descontrolada.

El marino cerró los ojos y se arrebujó entre las sábanas revueltas, aprovechando el silencio que se había hecho en el colmado. El furor del viento de levante se había disipado, los abolsados visillos habían dejado de bailar su danza y las contrapuertas habían silenciado su machacón rumor, pero el arrebato de la muchacha tras saber que Germán se había enamorado de otra no se había calmado. Soledad reflexionó sobre la conversación mantenida con el marino y sus ingenuas fantasías y suspiró por él con voluptuosa indolencia. El nuevo enamoramiento de su amante olía a desengaño y desventura.

Y la Cubana nunca se equivocaba en asuntos del querer.

¿Qué podía ofrecerle ella para obtener su amor definitivo?

Quizá nunca lo sabría.

La estancia de los Pasos Perdidos

Madrid, septiembre de 1811

Don Juan Grimaldi, director del Teatro del Príncipe y maestro masón de la logia La Matritense, entró con gesto preocupado en la sala de juntas, que se hallaba vacía y en penumbra. Una vez concluido el Capítulo general, los hermanos habían abandonado la sede. Se había quedado solo.

El espinoso asunto de las joyas de la Corona que había ocultado el malogrado Aníbal Figueroa, su hermano en la hermandad masónica, lo estaba conduciendo a la locura. Pasaba el tiempo y no había tenido ninguna oportunidad de rescatarlas.

Y sus superiores pretendían que les rindiera cuentas.

Apesadumbrado, aspiró el aire enrarecido de la cámara. Tenía la forma de un paralelogramo, no había ventanas y estaba atestada de símbolos masónicos. En sus lados aparecían marcados los cuatro puntos cardinales, y en el centro se alzaba el sillón dorado del Gran Venerable y Soberano General, la suprema potestad de la logia fundada por el duque de Wharton hacía más de medio siglo.

El techo, pintado de azul celeste, describía una ligera prominencia en la que aparecían dibujados el orto del Sol, la Luna y algunas estrellas de significado esotérico. Dos columnas de alabastro, con las letras B y J —iniciales de Boaz y Jachin, maestros del Templo—, separaban el salón de reuniones de la estancia de los Pasos Perdidos, su predilecta, donde los hermanos deliberaban antes de las sesiones y meditaban sobre la hermandad universal y el perfeccionamiento individual.

En aquel gabinete de reflexión se solían leer *Las bodas quími-cas* de Christian Rosencreutz, los *Diálogos* de Platón, y los estudios de arquitectura de Bramante, Juan de Herrera, Brunelleschi y del alarife judío Mosén Rubí, quien exornó de compases y escuadras masónicas la iglesia de la Asunción de Ávila. Allí se meditaba so-bre *El contrato social* de Rousseau, *El espíritu de las leyes* del barón de Montesquieu, el *Elogio de la locura* del maestro Erasmo, la cába-la, las enseñanzas de la Ilustración, la filosofía natural, la crisopeya o la transmutatoria.

Para Grimaldi, que ostentaba el grado de Príncipe del Real Secreto, aquel querido lugar representaba el universo donde se perpetuaban las enseñanzas de Hirán de Tiro, de Jacques de Mo-lay, último Gran Maestre de la Orden del Temple, del duque de Wharton, de Federico de Prusia, el Imperial Maestro Masón, y las doctrinas de los hermanos filadelfos, de los Caballeros Kadosh, de los Caballeros del Arca Real, los Rosacruces, los Iluminados o los Estrictos Observantes.

Un aroma a incienso y humedad pastosa impregnaba el aire viciado. El retraso de sus superiores le parecía inexcusable. Mien-tras aguardaba a los dos jerarcas de la logia, contempló la pared de poniente, pintada de negro, y leyó los grafismos áureos que pro-clamaban la filosofía de la asamblea madrileña a la que dedicaba su vida: «Procuramos ser justos y valerosos, socorremos al desvalido y protegemos la inocencia. Hablamos moderadamente con los grandes, prudentemente con los iguales, sinceramente con los ami-gos y dulcemente con los más pobres. El día en que se universali-cen estas máximas, la especie humana habrá alcanzado la felicidad, y la francmasonería el triunfo que suponen la fraternidad, la igual-dad y la libertad entre los seres humanos».

De repente se abrió la puerta y Grimaldi volvió la cabeza.

Le irritaba dar explicaciones a sus rectores. Dos hombres de as-pecto grave, vestidos de negro riguroso y con los atributos propios de sus altos cargos —un mandil en el que llevaban prendido un puñal y los collarines de su rango—, lo miraban en silencio y con un sesgo de desconfianza. Se trataba de los dos «grados sublimes» y más distinguidos del taller masónico del Teatro del Príncipe: el Gran Comendador y el Venerable Soberano, la autoridad máxima.

Y habían convocado a Grimaldi en reunión secreta.

Los temía, y se revolvió inquieto en el sitial de madera taraceada.

Las tres autoridades máximas de la orden se hallaban en aquel enigmático lugar a una hora desacostumbrada: la medianoche. En el resto de las cámaras reinaba el más absoluto e intimidante de los silencios. Sentados en torno a una mesa donde figuraban un compás, una escuadra, una espada con la hoja ondulada y un ejemplar de las ordenanzas de la logia, aguardaban la explicación de don Juan.

Permanecían con la mano derecha sobre el corazón y los dedos separados: la señal de la amistad masónica del rito escocés que profesaban. Los tres hombres habían alcanzado los más altos grados de la orden intimando con los misterios del conocimiento y con los secretos de la Dimensión Mayor. El Soberano, un anciano encorvado, antiguo coronel, cuyo rostro estaba marcado por arrugas profundas, inició el Capítulo con el rezo ritual, que reverberó inquietante en los muros de la logia.

—Gran Miurgo y Supremo Hacedor del Universo, los presentes estimamos a los más débiles, escuchamos la voz de la conciencia, buscamos la verdad con la razón y detestamos la ira y la avaricia, pues sólo el corazón del sabio puede practicar la virtud. No juzgamos a la ligera las acciones de los hombres, detestamos la vanidad y pretendemos la igualdad del género humano. Amén.

—Somos grandes sin orgullo y humildes sin bajeza —le replicaron.

El anciano enarcó las cejas e hizo una mueca de desdeñosa indiferencia. El misterio flotaba en el aire estático de la cámara. A Grimaldi le cautivaba el ceremonial masónico, tan alejado de la trivialidad de la vida diaria. Para él, la causa de la masonería era un veneno sutil que colmaba sus sueños. Allí predominaba la lógica de la razón, la inteligencia sobre la emoción, la filantropía sobre el despotismo y la libertad sobre la tiranía. Se sentía un elegido, alejado de las personas vulgares y estrechamente relacionado con la búsqueda de la verdad y el conocimiento, el misterio de la vida y de la muerte.

La voz ronca y reprobadora del Soberano lo sacó del hechizo.

—Hermano Galileo, te hemos llamado porque nuestra logia se halla herida de muerte. Hemos perdido prestigio y poder. De seguir así las cosas, podríamos incluso desaparecer.

—¡Si levantara la cabeza nuestro fundador, el duque de Wharton! —se lamentó el obeso Comendador, muy enojado.

—Cada día que transcurre perdemos más adeptos. O se pasan al Grande Oriente del Rey Intruso, o a la nueva logia de esos locos que se han bautizado como «Los Comuneros de Padilla».

—¡Sólo buscan notoriedad! —lo cortó, enfurecido, el obeso maestro—. Se creen depositarios de las viejas libertades castellanas, y hasta ellos ignoran en qué creen.

—No obstante, hemos de admitir, para nuestro sonrojo, que están absorbiendo a los hermanos de todas las logias de la capital y reclutando a cuantos se proclaman liberales —recordó Grimaldi.

—Pero sus reuniones son una jaula de grillos —dijo el maestro.

—¿Y dónde se reúnen? —se interesó Grimaldi.

—Se concentran en la calle de las Tres Cruces, lo que paradójicamente fue antes la sede de la Inquisición, y también en la Fontana de Oro. Proliferan como hongos.

En tono reticente, el Comendador alzó la voz.

—El caso es que precisamos de un golpe de fortuna que nos permita recuperar nuestro prestigio, lograr nuevos afiliados, introducirnos en los centros de poder, saber de los secretos de palacio y conocer cuanto atañe al futuro político y económico de España. De lo contrario, no seremos nada y nos extinguiremos sin pena ni gloria.

Un prolongado mutismo se cernió sobre la sala. Grimaldi tamborileó en la mesa con los dedos y luego preguntó:

—¿Y qué pretende el Soberano de este humilde hermano?

El gran maestro estaba enojado e inquieto por la indignación.

—Hermano Galileo —dijo en tono afable—, no lo tomes como un reproche, pero va para tres años que nos prometiste un hallazgo espectacular con el que esta logia recobraría su autoridad e influencia. Y hasta ahora sólo hemos obtenido el silencio como respuesta.

—¿Os referís al mensaje póstumo del capitán Figueroa?

—¿A qué si no?

En segundos, el rostro de Grimaldi se vio más avejentado por un rictus de disgusto. Él no podía asumir la crisis de su logia y se defendió.

—Lo recuerdo cada día de una manera extraordinariamente vívida. Y cada vez cobra más sentido a pesar del tiempo. Os aseguro que he movido cielo y tierra. He intentado sobornar para entrar en palacio y he buscado amistades entre lacayos, cocheros, guardias y ayudas de cámara. Pero todo ha sido en vano. Los cargos importantes están ocupados por ayudas de cámara franceses. Por otra parte, este rey no es amante del rico teatro de Lope, Tirso o Calderón. Lo siento —se lamentó, quejumbroso—. El gran empeño de mi vida resulta inconquistable por ahora, y hasta individuos desconocidos siguen mis pasos y espían mis movimientos.

—¿Te persiguen? Mal asunto —opinó el Soberano—. ¿Y sospechas de alguien, Galileo?

—De los secuaces de Manuel Godoy, claro está, y no son figuraciones mías. Alguien cuya identidad ignoro me acecha a distancia. Hace tres años que vivo en un continuo sobresalto y una inquietud extrema. Pero lo que busco sigue ahí, en una dependencia de palacio, esperando a que yo vaya a retirarlo. El problema es llegar, y estos gabachos son insobornables.

El Venerable Soberano le dirigió una mirada persuasiva.

—Tal vez si nos hicieras partícipes de los detalles de tu secreto y nos concretaras algo más de su ignorada naturaleza, podríamos auxiliarte en la búsqueda. Aún tenemos contactos muy influyentes en Madrid.

—Perdonad, pero no es posible —lo cortó Grimaldi, categórico.

—¿Por qué esa testaruda ofuscación en revelarlo?

—Gran Soberano, entendedme —dijo en tono de súplica—. Estoy convencido de que el día en que los pormenores y la particularidad de ese secreto salgan de mi boca, lo perderemos para siempre. Soy su único depositario, y su posesión es extraordinariamente seductora. Abriría la caja de Pandora. Os lo aseguro por la Sagrada Acacia. Conociendo yo sólo la esencia del misterio, estará salvado, creedme.

—¿Y por qué piensas que va a cambiar tu suerte, Galileo? Hasta ahora no has podido penetrar en la Casa Real.

Un gesto de irritación por lo indiscreto de la pregunta estuvo a punto de sacarlo de sus casillas, pero se dominó y contestó misterioso:

—Por una carta que recibí de París hace unos días.

—¿De París? —se extrañó el maestro—. ¿Qué tiene que ver eso?

—Mucho. Quizá sea la solución definitiva —afirmó; el interés de sus interlocutores aumentó—. Me la dirige monsieur Ives de Morvilliers, director escénico de la Compañía de Teatro de la República y las Artes, en la rue Vaudreuil de París, gran amigo mío y actor celebérrimo en Francia. Invitado por José Bonaparte, visitará Madrid en los próximos meses para representar diversas obras francesas de su repertorio.

—¿Y crees que entonces podrás entrar en palacio?

—No me cabe duda, hermanos. Me ha invitado especialmente. Y cuando entre, me haré con el legado del capitán Figueroa. Os aseguro que es tarea de niños. Sólo precisaré de cinco minutos, y por su tamaño, podré sacarlo en mi caja de tabaco o en el bolsillo de mi chaleco. Y entonces nuestras cuitas habrán terminado, pues ese tesoro es el secreto de los secretos de la Corona española —reveló—. Nos hará muy poderosos.

Grimaldi había dado un sentido cabal a sus aspiraciones de recuperar el prestigio perdido. Había hablado verazmente.

—Nos llenas de alegría —dijo el Soberano, alborozado—. Esperamos tus noticias, hermano Galileo.

—Cuando estén en mi poder, cumplir con el deseo de Figueroa ya será otra cosa —recordó Grimaldi—. No nos ata ningún vasallaje con los Borbones y menos aún con Manuel Godoy, ese venal y manilargo ministro. Estamos por la abolición de las fortunas en beneficio del pueblo y por la igualdad en todos los sentidos de los españoles. Haremos lo que más convenga a esta sacratísima asamblea.

—Gracias por tu contribución a nuestra causa, Galileo. El restablecimiento de la normalidad en nuestra logia lo merece.

El aire de la sala permanecía estático entre los cortinajes de terciopelo, los inertes símbolos masónicos y los sitiales de alto respaldo. Cuando los tres masones ascendieron a la berlina, la reposada noche madrileña tenía la pesadez y la negrura del hierro forjado.

Grimaldi fijó sus azuladas pupilas en el rielar de la luna llena.

¿Conseguiría, tal como había aseverado, penetrar sin complicaciones en la Capilla Real de palacio? ¿Habrían dado con las joyas sus nuevos dueños franceses? Desde que recibió la nota del capitán Figueroa habían transcurrido casi tres años. Otro en su lugar habría abandonado la búsqueda. Sin embargo, la recompensa era desmedida; aunque el desánimo y la inquietud habían hecho presa en él en muchas ocasiones, debía armarse de resignación. «¿Acaso todo poder no se forja con paciencia y tiempo, y el que más aguarda, más seguro está de ganar?», pensó para darse ánimos.

Don Juan Grimaldi sabía que para quienes ambicionan el poder no existe una vía media entre la cumbre y el precipicio, por lo que había de conducirse con perseverancia y también con pies de plomo.

La liviandad y la templanza del aire otoñal de Madrid hacían de la noche una velada diáfana y saludable.

Había aguardado un tiempo largo, el que convenía a un asunto tan capital. Y el momento había llegado, disfrazado de compañía de teatro.

El rival

Un viento sutil llegaba del océano mordiendo las torres y miradores de Cádiz y acarreando un denso olor a algas muertas. Un sol pálido pincelaba las blancas azoteas que irradiaban su albura en el añil firmamento.

El sitio al que estaba sometida no cesaba, y la inseguridad crecía entre los gaditanos, salvo en Germán Galiana, que había instalado su felicidad entre los pliegues del corazón de la delicada Inés Muriel, una muñeca de porcelana hermosa y atractiva, pero inaccesible y esquiva. Aquella muchacha, ataviada de finos tafetanes y brocados que parecían sostenerla de pie, lo consumía. Le enviaba cintas de seda de Lyon, caros perfumes y cartas de encendido amor que no le eran respondidas.

El mar se mantenía en una calma inusitada, resplandeciente y liso, mitigando los sofocos del caliginoso verano pasado. Pero la milenaria Cádiz, la que había nacido bajo el signo del negocio y el comercio, vivía aterrada. Los días transcurrían lentos y los ciudadanos deambulaban por sus calles como por callejones sin salida. Por vez primera las bombas francesas habían alcanzado la catedral, cuyos tesoros y archivos habían sido llevados a buen recaudo, al convento de Capuchinos, entre el alboroto general.

Los vecinos se resguardaban de las andanadas en la playa de La Caleta y en el paseo del Vendaval, mientras el ejército español, atrincherado en los fortines y baluartes de Puerta de Tierra, la Soledad, los Mártires y la Candelaria, no contraatacaba. Los paisanos, diputados y comerciantes se desesperaban, y el hondo desconsuelo dio paso a una inquietud generalizada. «La guerra contra el francés no es abierta, sino sorda y pérfida. La inactividad del ejército vuelve a ser irritante», se oía en los mentideros.

Galiana había vuelto a su rutina diaria. Ya no frecuentaba el café para leer las noticias de *El Duende de los Cafés* o para conversar con el diputado del Perú y con Mexía Lequerica. El Apolo, los ventanales del León de Oro y el Café de los Patriotas se habían convertido para él en un punto de observación: el lugar de encuentro visual con Inés, la criatura que reinaba en su corazón pero a la que aún no conocía, aunque le había enviado docenas de recados escritos, expresándole su devoción.

Frecuentaba el Café de los Patriotas, en la plazuela de Horta, o el Café del Siglo, en la recatada calle Cervantes, donde solía hacer negocios con el representante de los La Rossa, acaudalados cargadores de Indias.

El coronel Yupanqui, que lo protegía como a un hijo, había estado preparando su encuentro con la complicidad de algunas amistades. Al fin, una de aquellas tardes el inca se la presentó oficialmente en la confitería de Cossi de la concurrida calle de San Francisco. El corazón le galopó desbocado en la garganta. No podía sentirse más feliz. Había esmerado su aspecto, untado con perfumes su larga cabellera anudada atrás y lucía sus mejores galas.

La coqueta pastelería era el lugar de cita de los diputados liberales moderados, los redactores de *El Conciso* y la alta burguesía gaditana, que comentaba en sus salones las crónicas de sociedad de Londres o Moscú, los cánones de la moda de París, Madrid y Aranjuez, o los artículos aparecidos en *El Robespierre Español* o *La Abeja Española*. A Germán le temblaron las piernas y llegó a enrojecer cuando besó la mano enguantada de Inés.

A partir de aquella inolvidable tarde, Germán se transformó. Si antes era el más rendido admirador de la belleza delicada de Inés, desde entonces se convirtió en su ángel tutelar. Sus párpados anacarados, su boca rosa y sensual, siempre dispuesta al suspiro, le inspiraban las más sublimes emociones. Pero con semejantes dones de la naturaleza y sus radiantes diecisiete años, decenas de pretendientes rondaban a su alrededor como moscones. Tenía que aceptarlo.

De momento, aquella angelical joven era una fuente sellada.

A partir de ese día se hicieron los encontradizos en la Alameda, pasearon por las arboledas del Perejil,* y tomaron café y chocolate en algunas de las más conocidas tertulias de la ciudad. Inés se sabía hermosa, pero protegía sus encantos con la modestia y la virtud cristiana. Un día coincidieron en el Teatro de Comedias de la calle Novena, un coliseo de escasa presencia, donde asistieron a la representación de *El lindo don Diego*. Entre diálogo y diálogo, intercambiaron gajos de naranja, pistachos y refrescos, y Germán estornudó rapé a su lado —costumbre usual de los caballeros en las variedades—, pero las tías de Inés no les permitieron hablar.

Germán le enviaba rosas rojas, la adulaba; a cambio, recibía de ella mensajes contradictorios, aunque sutilmente amables, a través del lenguaje de los abanicos y recados corteses redactados por la mano pura de Inés. Y entonces no cabía en sí de gozo y contaba las horas y los minutos que faltaban para poder besar su mano y tenerla frente a sí.

La aparente disposición de la joven avivó el interés del marino, que comprobó, contrariado, que la comedida muchacha vivía en un mundo amanerado de refinamientos y exquisiteces, mientras sus padres esperaban un casamiento provechoso, a la altura del rango de su apellido. Aunque hasta ahora sólo era correspondido secretamente, sabía que ella, a pesar de contar con un hervidero de pretendientes, comenzaba a amarlo en la reserva de su alma.

Inés pertenecía a una familia ilustre de caballeros, quizá de excesiva soberbia y ambición, y con más apellido que fortuna. Había sido educada en la Academia de mister Fosh y de madame Bienvenue, donde había aprendido francés y algo de latín, y tomado clases en las aulas de la Escuela de Nobles Artes. Sin embargo, sometida a las insoportables mojigaterías y a las meticulosas disposiciones morales de su clase social, se negaba a exteriorizar su afecto por Germán en público. Participaba en los juegos de amor y en las galantes diversiones de la burguesía de la ciudad, que ha-

* Hoy Parque Genovés.

bía hecho del amor un arte metódico e interesado. Hablaba de los hombres con desdén sin haber probado aún el fruto del amor.

Conforme avanzaron las semanas, los encuentros con el marino se hicieron más frecuentes. Acompañados por una dama de la casa Muriel, asistían a las funciones del teatro de la calle Novena, acudían a los oficios divinos en la Catedral, donde se congregaban los diputados conservadores, y vaciaban sus almas intercambiando afectos en los bancos de la Alameda. Germán tomaba su mano, blanca y pequeña, y la acariciaba con ternura. Pero por más que lo intentó, no pudo robarle un beso.

Sin embargo, Inés se negaba a aceptar la situación, y sus relaciones no progresaban. ¿Eran la causa la oscura cuna de Germán y su fama de corsario ocasional? La joven le aseguró que detestaba someterse como las demás muchachas casaderas al examen de los jóvenes caballeros que intentaban impresionarla con apellidos y fortunas. Para no incomodar a sus padres, en los bailes, paseos y tertulias coqueteaba con todos los aristócratas que le pedían un minué, despertando rivalidades entre los petimetres de Cádiz. No obstante, Inés jamás hacía creer a nadie que le estaba rendida, tampoco a Galiana.

Pero una casual aparición vino a quebrar aquel idílico universo.

Cuando el cerco francés se fue recrudeciendo, comenzó a visitarla un amigo de la familia, el oficial Alfonso Copons, sobrino del general que se había enfrentado en el Trocadero al general Victor. Germán no le concedió mayor importancia, pero fue presintiendo que los padres de la muchacha estaban encantados con ese noble brigadier, al que preferían por encima del adoptado de los Galiana. Copons era un sujeto de espíritu ensoberbecido, un presumido artillero del Regimiento Imperial de Toledo, destinado en el castillo de Santa Catalina.

El aburrimiento, su rango militar y una sociedad clasista lo habían convertido en un petulante y ocioso figurín con galones. Nervudo, de pelo rizado y rostro cuadrado, ese presumido de andares chulescos era muy conocido en los tugurios de juego del Cuartelillo de la Marina y en la Venta del Buche, un garito donde proliferaban los cantaores de flamenco, los calaveras, los viejos excéntricos y las prostitutas; emplazado fuera de las Puertas de Tierra, en el camino del Arrecife, allí se daban cita además los conspiradores políticos y los amantes de los placeres prohibidos.

Cuando lucía las chorreras doradas, el sable y los galoncillos de militar, Copons llamaba la atención entre las féminas por su fornida humanidad. Informado por sus colegas de la amistad de Inés con Galiana, al cruzarse con el marino le lanzaba miradas de desprecio, a las que Germán respondía con gestos de reto. La muchacha no desdeñaba las atenciones del soldado, pero le aseguraba a Germán que sólo pretendía despertarle celos. Sin embargo, las intenciones de sus padres parecían ser bien distintas.

A pesar de la intromisión de Copons, los dos enamorados seguían manteniendo encuentros clandestinos y tiernos. Se veían en los bailes de la casa de Paquita Larrea, esposa del cónsul alemán Nicolás Böhl de Faber. Pero la tertulia desagradaba a Germán por su carácter puritano, las ideas antiliberales que allí se vertían y, sobre todo, por la presencia indeseada de Copons, que siempre aparecía en el momento más inoportuno para quebrantar el embrujo de la feliz pareja. Además, le disgustaba el estilo francés de sus salones. «Poco patriota», solía decir Germán a la joven.

Llegó un momento en que el marino comenzó a manifestar una furiosa inquina por el entrometido militar y decidieron cambiar el lugar de sus citas. Al principio sus pláticas eran simples monólogos de Germán, dirigidos a Inés, que la hacían ruborizarse y hasta avergonzarse. Luego se vieron en las veladas nocturnas en la Alameda, en las que la joven se entregaba al rigodón y a la chacota con una fogosidad descontrolada.

—Este engreído hijo de perra va a dar al traste con la relación. Lo veo venir —espetó Germán, enojado, al verlo salir una tarde de casa de Inés.

Sin embargo, unieron sus labios por vez primera en el Teatro de Marionetas y en los fuegos artificiales del Balón. Pero fue en el baile de Fin de Año donde, tras su primer beso pasional, la muchacha le prometió amor eterno. Una nueva concepción de la vida brotó en el corazón de Germán. Jamás pensaba en el infausto presagio de una separación. Soñaba con subir de su brazo al altar de la iglesia del Carmen. Pero si deseaba consumar esa ilusión, no podía contravenir las rígidas normas sociales. Debía perseverar.

Pese a ello, todo comenzó a cambiar inesperadamente. Con el paso de los días su relación se volvió extraña, e incluso insostenible. Inés, sin previo aviso, dejó de acudir a los lugares de encuentro y le devolvía las cartas y los regalos sin razón que lo justificara. Condenado a la soledad, Germán no comprendía esos desaires. ¿Le reprochaba quizá que dilatara la relación y no se decidiera a pedir la mano a sus padres?

Los viernes, Inés solía acompañar a una tía a rezar el ángelus del mediodía en la iglesia de San Antonio. Germán se asomó ansioso a la calle Veedor. Había que terminar con aquella angustiante ambigüedad. Estaba firmemente decidido a pedirla, pasara lo que pasara. Cuando la vio aparecer, saltó como impelido por un resorte y cruzó la plaza. Se acercó a las damas y contempló el cuerpo cimbreante de la muchacha, oculto bajo refajos y muselinas.

—Buenos días, señoras. ¿Me conceden el honor de acompañarlas?

—La casa de Dios es de todos. ¿Acaso podríamos impedirlo, Germán? —le soltó Inés en un tono que preocupó al galán.

En la nave se agavillaban un nutrido grupo de beatas de mantos oscuros que entonaban las antífonas del anuncio del ángel. La joven no lo miró una sola vez. Cuando abandonaron el templo, el marino, dispuesto a todo, acercó su boca al oído de Inés.

—Para el domingo anuncian en el teatro de la calle Novena la obra *España encadenada*. ¿Podemos vernos en la función? He de revelarte una decisión trascendental para nuestras vidas. Quiero hablar con tus padres para formalizar nuestra relación —le descubrió, grave.

Inés lo miró con malestar, como si recelara, y no atendió como esperaba su apremiante invitación; su contestación le taladró el alma.

—El brigadier Copons se ha adelantado: ha invitado a toda la familia al palco de su tío el general. Sería una descortesía rechazarlo —indicó, desabrida—. Hemos de comportarnos con discreción.

—¿Más prudencia me pides, Inés? —alzó la voz, enojado—.

Mi vida se ha convertido en un calvario de sospechas, ocultaciones y reservas. ¿Qué te ocurre, Inés? ¿Por qué rechazas mis cartas? Dime, ¿no me amas?

La vieja que la acompañaba lo retó con una mirada de cólera, reprendiéndolo agriamente:

—No hablamos con insolentes —dijo, desabrida—. ¡Vamos niña! ¡Id con Dios!

Germán se quedó petrificado en medio de la plaza, inmerso en un embarazo desolador. Se sentía ridiculizado y con el orgullo herido. No podía creerlo, Inés se le escapaba de las manos. Rumiando su propio desconcierto se dirigió al Apolo mientras veía desaparecer la amada silueta de su amor, que ni tan siquiera había vuelto la cabeza para confortarlo. ¿Por qué le negaba ese simple consuelo? ¿Tan despiadada era? ¿Acaso su delicada apariencia ocultaba un témpano de hielo?

La grieta de incomprensión que se había abierto entre ellos amenazaba con destruir su sólido afecto. Sólo un hombre profundamente enamorado podía sentirse tan dolido. En el Apolo hundió su amargada decepción en una taza de café. No lo apaciguaron las palabras de Mendizábal y del afable don Dionisio, que intentaron consolarlo recordándole que al menos una veintena de jovencitas gaditanas bebían los vientos por él. La agitación se había adueñado de su ánimo y comenzó por vez primera a odiar al intrigante brigadier Copons. Ya ni la estimulante compañía de sus amigos lo animaba.

—Te ha salido un rival de cuidado, Germán. Y además es el preferido de la familia. Debes reconducir el asunto con cautela —le recomendó el coronel.

—Soy esclavo de sus deseos. Siento que mi alma se ha partido en dos.

Mientras conversaban, un chico preguntó por Galiana.

—Este recado es para vos —dijo, y desapareció.

El escamado marino tomó el billete en sus manos. «¿Será de Inés, que me concede el bálsamo de una explicación? Qué criatura tan deliciosa…» Se lo agradeció en el alma. Rompió el sedoso bramante que lo cerraba y comprobó que no olía a su perfume. Mientras lo leía, su semblante cambió. No podía disimular su desazón, que no pasó desapercibida al diputado peruano. Dio la vuelta al papel. En el reverso no había continuación, y nadie lo firmaba. Estaba claro. Era el fruto de la hostilidad de un enemigo al que no conocía lo suficiente: Alfonso Copons.

La situación tomaba un sesgo dolorosamente perturbador.

Y su rostro adoptó el color de la cera.

La daga de los celos

El anónimo había despertado en Germán una perversa inquietud.

—Has perdido el color de la cara, Germán. ¿Ocurre algo grave?

—Algo más que grave, don Dionisio, un insulto a mi dignidad emboscado en la cobardía del anonimato. Un artillero felón y ruin ha disparado a la línea de flotación de mis sentimientos, y temo zozobrar. Este billete ha salido de la mano de Copons. Estoy seguro. ¿Qué sabe de mi vida ese indeseable arribista? Me temo que esté revolviendo en mi pasado para perjudicarme. Leedlo, os lo ruego.

El coronel de dragones se emplazó las antiparras y lo examinó con discreción:

> Marinero, te has embarcado en una aventura descabellada. Abandona la singladura, pues nunca conquistarás esa plaza, corsario provocador. Inés Muriel jamás será tuya, bastardo.

Para confortarlo, Yupanqui lo animó a olvidar.

—Un ataque de celos se encierra tras tu ira, posiblemente justificada —comentó—. Olvídate de ese Copons y de esta absurda nota.

El marino la tomó y tras releerla alzó su voz ahogada:

—Se comporta como un cobarde, no como un soldado.

—Qué pena que yo no tenga jurisdicción sobre él —se lamentó el coronel.

—Carece de honor y sabe dónde herirme, don Dionisio —aseguró Germán, que había tomado conciencia de su frágil vulnerabilidad.

El rencor agrió la indiferencia que sentía por el brigadier y su animadversión creció en su interior como un torrente en primavera. Intentó desterrar de su mente la imagen del soldado y sustituirla por el perfil aún amado de Inés. Pero por más que lo intentaba no podía ocultar su repulsión hacia el entrometido militar. ¿No le había dado Inés patentes muestras de su afecto? ¿Por qué entonces parecía desearlo fuera de su vida?

—Conozco a ese Copons —afirmó Mendizábal—. Frecuenta la tertulia del Café del Correo, y se mofa junto a otros serviles absolutistas de los artículos de nuestro dilecto Lequerica en *El Defensor de la Justicia*. Además de fanfarrón y presuntuoso, es un hombre cruel y peligroso.

Un ataque de ira y de vanagloria malherida sonrojó el rostro del marinero.

—Demoleré su artificiosa fachada, e Inés lo conocerá —manifestó, herido—. Pero ¿podré volver a verla? Parecía una despedida para siempre, y esta nota parece corroborarlo. Me dan ganas de romper el lazo que nos une y que sólo me acarrea pesares.

—Ves fantasmas donde no los hay. Inés te ama, pero es una chiquilla sin experiencia que aún no ha salido de las faldas de su madre —dijo el oficial.

Una sospecha atroz había paralizado a Germán, que acabó por aceptar los consejos de sus amigos. Abatido, se comprometió a zanjar el asunto y no entrar en reparaciones absurdas; se concedía un tiempo para que la joven enamorada pusiera orden en sus sentimientos. Luego el diputado inca y Mendizábal le estrecharon la mano y el marino sintió la firmeza que sólo da la confianza y una amistad sin grietas.

Se excusó y salió a la calle con la compañía de su solitaria ansiedad. Era demasiado orgulloso y lo atormentaba un penoso dilema. El más profundo de los ultrajes lo corroía: «¡Llamarme bastardo!».

Su mirada se volvió glacial, temerosa, exangüe.

Germán seguía apesadumbrado por el rechazo de Inés. Y la nota anónima lo había sumido en un estado mezcla de ira y pesar. Había regresado de uno de sus viajes comerciales a Gibraltar, donde se había mostrado taciturno, rumiando su propia perplejidad. Su vanidad agraviada no podía admitir aquel rechazo, y menos aún el menosprecio del brigadier. «¿Existe alguna lógica en el amor?», se preguntaba. Una lacerante punzada de celos lo corroía, y se sentía tan inseguro en tierra como cuando había escapado a la mar.

La vil conducta del oficial y la indiferente actitud de Inés habían penetrado en las fibras de su corazón como un ramillete de ortigas. No podía vivir a la defensiva. Necesitaba escuchar de los labios de Inés que lo rechazaba. ¿Bastaba la irrupción de un rival para dictar el destino de su amor? Necesitaba espacio, calma y soledad para examinar sus sentimientos. ¿Qué iba a hacer si el rechazo de aquella mujer a la que deseaba persistía? ¿Qué más podría exigirle si su amor era puro y desinteresado? Quería restar importancia a sus celos y sospechas, pero ¿su relación con Inés no se había convertido en una contradicción flagrante de sus sentimientos? ¿Estaba tan ofuscado como para no distinguir a la falsa de la verdadera Inés?

—Debo saber si me ama o es una consumada actriz. Tal vez mis temores sean infundados —masculló entre dientes.

Decidido a aliviar sus dudas, se dirigió a la casa de los Muriel. Allí, una inquietante corriente oculta perturbaba el ambiente. Inés se negó a escucharlo. Y tras rogarle que lo atendiera, la joven, fría como un témpano, no mostró ningún interés en resultar accesible. Un soez criado lo invitó con malas maneras a marcharse, y Germán no pudo sino manifestar su irritación ante el descortés descaro de los Muriel.

Se iba sin ninguna prueba de amor, rechazado como un rufián. Se retiró en silenciosa cavilación y con el alma estremecida por tanta indiferencia. ¿Lo había abandonado definitivamente? Más que su propia aflicción, lo que le dolía era la total confusión en la que se hallaba. ¿Por qué Inés le negaba el pobre consuelo de unas palabras de aclaración? Era una afrenta concluyente; se sentía postergado.

Cuando hubo descargado su corazón y dado cuentas de su fracaso a doña Mercedes de Galiana, se dirigió al mesón de Urbina para ahogar sus penas con Soledad, la Cubana, el refugio de sus tormentas. Se había convertido en un hombre solitario y amargado y su antes majestuosa fachada se había derrumbado.

Aquella noche a Germán el vino le sabría amargo, pero el baile de la Cubanita lo incitaría y olvidaría sus penas. Se acomodó en la mesa de los toreros gaditanos, que consumían una botella de aguardiente, Curro Guillén, El Sombrerero y Juan León, a los que el marino saludó rendidamente. Con sólo la luz de las velas, que realzaban su pelo recogido con peinetas de plata, su exuberante escote y una falda roja carmesí, Soledad saltó sobre una de las mesas, descalza, con su cuerpo en tensión, como el de un felino.

Y, como era su costumbre, enardeció al público hasta el frenesí.

Aún sonaban los aplausos y ovaciones cuando Galiana subió a su habitación triste, pero encendido.

—Soledad, no hay artista como tú. Has estado excelsa.

—El baile no sólo debe asombrar, sino que el público debe sentirlo en el estómago —dijo la bailaora, que tenía el cabello desparramado sobre los hombros desnudos—. Te he visto abatido y he querido borrar tu morriña con mi danza, esa que me sale del alma algunas veces. ¿Te ha dejado al fin tu damisela?

—Creo que sí. Además hoy he sufrido el desaire de su familia. Mi dignidad no puede permitirlo —afirmó, y pasó a narrarle el episodio de la iglesia y lo del anónimo que presumía salido de la mano del brigadier.

—¡Dignidad y honor! Dos dagas que un día te matarán —dijo la Cubana.

Luego Germán se apaciguó y la voz de Soledad le pareció especialmente cálida en el camastro, sosegadora. Lo precisaba. La muchacha hablaba otro lenguaje. La ira lo agobiaba, y esa inquietud confusa prolongaba su enojo hacia Copons y hacia otros enemigos invisibles que le hurtaban el reposo del espíritu. Soledad lo acariciaba y se preguntaba si debía luchar para defender su amor. Pero no se alegraba de su sufrimiento. No valía la pena.

Bajo los reflejos de la lamparilla, Germán contempló la curvilínea y desnuda silueta de su amante, a la que los celos seguían carcomiendo las entrañas. Sabía que no existe nada más destructible y despreciable que los celos y un orgullo arrogante, como el suyo. Pero se dominaba. Después del baño en aceite de almendras, se había trenzado la cabellera castaña y ensombrecido los párpados.

Besó sus sensuales labios pintados de carmín y sus orejas, adornadas con dos pendientes de jade. De inmediato, el aliento reseco de sus besos dejó una señal áspera en su piel. Germán se excitó. Se apoderó de sus senos, de sus muslos, de su boca y de sus honduras y, enfebrecido, recordando su talle insinuante, sudoroso e incitador, mientras bailaba sobre el escenario, se sumergió en un universo de sensaciones embriagadoras.

—Consigues que me sienta segura. Olvídate de esa niña y huyamos juntos lejos de aquí.

—El amor es una jugada arriesgada de naipes... a veces se pierde. Amor y odio son hermanos de una misma madre. He de resistir —afirmó, y la besó con pasión—. Mi vida está aquí.

Tras un largo rato de caricias, embates febriles y escarceos de una sensualidad feroz, unos gemidos ávidos pusieron fin a un éxtasis delicioso y fluyente. La larga cabellera de Soledad, su piel olorosa y su cuerpo goloso impidieron que esa noche Galiana cayera en la ciénaga de la locura. La Cubana, mujer insumisa y ardiente, intentaba dominar su estallido celoso, pues se sentía cómplice de sus penas.

Rezó con voz queda a las imágenes y estampas de santos que lucían sobre la cómoda, y luego contempló a su amante, desnudo sobre el lecho, con el pelo del color del almíbar desparramado sobre los almohadones, y le pareció un héroe homérico. «¿Por qué no soy yo la soberana indiscutida de este hombre, la única que sabe despertar lo mejor de su virilidad? ¿Cómo puedo hacerle olvidar el encanto de esa mujer insulsa que le tiene sorbido el juicio y que además lo repudia?», se preguntaba.

—La burla de ese despreciable brigadier no quedará sin su justo castigo. ¡Lo juro por mi madre, Soledad! —prometió Germán con voz quebrada, rojo de rabia.

—El celoso siempre agranda las acciones de sus rivales. ¡Olvídalo! Y, como te conozco, te lo ruego con toda mi alma: no cometas ningún disparate. Presiento que esa Inés es una simuladora. ¡Déjala!

—El tormento en el amor es su único alimento. Y si no lo ha probado, muere. La vida no es justa. Los pacíficos como tú nunca heredarán la tierra. Convéncete.

La mirada de Galiana se volvió entonces tan dura como el pedernal. Estallaba en tormentosas discusiones con sus seres más queridos; ni Soledad ni sus amigos podían siquiera imaginar lo que aquel hombre zaherido podía llegar a hacer.

Fuera, una tenue llovizna caía sobre los adoquines. Su mente estaba presa, a medio camino entre el furor y la decepción. La Cubana salió de puntillas.

Germán necesitaba estar solo.

La luz de Cádiz, llena de fosforescencias, fue escatimando su calidez. Retazos de nubes pardas comparecían por el océano anunciando un invierno húmedo y riguroso. Con el viento, los visillos de hilo de las ventanas danzaban y los postigos chirriaban.

Germán Galiana precisaba de quietud para aclararse las ideas y revisar sus sentimientos y su dignidad vulnerada. Había recuperado su amor por la música y pasaba largas horas en su alcoba interpretando fragmentos para violín en su viejo instrumento. Sólo los alegros, prestos y adagios lo estimulaban. Aquella tarde había tocado fragmentos del concierto de Vivaldi *El Placer*. Al concluir la pieza, su ánimo no podía estar más sereno.

Inés ignoraba sus sentimientos. El marino sufría en silencio, aunque de vez en cuando sobaba su pistola, e incluso la cebaba, con la intención de descerrajarla en el pecho del brigadier entrometido. Su reputación deshonrada se lo exigía a voces. Y ni las argucias de don Dionisio Yupanqui y de Juan Mendizábal para que se vieran en secreto surtieron el efecto deseado. No comprendía los súbitos cambios de humor de la esquiva muchacha, y pensar en aquel espectáculo de rechazo y desafecto lo enfurecía. Estaba de un humor infame y ni siquiera las ternuras de la Cubana conseguían que olvidara a la distinguida joven.

Entretanto, la maldita campaña contra el francés seguía asolando España, que, alzada en armas, se negaba tercamente a aceptar como rey a José I, el «Napoleón Chico», llamado «Pepe Botella» por el pueblo debido a su afición, infundada, a los caldos de Borgoña y Jerez.

El ejército invasor, dirigido por el mariscal Suchet, había lanzado una terrible ofensiva sobre el Levante español y arrasado lo más granado de la artillería hispana. El desastre se acusó en Cádiz, que sufrió tremendos y nuevos bombardeos. La Regencia confió la contraofensiva a Wellington, que aprovechó la declaración de guerra de Austria y Rusia a Napoleón, quien no podía tener varios frentes abiertos en Europa. Wellington contraatacó y venció a los franceses en Ciudad Rodrigo. El gobierno de España le concedió el título de duque de la ciudad conquistada y Londres el de conde. Cádiz celebró la victoria con bailes públicos y fiestas.

Conforme se sucedían los combates en todos los frentes, el país se iba dividiendo en dos facciones irreconciliables: los absolutistas o serviles, que seguían enarbolando la vieja bandera de los privilegios y la unión del Altar y la Corona; y los liberales, como Yupanqui, Torrero, Quintana, Mexía Lequerica o Argüelles, patriotas de ideas reformadoras que alumbraban desde los escaños de San Felipe una nación libre y constitucional, sin tiranos indeseables. Luchaban juntos ante el enemigo común, pero la paz los desuniría.

La fría monotonía invernal concluyó, y, con ella, los últimos casos de apestados y también los nobles trabajos de los congresistas. 1812 asomaba tímidamente con sus brotes nuevos y los huertos en flor.

La nueva Constitución de las Españas estaba concluida.

La noticia se propagó rápidamente, en medio de un fervor inenarrable. La desconfianza inicial dio paso a la curiosidad, y ésta a la aceptación y al júbilo. Los gaditanos que no alcanzaban a comprender la importancia del evento acudieron no obstante a la iglesia de San Felipe Neri a aclamar a los padres de la Ley de Leyes, y los emocionados diputados, de pie en las escalinatas, recibieron una atronadora ovación. Su feliz presidente, el diputado por Extremadura Muñoz Torrero, un sacerdote de gesto apacible y rector de la Universidad de Salamanca, no cabía en sí de gozo. Soberbio orador y hombre obligado con las ideas liberales, sólo rendía tributo a la razón, a Dios y a la igualdad de los seres humanos.

—¡Viva la Constitución, viva don Fernando! —corearon.

—¡Os entregamos una patria nueva y más justa! ¡Al fin España es una nación! —exclamó, eufórico, el «divino» Argüelles esgrimiendo la obra de las Cortes en su mano alzada.

Pero todos sabían que el Deseado era un príncipe de personalidad contradictoria que tenía una opinión deplorable hacia lo novedoso. ¿Abriría su corazón como la fruta madura al texto constitucional y desarraigaría el odio feroz que sentía hacia los cambios?

El tiempo viejo había muerto. Comenzaba una nueva era, pero un doloroso presentimiento atenazaba a los Padres de la Patria.

Un filamento de nubes negras cruzaba el firmamento.

«¡Viva la Constitución!»

Germán, mientras tanto, seguía sumido en el desamor de Inés.

La muchacha, que aún regía en su corazón maltrecho, permanecía encerrada en su jaula familiar, inaccesible al desanimado enamorado, quien con absurda perseverancia seguía alentando las ascuas de su volcánico amor.

No podía conciliar el sueño, se mostraba irascible por su vanagloria magullada y saludaba a sus amigos con falsa imperturbabilidad.

La primera mañana de marzo de 1812 germinó plomiza y ventosa. El camarero del Apolo encendió las lámparas y calentó las chocolateras, que exhalaban un grato aroma. Al poco compareció el inca, don Dionisio, con su impecable uniforme de dragón real y su distintivo en las solapas: un sable con una ramita de laurel de la victoria, casaca, pantalón y capa azul turquesa, y sombrero con galoncillos de oro, escarapela y plumero rojo. Saludó a Galiana, a Mexía y a Mendizábal, se acomodó en los sillones coloniales y pidió un brandy. Ironizó con el tendero sobre su peculiar vestimenta, que seguía la moda impuesta por lord Byron en su paso por Cádiz.

—¡Señores, por fin vamos a ver proclamada la Constitución de la monarquía española! ¿No os parece sublime que políticos de todas las ideologías hayan refrendado la igualdad de los españoles? Tras siglos de oscurantismo, España despierta a la luz de la modernidad. *Lux ex tenebris.**

* Se ha hecho la luz de las tinieblas.

—Aún no puedo creer que la supresión de la Santa Inquisición sea un hecho consumado. Encarnaba la peor cara de España en el mundo, que nos miraba como esbirros de poderes oscuros —afirmó Galiana—. ¡Cuánto dolor ha ocasionado esa despótica institución de terror e intolerancia!

—Y cuánto progreso mutilado y cuántas mentes preclaras han ardido en la hoguera durante siglos de miedo y arbitrariedad —se lamentó Mexía—. Al fin esta nación se ha sacudido de una vez y para siempre el lastre del atraso y la desigualdad.

—Se terminó la esclavitud en las dos orillas. Todos hemos recobrado nuestra dignidad —recordó el marino.

La mirada del oficial de dragones centelleó en su arrugado rostro.

—América es el orgullo de los españoles, pero también su gran responsabilidad. Hemos demolido los fundamentos del Antiguo Régimen y alumbrado una nueva nación, y nunca estuvimos tan cerca los españoles de los dos hemisferios. ¡Brindemos por ello!

Tras chocar sus copas, Germán, que maliciaba que la Constitución se convertiría en el blanco de las fuerzas más reaccionarias del país, preguntó:

—¿Creéis, don Dionisio, que los servilones y los curas lo permitirán? ¿Lo comprenderá un país atrasado, carente de sociedades comerciales, sin industria y donde toda la riqueza la acaparan unos pocos? La Iglesia sigue defendiendo en el púlpito que la soberanía proviene de Dios, no del pueblo.

—No tendrán más remedio. Son los signos de los tiempos.

Sus palabras emocionaron a Germán.

—Y la guerra, ¿qué derroteros lleva, don Dionisio? —preguntó.

—Tengo noticias fidedignas de que, con la ayuda de lord Wellington, los generales Porlier y Espoz y Mina acosan a los franceses en el norte.

—¿Y el Deseado, por el que muchos patriotas dan su vida?

—No me habléis de ese fantoche —declaró el inca bajando la voz—. No creáis, como dicen los periódicos, que vive en Valençay como prisionero y víctima inocente de Napoleón, no. Se pasa el día jugando a las cartas y al billar con su tío Antonio, su hermano Carlos y algunos palafreneros.

—Y, mientras, por estas tierras la soldadesca francesa somete a los españoles a la más dura de las opresiones en nombre de los ideales reformistas, la redención de los tiranos seculares de la patria y la libertad —afirmó Galiana—. Ese tiránico corso ha empleado los ideales de la Ilustración y la Revolución para encumbrarse a sí mismo.

—Y el Deseado indeseable nos obliga con su sarta de falsedades a besar las cadenas francesas que nos oprimen —opinó Mexía—. Permanece en su jaula de oro ajeno a la tragedia que vive su nación, lamiéndole las botas a Bonaparte. Ha enviado una carta a Napoleón felicitándolo por sus victorias en España y Europa, y expresándole su acato y lealtad. Y, claro, el astuto emperador ha hecho llegar esa carta a todos los periódicos y revistas de Francia para que vean el talante del bellaco Borbón.

—Su carcelero, Talleyrand, se ha quejado de daños en los techos del palacio debido a los fuegos artificiales y los festejos que nuestro futuro rey organiza para celebrar los triunfos de Napoleón —dijo Germán—. ¿No os parece patético?

—Este rey ingrato nos helará la sangre. Estoy seguro.

Siguió un largo y denso silencio. Don Dionisio, para cambiar el sesgo de la charla, le preguntó por Inés.

—Y bien, Germán, ¿y tus relaciones con Inés? ¿Siguen igual?

Un escorzo de tristeza cruzó el semblante del marino. De repente recordó que un piloto de *La Marigalante* le había contado que había presenciado cómo Copons apretaba a Inés con obscenidad en uno de los bailes organizados por el cónsul alemán. Sintió una desazón íntima, ante una Inés inexpugnable, cada día más huidiza y agria, que le laceraba el alma. Y aunque lo había achacado al entusiasmo del momento, continuaba dolorido.

—Las dejo a la voluntad de Dios. Sé que Copons se interpone entre nuestro amor. Inés me ha enviado algunas notas por mediación del prior de Capuchinos, fray Mariano, un espíritu místico y gran protector de la familia Galiana. Dentro de una tibieza insultante, me da vagas esperanzas. Nada más.

—¿Y el brigadier ha vuelto a importunarte? —se interesó Mendizábal.

—No, lo cifra todo en despreciarme y dejarse ver por la Alameda paseando con ella. Me dan ganas de atravesarle el corazón. Pero me contengo. Mi aspiración es encontrarme con el padre de Inés y hablar con él, pero se niega a recibirme. Me hallo en un callejón sin salida y con mi honra maltrecha y por los suelos.

Su triste semblante confirmaba la veracidad de su relato. Callaron. El marino había perdido la chispa de la palabra y lo compadecían. Una desilusión tumultuosa desgarraba su existencia.

Aquel día la tertulia se sumió en un fárrago de monólogos.

Germán Galiana se hallaba ausente.

La costa de Cádiz había sufrido rudos temporales; las olas rompían con braveza en las defensas del Campo del Vendaval en aquel recién iniciado mes de marzo de 1812. El salado olor del océano impregnaba las calles y las plazas de la ciudad.

Germán, con su vanidad devastada, comprobaba que conforme avanzaban los días la actitud de Inés se volvía más desconsiderada y esquiva y que su corazón destilaba amargura. ¿Por qué su proximidad se le hacía tan embarazosa? Alguien intentaba que aquella relación fracasara. Era evidente. Y tenía un nombre: Alfonso Copons. Se resistía a admitirlo, pero la sombra de los celos lo angustiaba.

Mientras el marino rumiaba su doliente situación, los diputados reunidos en San Felipe Neri se dispusieron a acatar la Constitución. Pero numerosos absolutistas alegaron las más peregrinas estratagemas para no presentarse en el Oratorio y estampar su firma. Se resistían a jurar el fin de sus derechos y privilegios. Muchos acudieron al subterfugio de la enfermedad para evitarlo, y Letona, diputado por Vizcaya, no juró por ir en contra de los fueros vascos. De inmediato el presidente pensó en confinarlos e imponerles duras multas, y al fin todos se decidieron a prometerla.

El diputado turolense por Madrid José de Zorraquino, uno de los cuatro secretarios de las Cortes, proclamó con su rudo vozarrón el preámbulo de la nueva Constitución: «Don Fernando VII, rey de las Españas por la Constitución de la monarquía española, y en su ausencia y cautividad, la Regencia nombrada por las Cortes extraordinarias proclama en nombre de Dios Todopoderoso, Padre, Hijo y Espíritu Santo, autor y supremo legislador de la sociedad».

A continuación, los congresistas Terán y Navarrete, algo turbados, acudieron al estrado y leyeron alternativamente los trescientos ochenta y cuatro artículos, en medio de un silencio religioso, y concluyeron con una cláusula impuesta por la clerecía allí representada: «La religión de la Nación será perpetuamente la católica».

Los diputados se incorporaron de sus escaños y juraron la primera Carta Magna de España, que quedó formalmente aprobada entre los abrazos de los parlamentarios y el público asistente, que cerró el emocionado acto premiándolos con un aplauso caluroso: «¡Viva la Constitución! —gritaban—. ¡Viva la Nación y don Fernando VII!».

Sonaron salvas de honor y las oriflamas se abrían al viento entre el alborozo y el entusiasmo de los diputados, que regresaban abrazados a sus hogares por la casi desierta calle de Santa Inés.

Mientras, fuera de Cádiz, el país era ajeno a tan crucial suceso.

Los representantes de la nación, que sabían poco de barómetros y menos de temporales, habían elegido el 19 de marzo para pregonar al mundo la primera Constitución de la monarquía española. El gobernador, don Cayetano Valdés, prestigioso marino, liberal, justo gobernante y buen conocedor de los vientos, había pronosticado un día radiante para su proclamación.

Pero llovió a raudales.

Desde la víspera, nubes de tormenta amenazaban con aguar la fiesta de San José, que regalaba el nombre de «La Pepa»* a la Constitución, expresión clandestina con la que la conocerían años después los liberales. Cádiz entero vistió sus mejores galas y aban-

---

* El nombre de «La Pepa» fue posterior, utilizado por los liberales en la clandestinidad, no fue el pueblo de Cádiz quien así la bautizó.

donó lechos y jergones después del alba, aunque no lo hizo de forma multitudinaria. La ciudad, engalanada con colgaduras y crespones, se echó a la calle con recelo debido al mal tiempo pero urgida por la tan deseada proclamación. El disco de luz que germinaba por levante estaba oculto por una bruma gris y la gente estaba escamada. El vendaval había tronchado un sauce de la Alameda, y el pueblo lo consideró un signo de mal agüero.

Muy de mañana, los diputados juraron de rodillas el texto en el Oratorio. El «sí, juro» fue coreado por quienes paseaban por los alrededores, mientras en La Caleta se oía el retumbar de la tormenta. Antes del mediodía, la procesión de diputados, precedida por los alabarderos reales, la grandeza de España, los regentes, la Guardia Española y Valona y las ostentosas carrozas palatinas, se encaminó hacia la iglesia del Carmen, donde el obispo de Calahorra, diputado por Burgos, entonó un solemne tedeum de acción de gracias. Muchos parlamentarios lloraron.

Cuando los relojes señalaban las tres horas de la tarde, se dio inicio a la solemne promulgación de la Ley Magna ante el pueblo de Cádiz. Abrían el cortejo los escoltas a caballo, las bandas de música, los clarines y timbales de la Casa Real, acompañados por un público ferviente. El ministro de Gracia y Justicia entregó al gobernador el libro de tapas rojas que atesoraba la primera Constitución del Reino de España.

Valdés iba escoltado por un pomposo jubileo de magistrados, escribanos reales, militares y alguaciles mayores, así como por los «reyes de armas», que serían los encargados de leer sus artículos en los estrados alzados en las plazas de la Verdad, de la Cruz Verde, de San Antonio y de San Felipe Neri, todo bajo un estricto y pomposo ceremonial que presidía un retrato del exilado don Fernando, el rey Deseado. «¡Oíd, oíd, oíd, pueblo, la nueva Constitución de la Nación!», decían.

Germán, Urbina, Mendizábal, Téllez y su monito Chocolate, peripuestos para la ocasión, seguían en grupo a una lenta corriente de ciudadanos que subía por las calles de la Carne y Novena para aclamar la Ley de las Leyes. Los posaderos y comerciantes descorrían las cortinas de sus negocios mientras un esporádico chaparrón enfriaba el delirio de la gente.

—Mucho me temo que hoy va a ser un día de agua —dijo Téllez.

—Vamos, poetastro, no seas agorero —lo empujó Germán riendo.

Galiana no cesaba de girar la cabeza con la ilusión de descubrir a Inés en cualquier esquina. Si no la veía en la calle, la hallaría en la confitería de Cossi, estaba seguro.

«¡A las Cortes, a las Cortes!», se oía calle abajo. Grupos de gaditanos desafiaban la lluvia y se apiñaban en grupos en las aceras y balcones de las calles de San José, Santa Inés y Sacramento, para vitorear a los diputados y a los regentes. No entendían realmente lo que se proclamaba aquel día, incluso habían escuchado en los mentideros de la ciudad sitiada que la nueva Constitución no ofrecía nada al pueblo y que era un acuerdo entre burgueses y poderosos para restar poder al rey, pero se conformaban con que hubiera un gobierno justo, nada más. Los estibadores habían abandonado el muelle; los panaderos, los hornos, y los dependientes, sus tiendas; y todos ellos llenaban los aledaños de San Felipe. «¡Viva España, la Constitución y la Patria!», clamaban por doquier.

El viento del mar se colaba por las calles y un temporal de agua pertinaz comenzaba a caer sobre sus cabezas. La procesión alcanzó al fin la engalanada sede del Oratorio de las Cortes. La Constitución había sido leída en voz alta en las plazas más señeras de Cádiz, en medio de aclamaciones, rayos y truenos. Valdés portaba en sus manos la recién parida Constitución en un lujoso libro de tafilete granate, invulnerable como una reliquia sagrada. Negros nubarrones le sirvieron de palio; ni el tedeum matinal había apaciguado el diluvio denso e inclemente que había comenzado a caer después del mediodía. La embajada de Portugal, espléndidamente engalanada, tuvo que retirar sus blasones, gallardetes y guirnaldas, deslustradas por la lluvia. Germán se preguntaba si el cielo bautizaba la nueva Ley de Leyes o si el destino la convertía en papel mojado desde el primer día de su publicación.

Los recién llegados de la Isla del León y de los puertos de la bahía se unían a la creciente oleada de curiosos atraídos por el insólito espectáculo. «¡Viva la Nación! ¡Viva don Fernando! ¡Viva la Patria!», clamaban unos. «¡Se acabó la tiranía en España! ¡Somos libres! ¡Viva la libertad y la Constitución! ¡Murieron las cadenas!», exclamaban otros.

Sus pacíficos párrafos se abrieron como estiletes de aire fresco a los cuatro vientos de la nación desde las escalinatas del Oratorio antes de que el firmamento malgastara sus aguaceros sobre los tejados de Cádiz: «Ya no hay frenos en España, porque existe la benéfica y liberal Constitución. Podremos educar a nuestros hijos y defendernos del terror del tirano y de la arbitrariedad del poderoso. Hoy acaba la opresión que por tantos siglos con su cetro de hierro nos abrumó».

La lluvia arreciaba y las gotas crepitaban sobre los cierres mientras sonaban los cañones de los franceses, que así felicitaban al rey José, que celebraba en Madrid su onomástica. La última publicación al pueblo, la cuarta, fue proclamada por el «rey de armas» de Su Majestad, don Francisco Trapani, cuya rica dalmática chorreaba, igual que sus cabellos y antiparras. Sonó hermosa la ceremoniosa declaración del Código de la Libertad, que fue escuchada por el pueblo soberano en silencio, como el valeroso general Graham, invitado de honor a la fiesta: «La justicia se levanta sobre las ruinas del despotismo. Al fin los ciudadanos de ambos hemisferios lograremos la felicidad. Somos libres, somos españoles. ¡Viva la Nación! ¡Viva la Patria!».

Con el rostro empapado, muchos gaditanos y forasteros asistieron a las lecturas pasadas por agua. Pero tendrían que esperar al día siguiente para festejar la alegría con veladas, iluminar las fachadas y celebrar los bailes organizados en las embajadas de Inglaterra y Portugal y en los merenderos del barrio del Balón. El pueblo de Cádiz, que había permanecido ajeno a las sesiones, escuchó incrédulo que al fin los injustos usos de la Iglesia y de los nobles habían sido erradicados para siempre de España. Pero no lo creían.

El grupo que comandaba Galiana entró, para guarecerse de la lluvia, en la confitería de Cossi, atestada de liberales que se abrazaban entre sí, gozosos por el salto colosal que la nación había dado hacia la modernidad. Nada más sentarse y empezar a saborear una taza de chocolate, Germán alzó la cabeza con la esperanza de ver a su aún adorada Inés. Y la distinguió en un rincón, ataviada con un traje de muselina rosa y un sombrero violeta, acompañada por sus padres, sus tíos, y cortejada por una compañía que lo desarboló: el brigadier Copons y su tío el general. La escena le causó un dolor penetrante; su amor propio no podía soportarlo.

—Sé que el veneno y la rabia te aprisionan el corazón. Pero no te alteres —quiso consolarlo el músico Téllez—. Esa niña melindrosa no merece tu adoración. ¿No ves que se la están metiendo por los ojos al oficial?

—Lo que me duele es que me hace desconfiar de mí mismo. Parece como si una flota de cañoneras hundiera el barco de mis afectos. Toda la ciudad se ríe de mí, mi integridad está en entredicho —replicó, afectado.

—Un día ese orgullo tuyo del diablo te perderá —señaló el viejo.

Germán no pudo soportar el desaire; recogió la capa y el sombrero y dejó a sus amigos con la palabra en la boca. El grupo había pensado asistir al teatro a la representación de la recitación «La Patria» y al himno compuesto para la ocasión. Germán, malhumorado, rehusó acompañarlos por no encontrarse cara a cara con Copons. La lluvia le caía por el rostro y le empapaba la coleta y la sotabarba. Paseó sin rumbo fijo en medio de una pertinaz manta de agua. Tenía las botas embarradas y llegó a su casa del Pópulo calado hasta los huesos. Al cerrar violentamente el portón, masculló entre dientes:

—Prefiero penar en un calabozo que dejar un rincón del corazón de Inés para ese oficialucho de opereta. ¡Maldito seas, Copons!

La luna danzaba en el cielo, sumida en un intenso resplandor blanco. El suelo estaba cenagoso y salpicado de charcos. El día más dichoso para Cádiz y la nación se había trocado para él en una noche desdichada.

Al despuntar la alborada, un sol decidido pugnó por asomar tras las candilejas cenicientas del firmamento. Los cormoranes y las gaviotas rasgaron el gris de la bóveda celeste y una luz cálida iluminó el aire. Al fin podrían celebrarse los fastos de la Constitución. Sonaron los clarines y timbales, asomaron por las calles las bandas de música, los trompeteros y los dragones uniformados, jinetes a lomos de caballos enjaezados de gala. Cádiz se dispuso a escuchar la gran sinfonía de la orquesta de la ciudad, acompañada por la señora Torres, excelsa soprano, y se abrió el telón del teatro de la calle Novena que representó *El día feliz de España* con un lleno a rebosar.

La paciencia del pueblo se veía al fin recompensada. Cádiz, convertida en la Ciudad de las Luces, estaba habituada a los carnavales y desfiles, pero deseaba celebrar la proclamación de su Constitución con entusiasmo, aunque no entendiera en su justa medida su capital trascendencia. La ciudadanía olvidó la lluvia y su disgusto y se entregó de lleno a los festejos, que duraron hasta el amanecer. Las alturas no querían escamotear la alegría al pueblo.

Pero a Germán la providencia le tenía preparado un rumbo adverso. Porque a veces el azar puede causar la ruina de los mortales. Y suele ocurrir ese día en que vientos ineluctables cambian nuestro rumbo.

Y el marino apenas si lo sospechaba.

Los secretos de Bayona

Madrid, verano de 1812

El cochero detuvo el vehículo en la calleja y aguardó órdenes. Se acercaba la declinación del sol, y una ligera calima que tardaba en disiparse ocultaba las siluetas de los carros, las sillas de posta y a los presurosos viandantes, que habían soportado un día bochornoso de calor y sofoco. El callejón que desembocaba en la plazoleta de Santa Ana apenas si estaba transitado a aquella hora. Al poco, otro carruaje, procedente de la red de San Luis, chirrió en el silencio. También tenía las cortinas bajadas, ocultando la identidad de sus ocupantes.

Con agentes y soplones de Murat, de don Fernando y de José I pululando por el Arco de Embajadores, había que excederse en la vigilancia y la reserva. Desde la llegada de Bonaparte a España se había establecido un Ministerio de Policía y formado todo un ejército de comisarios, informadores y chivatos a cargo del todopoderoso superintendente Pablo Arribas, fiscal de la Sala de Alcaldes de la Casa y Corte, que velaba por el orden público en toda la nación. Se decía que controlaban hasta las alcantarillas y que no había madrileño que no fuera investigado.

El segundo vehículo, un lustroso cabriolé francés con los faroles apagados, entró lentamente en el callejón y se detuvo tras la berlina, a muy corta distancia. Aguardó.

El recién llegado, más por seguridad que por recelo, observó el escenario durante unos instantes. Abrió la cortina lentamente y miró a uno y otro lado. No se fiaba. Después descendió con torpeza y anduvo los pocos pasos que lo separaban del primer carruaje. Se trataba de un hombre de rostro sonrosado, barriga prominente, levita negra bien cortada, sombrero de seda de Toledo, guantes y puños blancos. Se apoyaba en un bastón de caña de las Indias con puño de oro, con el que golpeó la portezuela de la calesa. Carraspeó ligeramente y esperó. Era evidente que desconfiaba de la acogida. Casi a la par asomó una mano femenina enguantada de encaje que abrió la portezuela de golpe. Luego apareció un rostro fino y acicalado, medio oculto tras un chal.

—Subid, monsieur Grimaldi —dijo con una voz dulce como una cítara.

—*Enchanté, mademoiselle* —repuso Grimaldi en un correcto francés.

A Juan Grimaldi, director del Teatro del Príncipe, le pareció que aquella mujer era francesa por su acento gutural al pronunciar el castellano. Movía con estudiada sensualidad un abanico de seda para mitigar el calor, y su escote dejaba casi al descubierto unos senos gráciles y blancos. Tras intercambiar una mirada de extrañeza, y sin decir palabra, Grimaldi se acomodó en el cupé del coche, frente a la dama, a la que acompañaba un caballero de tez morena, enjuto y cincuentón, de impecable porte y peluca ondulada. La exquisita calidad de su vestimenta —gabán abotonado, chaleco de cachemir, corbatín de raso negro, cadena de oro en el ojal y oloroso perfume— evidenciaba distinción. Ambos tomaban rapé y examinaban al recién llegado con indiscreta curiosidad.

—Nada receléis de nosotros, señor —rompió el silencio el hombre—. Estamos aquí por asuntos de negocios. Vos poseéis algo que nos interesa, y nosotros algo que os interesa a vos. Así que seguro que llegaremos a un acuerdo.

Grimaldi los observaba escamado. No comprendía la naturaleza del asunto y menos sus intenciones.

—¿Con quién tengo el placer de hablar? —lo cortó—. La nota no era muy explícita.

—¡Claro, excusad! —se disculpó el aristócrata—. El nombre de la señorita es Anne Lignane de Villedary, y yo soy Domingo Badía y Leblich. Tened, podéis comprobarlo en los pasaportes firmados por el ministro de Negocios Extranjeros.

Grimaldi se colocó el monóculo y verificó la estampilla ministerial y la tasa pagada de sesenta reales. Sin embargo, al director del Teatro del Príncipe al conocer sus nombres no le resultó nada tranquilizador; temía una trampa y riesgos inesperados. Pero reaccionó con resolución. Si el caballero era quien aseguraba, constituía toda una sorpresa, pues su azarosa y extraordinaria vida rayaba la leyenda.

—¿Sois el conocido Alí Bey? ¿El espía, el aventurero, el consejero de reyes y emperadores de las dos religiones, que ha recorrido medio mundo? Nunca imaginé que os conocería… Sois un personaje popular en varios continentes. He leído gacetillas que hablan de vuestras hazañas en Marruecos, Egipto, Inglaterra, París… y de la amistad que os une con el mismísimo Napoleón y su mayordomo Bausset —afirmó Grimaldi, atónito, mientras secaba el sudor de su amplia frente con su pañuelo.

—Así es, amigo mío, y la mayoría son ciertas —corroboró, comedido, el agente secreto—. Estoy ante vos y soy de carne y hueso. —Sonrió—. Un agente es más eficaz cuando nadie sabe qué aspecto tiene.

—Sois un interrogante para el mundo, señor Badía.

—Y así he de seguir, don Juan. ¿Sabíais que, desde que llegué a Madrid, la policía del Rey Intruso me sigue? «El moro Bey está en la ciudad. Hay que detenerlo.» Ésa es la consigna, y Arribas está que trina. Pero mi amistad personal con Su Majestad Imperial me preserva de cualquier injerencia de los esbirros de su hermano.

—No me extraña. El escándalo, lo insólito y el secreto os preceden allá donde vais y vuestras proezas corren de boca en boca —replicó Grimaldi—. ¿Sois en verdad musulmán?

—No, eso fue un ardid urdido entre don Manuel Godoy, el rey don Carlos y yo mismo. Me circuncidé y tomé el nombre de Alí-Bek-Abdallha para ser aceptado en las cortes musulmanas de África y Asia, y así poder hacer mi trabajo de espía libremente. Me declaré príncipe de la estirpe de los abasíes y descendiente del Profeta y fui admitido y agasajado en todas las cortes musulmanas. Después mi *savoir faire* hizo el resto.

—¡Fascinante! —exclamó, admirado, Grimaldi—. Penetrar en los serrallos de los sultanes debió de resultaros sugestivo… ¿Es cierto, como se dice, que os adentrasteis en ellos siendo aún cristiano?

—Eso pertenece a mi mundo personal, pero sí os diré que aún recuerdo el idilio que mantuve con Mohana, una princesa infiel de Rabat, hermosa como una gacela. Fueron tiempos felices.

—Codearse con soldanes y con el Gran Corso sólo está al alcance de muy pocos. Es para mí un honor hallarme ante el primer español que pilotó un globo aerostático, preparó a Godoy la guerra de Portugal, pretendió luego conquistar Marruecos, y visitó la ciudad sagrada de La Meca antes que ningún otro europeo. ¡No puedo creerlo, señor! Pero ¿hace un año no ejercíais en Córdoba como intendente general del rey José?

—Sí, pero ahora resido en París y trabajo para mi señor de siempre, el Duque, el ex Generalísimo de los Ejércitos y Príncipe de la Paz, don Manuel Godoy. Cuando regresé de Chipre con importantes informes sobre la actividad inglesa en el Mediterráneo y se me dijo que debía entregárselos a José Bonaparte, mi fibra patriótica se reveló y volví a servir a mi antiguo señor, don Manuel. Con él nunca me equivoco.

Grimaldi no dejaba de mirarlo con ojos pensativos y curiosos.

—Entonces ya empiezo a presentir qué pretendéis de mí.

—Vos poseéis algo que no os pertenece, señor. —La respuesta de la dama sonó a acusación.

En el rostro de Grimaldi se dibujó una mueca de duda; se mordió el labio.

—¿Qué decís, mademoiselle? No os comprendo.

—Vamos, don Juan. Lo sabemos todo —repuso la hermosa dama—. Yo fui testigo presencial de los últimos momentos de vida del capitán Figueroa —exageró la dama—. Sé de la conversación que mantuvisteis el día anterior de su muerte, y sabemos que os entregó un papel que él mismo escribió segundos antes de expirar.

—¿Vos asististeis a su muerte?

—Estábamos citados, pero llegué demasiado tarde y no pude consumar mi misión, *mon ami*. El capitán debía entregarme dos valiosos objetos en la hospedería, lo que nunca llegó a ocurrir porque no los llevaba consigo.

—A mí no me entregó nada —aseguró Grimaldi, categórico. Anne sonrió, malévola.

—Lo sabemos. Teníamos montado un sistema de vigilancia y nos consta que Figueroa no se detuvo en ningún sitio tras escapar herido de palacio. Hemos realizado muchas pesquisas hasta llegar a esta conclusión. Más de cuatro años de tiempo perdido en rastreos, sobornos y búsquedas. Por eso sabemos que no llevaba consigo lo que debía entregarme. Pero presumimos que, como servicio final, os reveló dónde lo ocultó. Hemos investigado detalladamente los hechos y sus últimos pasos y pensamos que en esa nota que escribió en los estertores de la muerte, y que recibisteis la misma mañana de su óbito, quizá se halle la clave de su paradero. ¿No es así, señor?

El director de escena asistía sorprendido a la plática, pero le convenía para sus intereses mostrarse a la defensiva. Era la única arma que poseía. Transpiraba copiosamente y su cara se congestionó.

—Pudo no ser como aseguráis señora. —Quiso ganar tiempo—. Quizá se hallen en otras manos. Creo que la reina consorte del monarca intruso, Julia Clary, y sus hijas Charlotte y Zenaide alardean en París de poseer esas valiosas prendas a las que creo que os referís.

—No nos hagáis perder tiempo. Vos y yo sabemos que son falsas. Si antes nuestros métodos no han sido expeditivos y drásticos con vos, y no hemos empleado la violencia, ha sido por no armar jaleo y alertar a la policía de José y a los sicarios de Fernando, que andan por todas partes.

Alí Bey no pudo reprimir una mordaz sonrisa.

—Don Juan, disponemos de información fidedigna y sabemos que estáis al tanto del lugar donde pudo ocultarlas, si es que logró llevar a cabo su comprometida misión. Hemos hecho averiguaciones dentro y fuera de palacio. Durante más de un año hemos registrado minuciosamente muebles, escritorios, vitrinas, relojes, bufetes y todo tipo de ajuares de las habitaciones reales de palacio, pero parece como si esos dos valiosos objetos, propiedad del Duque, no lo olvidéis, se los hubiera tragado la tierra. También sabemos que habéis intentado entrar en palacio varias veces. Así pues, conocéis su paradero exacto.

—¿Pertenecen a Godoy? Creí que eran del patrimonio real.

La dama compuso un ademán de contrariedad. Se impacientaba.

—Estáis en un error, señor. La reina María Luisa, con la autorización de su marido, se las regaló a don Manuel con motivo de la concesión del título de Príncipe de la Paz —explicó—. El Duque, a su vez, se las obsequió a su amante, la condesa de Castillofiel y vizcondesa de Rocafort, doña Pepita Tudó,* mujer merecedora, por su belleza y discreción, de tales alhajas. Y lo realizó ante la corte y los Grandes de España, que así pueden testificarlo delante de un tribunal. Se guardaban en palacio para evitar su robo si eran sacadas al exterior. Ésa es la razón por la que se hallaban allí y por la que Figueroa, secretario de Godoy, fue enviado con la clave a rescatarlas.

Grimaldi salía de una conmoción y entraba en otra. Estaba claro que esos dos personajes eran los que habían estado siguiéndolo y habían registrado el teatro. Las dos joyas constituían un suculento panal de miel.

—Bien —cedió el empresario—, suponiendo que yo posea alguna pista, ¿deseáis que os la entregue sin más?

—Nos alegra que sigáis controlando su localización y que seáis su fiel y único guardador. Eso os honra —manifestó Badía—. Aunque podríais revelarnos su paradero y nosotros haríamos vuestro trabajo. Ganaríamos tiempo y concluiríamos la misión eficazmente, pues poseemos resortes.

—¡Eso nunca! Es la única arma que me mantendrá vivo, creedme, y ahora poseo dos opciones muy fiables para alcanzar su escondrijo.

El viejo aventurero sonrió.

—Si con estas dilaciones el secreto cae en otras manos, como en las de los agentes de ese pérfido Fernando, que el infierno confunda, habremos perdido el control de las alhajas para siempre. No las merece, creedme. Es un príncipe infame.

---

* Amante de Godoy desde 1800, con el que tuvo dos hijos, Manuel y Luis, a pesar de que él estaba casado con la princesa María Teresa de Borbón. En la corte se aseguraba que sirvió de modelo a Goya para las «majas».

—De ello podéis estar seguro. Antes las entregaría al Hospital de Incurables* que concederle una ventaja al Deseado del pueblo, a quien mi hermandad detesta. El Creador nos libre de su gobierno.

La dama rozó la mano de Grimaldi.

—Vos mismo habéis retornado a donde queríamos llegar, señor. Nos consta que habéis realizado intentos para entrar en palacio y que se os ha negado una vez y otra la representación de obras teatrales. Aprended de don Francisco de Goya, notable jugador de la doble baraja política. Pinta a gabachos y también a patriotas. Hace poco renunció a trescientos mil reales por no pintar a ciertos franceses notables, pero luego cena con ellos en palacio. Seguid su ejemplo de colaboración digamos… inteligentemente patriótica.

—No se trata de colaborar o no. Yo lucho sólo por el arte de la escena, pero hasta hoy este rey francés ha sido muy poco amigo de Lope, Tirso y Moratín. Se me ha negado el paso a palacio con tenaz desprecio. Hace meses debía asistir a las representaciones de un famoso actor francés, pero lamentablemente se postergaron hasta la próxima Navidad. Confío en que seré de nuevo invitado y podré, por fin, acceder a palacio.

La sonrisa afilada de Domingo Badía se había borrado.

—Bien, don Juan. —Su aire de superioridad incomodó a Grimaldi—. Con ocasión tan favorable, queremos ofreceros un provechoso negocio de intercambios con el que también cumpliréis la promesa hecha al capitán. Además, nos consta que en modo alguno pretenderéis quedaros ni vender los aderezos, pues ello os acarrearía grandes inconvenientes, incluso la muerte. Y vos lo sabéis.

—Nunca lo pretendí, pero os escucho, señor.

—Prestadme oídos, monsieur. Vos recuperáis la Peregrina y el Estanque azul y nos las entregáis, a fin de que, como deseaba Figueroa, vuelvan a manos de su legítimo dueño, Su Alteza Serenísima don Manuel Godoy, quien está dispuesto a entregaros a cam-

* Asilo de ancianas impedidas o enfermas, situado en la calle Amaniel de Madrid, que recibía cuantiosas limosnas.

bio un documento de significación capital para el devenir de España. A su señoría don Manuel ya en nada le sirve, pero sí a la oposición del Deseado, los masones y liberales, sus más furibundos adversarios en España.

La dama, tras una corta pausa, decidió mostrarse más persuasiva.

—El tiempo de Godoy en asuntos de Estado concluyó. Él sabe que ya es una figura que pertenece al pasado —explicó tras el velo—. Pero para vuestra logia masónica ese documento constituirá un arma de poder de vital importancia. Se trata de un acta imperial, secreta y de extraordinario valor político, que os permitirá enfrentaros a ese príncipe siniestro que, si la providencia no lo remedia, recuperará algún día la Corona de España, a la que ha escupido y vituperado ante la ceguera de un pueblo confiado.

Grimaldi compuso un sesgo de incredulidad.

—¿Y de qué naturaleza es la credencial que me ofrecéis a cambio? —preguntó, ansioso.

Se hizo un dilatado y espeso silencio, casi siniestro.

—En las cancillerías de Europa se conoce como «El memorial secreto de Bayona» —reveló Alí Bey abandonando su arrogancia.

Del bolsillo de su levita color tabaco sacó un pliego enrollado y lo desplegó ante los ojos absortos de Grimaldi, que miraba incrédulo el manuscrito, titulado: «Cláusulas secretas del Tratado de Bayona entre los reinos soberanos de Francia y España».

—¡Las estipulaciones no conocidas de Bayona! ¡Las que medio mundo busca y las cancillerías de Europa desean! —exclamó, aturdido—. ¡Es verdad que existen! Creía que era una baladronada de Cabarrús.

—Tan legítimas como las joyas ocultas —afirmó la dama con su voz afable—. Como podéis observar, su legalidad está avalada por los lacres de la cancillería del mismísimo emperador Bonaparte y por las firmas de los embajadores en Bayona.

Grimaldi trató de hacerse con la situación. A pesar del encaje que ocultaba su rostro, le pareció que a la dama le subía cierto rubor a las mejillas.

—Sin embargo, estas cláusulas podrían ser papel mojado antes de lo que pensamos. Y entonces, ¿de qué servirán? ¿Qué importancia podrán tener en el futuro?

Badía destiló unos instantes de mutismo y luego sonrió.

—Leedlo, y decidid después. Se redactaron sólo dos copias, una en francés y otra en castellano, y jamás vieron la luz pública. Una se guarda en el Louvre de París, en el *bureau* privado de Napoleón, custodiada por el coronel Marnier, su mano derecha; y esta que veis, escrita en nuestro idioma, se asignó a uno de los comisionados del príncipe Fernando, presente en la firma. En estos momentos, ese ministro de su camarilla personal debe de estar buscándola en los mismísimos infiernos, pues lo compromete y lo convierte en reo de traición a su príncipe.

—El escrito, elaborado según los cánones diplomáticos de Jean de Mabillon para estipulaciones secretas, corrobora su autenticidad —aseguró la dama—. Podéis consultarlo con cualquier amanuense real o perito en diplomática imperial. En Europa sólo lo utilizan los secretarios del emperador y sus embajadores.

—¿Y cómo ha llegado a vuestro poder?

Badía volvió a iluminar su rostro con su sonrisa provocativa.

—Señor Grimaldi, los secreteres, los manejos de los dignatarios, los aposentos reales y la vida de sus inquilinos no tienen secretos para mí. Nuestro oficio es robar para nuestro señor. Fue fácil sustraerlo, creedme. Tomad y examinadlo vos mismo.

El empresario teatral acercó su mirada algo miope al folio, que era iluminado por los últimos resplandores del ocaso. Una tonalidad azafranada sin sombras se posesionó del papel. Grimaldi se colocó el monóculo en la nariz y lo examinó estupefacto. Sabía que a veces los escribientes de las cancillerías envenenaban los márgenes de los protocolos y actas, y que una sola aspiración bastaba para producir la muerte. Pero desechó su temor y sus ojos se centraron en el sello imperial lacrado de Bonaparte —con la laureada, el águila, la N de *Napoleón*, la I de *imperator* y la F de *francorum*—, para luego releer las líneas una a una.

Por un momento tuvo miedo; luego, curiosidad y temblor.

Le costaba creer que le estuviera ocurriendo aquello.

Las abejas de los Bonaparte

Grimaldi miró por la ventanilla con gesto precavido. Todo seguía desierto, no se veía un alma en los alrededores. Madrid parecía envuelto en un vaho lechoso y fantasmagórico inmerso en un ocaso rojo y cálido.

Miró en silencio el manuscrito y comenzó a leerlo entre intrigado y absorto, con la ayuda del monóculo.

ACTIO:

Nouveau Traité. Adenda separata y confidencial a las cláusulas secretas del Tratado de Bayona entre los reinos soberanos de Francia y España.

En nombre de Dios Todopoderoso y habiendo oído a la Junta Nacional congregada en Bayona y decretada la nueva Constitución para el Reino de España, como base al pacto que une a nuestros pueblos con Nos, y a Nos con nuestros pueblos:

Yo, Napoleón Bonaparte, Emperador de los franceses, Rey de Italia y Protector de la Confederación del Rhin, por cuanto soy el depositario de los derechos de la Corona de España, cedidos por S. M. don Carlos IV, tras la renuncia del Príncipe de Asturias, don Fernando, que accedió al trono fraudulentamente y por la fuerza, tras un motín popular y revolucionario, arrancando el cetro al rey legítimo, su padre, dictamino, por el derecho de cesión que me asiste, estas cláusulas excepcionales:

CONSCRIPTIO:

Primero: Que por transmisión de sus potestades en mi persona, y por petición del Consejo Supremo de Castilla, se instaurará en España una monarquía representativa y reformista en la persona de mi hermano José Bonaparte, hasta ahora rey de Nápoles y Sicilia, bajo la tutela imperial y mediante el instrumento político de la Constitución de Bayona, siendo deseo imperial que estos dos Borbones no reinen nunca jamás en España, que mi dinastía sustituya a la familia de Luis XIV y que la magna nación española una sus destinos a los de Francia y su Revolución.

Segundo: Que en cumplimiento de una de las condiciones de la Paz de Tilsit firmada con Prusia y Rusia, estas potencias toleran mi intervención en España, como yo condescendí en la anexión de Finlandia por Rusia. En consecuencia, se vincularán al imperio bajo mi mando único las cuatro provincias del norte de la península Ibérica —Cataluña, Aragón, Navarra y Vizcaya—, siendo entregadas en mi nombre, para su gobernación militar y judicial, a los mariscales Suchet y Massena.

Tercero: Dispongo que el grueso del ejército español que defiende Madrid, anticuado para la guerra moderna, se traslade a Etruria para destronar a los Borbones de ese reino y así evitar sangre innecesaria en España. Estas unidades marcharán después a Dinamarca, al mando del marqués de la Romana, para facilitar su entrenamiento en los campos de batalla de Europa.

Cuarto: Se creará en España, bajo mi supervisión y control, un centro de inteligencia y espionaje con el nombre de Ministerio de Policía y Salvaguarda Civil y Militar. Se le encomendarán la seguridad general del nuevo Estado, la paz pública en los territorios, la circulación de personas y obtención de pasaportes, y requisición de la plata y el oro de las Indias, que será regida bajo mi superior tutela por el Departamento de Bienes Nacionales, que me rendirá cuentas e información a través del Ministerio del Rey.

Quinto: Que si estas decisiones imperiales no fueran reconocidas y admitidas en tiempo venidero por mi hermano don José Bonaparte, electo rey de España y de las Indias, por mi voluntad y derechos abdicará como monarca y se abrirá un periodo de Regencia. Ésta se le ofrecerá a la duquesa de Braganza, princesa de Beira y regente de Portugal, doña Carlota Joaquina de Borbón y Parma, facilitándose su posterior ascensión al trono, con lo que la Ley Sálica quedará derogada en el Reino de España.

Sexto: Que si con estas disposiciones no pudieran llevarse a cabo las reformas que anhelamos para España y Portugal, se instaurará en esos territorios la República de Iberia, institución fundamentada en los principios de la Revolución francesa, que garantizarán la justicia, la libertad y los derechos de sus ciudadanos.

L'Empereur, Napoleón Bonaparte
Bayona, 6 del mes de Mesidor* del año de 1808

Validation Diplomatique.
Lo refrendan los muy excelentes señores, Por el Reino de España, *confirmado, alias* M. Duclos. Por Francia, *confirmado* Conde de La Forets, Procurador Imperial en España, y por J. B. Marnier, de la Casa Imperial.

Libertad, igualdad y fraternidad.

Grimaldi leyó con suma atención cada párrafo y comprobó que los sellos y las rúbricas eran auténticos. Además, «las abejas» identificativas de la familia corsa de los Bonaparte, su marca personal e inviolable, estaban pulcramente dibujadas en el encabezamiento.

—¡Las abejas de Napoleón! —exclamó—. No cabe duda, es legítimo.

Estaba seguro de que si aquel protocolo, que sólo conocían un puñado de diplomáticos en el mundo, llegaba finalmente a su poder, lograría un éxito sin precedentes en el seno de su fraternidad masónica. Pasaría a la historia de La Matritense y su nombre se vería unido al del duque de Warthon, fundador de la primera logia francmasona de la calle San Bernardo, al de Argüelles, Toreno o Calatrava. Sus más ocultas aspiraciones se verían al fin colmadas y se convertiría en Gran Maestre del Oriente de España, su deseo más anhelado. «Este papel me conferiría el poder de decisión sobre la vida o la muerte de mis semejantes, el gran poder, el poder político», caviló al tiempo que dejaba caer el monóculo, que quedó suspendido de la cadena.

—¿Qué os ha parecido «El memorial de Bayona»? —preguntó Badía.

* Décimo mes del calendario republicano francés de la época. Del latín *messis*, «cosecha». Empezaba el 19 o 20 de junio y terminaba el 18 o 19 de julio, según los años.

—¡Este documento es una bomba, monsieur!

Un silencio expectante consumó la lectura del manuscrito de Bayona. Grimaldi, boquiabierto ante las intrigas que envolvían las vidas de los reyes y los turbios manejos de los ministros, no conseguía atenuar su asombro. Sus ojos, dos chispas de incredulidad, brillaban como el azogue. Al comprobar el talante confiado de los agentes, prorrumpió:

—Estoy absolutamente fascinado. Este documento es un tesoro. Napoleón se ha despojado al fin de la piel de cordero con este acuerdo sedicioso. Ese corso es más déspota de lo que imaginaba.

—Los gobernantes son veleidosos y tiránicos. Bonaparte es un embaucador de reyes y un seductor de príncipes. Además, es muy ambicioso e inteligente, y los nuestros han quedado magnetizados y rendidos a sus pies —apuntó Badía.

—¡Napoleón se muestra como lo que es, un lobo insaciable! Pretende controlar la vida de los españoles y mandar a lo más granado del ejército español a cientos de leguas de aquí para eliminar cualquier oposición y quedarse con la mitad de España —expuso Grimaldi—. La jugada maestra de un gran dictador.

Badía le arrebató el papel. El señuelo ya había obrado su efecto.

—Excusad, pero el trato se consumará con la entrega de las joyas.

—Y resulta obvio —intervino la dama— que si divulgáis lo que habéis leído en lugares inadecuados, incurriréis en un grave error. Si no podéis probar lo que reveléis, os tomarán por un loco o por un espía.

—¡Descuidad! —declaró Grimaldi, azorado por el desabrido tirón—. Aunque, si se revelara, los efectos también serían espantosos para don Fernando y sus aspiraciones. E incluso para José I.

—Pero os conviene correr un cerrojo a vuestra boca —le recomendó ella.

Don Juan no acababa de salir de su asombro.

—¡Claro está! Todas sus cláusulas me han subyugado, pero lo concerniente a la República de Iberia, utopía soñada por los masones y liberales, me resulta asombroso. Y me sorprende el ofrecimiento de la Regencia y la insinuación de coronar como soberana de España a la hermana de Fernando, la infanta Carlota Joaquina, reina consorte de Portugal. ¿No se halla en Brasil, exilada? Creo que la llaman la «Arpía de Queluz»* por su vocación a la conspiración y a los complots de pasillo. Además, pasa por ser una antirrevolucionaria y una absolutista feroz. ¡Vamos, una mujer a la que pierden las pasiones y el poder!

A Badía le encantaban las controversias, pero él mismo había sido comisionado por Napoleón para entrevistarse con Carlota Joaquina en Río de Janeiro, junto al diputado en las Cortes gaditanas Salazar Carrillo, y la conocía lo suficiente. Sonrió con socarronería y explicó:

—Ciertamente es una mujer ambiciosa y posee un carácter dominante, pero muy perspicaz y lúcida. Cambiaría sus ideas por sentarse en el trono de España, os lo aseguro. Fue una pieza más del ajedrez de los enlaces matrimoniales entre reyes cuando era una niña de diez años. Lo que la hace superior a las demás, y a su pérfido y necio hermano don Fernando, es que es una maestra de la intriga y lleva en sus venas la linfa del juego político.

—Según creo, es fea y algo coja. Sería el hazmerreír del pueblo.

—*C'est-ça, monsieur.* Acertáis, Grimaldi, es el vivo retrato de su madre la reina María Luisa; su mirada hundida como un cuévano desluce su gesto dominador. Por si eso fuera poco, tiene el rostro picado de viruela y ha heredado la nariz colgante de su padre. Pero es ardiente en la cama, incansable en el trabajo y carente de escrúpulos para gobernar, y eso a Napoleón le encanta. Si esta mujer hubiera sido la reina de España, Bonaparte no habría ocupado estas tierras, creedme.

La dama, que había permanecido muda, salió también en su defensa.

—Es posible que actúe como una absolutista acérrima, pero Carlota Joaquina es una mujer sagaz y astuta, una loba para la política, y con un gran talento para mandar. ¿Sabíais que incluso ha llegado a liderar una conspiración contra su marido para hacerse con la regencia de Portugal? ¡Qué gran reina ha perdido España! Pero, ya sabéis, la Ley Sálica le ha impedido ocupar el puesto de su

* El Palacio Real de Queluz era la residencia de los reyes de Portugal. Se le conoce como el «Versalles portugués».

nefasto hermano Fernando. En Portugal lidera un partido de nobles muy poderosos, el Carlotista, muy del agrado de Bonaparte, que si se lo pidiera, accedería a sus deseos.

—Es sorprendente lo que estoy escuchando esta tarde, mademoiselle. —Grimaldi quería saber más—. ¿Y quién es ese ciudadano francés, alias Duclos, que firma por España? ¿No os parece un craso error que deja sin valor estas cláusulas secretas? ¿Un francés suplantando a los regentes?

La dama clavó sus ojos claros en él de una forma que seduciría al hombre más templado.

—No es francés, Grimaldi. Quedaos tranquilo. Esconde la identidad de uno de los delegados de Fernando que, aunque firmó el tratado con su nombre, refrendó las disposiciones secretas con un seudónimo, monsieur Duclos, para no verse implicado en el futuro. Napoleón aceptó porque puede desenmascararlo cuando lo desee.

—O sea, que juega con dos caras y a todas las cartas.

—Ésa ha sido la norma en las abdicaciones de Bayona. Cada gabinete era un nido de conspiradores —terció Badía—. Estuve presente en ellos y, como español, me asqueó la actitud servil de esos dos Borbones residuales, y de los representantes del príncipe que se dicen leales. Lo ignoramos con certeza, pero debió de tratarse o del duque del Infantado, o del duque de San Carlos, o del siniestro canónigo Escoiquiz, un intrigante de mucho cuidado.

—Aunque hay quien asegura —intervino la dama con la intención de parecer misteriosa— que la rúbrica pertenece al más talentoso y escurridizo de los diplomáticos españoles, Pedro Ceballos.

—Ése es un masón que sirve a varias banderas —dijo don Juan.

—De tales vasallos se puede conocer la calaña de su señor don Fernando, un sujeto fullero, ladino y desleal, que se ha desacreditado a sí mismo como posible futuro rey y como persona —afirmó Alí Bey.

Grimaldi consideró que en todo aquello planeaba algo inquietante.

—Realmente es un documento incendiario.

La voz de la dama oculta sonó más persuasiva que nunca.

—Es vuestro… a cambio de las dos joyas. Ése es el acuerdo. Y Su Serenísima Alteza don Manuel Godoy, para resarciros de cargas y gastos, nos ha autorizado a entregaros una bolsa de trescientos cincuenta cuádruples de oro de Felipe V. Una cantidad nada despreciable. Cerca de quince mil francos actuales. ¡Una fortuna considerable!

El semblante del empresario expresaba una mezcla de estupor, sorpresa y preocupación. Se convertiría en el epicentro de personajes ambiciosos que no dudarían en segarle el cuello por hacerse con el tesoro ocultado por Figueroa, su hermano masón.

—¿Fueron sus señorías las que registraron el Teatro del Príncipe y me siguieron como mi propia sombra por todo Madrid?

—Sentimos las molestias, pero no tuvimos otra opción. Pero quiero que os convenzáis de la pureza de nuestras intenciones —dijo la dama.

Don Juan aceptó las excusas y con expresión meditabunda se sumió en una profunda deliberación. ¿Eran quienes aseguraban ser? ¿Podría fiarse de ellos? ¿No serían unos impostores? Desechó sus dudas y asintió en la cabeza.

—Acepto el trato, pero os ruego que guardemos absoluta reserva.

—No tenéis por qué recordárnoslo. Ésa es la norma en nuestro trabajo —le informó Badía—. Os agradecemos vuestra colaboración. Cuando dispongáis de ellas, podréis buscarnos en el Parador de Barcelona, en la calle Ancha de Peligros. Para que no dudéis de nosotros, preguntad por madame Grandet, o por monsieur Angers, nuestros nombres cifrados. A cualquier hora del día. Si no nos halláramos allí, dejad el recado; nos llegará.

—No nos fiamos de Barrás, ese sabueso jefe de la policía del Rey Intruso, y menos aún de los secuaces del Príncipe Suspirado —aseguró la bella agente con afabilidad; acto seguido, le entregó una tarjeta caligrafiada y se destocó para ganarse su confianza.

Juan Grimaldi, deslumbrado por la arrebatadora belleza de la madame, se enderezó en el asiento.

—Aunque sólo sea por veros de nuevo, recuperaré esas joyas —se despidió cortésmente, con devoción, dejando entrever sus pensamientos de rendida admiración por la dama.

—*Adieu, mon ami* —replicó ella dedicándole un guiño adorable.

El sol jugaba al escondite con los tejados de Madrid, desgastando la luz de los campaniles y las cúpulas de la capital. Grimaldi regresó a su carruaje meditabundo, preocupado y con una sensación de urgencia. Miró al derredor por si algún celador o agente de las nuevas comisarías de Lavapiés, el Barquillo o San Jerónimo había sido testigo del encuentro. Pero no vio a nadie.

Comprendió que, aunque se sintiera tan frágil como un esquife en medio del mar, ya no podía detenerse en su empresa.

Las Tablillas de la Inquisición

Del muelle ascendía un aire dulzón que olía a especias, azúcar y cacao. Como si fuese un pilluelo, Germán seguía espiando los movimientos de Inés, de la que seguía recibiendo el reproche de su silencio. Quería concederse una última oportunidad a su desafortunado amor.

La luminosa mañana del 24 de agosto lo sorprendió sentado en el Apolo degustando un café de Caracas, alejado de la agobiante calidez que despedían los adoquines de las calles. Pero de repente no pudo contener un respingo. Dobló la página de *El Conciso* y salió corriendo a la calle, donde la multitud gritaba y vitoreaba al ejército.

—¿Qué ocurre? —preguntó al barbero de Veedor.

—¡Los franchutes abandonan por fin el cerco de Cádiz, don Germán! ¡Muera el Intruso y viva don Fernando! —gritaba el barbero como un loco.

A duras penas pudo enterarse de lo que había pasado, pues la ciudad se había convertido en una bulliciosa locura: las gentes corrían, gritaban y vitoreaban a todo lo sagrado. De marzo a agosto, los franceses habían intensificado los bombardeos aprovechando las sombras de la noche, para acrecentar el pavor entre la población. Y muchos gaditanos, con casa mirando a la bahía, se habían trasladado al Mentidero y la Viña para huir de las bombas. Durante seis meses habían soportado el instrumento de guerra más violento de la época: el obús Villantroys, el proyectil más terrorífico que había sufrido Europa hasta entonces.

El ejército anglo-español había acometido una ofensiva definitiva contra Soult, que reculó ante la tenaz acometida de las patrullas improvisadas por el pueblo, el fuego artillero del fortín de Puntales y las incursiones de las cañoneras inglesas, que silenciaron para siempre las baterías de Napoleón en La Cabezuela y el Trocadero. Con una fiereza inusitada, quebraron el asedio de la ciudad y los franceses se vieron abocados a replegarse en el interior del país.

Los invasores se habían batido en retirada, y Cádiz respiró.

Al día siguiente *El Conciso* aseguraba que se habían despedido con un bombardeo masivo, aunque inofensivo, al que los artilleros de San Lorenzo del Puntal habían contestado lanzando contra la Batería Napoleón más de un centenar de granadas, que arrasaron los almacenes y cobertizos.

En las atestadas calles bullía una población enfervorizada. Los burgueses salían de sus lujosas mansiones, las calles se llenaban de cabriolés y berlinas y en el puerto se reunía un hormiguero de gente ansiosa de trasladarse hasta la bahía para cerciorarse de la retirada. De repente sonó un gran estruendo y de la línea de artillería francesa se elevaron columnas de humo negro. Los sitiadores quemaban sus arsenales de pólvora e inutilizaban cañones y cureñas incluso tirándolos al mar, según afirmaban los que observaban con los catalejos.

Los gaditanos habían recuperado sus propiedades de extramuros y lo celebraban con desfiles, tracas, tedeums, pasacalles y veladas. Un enjambre de faluchos y lanchas zarpó de la Puerta del Mar inundando las aguas con las luces de los fanales como luciérnagas en la noche. La gente había descargado sus tensiones y quería ver con sus propios ojos, o con los binoculares que portaban algunos, que los gabachos habían abandonado realmente el asedio. Fue un día indeleble y feliz.

Días después, *El Conciso* dedicó un soneto corrosivo a Soult:

> *Tanta fatiga, Soult, tanto sudar,*
> *tanto estrépito horrible de cañón.*
> *Tanta amenaza en tono fanfarrón,*
> *y al cabo, sin decirnos dónde va*
> *y sin cumplir con su deber,*
> *nuestro gran mariscal echó a correr.*

El pueblo quiso acarrear una de aquellas colosales bocas de fuego y apostarla en la plaza de San Antonio como trofeo eterno a la gloria y valor de los gaditanos, pero las autoridades se la regalaron a los ingleses, que la enviaron de inmediato a Londres para exornar Saint James Park y su Almirantazgo.

Sin embargo, fuera de las murallas de Cádiz, la que llamaban «guerra de la Revolución» seguía devastando el país. El pueblo, lejos de amedrentarse ante el poderío militar desplegado por el ejército napoleónico, combatía codo con codo con los militares de academia, los curas renegados, los frailes montaraces, los bandoleros, los aventureros y los escribientes, que hostigaban a los franceses en cada ciudad, en cada aldea, en cada vado y en cada sierra, haciendo imposible la conquista de la vieja Iberia.

Aquella noche, a pesar de sus cuitas amorosas, pues Inés lo rechazaba una y otra vez, Germán se sentía radiante. Napoleón había perdido su deseado trofeo: Cádiz, el emporio comercial del imperio. De repente sintió un alivio indecible, como si le hubieran quitado de golpe una onerosa carga de sus espaldas. La deliciosa brisa del mar acarició su piel bronceada y una embriagadora felicidad corrió por sus venas.

A primera hora del domingo, cuando aún quedaban rastros de las celebraciones, Galiana dejó el lecho y se vistió. Tenía intención de asistir a misa en la parroquia del Rosario, lugar de devoción de los liberales, mientras que los serviles solían frecuentar la catedral y escuchar los incendiarios sermones del magistral Cabrera.

Las voces armoniosas de una cantoría pontifical, el brillo de los cuadros, los retablos ensombrecidos y las imágenes lo serenaron. Estaba decidido a enfrentarse con la realidad: despreciar su autocompasión y acometer para siempre su relación con Inés. Era un marino familiarizado con el riesgo y sometido a un rígido autodominio; podía soportar el dolor de un corazón destrozado. Doña Mercedes solía decirle que un dios vengador persigue siempre a los soberbios, pues temía que su desmesurado orgullo le jugara una mala pasada y tuviera que arrepentirse de una rencorosa acción.

Pero Germán no podía permitirse prorrogar más la espera de saber si Inés lo amaba. Debía aguardarla y hablar con ella, y no descubrir ante el detestable Copons ningún signo de debilidad.

Al atravesar el Arco del Pópulo lo detuvo el músico Téllez; Germán se extrañó, pues no era hombre de misas ni de madrugones. Llevaba las sayas mal colocadas, la capucha ladeada, el cabello desmañado y la barba despeinada. Tenía la lengua confusa, por la resaca de la noche anterior, y divagaba. Chocolate, atado a su mano con una leontina de plata y vestido a lo Bonaparte, le hizo esbozar una sonrisa con sus simiescas muecas al atrapar un cacahuete en el aire.

—Amigo Téllez, almorcemos juntos. ¿A qué se debe que estés levantado a estas horas?

—Te estaba esperando, galán —indicó el otro en tono misterioso—. A los que combatimos heroicamente en Trafalgar nos une la afinidad de la amistad, y tenía que avisarte. Hace tiempo que crece en ti la llama del desamor y lo lamento. Una cosa ha traído desgraciadamente la otra.

Un destello de alarma relampagueó en el semblante de Galiana.

—Avisarme ¿de qué? Me tienes en ascuas. Acerquémonos al Café del Correo del amigo Celis. Allí comeremos y beberemos algo.

Se sentaron cerca del patio del animado mesón de la calle Rosario, que olía a especias, cacao, cerveza y guiso de pescado, y donde otros parroquianos bebían aguardiente de Cazalla y leían *El Imparcial* y el *Espectador Patriótico*. Pidieron chocolate, pan con ajo, queso y tocino, y un vaso de hidromiel caliente, que les sirvieron unos diligentes veteranos de guerra que para ganarse el pan trabajaban a las órdenes del filántropo dueño. El marino esperó inquieto la perturbadora comunicación.

—Germán, te conozco desde que correteabas con tu madre, la señora Rosario, por la Alameda. He cantado en las calles tu heroicidad y me sentí feliz cuando te adoptaron los Galiana y te convertiste en todo un caballero. ¡Fui dichoso, pardiez! Como si fueras mi hijo. Pero ahora un hideputa quiere arrebatártelo todo.

El marino, impávido, se temió lo peor. Desde la tarde de la proclamación de la Constitución lo maliciaba todo. Pero aún le quedaba escuchar una noticia que le helaría el alma y paradójicamente encendería el fuego en sus venas.

—¡Habla de una vez, Téllez! —lo conminó, muy serio—. Se trata otra vez de esa acusación de corsario. Fue un entretenimiento fugaz y pasado, y las autoridades incluso lo elogiaron bajo cuerda. Además, algunos de la Aduana se lucraron con mis expolios.

—Se trata de algo peor. Mucho peor —informó el viejo bajando la voz.

Germán se asustó.

—¿Entonces?

—¿Sabes qué son las Tablillas de la Inquisición? —dijo Téllez, reservado.

—Por supuesto. Una lista que ese caduco tribunal eclesiástico expone a la lectura pública, en la iglesia de San Juan de Dios. Creo que sirve para recordar a la opinión pública el oprobio de quienes no son cristianos viejos, sino conversos, antiguos judíos, luteranos, musulmanes convertidos o bautizados recientes. Es una costumbre denigrante —afirmó—. Pero ¿qué tiene eso que ver conmigo?

—Tú sabes tan bien como yo que verse inscrito en ellas es la peor vergüenza para un cristiano y para su familia, ¿verdad?

—Bien, así es, pero ¿qué ocurre? ¡Desembucha de una vez, hombre!

El músico hizo una pausa y tragó saliva.

—Tu nombre ha aparecido en ellas —soltó, abatido—. Se dice que, al ser hijo de padre que fue procesado por el Santo Oficio y actor y cómico sin alma, es posible que por tus venas corra sangre de hereje, y en ese caso no deberías ser considerado cristiano viejo, como lo son los quinientos hidalgos de Cádiz. Se te conmina a que demuestres lo contrario o permanecerás en ese ignominioso índice y se te negará la condición de caballero.

De repente, la sangre no afluyó al semblante de Galiana. Una pálida máscara de estuco enmarcaba unos ojos desorbitados. «Otra vez arrastrando mi honor por el lodo y a cuestas con el pasado y con la identidad del padre al que no conocí. ¿No es ésa bastante desgracia?», pensó.

—¿Tú sabes algo de mi padre que me ocultan todos, Téllez?

—Yo sé lo que tú, Germán —lo cortó, desabrido.

No lo creyó y bufó enfadado. Se apoyó en la mesa, consternado, como si la ofensa contra su hombría y el dolor lo abrumaran. Nada quedaba de su natural circunspección. Se sentía maltratado por un mundo vacío, injusto y cruel.

Pero de pronto se recompuso.

—Es una añagaza más de ese Copons —manifestó con la cara encendida—. ¡Ese cabrón de Satanás anda detrás de este asunto, estoy seguro! Se habrá unido a ese frailecillo montaraz, ese inquisidor de fray Vélez, y juntos han ideado mi ruina. Los dos me odian por mis ideas políticas y por mi acercamiento a Inés. Semejantes excesos no son dignos de un hombre de Dios que asegura predicar la concordia del Evangelio.

—Ten cuidado con ese predicador capuchino; tiene mucho poder entre los absolutistas y lanza invectivas e imprecaciones contra los que denigran la Inquisición y el Antiguo Régimen —lo previno el músico—. Desde su púlpito nos llama «herejes» y «antiespañoles» a los liberales. ¡Miserable!

—Te juro que será la última vez que me perjudican —dijo Germán, rojo de excitación.

—Los héroes atraen la envidia, y tú lo eres. La Corona nos desgobierna, los de la sotana nos queman por tener ideas y los de la espada nos pasan a cuchillo cuando alzamos la mano. Aquí nada cambia.

—Esto supone una auténtica carga de artillería contra mi persona.

—Yo me cuidaría mucho de esos cuervos del Santo Oficio, Germán. Son peligrosos, y más si se unen a un militar cobarde y muy influyente como Copons.

No podía hilar con coherencia sus ideas y se expresó irritado:

—¡La Inquisición en España es una institución muerta, acabada! Así lo han proclamado las Cortes soberanas. Y ese fray Vélez es un clérigo intimidador de ingenuos y beatas.

—Mira, Germán, hasta que el Deseado no la sancione, la Constitución es papel muerto —comentó el músico, extrañamente profético—. Y en eso se convertirá. Si no, al tiempo.

—Pues mi alma revolucionaria se ríe de esos vetustos dictámenes y de los curas inquisidores y retrógrados. Yo sólo veo la mano babosa de un bellaco, servil y rufián que se ha confabulado con ese familiar del Santo Oficio para humillar mi honradez y quitarse a un rival de encima. ¡Lo pagará caro, te lo aseguro!

—No hagas ninguna barbaridad, déjalo correr —le aconsejó Téllez—. «Cuánto más sube el mono, más se le ve el rabo.» El orgullo y la venganza devoran el alma de los que las padecen. Olvídate de ellos. Son poderosos y ruines. Con el tiempo se olvidará.

Germán no estaba prevenido para una afrenta tan humillante. Además, tras el continuo despecho de Inés, sus convicciones se hallaban en estado vulnerable. Aquello representaba un insulto de mucha envergadura, sabía que muy pronto se convertiría en el tema de murmuración de la intrigante y pacata sociedad gaditana. Era demasiado para su pundonor maltratado y para el buen nombre de su familia de adopción. No podía permitirlo. Copons sabía muy bien que había hurgado en una herida intocable, vergonzante y olvidada del pasado del marino, y que éste arremetería como picado por un alacrán. Lo había planeado bien. De un solo envite, el brigadier intentaba eliminar a su rival, quizá para siempre.

—Descuida, Téllez, me comportaré con ese bribón como un caballero —dijo para tranquilizarlo al tiempo que le daba unas palmadas en el hombro; luego ofreció a Chocolate una golosina, que el mico cogió al vuelo enseñando sus afilados colmillos, y dio dos doblas al músico, que se lo agradeció y le rogó sensatez y prudencia.

Los celos se habían adueñado del corazón del marino, y un rencor odioso y homicida contra el oficial Copons saturaba su mente.

Téllez sabía que la capacidad de Germán para razonar estaba transitoriamente desquiciada; temía por su integridad. «Su orgullo lo perderá», pensó, pero lo dejó solo. Sabía que su afán por limpiar la injuria de su sangre ultrajada lo convertiría en un hombre trastornado. Un tumulto de confusas dudas hervía en la cabeza del marino, por lo que, ignorando las «Tablillas», buscó su sosiego y encaminó sus pasos hacia los muelles.

Entre goletas, fragatas, faluchos y corbetas se hallaban anclados medio centenar de navíos, sobrevolados por bandadas de gaviotas chillonas y ruidosas. Necesitaba el mar. Intentaría buscar su sosiego entre la espuma de las olas y el aroma de las sacas de canela, azúcar, áloe indio, vainilla y cacao, mientras escuchaba el familiar trajín de los carpinteros de ribera, los calafates y los cargadores.

Respiró profundamente, como si quisiera asear su decoro ultrajado con el salitre del mar. Cuando se sintió embriagado de olores y sonidos marinos, maduró las opciones que acudían a su cerebro perezosamente. Y la claridad fue aflorando, diáfana como el azul magenta del cielo.

Una idea emergió como un volcán en el fondo de su conciencia: «Lo retaré a un desafío entre caballeros. Sólo así lavaré el agravio que ha caído sobre el padre al que no conocí, sobre mi bondadosa madre y sobre los Galiana, por los que mataría si fuera preciso. No podrá rechazarlo sin caer en el deshonor». Germán era hombre de redaños y estaba dispuesto a matar o morir.

Anduvo vagando por el puerto hasta después del mediodía, cuando la ciudad de Cádiz se fue desperezando de la sobremesa. Odiaba al brigadier y al capuchino hasta el infinito. ¿Por qué habían irrumpido en su vida sin ser llamados? En las casas y en las confiterías, donde se iniciaban las tertulias de la tarde, olía a café. A pesar de la excitación por su conflicto con el brigadier, sintió agitarse en su alma el espíritu de su luchadora madre, cuya linfa vital aún habitaba en su corazón. Solicitaría del militar un desagravio inmediato. Estaba seguro de que tras la denuncia de las Tablillas de la Inquisición se hallaba su artera intervención y la rivalidad por Inés.

Intuitivamente se dirigió hacia la calleja del Cuartelillo de la Marina, lugar de colmados y tugurios donde se jugaba a los dados, a las cartas y a los juegos franceses de fortuna. Siguió a un grupo de artilleros que gesticulaban a grandes voces y miró por entre las puertas abiertas de los salones con el empeño de descubrir a Copons. Lo encontró en El Tritón, un merendero de baja catadura, junto a otros oficiales. Al verlo sin chaqueta, sudando como una res, bebiendo brandy y vociferando como un cargador de muelle, sintió que una ola de arrebato lo acometía. Siguiendo el dictado de sus instintos, entró altivo en el local.

Su interior lo animaba a descerrajarle la pistola en el pecho.

Su presencia atrajo de inmediato las miradas de los militares, que enmudecieron. Con una frialdad imperturbable que hasta a él mismo le sorprendió, avanzó con seguridad y se plantó frente al atónito brigadier. Su entereza, sus ademanes circunspectos y su viril anatomía cohibían. Carraspeó para llamar la atención y su voz se elevó por encima del rumor de los concurrentes, que fueron callándose uno tras otro, atentos a las palabras que salían de la boca del marino.

—Señor Copons, os acuso de ser el instigador de una murmuración falsa sobre mi persona y origen que ha sido expuesta en las Tablillas de San Juan de Dios. Sabed que soy descendiente de caballeros por mi santa madre, los León de Boltaña, y por adopción, de los Galiana de Cádiz, cuyos nombres habéis mancillado. ¿Negáis vuestra participación en esa ignominiosa difamación?

El tono tajante de sus palabras y la brusquedad de sus gestos hicieron mella en los militares, que dejaron de beber y lo sometieron a un escrupuloso escrutinio. El brigadier, con indiferencia chulesca, lo miró por encima del hombro.

—Posiblemente merecéis figurar en ellas por vuestra baja alcurnia, corsario de agua dulce —replicó en tono mordaz.

—Ese tribunal es cosa del pasado —gritó a su cara—. Es un cadáver que huele a podrido pero que aún hiere a los crédulos.

—Largaos de aquí con viento fresco. Estáis señalado, plebeyo. Id a asaltar barquichuelas y esquifes de moros —espetó Copons riéndose.

Galiana supo por la burda contestación que el brigadier se hallaba efectivamente detrás de todo. No sólo no lo negaba, sino que apostillaba. Si no, ¿por qué se sonreía ladinamente y hacía más hiriente su insulto llamándolo bastardo y bucanero fuera de la ley?

—Todo en vos es fachada, Copons. Sois un bellaco y un felón, pues me habéis insultado de todas las formas posibles. ¡Exijo una inmediata retirada de esa calumnia y una satisfacción pública!

—lo instó, crispado, con esas frases que merecen ser esculpidas para la posteridad.

El brigadier comenzó a temblar de furia y manifestó una tartamudez y una incoherencia en sus frases que nadie entendió. Por fin se recompuso y gritó fuera de sí:

—¡Medid vuestras palabras, Galiana! ¡Os halláis ante hombres nobles que poseen una reputación!

Germán no pudo ocultar su fiereza. Se adelantó unos pasos, hasta tal punto que pudo percibir su aliento de borracho y oler su sudor.

—No me dejáis otra opción, cretino. En vista de que no deseáis enmendar vuestro comportamiento, según el código de honor entre caballeros os reto a un duelo singular.

El oficial sonrió con retintín, como si Germán fuera un insecto.

—¿Queréis morir, grumete de río? —ironizó carcajeándose.

—Esta misma tarde recibiréis la visita de mis padrinos. Si los rechazáis, es que sois un cobarde. —Y tras pronunciar la última palabra, se quitó un guante y se lo lanzó a la cara con tal violencia que se estrelló contra la sotabarba del oficial, petrificado y confuso.

—¡Volveréis al barro y al estiércol de donde salisteis, Galiana!

—Y a vos, Copons, os sacaré por la boca la bestia que lleváis dentro —replicó con furia Germán, que sintió un inmenso alivio al salir.

La improvisada locura de su amenaza, el grado emocional que había empleado y sus melodramáticas palabras habían desahogado sus celos. Era justo lo que pretendía. Sólo así recuperaría su confianza perdida y su renombre dañado. Habría estrangulado allí mismo a Copons, entre las mesas, pero ¿había logrado mitigar sus arranques de arrebato mal contenido que sufría frecuentemente por su carácter?

El confundido brigadier, rojo de vergüenza, miró sorprendido a sus camaradas mientras rememoraba la pasmosa escena que había tenido lugar hacía sólo unos instantes y que jamás hubiera imaginado que sucediera. El disgusto y la impaciencia lo dejaron sin habla, a pesar del ánimo de sus compañeros, que veían en el combate de honra una ocasión pintiparada para escapar de la rutina y divertirse a costa del marino.

Copons se separó del grupo y, con la copa en la mano, se aisló en un asiento para esperar a los padrinos de su rival. ¿Sentaría bien aquel lance a Inés y a su familia? ¿Y a su tío el general? ¿Había tasado bien las consecuencias de sus anónimos y la añagaza urdida con fray Vélez, el inquisidor? ¿No le había asegurado el clérigo fray Vélez que aquello acabaría con los humos y el orgullo liberal y afrancesado del marino?

A la caída de la tarde, dos hombres de largos levitones oscuros se abrieron paso, chistera en mano, entre los apiñados jugadores y feligreses de El Tritón y el bullicio de galones, botas y escarapelas y gruesas palabras. La llegada de esos dos conocidos caballeros de la ciudad produjo un gran revuelo. Uno era un agente judicial de la Aduana de reconocido prestigio, y el otro el banquero y comerciante Aramburu, un anciano de recortada barba nívea, amigo de Germán, liberal y masón de la logia gaditana que solía reunirse en la casa de Lozano de Torres, con Istúriz y los diputados Argüelles, Toreno, Calatrava y Nicasio Gallego.

Con lúgubre expresión, el brigadier abrió sus vidriosos ojos y tuvo la confirmación, como sospechaba, de que el marino y rival no se había marcado un farol. El asunto estaba desarrollándose como pensaba. El silencio adquirió un sesgo sepulcral.

—¿Sois vos don Alfonso Copons? —preguntó el más anciano.

—Sí, lo soy —contestó el oficial en tono altanero.

—Representamos a don Germán Galiana Luján, caballero de esta ciudad cuyos títulos os presentamos —proclamó, estirado, al tiempo que le tendía un pliego sellado por la cancillería—. Dado que os ha solicitado retracción de vuestra injusta ofensa, satisfacción que vos habéis rechazado, es necesario dirimir la cuestión en el campo del honor. Conocéis la razón del duelo, ¿no es así, señor?

—Sí, la conozco —dijo Copons leyendo los pliegos de nobleza de Galiana.

—Habréis de saber que el desafío, aunque condenado por las leyes civiles y castigado por la Iglesia con la excomunión, está escrito en los decretos de la sangre y el honor y aceptado por quienes lo defienden con dignidad. Los tribunales de justicia no entienden de cuestiones de fama y de reputación. Creo que lo entendéis, ¿verdad, caballero?

—Sí, estoy al corriente, señor Aramburu —farfulló el brigadier.

—Pues bien —siguió el padrino—, este lance se dirimirá según el código del conde de Chateauvillard, vigente en esta ciudad. Como nuestro representado es el ofendido, elige arma, terreno y la forma del combate de caballerosidad. Será a espada y nunca à *outrance*,* sino a primera sangre: que cuando a uno de los dos contendientes se le cause una herida por leve que sea, el desafío concluirá. El señor Galiana es un caballero cristiano y no desea la muerte de nadie, sino lavar su dignidad. No es un asesino, señor Copons.

La voz balbuciente del aludido se impuso sobre los murmullos.

—¿Prefiere el idioma del acero y no el del fuego? —apuntó mordaz—. ¿Acaso teme morir? Una pistola bien cebada es un arma más apropiada para un aristócrata, ¿no lo creéis así?

—Este reino obtuvo su imperio y su gloria con la espada, señor. Quien conoce a Galiana sabe que es un hombre sin tacha —replicó el banquero—. El encuentro tendrá lugar antes de que se cumplan las veinticuatro horas, es decir, el próximo amanecer, en el Arrecife, en las cercanías de la Venta del Buche, que supongo conocéis. Si no comparecierais, perderíais la condición de caballero a los ojos de la noble ciudadanía de esta ciudad. ¿Estáis de acuerdo en las condiciones?

Con un gesto deliberadamente chulesco, Copons sonrió y dijo irónico:

—Sí, claro. Así veré de qué color tiene la sangre ese marinero, si azul, roja o del color de la horchata. No le daré opción ni a que me señale con su espada. ¿La sabe usar, señor?

El padrino prefirió ignorar el tono de chanza del militar.

—Aseguran que practica la esgrima italiana.

—¿Con la espada de palo o con la garrocha de un pastor? —replicó el oficial con una sonora carcajada.

—Vos mismo lo comprobaréis —contestó el de la Aduana—.

---

* Fuera de combate por herida grave o muerte.

Elegid a vuestros padrinos y allí os esperamos. Se levantará acta del lance y llevaremos a un cirujano del Hospital del Rey. Todo se hará como corresponde a dos aristócratas de alcurnia. Que el Creador dicte una sentencia justa. Quedad con Dios, señor.

Copons se sirvió una copa de jerez y la apuró de un trago. No era la primera vez que sostenía un desafío por asuntos de faldas; sabía cómo matar a su oponente y hacer que pareciera un accidente. Ya lo había hecho antes en Toledo. Era un experto en el sable y la espada, aunque hubiera preferido la pistola. Se sonrió malévolamente. La provocación podía tener un efecto beneficioso para él. Se acercó a sus camaradas, que estaban tan eufóricos y borrachos como él.

—¿A primera sangre? —dijo carcajeándose—. ¡Ilusos! Le voy a sacar las tripas por la boca. Mañana al mediodía ese ridículo bucanero estará bajo tierra. ¡Os lo juro! Va a caer en la red como un inocente pardal. Inés y la fortuna de los Muriel serán mías al fin, sólo para mí. ¿No os parece, amigos?

—¡Brindemos por la victoria de Alfonso! —dijo un capitán alzando su copa.

Un torbellino de rencor se arremolinó en la mente del oficial; su orgullo había quedado herido a causa del desaire recibido ante sus camaradas de armas. Ansioso de venganza, rumiaba la hiel del inminente desafío. Un desafío a muerte.

Y un sentimiento hostil acrecentaba el odio que sentía por Galiana.

El duelo

Alarmados por la noticia, sus amigos se apresuraron a disuadirlo.

Germán Galiana se había esmerado en no divulgarlo, pero la situación lo había desbordado. En Cádiz no se hablaba de otra cosa. Era un bocado exquisito para el rumor y la maledicencia. Ya casi anochecía y estaban confundidos y preocupados por la suerte que el destino podía depararle en un reto imprevisible y desigual a todas luces.

Galiana había luchado en cubierta contra filibusteros de los dos mares y sería difícil presa, pero nadie ignoraba que Copons era un consumado espadachín con varias muertes en su historial. Tal vez su proverbial orgullo había convertido en calumnia algo que podía haber resuelto con sencillez. Pero la suerte estaba echada. No se volvería atrás.

Era hombre de decisiones inflexibles y arriesgadas, y ellos lo sabían. Por eso no pudieron convencerlo para que pidiera disculpas y abandonara aquella desquiciada aventura, conocidas las malas entrañas y la predisposición al engaño de Copons, un hombre disoluto y malintencionado, con irrefrenables aspiraciones de destacar en la milicia. Ni las advertencias del pícaro Téllez, del coronel Yupanqui, de Soledad y de la llorosa doña Mercedes consiguieron desalentarlo.

—¡Has perdido el juicio, Germán! —lo recriminó el coronel—. Olvídate de esa desdichada costumbre española de batirse por un ideal tan prosaico como el amor hacia una dama. Es retrógrada e incivilizada.

—Han sido demasiadas las ofensas de ese mal bicho. ¡Basta ya!

—Has juzgado mal a Copons. Es un hombre cruel y libertino, y seguro que esconde algún ardid para dañarte —habló Mendizábal—. Intentará matarte, estoy seguro.

—No lo hago por venganza hacia ese brigadier, Juan, y tampoco por Inés, que tal vez no lo merezca.

—Entonces, ¿por quién te vas a enfrentar a un peligro tal vez letal?

—Por salvaguardar de la inmundicia mis apellidos. Un hombre debe estar dispuesto a todo para preservar su estirpe del oprobio. Me siento como si no tuviera nada, ni tan siquiera reputación —expuso, abatido.

—¡Siempre el dichoso honor en tu boca! —le recriminó el inca.

Pero Germán estaba firmemente decidido a lavar la afrenta, aunque fuera derrotado. Su excitación se había trocado en ira. Anhelaba que llegara el amanecer; le traspasaría el corazón al menor descuido.

Aquella noche intentó conciliar el sueño en el lecho caliente de Soledad, que en su entrega habitual lo abrazó blandamente, estrechándolo contra su pecho con inefable ternura mientras su pelo resbalaba oloroso por su cara. Su irritación ante el descaro del brigadier le resultaba intolerable. Pero, como lo notaba inseguro, la bailaora, con sus labios sensuales y entreabiertos, le insufló ánimos con la fuerza del afecto no correspondido, que suele ser el más sincero, pues lo ata únicamente el indisoluble lazo de la pasión.

—No te preocupes, Soledad, limpiaré el ultraje sin arriesgar.

Pero la Cubana sabía que el amor que sentía por Inés lo conduciría fatalmente a la desgracia. Y Germán ya había cruzado su inexorable línea.

Al despuntar el día, varias calesas rebasaron las Puertas de Tierra y los intrincados vericuetos y pasadizos de los glacis, las defensas militares que hacían inexpugnable la ciudad por tierra. Se cruzaron con algunos carromatos de cargueros, buhoneros y aguadores, y de caballerías y diligencias tiradas por percherones que venían de la Isla de León. Pero a Germán le pesaban los párpados por el insomnio, sus mejillas estaban pálidas y todo le parecía espantable. La humedad rezumaba por las ventanillas de la calesa; se abrigó con el gabán. Nadie hablaba en el interior del carruaje. Aspiró la salada brisa del mar y avistó el oro de las dunas, relucientes con los primeros rayos del sol. Era el beso vitalizante que precisaba para despejar su embotada cabeza.

Las inmediaciones de la Venta del Buche estaban en silencio. Por aquellos andurriales, la pobreza, la guerra y el desgobierno mostraban su cara más peligrosa. Tabernas donde proliferaban las peleas entre marineros y putas, callejones y huertos donde proliferaban los pícaros y proxenetas, borrachos tambaleándose y truhanes de aspecto fanfarrón que gobernaban aquel submundo de vicio y de delito.

Galiana, los padrinos y el cirujano, ataviados de riguroso negro y tocados con chistera oscura, se apearon a un lado del camino. La espesa niebla comenzaba a disiparse y dejaba al descubierto los pináculos del mesón, que parecía un bajel abandonado frente a la vastedad del océano. El rumor acompasado de las olas, que batían las arenas coronadas de espuma, constituía el telón de fondo.

Germán, que sentía una perversa excitación por batirse y acabar de una vez con aquella pesadilla, oyó el chirrido de los ejes de otras calesas que se acercaban. «¿Quién es la presa, él o yo?», pensaba, nervioso, mientras le sudaban las manos. Acompañaban al brigadier los camaradas del acuartelamiento, vestidos con la casaca azul de solapas rojas y botonadura dorada que identificaba a los artilleros y que contrastaba con la blancura de las calzas y el chaleco. Los padrinos se saludaron, pero Copons rehusó apretar la mano de su oponente, escupió en la arena y compuso una mueca de desprecio.

Un nutrido grupo de espectadores se apiñó alrededor para presenciar el combate, aunque fuera «a primera sangre» y no a muerte. En Cádiz los duelos eran relativamente frecuentes, a pesar de que sobre ellos pesaba la pena de destierro e incluso de cárcel, si llegaba a conocimiento del gobernador y había muerte de por medio. Batirse significaba cosechar una popularidad inmediata, y más aún cuando se supo por el *Diario Mercantil* que uno de los más egregios visitantes de la ciudad, el duque de Wellington, lo había hecho recientemente en Londres contra el conde de Winchilsea en olor de multitudes. Solamente cuando el lance acababa en muerte, liza infrecuente, el matador solía dar con sus huesos en la Cárcel Real.

Por acuerdo de las partes, uno de los padrinos de Galiana, don Miguel Aramburu, haría las veces de director de la lid. Levantó la voz en medio de la quietud e instó a los duelistas a que se aproximaran.

—¡Señores! —declamó—. En observancia del reglamento de Chateauvillard para duelos entre caballeros, se conmina a los oponentes que no podrán hablar entre ellos durante el lance y que será considerada como acción indigna atacar cuando uno haya sido derribado o herido. El desafío será propugnatorio, o sea, a primera sangre vista. ¡Es la ley! Y yo velaré para que se cumpla.

El banquero parecía habituado a dirigir encuentros de honor. Se adelantó hacia el centro y rogó a los contendientes que se despojaran de la levita y se quedaran en camisa, pantalones y botas. Después palpó sus torsos, por si escondían medallones, petacas, relojes o retratos, y a continuación los invitó a que eligieran un sable de los que había traído consigo en una bolsa de cuero. Pero Copons hizo valer su condición de militar y enseñó su reluciente acero, un *briquet* francés de hoja corta y curvada y con el emblema del arma de artillería: dos cañones cruzados y coronados que refulgieron como un relicario.

—Yo combatiré con el mío propio, señor Aramburu.

—Podéis hacerlo, las ordenanzas os amparan. Señores, honrad, respetad y defended el código de honor de la clase a la que pertenecéis —los exhortó—. Ganad con dignidad, y al que le toque perder, que lo asuma con elegancia.

Germán examinó los tres sables que le ofrecía el director de la contienda y sacó de su vaina uno toledano de empuñadura y cazoleta dorada y gavilanes bruñidos de los que pendía un borlón rojo. Era el empleado por la caballería y la Armada Real española. Los filos y la punta, acabada en pala, brillaban como espejos. Ejecutó dos cortes en el aire, advirtió cinceladas en la hoja un ancla y una corona, y juzgó el emblema como un signo de suerte. Mientras musitaba una leve plegaria, recordó las clases en la academia de esgrima clásica del maestro Ponce de León y sus prácticas en *La Marigalante*, cuando navegaba por alta mar. Se tenía por un espadachín adiestrado. Había contendido en encuentros a sable en algún abordaje, pero de eso hacía ya mucho tiempo.

Ambas armas eran las idóneas para un combate cuerpo a cuerpo sin intención de ejecutar, pues sus bordes cortaban pero no dejaban la hoja clavada por ser ésta curva. En medio de una expectación desmedida, ambos contendientes alzaron los aceros.

—*¡En garde!* —los previno Aramburu.

Recortadas sus siluetas entre el gris del firmamento y la línea azulada del océano, parecían dos escorpiones gigantescos prestos a devorarse.

—A mi orden, crucen los aceros los tiradores.* Comiencen… ¡ya!

Los duelistas se acometieron con una fuerza tenaz, con rabia.

Galiana había relegado su actitud de angustia, pero quedó aturdido ante la reciedumbre que empleó el brigadier en los primeros envites. Parecía como si quisiera despedazarlo, no herirlo, y lo exploraba como un oso exasperado. En dos ocasiones consiguió que se tambaleara y diera con una de sus rodillas en tierra. El marino, con movimientos vertiginosos y elásticos, lanzó sus primeros tajos, que Copons paró con pericia, pues era mucho más alto y recio. El estrépito metálico sonaba intimidador en el aire.

De inmediato estuvo claro que eran dos adversarios temibles.

A Germán le salió el reptil que todos los humanos ocultan dentro y miró a su adversario con ferocidad. Forcejearon temiblemente y en Germán creció el afán por sobrevivir y no dejarse avasallar por Copons. Durante unos instantes sólo se escuchaba el seco y metálico percutir de los sables, el rumor del mar y la respiración entrecortada de los reñidores. Se apartaron el uno del otro durante unos instantes, pues el arrojo y el ardor que habían mostrado les habían hecho perder el aliento. Recuperado el resuello, el militar volvió a arremeter con un ímpetu y una ferocidad que

---

* Nombre con el se conocía a los duelistas en el reglamento de Chateauvillard.

impresionaron a todos, hasta el punto que el director de armas gritó, espantado:

—¡Señor Copons, no estáis en una carga de la caballería, sino en un duelo entre caballeros!

Reposaron durante unos segundos y reiniciaron la reñida lucha con brío y no menos encarnizamiento, sobre todo por parte del brigadier, quien, al quedar trabados en uno de los lances, le susurró a Germán, cara con cara:

—De aquí no sales vivo, bastardo. Vas a morir.

No habían sido unas palabras precisamente compasivas. Al escuchar a su oponente, Galiana sintió un vértigo en su cabeza y esquivó los mandobles con rapidez. Su amigo Mendizábal se lo había advertido: «La pelea acabará en tragedia. Ese matarife mató en Toledo a dos hombres en parejas circunstancias». Pensó en rendirse. De repente le importaba una higa su honor. Pero no podía contravenir las reglas, estaba obligado a seguir luchando. Se afanaría en infligirle cuanto antes una herida aprovechando sus virulentas y a veces torpes arremetidas. Sólo así acabaría todo sin ninguna trágica desdicha.

A Germán se le ocurrió una estratagema que conocía a la perfección. Tomaría la iniciativa y en el siguiente asalto arriesgaría con una celada italiana de contraataque en ángulo bajo. Un golpe puramente académico. Descendería su brazo armado, ejecutaría un quiebro con la cintura, y el brigadier, que bufaba como un toro, arremetería contra él aprovechando que había bajado la guardia. Entonces él hincaría una rodilla en la arena y compondría un escorzo hacia lo alto y a la derecha. Con la artimaña intentaría herirlo levemente en el muslo o el brazo izquierdo, que debían quedar a su merced, pues el contrario no esperaba el ardid. Había aprendido ese artificio en la academia de esgrima.

Aquello debía acabar ya, conocidas las malévolas intenciones del soldado, que estaba firmemente decidido no a herirlo, sino a matarlo. Los espectadores los alentaron y los oficiales jalearon a su camarada incitándolo a que lo atravesara y acabara con él de una vez. Era el momento deseado por Galiana. El artillero alzó su fatídico sable y se abalanzó sobre el marino con fiereza, dispuesto a desarmarlo y luego atravesarle el cuello y dejarlo sin vida. Sucedería en una maniobra de segundos, y la terrible fatalidad sería achacada a un percance de la lidia, incidencia que confirmarían sus padrinos y los oficiales de artillería, todos considerados hombres de honor. A lo sumo sería arrestado durante unas semanas en la sala de banderas y luego sería absuelto por un tribunal militar sin cargo alguno, pues había vengado el honor de la milicia.

Germán avanzó con la rectitud directa de un rayo de sol. «Mente veloz, brazo ágil, golpe certero», recordó su consigna. La acometida resultó brutal, pero la fortuna, que siempre auxilia a los temerarios, ayudó a Germán, a quien la arena lo hundió un palmo y pudo resbalar su rodilla derecha en un ángulo aún más bajo del previsto; la grumosidad de la duna paralizó los pies del brigadier, deteniéndolo en seco frente al sable del marino. Ninguno de los dos lo había previsto así.

Copons erró en la carga y Galiana, sin quererlo, le atravesó la pierna, cerca de la ingle. La sangre brotó de golpe y salpicó el pantalón.

—*Touché!* —pregonó Aramburu a la absorta concurrencia, sin advertir la gravedad de la herida—. ¡El desafío ha concluido y don Germán Galiana ha obtenido la satisfacción que demandaba a su oponente!

La justa había terminado. Germán lanzó un grito ahogado que liberó todas sus rabias. De inmediato, un chorro oscuro y caliente empapó la arena y el aturdido brigadier, echándose mano a la herida fatal, se tambaleó y cayó como un fardo; estaba demasiado débil incluso para alzar la mano ensangrentada y pedir auxilio. Los presentes se temieron lo peor; las exclamaciones de alarma y los murmullos de preocupación se sucedieron. La cuchillada había sido grave e inusual.

—¡Dios santo! —chilló un oficial—. ¡Está muy malherido!

El cirujano asió su maletín y se acercó alarmado. Le ató un pañuelo por encima de la herida, que taponó con una gasa y lavó con agua de beleño y un cauterizador en polvo. Luego movió la cabeza negativamente y, dirigiéndose al corro de mirones y padrinos, ordenó con el gesto desencajado:

—¡Subidlo inmediatamente al carro y conducidlo al Hospital Militar! ¡Vamos, no perdáis tiempo, está muy grave!

Las entrañas de Galiana se estremecieron de turbación y pavor.

—Señores, no pretendí herirlo, sólo tocarlo con el sable —balbució.

—¡No sois un caballero sino un vulgar asesino, Galiana! Si nuestro representado muere, lo pagaréis con la cárcel y la soga —declaró uno de los padrinos de Copons, un capitán de artillería de rostro avinagrado que lo señaló con un dedo inculpador.

Un intenso fulgor surgió en el rostro de Aramburu.

—¡Germán Galiana se ha comportado honorablemente, señor!

Cuando el carruaje, envuelto en una nube de polvo amarillo, se perdió por el camino de Cádiz, el corazón de Germán se estremeció y sus nervios estallaron. Arrojó con furia el sable a las dunas y maldijo su suerte. Se secó el sudor de la frente y la sangre viscosa que le había salpicado las manos y el rostro. Agobiado por las consecuencias que podían devenirle, se sintió sin fuerzas, angustiado por las brumas de la desesperanza y del pesimismo.

—Presiento dificultades. La estocada ha podido ser mortal.

—Nada tienes que reprocharte, Germán —lo animó Aramburu—. Te has batido con honor, cosa que él no ha hecho. Ha sido un aciago percance, un sablazo mal tasado pero dentro de los cánones del duelo. Hoy mismo redactaré el acta y la entregaré al gobernador Valdés para que se sepa la verdad. ¡Regresemos a la ciudad!

—Quiera Dios que salve la vida o lo pagaré caro —se lamentó Galiana.

Apoyó la cabeza en la ventanilla y lamentó el triste desenlace. Percibía en su alma una mezcla extraña de emociones. Se sentía terriblemente aliviado, pero también fatigado, como si todas sus ilusiones se hubieran arruinado de golpe. El velo que cubre el misterio de la vida se había rasgado en un solo instante y le había permitido ver su duro perfil.

Su mirada se perdió en las espumas del borroso oleaje.

El sol de la amanecida, inmóvil y tenue, escatimaba su luz.

El consejo de fray Efrén de la Cruz

La atmósfera estaba cargada del olor salobre del mar.

Aquella tarde, Germán y sus amigos se reunieron en el salón de la casa de doña Mercedes. El marino, ovillado en el fondo de una poltrona de mimbre, no pasó por alto aquel gesto de franca amistad. Lo acompañaban, en torno a una mesa donde había una botella de vino de Malvasía, su madre adoptiva, fray Efrén de la Cruz (padre maestro de Capuchinos), el coronel de dragones Yupanqui, Téllez el músico, Juan Mendizábal, que se agitaba como un torbellino, y su padrino de duelo Miguel Aramburu.

Germán notaba una sensación entre grata y agria, una mezcla de desconcierto y aprensión, pero lo disimulaba tras una máscara de normalidad. Había saboreado el placer de la venganza y, como si hubiera ultrajado a la totalidad del género humano, una quemazón interior le corroía las entrañas. Era consciente de la magnitud de las aciagas consecuencias en las que podía verse inmerso y se sentía inquieto.

El primero en hablar fue el príncipe inca, que lo hizo con calma deliberada.

—Amigo mío, he visto el decreto de tu arresto firmado por el gobernador Valdés. La cosa es seria. Le falta la fecha, pero en un par de días tendrás en tu casa a los alguaciles. Todo dependerá de la evolución de la herida de ese brigadier de Satanás, que bien podría morir en cuestión de horas.

Galiana palideció.

—Pero no ha muerto, ¿verdad? —quiso esquivar la realidad.

—No, aunque se debate entre la vida y la muerte —añadió

don Dionisio, dolido e inquieto por su suerte—. Y gracias a que se encontraba a menos de una legua de los mejores cirujanos de la Armada, si no ya sería cadáver. Lo heriste en un lugar vital. Hoy lo trasladan al Hospital del Rey, pero tienen escasas esperanzas de que se recupere.

Galiana consideró el significado estricto de sus palabras.

—Es un militar, Germán, y esa casta nunca permitirá que quedes impune —opinó Mendizábal.

—Cuidado con la hoguera que enciendes contra tu enemigo, no sea que te abrases a ti mismo —dijo el fraile—. ¿Qué has pensado hacer, Germán?

Con las manos crispadas, excitado, contestó buscando ayuda.

—Menos ir a la cárcel, cualquier cosa. Os deshonraría a todos. Me siento como un miserable y al borde de una catástrofe. No soportaría estar entre rejas. Maldito sea ese monstruo del infierno y quienes lo han amparado.

—Debes obrar con sensatez práctica, hijo —señaló el fraile—. No podemos cambiar las cartas, sólo decidir cómo vamos a jugar con ellas.

Todos fijaron la mirada en la frágil figura del capuchino, que venía a responder a la ansiosa pregunta del marino.

—Yo tengo la solución, Germán —prosiguió el clérigo—. Sabes cuánto te aprecio, pues tu padre adoptivo era para mí como un hermano. Escapar no es la mejor forma de reconocer tu inocencia, compréndelo.

—¿A qué os referís, padre? —preguntó Germán con avidez en la mirada.

—Te desterrarás a ti mismo de Cádiz por un tiempo, como si te invistieras en juez de tu propia alma y Dios te impusiera la pena. Sólo así considerarán tu inocencia y tu valentía. No existe otra salida mejor.

—¿Y de qué manera y adónde? —Clavó la mirada en el clérigo.

—Te enrolarás en una misión sagrada donde purgarás tu culpa y regresarás de ella como un héroe. El cielo no dejará que un inocente muera.

—No os comprendo —repuso Galiana con ojos interrogativos.

Fray Efrén alzó su voz sobre el corro de oyentes con la seguridad de que alentaría al decaído Germán, al que apreciaba como un hijo.

—Escuchadme todos —dijo en tono sigiloso—. Sabéis que el clero en España está a la cabeza de la resistencia contra el francés. Pues bien, hijo, te alistarás en la cuadrilla de voluntarios que comanda fray Félix y fray Diego de Mairena, ambos hermanos míos del convento de Ubrique. En pocos días se reunirán en Ronda para unirse a las tropas del general Lacy, que parten hacia Levante con una partida de bandoleros de Sierra Morena, que ya no atacan haciendas y a viajeros, sino a los jacobinos gabachos.

—¿Me pedís que luche al lado de religiosos cuando debo mi mala fortuna a un fraile de vuestro convento? —protestó Germán, conocido por su anticlericalismo.

—¿Te refieres a fray Rafael Vélez?

—Así es, padre —contestó, colérico.

—Es oidor y confesor del Santo Oficio, y yo en eso nada puedo hacer. Depende del Inquisidor General de Sevilla. Es persona intocable.

Galiana se sumió en una profunda deliberación:

—Si no hay otro remedio —dijo al rato—, lucharé al lado de curas y frailes.

—Sacerdotes, hijo, siervos de Dios, soldados y paisanos unidos frente a Napoleón y por la fe católica y apostólica, Germán. No cometen ningún sacrilegio, luchan por la Cruz y por España según un plan de guerra proyectado por nuestro superior, su paternidad fray Manuel de Santo Tomás, y aceptado por la Santa Sede, las Cortes y la Regencia. Allí nadie te preguntará qué crimen has cometido o qué decisión te hizo enrolarte en las Partidas Patrióticas. Lucharás en una santa cruzada y podrás retornar cuando todo se haya olvidado, incluso si Copons deja de existir. Con suerte, antes de un año estarás de vuelta entre nosotros, pues no lucharás en el frente de batalla sino en una emboscada guerra de guerrillas.

El religioso había conseguido devolverle la esperanza; Galiana paseó sus ojos por la concurrencia y comprobó que aplaudían y aprobaban la idea. Sobre todo doña Mercedes. Corría un grave peligro, pero no menor ni menos glorioso que pudrirse en la Cárcel Real. Una impulsiva reacción de alivio asomó por vez primera a su rostro.

—No eres un asesino, hijo. Volverás limpio —lo instó doña Mercedes.

—Así ejecutarás tu penitencia ante la mirada compasiva de Dios —insistió el clérigo.

—Te has batido en una pelea de honor, y Valdés así lo entiende. Nadie, salvo nosotros, sabrá de este plan, y no veo otro mejor. Tu supervivencia depende de tu decisión —dijo el peruano.

—Fray Efrén ha hablado con sensatez —añadió Mendizábal.

—Se trata de una excelente opción —opinó Aramburu—. Yo podré facilitarte el equipo y también la salida. Tengo amigos influyentes.

Galiana acarició el sello de su anillo mientras cavilaba ensimismado. ¿Sería el presagio de una muerte segura? Lo pensó detenidamente y, aunque era una proposición extravagante, aceptó.

Estaba al tanto de que los frailes guerrilleros eran considerados héroes y que fray Francisco de Cádiz y fray Pablo de Jerez, fusilados en el convento de las Nieves de Ronda, habían sido elogiados en las Cortes por su valor. Los capuchinos y carmelitas eran aclamados por el pueblo, pues desde el principio de la contienda habían empuñado las armas, se habían apoderado de convoyes, habían fabricado cartuchos en sus celdas y saboteado retaguardias enemigas. Sus conventos eran conocidos como focos de resistencia a los franceses, que los quemaban sin compasión.

No luchaban anárquicamente, sino que se regulaban por el código real del Corso Terrestre y por el de Partidas y Guerrillas de la Junta Central. Además, poseían facultad para requisar armamento y caballos y alistar voluntarios, y su actividad conspirativa contra Napoleón y su *Grande Armée* había resultado decisiva en la contienda. No era mala idea.

No poseía otra salida que enrolarse en cuerpo tan singular y desaparecer cuanto antes de la ciudad.

—Nada me alivia tanto como percibir vuestra amistad y que me obsequiéis con estas muestras de confianza —se expresó, disuadido—. Estoy atrapado, no tengo más remedio que aceptar vuestra propuesta.

—¡Alabado sea Dios! —respondió el fraile elevando los ojos.

—Y que él me ampare en esos campos de batalla, padre Efrén.

—El Creador sostendrá tus manos entre las suyas. Te absuelvo de tu pecado, pues tu noble y sagrada acción te exonera de toda falta. Estás en gracia de Dios —concluyó el capuchino, que lo bendijo trazando la señal de la cruz en el aire.

Explícita e irrevocablemente, sus amigos habían dictado su sino.

Jamás habría imaginado esa adversidad en su vida. Ignoraba si el camino escogido era el correcto, pero no eran momentos para mostrar debilidad ni titubeos. Aunque podría perder la vida, cosa también probable, la decisión ya estaba tomada; si era necesario, moriría defendiendo su patria del invasor. Abrazó a sus incondicionales y resolvió dar a la reunión una apariencia de normalidad e invitarlos a una velada de fiesta y camaradería en el mesón de Urbina.

A la mañana siguiente, después de preparar el equipo, dejar arreglados unos asuntos y despedirse secretamente de doña Mercedes, de Soledad y de sus amigos más cercanos, Germán se sentó ante la escribanía y redactó una corta nota para Inés, quien, a pesar de su rechazo, aún reinaba secretamente en el trono de sus sentimientos. Presentía que debía de estar hecha un mar de dudas y que precisaba de su aliento y, sobre todo, de una explicación.

Querida señorita Inés Muriel:

Te supongo enterada del desolador final del duelo, del que toda la ciudad murmura. No lo hice por capricho, créeme, sino por imposición de los deberes del honor, que nada tenían que ver contigo, sino con mi nacimiento y mis familias. Nunca me habría atrevido a pronunciar tu nombre ni el de tus padres en lugares indebidos ni ante individuos indeseables por mucho que lleven uniforme. Los acontecimientos se han precipitado muy a mi pesar y posiblemente deba salir de la ciudad por un tiempo, hasta tanto se olviden estos amargos sucesos.

Quiero despedirme de ti con dignidad. Preciso de tu consuelo y de tu tierno apoyo y deseo saber si tu ánimo está predispuesto a mi favor. Sé que en tu corazón aún existe un escondido resquicio para nuestro amor, el más valioso de mis tesoros. A tu lado he creído morir de felicidad, tu imagen basta para inflamar mi pasión. Ante la incertidumbre de mi suerte, sólo con tu recuerdo podré soportar este tiempo de aflicción que se avecina. ¿Podríamos vernos en algún lugar privado para que te relate la verdad esta misma tarde? Mi espíritu lo precisa, y mañana ya será tarde.

Besa tus manos,

GERMÁN GALIANA LUJÁN

No habían transcurrido más de dos horas cuando sonó la aldaba. El marinero se ocultó; recelaba que fuera el piquete de alguaciles que venían a prenderlo, aunque sabía por el inca que Copons aún vivía.

—Una carta de la casa Muriel, para don Germán —anunció el propio.

Galiana le lanzó un real de a ocho que el criado aceptó satisfecho. Deseaba leer los consoladores alivios de Inés, a la que imaginaba tan abatida como él. Pero conforme leía las líneas del billete, con su inconfundible letra inclinada y el aroma de su perfume, la palidez se apoderó de él.

Muy señor mío:

Con vuestra arrogante y bárbara conducta habéis conseguido que vuestro recuerdo y nombre me resulten odiosos. Vuestras palabras no dejan de ser una descarada burla hacia mi familia, que desde hace días ve hundida su reputación en un barrizal de infames habladurías. No puedo amar a quien me desea por la fuerza, usa la espada para eliminar rivales e injuria mi casa con escándalos hiriendo de muerte a mi prometido. Mi alma se ha llenado de reproches hacia vuestra aborrecible deslealtad, por lo que la ruptura de nuestra gastada amistad y relación resulta irreversible.

Hemos exagerado la proporción de nuestro amor, que puedo aseguraros se ha extinguido para siempre. Nuestro futuro no puede instalarse sobre un charco de sangre y sobre la desgracia de mi prometido, por el que rezamos para que se salve. Lo siento, no suelo torturar a los hombres, pero ese amor que pregonáis nunca ha existido y un muro de incomprensión se ha levantado entre vos y yo. Así que no sólo dudo de vuestro afecto, sino que lo re chazo. Vos seríais el último hombre con el que me casaría, y mis padres jamás os darán su consentimiento.

Adiós para siempre.

INÉS MURIEL

La confianza que aún profesaba por Inés se resquebrajó en un soplo para siempre, como se disipa una gota de agua al estrellarse contra una roca. «¿Por qué me rechaza con tanta impiedad?» ¿Le había ocultado deliberadamente su desprecio por tanto tiempo? La decepción, la rabia interior, quizá los celos y el feroz desengaño le resultaban más insoportables que su destierro voluntario. Todo parecía haber acabado. Inés hablaba del brigadier como de su prometido. ¿Podría perdonarla alguna vez?

—Engreída y caprichosa Inés. No puedo comprender tu actitud —masculló dando un puñetazo a la puerta del estudio.

Lejos de aliviar sus dudas, la escueta esquela venía a confirmar que su relación era cosa del pasado. Había concluido sin haber comenzado siquiera. Sin embargo, él lo había entregado todo, incluso la vida. Nada tenía que reprocharse, pero había dado al traste con sus esperanzas. Inés lo había tratado como un juguete y el implacable clasicismo gaditano había conseguido imponerse entre los dos jóvenes y causar un daño irreparable en sus afectos. Germán se sintió abrumado por una desoladora amargura. Se habían sucedido unos días terribles para él, y ahora se veía rechazado por quien más quería, perseguido por la justicia y envuelto en un abismal desamparo.

—Qué rumbo tan cruel ha tomado mi vida, y todo por un amor equivocado. Soy marino y sé que no existe viento favorable para quien, como yo, no sabe adónde va —musitó entre dientes.

Un sol marchito se había ocultado por el horizonte mientras Germán, en la cálida seguridad de la alcoba de Soledad, observaba inconsolable el crepitar de las ascuas del brasero. La bailaora abandonó su baño caliente, suavizado con algalia, óleo de almendras y ámbar, y se tendió a su lado, fresca como un pámpano. Apoyada en su hombro, atendía a los planes de su amante y compartía sus ansiedades y anhelos. Quizá no lo tuviera a su lado por mucho tiempo. O tal vez no volviera a tenerlo.

—No sé qué me depara el futuro. Tengo miedo, Soledad, sé que voy a provocar mi propia muerte. Ahí fuera sólo hay peligro y sangre. Pero ser amado por ti es un regalo precioso que llevaré en la mochila de mi exilio —confesó, aunque un nudo en la garganta lo oprimía.

Entre sentimientos de congoja, se oyó la voz acogedora de la Cubana.

—Eres el compañero de mis sentimientos, mi mejor amante.

—En la vida interpretamos muchos papeles, y en este momento me toca el de soldado y aventurero. ¿Conseguiré salvar el pellejo? Y, para más tortura, esta noche me corroe un sentimiento de culpabilidad hacia ti. No te he dedicado la atención que mereces.

—Conmigo no debes excusarte. Yo te amo, y basta —zanjó la Cubana—. Y esa lela y esquiva de Inés, ¿cómo ha reaccionado ante todo este escándalo? No intentes zafarte, sé que os habéis cruzado cartas.

—Ya es imposible que las cosas empeoren más —reconoció Germán con voz despechada—, y mi venganza hacia Copons me hace sentir amargura. Inés ha roto nuestra relación de forma terminante. No debió tratarme de esa manera —se lamentó, decepcionado—. Esta clase de heridas no cicatrizan nunca.

—Germán, considera tu marcha un nuevo punto de partida y saca a esa niña vacía y estúpida de tu vida. De lo contrario te sentirás un miserable durante toda tu existencia.

—Espero que el tiempo y esta indigna fuga consigan arrancarla de mi alma —contestó, y le besó el hombro con ternura.

Soledad, con la mirada fija en su amante, grabó en sus retinas la imagen de Galiana, perdido en oscuros pensamientos. Luego, con una seriedad extrema, se desprendió de una medalla que colgaba de su pecho y la colgó del cuello de Germán.

—Con este medallón de la Virgen del Rosario estarás protegido de las balas y de las bayonetas francesas, como si fueras invisible. Vivirás bajo su manto y yo no dejaré de rezar por ti.

—Gracias. —La besó—. Sé que te preocupas por mí, y por eso

te echaré de menos. No olvidaré nunca esta noche de mi destino adverso.

Las estrellas se iban suspendiendo sobre el firmamento y extendían su fulgor sobre las azoteas y torres de Cádiz. Olía a mar y a jazmín y se palpaba el silencio de una noche tibia. Era el marco cómplice para reunir a dos amantes. A su lado, encogido como un niño temeroso junto a su vientre, rendido a la paz que le transmitía la bailaora, la respiración del marino se serenó.

Germán buscó con sus dedos codiciosos los secretos mil veces acariciados del cuerpo apetecido. Mezclaron sus besos en medio de abrazos ávidos y se sucedieron los murmullos, las respiraciones entrecortadas, el placer y la explosión de sus deseos; hasta que sus cuerpos languidecieron extenuados tras una entrega sin reservas y una pasión desbordada. Acaso la última.

Galiana había extinguido su pesadilla con sus abrazos.

Cuando la luna palidecía ante la proximidad de la mañana, Soledad, asomada al balcón, perdió de vista la silueta del marinero, ahora soldado forzoso de la patrulla del general Lacy y de los capuchinos de la sierra, y sintió una honda amargura. En medio de una ligera niebla, el sereno entonaba las cinco de la mañana en nombre de María Santísima. ¿Qué le depararía la nueva aventura que marcaba su inexorable sino? Germán Galiana volvió la vista atrás y adivinó su perfil entre los geranios y vio que sostenía una vela blanca en la mano.

Aparte de los Galiana, Téllez y don Dionisio, Soledad era la única persona en Cádiz que velaba su partida. ¿Se había despedido de ella para siempre?

Más tarde, con un alba que arrancaba al sol su exigua calidez, un grupo de jinetes armados dejó atrás las murallas de la ciudad, acariciadas por reflejos anaranjados. Debían sortear una avanzadilla francesa dando un amplio rodeo. Sólo encontró a algunos caballeros adinerados y pervertidos que regresaban junto a sus cocheros de la taberna de La Escalerilla y de los prostíbulos de la calle San Juan. Germán contempló con nostalgia el contorno difuminado de Cádiz y confió en que, entremezclado entre los combatientes del francés, estaría a salvo de la inquina, de la cárcel y de sus enemigos. «En el olvido reposa mi felicidad. Espero que el viento de la buena suerte role a mi favor, aunque no ignoro que nada puede hacerse contra la fuerza del destino», se dijo.

Abandonaba a los que más quería, insensible a la belleza del amanecer. Recordó a quien había precipitado su partida y que en ese momento se debatía en un hospital entre la vida y la muerte. «Sólo intenté una justa reparación de mi honor, no buscaba la represalia ni la revancha, pero la fortuna me ha sido esquiva», pensó. El sonrojo por una huida indecorosa lo encolerizaba. Un tiempo de su vida concluía y otro nuevo comenzaba. Iba con la cabeza bien alta, como si fueran a ponerle una soga al cuello.

Fustigó al caballo y se olvidó de sus apegos y de la venganza.

Sin embargo, no conseguía borrar de su mente la despiadada carta de Inés, y una pena oscura y misteriosa le oprimió la garganta como una garra de hierro. En su mente seguía hormigueando su figura, que tantas inquietudes había hecho alumbrar en su corazón, ahora devastado.

En ese momento seguía, más que nunca, un misterioso designio, y la dicha era para él una mera ilusión. Su estrella podía haberle deparado un destino diferente, pero el falso honor y un orgullo arrogante, esos defectos que lo perseguían como el trueno al relámpago, habían prendido el fuego de la desgracia.

Picó espuelas a su montura y desapareció entre la niebla del arrecife que, como una saliva viscosa, envolvía las Puertas de Tierra.

La visita del barón Denon

Madrid, otoño de 1812

Un mutismo expectante sobrevolaba la Sala Gasparini.

Miríadas de destellos se arremolinaban en la lámpara de cristal, en los estucos mitológicos de Hércules triunfante y en el reloj de Jean D. Dugourc, de caoba y bronce, que idealizaba al dios del tiempo, un Cronos marmóreo que se retorcía sosteniendo un globo terráqueo de plata.

La luz penetraba a raudales por los ventanales del Palacio Real de Madrid. José Bonaparte, sentado en un sitial aterciopelado, sujetaba en su delicada mano un mensaje de Napoleón. Carecía de mando sobre la fuerza militar y sabía que los mariscales habían instaurado en las provincias un verdadero virreinato de terror, abusos, confiscaciones, represiones, violaciones y robos sin control. Y eso lo exasperaba. Habían prohibido los bailes de máscaras y las tertulias, y Soult pasaba a cuchillo a los habitantes de los pueblos andaluces que apoyaban a los guerrilleros y bandoleros.

La atmósfera del saloncito rebosaba de recelos. Él, como legítimo rey de España, no podía permitir esos desmanes. Taciturno, releyó la carta de su hermano:

Estoy hastiado de España, José. Tu clamor, hermano mío, no me conmueve. Sé que aceptaste una Corona basada en la integridad territorial, pero una campaña militar nefasta y los reveses recibidos en el sur me obligan a administrar directamente las provincias del norte. Sólo es por tu futuro bien.

Tu hermano,

NAPOLEÓN

Sabía que el emperador lo tenía por un monarca sin voluntad y un gobernante carente de iniciativas. Por eso lo había excluido del mando militar de España y le había sustraído el dominio de los territorios de la frontera con Francia, cuyos generales sólo rendían cuentas a París, hurtándole los ingresos que le pertenecían. La violencia corría pareja al pillaje, y José se resistía a permitir los saqueos y ultrajes de estos oficiales. Seguía sin comprender a los españoles, que lo tildaban de borracho cuando apenas si bebía una copa en las comidas y se desvelaba por su bienestar y mejor vida. «¿Cómo pueden desear que vuelva ese canalla e inútil de Fernando, capaz de vender a su sangre y a su patria?», se preguntaba. Pero mantenía su dignidad.

«La Corona me pertenece», se decía a sí mismo para convencerse.

Los cuatro años de gobierno de España y las Indias eran el más agrio pasaje de su vida, un frustrante fracaso. «¿Dónde están los ideales de la Ilustración? Pisoteados por mis mariscales.» José había aprendido la lección demasiado tarde. No se puede reinar sometido a servidumbres y manejado por otro como un polichinela. Había sido un rey sin cetro, zarandeado por la traición, la codicia y el desprecio de su hermano. Enfermo de rabia y de nostalgia, se sentía como un muñeco en manos del emperador, un rey sin tierra, un padre sin hijos a quien tutelar, un sabueso sin presa.

Sin embargo había intentado imponer a la diosa Razón en un país bárbaro y atrasado, corroído por el fanatismo y la ignorancia; un país que se alimentaba de novenas, agua bendita, misas y sermones de púlpito. Regalar a los españoles la Declaración de los Derechos del Hombre había fracasado estrepitosamente, no había logrado aplastar el despotismo real y asaltar la Bastilla de una nación dominada por el clero, la ignorancia y los privilegiados.

«¿No íbamos, según Napoleón, a cambiar la faz del mundo? —pensó—. He sido un rey impuesto y no he conseguido persuadir a mis súbditos del beneficio de las necesarias reformas. Pero ¿qué es un hombre sin sueños? Me he convertido en un conductor de hombres invisibles en una tierra hermética y oscura.» No había defensa contra la deslealtad, y las heridas que le infligía su hermano le resultaban inadmisibles.

Sentía añoranza de su amante vitoriana, la dulce y tierna María del Pilar, ahora aguardándolo en Vitoria. Para paliar su dolor y olvidar los rigores del gobierno se veía en secreto con la frívola y escandalosa condesa de Jaruco, María Teresa Montalvo, una hermosa habanera, voluptuosa y vehemente, que saciaba de pasión sus noches. Pero a pesar de haber vivido una vigilia volcánica con la escultural criolla, un iracundo mal humor lo embargaba.

Fue recibiendo los saludos de sus cortesanos, tan decepcionados como él. Tras una lacónica inclinación de cabeza, ningún parabién salió de sus bocas. Ni siquiera del jefe de su guardia, el general Merlin, a quien había casado con una hija de la condesa amante, María de las Mercedes, tan ardorosa y bella como la madre.

Con la espalda erguida en el sillón, José no podía ocultar su ansiedad. Paseó su mirada inquieta por los retratos que decoraban la hogareña salita: Carlos V, de Tiziano, y Margarita de Austria, el Conde-Duque de Olivares y los reyes Isabel de Borbón y Felipe IV, todos ellos obras de Velázquez, cuyas realidades inermes parecían cobrar vida en aquel instante y reprocharle su sangre plebeya y su intrusismo. «¿Recibisteis vosotros el calor de vuestros súbditos? Yo me siento solo.»

Los consejeros aguardaban sus palabras con interés. Sin embargo, una inquietante corriente de fracaso perturbaba el enrarecido ambiente. No había convocado a ninguno de sus ministros españoles. El caso que debían tratar interesaba sólo a los consejeros franceses. «¿Cómo puedo mitigar la aridez de mi vida en esta corte desleal?», se lamentó interiormente.

Su *vâlet* Constant le sirvió una copa de chambertin. Un criado mameluco guardaba la puerta con gesto nervioso. Paroise, su médico personal, se secaba el sudor con un pañuelo de seda de Lyon. El abate Marchena, un clérigo políglota, erudito y afrancesado, que le servía de escribano, lo miraba con semblante preocupado tras sus quevedos. El metódico general Auguste Bigarre, su ayudante de campo, se entretenía con su bocamanga con gesto de inquietante turbación. Hedouville, el secretario real, se disponía a tomar nota de sus órdenes, y Bienvenu Clary, su sobrino y consejero privado, parecía ausente.

Las cosas no iban bien.

En la esquina, Miot de Mélito, superintendente general del reino y hombre de confianza, parecía abismado en oscuros pensamientos. A su lado, el estirado general Salligni, jefe de la caballería polaca y de los legionarios del Vístula acampados en el Retiro, tamborileaba nervioso los dedos sobre la mesa, y el Gran Inquisidor del Reino, monseigneur Raimond Etenhard, no dejaba de taladrarlo con su mirada vacua, casi bovina, mientras pensaba, decepcionado: «Lo malo de ti, rey no deseado, no son tus defectos sino la falta de atributos para gobernar este país. Dios te exculpe».

José intentó sonreír y se limitó a torcer levemente la cabeza.

—Bien, amigos míos —comenzó al fin—. El hecho incuestionable es que los mariscales no obedecen mis órdenes y Su Majestad Imperial me detesta y me desautoriza constantemente. Hemos salido de Madrid precipitadamente tres veces y mucho me temo que la última será la definitiva. Este pueblo ha resultado más insumiso y obstinado de lo que imaginábamos y no cejará hasta vernos al otro lado de los Pirineos.

—Vuestro hermano os auxiliará —dijo el general, molesto.

—Es evidente que me ha retirado su apoyo —enfatizó el rey—. Las jurisdicciones del norte escapan a mi control e ignoro su actividad. Regimientos españoles luchan en Dinamarca sin yo conocerlo. Y don Pablo, mi eficaz jefe de policía, me asegura que, en secreto, mantienen conversaciones con una infanta Borbón para que asuma la Regencia. ¿Y creéis, general, que he de permanecer tranquilo?

Todo eran buenas palabras, pero sus días como rey estaban contados.

—¿Para qué nos habéis reunido, *sire*? —preguntó su sobrino.

—Para un asunto confidencial, Bienvenu —se expresó misterioso—. Después de meditarlo, es mi deseo que se comisione a una cuadrilla de hombres de la Guardia Jurada, leales y reservados, para que se trasladen a los Reales Sitios y, en grandes cajas, guarden los tesoros más preciados de mi Corona para su traslado a Francia. Quiero evitar prisas innecesarias. Su misión detentará la categoría de preferencial sobre todas las demás que estén en curso. Espero que el trabajo esté concluido antes de la Pascua de la Natividad. Hedouville, vos y el superintendente de la policía Barrás coordinaréis la secreta operación, que espero no trascienda al exterior. Los tesoros de los reyes de España nos pertenecen.

—Se hará como Su Majestad disponga.

—¿Tenéis algo que opinar? Os noto muy taciturnos.

—¿Lo sabe el emperador, *sire*? —preguntó Salligni.

José sintió una punzada de ofensa. Resultaba intolerable.

—General, la presencia de un patricio muy señalado de la corte de Francia contestará a vuestra pregunta —rebatió—. ¡Constant, haced pasad al barón!

Un hombre de edad indefinida, cejas finas, peluca empolvada y cara redonda, que sostenía un pañuelo de encaje en la mano derecha y un bastón de marfil en la izquierda, compuso una exagerada inclinación al entrar en la sala. José, que agradeció el saludo cortésmente, se fijó en su chaleco bordado con arabescos.

—Señores, os presento al barón Vivant Denon, director del Museo Napoleón de París. Tiene el mandato de Su Majestad Imperial de decorar sus salas con las obras maestras de Tiziano, Rubens, Brueghel, Velázquez, Zurbarán, Ribera y Murillo, pertenecientes a mi Corona por derecho de conquista. Ha formado una comisión de expertos, de la que forma parte don Francisco de Goya, para requisar cuatrocientas pinturas españolas esenciales y enviarlas a Francia. ¿Comprendéis ahora mis urgencias?

Los asistentes movieron afirmativamente la cabeza. Las cosas cambiaban. Expoliar el tesoro real español era orden del emperador.

—Así es, *sire*. Vengo de Burgos y estoy encantado —reveló

Denon—. He requisado huesos del héroe nacional de España, el Cid, y de su esposa madame Ximena, y también valiosos relicarios medievales, cálices y sagrarios. España es un colosal y rico museo listo para ser confiscado. Jamás vi tal cúmulo de obras de arte. Ni siquiera en Italia. Hoy me he hecho cargo de los baúles que atesoró mi colega monsieur Frédéric Quilliet, vuestro agregado artístico de los ejércitos de Andalucía.* Su Majestad Imperial estará sumamente satisfecho con nuestras diligencias. Vais a regalarle una cornucopia de obras extraordinarias del arte universal.

—Lo celebro, barón Denon. Esta reunión obedecía a ese propósito.

—El derecho de conquista nos asiste, majestad. Todo lo que cuelga o adorna este palacio, o cualquier palacio del país, nos pertenece —señaló Denon mientras hacía girar el pomo de su bastón.

—Si no los sometemos con la espada, al menos que paguen con sus bienes y riquezas. Es justo —dijo Salligni, satisfecho, soltando una carcajada.

—Nunca dominaremos a los españoles, general —afirmó José—. Ya se lo anuncié al emperador en Bayona, antes de salir para Madrid: «Vuestra gloria se hundirá en España». Y así se ha cumplido. ¡Nos echan como perros sarnosos, amigos! Mi hermano me confió que los españoles eran alegres, confiados, religiosos y monárquicos, pero en el alma de este pueblo bulle un volcán de patriotismo.

El silencio apoyó la orden. Debían imitar la misma pauta.

—Ahora dejadme solo —rogó el rey llevándose su mano a la frente—. Los últimos acontecimientos no presagian nada bueno. Preciso reflexionar.

Se marcharon en silencio, tras inclinar la testa cumplidamente. José estaba preocupado, y las caricias del aire de la sierra no le aliviaban el punzante dolor que le atenazaba las sienes. Los fármacos que le administraba Paroise apenas si lo habían aliviado y la excitación le inflamaba las mejillas. Sentía que la cabeza le iba a estallar.

* Vivant Denon y Frédéric Quilliet desvalijaron oficialmente España durante la ocupación francesa, inventariando miles de bienes artísticos de iglesias, conventos y gobernaciones en un lucrativo y ruin negocio.

Hasta sus leales lo creían un depredador, un salteador de caminos, cuando sólo cumplía órdenes de Napoleón. Le pesaban los párpados, y una sensación amarga como el acíbar le invadía la garganta. Las arboledas del Campo del Moro se entintaban de oro y carmesí; la estación cálida se marchitaba ante sus ojos. En el exterior, los pájaros piaban desaforadamente y el aire estaba saturado con el húmedo olor del Manzanares, que sólo el sol del mediodía podía desvanecer con su fulgor.

Francia esperaba su retorno.

Pero el Palacio Real de Madrid, todavía fascinador, alargaba el eco de sus decepciones.

La Compañía Apostólica

Germán Galiana se había convertido en un indómito guerrillero.

Al principio, tras enrolarse en una partida de fieros guerrilleros, la aventura le resultó apasionante, luego tediosa, más tarde aborrecible, y en sus últimos lances, peligrosa y mortal. Estaba hastiado de tanta sangre, violación, muerte, saqueo y dolor.

Parecía exhausto y resignado. Se había acostumbrado a matar sin sentir nada. Sólo asco. También había comprendido que la terrible guerra contra el invasor significaba hambre, peste, robo, asesinato, sacrificio, escarnio y malos instintos. Lo peor del hombre.

Era cómplice de un ejército invisible que causaba incontables bajas al ejército francés, apostados como alimañas en barrancos, cañadas, matorrales y sierras, en una guerra total y despiadada. Con el correr del tiempo se había alistado en otra cuadrilla de aventureros de una crueldad jamás vista. Contravenían todos los derechos, tomaban consejos de la ira y perpetraban crímenes sin remordimiento y sin castigo de nadie. Muchos de sus compañeros de correrías se habían unido a la partida para vengar la muerte de padres, hermanos o amigos, y con la firme convicción de que el ejército regular español jamás conseguiría vencer al invasor.

Germán llevaba el pelo recogido con un pañuelo de color indefinido. Se protegía de la crudeza del clima con una guerrera parda sobre una camisa sucia y abierta, una faja de lana roja, calzones cortos y unas botas agrietadas y polvorientas. Con una barba cerrada y desaliñada, el morrión de cuero, el capote y las cananas embarradas, parecía un trasgo escapado del infierno. Mientras caminaban, parecían una jauría de lobos hambrientos; maniobraban como bestias por las quebradas con los ojos febriles sedientos de sangre gala. Por una dispensa del esquivo destino se hallaba a cientos de leguas de su añorada Cádiz, con el corazón destrozado y en constante riesgo de muerte ante la incertidumbre de su destino. Pero el recuerdo le otorgaba valor para seguir.

Lo primero que presenció al unirse a los guerrilleros de Ronda fue la deserción de varios compañeros, que huyeron a Gibraltar, y un suicidio. Un muchacho, aún imberbe, no pudo soportar la tensión de verse acosado día y noche por los franceses y determinó despeñarse por la cárcava de un desfiladero mientras maldecía al mundo. En el corazón del gaditano revoloteaban sus fantasmas internos, como roedores invisibles alojados en su cerebro para mortificarlo. Se volvió duro como el pedernal. Su frialdad a la hora de matar le daba más miedo que tener al enemigo de frente.

Era la opción que había tomado ante el peligro de perder la cordura. Hacía meses que vivían a la intemperie, en guaridas miserables, entre los escombros de las iglesias quemadas, en cuevas o en la soledad de los cementerios, tanto si llovía como si el cielo estaba despejado. Acosados por enjambres de moscas de muladar, cuyo zumbante aleteo se mezclaba con el chirriar de los grillos, el aullido de los lobos, el remudiar del ganado hambriento y los graznidos de los grajos, las noches eran eternas y los días, insufribles.

A veces dormían en las celdas abandonadas de los monasterios, entre sus muros congelados, tan fríos como una cripta, en pajares ocupados por ratas o en las ruinas de ermitas abandonadas. Germán carraspeaba con una tos seca y una quemadura negruzca sin curar le supuraba y le taladraba de dolor el hombro. Olía a humanidad, sebo y pólvora y, mientras padecía la condena por defender su maldito honor, se lo comían los piojos.

Había llegado a la conclusión de que la guerra era una loca aventura. Pero él debía permanecer lo más cuerdo posible si quería sobrevivir.

Por los avatares de la guerra, se había enrolado en la Compañía Apostólica, una anárquica banda de guerrilleros al mando de Antonio Marañón, «el Trapense», un fanático clérigo apóstata de la fe que primero besaba el crucifijo y luego te rebanaba el pescuezo o te robaba el alma. Recurría a supuestas revelaciones del cielo para enardecerlos. Era un jefe justo, pero cruel e implacable con los franceses, que llevaba colgados de su cuello manojos de cruces y escapularios.

Componían la unidad medio centenar de encarnizados perros de la guerra, entre clérigos, voluntarios y soldadesca de fortuna, que obedecían las órdenes del cruento sacerdote, de una fidelidad perruna hacia el Deseado. Unos luchaban para salvar la monarquía absoluta, y otros, como Germán, para acabar con ella, pero a todos los espoleaba un sentimiento común: liberar España del opresor francés. Algunos de sus camaradas habían luchado al lado de Juan Martín Díez, «el Empecinado», y los más a las órdenes del cura Merino, para recalar finalmente en la partida del Trapense. «¡Luchamos contra el Anticristo y ganaremos el cielo!», les gritaba.

Mostraban la rebeldía y la indisciplina propias de un ejército errante, aunque siempre sediento de sangre francesa. Cruzaban los pueblos y las aldeas entre la admiración de los sencillos aldeanos, que se arrodillaban ante el fraile de aire sombrío y feroces ojos de demente. La mayoría exhibían barbas encrespadas, guerreras raídas, botones caídos, y los más estaban consumidos por las privaciones y la consunción. Espectros vivientes y errabundos que intimidaban por su aspecto.

Actuaban de forma independiente y sin dirección militar, como las muchas guerrillas que deambulaban por el Duero, Álava y La Rioja, dirigidas por frailes y curas alumbrados que veían renacer con su aliento el espíritu de las Cruzadas. Eran gente brava, de bien ganada fama popular, aunque desprovistos de misericordia con el gabacho. El montaraz clérigo era en verdad un prófugo de la justicia que había tomado los hábitos huyendo de la horca. Con la cruz en una mano y el látigo en la otra, sembraba el terror por donde pasaba. Solían coger desprevenidos a los ejércitos franceses en sus retaguardias, intendencias y polvorines, y rara vez tenían bajas, pues actuaban en las sombras de la noche y en la clandestinidad.

Siempre en alarma por las balas francesas que silbaban a su alrededor, Galiana vivía sin respiro y en una constante amenaza, y se lanzaba a la lucha de forma ciega y decidida. El corrosivo olor de la batalla, el miedo a su propio aliento, el hambre y la inquietud al ver caer muertos a algunos compañeros, y a tantos inocentes de las aldeas por donde pasaban, lo angustiaban.

Marchando tras un estandarte que mostraba el emblema de una cruz roja impregnado en sangre francesa, había cruzado valles, sierras, montañas y ríos, y sus sonidos más familiares eran los relinchos de los corceles y los chasquidos de los fusiles y trabucos que se mezclaban con los gritos de los guerrilleros de la compañía exterminadora del feroz Trapense.

Germán se había unido a su mesnada tras batirse con los gabachos en Ronda, a las órdenes de fray Francisco de Cádiz, muerto en una escaramuza; luego en las abruptas serranías de Jaén, y ahora en los peñascos y valles del Tajo y del Duero, donde su partida aguardaba la inminente llegada de los ingleses y las columnas escapadas del Rey Intruso.

El Trapense era un cura renegado que lo mismo mataba por Dios que por el diablo. El indomable guerrillero convivía con una concubina, a la que a veces llevaba a la grupa de su montura, a pesar de estar entrada en carnes. Se llamaba Martina, y aunque nunca participaba en los combates, destripaba franceses moribundos con su fiero amante o les daba el tiro de gracia. Excelente amazona y mujer dicharachera, cuando el abatimiento hacía presa en los hombres, levantaba la moral de la tropa con festivas arengas y con el vocabulario propio de un descargador de muelles.

El Trapense no rezaba nunca. Su complexión —hombre peludo, cejas pobladas y mirada indagadora— intimidaba. Masticaba constantemente tabaco, que luego escupía, y apestaba como un animal de establo. El antiguo fraile, ahora indómito soldado, era sin embargo un estratega valeroso con fama de loco e iluminado. Cuando por la noche se sentaba alrededor del fuego, con el crucifijo colgándole y golpeteando el sable y las pistolas, al gaditano le parecía la mismísima encarnación del ángel del mal. Poseía la audacia y la temeridad del héroe ibérico y no mostraba la menor magnanimidad con el enemigo.

Había matado con sus propias manos a más de un centenar de franceses. No hacía prisioneros: ahorcaba a los apresados, pero antes les sacaba las tripas, menester en el que le ayudaba la bravía

Martina. Los alertaba continuamente de que anduvieran con los ojos bien abiertos, pues, según sus informes, la nueva policía secreta del Intruso había infiltrado en los grupos guerrilleros una banda de confidentes que lo mantenían informado. Uno de ellos era el enigmático «Marquesito», un personaje renegado y escurridizo que avisaba sobre los movimientos y dotaciones de las guerrillas del norte. «Si atrapo a ese Marquesito, le arranco el corazón», prometía.

El Trapense vestía su fornido cuerpo con un uniforme descolorido de comandante artillero y se tocaba con un morrión de zorro con una visera de cuero que tapaba sus greñas pelirrojas y su semblante tosco.

Su tropa, más que una hueste organizada, era una horda. «¡Somos el azote de Dios y heraldos de su temible ira! ¡Mueran Napoleón y la herejía de Cádiz!», declaraba allá adonde iba. Germán se sentía un miembro más de aquella jodida compañía de bastardos absolutistas y estaba harto de sus incesantes proclamas antiliberales. No obstante, después de meses de escaramuzas, de haber sufrido una disentería que casi le lleva a la tumba, y de subsistir en un continuo sobresalto, al gaditano no le preocupaba otra cosa que sobrevivir, y regresar luego a Cádiz.

Una mañana, mientras bordeaban las estribaciones ibéricas en dirección al norte, y se disponían a sortear un cenagal peligroso, oyeron gritos, maldiciones de acemileros y voces agrias. De los árboles cercanos colgaban cadáveres de soldados franceses a los que habían desnudado y cortado a hachazos. A sus pies, dos mujeres, barraganas de los invasores, yacían muertas y violadas, con las barrigas abiertas y llenas de enjambres de moscas. La misma práctica terrible en los dos ejércitos. Tantas veces la había presenciado ya Germán… Escupió al suelo con asco.

El que parecía detentar el mando no era un oficial del ejército, ya que no lucía ni entorchados ni galones. El Trapense hizo un amago de ataque, pero se detuvo al reconocer al jefe.

—¡Por todos los diablos! Es la partida de mi colega fray Julián Délica.

—¿Quién es ése? —preguntó Galiana.

—Lo llaman «el Capuchino» —les informó—. Es un religioso vasco, hombre de reconocido coraje y talento militar. Ha llegado a dirigir a un centenar de hombres a caballo y otros tantos a pie. Venció no ha mucho en combate desigual a las tropas del general Franceschi. La espada que lleva colgada al cinto es de ese oficial franchute, le fue regalada por la Junta Central en reconocimiento por su valor. ¡Acerquémonos!

Aquel día convivieron estrechamente con los hombres del Capuchino, compartieron comida, vino de pitarra y algunas coimas que los acompañaban, pues muchos llevaban meses sin conocer mujer. El peso de los carromatos, con el botín y las armas robadas a los franceses, se hundía en el barro y hubieron de ayudarles tirando de las mulas y llevando algunos cajones a hombros.

Délica les habló cuando compartían cena alrededor del fuego.

—Nos dirigimos a Tarragona, a liberar de la cárcel a un siervo de Dios y guerrillero apresado por los gabachos.

—¿A quién te refieres, hermano? —preguntó el Trapense.

—Al bravo fray Baudilio de San Boy, abad de Tarragona. Él solo ha matado a más franceses e hijos del diablo que todos nosotros. Como sabéis, le precede una fama de héroe nacional.

—¿Y ha sido hecho prisionero de los gabachos? Lo ignoraba.

—Así es. Le han ofrecido la mitra arzobispal de Barcelona y cuarenta mil pesos de oro si se pasa a la causa de José I. Pero, como buen patriota, lo ha rechazado y luego lo han encarcelado.

—¿Y no es una locura intentar liberarlo? Allí hay una guarnición importante, según creo. No lo conseguiréis, fray Julián.

—Es nuestro deber, *frater*. Al decir de mis informantes, y para nuestra suerte, lo han confinado en una batería de costa fácil de abordar. Fray Baudilio será generoso con nosotros, ha prometido una sustanciosa recompensa. Os invitamos a que nos ayudéis. Repartiremos el botín.

Decidieron seguirlos por unanimidad, pues eran muchos los que no querían que sus huesos tuvieran que aguardar el Juicio Final en la reseca estepa castellana, muertos por disentería o por la falta de víveres. La estrella de Germán no quería decidir irreflexivamente en tan importante decisión, y el gaditano fue de los que más abogaron por seguir al Capuchino.

—Este Galiana ama el riesgo. Buen combatiente —dijo Délica a su jefe—. Con hombres así, echaremos muy pronto a esos herejes.

Iniciaron la marcha de madrugada y se apartaron de los caminos reales para no levantar sospechas. Robaban en los caseríos aves de corral, higos, mendrugos de pan, y los guisos de los pastores y braceros. Germán llevaba atado a la silla de montar un cántaro de vino y unos puñados de grano agusanado para mitigar su lacerante hambruna.

Avistaron humos en el cielo y una nube de polvo rojo los envolvió cuando cruzaban los Altos de Cabrejas, cerca de Cuenca. Cayó un aguacero inclemente, y las gotas de agua como lanzas se abatieron sobre la partida guerrillera. Pronto sería de noche. La oscuridad los sorprendió cerca de un monasterio devastado por el fuego de la artillería francesa. Lo atravesaron en silencio, pero el creciente espesor de las sombras y el miedo a ser sorprendidos por la presencia oculta de alguna división enemiga los hizo refugiarse en la espesura de un bosque húmedo e insalubre.

Las últimas lluvias habían convertido los barrizales en arroyuelos y éstos en peligrosas torrenteras. Tardaron más de lo previsto en cruzar las abruptas tierras del Maestrazgo, tomadas por otras partidas de guerrilleros que les facilitaron el camino. Atravesaron los ribazos del Ebro cerca de Tortosa y se plantaron en Salou cuando las fuerzas flaqueaban y algunos maldecían el día en que decidieron unirse a los de Délica. Germán tenía arañazos por todo el cuerpo; las zarzas, raíces y ramajes le habían dejado tumefactos las piernas y los brazos. Los caballos temblaban y algunos murieron mientras tiraban de ellos por las aguas.

Cuando el entusiasmo de la empresa había quedado atrás, al fin avistaron en medio de una lluvia densa y negra el fortín donde estaba preso el abad. Era, en efecto, accesible de asaltar y no poseía más de tres cañones enfilados no hacia la costa sino hacia el interior.

—¡Presa fácil! —proclamó Délica.

Estuvieron observándolo dos días, hasta que organizaron un plan de ataque que, según los guerrilleros de fray Julián, debía hacerse por las bravas y pasando a cuchillo al destacamento que lo custodiaba. Germán tomó la palabra. Sabía que el Trapense y Martina pensaban como él.

—Eso, amigos míos, es una locura y una pésima estrategia, pues evidencia varios inconvenientes: que fallemos en el intento y se hagan fuertes y que, además, acuda ayuda desde Tarragona. En ese caso podemos despedirnos de rescatarlo. Lo matarán y muchos de nosotros pereceremos en el intento. Creo que es un plan descabellado.

El jefe, que hasta el momento se había mostrado distante, se interesó:

—¿Y qué propones tú, si puede saberse?

Galiana habló serio, ni alocado ni irreflexivo.

—Llevamos varios días observando el baluarte y todos hemos apreciado que existe un gran relajo en la tropa, no más de una docena de artilleros y de fusileros. Han entrado en el patio, para vender fruslerías, varios chamarileros, aguadores, algunas prostitutas, unos pastores con quesos y algunos pescadores para ofrecerles pescado. ¿No es así?

—Cierto. ¿Y qué? —preguntó uno de los vascos.

—Pues que contando con ese trasiego de gentes en el cuartel francés, estamos obligados a idear alguna argucia para sacarlo sin disparar un solo tiro y sin contar con bajas.

—¿Y cómo piensas hacerlo?

—Empleando un sencillo ardid: mezclémonos con esos vendedores y actuemos luego con astucia y cautela —adujo Germán.

El vasco era un ser áspero y autosuficiente, y lo miró grave.

—Este joven, además de despreciar a la muerte, posee talento para la guerra de guerrillas. Hoy iré a hablar con los lugareños y pescadores de esas aldeas para recabar información y ayuda. Si acceden a unirse a nosotros en una estratagema común, se hará como tú sugieres. Si lo rechazan: ataque a sangre, sable y fuego. ¿Estamos de acuerdo?

—¡Estamos! —se oyó un grito general.

Llevaban varios días en medio de aquel abrupto terreno, escondidos entre la hojarasca y un bosquecillo de lentiscos, y sin nada que llevarse a la boca. Mientras esperaban órdenes, no debían ser avistados por el enemigo.

Regresó fray Julián de entrevistarse con los pescadores de Salou. Se comportaba como si fuera el ejecutor de los planes del Altísimo.

—Han accedido a ayudarnos a sacar de ahí al abad, pero a cambio de parte de la recompensa. Sólo les prestaremos la cobertura de las armas si es preciso, por lo que permaneceremos alerta. Hay varios presos más, y por lo visto fray Baudilio anda libre por el patio y lo dejan decir misa, pasear y meditar, e incluso rezar el breviario por la playa.

—¿Cuánto ha ofrecido ese ministro de la Iglesia por su libertad?

—Cuatro mil pesos. Los marineros quieren mil —dijo, lacónico.

—¿Habéis aceptado, hermano? —se interesó el Trapense.

—Sí. Acometeremos la acción mañana domingo. Hemos abordado el problema minuciosamente y puede realizarse. Nuestro cometido es cubrirles las espaldas e intervenir sólo si se ven en un aprieto. El señor abad goza de mucha libertad dentro del recinto, y eso nos ayudará.

Germán pensó que aquello, más que una acción de guerra, parecía una subasta. En una situación así, los hombres del Trapense esperaban ser invitados a la aventura, pero el mandato de Délica era que aguardaran escondidos, con los fusiles amartillados y las pistolas cebadas. Sólo si los aldeanos no eran capaces de exclaustrarlo, intervendrían con las fuerzas disponibles. Desplegados en el otero, desde donde se divisaba la playa y el reducto militar, esperarían acontecimientos.

A la hora convenida con los paisanos apareció ante el destacamento francés un buhonero sacamuelas con su carro lleno de cacharros, muelas y hierbas curativas; se detuvo en la puerta. El polvo que había levantado dificultaba la visión. Tras la misa, algunas aldeanas se detuvieron junto a los guardianes. Poco después llegó el carro de las provisiones y un grupo de marineros que volvían de la mar provistos de cestas de pescado, redes y remos. «Demasiado alboroto para un recinto militar», pensó Germán.

Todo transcurrió sorprendentemente rápido y de manera sencilla. En medio del pandemonio pudieron divisar desde el cerro, como hacia el mediodía, que los marineros salían de nuevo en dirección al arenal mientras el chamarilero y las muchachas seguían departiendo con los soldados imperiales en franca y fraternal camaradería.

Nadie prestaba atención a los pescadores.

Pero existía una gran tensión entre los guerrilleros. ¿Lo habían conseguido? ¿Cómo? Distinguieron después una barca que se apartaba de la ribera, tomaba el rumbo de Salou y se perdía en la línea de la costa. Era la señal convenida. La partida de guerrilleros abandonó su escondrijo, y con los caballos e impedimentas se dirigió hacia el camino de Salou tan silenciosamente como habían llegado. Alcanzaron la orilla con las guerreras polvorientas; por su traza estrafalaria, parecían un ejército de vagabundos.

Germán se quedó boquiabierto.

El abad había escapado de la cárcel disfrazado de marinero. Había sido un golpe maestro contra el invasor que, sólo al repartir el rancho, se daría cuenta de la ausencia del eclesiástico. Pero entonces ya sería demasiado tarde. Tenía un habla muy peculiar, casi gangosa, sus ojos despedían bondad y no ofrecía ni por asomo el aspecto marcial que lo había hecho célebre y terrible ante el enemigo. La barba lo habría descubierto al salir, por lo que se la había cortado con varios tijeretazos disparejos y su aspecto se asemejaba al de un esqueleto bajo una piel macilenta. Abrazó a todos con alborozo y prometió que en dos días tendrían la recompensa. Luego exclamó, dando gracias al cielo:

—¡Seguiré con mi designio divino: matar jacobinos revolucionarios!

Cumplió como lo que era, un hombre de Dios y de honor.

«Jodido bastardo, otro cura defendiendo la cruz y el trono y matando prójimos», reflexionó el gaditano.

Al día siguiente pudieron comer como cristianos y en paz con Dios, con las alforjas llenas de víveres y algunos doblones en sus faltriqueras. El abad les procuró una res que asaron al fuego y de la que comieron hasta hartarse. Martina les preparó en una gran olla un guiso de zanahorias, ajos, cebollas, nabos y coles que robaron de un huerto, y fueron autorizados a dormir en un granero de mullido heno de una cortijada. Aquel día se lavaron con jabón duro y Germán creyó revivir. Fue la empresa menos gloriosa y más productiva que vivió en la contienda contra el francés. Estaba exhausto y dudaba si resistiría y podría volver a Cádiz de entre los muertos. La barbarie y la venganza no eran virtudes como para enorgullecerse, pero ayudaban a subir la moral de la compañía. Le era difícil olvidar la cara de la muerte. Ya no toleraba más la vida de salteador que llevaba; ya no se toleraba a sí mismo.

Las ascuas de las fogatas seguían encendidas cuando la banda del Trapense marchó hacia el norte. El firmamento estaba entenebrecido y un espanto de condición sombría se apoderó del ánimo del marino.

Deseaba regresar, pero aún le quedaba la prueba final.

Cecilio Bergamín, «el Camaleón»

Palacio Real de Madrid

—¡Bergamín! —gritó el sargento de la Guardia Jurada.

—¡A la orden! —contestó el soldado, cuadrándose ante él.

—Si en dos días las cajas no están dispuestas en la Armería del palacio, seréis responsable directo. ¿Necesitáis un siglo para meter cuatro cacharros en unas cajas? Parecéis criadas, pardiez.

—Descuidad. Mañana mismo todo estará empaquetado.

El soldado Cecilio Bergamín poseía las virtudes miméticas del camaleón. Era el clásico ejemplo del tipo zafio y servil que arribaba a Madrid procedente del campo para asistir a un señor y terminaba sirviendo a amos ambiciosos, bien de aguadores, bien de matones, bien de tintoreros en las pestilentes charcas del puente de San Isidro. Pertenecía a ese fango pueblerino de la honrada España rural, frágil y moldeable, que consumaba su suerte convirtiéndose en carne de cañón, blanco de los palos de la fortuna, o en sicario y bufón de los caprichos de los poderosos. Por eso Bergamín había desarrollado las más raras habilidades de resistencia ante el infortunio: la de mudar su suerte como un camaleón. Y por eso aún sobrevivía a sus recién cumplidos veinte años.

Poseía un genio terrible, y aunque a veces adoptaba una actitud de gentil calma, su carácter lo traicionaba. Los que lo rodeaban habían descubierto que dentro de su cuerpo habitaba un Satán enfurecido. Sus embestidas de genio eran tan súbitas y temibles, que bien parecía que fuera a estallar como un batracio hinchado. Además, era un hombre lo suficientemente vigoroso como para estampar a cualquiera contra la pared.

Con apenas diez años, Cecilio había abandonado su miserable casa de Campo de Criptana y trabajado de mozo de cuerda con el solo derecho a usar la capa vieja del amo; más tarde fue aprendiz de barbero sacamuelas, arenero en los Altos de San Isidro, vendedor de aguardiente y de leche de las Navas, y esportillero en el cementerio de la Puerta de Toledo. Imperturbable, había conocido en toda su crudeza el hambre, el frío y el desprecio de los pudientes. Su época más feliz, de una infancia que no llegó a gozar, fue cuando vivió en una buhardilla de Fuencarral como sirviente del señor Lagartos, un conocido tahúr que ejercía su oficio de las cartas en las mesas de trucos y en las botillerías del Parador de La Higuera, en El Solito y en el Casino, siempre perseguido por los corregidores, los jugadores burlados y los clientes perdedores.

El señor Lagartos, entendido en los lances del truquiflor,* de paso que lo instruía en las artimañas del oficio, le enseñó modales, a leer y a escribir aseadamente, a codearse con lo más granado de la sociedad, frases en francés para relacionarse con los nuevos amos franchutes, y a conducirse con corrección en los cafés y salones de baile. Junto a su mentor, Bergamín había participado en el motín de Aranjuez, a sueldo del duque de Montijo, y con sus ganancias se había comprado, en la sastrería de Bartelet de la calle Carretas, su primera levitilla, de menguada faldamenta, lechuguillas almidonadas, zapatos de orillo y estrecho pantalón.

El tahúr, enfermo de la consunción,** lo animó a seguir la vida por su cuenta, y Bergamín, con tan gallarda vestimenta y su viveza en contestar, consiguió un trabajo digno y remunerado, a la sombra del Rey Intruso, como asistente de los oficiales de la Guardia de Corps en el cuartel de la calle Conde Duque. Tenía derecho a un real de a ocho a la semana, jergón limpio, rancho, una libra de pan y cuartillo de vino.

---

* Juego de la época consistente en reunir tres cartas seguidas del mismo palo para llevarse la mesa.
** Tisis, tuberculosis.

Cayó bien el mozalbete entre la oficialía por su carácter servicial, y en menos de un año era persona de confianza de sargentos y tenientes, que lo usaban de recadero y correveidile. Achaparrado, de gesto mustio y sombrío y cabeza voluminosa, lucía tres bucles convexos de pelo negro y aceitoso, uno en medio de la frente y los otros dos asomando de detrás de las orejas; un bigotillo puntiagudo y fino sobre unos labios amoratados, una nariz superlativa y una tez lívida como la de un cadáver le conferían un aspecto de funerario que, no obstante, inspiraba confianza.

Y hacía sólo dos meses que, por los méritos contraídos, y ante la escasez de reclutas afrancesados, había jurado como soldado raso, e ingresado en la, malmirada por el pueblo, Guardia Jurada de José I, de cuyo uniforme azul y blanco no podía estar más orgulloso.

Cubierto con unas sayas de tosca arpillera para defenderse del polvo, llamó a dos colegas y a unos palafreneros que durante las últimas semanas habían trabajado con él en los Reales Sitios, en una misión que debía callar, pues de saberse podía acarrear motines y descontentos en el pueblo de Madrid. Afanosamente empaquetaron equipajes, clavetearon cajas, plegaron alfombras y embalaron la colección de relojes y Stradivarius del viejo rey Carlos. Bajo la mirada atenta de Bergamín, que les indicaba qué debían recoger y qué no, entraban y salían de la Sala de Música, del Salón de Espejos, del Salón de Tapices, de la Antecámara, de la Sala Amarilla, de la Sala de Trucos, de la Biblioteca o de la Cámara Oficial, que despojaron sin recato, trabajando de sol a sol.

El rey José desvalijaba sistemáticamente el Palacio Real.

Candelabros de plata dorada, clavicordios, quinqués de cristal, pianolas, sillas taraceadas, cuberterías de oro y todo lo que Frédéric Quilliet había robado en Andalucía, fueron envueltos a toda prisa, entre broza y terciopelo, junto a cajas de plomo lacradas que presumían llenas de onzas de oro del Yucatán y de monedas de Potosí. A la caída del día, descolgaron los últimos óleos de los grandes maestros —de El Bosco (el preferido del Rey Prudente), de Tiziano, cuadros recientes de Goya y Bayeu— y los embalaron apresuradamente. Al mediodía sólo quedaban por empacar los incunables, los cartulanos, los globos terráqueos y los mapas de El

Escorial; las tablas y tapices de Flandes que se hallaban en La Granja, en Aranjuez y en el Alcázar de Toledo; los monumentales jarrones de porcelana del Buen Retiro y los mil quinientos abanicos filipinos y chinos de la reina María Luisa, que envolvieron entre paja y borra.

—Austrias y Borbones, juntos en el mismo cajón —ironizó Bergamín.

—¡Qué más da! Todos son de sangre azul y además parientes. Están en familia, revueltos, como a ellos les gusta —dijo otro riendo.

—Hemos dejado el palacio pelado, Bergamín. ¿Queda algo más?

—No. Por hoy damos de mano. Ya podéis marcharos. Y chitón.

Cuando hubieron desaparecido por la escalera, inspeccionó el pasillo y vio que estaba desierto, al abrigo de miradas indiscretas. Asió un saco de arpillera y se dirigió a la Capilla Real. Tenía órdenes de evacuar él solo los objetos sagrados de la capilla, que llevaba anotados en un pliego. «Hay que evitar un desvalijamiento sacrílego. Lo llevarás a cabo tú solo. Son las órdenes terminantes de monsieur Barrás», había dispuesto el sargento.

Después de tres semanas de robos y acopios, a Bergamín le dolía todo el cuerpo y quería acabar cuanto antes. Contagiado por el recogimiento del oratorio, entró despacio y examinó lo que debía llevarse. Algunos cálices de oro, unos candelabros, unas vinajeras de plata, una patena y un copón incrustado de zafiros. Lo introdujo todo en la talega. El resto no debía tocarlo.

Lentamente se colgó la saca a la espalda, y abrió la puerta.

Pero de repente se detuvo. ¿Qué era aquella extraña imagen?

Observó seducido una párvula y atrayente talla en el altar del Evangelio que representaba a un Niño Jesús de porcelana de chocantes rasgos achinados. Sus ojos centellearon en el aire cargado, que olía a incienso, cera fría y nardos putrefactos.

—Ese Niño Dios tan raro no está en el inventario, pero bien cabrá en la caja de los abanicos filipinos. Es como ellos —murmuró—. Debe de ser de gran valor, y en París lucirá como un sol.

Tras envolverlo en un paño damasquinado que antes había protegido el sagrario, lo alojó en la saca. Un gran vacío se abría a su alrededor, pero, lejos de arrancarle un gesto de reconfortante satisfacción, le produjo un ingrato desagrado. El expolio había sido hecho a conciencia.

Barrás y Hedouville se lo premiarían con un ascenso.

Fuera el sol comenzaba su declinación, sumiendo las galerías y las estancias, inmensas, desvalijadas y polvorientas, en una penumbra de sombras cárdenas. Cuando salió al Patio de Armas, el cielo estaba tiñéndose de un gris sucio mientras la noche se adueñaba de la ciudad conquistada.

Bergamín se marchó inquieto, como el ladrón que escapa de una cárcel. Luego se hizo un brusco silencio en el Palacio Real.

La marca del águila

La corte del rey José era una corte acabada pero pomposa.

A pesar de que el reinado de Bonaparte era residual, estaba señalado por la descomposición y tenía el tiempo fijado por los adversos acontecimientos, la corte seguía viviendo en medio de la frivolidad, el boato y el elegante glamour francés. Los invasores se resistían a dejar aquellas suntuosas dependencias y organizaban fiesta tras fiesta.

Por la mañana la lluvia había azotado con un estruendo ensordecedor los ventanales de palacio, pero por la tarde, con la calma, el ocaso doraba cuanto lamía con su luz purpúrea. Un dulce aroma a sándalo y rosas impregnaba el aire del Real Sitio, aunque fuera hacía frío.

Juan Grimaldi, el director del Teatro del Príncipe, no cejaba en su empeño de hacerse con la desaparecida imagen del Niño Jesús Buda antes de que abandonara Madrid. Sabía que del Palacio Real no había salido ni un solo baúl. Seguían allí, ocultos en alguna parte. Sin embargo, su recuperación lo obsesionaba hasta tal punto que en ocasiones creía haber perdido su proverbial cordura.

«Tengo que desagraviar a Figueroa y completar lo acordado con los agentes de Godoy. Luego el poder me pertenecerá», se repetía una y otra vez. Y la ocasión para indagar sobre su oculto paradero se le presentó como bajada del cielo. «Esta vez puede ser la definitiva», pensó.

La Compañía de Teatro de la República y las Artes de la calle Vaudreuil de París visitaba finalmente Madrid invitada por el monarca Bonaparte. Su director y amigo personal, monsieur Ives de Morvilliers, un aristócrata de exquisitos modales, invitó a la representación del *Tartufo* a Juan Grimaldi y a su principal actor, Isidoro Máiquez, quienes acudieron al Palacio Real muy complacidos.

Grimaldi sabía por sus contactos que los objetos de la Capilla Real se habían almacenado, dentro de baúles especiales, en la Armería. Grimaldi salió de su encierro para sosegar su inquietud e indagar con su aquilatada solvencia el paradero de la imagen asiática.

Se había convertido en la frustrante obsesión de su vida.

La obra se representó en el Salón de las Columnas —llamado entre los palaciegos «salón de los bailes»—, decorado para la ocasión con la conocida exuberancia ornamental francesa y calentado por decenas de braseros. El recinto estaba circundado por portalámparas de bronce, espejos y cristalerías de Venecia, y sillerías de Lyon. Grimaldi, durante la figuración, no estuvo atento al texto; pensaba que si habían exornado el salón con tanta profusión, era porque habían sacado los adornos de sus embalajes. Podía tener suerte, pero se le notaba visiblemente incómodo e inquieto.

Distraído, fijó su mirada en los generales y mariscales de Francia, de nariz pronunciada, boca cruel y frente que denotaba sagacidad, orgullo y avaricia. Los ministros españoles, si bien extremaban su cortesía con los gabachos, parecían apáticos en su rígida urbanidad, como si aguardaran la inminente caída del Intruso. Sólo el rey José mostraba en su expresión majestad y dulzura. «Cobardes, libertinos y fanfarrones. Eso es lo que son», se dijo.

Grimaldi no podía resistir el impulso de iniciar sus pesquisas. Los nervios lo devoraban por dentro. Tenía el tiempo justo. Simulando hallarse acalorado, abanicó su rostro con el pañuelo y bufó sofocado. Aprovechando un intermedio, cuando los asistentes se levantaron de sus asientos para platicar y aspirar rapé, salió a uno de los corredores y simuló sentirse mareado. Máiquez lo siguió al instante, preocupado por su maestro.

—¿Qué os ocurre, don Juan? —se esmeró—. ¿Estáis indispuesto?

—Disimula, Isidoro —dijo Grimaldi bajando la voz—. Necesito unos minutos para hacer una indagación. Sígueme y no preguntes. Tú como si nada.

Para el actor, aquello tomaba tintes de pesadilla.

—¿Todavía a vueltas con el asunto de Figueroa? ¿No os cansáis? Lleváis años tras su pista y sólo cosecháis decepciones. Olvidadlo ya.

—¿Olvidarlo? Comprenderás lo que siento cuando lo encuentre. Ahora acompáñame y finge estar auxiliándome en mis sofocos y mareos repentinos. Te lo ruego, no pasará nada.

El empresario parecía un tahúr de expresión reservada que poseyera en su chaleco una colección de cartas marcadas. Máiquez lo siguió.

—Esto nos puede costar un disgusto. Estamos aquí como invitados.

—Vamos a la Armería, Isidoro. Sé que allí están guardados los tesoros confiscados de este palacio, y tal vez tenga la suerte de tropezarme con lo que busco. Sólo preciso un rato, lo que dura un intermedio; quizá no disponga de otra ocasión, pues Bonaparte tiene los días contados. Es la oportunidad que tanto he aguardado —insistió, irascible.

—Si nos descubren estamos perdidos, don Juan.

—¿Dos actores como nosotros? ¡Vamos, Isidoro!

La puerta de la Armería, como todas las del palacio, estaba abierta, bastó con empujarla. Grimaldi pidió al actor que se quedara fuera y lo avisara si se acercaba algún guardia jurado. Tras unos momentos de indecisión, avanzó atenazado por los nervios, aunque sabía cómo conducirse en aquellos nobles lugares. La estancia le pareció un minúsculo campamento militar atestado de lábaros, banderas, estandartes, baúles y cajas embaladas, al parecer clasificadas y ordenadas. Dos tenues lámparas se bastaban para proporcionar luz a la atestada sala, que había perdido su equilibrio estético y su antigua armonía. Ahora se asemejaba al cobertizo de un muelle.

Grimaldi se frotó las manos y se detuvo a contemplar los pavorosos maniquíes ecuestres que habían soportado las armaduras de Carlos V y de Felipe II, confeccionadas por maestros armeros de Milán, los mejores del mundo. Los arneses, las espadas, las mazas, los escudos y los puñales brillaban por su ausencia. Habían sido desvalijados y guardados en los cajones. «La mejor armería del mundo, más renombrada incluso que la de Viena, arrasada por estos franceses ladrones. La gloria del emperador Carlos en Mühlberg, esquilmada y muy pronto camino de Francia», reflexionó.

A pesar del frío reinante, la transpiración le estaba mojando la camisa y la levita de seda, y gotas gruesas de sudor comenzaron a cegarle los ojos. Olía a madera y a enseres guardados. El aire le quemaba la garganta cuando se acercó a las cajas y cestones. Estaban cerrados y claveteados, pero sin la protección de lonas, cuerdas o mantones. Sería fácil despojarlos de sus tapas. De repente observó que algunas de las cajas de aquel arsenal tenían una extraña marca pintada en negro. ¿Por qué? Grimaldi se puso el monóculo en el ojo derecho y reparó en que eran pequeñas águilas imperiales, el signo del emperador. «Presentes para Napoleón. ¿Quizá desean marcar los tesoros más suntuosos para ofrecérselos al insaciable corso? —caviló—. Lo tienen todo preparado para huir con el botín. Si hoy no lo consigo, no tendré otra oportunidad.»

Fue leyendo en voz baja los rótulos de los cajones que tenían el signo del águila negra, en cuyas tablas estaban pegados trozos amarillentos de papel caligrafiado que pregonaban su procedencia y naturaleza.

—«Piezas de la *chinoiserie* de la Sala Gasparini —masculló en voz baja—. Velador de Thomiere. Figuras de Bernini. Monedas, mapas, grabados y manuscritos de las Reales Bibliotecas de El Escorial y Madrid. Monetario de Baldiri. Colección Real de Pintura.» ¡Lo más preciado del palacio! ¡Qué aglomeración de prodigios del arte! —musitó.

Como estaban apiladas, la vista no le alcanzó a ver más, y eso lo desesperó. Sudaba copiosamente y estaba perdiendo su natural aplomo.

—¡Maldita sea! ¿Y si lo que busco está en lo alto? Sé que está agazapado en este lugar, aguardándome, pero yo solo no me basto para encontrarlo.

Quiso repechar, pero su abultada anatomía no se lo permitía y sus chapines resbalaban una y otra vez. Aun así, lo intentó varias veces. Sabía que estaba gastando un tiempo precioso y, tras sentirse asfixiado, desistió. Siguió releyendo los rótulos de otros baúles que también estaban marcados con el águila imperial.

—«Porcelanas y jarrones de Sèvres y del Buen Retiro. Mesa de las Esfinges. Reloj del Calvario. Tapices de Santa Bárbara.»

Exasperado, se dirigió hacia las cajas en las que no se advertía la marca negra: «Parecen los objetos menores. ¿Y si están ahí?», se preguntó. Con desesperante ansiedad, fue leyendo uno a uno los membretes de las cajas. Pero no aparecía ninguno alusivo a la Capilla Real.

—No se hayan aquí, maldita sea —murmuró entre dientes.

Harto de buscar, echó un vistazo tras los maniquíes de los caballos, en un ángulo tapado por la penumbra, y advirtió dos arcas envueltas en un paño rojizo. Saltó hacia ellas y apartó el paño. De repente el rostro de don Juan apenas si pudo disimular su alborozo. El rótulo rezaba: «Abanicos de la Reina. Cristalerías de la Real Fábrica de La Granja. Objetos sagrados de la Capilla Real». El empresario estalló de alegría.

Su obcecación le impidió comportarse con cordura. Necesitaba un cuchillo, una palanqueta o un objeto punzante para abrir la caja que con toda seguridad escondía aquello que con tanto ardor había buscado. «Si nadie lo impide, esta noche será mío. Sólo tengo que sacar la imagen y hurgar en sus entrañas, y entonces la Peregrina y el Estanque azul me pertenecerán —pensó, exultante—. Sólo es cuestión de segundos.»

Contagiado por la euforia, buscó alguna pieza afilada.

—Ya es mal fario no hallarla en una armería. La han dejado pelada.

Lo intentó con las manos, pero se despellejaba los dedos y resultaba imposible. El tiempo corría en su contra. Miró las manecillas de su reloj de bolsillo. En breve comenzaría el último acto y notarían su ausencia. La operación peligraba por falta de medios. Buscó y rebuscó, pero no hallaba nada punzante que le sirviera: «Debía haber previsto que estarían cerradas con clavos. Tengo que buscar fuera, pero ¿dónde?», pensó y dio rienda suelta a su rabia lanzando improperios cuando de repente oyó pasos marciales que se aproximaban por el corredor y a Isidoro que lo llamaba alocadamente desde el umbral de la puerta.

—¡Don Juan, don Juan, salid de ahí, por caridad!

Una cólera sorda lo roía.

—Casi lo tenía en mis manos, ¡por todos los demonios! —gruñó.

Era demasiado tarde para retroceder y volver a la Sala de las Columnas. Si los guardias lo encontraban allí, estaba perdido y tendría que dar explicaciones. No tenía otro remedio que improvisar. Consumido por la rabia y quemado por dentro, salió al pasillo y volcó medio cuerpo por fuera de la ventana simulando que sufría un desmayo. Era la única forma de evitar cualquier tipo de sospechas. Era un riesgo calculado. Su rostro se encendió y adquirió el color de la púrpura. El sudor le corría por la frente, las manos le temblaban y los ojos parecían salírsele de las órbitas mientras Máiquez le sostenía el cuerpo para que no se precipitara al vacío.

La actuación resultaba soberbia, convincente.

Cuando Cecilio Bergamín y dos guardias llegaron al lugar, miraron con desconfianza a los dos invitados, pero un instante después se les descompuso el semblante. Aquel hombre estaba a las puertas de la muerte.

—¿Qué le ocurre a don Juan, señor Máiquez? —preguntó Bergamín, que, como todo madrileño, conocía a aquellas dos celebridades.

—¡Asma! Un asma que un día lo llevará a la tumba. Estos fríos de enero resultan fatales para su salud —explicó con una voz convincente, entre preocupada y compasiva—. Hemos tenido que abandonar el salón porque se ahogaba. ¡Válganos el cielo!

Bergamín se limitó a asentir con un movimiento de sus cejas.

—¿Os traemos un frasco de sales? ¿Agua, quizá? ¿Llamamos a un físico? —En sus palabras había un incontrastable matiz de mesura.

—Aire, sólo aire, y la misericordia de Dios para que se recupere y no se nos asfixie. Si no se recobra pronto, corre el riesgo de morir —mintió el actor.

Bergamín, cuyo rostro no dejaba entrever ninguna emoción,

pensó que la enfermedad debía de ser cierta y de gran consideración, pues el afamado director teatral estaba pasándolo muy mal.
Lo veía sudoroso y desaliñado, y tenía la cara del color del marfil. Lo que no comprendía era que hubiera escogido aquel lugar
para recuperarse. Los cuatro hombres seguían paralizados por la
incertidumbre, hasta que Grimaldi, poco a poco y haciendo grandes aspavientos, comenzó a expulsar saliva y a simular recuperarse. Esbozó uno de esos engañosos aspavientos teatrales que convierten a los actores en seres de dos naturalezas y pareció volver
del ultramundo.

Los guardias asistían asombrados al insólito trance. Cuando
don Juan se volvió pudieron comprobar que su perfil estaba ma-
cilento, tenía los ojos hundidos y las facciones, antes demacradas,
se veían rojas y sudorosas. No había duda de que aquel hombre
estaba pasando un mal trance, pensó Bergamín. Pero había esqui-
vado a la parca. Máiquez se acariciaba la mandíbula con gesto de
preocupación mientras con la otra mano sostenía a Grimaldi,
quien tragaba el aire a bocanadas. En verdad eran unos consumados actores.

—Iba a pedirte un confesor, Isidoro, pero parece que recupe-
ro el aliento —dijo Grimaldi con un hilo de voz, como si fuera
un moribundo.

—¡Gracias a Dios ya tenéis mejor aspecto! —repuso Máiquez.

Con esfuerzos, el enfermo imaginario fue recobrando el resuello.

—Os quedo reconocido, señores —farfulló—, pero desearía
retirarme. No me encuentro nada bien. Por favor, Isidoro, solicita
un carruaje, y vos, señores guardias, exculpadnos ante don Miot
de Mélito y monsieur Ives de Morvilliers. ¡Estoy agotado! Vamos,
hijo, ayúdame.

Bergamín lo auxilió hasta salir al Patio de la Armería, donde
se hallaban los carruajes. ¿Cómo iba a imaginar siquiera que
eran un par de farsantes? El torpe asunto había estado a punto
de enredar a los dos hombres de la farándula y costarles la cárcel. Una vez sentados, cuando el carruaje viraba ya hacia la calle
Nueva, Isidoro soltó una sonora carcajada que liberó la tensión
contenida.

—Don Juan, casi nos descubren, pero ¡habéis ejecutado el mejor papel de vuestra carrera! —lo aduló—. ¿Hallasteis lo que buscabais?

Grimaldi dio rienda suelta a su decepción golpeando el asiento.

—¡Nada! Lo tuve a un palmo de mi alcance pero he salido con las manos vacías. ¡Malditas sean todas las Furias! ¡Ya era mío, Isidoro, mío! No cejaré en el empeño aunque me vaya la vida en ello.

—No creo que esos guardias nos asocien con los baúles.

—Descuida. A pesar de la perversidad del momento, la actuación ha sido creíble, pero los acontecimientos se confabulan contra mí de nuevo. No puedo cumplir el deseo póstumo de mi hermano y amigo.

El actor enmudeció. ¿De qué naturaleza tan crítica e inconfesable estaba hecho lo que con tanto denuedo buscaba su amigo? Los dos permanecieron en silencio y durante el trayecto un cúmulo de negros pensamientos se despeñó por la mente del actor, que temía por la vida de su apreciado maestro.

La luna, muda y cambiante, estaba baja; su aro creciente quedaba velado por nubarrones negros e invisibles. En la soledad de su cámara, sumida en una atmósfera empalagosa de genciana, Juan Grimaldi se sentó ante la escribanía. El fuego de la chimenea casi se había extinguido y su respiración sonaba fatigosa. Puso el monóculo en su ojo derecho, asió la pluma y escribió sobre el papel con acelerados garabatos de bastardilla:

> Madame Grandet y monsieur Angers:
>
> Salud. Hasta ahora todos mis mensajes han sido decepcionantes. Sin embargo hoy, durante la representación teatral que ha tenido lugar en el Palacio Real, he tenido los objetos que nos ocupan al alcance de la mano. Sé el lugar exacto donde se ocultan y el derrotero que tomarán, pues el Intruso huirá en breve de Madrid. Tengo pues la completa seguridad de conocer adónde irán a parar, dada la precariedad del Intruso en el trono de España. Iré tras ellos, y puedo aseguraros que mis altos contactos en el país vecino y en París me ayudarán a conseguirlos. Espero y deseo

que nuestro trato siga incólume, como corresponde a caballeros de nuestro rango.

—Esta inacabable repetición de decepciones va a acabar con mi vida —se dijo el empresario—. Son ya demasiados años de incertidumbre.

Sus pensamientos sobre las joyas de la Corona iban más allá del espacio y el tiempo: concretamente, hacia Francia. Su destino seguro.

Antes de acostarse miró por la ventana y distinguió el juego de la luna en un mar de nubes grisáceas y tormentosas.

Mientras tanto, aquel extraño episodio había dejado al soldado Bergamín sumido en una indescifrable deliberación. Eran dos personajes irreprochables de la vida pública nacional, pero ¿estaban husmeando en el botín del rey José? ¿Había simulado el director del Teatro del Príncipe su convulsión para ocultar alguna acción innoble?

En el inexpresivo semblante del guardia jurado surgió una leve expresión de sospecha. Nada más acabar la función teatral y disculpar a los actores, acudió raudo a la Armería. Con sus ojos de lagarto escrutó el desierto salón. Paseó por él como un mariscal de campo que inspeccionara las tropas. Examinó las cajas, oteó si alguna había sido movida o forzada y revisó los rótulos.

Todo estaba en orden.

Una pertinaz lluvia comenzó a precipitarse sobre los tejados de Madrid. El insólito episodio había alterado al guardia, que adivinaba una solapada hipocresía en los dos actores. «Si simulaban, ha sido una acción injustificable. Pero ¿por qué se han arriesgado? ¿Qué buscaban para que mereciera la pena ser acusados de desvalijamiento real?»

Bergamín pensó que muy pronto algo extraordinario acontecería en aquel palacio y que el recuerdo de José Bonaparte se desvanecería para siempre, como las gotas de agua borran el polvo de las cristaleras.

Su naturaleza de camaleón le indicaba que no tardaría en cambiar de piel.

—No es el tiempo, sino el azar el que nos coloca en nuestro sitio —murmuró—. Corren malos tiempos para los afrancesados como yo.

Era su destino y su forma de sobrevivir.

TERCERA PARTE

EL

DESEADO

(1813-1814)

Aun en la época de la esclavitud que vivía España antes de las Cortes de Cádiz, don Fernando VII, el amable príncipe, era el ídolo de los pueblos; y todos esperaban que arrancara sus cadenas con mano fuerte, en el día de su poder.

AGUSTÍN DE ARGÜELLES,
Diputado de las Cortes,
en el discurso de clausura de 1814

La última huida del rey José

José I Bonaparte desplegó su capa de armiño y se abrigó. El cielo primaveral de Madrid irradiaba cálidos tonos amarillos y morados. La palidez y la turbación se habían adueñado de su rostro. Paladeaba la salmuera de su fracaso como monarca y rumiaba su propio desconcierto. Contuvo el aliento y un destello de pesadumbre encendió sus ojos castaños. No había jugado sus cartas con sutileza y al final el juego se había decantado en su contra. Realizó un resignado encogimiento de hombros, como si se sintiera víctima de un manejo incalificable y hubiera perdido la partida incluso antes de comenzarla.

Huía de Madrid como un salteador de caminos.

Tras un corto y turbulento reinado, «el rey Plazuelas», como lo había bautizado el pueblo por su afán constructor, abandonaba la capital, quizá por última vez, en medio de un clima de crispación, motines, descontentos, guerra abierta y desprecio.

—Mira esos patriotas —dijo apesadumbrado a Miot—. A pesar de mis sinceros empeños en devolverles la libertad, acuden como las hienas cuando huelen a carnaza moribunda. Ayer me temían y me rendían pleitesía. Hoy se ríen de mí y piden mi cabeza.

—A este pueblo no le interesan los ideales, sino las creencias.

—En España la furia y el orgullo siempre duermen latentes en un sueño agitado. Además, los españoles son los soldados más tenaces y crueles del mundo, Miot —refirió don José con ensoberbecidas palabras—. Pero Dios nos ha concedido un respiro para escapar de esta ratonera.

Las palabras de desengaño caían como epitafios en sus oídos.

—Y no debemos demorarnos, *sire* —repuso, medroso, Mélito—. Nuestros agentes han informado que Wellington y el ejército del sur, comandado por Castaños, se han movilizado para acorralarnos. Y estoy seguro que los generales Porlier, Losada, Morillo y Mina procurarán cortarnos la retirada con sus divisiones en Burgos o en Vitoria. Nos acosarán como lobos antes de alcanzar la frontera. No perdamos ni una hora, *sire*.

—Bien, no retrasemos la partida ni un momento más.

—¡A Valladolid! —gritó el general Jourdan.

Se oyeron redobles de tambor y órdenes de partida. El fantasmagórico ejército francés abandonaba la capital de España en una desapacible mañana de marzo. El último de los carruajes se sumaba a la aventura mientras la Guardia Jurada —compuesta por españoles afrancesados, con la casaca azul y los galones rojos ocultos bajo el capote— cerraba los portones y contraventanas del palacio expoliado.

Aquélla ya no era su casa. Cecilio Bergamín sintió arder las lágrimas en sus pómulos. Detestaba tener que huir como un traidor a su patria. Había pensado hacer carrera al lado del rey Bonaparte, pero su signo le era esquivo una vez más. Debía intentar progresar en el país vecino; quizá no volvería nunca más a respirar los saludables aires de Gredos. No obstante, su intuición camaleónica le dictaría el camino a seguir.

Los carros, formados en correcta alineación, como la biblioteca de un cuidadoso bibliófilo, habían sido tapados con tendales pardos. El ritmo del traqueteo percutía en sus sienes. Bergamín contemplaba por última vez la imposta de su Madrid querido mientras sujetaba las bridas e imaginaba su nueva vida en París o en Nápoles al lado del señor Bonaparte. España quedaba libre de las fuerzas napoleónicas, y el Palacio Real se había transformado en un solitario paraje de silencios.

Secretamente los palafreneros habían trabajado durante toda la noche transportando, a la luz de las candelas, equipajes, arcas y baúles de viaje que doblaban las rodillas de las mulas y los percherones. Coches cargados de cestas y cajas claveteadas y embaladas herméticamente entre paja y borra se disponían a abandonar el país camino de las mansiones de Francia.

—¡Muera el Intruso y los jurados traidores! ¡Ladrones! —clamó una voz entre un grupo de majos del Cerrillo de San Blas que presenciaban la partida.

—¡Herejes, borrachos! ¡Idos con Satanás! —les gritaban.

—¡Viva don Fernando VII! —prorrumpió un exaltado.

José I Bonaparte, rey de España y las Indias, dirigió con serenidad una última mirada a la mole blanca del Palacio Real, que lo dominaba todo. El monarca, sentado en la berlina, se hallaba en un lastimoso estado moral. Parecía que el universo se le había derrumbado encima y que vivía en un mundo flotante. No ignoraba que jamás volverían a anidar en él las águilas imperiales de Francia. Había intentado ser benéfico con los españoles, pero no lo habían comprendido. No era expulsado por un ejército sitiador, pero la valentía de un pueblo indomable, que nunca lo había amado, había precipitado su salida.

Una masa analfabeta, sin estrategias ni armamento, había vencido, con sólo su valor, a los ejércitos de Jena, Essling y Friedland. Pero incomprensiblemente esos valientes preferían seguir atados a las cadenas de sus injustos reyes y a la autoridad de una Iglesia fanática y opresora. No lo comprendía. Es como si en España todo estuviera al revés y sus moradores caminaran al contrario del compás de la historia. Meditabundo, apoyó la cabeza en la ventanilla del coche de caballos.

—Vinimos a despojarlos de la tiranía y nos echan como apestados.

—*Sire*, es un pueblo que prefiere escribir su propia historia.

Durante un rato, José no percibió otros sonidos que el de los timbales resonando en la lúgubre marcha de retirada, el chirrido isócrono de los ejes, el estrépito de los cascos y el piafar de las caballerías. ¿Qué sería de su vida y de su familia con un Napoleón irritado con sus actos? Aquel destemplado 17 de marzo de 1813 nunca se borraría de su memoria. En marcha incesante, los carruajes y la nutrida escolta cruzaron el portal de San Vicente y la Puerta de Hierro en travesía hacia el norte.

Castaños desde Extremadura, Losada desde Galicia, Morillo desde Asturias y Porlier, acantonado en Vizcaya, lo acosaban como lobos. Y lord Wellington, el azote inglés, pretendía impedir que cruzara la línea del Ebro.

El fiel general Hugo dirigía el grueso de la columna; alzado en su montura con el sable en ristre, permanecía atento a cualquier violencia inesperada de los paisanos. Cuidaba en especial de diez carros marcados con un «águila negra» que marchaban en el centro de la formación. Los más valiosos, los más deseados, los que por ningún concepto debían caer en manos del enemigo. Ésa había sido la orden del emperador. Las ruedas de las cureñas se hundían en el barro del camino y los guijarros estallaban bajo el peso de los atestados carretones.

Al poco tiempo, Madrid se difuminó en el horizonte como una herida negra en el alma de José Bonaparte. Los carros atestados de botín, en una procesión inacabable, seguían tercamente el rumbo de los caminos de Castilla que les marcaban los zapadores. A las pocas horas de marcha, la itinerante hilera de carruajes y los regimientos imperiales quedaron solos en mitad de los páramos.

Mientras tanto, Madrid era tomada por el ejército de Juan Martín «el Empecinado», auxiliado por las partidas de guerrilleros que operaban desde hacía meses en Guadarrama, Toledo, Carabanchel y Leganés, comandadas por los osados cabecillas «el Abuelo», «el Médico» y «el Cacharro», terror de las tropas napoleónicas acantonadas en la capital.

No volaban pájaros por el firmamento; sobre sus cabezas, nubes cenicientas oscurecían como un tendal la luz rojiza del sol, una gran bola de color azafranado, como la sangre reseca.

Los látigos de los acemileros sonaron con fuerza.

Les urgía apresurarse.

Acamparon entre pilas de enseres, carretas retorcidas y cañones desvencijados mientras nubes de pavesas flotaban en la atmósfera. Hugo maliciaba de un ataque por sorpresa de los hombres del fraile, y los franceses, recelosos y vigilantes, no consiguieron pegar ojo, en especial los que custodiaban los carros con las águilas. Bergamín, arrebujado en el capote, meneó la cabeza ante la esquiva situación que se le presentaba y comenzó a cavilar. La idea de seguir la estela de un ejército vencido no le seducía. En cualquier momento podían volarle la cabeza, condenarlo a la pena capital o colgarlo por afrancesado y por rebelde a la causa de la independencia nacional. Su proverbial capacidad para acoplarse a las situaciones adversas le dictaba que debía desertar a la primera ocasión.

Y comenzó a rumiar un plan.

Al amanecer partió una patrulla de aprovisionamiento que asoló los ya empobrecidos pueblos de Segovia y del Guadarrama. Sólo encontraron boniatos resecos, tocino añejo, patatas arrugadas y algunos famélicos corderos, y con todo eso alimentaron a la tropa en marcha. La columna del desencanto enfiló las veredas sin hacer más ruido que el forzoso, como la mesnada invisible de la Santa Compaña. José Bonaparte buscaba la seguridad de las unidades del mariscal Jourdan y de los artilleros de Maucune, que lo acompañarían hasta la frontera. Mientras, el general Hugo, intranquilo por la dejación de la disciplina, intentaba preservar con una escolta de jinetes del Vístula el botín expoliado. Intuía un grave peligro por el flanco norte, y los fuegos de los regimientos anglo-españoles, que esperaban agazapados su evasión en las estribaciones de Valladolid y Burgos, lo inquietaban sobremanera.

Le preocupaba sobre todo no poder huir ligero de carga.

El fiero Trapense, astuto como un zorro, condujo a sus hombres hacia un bosque de algarrobos y sargas desde donde aseguraba podían avistar a los franceses que huían y decidir el momento del ataque a su retaguardia. Tras un penoso y arduo camino, los polvorientos y fatigados franceses escapados de Madrid se habían dirigido a Vitoria por Miranda. El plan era cruzar a la otra orilla del Ebro. Sólo así la fuga sería posible. Los españoles ya sabían que al anochecer del séptimo día de junio «Bonaparte Chico» había acampado en las colinas de la Puebla de Arganzón, temeroso de perder la vida, mientras diseñaba un plan para escapar hacia Pamplona.

Era la última oportunidad para aplastar al invasor. No habría otra.

Una semana estuvieron los hombres del Trapense atrincherados y escondidos entre unos cañaverales que crecían alrededor de unas ciénagas infectas que utilizaron como defensas improvisadas.

Germán, sucio, barbudo y aterido, tenía el cuerpo empapado, pero resistía impasible, sin quejarse, lamentando su suerte y echado bajo un roble mientras mordisqueaba una galleta reseca. Al atardecer del 20 de junio oyeron flautas y tambores de campaña y avistaron la gran masa de soldados franceses que marchaban por el camino real de Miranda a Vitoria con imponente marcialidad. El cabecilla de los guerrilleros, tras examinar con un catalejo los movimientos de los regimientos y de la artillería gala, señaló a sus hombres el convoy de carros estrechamente vigilados por guardias jurados y envueltos en cubiertas de arpillera que presentaban en sus flancos unas diminutas águilas imperiales.

—¿Qué esconderán bajo esas lonas? —preguntó uno.

—Seguramente lo que ese Bonaparte ha robado creyéndose el amo de España y lo que ese ladrón de Quilliet desvalijó en los conventos, catedrales y palacios del sur. Esos carromatos marcados con los aguiluchos deben de ocultar el botín más valioso. Pero le costará trabajo sacarlo de esta piel de toro. ¡Os lo aseguro! —afirmó el Trapense haciendo sonar su látigo.

—¡En ese carruaje blindado y escoltado irá el «Tío Copas»!

—Lo único que desea ese borracho es cruzar la frontera con el saqueo y encontrarse con su amante la condesita de Vado. ¡La muy puta! Esa María Pilar que le pone los cuernos al conde don Ortuño —gritó el fraile.

Los hombres se fijaron en los carros y en los tendales amarrados de las carretas marcadas. Excelentes recuas de mulas tiraban de ellos y una veintena de cureñas y piezas de artillería las protegían.

—No perdamos de vista ese destacamento, compañeros. Si se lo arrebatamos a los Bonaparte, les escocerá en su alma condenada —aseguró socarronamente el Trapense escupiendo tabaco.

El estruendo de un cañón de campaña armó un gran revuelo. Los gabachos estaban incendiando los campos y sembrando la confusión mientras la milicia hispana se disponía a hostigarlos. Enfilaron la calzada de Vitoria, defendidos por los dragones y los regimientos del Vístula, que se desplegaron para proteger los puentes de acceso, junto a los artilleros de Maucune, que consiguieron despejar el camino. Eran superiores, y el ejército aliado anglo-español tuvo que replegarse.

Los guerrilleros, en cambio, salieron de sus escondrijos y acosaron por su cuenta a los jinetes de las casacas azules, que en mayor número distribuían sablazos a diestro y siniestro sembrando la muerte y la desolación en sus anárquicas filas. Los voluntarios resistieron, pero tuvieron que escapar alocadamente por el valle hasta alcanzar un terraplén selvático que los protegiera de las batidas de los lanceros y de los temibles coraceros imperiales.

Árboles calcinados y patriotas blandiendo espadas, horcas y cuchillos y proclamando gritos de libertad, amor a la Constitución y salvas al Deseado, recibieron al ejército de José I en las cercanías de Vitoria. Las tropas del general Morillo los habían obligado a detenerse y a sostener encarnizados combates mientras las partidas de guerrilleros sembraban el terror en las lindes del condado de Treviño y en los llanos de Vitoria. Los oficiales británicos Graham y Hill, soldados tenaces a los que nada doblegaba, mandaban a los contingentes británicos, españoles y portugueses y les cortaban el camino hacia Francia.

La intervención inglesa en la guerra estaba resultando decisiva. Y si bien no lo hacían desinteresadamente, sino para librarse del bloqueo naval napoleónico que estrangulaba su economía, había propiciado el rápido desenlace de la contienda. Wellington, con más de treinta y cinco mil hombres y luchando codo con codo con los guerrilleros y soldados hispanos, había vencido a los ejércitos napoleónicos en Talavera, Ciudad Rodrigo y Arapiles y perseguido a José I hasta el cercano río Zadorra.

José I había decidido presentar batalla con sus cincuenta mil hombres en la llanura de Vitoria, protegido por el fortín natural de la sierra de Arrago, y despejar así el camino hasta la frontera. Sin embargo, aunque sus regimientos habían sido frenados y Wellington intensificaba el hostigamiento, los generales franceses habían diseñado una estratagema de confusión para que parte de la columna de desvalijadores, la que estaba marcada con águilas imperiales y portaba la más apreciable tajada del convoy, consiguiera atravesar las líneas de defensa aprovechando las sombras de la noche.

El Trapense se lo comunicó a sus hombres.

—Esos ingleses, como no les va el asunto, y asegurando que no debíamos arriesgar en la oscuridad, han dejado escapar los carros con la marca del aguilucho —se lamentó escupiendo en el suelo.

—¡Malditos sean los demonios! —exclamó su amante—. Hemos perdido una ocasión de oro para joderlos y hacernos ricos de por vida.

—No te preocupes, Martina, todavía guardan rapiñas como para cubrir la masía donde naciste. Conservamos la vida y aún podemos matar a un centenar de herejes, ¿no te parece suficiente?

—Tienes razón, capitán. Estamos aquí por la cruz y por nuestro rey don Fernando. ¿Para qué queremos nosotros cortinas de seda y cucharillas de plata? —lo animó la amante—. Lo nuestro es cortar cuellos de jacobinos.

Los combatientes del Trapense rieron a carcajadas y la aplaudieron, entre ellos Germán. Aguardaron la alborada calentándose en las ascuas de la fogata mientras esperaban la decisión de ataque y la batalla definitiva que expulsaría a los franceses de España. Ya habían olvidado el botín.

La noche detuvo los primeros escarceos y las persecuciones.

Los franceses ocupaban las orillas del río Zadorra, fuertemente atrincherados para defender su vía de escape; los españoles e ingleses, las del Bayas. La suerte parecía estar echada y la victoria aliada, cercana. Los extenuados combatientes del Trapense se echaron rendidos y sedientos en medio de los campos. Germán amartilló su pistola, se recostó contra el tocón de un árbol caído y aguardó el toque de la corneta de órdenes para seguir combatiendo y doblegar al ejército napoleónico. ¿Llegaría al día siguiente la soñada rendición? Con ella soñaría. La guerra se había convertido para él en una deshonra: «Esto es un negocio entre reyes por el que el pueblo paga. Nada más».

La noche se presumía larga.

El 21 de junio de 1813 amaneció tibio. Los valles de Vitoria, acariciados por el sol naciente, parecían poseer vida propia. Pronto sus florecillas de color violeta y amarillo serían pisoteadas por cientos de cascos de caballos y por las ruedas de los armazones de guerra. Miles de enardecidos infantes de uno y otro bando las hollarían con sus botas claveteadas, los fusiles y las bayonetas. El ejército aliado, precedido por los Cazadores de los Pirineos, comenzó a descender hacia las tierras bajas mientras las cimas de Álava eran iluminadas por el nuevo día.

Con las primeras luces sonó la trompeta de órdenes del lord.

—¡Adelante, indomables, hoy haremos historia! —gritó Martina.

Al poco, las falanges de los guerrilleros de media España y los ingleses de Wellington salían de sus escondrijos a galope tendido agitando sables, lanzas y fusiles. Los voluntarios del Trapense, con el rostro barbudo y llenos de furia, ejercitaron una maniobra envolvente y compacta y cayeron sobre los franceses, que no los esperaban por el flanco derecho. Sonaban las campanas de las iglesias tocando a rebato, el redoble de los tambores y el retumbo de las cargas de la fusilería. En menos de una hora, el contingente de Galiana coronó el alto, expulsando a una brigada gala, entre un revoltijo de cuerpos heridos o muertos.

—*Avant carga!** —gritaban los invasores cargando la fusilería.

El aire resultaba cada vez más irrespirable. Olía a pólvora, cuero mojado, sangre reseca y estiércol, y a Germán le costaba inhalarlo. Luchaba entre las salpicaduras de barro contra un ejército al que sólo le preocupaba huir, no vencer, para proteger el botín más grande jamás usurpado en un país invadido. José Bonaparte había decidido astutamente dividir el convoy en tres alas. Él, con el alma encogida y el pánico adueñado de su corazón, se atrincheró en la del centro y escapó milagrosamente protegido por los hombres del general Jourdan.

Siguieron el camino de Salvatierra hasta Pamplona, que estaba expedito de tropas aliadas, ocupadas en batallar con el grueso del ejército francés. Horas antes, amparado por las sombras de la tensa vigilia, los fuegos y las humaredas, el general Maucune había partido con los carros que José I consideraba más valiosos, pues contenían los cuadros de la Colección Real, los jarrones de porcelana del Buen Retiro, los Stradivarius y los relojes de don Carlos, así como los incunables y las cartografías de la Biblioteca de El Escorial. Lo más preciado de España.

La lucha se volvió encarnizada y Galiana se batió bravamente en los llanos de Vitoria. Pablo Morillo y Hill atacaron El Castillo,

---

* Lento procedimiento que sólo permitía un disparo, dando oportunidad al enemigo para atacar.

una inexpugnable fortaleza medieval donde los dragones de Foy y L'Abbé se habían hecho fuertes. Graham, Espoz y Mina, que enarbolaba el sable regalado por lord Wellington, y el guerrillero Francisco Longa, herrero de profesión, tomaron el camino de Bilbao y obligaron a los franceses a huir con sus pesadas impedimentas, carros y botín por los intrincados caminos de Salvatierra.

Mientras tanto, Morillo era herido por una bala enemiga, y Wellington, desde su puesto de mando instalado en Nanclares, temía por la derrota. Sin embargo, observó con alegría que, a pesar de todo, los españoles empujaban a los franceses en medio del fuego de metralla. Dio orden de ataque a sus regimientos de la División Ligera y la Tercera, y una oleada de guerreras rojas, al mando del aguerrido Brown, invadió la colina en ayuda de los españoles. La ofensiva era total en todos los flancos.

Perdidos los altos de Puebla por José, la batalla estaba decidida.

El gaditano advirtió que el ejército francés se había dividido y que un grupo se había escapado rumbo a la frontera, donde era hostigado por los Escopeteros Voluntarios de Navarra. Se acercaba el mediodía y el sol se alzaba por encima de los montes. Algunos de los destartalados carruajes se ocultaban por el horizonte como si llevaran escondido bajo sus lonas el Santo Grial. Los regimientos imperiales que aún quedaban en las quebradas de Vitoria tenían mandato de resistir y proteger su retirada.

—¡Paso al equipaje del rey José! —gritaban los guardias jurados.

La batalla se había convertido en una caza de fugitivos.

La procesión de los carruajes que aún quedaban en el campo de batalla inició una maniobra de huida mientras crecían los combates cuerpo a cuerpo. Chasquearon los látigos, y las acémilas y las mulas de carga tiraron de los carros entre una lluvia de pólvora y fuego. De repente, de los flancos de las filas enemigas surgieron como demonios resucitados de la tierra los hombres del Trapense, que desde su cabalgadura se asemejaba al ángel exterminador del Juicio Final.

—¡Mueran Napoleón y Pepe Botella! —gritaba.

—¡Vivan la religión y don Fernando! —contestaban los suyos.

Los fugitivos, aterrados por la marabunta que se les venía encima, se llevaban las manos al pecho y caían entre tremendos alaridos atravesados por las balas de los atacantes. El humo de los cañones y de los fusiles lo envolvía todo. Las balas silbaban y las detonaciones de las cañoneras llenaban de fragor el aire vitoriano. Entretanto, aunque el terreno se hacía cada vez más fragoso, los carros se movían a una velocidad mucho mayor de lo que el jefe de la compañía guerrillera había creído.

Germán, que los perseguía con sus camaradas, estaba impresionado por el color de las mieses y de los huertos en flor de las alquerías, en contraste con la desolación del valle donde se dirimía la contienda. Tras traspasar una estela de humo, de repente su cabalgadura se detuvo en seco, inesperadamente. Dos cureñas boca arriba le impedían el paso. Tiró de las riendas y, sofocado, dio la vuelta. Pero en aquel instante, por delante de los caballos de sus compañeros, estalló una bomba que los derribó entre llamaradas y alaridos de muerte. Germán se tambaleó, asentó los pies en los estribos e, instintivamente, se llevó una mano a la ceja. La tenía manchada de sangre. Percibía una fuerte quemazón en la frente y un punzante dolor en la cabeza. La herida causada por una bala perdida, o por la metralla del cañón, le había abierto una brecha considerable. Creía morir.

Estaba mareado; un vahído lo hizo vacilar en la montura. Las divagaciones del delirio hicieron presa en su mente; y la penumbra lo fue envolviendo hasta perder la imagen de cuanto lo rodeaba. Le dio la sensación de que se le terminaba la vida. Luego, antes de que la nada se apoderase de su cerebro, balbució:

—¡Me han cazado, por todos los diablos!

Entonces le sobrevino la oscuridad más absoluta y cayó del caballo.

O exilio, o muerte

Germán no se movía y el Trapense lo dio por muerto.

—¡Maldita sea, lo han alcanzado! —gritó—. Era mi mejor hombre.

Estuvo inconsciente unos momentos, hasta que el fragor de la contienda lo despertó. Magullado y respirando con dificultad, recuperó el resuello minutos después. Estaba vivo y no podía creerlo. Aspiró el aire a bocanadas y se recompuso haciendo acopio de todas sus fuerzas. Podía moverse, y entonces comprendió que el azar le concedía otra oportunidad. Entre la incredulidad y el dolor, emitió un sordo lamento y un gemido confuso al ver a su alrededor a varios compañeros destrozados por la metralla. Entonces gritó como un animal herido y su alarido se quebró en mil ecos de rabia.

Con una cojera gallarda se libró de los cuerpos ensangrentados de sus camaradas y buscó su cabalgadura con una energía desaforada. Una costra de pólvora endurecida le quemaba la cara.

Con el rostro destrozado, sus amigos moribundos lanzaban quejidos de dolor en medio de un fárrago sanguinolento de miembros cercenados y pechos ensangrentados que se confundían con las vísceras de los corceles reventados por la explosión. La cuadrilla había sido diezmada, pero él había salido indemne, a pesar de sentir su cara tumefacta. Trepó al caballo. Las cureñas enemigas derribadas le habían salvado la vida, pues le habían obligado a detenerse. La metralla no había penetrado en su piel, de lo contrario estaría muerto o malherido, y él se sentía vivo, aunque confuso. Se ató un pañuelo a la frente y espoleó el alazán. Por el momento no se desangraría.

Rezó un paternóster para que la fortuna no lo abandonara en los últimos instantes y por el alma de sus compañeros muertos mientras cruzaba con el corcel desbocado un pequeño puente. Saltó dos armazones abandonadas por los franceses en la fuga y se unió al Trapense y a sus escoltas con el corazón latiéndole al compás del trote. Volvió a cargar su pistola de chispa y alzó el sable lleno de furor. Los carros estaban sólo a un tiro de piedra.

Los alcanzarían antes de que fuera demasiado tarde.

—¡Celebro verte vivo, galán! Te creía en el infierno —rió, eufórico, el Trapense.

—Capitán, han caído los más valientes ¿Saldremos de ésta?

—¡Claro que sí! Será la última y seguro que la más gloriosa.

Fue una acción encarnizada que destrozó al ejército francés en una jornada memorable. Intentaron salvar lo que quedaba del botín robado, pero las baterías aliadas impidieron cualquier avance. Caballos, cocheros, renegados afrancesados y guardias jurados fieles a Bonaparte huían abandonándolo todo y caían destrozados junto a las ruedas de los carruajes cargados con los ricos despojos del Palacio Real.

Dejaban atrás incluso a sus mujeres e hijos, que eran masacrados por los aliados en un aquelarre de sangre, de furor y de destrucción. Cecilio Bergamín, que cabalgaba entre ellos, oyó los gritos de los guerrilleros a sus espaldas y observó cómo los guardias que protegían el carromato caían al fragor de las llamaradas de los cañones. Azotó las monturas, que corrían como gamos. De repente se produjo un fogonazo terrible que acabó con la vida de sus compañeros jurados y él cayó de bruces en el pescante.

Era el momento que había esperado. Tambaleándose, saltó y dio con su cuerpo en tierra en una dolorosa costalada. Pisoteado y sin fuerzas, se arrastró hasta la maleza y se escondió. Con el humo y la confusión nadie había advertido la caída y la fuga del jurado. Las caballerías siguieron al galope sin nadie que las gobernara. La suerte lo ayudaba una vez más, pues sabía que, acosados por los guerrilleros, jamás alcanzarían la frontera. «Es una acción despreciable pero oportuna para sobrevivir», se dijo. Y en eso Bergamín era un consumado maestro.

Sabía que si lo atrapaban con el uniforme azul, el morrión francés y la escarapela tricolor, lo ejecutarían al instante por afrancesado y traidor. Así que su mente calculadora determinó que regresaría de entre los muertos con una nueva personalidad. No sería difícil conseguirla en un campo de batalla caótico. Se escurrió al interior del escabroso matorral y miró a todas partes, estudiando la situación con frío razonamiento.

—El mundo se rige por la suerte, no por la justicia —murmuró.

Cerca de un arroyuelo, como fantasmas ululantes, varios combatientes patriotas agonizaban con la barriga abierta, las vísceras desparramadas y los tendones cercenados. Cogió un mosquetón del suelo; estaba dispuesto a disparar a cualquiera que se le acercara. Tropezó con un bulto y vio que era el cadáver de un voluntario del Batallón de Navarra, conocidos por su fiereza en el combate y por la chaquetilla roja, las charreteras doradas y la gran boina escarlata con la que se tocaban. Arrastró el cadáver hacia un roquedal.

Era lo que necesitaba para iniciar una nueva vida. No tenía otra opción: si quería tener un futuro halagüeño, debía destruir su pasado. Aún estaba caliente, pero tenía el cuello partido en dos. Con los ojos salidos de las órbitas y la boca abierta, parecía un espectro de los infiernos. No le resultó difícil quitarle la guerrera, la gorra y las bombachas. Se desnudó y se las enfundó a toda prisa. Estaban empapadas de sangre y tan frías como el aliento del diablo. Le tiraban de los sobacos y de la entrepierna, pero se sintió cómodo. Cuando se las ajustó, un escalofrío le heló la espalda. Luego metió las manos en el zurrón del muerto al que había suplantado y palpó una carta envuelta en un hule —«¿De su novia, quizá?», especuló—, un cuerno de pólvora, un trozo de cecina seca, una bota de orujo de endrinas y una navaja. «El destino está conmigo —caviló—. Pero ¿qué soy? ¿Un desertor? ¿Un traidor a mi Dios y a mi rey? ¿Un simple burlador de la muerte? ¿Y si me toman por un espía y me ahorcan? Que el Cielo me valga.»

De un brinco, salió de la espesa fronda y se unió a un grupo de guerrilleros vascongados gritando contra el francés y dando vítores al Deseado y a la Constitución. Con los labios sin color, su bigotillo afilado, el pelo gris y grasiento pegado a la frente y sus saltones ojos de batracio, gritaba contra el invasor, masacraba a los heridos y alentaba a la batalla a sus nuevos compañeros.

—¡Muera el Intruso! ¡Viva el Deseado! —gritaba, enardecido.

Bergamín, una vez más, había salvado su pellejo de camaleón.

Entretanto, Germán esquivaba a los caballos sin jinete que olían los cadáveres, las columnas de humo gris de la batalla, y a los cocheros que aún intentaban salvar el botín y que gemían o rogaban clemencia antes de ser ajusticiados. La resistencia de los soldados galos fue mínima. Sólo pensaban en escabullirse con el botín y sus familias, con las que huían a Francia. Los jinetes del Trapense clavaban los estribos en los corceles, que piafaban y se encabritaban con el fragor del fuego de la artillería y de los fusiles. El suelo resbalaba por la sangre derramada de los franceses muertos por los guerrilleros, que no hacían prisioneros.

O exilio, o muerte.

Germán era un buen jinete, y aunque se sentía mareado y sediento, avanzaba sable en ristre sin volver la vista atrás; asestaba golpes sin mirar sus caras, pero notaba las blanduras allí donde descargaba el sable. Veía los befos rosados de los caballos frente a él y sus ojos grandes y desorbitados llenos de pavor, pero seguía matando sin piedad.

Al fin envolvieron a los guardias jurados que defendían los últimos carros del convoy del rey José. Los aniquilaron sin darles tiempo a defenderse. Y aunque los cocheros maldecían a las mulas, éstas, atascadas en el barro, mostraban la mayor de las indiferencias.

—¡A por esos afeminados que se han meado en nuestras iglesias! —vociferaba el Trapense, tinto en sangre.

Y como un ejército de ángeles exterminadores, el abigarrado grupo a caballo de la compañía del Trapense dio por concluida la escabechina de franceses y jurados, mientras olían la pólvora que estallaba en sus orejas. Y a los que apresaron en la huida los desnudaron y los ahorcaron sin piedad. Se oían gritos de horror y órdenes desesperadas en francés, inglés y castellano.

Los franceses desertaban en desbandada, saltando sobre sus compatriotas reventados y los caballos que escupían espuma, mientras sentían a sus espaldas el aliento de los experimentados soldados del herido Morillo, un militar de gran talento táctico que los había conducido a la victoria. Germán y sus camaradas supervivientes avistaron a lo lejos las grupas y las espaldas de los invasores que huían por el camino de Pamplona entre un denso celaje de humaredas grises. El redoble de los tambores y el estruendo guerrero habían cesado. Todo era alborozo colectivo y júbilo. Y, como testigos, el rubor del crepúsculo, el resplandor de las lumbres y el azulado fulgor de la luna naciente.

Las campanas de las iglesias repicaban a gloria. Pero en Vitoria, vacía y silenciosa, se colgaron crespones negros por los paisanos muertos y por el saqueo al que la habían sometido los franceses. Los graneros y las aldeas incendiadas, los caseríos devastados y el aspecto fantasmagórico y desdibujado de Vitoria conformaban el trágico escenario que se sucedía a la batalla contra el francés. La última. Los llanos de Vitoria eran un marjal de muerte y desolación envuelto por la bóveda color púrpura del firmamento.

Una fiebre de júbilo se adueñó del ejército aliado; podían haber hecho prisioneros a los franceses, pero la codicia les pudo y los dejaron escapar. Sólo los húsares de Brown persiguieron a los dragones de Bonaparte mientras la infantería británica entraba en las tiendas de campaña abandonadas y se hacían con las botellas de coñac, Burdeos y con las botas de vino de Rioja.

Horas después estaban borrachos como cubas.

El ejército profesional francés, bien equipado y mejor dirigido, vencedor en los campos de Europa y Egipto, había sido derrotado por compañías de guerrilleros armados con viejos trabucos, arcabuces, navajas y facas, y pertrechados con el espíritu de la liberación nacional clavado en sus almas. Más de trescientos mil franceses habían quedado sepultados en tumbas anónimas, lejos de su patria.

—Esta desafortunada guerra contra España será la causa de las desdichas futuras de Francia. Ha destruido mi moral en Europa y agravado mis dificultades. Y en un pronto provocará mi perdición definitiva —auguró el emperador al conocer el desastre de Vitoria.

Galiana pensó si tanto sacrificio serviría para implantar en su patria la libertad, leyes más justas y dicha para todos, como declaraba la Constitución de su añorada Cádiz, o para sustentar a una monarquía caduca, indigna y absoluta. A la luz trémula de las hogueras, el corazón se le cerraba, como se encoge un puercoespín herido, y una gélida mordaza le oprimía el pecho.

La garganta, seca como la estopa, le abrasaba. Desterró sus dudas. Tan sólo deseaba beber agua, curar sus heridas, dormir y olvidar aquel día de devastación y muerte en el que había vuelto a nacer.

El reparto

No se hicieron esperar.

Un tropel de soldados vencedores, españoles, ingleses y lusos, vecinos de los caseríos y bandoleros que luchaban en el ejército de Morillo, se lanzaron como aves de rapiña sobre los carros preñados de cajas de guerra, desamparadas en el camino de Pamplona por los gabachos huidos. Habían decidido dejar el botín y salvar el pellejo.

Era el trofeo más magnífico abandonado jamás por un ejército en retirada. Parecía que la flota de Indias hubiera ido a encallar en las planicies alavesas. Pronto, jirones de lonas cortados por sables y cuchillos volaron por los aires. Se oían gritos de codicia, y también alaridos de algunos ilusos que eran ajusticiados y robados. Con voracidad y avidez, cientos de manos codiciosas desataron sogas y hebillas y dejaron al descubierto el cuerno de la abundancia.

De súbito brillaron en la mitad de la tarde las gemas, las alhajas, las vajillas azul cobalto, las colchas bordadas de pasamanerías, los licores de Jerez y Borgoña, las tabaqueras cubanas, los encajes de Ypres, los muebles taraceados, los relojes de pared, las rinconeras y los burós dorados, las lámparas de cristal, los trinchadores de plata, las redomas de perfumes, las tallas de imagineros italianos, las pinturas flamencas, las porcelanas y lozas de Filipinas y los chales calados de oro de Méjico.

José Bonaparte había perdido mucho de lo que con tanto denuedo había desvalijado y luego atesorado hasta hacer reventar cajas y baúles. El azar hacía justicia, aunque con una sentencia depredadora.

Jamás se había visto tan bárbara avaricia ni tan innoble retirada. El sol declinaba en el campo ensangrentado y lamía los cuerpos desmembrados, los cadáveres amontonados y las caballerías destripadas. Todo había concluido. La última ola cálida del atardecer parecía haber partido el hielo de los miembros rígidos de los combatientes que se juntaban alrededor de las lumbres, exhaustos, maltrechos.

La compañía de Antonio Marañón «el Trapense», un muestrario de apenas veinte hombres andrajosos, ensangrentados y astrosos, compareció en el lugar del reparto. Galiana tenía las botas y las polainas deshechas, la guerrera tinta en sangre, y el pañuelo sucio y destrozado. Inclinados sobre sus fusiles, que a los más les servían de muletas, llegaron al prado donde se hallaban los carromatos. Los tambaleantes heridos no parecían una banda de vencedores sino de vencidos, pero inspiraban más miedo que Napoleón y Wellington juntos. Sus heridas destilaban bravura. Se abrieron paso en silencio, reclamando con sus brutales miradas su mordisco del botín.

El ensangrentado Trapense alzó su cruz e hizo chasquear el látigo intimidatoriamente. Resultó suficiente y conminatorio.

Todos se apartaron

La retadora presencia del caudillo de guerrilleros y de sus patibularios adictos era una amenaza letal. En sus rostros estaban impresas las sangrantes pruebas de su heroico valor, pero también las marcas de la guerra y la barbarie después de tres años de feroz combate en las estepas de España. Malheridos, sudorosos y con las cicatrices rubricando sus cuerpos ensangrentados, despertaban admiración y temor. No había que oponerse a su furia. Se hizo un silencio sepulcral.

Dos saltaron al pescante de uno de los carros aún no abierto y, ante el mutismo de los que esperaban a lanzarse sobre él, lo condujeron a un sotillo apartado, donde se repartirían las presas. No querían más.

Galiana jadeó al sentarse en una roca. Aún le chorreaba sangre de la herida en la sien y el reparto le importaba una higa. Se pasó el pañuelo por la cara, llena de tizne, pólvora y sangre coagulada, mientras apartaba a algunos veteranos borrachos y desaliñados que habían combatido como leones junto a él y que aguardaban a que su jefe fuera generoso con la partición. Tomó unos sorbos de una pócima quinada que usaban para atenuar la fiebre y el dolor, y cerró los ojos. Quería dormir. El bebedizo sabía a demonios.

El cirujano de la partida, un matarife de Guadalajara que se decía discípulo del físico Villanova y que se había unido a ellos escapando de los celos de su esposa, aseó los utensilios con vino y se dispuso a restañar las heridas y los huesos rotos de los lesionados. Con gran pericia, y ayudado por Martina, operó a dos muchachos al aire libre. Algunos tenían las piernas destrozadas por la metralla, y tuvo que amputárselas con una sierra astillada y unos escarpelos casi romos. Germán volvió el rostro, agobiado, y se desabrochó la guerrera. Prefirió lavarse él mismo la herida de la ceja y luego se colocó un emplasto cauterizante que le escoció como si fuera azufre. En la tierra corría la sangre de los miembros amputados de sus compañeros, un revoltijo sanguinolento de carne mutilada que le hizo dar una arcada y arrojar hasta la bilis. Después descansó y aguardó el reparto mientras bebía de la bota. «La guerra es la deshonra del género humano», caviló, abatido.

El fraile, por vez primera, entonó el *Dum veneris* por los caídos de la compañía y encomendó sus almas a la misericordia del Creador en una sentida plegaria que consiguió emocionar a sus soldados. Para él la religión era un cañón lleno de dinamita. No lo conocían en su labor de clérigo, y aquél era el único acto humano que había tenido con sus hombres en un año, aparte de los arrumacos con Martina. El exceso depredador se prolongó durante lo poco que quedaba de día, como si una bandada de cuervos sedientos se hubiera abatido sobre el yermo campo de batalla. Los buitres sobrevolaban el valle por donde vagaban caballos sin dueño y moribundos agónicos pedían agua y un confesor.

—¡Piedad, sacramentos! —se lamentaban extenuados.

Y mientras todos sacaban tajada, los soldados de Espoz y Mina, Morillo y Wellington, y el Batallón de Cazadores Vascos, apenas sin luz, acababan con los últimos reductos del ejército fugitivo, que ni siquiera pudo salvar las cajas de guerra, la pólvora, los fusiles y las cureñas. Había botín para todos. Se volvían a Francia como vinieron: desnudos.

Los guerrilleros encendieron las fogatas, y el Trapense se colocó de pie sobre el asiento del carro, como un postillón de diligencia, y se dispuso a abrir las cestas y cajas claveteadas. Uno de ellos acercó una antorcha al carretón y comenzó a mostrar los despojos, que el fraile soldado, con una equidad pasmosa, fue adjudicando a sus hombres según sus gustos y necesidades. Prefería la disciplina, a pesar de que por lo general la anarquía regía su grupo. Germán, apoyado en su fusil, fue recobrando el aliento y percibió la pesadez de una inminente tormenta mientras las nubes adquirían la tenebrosa tonalidad del azabache. La metralla que le había dado de refilón debía de venir de muy lejos, de otro modo habría perdido el ojo, que ahora tenía amoratado.

La noche sobrevino como la muerte de sus camaradas, implacable y oscura, pegando su rostro de sombras al mortecino sol rojo que se eclipsaba. A su alrededor se extendía un colosal cementerio de cuerpos destrozados, a los que lamían los perros.

Una tonalidad bermeja centelleaba en los mugrientos guerrilleros que, agazapados frente al fuego, mostraban heridas atroces y quizá no pudieran disfrutar de su botín. Envueltos en recios capotes, iluminados sus rostros por la luz lechosa de la luna, parecían el ejército de la muerte. El fraile desenvainó el sable y su hoja desnuda brilló con el carmesí de las fogatas. Enternecido, se dirigió por última vez a sus hombres. En su exaltada brusquedad, los amaba.

—Nuestros espíritus libres nos han unido en una lucha gloriosa que los tiempos elogiarán, pues hemos sido los instrumentos del Altísimo para limpiar el desorden revolucionario de estas tierras cristianísimas —peroró—. Se han cumplido los planes de Dios en España, hijos míos, y la causa de la religión y el *Regnum Christi* han triunfado. ¿Cómo va a ser soberano el pueblo? La soberanía es un derecho divino que no puede ponerse en manos del populacho. El poder viene de Dios, que se lo cede al rey y a sus ministros consagrados. En unos días nos separaremos y volveremos a nuestros hogares y quehaceres, pero quedaremos hermanados por el indeleble lazo de una camaradería fortalecida por la complicidad, el desinterés y el amor a nuestro rey Suspirado. Rezaré por los muertos de la milicia y por la salud de los vivos. ¡Viva don Fernando VII el Deseado!

—¡Viva don Fernando, nuestro único señor! —replicaron, conmovidos, sus hombres.

—Bien, compartiremos estas bagatelas y por Dios que le rebanaré el pescuezo a quien proteste o robe a alguno de sus compañeros —declaró, rudo pero condolido.

Distribuyó equitativamente la bolsa de la partida, repartiendo a modo de paga final algunos escudos, duros y reales, con los que podrían pagarse los gastos del regreso. Luego asignó el botín de forma antojadiza. Humidores de puros habanos, espuelas, capas flamencas, tapicerías damasquinadas, porcelanas de Valencia, sables toledanos, abanicos de Filipinas en seda india o papel pintado… De una cajita de filigrana extrajo unos objetos de tocador —tijeras, peines de plata, fíbulas doradas y una polvera primorosa— que puso en manos de su montaraz manceba, Martina, quien se enterneció con el gesto. Unas lágrimas corrieron por sus pómulos. A Germán le pareció que no era el regalo más adecuado para Martina, pues si bien no carecía de dulzura, su cuerpo y sus formas eran más cercanas a las de un macho. El Trapense siguió adjudicando alegremente lapidarios barrocos, chinerías, cortaplumas, chales bordados con hilos de oro, cajitas de rapé, cuadritos de pintores italianos y candelabros repujados, hasta que hurgó en una caja que detuvo su afán repartidor.

—¡Por la santa Virgen de Montserrat! ¡Esos malditos jacobinos se han atrevido a expoliar hasta la Capilla Real! —exclamó viendo una caja con objetos sagrados envueltos en terciopelo rojo—. Malditos sacrílegos de la revolución anticristiana. ¡Dios los confunda!

Con unción, guardó los cálices y patenas en su zurrón, y luego extrajo del fondo una extraña imagen de un Niño Jesús de apariencia achinada. Miró extrañado la delicada imagen, y dictó:

—Esta rara figura del Niño Dios es para ti, Galiana. A ver si así salvas tu alma envenenada por los papeluchos de Cádiz. ¡Rézale por tu alma perdida! Y también este reloj de oro y esta tabaquera. Te has comportado como un valiente. Nunca olvidaré tu valor suicida —lo halagó.

—Gracias, *pater*. Ya sabéis que soy un escéptico, pero regalaré esta talla a una amiga devota —contestó pensando en Soledad, la

Cubana, fervorosa coleccionista de iconografías religiosas, a las que solía encomendarse—. Jamás olvidaré a esta patrulla de bravos patriotas.

Martina se le acercó jovial. Siempre había considerado a Germán un hombre de confianza y un temerario, aunque de ideas raras.

—Me han dicho que regresas a Cádiz. ¿Es eso verdad, Galiana?

—Sí, Martina. Mi capacidad para matar se ha agotado.

—Algunos de nosotros vamos a seguir a esos franchutes hasta Pamplona y San Sebastián, donde existen algunos reductos de resistencia. Después regresaremos a casa y cada cual a lo suyo.

—Grotesca y brutal aventura la nuestra —objetó Germán.

—Pero la patria es la patria, y la religión y el trono son intocables —repuso ella, amorosa—. España seguirá siendo católica, no atea. Por eso hemos luchado. Convéncete.

—Martina, las imágenes de la brutalidad que hemos soportado se aferran como sanguijuelas a mi cerebro. Una guerra jamás deja a una nación en el mismo lugar donde la halló, y eso mismo le pasará a la nuestra. Demasiada crueldad la que hemos vivido…, demasiada.

—Olvídalo. Ya todo ha terminado, gaditano.

—La condición esencial del ser humano es el miedo y el dolor. Hoy acaba esta guerra, pero mañana habrá otra peor. La maldad de la especie humana es inacabable. El pánico a morir y a lo desconocido ha afectado a mis creencias y a mi percepción del bien y del mal. Todos hemos tenido mucho miedo y hemos estado muy solos —se sinceró Galiana.

—No seas tan crítico, hombre. Se acabaron los pavores y las penurias —lo animó Martina—. Los caminos que puede andar un hombre en la vida son incontables.

—La verdad es que tras esta batalla me he sentido un ser humano en paz y la vida ahora me resulta aún más digna de ser vivida. Te recordaré, Martina.

La mujer clavó su mirada en la talla de porcelana y una chispa de perplejidad y de admiración brilló en sus labios.

—¡Oye, qué Niño Jesús más curioso! Es una imagen bellísima.

—Espero que proteja mi regreso —dijo Germán sin apenas mirarlo.

Luego Martina le dio una palmada varonil en el hombro. Con afecto.

—¿Cuándo nos dejas?

—Mañana mismo. Espero que mis pleitos hayan sido olvidados y mis cuentas saldadas.

Ambos se fundieron en un abrazo.

—Que tengas suerte, Galiana. Sabes que te aprecio. Nuestras hazañas se transmitirán de boca en boca y perdurarán en el tiempo. Diremos: «¡Estuvimos con el Trapense y ayudamos a echar al francés de España!». Eso no podrá decirlo cualquiera. Mereces ser feliz, galán.

—Lo sé. Queda en paz, Martina. Y que la suerte os ampare.

Al darle la espalda la guerrillera, que suspiraba por los camaradas muertos y por la disolución de la compañía libre, Germán tenía la impresión de que a su regreso le esperaba un oscuro camino. Había llevado una vida inhumana y desde hacía casi un año se había comportado como una bestia. Necesitaba recuperar a sus amigos y su sosiego interior.

Un ejército de mercaderes y buhoneros acudieron como aves de rapiña para hacer el negocio de sus vidas. Con luises torneses, guineas inglesas y sonantes escudos portugueses, compraban a los guerrilleros y vecinos de la montaña las leontinas de oro, los cubiertos de plata, los azucareros de Sèvres, las cucharillas decoradas, las muselinas de Mazulipatán y Madrás, los relojes, los platos de laca, las lámparas y demás fruslerías arrebatadas a los franceses en su huida, mientras los cirujanos curaban a los millares de heridos caídos en los arroyuelos.

—¡La Cruz y la Corona han vencido! —gritaban los clérigos que atendían a los moribundos—. ¡Dios ha castigado a España por sus pecados aberrantes y por alumbrar la apostasía de Cádiz que destila ponzoña!

—¡Mueran los masones que la aconsejaron! —gritó otro.

Diluvió una fugaz cellisca que empapó las ropas de Germán y el morral que guardaba en su interior las joyas de la Corona española, a las que era inocentemente ajeno. Por una cabriola del caprichoso destino, llevaba junto a su costado un tesoro que valía el rescate de un emperador, y lo ignoraba.

Caminó, cansino y ufano, buscando un lugar donde dormir. Una vez más le era imposible dejar de oler el acre olor de la muerte. ¿Quién había sido el instigador oculto de aquella cruenta guerra que había durado seis años? Algo decía a su corazón que no todo había que achacárselo a Napoleón, y sí al suspirado y embaucador príncipe que en aquellos instantes holgazaneaba como un sátrapa en el castillo de Valençay y que en breve se sentaría en el trono vacante de España para aplastar las libertades. «Ojalá me equivoque», pensó. Pero no se fiaba de las intenciones del Deseado. «Es un oscuro rey de no menos oscuros principios», se dijo.

Algunos guerrilleros se reunieron en torno al fuego, convocados para celebrar la última comida en campaña y agradecer a lo Alto que les hubiera preservado la vida. Los caballos heridos piafaban y los buitres sobrevolaban el campo de batalla picoteando los cadáveres de los soldados y de las mujeres españolas, violadas y muertas, que se habían unido a los franceses. A lo largo de la noche, otros voluntarios supervivientes se fueron uniendo a la partida para celebrar la victoria. Entre ellos Cecilio Bergamín.

Apareció cuando la mayoría estaban borrachos y, echando el brazo por encima del hombro a un voluntario vasco, narró sus heroicidades desde que saliera de su pueblo natal, Estella, para enfrentarse al invasor. No estaba en sus planes convertirse en testigo de la repartición de los carros que él mismo había preparado en el palacio, pero el albur así lo había querido. Oculto entre los combatientes que bebían y cantaban alborozados, no perdió detalle de cuanto acaecía en el cenáculo de los guerrilleros.

Una luna de color rojo, que los aldeanos de Vitoria llamaban de sangre, rielaba en su plenilunio como una granada madura y a veces se eclipsaba entre nubes invisibles. El relente de la noche secó la sangre de la ceja de Germán. Estaba deseoso por emprender el regreso. Pensaba en su ciudad natal, tan remota y tan añorada en la distancia… No volvería a oír la percusión de los tambores, ni el fragor de las cureñas, ni el tumulto de los caballos. No olería el acre hedor de la sangre ni de la pólvora, ni enterraría cuerpos de amigos acribillados.

Luego contempló la insólita imagen del Niño Jesús asiático y admiró su delicada belleza. Nada barruntaba del regio tesoro que guardaba en sus entrañas y que pronto se convertiría en el objeto más deseado del país. «A Soledad le encantará. Es tan devota de estas imágenes...», pensó. Ignoraba que aquel delicado Dios Infante trocaría su vida en un jeroglífico dislocado y sorprendente. Lo envolvió en el terciopelo y lo guardó delicadamente en el morral. Estaba satisfecho con el reparto.

Exhausto, se echó sobre la toza mullida de un árbol. Tras cebar y amartillar la pistola, se sumió en un profundo sueño de imágenes pavorosas que parecían haber quebrado para siempre el mecanismo de su accesible corazón.

El regreso del proscrito

Tras un año de pavores irracionales, Germán ya no sentía miedo.

Regresaba a Cádiz limpio de venganzas, animoso para iniciar una nueva vida, y osado para hacer frente a la mentira. No le asustaba ni el retorno, ni sus vengativos adversarios, ni sus engaños, ni la traición, ni la más que posible cárcel, si es que el indigno Copons había muerto. Era otro hombre.

Había sufrido una profunda metamorfosis. Su natural de vanidad y orgullo se habían eclipsado de su alma. Ya no se sentía como el gallo que creía que el sol se levantaba para oírlo cantar sólo a él. Además había adquirido algunas virtudes admirables: antes de actuar, reflexionaba, sopesaba y evaluaba la situación para no errar. Con la guerra se había vuelto más prudente, más equitativo y digno de confianza, y era capaz de diferenciar lo auténtico de lo falso. Ya no era aquel jovenzuelo acostumbrado a imponer su voluntad, y despreciaba lo banal.

El tiempo pasado con los guerrilleros y los ríos de sangre que había visto derramados por los campos de España lo inducían a sentimientos más bondadosos. Su sed de venganza se había consumido como se consume una lamparilla; las detestadas figuras de Alfonso Copons y del frailecito Vélez apenas si lo martirizaban. Había vivido demasiado tiempo apartado de la civilización, había cumplido su penitencia y había sufrido la miseria de la ingrata guerra contra el francés. La muerte le había susurrado muy cerca, tras las orejas, hasta arrebatarle cualquier sesgo de impiedad.

Y en comparación, todo lo demás le resultaba baladí.

Ahora sabía de qué escapaba: de la intolerancia, del tiempo viejo y despótico y de la tiranía de reyes, señores y clérigos injustos. Esa locura debía acabar para siempre. Los españoles, con su sangre y valor, habían conseguido al fin el derecho a ser libres, y Galiana se sentía esperanzado. No deseaba que Alfonso Copons, si es que seguía vivo, se retractara públicamente. Sólo quería recuperar su armonía perdida. Nada más.

La Constitución ampararía el tiempo nuevo y mejoraría las cosas. ¿O sería tan efímera como una voluta de humo? Estaba harto de sangre y agotado, pero ese reconfortante sentimiento le produjo ánimos para unirse a una diligencia en Madrid con destino a Sevilla. Antes, había vendido el reloj, se había comprado ropa aseada y había descansado una semana en la Fonda y Mesón de Venecia. Estaba agotado por el traqueteo de las mulas, y el malestar se le instaló en los huesos. Viajó despacio, parando en cada pueblo, soñando en cada posada, hasta que el carruaje cruzó Despeñaperros y olió el limo del Guadalquivir y el salitre del mar al arribar a Jerez.

Cuando llegó a su destino y desembarcó en el muelle procedente de El Puerto de Santa María, un soplo ansiado le azotó el rostro. El viento de levante, tan familiar como salvaje, convertía la ciudad marinera en un colosal baño turco y en un palenque de briznas, pavesas y paja volando por los aires. Pero aun así la imposta de Cádiz le pareció luminosa. No se arrepentía de nada. Su destierro había concluido, y por su participación en expulsar al invasor gabacho podía alegar inocencia y patriotismo de sangre en cualquier tribunal.

Sólo apetecía el olvido. «Dios regenera a los hombres a través de su corazón», pensó.

La amanecida doraba el blanquecino albor del caserío, donde la cúpula almibarada de la catedral cortaba su redondez en un cielo impoluto.

Caminar hasta el Pópulo, arrastrando el zurrón entre el calor de fuego, el polvo y el estiércol reseco que levantaba la tolvanera, resultó un suplicio. Pero Cádiz, eternamente confiada a los vientos, era para Germán el baluarte de sus sueños frente al Atlántico, su refugio. Contemplándola desde la amurada, su luz lo había seducido una vez más. Los edificios de azoteas y los miradores de monteras vidriadas, entre el añil del firmamento y el azul de la bahía, rielaban como espejos.

Sus aéreas estructuras, sometidas al embate alternativo de las brisas y ventoleras que batían postigos y batientes, dibujaban líneas blancas por encima de las murallas. Entonces era cuando Cádiz le parecía la Atlántida renacida, uno de esos lugares del mundo cuya vista le inspiraba serenidad. Hasta el claustro sombrío del Rosario, el arrabal deslucido de Santa María o las ruinas tristes del castillo le infundían alegría de vivir con sólo divisarlas. La atmósfera le era fácilmente reconocible.

Era sábado, y las muchachas paseaban por la calle Nueva sujetándose las pañoletas de colores, las gasas, las muselinas, los chales de batista y seda, la última moda de París y Londres que hacía furor en el emporio del sur. Galiana saludó, destocándose, a algunas damas acompañadas por viejos ricos y complacientes; a cambio, ellas le sonrieron con picardía. ¿Lo recordaban a pesar de su deplorable aspecto?

Cuando cruzó el portón de su casa del Pópulo, la asistenta, al verlo, no podía creer que hubiera regresado sano y salvo. Se echó a sus brazos y lo besó repetidamente. Luego le preparó un baño relajante y un guiso de cachuela y torreznos que a Germán le pareció ambrosía de dioses. Contempló en silencio las repisas de la salita: sus sextantes, limpios y brillantes, el cuadrante, la vieja ballestilla del capitán Galiana, los cuadernos de bitácora apilados unos sobre otros, la brújula y un código de señales que había pertenecido al almirante Gravina.

Sus dos violines dormían dentro del estuche de cuero, a la espera de que sus dedos los despertaran. Releyó los lomos de sus libros preferidos, los más condenados por la Inquisición: las *Confesiones* de Rousseau, *El Buscón* de Quevedo, el *Cándido* y las *Cartas filosóficas* de Voltaire, el *Quijote*, la *Utopía* de Tomás Moro en inglés, el teatro de Moratín, y el ejemplar de tapas gofradas de la Constitución que le había regalado Mexía Lequerica. «A un español justo y benéfico», rezaba la dedicatoria. Los miró y se sintió complacido. Parecía que no había pasado el tiempo. Todo estaba en su lugar, menos su corazón.

Cuando visitó a doña Mercedes, ésta, más que hablar, lloraba. La consoló, le prometió que se pondría al frente de la Compañía Galiana al día siguiente y le expuso los proyectos de futuro que tanto había meditado en la soledad de las noches haciendo guardia al sereno.

—Madre, he traspasado la frontera entre la locura y la realidad, y aunque vuelvo salvo, no estoy sano aún, pero sí con ganas.

—Pareces otro hombre, hijo. Te veo más asentado y templado. ¿Y esa cicatriz en la ceja? Ay, Dios mío —se lamentó.

—Un recuerdo de esa maldita contienda. No es nada, madre.

Tuvo suerte. Al atardecer entró como un parroquiano más en el mesón de Los Cuatro Vientos. Allí estaban la Cubana, Urbina, Juan Mendizábal con su peculiar vestimenta y el músico Téllez con su monito Chocolate, que saboreaban un oloroso papirote de carne. La atmósfera le parecía irreconocible, como si el reloj del tiempo se hubiera dislocado. Un denso olor a especias saturaba el aire viciado. El recibimiento resultó emotivo. Todos merecían su gratitud, y así se la expresó. Querían abrazarlo, estrujarlo, saber de sus andanzas, y Germán fue desgranando su aventura guerrillera mientras degustaba unas aceitunas y un jarrillo de vino de Chiclana.

—Cuéntanos, Germán —pidió Téllez—. ¿Cómo fue lo de Vitoria?

—Cada cosa a su tiempo. ¿Vive Copons? —se interesó vivamente.

Al músico pareció rompérsele la voz. Para ganar tiempo, dio un cacahuete al inquieto mico que jugueteaba en su hombro. Luego se explayó:

—Ese hijo de Satanás burló a la parca y sigue vivo, aunque maltrecho. Después de verle la cara al mismísimo can Cerbero, consiguió recuperarse. Se vale de un bastón, pues lo dejaste cojo. Para «Tosantos» anuncia boda con esa mosquita muerta de Inés Muriel. Al fin se casan. Tal para cual. Pero en el pecado llevan la penitencia. Es un casorio arreglado y condenado al fracaso. Ese oficialucho cojitranco sólo desea la fortuna de la niña.

Galiana bajó su mirada y con la voz ahogada confesó:

—El mejor modo de vengarse de un enemigo es no parecérsele, y lo celebro, creedme. Son los inevitables caprichos del azar. Es verdad que la primera vez que la vi la miré con deseo y su aparente beneplácito hizo que me ardiera la sangre. Pero después su actitud fue diferente, y me engañó. Inés ya no es nada para mí. Os lo aseguro.

—Son dos seres innobles que obran con falsedad, como todos los de su clase —se explayó la bailaora con gesto rebelde.

—Dios castiga sin piedra y sin palo. Pero ahora pienso que un hombre o una mujer sin compasión no son humanos —sentenció el marino.

—¡La guerra te ha cambiado, por todos los diablos! No digas memeces, Germán —apuntilló Téllez—. Ese brigadier merecía tener una losa sobre su cara y la niña quedarse para vestir santos. ¡La muy vanidosa!

—Los que no han sufrido una guerra no saben nada. No conocen ni el bien ni el mal; ni conocen a los hombres, ni se conocen a sí mismos. Es un temor constante de naturaleza oscura que descubre el alma, creedme. Yo soy otro, he sentido la certeza de mi propia fragilidad —reveló Germán—. ¿Y el padre Vélez sigue en el convento de Capuchinos?

—Ahí está todavía, lanzando diatribas contra los malditos sectarios de la Constitución. Ese curita es un peligro para la libertad.

Sin exculpar pero sin acusar, Germán los tranquilizó sobre sus sentimientos.

—No dejé mi casa y mi mundo para probar mi osadía, sino para salvar mi honor. Nada les reprocho. Inés quería que la cortejara ese oficial y se sirvió de mí. Es algo que no puedo olvidar, pero ahora navegamos con rumbos diferentes. Ninguno de ellos me quita el sueño —dijo, y dio un sorbo de vino.

—Tú eres otro, galán —dijo Téllez—. Pareces un filósofo.

—Pues yo les reprocho que jugaran con tus afectos y procuraran tu ruina —rompió su silencio Mendizábal.

Germán compuso una mueca dubitativa.

—Olvídalo, Juan, como yo he hecho. ¿Sigue vigente alguna orden de juicio, demanda de cárcel o multa?

—Nada, Germán —apuntó el músico palmeándole el hombro—. Puedes estar tranquilo. El caso se olvidó al recuperarse Copons, y más aún cuando llegaron noticias de Ronda y de las serranías del Maestrazgo de que estabas luchando a las órdenes del Trapense, a quien las Cortes consideran un héroe nacional. El informe de Aramburu, tu padrino en la pugna de honor, acalló las calumnias y murmuraciones. Además, la viuda de Galiana untó con buenos dineros al tribunal, que archivó la causa.

—Bendito sea Dios. ¡Qué alivio! Los Galiana no han hecho otra cosa que favorecerme. Mi amor y mi gratitud serán eternos. —Germán dejó que aquel bálsamo empapara su corazón de paz. Lo necesitaba. Respiró y acarició a Chocolate, que chilló con gusto.

—Así pues, ¿no deseas vengarte de ese botarate? —insistió Téllez.

—La venganza no es una razón convincente para mí. Ya nada puede volver atrás; ninguna verdad es indiscutiblemente cierta. Eso es lo que he aprendido mientras intentaba esquivar a la muerte por esas sierras y caminos del diablo. Sólo deseo consumir en paz mi vida en Cádiz, dedicado a mis menesteres y a mis amigos.

—Verdaderamente esa guerra te ha transformado —aseguró Téllez.

—¿Y aceptarías su perdón? —preguntó Soledad.

—Aceptar su perdón sería como admitir mi culpabilidad. Dejémoslo así. Me hallo demasiado feliz estando con vosotros. ¡Brindemos por mi regreso!

La Cubana se acercó con ternura y lo abrazó. Luego se puso de puntillas y le besó la cicatriz en zigzag de la ceja, que con la polémica se había vuelto lívida.

—Sólo los muy valientes vuelven de la guerra con una marca así. Te hace más varonil, atractivo y rudo. Qué hermoso estás.

—Soledad, mis miedos fueron mayores que mis audacias. No soy ningún valiente. Contemplé el mundo con los ojos del diablo y no sabía si regresaría cuerdo o loco. Cuando trataba de recordar los colores de Cádiz y vuestros semblantes, no podía. He visitado los infiernos y ahora quiero regresar a la vida. Deseo enderezar mi vida y adecentar mis sentimientos.

—Parece como si hubieras envejecido de golpe —comentó Téllez.

—Tengo que rehacer mi vida cuanto antes y volver a navegar. Cuando el Deseado regrese y jure la Constitución, espero que acaudille el resurgir de estos reinos, libres al fin de la opresión de la Iglesia y de las clases poderosas. El pueblo lo merece por su generosidad y su sangre derramada.

—¡Por Dios! ¡No seas cándido, Germán! —dijo Téllez—. Ese Borbón indigno, que bien pudiera quedarse en Francia, no recibirá sino presiones para convertirse en rey absoluto. Y así lo hará, como que luché en Trafalgar por el cornudo de su padre. ¿No has leído las proclamas que aparecen en *La Atalaya* y en *El Procurador General*? Verdaderas soflamas contra los liberales y las Cortes de Cádiz. Habrá represalias. Ya lo verás.

—Tú siempre tan catastrofista, Téllez —lo recriminó Germán—. La libertad es un hecho irreversible en estos reinos.

Téllez, irritado con su amigo, movió negativamente la cabeza.

—En España la libertad es un bien despreciado que nunca se ha instalado en los palacios y los templos, y mucho menos en las mentes de los serviles y en la curia eclesiástica. ¡Sólo hay que oír las censuras y los sermones de ese capuchino iluminado de fray Vélez convocando el retorno al absolutismo y la tiranía! —exclamó, furioso—. Este país es retrógrado y reaccionario por naturaleza, y las revoluciones sólo prenden en la mente de cuatro idealistas como nosotros que, además, lo pagaremos caro.

—¿Quieres decir que la España liberal se reduce a Cádiz?

—Eso mismo. O poco me equivoco o sufriremos malos tragos por defenderla. La lucha entre el púlpito y el Congreso está servida —se lamentó el músico—. Pero ahora llenadme la copa a cuenta de este hijo pródigo e ingenuo que ha regresado de una pieza. ¡Brindo por el dos veces héroe Germán Galiana, nuestro amigo resucitado del polvo de la batalla!

Después de la jarana, Germán agarró al músico del brazo.

—Esta brújula es para ti, un regalo de la guerra.

—¿Un marinero desprendiéndose de su principal aparejo?

—No quiero saber adónde voy.

—Gracias, figura. —La guardó en la talega y preguntó—. ¿De un saqueo?

—No he hecho otra cosa que robar, violar y matar —confesó Galiana—. La guerra envilece al ser humano, y te aseguro que llegué a convertirme en escoria.

—No menos que los demás, Germán —trató de tranquilizarlo Téllez—. En la guerra los malos instintos toman el consejo de la ira, de las pasiones y de la perversidad. Es el gran negocio de los reyes, la deshonra del género humano. Pero has vuelto sano, y mi alegría no cabe en mi corazón, ¿verdad, Chocolate? —Y acarició al monito.

El marino lo abrazó y aprovechó que todos se retiraban a dormir para deslizarse en la alcoba de la Cubana. La puerta estaba entreabierta. Lo esperaba. La mujer lo rodeó con sus brazos y se colgó de su cuello.

—No sabes cuánto he rezado para poder vivir este momento.

Al fin estaban solos. Súbitamente recordó que tenía un obsequio de veneración para ella.

—Lo había olvidado, Soledad —rió—. Te he traído un regalo que será de tu agrado. Nada menos que una imagen del Niño Jesús que según creo perteneció a la Capilla Real del Palacio de Madrid. Me tocó en el reparto del botín. Es bellísima, además de muy peculiar, pues el niño parece un chinito. En verdad se parece tanto a Jesús como a un santón llamado Buda.

—¿A quién?

—Es un guía sagrado en muchos pueblos de Asia. Allí lo veneran como nosotros aquí a Nuestro Señor. El escultor, un sanglés filipino tal vez, quiso mezclar en esta talla andrógina sus dos creencias, la cristiana y la budista, que se asemeja en muchos dogmas a la predicada por Cristo —explicó y acto seguido lo sacó del zurrón.

—Espero que no sea una imagen impía. Sabes que soy muy devota —dijo Soledad tomando en sus manos la delicada talla.

—No es una figura cualquiera. Al parecer era venerada por la familia real, y está bendecida. Debe de valer un Potosí.

—Siendo así, acepto tu presente.

Cuando la tuvo ante sus ojos y admiró intrigada la perfección de su acabado, la finísima porcelana, la exquisita policromía de sus tonos sienas, dorados, azules y malvas, así como la majestad achinada del Niño Dios que sostenía una cruz de oro, suavizó su gesto con una sonrisa agradecida. El tacto era sedoso y no pudo ocultar su emoción. Pensó que esa imagen resultaba excesiva para una iletrada como ella.

—Es más suave que la seda, e incita a la oración —dijo, fascinada. Acercó sus labios al marino y lo besó con gratitud—. Será el objeto más preciado de cuantos posea.

La Cubana, ajena al exorbitante tesoro que ocultaba la imagen, ignoraba que en aquel momento pasaba a ser depositaria de uno de los secretos más buscados del país y fuera de él. Hasta ahora había vivido en la despreocupación, pero sin duda ese prodigioso regalo despertaría la avaricia de muchos poderosos y podría acarrearle sinsabores y sobresaltos sin cuento. ¿Cuál sería a partir de ese día el destino de las dos joyas más perfectas de todos los tiempos?

Germán rodeó con pasión la cintura de la bailaora. Soledad, por vez primera, no notó ninguna frialdad en sus caricias, y sus cuerpos encendidos prolongaron la dulzura de las palabras. Había llorado muchas noches con lágrimas amargas, pero ahora lo tenía junto a ella y se sentía muy feliz.

—Qué sola he estado sin ti… Esa pena era el sabor de mi vida.

—He desafiado al destino, y como premio me ha devuelto a ti.

Al poco sus cuerpos estaban entrelazados, refugiados entre sus brazos, testigos de la incomparable noche. Embriagados por el placer, fusionaron su piel, besaron sus pechos, degustaron el sabor de sus lenguas y propagaron el incendio de sus corazones por sus cuerpos desnudos. Y cuando alcanzaron el límite del deleite, se apagaron como se apaga una candela y permanecieron enroscados entre las sábanas.

Soledad alzó la mirada y contempló la nueva imagen entre una hilera de estampas y figuras de santos, crucificados y nazarenos. Habría preferido un Buen Pastor o un Niño Divino de la Pasión, pues incitaban más a la oración y al arrepentimiento. Aquella talla era enigmática y admirable. De repente sus ojos se cruzaron con los del inquietante Infante achinado y sintió como si hubiera vulnerado algún retazo secreto de su espíritu. «Qué extraño magnetismo posee. Parece tener vida propia», se dijo.

Una brisa salada, resquicio del levante que se extinguía, llegó del mar. Las estrellas estaban silenciosas. La música había cesado en el mesón.

Sólo había tiempo para las confidencias entre amantes.

El azote de Dios

A finales del verano, la quietud de Cádiz se vio alterada por un suceso que llenó de espanto a la ciudad, que no salía de un sobresalto cuando el cielo ya le enviaba otro peor. Lo avisaron los serenos antes del amanecer, cuando anunciaban los laudes en nombre de María Santísima.

Un nuevo brote de fiebre amarilla comenzó a asolar el emporio marítimo. De la Casa de la Misericordia y de las aulas del Hospital Real llegó la alarma. Se pedía a los vecinos cautela y prevención. Algunos conocidos de Galiana se retorcían entre vómitos, fiebres, delirantes gemidos y convulsiones, y morían a las pocas horas. Comenzaron las humaredas de plegarias e inciensos. Las iglesias se llenaron de fieles que rezaban rogativas y retahílas de padrenuestros para ahuyentar la pandemia. El carro de los apestados recorría por las noches las calles y plazas de Cádiz recogiendo su tétrica carga de fallecidos.

—¡Es el azote de Dios por parir esta ciudad ideas revolucionarias! ¡La Constitución es el Anticristo, la personificación del mal! —gritaban los clérigos más exaltados, achacando los males a un designio divino.

La viuda doña Mercedes y la familia Galiana abandonaron la ciudad en dirección a Chiclana, pero el marino, junto a la Cubana, prefirió refugiarse con otros pilotos de la compañía en la solitaria humedad de *La Marigalante*, anclada a poca distancia del castillo de San Sebastián, en medio del océano, junto a otros navíos de la flota inglesa que la abastecían sobradamente de víveres y agua de los puertos limítrofes de la bahía. La ciudad, tan cercana y atormentada, se les hacía remota y añorada, y no por la distancia sino por el morbo que la arrasaba.

Los días se fueron acortando. Frentes de tormenta cruzaban la bahía. La Regencia de España, instalada en los despachos de la Aduana, quiso ocultar la epidemia, y en el Congreso de San Felipe Neri se llegó a discutir el traslado de las Cortes. Las berlinas atestaban las Puertas de Tierra con los que huían mientras los apestados eran conducidos a los hospitales. Los sacerdotes no daban abasto en administrar los santos óleos y el pánico a contraer la enfermedad cundía en la ciudad.

Todo giraba alrededor de la epidemia; en los mentideros se veía el bullicio de las comadres parloteando de remedios contra el mal, a cocheros maldiciendo de pescante a pescante, a ociosos correveidiles asustados por su virulencia, a lectores de periódicos que aumentaban su rigor y a guardias que disolvían los corros por miedo al contagio.

A mediados de octubre los diputados se plantearon la necesidad de evacuar la ciudad, pero Lequerica receló que aquélla fuera una maniobra de los absolutistas para retirarse a una ciudad más conservadora donde triunfaran sus tesis inmovilistas. El diputado quiteño se opuso frontalmente, y visitó en persona el hospital de campaña instalado en el muelle; quería comprobar el estado de los enfermos, pero tuvo tan mala fortuna que contrajo la letal enfermedad. A finales de octubre la fiebre amarilla se cobró la inapreciable vida del diputado por Quito, y Cádiz entero lo lloró a pesar del miedo.

A Mexía Lequerica se le concedieron los más altos elogios, honores y distinciones como padre de la patria y defensor de la libertad. El diputado Olmedo, de Guayaquil, escribió su epitafio: «En Cádiz, la Ciudad de las Luces, espera la resurrección de la carne don José Mexía, diputado en cortes por Santa Fe de Bogotá. Poseyó todos los talentos, cultivó todas las ciencias, amó a su patria y defendió los derechos del pueblo. Sus amigos escriben estas letras para la posteridad, llorando».

Germán, al enterarse de la muerte de su compañero de tertulias y maestro, se afligió amargamente.

—Ha muerto el mejor de los liberales y el más excelente de los amigos. El Congreso ya no será el mismo sin su presencia, y la

Constitución pierde a su gran defensor —aseguró, condolido. Lo inundaba una monstruosa congoja, que no era sino un reflejo del dolor que lo embargaba. Mexía era el espejo donde siempre se había mirado.

Maldecía el pueblo a unos marineros armenios que se decía habían traído las fiebres en sus bodegas, mientras proliferaban las procesiones y rogativas en honor de san Sebastián y san Roque, patronos de los apestados. Los boticarios elaboraban untos macerados con raras materias compradas a precio de oro y las campanas de las iglesias tocaban a muerto constantemente. Los ataúdes eran embadurnados con brea para evitar el contagio y algunos clérigos agoreros anunciaban en los púlpitos la llegada del Juicio Final, acelerada por las herejías que habían parido los diputados liberales en San Felipe, verdaderos agentes del diablo.

Sólo quedaba esperar que vientos poderosos aventaran la plaga.

Murieron los más pobres y rezagados, pues los avisados y adinerados abandonaron Cádiz con destino a sus casas de campo de Chiclana, un apacible lugar de verdor, pinares y huertas, a menos de medio día de trayecto. Pero la miseria suele engendrar la igualdad ante la muerte y murieron vecinos de todas las ralas. El mal se cobró las últimas víctimas, que fueron enterradas sin funerales, pues ya no quedaban ataúdes ni capellanes que rezaran: habían huido de la ciudad. Las gentes erraban ciegas por las calles profiriendo gemidos.

Poco a poco la urbe marinera se sacudió el marasmo de la inquietud por la terrible calamidad, que fue cediendo en su mordacidad. Los vecinos respiraron y los ausentados regresaron entre salvas de las baterías costeras, que así celebraban el fin de la pandemia.

A partir de aquel día, Germán llevó una actividad afanosa.

Había relegado al olvido a los adversarios de su vida, había calmado sus ánimos, acentuado su buen juicio y alejado de sí sus antiguas ambiciones y jactancias. Había conquistado al fin una incontestable serenidad y gozaba de lo que antes no era capaz de disfrutar. Prefería las palabras verdaderas a las promesas engañosas, y estaba persuadido de que una onza de arrogancia deteriora un quintal del mérito de un hombre. La causa principal de su ansie-

dad —dar con sus huesos en la cárcel o ser juzgado por asesinato—
había desaparecido, y se entregó a sus ocupaciones en la naviera
Galiana, como marino y cargador de Indias, ante la alegría de
doña Mercedes, que bendecía su feliz rectificación.

Recordaba ante sus amigos las peripecias de la guerra, pero se
había reconciliado con su propio destino. Había pagado el precio
por haberse enamorado y asumía que pasaría largo tiempo hasta
que le interesara otra mujer.

Antes era el más ávido de los hombres. Ahora, el más reflexivo.

El coronel Yupanqui y sus amigos de tertulia le ofrecieron un
almuerzo en los salones de la confitería de Cossi para celebrar su
retorno. Galiana se vistió con sus mejores galas y, de camino hacia
allí, en compañía de Juan Mendizábal, que había aumentado su
notoriedad en el partido liberal, pasó por delante de la Catedral
Nueva, cuyas gallardas torres y la cúpula anaranjada se elevaban
sobre las callejuelas y palacetes procurándole un aspecto de emporio próspero y esclarecido.

El príncipe inca, que sentía una afectuosa predilección por el
marino, en los postres le hizo un regalo que Germán no esperaba.
Se trataba de una cajita redonda de bronce dorado, semejante a las
que utilizaban las damas para los polvos de tocador y análoga también a las usadas por los sacerdotes para transportar las hostias
consagradas del viático. El marino la admiró con asombro. No ati-
naba a comprender.

—¿Pensáis que me empolvo la cara o que tengo las órdenes sagradas? —ironizó—. Aún no soy ni fraile ni damisela, amigos míos.

—Mira en el interior de la cajita, Germán —lo animó Mendizábal—. Quizá se haya obrado un prodigio.

Al levantar la tapadera, en la que inexplicablemente se representaba cincelada la efigie del difunto Mexía Lequerica, su amigo
fallecido en la plaga, comprobó que contenía una edición en miniatura de la Constitución. Sus artículos estaban escritos en hoji-
tas circulares exquisitamente caligrafiadas. Tenían el color del marfil viejo y eran suaves al tacto. El presente, del que emanaba un
halo de secretismo, no podía ser más adecuado. Se notaba que el
ex guerrillero estaba haciendo un esfuerzo heroico para controlar
su emoción y que sus palabras sonaran firmes.

—Gracias, amigos. Me gustaría que hiciéramos un mundo mejor. Con esta Ley de Leyes acabará la tiranía en España. Fuimos esclavos y hoy somos libres, más justos y seguro que más felices. Desde hace un año no manda un rey caprichoso, sino la Constitución de Cádiz. España es la envidia de Europa gracias al sacrificio del pueblo soberano que ha vertido generosamente su sangre. Espero que desde hoy se premie el mérito, el talento y el tesón de los hombres, y no sólo su cuna. ¡Por un mundo sin cadenas! —exclamó elevando su copa.

—¡Todos somos hermanos, todos somos españoles! —recitó Juan.

—¡Viva la Constitución! —coreó el grupo al unísono, entrechocando sus copas.

—Recibo vuestro presente en recuerdo de Lequerica, nuestro amigo de la libertad, no por mis méritos —dijo Germán—. No ignoramos el vacío que nos dejó su muerte prematura. —El pozo de su emoción era demasiado hondo.

Tras el brindis, los abrazó a todos y luego pasó a relatarles sus más apuradas peripecias a las órdenes del Trapense. Pero ni siquiera se había tomado el café cuando los vio entrar.

Era inevitable que algún día la suerte le tendiera la indeseable emboscada. Sin embargo, en aquel momento se notaba tan feliz que no se sintió incómodo. Si bien había pasado varias veces por delante de la casa solariega de los Muriel y por el cuartel de artillería, nunca se había topado con la pareja, que ya había celebrado el ansiado matrimonio. Y ahí los tenía, frente a él. El brigadier Copons echó mano a la empuñadura del sable en un gesto más teatral que real. Luego lo taladró con pupilas de exasperación, mientras Inés se ruborizaba, y a continuación se encogió de hombros y lo ignoró. Observó cómo la joven ayudaba a acomodarse al oficial, que se servía de un bastón de caoba para andar. A pesar de su juventud, a Copons le costaba subir los gastados escalones del local.

El brigadier, al que recordaba hercúleo con su uniforme azul y rojo de artillero, parecía un deshilachado remedo de sí mismo. Vestía un paletó marrón arrugado, se había dejado unos bigotes puntiagudos que le afilaban el demacrado rostro, y sus antes lustrosos cabellos pelirrojos ahora se asemejaban a la estopa seca. Estaba extremadamente delgado, envejecido. Si no fuera por su mirada torva y los ojos ardientes, dispuestos a cruzar con él destellos de ira, no parecía el mismo.

Cuando, concluido el banquete, el grupo se retiraba, al pasar por delante del velador que ocupaba la pareja, Germán oyó un hiriente comentario dirigido a él. No había duda.

—¿Has visto, Inés, querida? Las ratas liberales y los corsarios regresan al calor de ese librucho revolucionario y antipatriota.

Aunque sereno, Germán permanecía en alerta y acusó el golpe bajo. Le lanzó tal mirada de repugnancia que el soldado arrugó la frente. Y como si conversara con Mendizábal, soltó en voz bien alta:

—Mientras el pueblo entrega su vida por España, algunos militares exageran sus males para permanecer cobardemente al lado de sus esposas. ¡Qué indignidad, amigo mío!

Alfonso Copons quedó tan iracundo como abrumado, e Inés, pálida como el mármol, lo miró de hito en hito. No esperaban aquella fina daga directa a sus conciencias. Germán había pensado enviar al brigadier una nota con palabras conciliadoras, pero era evidente que semejante ocasión nunca se presentaría; el odio seguía instalado en las entrañas del militar, quien aún conservaba la hiel en su boca.

«Lastimosamente esos dos siguen rebuscando en el pasado —pensó Germán—. Espero que el tiempo, juez implacable de la vida, se cobre una venganza ejemplar.» En otra ocasión habría reaccionado como si hubieran agraviado su más honda dignidad, pero la guerra lo había hecho más sutil, más mordaz, más cáustico, más pacífico y compasivo.

Frailes, curas, altos eclesiásticos, periodistas serviles y diputados absolutistas, infatigables misioneros del viejo sistema, recorrían España en busca de apoyos, argumentando que la nación necesitaba un rey absoluto que exterminara de cuajo la revolucionaria Constitución de Cádiz, que les inspiraba indecibles temores. «Los papeles de Cádiz son obra de Satán y de sus sayones liberales», proclamaban en púlpitos y plazas.

En diciembre de 1813 Fernando VII firmó el Tratado de Valençay, en el que Napoleón lo reconocía como monarca de España y de las Indias. El Gran Corso auguraba para su país «una era de paz, integridad, reformas e independencia». ¿Lo cumpliría el príncipe Borbón?

Mientras tanto, las Cortes, representativas de un pueblo que había rechazado al invasor y que detentaba por derecho del vencedor la soberanía y el poder de la nación vencedora, abandonaron la sagrada planta de San Felipe Neri de Cádiz y se trasladaron a Madrid. Se reunieron primero en el Teatro de los Caños del Peral y luego celebraron sus sesiones en un lugar más digno, la iglesia de María de Aragón, donde reconocieron y juraron a Fernando VII como único y legítimo rey de España. Y, como procuradores de la nación redimida del viejo régimen, le entregaron la Corona, únicamente por su soberano y generoso deseo. No tenían por qué, pues Fernando la había envilecido poniéndola a los pies de Bonaparte. Exigieron a su enviado, el duque de San Carlos, igual lealtad por parte del Deseado: «Únicamente lo reconoceremos como rey si jura la Constitución».

Pero era evidente que los conservadores sostenían un pulso con los liberales, y que las Cortes, una mansa institución que creía en los derechos de los ciudadanos y en la buena fe del soberano, debían padecer una prueba de fuego sin un ejército fiel que las amparase.

Germán y sus amigos recelaban de las intenciones del rey.

Después de la Pascua de la Natividad, el marino, que había regresado de un accidentado viaje a Gibraltar en el que a punto estuvo de perder la carga de seda por un furioso temporal, inició un acercamiento a los círculos liberales de la ciudad y asistió a las reuniones de la logia masónica que encabezaba Lozano de Torres. Sin embargo, su afán conspirador, su enfermizo secretismo y sus excesos ritualistas no le agradaron, y decidió buscar el consejo de fray Efrén de la Cruz en el convento de Capuchinos.

—Hijo mío, sabes que soy un firme defensor del progreso, pero sé de buena tinta que en Madrid se prepara un documento que nos devolverá a la época de las cavernas —le confesó el fraile—. Sé prudente y no des otro disgusto a doña Mercedes. Se preparan represiones y escarmientos para los liberales.

Germán atravesó apresuradamente el paseo del Vendaval. No podía creer que a su patria le aguardara tan nefasto destino. Se retiró a descansar a su casa del Pópulo y aseguró bajo llave las cartas de navegar, su más preciado tesoro, herencia de su padre adoptivo, don Evaristo Galiana.

El misterioso hombre de negro

Febrero de 1814 se había presentado inclemente y frío, y Germán necesitaba sentir el calor de la chimenea y la soledad de su cámara. Se despojó de las botas de caña alta y del chaleco y levita negra, color que empleaba tras su regreso de Vitoria, porque le hacía sentirse más impenetrable, menos accesible. Justo lo que pretendía. Se abrigó con una bata de lana persa y, después de repasar unas cartas náuticas, acarició su violín, una caja de música china, sus brújulas, y luego tomó varios periódicos y se acercó a la luz del quinqué. En el reloj de pared sonaron las siete de la tarde. Anochecía.

Lo que leyó en *El Procurador General*, defensor de las tesis absolutistas, lo enfureció. No se podía ser más artero. Lanzaba anatema tras anatema a los liberales, tachándolos de ateos y conspiradores.

> La situación en el país es de inestabilidad y desorden, por lo que exhortamos a las Cortes que pongan fin a su proceso revolucionario. Queremos una nación cristiana y libre de traidores. Los diputados absolutistas, como cabales patriotas, se han negado a firmar el decreto por el que se exige a don Fernando jurar la Constitución de Cádiz. ¡Desde cuándo un rey de España ha de acatar lo que decide el pueblo!

Concluía con unos versos que excitaron su enfado:

> *Nuestro rey Fernando se acerca a Madrid*
> *y no quiere a su lado un solo hombre ruin.*

—Derramar la sangre por este país y por la libertad es como regar un florero. No sirve de nada —masculló, y arrojó el diario al fuego.

Desde aquel día, el naviero percibió que en Cádiz y en España se vivía un clima de preguerra civil, donde cada cual buscaba su trinchera. La Iglesia ocultaba bajo paños morados las imágenes, pero no sus intentos anticonstitucionales. Fray Rafael Vélez, el curita de barba rizada y modales exquisitos, amigo de serviles y de tertulias con beatas, había desatado desde su púlpito de Capuchinos su repertorio de disparates y anatemas contra los herejes del «Código Abominable de 1812», como él lo llamaba.

Pero los gaditanos estaban dispuestos a relegar sus sinsabores. La ciudad de Cádiz, muy inclinada desde antiguo a los festejos de Carnestolendas, se echó a la calle en busca de bullangas y mascaradas.

Se celebraron los acostumbrados bailes en el Café Apolo, en los salones de la confitería de Cossi, en el Círculo de Bellas Artes y en El Español, inundados de la dorada luz de miles de luminarias y con las salas repletas de fascinadoras figuras ocultadas con disfraces.

Germán pasó el martes de Carnaval junto a la viuda Galiana, doña Mercedes, a quien el reuma tenía postrada en un sillón en su casa solariega de la calle Manurga. La mujer se lo agradeció, pues aprovecharon para sincerarse a la sola luz de altos candelabros de plata. Desde allí escucharon el estallido de los triquitraques, el eco de los coros patrióticos y las charangas de los negritos que cantaban letrillas picantes al compás de los güiros, rayadores y cajas. Germán pensó en los sones del Caribe.

Ese año Galiana no tenía ganas de bailes y de caracterizarse y cubrirse con antifaz, así que se quedó en la casa. Avanzada la mañana del miércoles de Ceniza, se escurrió por el dédalo de callejuelas y recogió a Soledad en el mesón. Ella llevaba un vestido de talle alto de color rojo, bordado de madroños de encaje negro, y un gorro parisino con plumas.

—¡Estás arrebatadora! —la piropeó con una sonrisa.

Le había prometido acompañarla a la iglesia de Capuchinos para que fray Efrén de la Cruz le impusiera la ceniza en la frente en señal de que retornaría al polvo primigenio. En las calles aún quedaban parejas que regresaban de las fiestas y una orquesta de músicos y heraldos del concejo que pregonaban el «entierro de la sardina» para el mediodía.

—Germán, quedémonos a ver el desfile. Vamos, anímate —le rogó Soledad.

—Si es tu deseo, esperémoslo en la calle de los Trucos, frente a la Aduana. Pero antes hagámonos con unas máscaras para ir acordes con los carnavaleros.

El Cádiz vivaz y jaranero se dio cita en las calles para presenciar la peculiar Procesión de la Sardina, que cerraba los fastos antes de encarar los rigores de la abstinencia. Nadie sabía a ciencia cierta a qué debía su nombre. Unos decían que a una costumbre del gremio de zapateros de la ciudad, que al mediodía solían tomar una sardina como refrigerio, costumbre que, con la penitencia del ayuno cuaresmal, se interrumpía hasta la Pascua. Otros aseguraban que hacía alusión a la canal de cerdo (llamada por algunos «sardina»), cuyo consumo estaba prohibido en Cuaresma. Sea como fuere, su «entierro» constituía el más jocoso colofón del carnaval gaditano.

El sol estaba en todo lo alto y el bullicio reinaba en las calles. Se oía un gran estrépito de matracas, panderos y pitos. Los vecinos dejaban sus tareas cotidianas urgidos por la cabalgata y la picardía de los desfilantes. Los embozados iban y venían en un estallido de colores que iban del amarillo limón al rojo escarlata. Los enmascarados vestían trajes ajedrezados, bicornios con plumajes, cintajos de colores, de turcos, de moros o de mamarrachos. En cambio los más adinerados lucían máscaras de albayalde, sombreros acharolados y antifaces de terciopelo azul.

Cádiz entero se había transfigurado. Los pescaderos, la marinería, los buñoleros, los militares y los escribanos lanzaban piropos obscenos a las recatadas damas, y las personas afectas a su mismo sexo iban en corro, agarrados unos a otros y ataviados con trajes vaporosos del Olimpo griego. Frente a la Aduana, en apretadas filas, un público chillón y expectante aguardaba la marcha de la jocosa procesión. Las mujeres se protegían bajo sombrillas de seda y la calle se asemejaba a un inmenso toldo de mariposas de refulgentes tonalidades. Sonaron las fanfarrias por la plaza de la Nieves y pronto aparecieron los timbaleros. Soledad, que ocultaba su rostro con un antifaz negro con lentejuelas, y Germán, que hacía lo propio con un esbozo que imitaba la faz de un zorro, aguardaban ansiosos.

Por un pasillo imposible se abría paso la cabalgata, que inauguraba medio centenar de pícaros vestidos de monaguillos y capellanes bufos. Mojaban unos escobones en baldes de vino barato y bendecían con ellos a los concurrentes, que intentaban escabullirse de la lluvia tinta. Les seguía una turba de negros, disfrazados de berberiscos con caretas de cochinos, que trataban de avanzar a pesar de la apretada aglomeración. Enarbolaban largas pértigas con esquilones, a cuyo compás bailaban danzas africanas y caribeñas mientras con alfileres pinchaban a los más bullangueros y les arrojaban golosinas, garbanzos y pistachos tostados, que el público les devolvía en una batalla incruenta.

Descollaba después un cortejo de mozas reclutadas del gremio de las cigarreras que, con trenzas rubias, cachetes colorados y coronas angelicales, representaban las virtudes teologales y las cualidades cristianas que había que rescatar en la Cuaresma. Berreaban por tener que dejar la buena vida, animaban a los espectadores a soportar las asperezas cuaresmales con resignación y lloraban con fugaces jeremiadas por la muerte de la sardina.

Tras las muchachas, un nutrido coro de jóvenes vestidos de encorazados, penitentes, piratas, juglares o frailes, cantaban aleluyas sobre la penitencia que se avecinaba. Se daban manotazos y pescozones simulando sus rigores, y animaban a los asistentes a imitarlos, lo que daba lugar a un intercambio de cachetes en el que participaban los disfrazados, los caballeros y las damas más atildadas.

Soledad y Germán, inmersos en la pantomima, reían.

De repente un misterioso silencio se hizo entre el público, que, olvidando incomodidades y empujones, fijó la mirada en un estrambótico carromato que cerraba el cortejo de la profana parodia. Transportaba el negro ataúd de la sardina y se bamboleaba al son de los clarines y timbales. Tirado por dos mulas enjaezadas y adornado de farolillos, fue recibido por el gentío con una salva de aplausos en tanto le arrojaban cáscaras de rábanos, avellanas y naranjas.

—¡Ay de nosotros, se acabó el festín! —proferían los arrieros.

Lo escoltaban unos mozos disfrazados de arlequines, con el rostro pintado de blanco y lágrimas rojas cayéndoles por las mejillas. Dentro de la caja mortuoria, puesta en pie, podían adivinarse dos muñecos de paja que representaban a la emperatriz Josefina y a un Napoleón de gorda barriga y gesto adusto, de cuya boca salía una sardina enorme y negra. Los dos peleles serían quemados poco después en la plaza de San Juan de Dios, en medio de la algarabía de los juegos de cucañas, manteamientos y cantos de comparsas de negritos y mulatos, mientras la ciudadanía degustaba buñuelos y licores en los cafés. El carromato se detuvo justo delante de ellos, y un heraldo proclamó el burlesco responso de la sardina difunta.

De repente, Germán notó que le tocaban el hombro con algo metálico y dio un respingo.

—No os volváis, Galiana, y escuchad —susurró una voz misteriosa—. Soy un amigo.

Aunque cortés, la advertencia imponía respeto. Germán volvió instintivamente la cabeza, pero su misterioso interlocutor se ocultaba tras una careta color marfil. Su mirada, sin embargo, era heladora. Alto y rubicundo, se tocaba con un sombrero de copa, vestía de negro riguroso y llevaba una extravagante capa. Germán, impresionado por la desconcertante aparición, no se atrevió a hablar; aguardó con todos los sentidos alerta. Aunque no parecía muy convencido, se echó para atrás y le prestó oídos. Soledad, absorta en la grotesca comitiva y con la algazara que reinaba alrededor, se dio cuenta pero creyó que se trataba de un amigo de Germán que tenía que darle un recado.

—Vengo a advertiros de que corréis un serio peligro.

—¿Yo?

—Sí —respondió el desconocido en un susurro—. Vos y otros liberales y anticlericales de esta ciudad. Se acercan años de ignominia y de persecución.

Al instante el recelo de Galiana se trocó en solícita atención.

—¿Y vos quién sois?

—Eso qué importa —contestó el otro—. Sólo vengo a alertaros.

—Os escucho —dijo el marino con una voz apenas audible.

—Habéis de saber que en el convento de Atocha, en Madrid, clérigos de gran peso político y señalados diputados absolutistas han redactado un Manifiesto, que presentarán al rey nada más pisar tierra española, conminándolo a que gobierne como rey absoluto y que disuelva las Cortes. Han urdido además una temeraria y necia calumnia: acusan a don Agustín de Argüelles de cartearse con el general Oudinot y con Napoleón para instaurar la República de Iberia en España. Ellos mismos han redactado esos mensajes, han inventado las cartas y falsificado la firma del «divino» presidente de las Cortes.

A Germán le costaba entenderlo.

—Qué indignidad —replicó mirando de soslayo—. Así que ahora nos tachan de republicanos y de sicarios de Bonaparte. Amén de su maldad, poseen una poderosa inventiva, hay que reconocerlo.

—Y hay más —siguió susurrándole al oído el misterioso hombre de negro—. En ese antro reaccionario de Atocha han elaborado listas de significados liberales de ciertas ciudades, entre ellas Cádiz, con la intención de detenerlos y practicarles juicios sumarísimos en el instante en que el Deseado tome las riendas del gobierno. No se andarán con chiquitas. Os conviene saber que figuráis en esas listas, y en los primeros lugares, debido a vuestras críticas a la Inquisición.

—Mis enemigos no cesan de lanzarme suciedad —se lamentó Germán.

—Esos serviles se han atrevido incluso a fantasear sobre los liberales difundiendo por la capital que pretenden secuestrar al rey en cuanto ponga un pie en la frontera. Falsedad tras falsedad para que este país siga siendo pobre, sumiso, católico y atrasado.

De ser verdad, Germán comprendió la gravedad y trascendencia de los hechos. El tiempo suele justificar las omisiones históricas, pero aquéllas debían conocerse. Tenía el deber de difundirlo entre el círculo de sus amistades.

—Serviles indeseables… —protestó—. Ya se están buscando los privilegios a costa del pueblo. El progreso, la libertad y la igualdad de los ciudadanos les importan una higa. ¿Lo saben los círculos liberales de Cádiz?

—De momento no debe trascender. Pero sí, los líderes de la logia han sido alertados. En Cádiz los serviles también se están movilizando para amordazar a los defensores de la Constitución, entre ellos a vos. El padre Vélez, ese frailecillo de barba ensortijada, también ha elaborado una índice de indeseables y críticos de la Iglesia para detenerlos cuando el golpe de Estado triunfe en Madrid. No será inmediatamente, pero en menos de un año se dará un vuelco político en la ciudad y en el país.

—Soy defensor de la causa liberal, pero no milito en ella.

—Lo sé, pero la Inquisición os tiene en el punto de mira. Se dice que la habéis denigrado públicamente y que os batisteis en un duelo por su causa. ¿Estoy en lo cierto?

Germán recordó sus propias palabras en la taberna de El Tritón, cuando desafió a Copons: «Ese Tribunal es un cadáver que huele a podrido».

—¿Aún debemos temer al Santo Oficio, señor? —desconfió.

—En el Manifiesto se pide que sea restaurado su poder y la estricta vigilancia de la fe y de la sangre de los cristianos viejos. Y así se hará si triunfan los serviles. Tened preparado el equipaje y un pie en la escala de vuestro barco. Somos muchos los que pagaremos esta involución con la cárcel o con la vida —lo alertó, dándole con el bastón en el hombro y despidiéndose con un saludo fraternal.

—Gracias, señor, pero ¿quién os manda?

—Eso no importa. Permaneced vigilante y quedad en paz —respondió, tajante, con una sonrisa tan cortés como distante.

En ese momento, Germán, aprovechando el jolgorio del entierro, volvió la cabeza y observó durante unos segundos el pomo argentado del bastón, que aún descansaba en su hombro. Descubrió con estupor sus extraños signos, que conocía vagamente por su extinguido amigo Mexía Lequerica y por sus visitas a la logia de Cádiz. Al instante, como si los acuñara como una moneda, los grabó en la mente para no olvidarlos jamás: un sello octogonal en el que sobresalían la escuadra masónica, el compás y el retoño de la acacia, símbolo ancestral utilizado por las más antiguas sociedades secretas de la masonería europea. El corazón le dio un vuelco. ¿Qué tenía él que ver con esa entidad secreta? Cerró los párpados para imprimirlo en su memoria, momento en que el desconocido se esfumó entre la multitud que cantaba y saltaba junto al carro del ataúd. Intentó localizar con la vista al anónimo personaje y seguirlo. Había desaparecido.

¿Qué ocultaría el hombre de negro? ¿Obraba por sí mismo, o enviado por alguna cofradía esotérica y libertaria? ¿Tendría que volver a renunciar a lo que más quería?

Frente a él se desplegaban las murallas del muelle y la maciza arquitectura del palacio de la Aduana, blanqueados por el sol del mediodía. No oía nada. Se había quedado sordo, mudo y horrorizado. La desazón lo había invadido de nuevo. Volvía a sentirse desamparado, vulnerable y acosado ante la incertidumbre de su destino. Esta nueva decepción le resultaba insufrible, y acrecentó su cólera y su desilusión. «Huir otra vez como un fugitivo…, no, por Dios», imploró.

Decididamente, la identidad del hombre de negro era un misterio turbador. No podía borrar de su mente sus avisadoras palabras. El enojoso escorpión de la inseguridad y del miedo ascendía por sus botas. Soledad lo notó en su mirada, pero no le preguntó nada. Apretó su brazo y le dispensó una tierna sonrisa de protección.

El Manifiesto de los Persas

El resplandor del sol se materializaba en un calor tibio en la mayoría de los pueblos de España, que parecían haber recobrado la vida y sus ansias de redención tras años de miserias, inseguridades, guerra y pavor.

Las gentes sentían un fervor grandioso por su príncipe, que regresaba de su cautiverio, en el castillo de Valençay, convertido al fin en rey. Fernando VII ordenó a los lacayos que embalaran sus efectos y emprendió el regreso. Partió de Francia un desapacible día de marzo, rodeado del círculo de sus adeptos. La humillante e intolerable entrega a Bonaparte había dado sus frutos. Una escolta y cuatro carrozas salieron muy de mañana bajo un cielo color porcelana. La Regencia había marcado la ruta que debía seguir. No debía variarla ni en una legua. Pero la violó nada más pasar la frontera. No estaba dispuesto a obedecer.

Cruzaron la raya de Francia por el río Fluviá y la villa de Báscara. Era el 24 de marzo de 1814, y sonaron salvas de bienvenida en su honor. Al llegar a Gerona, aún en poder de Francia, el mariscal Suchet le ofreció gentilmente una escolta de dragones; él, traidoramente, aceptó, rechazando un grupo de la caballería española. Era un felón prepotente e ingrato. Se aclamaba al rey, pero nunca a la Constitución de Cádiz. Más adelante detuvo su lujosa carroza y fue agasajado por una masa enfervorizada que lo ensalzaba como el salvador de la patria. La nación, harta de guerra, lo amaba, pero él despreciaba el dolor de su pueblo. No departió con ningún herido, con ningún mutilado de guerra, ni con familia alguna que había perdido cuanto tenía.

Los dragones francos regresaron, y el Deseado, precedido en su marcha triunfal por el general Zayas y su ejército vencedor del francés, atravesó Tarragona entre aclamaciones. En Reus se entrevistó con Palafox, a quien por su valor y lealtad acreditó como capitán general de Aragón. En la cena de gala el general pidió al rey que visitara Zaragoza, que aún lamía las heridas de su cruenta defensa. A sabiendas de la provocación, el Deseado modificó el itinerario señalado por las Cortes, que no incluía la heroica ciudad. Otra desobediencia al Parlamento soberano. No sería la última.

Pasó por Poblet y siguió ruta a Zaragoza. Como un caudillo victorioso, entró en la ciudad mártir que había defendido su trono con sudor, fuego y sangre. Aclamado como un héroe —aunque no había enarbolado la espada y sí la lengua para adular al emperador—, tomó el camino de Teruel con la intención de dirigirse a Valencia en vez de a Madrid, donde debía jurar la Ley Magna. ¿Acaso no había sido la Constitución de Cádiz la que le había devuelto su legitimidad extraviada y el trono que no le pertenecía? Pero sus intenciones eran otras.

Había sido presentado por sus partidarios como un héroe humillado por el Gran Corso, incontestablemente reacio a someterse al capricho de Bonaparte. Una víctima de la patria que rebosaba dignidad a pesar de su cara grotesca y su mirada maliciosa. La fe de una nación generosa lo había convertido en una figura de leyenda, cuando en realidad no había hecho sino someterse y arrastrarse ante el emperador como un baboso reptil. Había vendido a su patria, y sus actos no habían podido ser más reprobables. Pero a los ojos del pueblo era el Elegido, el Deseado, el recipiente de sus anhelos. No lo conocían.

En el Café Apolo, don Dionisio le comentó a Germán:

—El pueblo español siempre ha perdonado a los que lo han oprimido, pero nunca a los que lo han engañado. Que se ande con ojo el rey.

—Pero el pueblo tiene derecho a la esperanza, y ha demostrado ante Napoleón que unido puede ser temible —recordó el marino.

Allá por donde viajaba el Suspirado, su camarilla de aristócratas, militares y clérigos predicaban, argumentaban y organizaban la vuelta al absolutismo y el retorno al Antiguo Régimen deroga-do en Cádiz.

—Señor, abolid la Constitución y restaurad el absolutismo —le pedían las autoridades en las recepciones. ¡Vivan las cadenas!

Y el Deseado, príncipe precavido por naturaleza, prefería jugar a defensor de la Constitución mientras escuchaba aquel dulce canto de sumisión. No podía quebrantarla abiertamente, pues se jugaba el trono; pero su espíritu codicioso y soberbio le pedía que no se conformara. Debía exigir el poder absoluto. Necesitaba la aclamación del pueblo, la devoción total, el homenaje de los des-heredados. Lucharía por el poder aunque para ello tuviera que eliminar a medio país. Fernando era un zorro de la conspiración y las malas artes. Enseguida percibió que al pueblo, crédulo, su-persticioso e inculto, le eran indiferentes la Constitución y las li-bertades ganadas, y que la oficialía del ejército, en su mayoría no-bles, era partidaria de la vuelta al despotismo para así mantener sus sueldos, escalafones y privilegios. Eran sus aliados perfectos: la Iglesia, la nobleza, los ambiciosos sin escrúpulos y parte del viejo ejército. El poder eterno de la vieja Iberia. A él se aferraría, como el náufrago se aferra al leño salvador.

La comitiva real siguió su propio camino recibiendo pruebas de adhesión. Los caminos y puentes estaban rebosantes de campe-sinos que lo vitoreaban como a su salvador. El deseo de rebelión contra la Norma Constitucional resultaba patente entre los servi-les, que lanzaban consigna tras consigna allá donde el rey paraba, fuera un villorrio o una capital: «¡Ay de quien se alíe con la He-rejía de Cádiz y se siente a las mesas de los liberales y masones! ¡Eliminarlos es un deber de todo aquel que ame a España!».

El extremismo de los serviles fue subiendo de tono conforme Fernando VII se adentraba en el territorio levantino. El furor an-tiliberal no podía permanecer oculto por mucho tiempo en las conciencias de los poderosos. «¿Qué apostasía es esa de que todos los españoles somos iguales?», le susurraba al oído el canónigo Es-coiquiz, su tutor.

La carroza del monarca fue conducida hasta las cercanías de Va-lencia, en contra de lo decidido por las Cortes, que le envió un mensaje oponiéndose tajantemente a su desobediencia. Él se dejaba llevar en el grato vaivén absolutista. ¿Por qué darse prisa en jurar la Constitución? El gris 15 de marzo se produjo el encuentro del Deseado con el influyente general Elío, jefe del Segundo Ejército. Un servil declarado que esperaba prebendas a cambio de apoyos y de sables y pólvora contra la nación. La indignación en las Cortes fue mayúscula. «¿Por qué no se dirige a Madrid de una vez y jura el texto constitucional?», se preguntaban, excitados. En su bienvenida, el militar invitó al monarca a actuar con rigor contra los «revolucionarios antiespañoles»; y lo animó en un durísimo discurso a que reinara como amo y señor de vidas, leyes y haciendas:

—Majestad, es necesario, como lo es derramar sangre traidora.

Algunos días más tarde, el 16 de abril, el Deseado efectuó su entrada triunfal en Valencia. Fernando ya conocía qué determinación había de tomar. Se la habían puesto en bandeja. «La política posee dos pilares fundamentales —pensaba—, la sutileza y salvar las apariencias. ¿Quién apoya a los liberales? Unos pocos. ¿Cuáles son sus poderes? Ningunos. Sólo la palabra revolucionaria y sus descabelladas ideas ilustradas.»

Allí lo sermonearon invitándolo abiertamente a que condenara al fuego el texto constitucional. Y fue entonces cuando se produjo la memorable duda del Deseado. A su llegada a Valencia, después de las efusiones de costumbre, le fueron entregados dos documentos. El cardenal de Borbón, su primo, se adelantó a agasajarlo y le hizo entrega de un ejemplar primoroso, en tafetán escarlata, de la Constitución de Cádiz.

—Majestad, la nueva España que la historia os lega. Juradla por el bien de todos, por la paz y por una nación que os ha defendido con valor.

No podía esquivar la petición.

—Yo seré el primero en respetarla, primo —contestó como si le quemara—. La revisaré con atención. Jamás decepcionaré a mi pueblo.

—Os noto, señor, más fortalecido —mintió el cardenal, observando la gran papada sobre la golilla de encaje, sus ojos negros y ladinos, el labio caído de los sibaritas y la panza grasienta y colgante.

De repente, la presencia del diputado sevillano Bernardo Mozo de Rosales, un servilón señalado, absorbió la atención de la corte.

Su intervención no estaba prevista en el protocolo, pero la causa precisaba de la osadía. Sabía que no iba a ser reprendido ni rechazado. Se adelantó entre el silencio general y depositó en sus manos un alegato: el llamado Manifiesto de los Persas por comenzar con la frase «Era costumbre entre los persas...». Lo firmaban sesenta y nueve diputados de la facción absolutista y había sido redactado secretamente en Madrid, por clérigos y serviles, en los claustros del convento de Atocha. Era un documento reaccionario, absolutista y conservador que exigía al rey el regreso del Antiguo Régimen, de los privilegios, de los señoríos y de la Santa Inquisición.

—Mi señor don Fernando, os trasladamos el clamor del reino —dijo el diputado con voz firme—. Os rogamos que recuperéis vuestros legítimos poderes y que disolváis ese nido de víboras que son las Cortes.

Aquella frase cayó seca, como una lápida cae sobre su tumba. Era la señal que precisaba. ¿Qué importaba la Constitución?

El satisfecho monarca se puso en manos de sus poderosos anfitriones y fue vitoreado como rey absoluto a través de una sucesión de salones abarrotados por atildados nobles, clérigos de manteos morados y militares de dorados entorchados. No había ninguna representación del pueblo. Releyó con interés el Manifiesto, un virulento alegato absolutista y ultraconservador que repudiaba las innovaciones revolucionarias: «Quisiéramos, majestad, grabar en vuestro corazón que la democracia se basa en la inestabilidad y en la inconsciencia. España necesita una monarquía absoluta, obra de la ley divina, y la abolición inmediata de los "papeluchos" de Cádiz».

Un rumor de parabienes se elevó en la sala. No pedía más. Su real ánimo estaba predispuesto a satisfacerlos.

—Salvaguardad el Orden Antiguo, majestad —le rogó Elío—. No juréis el Código Abominable parido en Cádiz. ¡Os lo pedimos devotamente!

Un escalofrío de placer recorrió el cuerpo del rey. Iba a recuperar sin gran esfuerzo el poder perdido, dejándose llevar, simulando abnegación, moviendo con sutileza los hilos de las ambiciones ajenas y trenzando su red de apoyos como el gusano teje su capullo.

—Estoy dispuesto a cualquier sacrificio, general, incluso a desoír la Ley jurada por los diputados en Cádiz —replicó el rey con falsedad, cogiendo del brazo al militar e intercambiando con él una mirada ladina. «¿Acaso puedo rechazar un ofrecimiento de esta naturaleza?», reflexionó el monarca, que esbozó una de sus bobaliconas y desapacibles sonrisas.

Se celebró un solemne tedeum en la catedral, donde el arzobispo le pidió con lágrimas en los ojos que restableciera el Santo Oficio en sus reinos como salvaguardia del orden interno y de la fe. El rey asintió.

La noche se desplomaba sobre Valencia con su manto de sombras. Una inquietante fuerza oculta alborotaba el ambiente. Fernando VII, instalado en su lecho, oyó cuchicheos de sigilosa actividad en las cuadras y los cuarteles, briznas disonantes que atenuaban las voces de mando, estrépitos de marchas militares y algún que otro ruido de sables. «¿Cómo no voy a aceptar la mano de la fortuna y de la ceguera del pueblo en este inexplicable portento —pensó, complacido—. ¿He arriesgado tanto, he llegado tan lejos sólo para entregar el poder heredado por mi sangre al despreciable populacho?»

Aquella noche, unos exaltados, movidos por oficiales reales, clérigos y nobles poderosos, destrozaron a golpes de mazo la lápida que conmemoraba la proclamación en Valencia de la Constitución de 1812.

Fernando reinaba como Rey Neto, y también la Inquisición.

Germán vivía en un continuo sobresalto tras el encuentro con el desconocido vestido de negro. Se sentía cansado de saberse vigilado a todas horas del día y de la noche. Estaba decidido a averiguar algo más del asombroso aviso.

De un humor de mil demonios, se dirigió a la plaza de San Antonio, al edificio de la Banca Aramburu, para sondear a su padrino en el duelo. Don Miguel —liberal, masón y hombre de negocios— gozaba de una reconocida reputación en la ciudad y era una autoridad en asuntos masónicos. Este popular ciudadano pasaba por ser un patriota que se había entregado a las nuevas ideas con espíritu juvenil pero sin renunciar a los valores del pasado. Miembro de la Administración Real y Municipal, su influencia en el comercio de Cádiz era muy poderosa y su banco, uno de los más seguros y considerados de las dos orillas del Atlántico.

Recibió a Germán efusivamente, con su expresión distinguida, y miró el reloj plateado que pendía de uno de los bolsillos de su elegante chaleco de cachemir. Lo condujo a su despacho y dispuso que no los importunaran. Tenía a su cargo, por su fidelidad escrupulosa, los dineros de la Compañía Galiana, pero don Miguel no se extasiaba en los inefables goces de la usura, ni en la contemplación de las monedas que guardaba, ni en los pagarés, rentas y libranzas de intereses que atesoraba en las cajas de hierro que custodiaba. Impasible, frío y metódico, el prestamista, comerciante y armador era un lince de las finanzas, transacciones y créditos. Y como agente de cambios y tránsito de mercaderías había evitado en más de una ocasión la bancarrota familiar.

El bufete, adornado con cortinas rojas de terciopelo, parecía la tienda de un anticuario. Estaba decorado con valiosos muebles franceses y objetos antiguos que compraba a precio de oro. Dos arañas de cobre dorado iluminaban la cámara. Una mesa de taracea formaba un tablero de ajedrez, donde se erguían cuidadosamente alineadas las piezas de marfil y pequeñas pilas de reales y monedas extranjeras, como portugueses, francos, cuádruples de oro, escudos, coronas, ducados holandeses y rupias del Gran Mongol. Un florero de cristal con brezo del Cabo, flor introducida hacía poco en Europa, ambientaba su buró personal, donde se amontonaban títulos de propiedad, finiquitos, créditos, recibos, precios de ultramarinos, valores y fajos de billetes.

—El dinero sin honor es una enfermedad, Germán —le aseguró.

Le ofreció con golosa concupiscencia una taza de café, que endulzaron con un azucarero de Sèvres. Luego escuchó con frialdad los misteriosos detalles del encuentro con el desconocido vestido de negro mientras se cogía la barba entrecana con la mano derecha y meditaba sobre lo que el marino le narraba.

Germán había conseguido excitar su curiosidad y preocuparlo vivamente. El banquero comenzó a tomar rapé, ajeno a las máculas pardas que caían en su impoluta camisa blanca, en la corbata de seda malva y en su cuello almidonado.

—Realmente insólito —comentó el financiero y mercader cuando Germán concluyó.

—¿Debo prestar oídos a lo que ese hombre me reveló, don Miguel?

—A pie juntillas. Ese llamado «Manifiesto de los Persas» ha llenado al país de estupor y turbación. Corren malos tiempos para las ideas liberales, y quienes las profesamos debemos protegernos. Éste es un país de revanchas, y temo derramamientos de sangre.

—¿Había sido advertida vuestra logia de estas maniobras?

—Sí, a Istúriz lo puso en aviso ese mismo y misterioso personaje, pero en esa ocasión se disfrazó de cura y lo abordó en un confesionario de la parroquia del Rosario. Debe de ser un hombre muy osado; no ha declarado su identidad, pero está al tanto de graves secretos de Estado.

—¿Quién puede ser ese individuo? Por su voz impostada parecía extranjero, o al menos no de estas latitudes.

—Lo ignoro, Germán, pero tras la llegada a España de Fernando VII, agentes, espías, aventureros y masones, temerosos de las más diversas hermandades, se mueven por estas tierras como hurones escaldados, intentando embarcarse. Algo gordo se mueve en las altas esferas.

Galiana movió la cabeza con preocupación.

—Así pues, ¿creéis que ese desconocido no es masón?

—No de nuestra logia gaditana, ni tampoco del Oriente de Madrid.

—¿Entonces?

—Escúchame. —Don Miguel atenuó su torrente de voz—. Por los signos que viste en su bastón, ese hombre que te abordó debe de pertenecer a la Gran Logia de Inglaterra que fundó el duque de Wharton en la fonda de Lis de la calle de San Bernardo, en Madrid. Se llamó La Matritense y pertenece al credo de la Estricta Observancia, siendo sus símbolos la flor de la acacia, el compás y la escuadra. Con el nombre cifrado de Eques a Penna Rubra (el Caballero de la Pluma Roja), viajó por Europa con la esperanza de persuadir a los Habsburgo y los Borbones para que invadieran Inglaterra e instauraran a los Estuardo en el trono. Sin éxito alguno, claro está.

—Qué hombre más temerario… —lo interrumpió el marino.

—Lo fue, ciertamente —convino Aramburu—. En Madrid creó la primera logia, luego lo hizo en París, bajo la protección real, y más tarde en Nueva York, Buenos Aires, Caracas y Massachusetts. «Los intereses de la Fraternidad se convertirán en los de toda la raza humana», solía decir. Pero la Iglesia, siempre atenta a salvaguardar sus poderes y privilegios, no la doctrina del Señor, se alarmó. No le gustaba el progreso masón que predicaba la fraternidad, la libertad y la filantropía. De modo que Clemente XII prohibió la pertenencia de los católicos a la masonería, bajo pena de excomunión y, en sus Estados Pontificios, bajo pena de muerte.

—Pero la mayoría de los masones creen en Dios.

—Los nombres más ilustres de este movimiento son creyentes, ciertamente. Pero la Iglesia siempre ha querido evitar que otros especulen con el dogma; su opinión debe ser la única verdad. Poder, sólo poder.

—¿Y ese extraño individuo? Con sus indumentos negros, parecía un demonio… Sin embargo, su tono era afable y amistoso.

—Debe de ser un masón observante de paso hacia América, donde la masonería representa la espada liberadora que convertirá en independientes a las Indias. Bolívar, Miranda, Sucre y San Martín pertenecen a logias masónicas. Tal vez ese embozado sea algún diputado de las colonias; tú tienes amistad con algunos de ellos. Seguro que le han hablado de ti, de tu inclinación liberal, de tus visitas a la logia y de tu enfrentamiento con la Inquisición. Eso debe de ser todo. Un favor a un hermano, nada más. Tómalo así, pues no has sido el único.

—Es muy probable que sea como decís. Vuestra aclaración me resultaba indispensable. —El marino vio algo de luz en todo aquello.

—Mientras aguardamos los acontecimientos por llegar, procura ser prudente en tus comentarios. Ahora nos miran con desconfianza y pronto nos insultarán y perseguirán, aunque espero que no nos encarcelen por querer honestamente el bien de esta nación atrasada e incivilizada.

Germán, que apenas había parpadeado durante la explicación, agradeció a don Miguel su franqueza. Aliviado, pero triste, abandonó el suntuoso palacete y regresó pensativo a su casa. Una deliciosa brisa presagiaba un verano sin agobios. A partir de aquel momento la precaución guiaría sus movimientos. Visitó los cafés, mesones, mercados, tertulias y hospederías, e incluso comprometió a Mendizábal, Téllez y Soledad para que indagaran sobre el desconocido del extraño bastón. ¿Desconfiaba de sus miras filantrópicas?

Resultó en vano.

Aquel sorprendente hombre de negro había desaparecido.

«¡Vivan las cadenas!»

Madrid, mayo de 1814

Los días habían adquirido una cualidad porosa cuando el Deseado, don Fernando VII, arribó a Madrid un esplendoroso 4 de mayo.

El aire comenzó a flamear ante el empuje de un sol brioso. Hacía calor y la multitud se arremolinaba para aclamarlo con ejemplar sumisión. El soberano sentía un gozo inmenso, un vértigo alado, como si la historia le devolviera lo que su sangre le había adjudicado al nacer. Al llegar a la puerta de Atocha, procedente de Aranjuez, se apeó de la dorada carroza y montó en un alazán blanco para recordar su primera entrada en Madrid en 1808. La recepción no pudo ser más triunfal y clamorosa. Los gritos de devoción sonaban con más fuerza que las campanas y los cañonazos.

Despreciativo, envanecido y desdeñoso, miraba al populacho con altivez, ni siquiera les agradecía la sangre que habían vertido por su corona. Lo detestaba. El madrileño era un pueblo entregado y harto de guerras.

—¡Vivan las cadenas! ¡Viva don Fernando Absoluto! —le gritaban.

Tanto fervor hacia su persona, tan poderosa exaltación y tan vibrante bienvenida sin duda lo estimularon.

—Me cargan de razones para gobernarlos como un padre indiscutible —afirmó.

El Salón del Trono estaba lleno a rebosar pero silencioso como un sepelio. Sonaron las fanfarrias. El papel que se disponía a re-

263

presentar en aquella ocasión le resultaría más fácil. Cuando se instaló bajo el dosel, se mostró ante los cortesanos admirativo, solemne quizá, pero severo y ofendido. Respiró hondamente, demandando desesperado un poco de serenidad que lo sosegara. En sus reinos resonaban aún ciertos ecos de revolución.

Pero había tenido el suficiente ascendiente como para ganarse el favor de los poderosos y comprar el vasallaje de los indecisos. Pronto su servicio de propaganda lo presentaría a la nación como un amo liberador y justo. Su rostro había adquirido una coloración cetrina. Sus oscurísimos y heladores ojos mostraban un destello de engreimiento y de venganza. El Deseado se hallaba impaciente.

Una vez sentado en el solio regio, se despojó definitivamente de la careta. Relató a su expectante corte allí reunida y a la Guardia Real las afrentas, los malos tratos y los sinsabores padecidos en Francia como prisionero forzado de Napoleón. Actuó exasperado y no se dominó. Sabía cómo resultar convincente, y su voz sonó sospechosamente amenazadora:

—Fui privado de la libertad y del gobierno de mis reinos. Sufrí humillación, pero contuve mi rabia. Pero hoy estoy dispuesto a recuperarla en todo su poder con la ayuda de patriotas de bien.

—¡Viva el monarca absoluto! —gritó un capitán de Corps.

—¡Vivan la religión y el trono unidos! —contestó otro.

—¡Muera el papelucho de Cádiz! —exclamó un oficial de la guardia.

Una ola de palmas y una apoteosis de glorificación cerraron el acto.

Horas después, en la intimidad de sus aposentos, llamó a sus leales más cercanos y comenzó a asumir sus atribuciones de Rey Neto. Como un lobo solitario, había iniciado un taciturno paseo por la cámara real. Insistió en la jerarquía de sus deseos y comenzó a impartir directrices. Dispuso las tropas del general Elío en alerta y al servicio de sus empeños.

—Éste es mi plan: controlar, dividir, cercar y rendir la Constitución de Cádiz. Debe morir antes de ser jurada por mi real persona.

—Vos sois, señor, la salvación de las Españas —lo animó Elío—. Habéis procedido de la mejor forma. España es cristiana, no revolucionaria. La plebe ama y se somete a sus reyes, sus señores naturales por mandato divino. Sólo vos la salvaréis del exceso revolucionario y del vacío en que se halla inmersa.

—¡He tomado lo que me pertenecía! —exclamó Fernando VII con un derroche de mando impropio de un rey prudente—. Nunca olvidaré tu sacrificio, general. Me has traído a mi casa y restituido mi cetro. Te compensaré como mereces.

El general hizo un indigno gesto de aquiescencia doblando la cerviz, y todos se retiraron. El monarca deseaba estar solo. Desde aquel día, los predicadores comenzaron a alabar sus virtudes en los púlpitos. Allá donde el soberano aparecía, los serviles se prosternaban ante él, quien, con un movimiento condescendiente de la cabeza, los saludaba paternalmente, atento a sus deseos de ser gobernados con firmeza. Sus oficiales adictos comenzaron a reprimir con inaudita saña el celo revolucionario en Madrid. Cada día renovaban su voto de fidelidad incondicional al rey liberador y absoluto: «¡Sois el mejor de los príncipes, señor!», lo aclamaba la Guardia Real con gritos de entusiasmo. «¡Ya reinan en España Dios y don Fernando!», proclamaban.

Era el momento de más intensa satisfacción para el Suspirado, que, ignorando a las Cortes, imprimió desde aquel instante un carácter personal a su gobierno. Ordenó de inmediato la represión de liberales y masones; se encarceló a los regentes, que habían sostenido su trono y sus derechos; envió a Toledo, en libertad vigilada, al cardenal de Borbón; destituyó a los ministros liberales y al presidente de las Cortes don Joaquín Pérez; y decenas de constitucionalistas huyeron aquel día de España para salvar el pellejo. Comenzaba una era de horror, persecución y oscurantismo.

Aunque nombró a cinco ministros de su ideología, su interinidad y su imposibilidad de tomar decisiones convirtieron su labor en una pantomima. Quien hoy gobernaba, mañana podía dar con sus huesos en la cárcel o marchar al exilio por puro capricho de su real autoridad. Una atmósfera de desconfianza planeaba en el aire de palacio. Reinaba el miedo.

El monarca se convirtió en un hombre intimidador. Desconfiaba de cuantos le rodeaban, al tiempo que les exigía fidelidad absoluta y la reafirmación del sentimiento absolutista. Tenía que justificar sin dilación sus despóticas ansias. *La Atalaya de la Mancha y El Procurador General*, que Chamorro, su ayuda de cámara, le leía todas las mañanas, lo pedían en sus páginas: «El cuerpo de la nación española tiene muchos miembros podridos y es necesario cortarlos. Solicitamos a nuestro Rey Neto un castigo universal de liberales».

—Majestad, la nación entera os lo solicita —lo animó Chamorro.

Aquella mañana del 9 de mayo de 1814, el rey no salió de su cámara. Tenía que demostrar a la nación de qué era capaz: decapitar sin piedad a la hidra revolucionaria. Y, abstraído, meditaba sobre la oportunidad del Decreto que había firmado la tarde anterior en secreto.

Antes del mediodía mandó llamar al ministro de la Guerra, el teniente general Eguía, un anciano venerable y fidelísimo a la causa. Era un vejestorio benevolente, de escasas luces, y de pelo largo y blanco anudado en la nuca. En la guerra contra el francés, la Regencia le había retirado el mando del ejército de La Mancha por su ineptitud y cobardía, pero desde el principio de la restauración se había mostrado un servil furibundo. Mérito suficiente.

—Don Francisco —le dijo el rey cuando lo tuvo ante sí—, resulta necesariamente ineludible dar un contundente golpe de Estado y acabar con las veleidades liberales. No me ha temblado la mano al firmar el edicto de disolución de esas Cortes revolucionarias. Sus acuerdos escupen azufre del infierno. No lo postergaré un instante más.

Tras un instante de vacilación, Eguía contestó, sumiso:

—El gobierno de España precisa de decisiones firmes. Seguid con vuestra tarea y castigad al revolucionario. Lo celebro, señor.

Fernando VII dejó pasar unos segundos bien administrados y luego soltó:

—Pero necesito que el brazo ejecutor de alguien con valor y amor a esta nación lleve a cabo tan sagrada empresa y que, sin que le tiemble la mano, prenda después a los más ilustres y señalados defensores del papelucho de Cádiz. La operación se ejecutará en la más absoluta de las reservas y con firmeza. ¿Puedo contar con vos para dirigirla?

Eguía lo miró estupefacto. ¿Acaso semejante petición de exterminio no era lo bastante seductora como para considerarla providencial? Lo habían relegado por tibio, pero ahora el mismísimo rey lo convocaba en persona. Era una depravación, pero no podía negarse.

—Tenéis en mí a vuestro más rendido servidor, majestad.

—La libertad del pueblo es un regalo muy caro —arguyó el rey, y su voz, arrastrada y pegajosa, resonó en la cámara—. Sobre todo para los que Dios ha señalado para administrarla.

En España nacía una nueva figura política: los militares mesías, caudillos de reyes débiles y ambiciosos que se alzaban contra sus conciudadanos con las mismas armas que ellos les habían entregado para defenderlos. Paradojas de la Iberia eterna. El general Eguía hizo un servil gesto de aquiescencia, pero cuando el Deseado extendió su mano y le entregó el decreto sellado, advirtió en el rey una mirada escalofriante que lo inundó de pavor. Una mirada impropia de un ser civilizado.

Los oficiales de Eguía, enrolados en el prestigioso ejército del Centro, se quedaron atónitos con la orden. Muchos profesaban las ideas liberales y otros eran masones. La conducta del rey les pareció una flagrante traición a la ciudadanía. Don Fernando tenía la mente enlodada de pensamientos retorcidos y sabía adónde encaminaba sus pasos, lastrados por miedos antiguos, complejos y prejuicios de la infancia.

—Esto es una afrenta, mi general —señaló uno—. Si la acatamos, ¿qué otras perversiones aún peores se atreverá a exigirnos?

—¡Basta, basta! —los conminó Eguía—. ¡Somos soldados, señores, y el rey es nuestro Generalísimo! Sólo pretende el bien de sus súbditos.

Aplacadas las protestas, acordaron mostrarse compasivos con los diputados. Eguía dividió sus fuerzas en dos contingentes, como ordenaban las órdenes cerradas. Llegaron a la iglesia de María de Aragón con las debidas precauciones y con un despliegue de fuerzas excesivo. Ocuparon el salón de sesiones de las Cortes ante el estupor de los Padres de la Patria. Se oyeron gritos cortados, voces de cuartel, órdenes agrias y, con aspereza, los diputados fueron conminados a abandonar el edificio so pena de ser detenidos y pasados por las armas.

—¡Esto es un atropello, somos los representantes de la nación!

No podían creerlo, y algunos se resistieron, pero la palabra tenía todas las de perder contra los fusiles. Huyeron como gazapos asustados y se perdieron en el laberinto de calles de San Jerónimo. La oscuridad frente a la luz. Después, mediante una rápida transmisión de mensajes, la segunda formación de Eguía, formada por guardias de Corps y fanáticos absolutistas, se dirigió a los domicilios de los dos regentes constitucionales, los ciudadanos Agar y Ciscar, que fueron hechos presos en medio de un tirante forcejeo y de ásperas acusaciones.

—¡España se rige por una Constitución, no por un déspota!

Había comenzado la caza de liberales y masones, a quienes iban a buscar a sus propias casas para prenderlos. La vigilia de aquel día nefasto para la libertad fue una noche de cuchillos largos, de infamias, de indignación, de angustias y de atropellos. Con el apoyo de los soldados de Eguía, los esbirros del jefe de policía y de la Sala de Alcaldes, rodearon las calles del Príncipe, de la Reina, de San José y de Celenque, donde vivían la mayoría de los diputados liberales más distinguidos: Argüelles, Martínez de la Rosa, Quintana y Muñoz Torrero.

—¡Devolvamos su gloria al trono! ¡Muerte a los liberales! —rugían.

La lobreguez de la noche hizo más humillante la cacería. Resonaban los llamadores, erizaban el vello las conminaciones de arresto, llovían los palos y se arrastraba de los lechos a los ministros y diputados liberales, a los que trataban como bergantes de puerto o ladrones de cuadrilla. El Cojo de Málaga, célebre sastre y animador de los escaños del Congreso, también fue hecho preso.

—¡Somos libres, somos españoles! —decían—. ¡Sois carroña!

Los padres de la Constitución, ante su estupor, eran sacados semidesnudos de sus casas y tratados de proscritos, criminales y truhanes. Algunos chulapos pagados los sometían a las más descaradas vejaciones mientras pedían hacer justicia allí mismo y ahorcarlos. La «grandeza» de la Iglesia y de los conservadores y privilegiados había triunfado, ahogando en sangre la soberanía del pueblo y su progreso. Habían devuelto al Deseado su origen divino y ellos habían recuperado sus seculares prebendas.

Todo seguiría igual. Ése era el sino de España.

—¡Al fin el pueblo vuelve al amparo de la sacrosanta religión y se libera de los peligros de la revolución! —gritó un comandante.

A los detenidos les costaba aceptar el golpe tramado desde palacio. Habían confiado inocentemente en la fuerza de su palabra, y ahora, desde la cárcel, les resultaba imposible urdir una contraofensiva que les devolviera la libertad, arrastrada por las calles de Madrid. Muchos aceptaban incluso una muerte pronta con tal de no asistir al espectáculo de ver sentado en el trono al tirano Borbón.

La censura y el horror se apoderaron del país. Las listas de los liberales que serían juzgados sumarísimamente se exponían en los concejos.

Un tenso silencio cayó sobre los tejados de la capital.

El Deseado aguardaba en la Sala Amarilla; se cogía con dos dedos su labio inferior caído, en actitud reflexiva. La noche poseía algo de irreal y de fantasmagórica. Fumaba un habano y las volutas chocaban contra el cristal. Todo estaba saliendo a pedir de boca. Se sentía satisfecho con la redada y con el éxito rotundo del golpe de mano. Le llegaban noticias que lo complacían, y cuando escuchó del mismo Eguía el número de represiones practicadas, se sintió colmado de dicha. El general notó en su mirada esa dureza y frialdad que intimidaban. Pero ya no tenía elección.

—General —ordenó el rey con su voz atiplada—, llevaremos estas acciones a otras poblaciones de conocido ardor liberal. Mañana mismo ordenaré que se arranquen las lápidas conmemorativas de la Constitución, se restituyan los nombres regios y religiosos a las calles y plazas, y se detenga a todos los «ilustres» liberales. Deseo ver en su cara la desolación, la desesperación y la resignación que yo mismo sufrí.

—Como ordene Su Majestad —asintió el militar.

Eguía sabía muy bien que en algunos lugares del país llegarían a superarse las ignominias que él mismo había ordenado y presenciado en Madrid; aquello se convertiría en la revancha de absolutistas resentidos contra liberales e inocentes. Inclinó la cabeza y abandonó la estancia.

Por una puerta lateral se deslizó su fiel ayuda de cámara, Chamorro, un criado zafio, servil y bribón, antiguo aguador de la fuente del Berro, y ahora mayordomo real.

—Señor, ya es llegada la hora convenida —comunicó, misterioso, con una mueca de complicidad que el monarca comprendió al instante.

—¿Esa bella soprano me espera en el camerino de la ópera?

—No, majestad. La señorita Adelaida de Sala os aguarda en los reservados del Café de Levante. Es un lugar más discreto.

—Mejor así, Chamorro. En un rey, la compostura ha de ser norma de conducta. —Y una risa truculenta salió de su boca carnosa.

Desde que conspiró contra su padre en El Escorial, luego en Aranjuez y más tarde en sus doradas prisiones de Bayona y Valençay, siempre había pensado en aquellos placeres privativos de reyes lo mismo que se sueña con la Arcadia feliz. Era como un paciente león que había salido del pozo maldito de la incomprensión sin ningún destino en el horizonte, y de improviso las presas se entregaban rendidas a sus fauces abiertas. Había jugado las cartas como le convenían, y ahora sus ambiciones se cumplían, una tras otra.

No le importaba que a aquellas horas de la noche cientos de hombres honestos y de patriotas de talento arrastraran sus pies cargados de cadenas, convergiendo en las cárceles en medio de la desolación más penosa. «Se lo han buscado», se decía. Jamás había pensado que podría disfrutar de tan colosal poder.

—La mía es una historia de fe, de fortuna y de esperanza, Chamorro querido —le confió a su fiel criado—. Perdí el trono de mi padre, pero este pueblo me lo ha regalado generosamente... ¡a cambio de nada!

—Palabras hermosas, señor, pero gobernadlo con mano de hierro —repuso el mayordomo con una sonrisa y mostrando una boca descomunal.

Al poner el regio pie en el pescante del cabriolé negro, al Deseado le llegó, procedente del Campo del Moro, un oloroso aroma a nardos. A lo lejos sonaban voces de mando, lamentos de piedad y amortiguados disparos de fusil.

La represión era un matorral ardiendo azuzado por el viento.

El anticuario de París

Otoño de 1814

Germán sentía una confusión paralizante por los funestos sucesos antirrevolucionarios que se sucedían en Madrid. Pronto llegarían a Cádiz.

El otoño se había instalado con el crespón gris de un cielo velado.

No podía sustraerse de aquellos temores que lo mortificaban desde hacía meses, pues se sentía en el punto de mira de los apostólicos más reaccionarios de la ciudad portuaria. Se resistía a creer lo que leía en el periódico *La Abeja* sobre los aterradores acontecimientos de represión que se sucedían en la capital. Su razón se lo prohibía, y él no era de los que se desanimaban fácilmente.

Convocados por Juan Mendizábal y Urbina, los amigos tertulianos del Café Apolo se reunieron en un reservado de Los Cuatro Vientos, que desde hacía semanas estaba cerrado a cal y canto ante el temor a detenciones y amenazas. Y mientras el tono de las palabras decrecía, la tensión en sus corazones aumentaba y el silencio propio del miedo se instalaba en sus entrañas. ¿Llegaría hasta ellos la larga mano del Suspirado Desleal?

—El Absoluto ha borrado de un plumazo las reformas alumbradas en San Felipe Neri, tal como os predije —recordó Téllez—. Y encima el Narizotas* se presenta como un libertador que regalará a su pueblo la felicidad.

* Uno de los muchos motes que el pueblo dedicó a Fernando VII.

—Hoy, liberales llegados de media España han abandonado su patria como ruines perdedores —informó Mendizábal—. Un barco inglés que zarpó con la marea ocultaba en sus bodegas a medio centenar de escritores, militares masones, científicos y eclesiásticos progresistas, cuyos nombres se perderán, borrados de la memoria por el rey opresor.

—Habíamos derrotado a la tiranía y hoy se le ponen dos velas —meditó el músico.

—Mucho me temo que asistimos al inicio de uno de los periodos más sombríos de nuestra historia —señaló Germán, que temía por la seguridad de todos—. Serviles contra librepensadores. Españoles contra españoles dándose estacazos, como el maestro Goya ha pintado en sus cuadros. ¡Conoce bien la hiel de su país!

—Los días de gloria se han consumado, Germán —dijo Téllez con pesadumbre—. España pasa por una era de oscurantismo, injusticia y desesperanza, y sin embargo teníamos el remedio en nuestras manos. ¡Qué fatalidad!

—Desandamos lo andado —habló Mendizábal—. Ya no hay prensa libre, vuelven la Inquisición y los señoríos, y la Iglesia ha recuperado su abusivo poder. ¿No sentís un dolor en el alma?

—Indecible, Juan —convino el músico—. Sables y casullas contra palabras y reformas. La Constitución ha muerto y la involución devora como una hidra el progreso conquistado. ¡Qué condena de nación!

—Sólo un milagro nos salvará —apuntó el mesonero Urbina.

—¿No se ha dicho siempre que España es tierra de milagros? Nunca se sabe, quizá algún héroe consiga redimirla otra vez —ironizó Téllez.

—No más iluminados, por favor. Sólo el pueblo unido —dijo Juan—. Nos ayudaremos para sobrevivir y para mantener viva la antorcha de la libertad en Cádiz. Permaneceremos en contacto y, al menor atisbo de que puedan detenernos, intervendremos para escapar secretamente.

—Suceda lo que suceda, peligro y salvación serán una única cosa para nosotros —terció Germán—. Una cuerda formada por muchos ramales difícilmente se rompe. «Unidos y alerta», ¡ésa será nuestra consigna!

Todos percibían una oleada de desazón en sus ánimos, como si un desastre se cerniera sobre sus cabezas. Galiana salió del mesón cabizbajo, recordando los avisos del desconocido de negra vestimenta y los malos presagios de sus inseparables amigos. Trató de preservar su cabeza de la alarma que le producían los últimos acontecimientos y que venían a confirmar sus sospechas. Valoró el viraje que podía dar su vida y la respuesta que debía darle. Una helada sospecha se había incrustado en su cerebro, como si el cuarto menguante de la luna color porcelana se le hubiera clavado de golpe en la nuca.

Miró al cielo y lo espantó la indiferencia con que iluminaba su pavor. La alarma y la sospecha se habían unido en su corazón como dos amantes en la noche.

Mientras tanto, la misma fatídica luna que cambiaba de tonalidad por un gris rojizo, acogía a un recién llegado a Madrid: Cecilio Bergamín.

El bisoño guardia jurado del Intruso, y luego impostor guerrillero navarro, había cruzado la Puerta de Alcalá con los últimos pastores y braceros del campo. Tan andrajoso y depauperado como ellos, parecía un ser errabundo arrastrando su propia maldición. Estaba agotado por las caminatas y por el zarandeo de un carromato en el que había viajado desde Guadalajara. Además lo atormentaban el malestar de la gazuza en sus tripas vacías y los piojos que se lo comían vivo.

Tenía que decidir con rapidez qué pasos debía seguir para volver a medrar y nacer a una nueva vida. Había cambiado su aspecto; junto a sus bigotes filosos lucía una barba fina y recortada que le afilaba el rostro. Era su sistema de supervivencia. Pensó que conocía muy bien las cuadras y cocinas del cuartel del Conde-Duque, y sabía cómo escabullirse en ellas con el toque de queda sin levantar sospechas entre la guardia, que sólo vigilaba el portón y la garita. Tenía que comer o moriría de inanición.

Alimentada su temeridad por el cansancio y el hambre, trepó a un árbol pegado al muro y saltó sobre la azotea de la caballeriza, flexionando las piernas para no hacer ruido. Era su casa. Se escurrió por las caballerizas desiertas y robó sin ser visto un cazo de rancho frío, cecina y un coscorrón de pan cenceño. Calmada su apetencia, se acurrucó en un rincón y se hizo un ovillo con la manta.

«¿Ahora hay que vitorear a don Fernando el Absoluto? Pues me convertiré en su más virulento defensor y vocero. Cecilio Bergamín siempre fue un defensor de la autoridad real. ¿O no?», se dijo a sí mismo, con una sonrisa maliciosa, antes de caer rendido entre la paja.

No tenía otro remedio que asumir su destino con astucia.

Unos perros callejeros alborotaron al trote de la patrulla que regresaba de palacio, como si barruntaran tormenta con sus hoscos ladridos. Un cielo vacío de estrellas se cubrió de nubes que derramaron una blanda lluvia.

Juzgaba que debía resarcirse de los golpes sufridos en la vida.

Y sabía cómo lograrlo.

Don Juan Grimaldi estaba agotado con la búsqueda.

Su plan de recuperar la talla de porcelana que escondía la Peregrina y el Estanque azul se había convertido en una obsesión que ya duraba demasiado tiempo. Apenas si dirigía obras de teatro ni asistía a las sesiones de su logia masónica. Sólo se dedicaba a maquinar para recuperar las joyas de la Corona. Y deseaba recuperarlas él solo, sin ayuda. Era la tarea capital de su vida. Sus pesquisas lo habían conducido hasta la capital de Francia con el pretexto de contratar a la Compañía Molière, cuadro titular del Teatro de las Artes, que escenificaba sus obras en un local de la rue Vaudreuil.

El éxito de sus rastreos dependía de su tacto y de las informaciones sobre los expolios de José Bonaparte, a quien su hermano Napoleón, al dejar el trono español, había nombrado, paradójicamente, general en jefe de los ejércitos imperiales y defensor perpetuo de París.

Su amigo monsieur Ives de Morvilliers, director del más afamado elenco teatral de París, realizaba sus propias averiguaciones desde hacía una semana en los Palacios de las Tullerías y de Luxemburgo, sedes de la Administración francesa. Napoleón estaba preso en la isla de Elba, y el Congreso de Viena y la Santa Alianza habían colocado a Luis XVIII de Borbón en el trono de Francia. El panorama había cambiado completamente. Ocasión propicia para sus averiguaciones ante el furor realista que se respiraba en el ambiente parisino, hastiado de las guerras napoleónicas. Su compromiso empeñado dependía de aquellos días de paciencia.

La mañana se presentaba álgida. Grandes barcazas repletas de sacas, jaulas y fardos bajaban por el Sena camino de los mercados. Soplaba un viento frío que cerraba de golpe los postigos de la rue Vaugirard, síntoma inequívoco del fin del estío y de la recién llegada estación otoñal.

El español se acomodó en un sofá y tomó un oloroso café mientras tamborileaba con los dedos sobre la mesa y escuchaba las notas de un piano en el salón. Miraba constantemente por las cristaleras. Al cabo de una hora, un funcionario real se apeó de un carruaje y entró en la Hospedería Rambouillet. Preguntó por el señor Grimaldi, quien lo aguardaba impaciente, y le pidió cortésmente que lo acompañara a la residencia de Morvilliers, en el aristocrático distrito de Saint-Germain.

El director de escena recibió a Grimaldi afable y obsequioso, ofreciéndole su hospitalidad y una copa de oloroso Château-Neuf. Al instante, el rostro del español se transformó, dejando ver su dentadura blanca y ligeramente torcida y un mohín serio.

—¿Habéis efectuado las averiguaciones que os rogué, amigo Ives?

—En su totalidad y con resultado dispar, don Juan.

—Os escucho —dijo tras acomodarse en un sillón versallesco.

Morvilliers le resumió lo esencial con diáfana claridad.

—El alto funcionario de la Casa Real, al que soborné con vuestro dinero, ha visitado los palacios frecuentados por los Bonaparte (Fontainebleau, Rueil-Malmaison y Compiègne) y revisado sus registros. Creedme, no existe rastro de lo que buscáis. Mucho me temo que no se hallaba en el botín del rey José que traspasó la frontera. No hay ninguna referencia a una imagen de porcelana, ni sacra ni profana.

En Grimaldi creció un despechado sentimiento de decepción. Esa respuesta le parecía demasiado fría e insatisfactoria.

—Pues salió de Madrid, os lo aseguro, Ives. Así me lo testificó Miot de Mélito, el hombre de confianza de Bonaparte. Yo vi con mis propios ojos su hornacina vacía en la Capilla Real y la caja que las encerraba.

Morvilliers reflexionó y después repuso muy gravemente:

—No lo dudo, don Juan, pero pudo correr otra suerte; luego hablaremos de eso, pues mi conversación con el primer ministro Blacas resultó muy provechosa —aseguró, enigmático.

—En ello confío —contestó Grimaldi, algo decepcionado—. ¿Y mi petición de revisar los inventarios de las propiedades de José Bonaparte?

—Vuestra petición, *mon ami*, ha sido rechazada —contestó el francés con cierta arrogancia, como si se alegrara—, a pesar de haber untado generosamente la mano a varios funcionarios del Ministerio de Instrucción Pública. Se niegan en redondo. Y no porque oculten nada, sino porque no existen registros del expolio del Palacio Real de Madrid —explicó—. No obstante, monsieur Blacas me ha asegurado que, por el Tratado de Valençay, los cuadros de la Colección Real y los enseres suntuarios han sido devueltos a España. Salvo algunas obras pictóricas de maestros flamencos, como *El matrimonio Arnolfini* de Jan van Eyck, que fue vendida por José Bonaparte a un coleccionista inglés; tras la derrota de su hermano Napoleón y la muerte de la emperatriz Josefina, se exilió a Inglaterra y necesitaba dinero.

—¡Qué decepción, Ives! —se lamentó don Juan con un sonoro bufido—. Como os dije, se trata de una imagen que se veneraba en el Palacio Real de Madrid y a la que el valido Godoy profesaba especial fervor. —No quiso revelarle más.

—¿Trabajáis para Manuel Godoy, monsieur Grimaldi? —La pregunta tenía un tono inquietante, casi de intriga.

Don Juan sacudió la cabeza con desidia. No quería hablar.

—Podríamos decir que sí. Pero me siento desencantado, pues no podré satisfacerlo como pretendía.

Hubo una pausa que disipó el francés con una sorprendente revelación.

—No os desencantéis tan pronto, amigo mío. Quizá tenga alguna información que pueda ayudaros —apuntó, misterioso—. El primer ministro, gran benefactor de mi teatro, me hizo algunas confidencias sobre el asunto de los expolios de la familia Bonaparte en España. Según el informe del general Hugo, el oficial que protegía el convoy, el rey José no consiguió pasar todo el botín que traía desde Madrid, y me garantizó que en él no figuraba ninguna talla religiosa. Os lo aseguro, seigneur Grimaldi.

De pronto don Juan alzó el cuello como impulsado por un resorte.

—¿No cruzaron la frontera todos los carros? —preguntó.

—No. Me reveló confidencialmente que la columna se dividió en dos partidas para confundir al enemigo. La principal, cuyos bultos llevaban grabados un águila imperial, sí llegó a París. Contenía las grandes obras pictóricas, los jarrones de Sèvres y del Buen Retiro y aparatosas lámparas venecianas. Otra, formada por los carruajes que contenían las bagatelas y objetos de menor valor, quedó abandonada en el campo de batalla, a merced de los saqueadores, aldeanos y guerrilleros. El parte de guerra afirma que el mismo día de la derrota de Vitoria fueron desvalijados por los vecinos de los pueblos aledaños al condado de Treviño, que he anotado en este papel, por si os sirviera.

—Claro que sí, monsieur de Morvilliers. Grimaldi atrapó la nota.

Sus ojillos azules brillaron como dos carbunclos y luego atravesaron como dagas el amarillento papel:

—«Subijana, Avechucho, Somarra, Gomecha, Puebla y Murguía» —leyó con gran regocijo—. Magnífica pista, Ives —afirmó, ufano—. Y la información del ministro ¿es de fiar?

—¿Os fiaríais de un venerable maestro de la Logia de París?

—Como de la palabra del Supremo Creador —asintió, categórico. Don Juan estaba impresionado y sonrió al francés.

—He pensado también que pudiera ser que vuestra imagen estuviera siendo venerada en alguna iglesia o ermita de esas aldeas, si bien es verdad que esa misma noche algunos tratantes de San Juan de Luz compraron lotes del botín a los aldeanos y guerrilleros que merodeaban por allí y que más tarde esos objetos fueron vendidos en París —le informó.

El desánimo del español alcanzó una intensidad perturbadora.

—Me alegráis y al instante siguiente me desalentáis, Ives.

—No os impacientéis. Los bártulos más preciados de aquel bárbaro saqueo se hallan aquí, en el vientre de esta ciudad.

—¿En París? No os comprendo.

—Así es, comprados por el restaurador y anticuario más importante de Europa, un judío llamado Joseph Leví Wateville —le informó categórico—. Ha inventariado metódicamente lo que sus proveedores le trajeron del expolio napoleónico de vuestro país y que finalmente ha terminado en su bazar. Puede ser vuestro hombre, don Juan. Ya lo he arreglado todo para que lo visitéis.

La ansiedad crecía en el corazón del español.

—¿Y dónde se halla el establecimiento de ese restaurador?

—En la rue Férou del barrio de Saint-Sulpice, conocido emporio de tiendas de antigüedades, imágenes sacras, muebles de estilo, carrozas y obras costosas. Os ruego que comprendáis que toda esta información es confidencial. No quiero poneros en peligro ni a vos ni al ministro Blacas.

—Descuidad. Extremaré la prudencia y la reserva. Gracias.

—No se merecen, don Juan. Somos hermanos de la Fraternidad Universal —contestó, amigable—. Además, el agradecimiento de la Comédie Française al Teatro del Príncipe será eterno. Gracias a vuestras gestiones, el teatro clásico francés es conocido hoy en Madrid.

Se despidieron como lo que eran, dos grandes amigos y defensores del arte escénico. Se abrazaron y después don Juan salió cabizbajo pero esperanzado. Sentía un irresistible deseo de visitar al judío.

El anticuario lo recibió en la puerta de la tienda con una radiante sonrisa de oreja a oreja. Lo escoltó con pomposa afectación hasta el centro del fastuoso almacén mientras con sus manos enjoyadas señalaba los objetos más valiosos. Grimaldi, que se sentía ansioso, intentaba no parecer interesado y sobre todo no manifestar la menor pista sobre el Niño Jesús Buda. El calor dentro de la tienda era opresivo, incrementado por una descomunal lámpara de brazos plateados que emanaba un perfume a sándalo y ámbar.

—Monsieur de Morvilliers me ha anunciado vuestra visita. Según me ha dicho, habéis venido hasta París para contratar a su compañía. ¡Excelente!

—Así es, seigneur Joseph —dijo Grimaldi en perfecto francés.

El judío, complacido y lleno de orgullo, inició una exposición de las rarezas que albergaba su abastecido bazar, que parecía contener la cornucopia de todas las bellezas de la tierra. El efecto estético resultaba admirable. Según sus palabras, aquellas exquisiteces aguardaban a alguien con un gusto sublime, como el español, para ser desempolvadas de los anaqueles. El mundo del arte se había hecho maravilla a sus ojos. Muebles de cuero repujado, arcones y bargueños castellanos, cabeceros dorados, lámparas, mesas egipcias decoradas con garras de león, cabezas de felino y aves con las alas desplegadas se amontonaban a su alrededor.

Unos dependientes atendían a un anciano que contemplaba una colección de pipas inglesas y ejemplares vieneses de espuma de mar y marfil.

—Aquí hallaréis también juegos de tocador estilo Luis XV para vuestra esposa o vuestra amante —añadió el judío con una sonrisa—, y joyas romanas, etruscas, persas o hindúes. Pero Morvilliers me ha dicho que buscáis ciertas rarezas religiosas. Acompañadme.

Tiró de Grimaldi con un ademán de adulación. Asió un manojo de llaves y abrió la puerta de una cámara iluminada por un haz de luz que atravesaba la claraboya. Debía de ser el sanctasanctórum de la tienda. Frente a sus ojos se abrió un escenario de lujosa fastuosidad: biombos venecianos recamados de oro, lienzos de El Greco, manuscritos iluminados, imágenes robadas en las iglesias de media España, crucifijos, laúdes, guantes halconeros de los reyes nazaríes, piedras preciosas y alfombras escarlatas de la Alhambra.

—Esta flauta de jaspe verde fue hallada por Pedro de Valdivia en un templo araucano de Chile; pertenecía a un marqués de Toledo. Y esta espada la utilizó Hernán Cortés para subyugar al azteca Moctezuma; fue comprada en Medellín. Y ahí podéis contemplar un manto bordado que perteneció a Catalina de Médicis y luego a María Luisa de Parma. Tiene incrustadas más de cien perlas y algunos topacios.

—¿Y esos libros y códices? Parecen españoles —se interesó Grimaldi.

—En efecto, lo son —afirmó el otro, exultante—. Este ejemplar que veis es un *Picatrix* auténtico de vuestro ilustrado monarca Alfonso X, el gran tratado de la magia y de los demonios. Proviene de la biblioteca arzobispal de Toledo. Y ese otro que luce un rubí sobre la tapa es el único ejemplar que queda en Occidente de la *Disciplina clericales* de Per Alfonso, un judío converso; en él se mencionan las propiedades secretas de las piedras preciosas.

—¿Las poseen en verdad? Nunca he creído esa fábula.

—Eso aseguran vuestro rey de Castilla y los textos orientales. La cornalina contiene la cólera, el ágata nos vuelve locuaces, la perla nos salva del contagio de la peste, el jacinto excita el sueño, la amatista desvanece los efluvios del licor, y el diamante nos preserva del fuego.

Grimaldi se impacientaba. Por aquellas mesas y anaqueles no veía el Niño Jesús Buda.

—*Monsieur, je suis tout joyeux* —lo interrumpió con cierta aspereza—. Vuestra exposición es magnífica. Suntuosidad y exquisitez la ensalzan, pero busco otro tipo de artículo.

Extrañado, el anticuario sonrió modestamente.

—¿Y bien, monsieur? Decidme. —Parecía molesto.

—Necesito para mi capilla personal una imagen sacra que se salga de la norma, que sea singular y nunca vista en Madrid.

—¿Y qué recreación cristiana os interesa? —preguntó el judío.

—Un Niño Jesús.

—¿Un Jesús *petit enfant*? —El anticuario abrió los ojos con desmesura.

—Así es. Os explicaré el motivo. —Intentó parecer fatuo—. Desde que Carlos III arribara de Nápoles para gobernar España y nos trajera la costumbre de recrear nacimientos en Pascua, en las casas más nobles del país se rivaliza por poseer las iconografías más raras y estrambóticas del misterio del nacimiento. ¡Algunos atrevidos hasta las traen de las Indias y Filipinas! Imagínese la extravagancia. Mi esposa, mujer muy devota del misterio, anhela una talla única que se salga de lo normal. Me la encargó especialmente, y pagaría lo que me pidierais, incluso el doble de su valor. ¡Nada como ver feliz a la compañera de mi vida!

Joseph Leví movió negativamente la cabeza. Muy a su pesar, no podía satisfacerlo. «Estos españoles idólatras siempre tan apegados a las imágenes de Cristo, santos y vírgenes», pensó.

—Siento no poder serviros como merecéis —dijo, desencantado—. En mis catálogos no figura ninguna representación de Jesús de Nazaret Niño. Jamás vendí una imagen así de ninguna escuela escultórica, ni europea ni oriental. Lo lamento de veras, seigneur.

Grimaldi iba perdiendo las pocas esperanzas que le quedaban de hallarla, pero insistió con la obstinación del que busca lo extraordinario.

—En confidencia —dijo bajando la voz—, monsieur Morvilliers me ha asegurado que últimamente habéis expuesto en el bazar ciertos objetos confiscados durante la guerra franco-española. ¿Estáis seguro de que no os llegó ninguna escultura de esa naturaleza? Ya sabéis, en mi país las figuras sagradas se veneran por doquier y llenan iglesias, abadías y catedrales.

El judío no dudó ni un instante. Se mordió el labio inferior y sus pupilas se movieron con nerviosismo.

—Lo recordaría, señor —contestó, seco y contrariado.

Grimaldi no había conseguido sonsacarle ninguna información. Se sintió harto y cansado. Ya sólo le quedaba la pista de las aldeas alavesas. «Es como buscar una aguja en un pajar», se dijo. Joseph cerró la puerta con llave y le dedicó una sonrisa interesada y perspicaz, tan propia de los de su raza.

De pronto Grimaldi se estremeció y su mirada adquirió un sesgo de desagrado. El anciano encorvado al que había visto al entrar ya no miraba las pipas, las *clay pipes* inglesas, boquillas y cachimbas, sino que de soslayo, mientras simulaba estudiar un escritorio florentino de ébano, estaba atento a su conversación con el judío. Escudriñó intrigado su rostro, pero no pudo verlo con precisión. Una loca premonición se apoderó de él. ¿Lo seguían? Pero ¿quién y con qué intención? Dudó unos instantes, pero decidió olvidarlo y no concederle más atención. Antes de despedirse cortésmente del anticuario, le compró unas cajitas de rapé para regalar a sus amigos de la tertulia, unos botones de plata para Isidoro Máiquez, su amigo, y una cofia dorada para su esposa, que pagó espléndidamente. Llamó a un coche y regresó cariacontecido a la Hospedería Rambouillet. La calle estaba silenciosa y las llamativas persianas blancas de los balcones estaban cerradas al gélido viento.

El viejo dejó las pipas en su caja de marfil de la conocida firma inglesa de Hamptom Court y se despidió de Wateville. Inmediatamente, con una mueca petrificada en sus labios, reflexionó: «De modo que se trata de una figura religiosa... Quién iba a imaginarse que las dos joyas estuvieran guardadas en semejante lugar. ¿Estarán encastradas en ella? ¿Luciendo el manto de una Virgen? ¿Será la pista que conduce al enigma y a su misterioso escondite? Una luz ilumina al fin este desquiciado rompecabezas. Y estoy convencido que don Juan nos conducirá a ella. No he visto hombre más obstinado».

Sonriendo perversamente, se rodeó el cuello con la bufanda de astracán, miró su reloj y se deslizó calle abajo. El cielo de París poseía la grisácea tonalidad del ópalo y su grisáceo fulgor se reflejaba en los rojizos tejados. Un vaho lóbrego y glacial cubría el Sena.

El supuesto anciano ya no andaba encorvado.

La farándula del Deseado

En la decadencia del otoño, cuando la tibieza y lozanía del aire perfumaban el Palacio Real, el rey congregó a su círculo privado como un convocador de demonios.

Concluidas las artimañas que le habían devuelto el poder absoluto en las Españas, el Deseado aprovechó la oscuridad de la noche para dar entrada en sus aposentos a los seis miembros de su camarilla íntima.

Precisaba de su calor y compañía. Y también de su vulgaridad.

Un manojo de individuos de la peor nota: conocidos vividores de la Villa, chulos de la más baja hez de Madrid, y algún clérigo montaraz y fanático de la causa absolutista. Fernando VII solía conceder a su tumultuaria maldad más crédito sobre asuntos de Estado que a sus propios ministros. A veces a la realeza le gusta medirse con la vileza, y así Fernando había creado un gabinete secreto, su cenáculo impenetrable, con el que se mostraba tal como era: dicharachero, tosco, inculto, despreciativo y cruel.

Los únicos méritos de los afortunados sujetos era que carecían de ellos, como el monarca deseaba. Don Pedro Ceballos, el eficiente ministro de Estado, los llamaba «la vil chusma», y el pueblo, «la farándula del Narizotas», por eso de que, al igual que la compañía teatral de similar nombre, la formaban seis cómicos y una *prima donna*, en este caso el rey.

El Deseado había creado un temible instrumento de gobierno en la sombra. Un grupo de fieles y zafios perros de presa, tan intrigantes, desconfiados y frívolos como él, pero también fieles ejecutores de su voluntad: lo animaban a purificar España del tufo liberal y aplaudían sus gustos más viles. A él le convenía rodearse de ese grupo de maniobreros sin escrúpulos, desprovistos de caridad y cultura y aduladores de sus instintos más bajos, pues eran capaces de aliviarlo de sus obligaciones y de alejar de su entorno a sus más terribles adversarios, a los que temía.

Y bajo su protección eran los que gobernaban España.

Con su ayuda, había recuperado el poder y acelerado las causas en las Salas de Alcaldes contra los diputados liberales y afrancesados que habían sido condenados por alta traición a la Corona. A Argüelles y Martínez de la Rosa se les confinó en cárceles y presidios de África; y al presidente de la Cortes de Cádiz, el religioso Muñoz Torrero, se le enclaustró en un convento de por vida. El Deseado consumaba así la más infamante de las venganzas. La antigua burocracia realista recuperó sus cargos; la Iglesia, sus bienes confiscados; el ejército, sus recompensas, y el pueblo, sus cadenas. La Constitución de Cádiz había muerto al poco de nacer.

Mientras tanto la arruinada nación sufría la más absoluta de las bancarrotas y las colonias americanas se alzaban contra la autoridad real proclamando su independencia. Pero el desconfiado, bribón y ruin Fernando había decidido gobernar por sí solo, con la ayuda de aquel cenáculo de fieles y vacuos sicarios. El país seguía devastado por la guerra, sus ciudades estaban arruinadas, los caminos y las fábricas, destruidos, y los territorios, despoblados. Pero al Deseado poco le importaban las miserias de sus súbditos. Al lado de semejantes tiralevitas se sentía seguro y aplaudido.

Fernando frecuentaba con ellos los privados del Café de Levante, visitaba en su camerino a la diva de la ópera Adelaida de Sala y, protegido por ellos, se colaba en las tabernas y botillerías de la calle Toledo. Solía vestir calzón, capa y chupetín plebeyo, para confundirse, en el Jardín de Apolo o en las ventas del Espíritu Santo, con el populacho, al que espiaba con sus propios ojos. Solía juntarse con los chisperos del Barquillo, con los sastres jaraneros de Carretas y con los caleseros de Lavapiés, conocidos agitadores y revoltosos adictos al absolutismo y al jolgorio.

En pocas semanas, los seis personajes de la camarilla se habían convertido en los correveidiles de sus pasiones, sus oscuras intrigas y sus más turbios afanes. Mientras jugaban a las cartas con el soberano, bebían de su jerez y fumaban sus habanos, conspiraban, destituían, repartían canonjías y vacantes, mangoneaban el erario público, nombraban almirantes y capitanes generales y distribuían mitras y obispados como quien reparte los naipes en una partida de tahúres.

Y a los ojos del pueblo, de los palaciegos y de los ministros, constituían el gobierno oculto dentro del gobierno y eran expertos en urdir intrigas. Resultaba inútil oponerse a su poder.

Los seis entraron en la privanza real entre murmullos altaneros y pagados de sí mismos. Cruzó primero el dintel don Francisco Fernández de Córdoba, duque de Alagón y jefe de la Guardia de Corps, a los que el pueblo llamaba «los chocolateros» por su extravagante uniforme. De carácter simple y chabacano, se lo tomaba todo con llaneza; hombretón rubicundo, noble de maneras rústicas y rudas, podía pasar por un mozo de cuadra. Por su firme adhesión y camaradería, el soberano lo llamaba «mi Paquito».

El libertino Alagón había estudiado, por cuatro mil reales anuales y con pésimas calificaciones, en el Seminario de Nobles de San Bernardino, siendo su mejor nota la de consumado juerguista, borracho y pendenciero. Amante de los caballos, era un entendido en las suertes del toreo, y un experto en escalar muros de viudas y novicias, y también en acarrear mozas a palacio para calentar las sábanas al Deseado. Sobre todo a Juana la Naranjera y a Pepa la Malagueña, hermosísima actriz de la que el soberano estaba prendado. Hacía pocos días que el augusto, por tan singulares favores, le había concedido el Toisón de Oro y el título de Grande de España. Nadie como él interpretaba el papel de calavera mujeriego, conspirador y sayón sin escrúpulos que el rey precisaba para sus correrías nocturnas. Su amistad con el soberano era íntima, insobornable.

El segundo privado era un ejemplar puro de la canalla madrileña. De naturaleza contradictoria, ingenioso y versátil, Antonio Ugarte, vasco de nacimiento, había sido antes esportillero, pintor y luego calígrafo de Hacienda y cargador de Indias arruinado. El gran desorden de su espíritu era su insaciable ambición. Obeso, lozano y de agradable presencia, seducía a quien lo trataba. ¿Y qué gran valía atesoraba para haber sido elegido uno de los confidentes del Rey Neto? Su profesión de maestro de bailes de salón, a los que el Deseado era muy aficionado.

En la corte lo apodaban don Antonio I por la influencia omnímoda que ostentaba sobre el monarca. Le había sido presentado por el hombre de negocios rusos monsieur Tatischeff, alumno aventajado de su academia de danza. Ugarte era también confidente del embajador de Rusia, el barón Strogonoff. Y mientras enseñaba el minué, el rigodón o el galop húngaro a sus influyentes alumnos, les sonsacaba secretos que luego vendía sin distinción a franceses, prusianos, ingleses o rusos.

En otro tiempo había actuado como espía de Murat y, luego, de José I, y en ese momento ejercía como agente universal de Fernando VII. Pero lo que más envidiaban los cortesanos de aquel arribista locuaz era su libre disposición del Real Tesoro de la nación, que manejaba a su capricho y antojo y con notable y arbitraria dadivosidad. Ésa era la causa por la que se arrastraban a sus pies nobles, ministros, subsecretarios, covachuelistas, generales y eminencias.

No se escondía de nadie.

Era el confidente secreto del Deseado.

El otro miembro de la caterva, Pedro Collado, alias «Chamorro», era un desbarajuste de la naturaleza. De aspecto repulsivo, picado de viruela y algo contrahecho, ejercía como ayuda de cámara del rey, velaba su sueño, despedía a sus amantes antes de que saliera el sol, y le limpiaba el culo y la verga si era menester. En palacio había quien aseguraba que intervenía en los juegos eróticos de su señor, como un tercero en un *menage à trois*, dada su formidable turgencia viril.

Chamorro era un pícaro de la más rancia escuela de la Villa y Corte. Ex aguador de la fuente del Berro, frecuentaba asiduamente a los proxenetas, truhanes y contrabandistas del puente de San Blas, que lo ponían al tanto de lo que se decía de su amo y se tramaba en las logias masónicas. Había conocido a Su Majestad en la Hospedería de San Bruno, donde jugaba al juego del mediator con encopetadas damas, a las que esquilmaba y que luego eran el blanco de los ardores amorosos del insaciable y mujeriego rey. Al presente desempeñaba el cargo de gran mayordomo, y gobernaba a más de un centenar de criados, marmitones, caleseros y palatinos, a los que pasaba revista al amanecer en el Patio de Columnas, como si fueran un regimiento de granaderos.

El canónigo Juan de Escoiquiz se consideraba a sí mismo la conciencia del príncipe, su magíster y su tutor. Por su parte, Su Majestad era su más dilecto discípulo. Hijo de un oficial navarro, su carrera eclesiástica había sido meteórica: arcediano de Alcaraz, canónigo de la catedral de Toledo y preceptor del heredero. De modales seráficos y frailunos, se sonrojaba con las excentricidades de don Fernando, pero estaba orgulloso con el resultado. Lo había acompañado a su exilio y le había servido de paño de lágrimas, como si fuera un hijo. Napoleón no podía ni verlo por su influencia insidiosa. Desde su llegada a España rabiaba por un obispado, pero Fernando lo impedía una y otra vez. ¿Era por una venganza enfermiza? ¿Lo quería a su lado? ¿No se fiaba de él?

El quinto de los privados era un extranjero: el ruso Tatischeff. Era conocido como soplón de embajadas, y estaba metido en los negocios más sucios que se pudiera imaginar. Hombre enjuto, de labios delgados y cabello fino, poseía una superlativa nariz y una puntiaguda mandíbula que acababa en una barbilla tan fina como la de una comadreja. Sus ojos tenían la fría tonalidad de la obsidiana, y su fina voz sonaba precisa, sectaria y desagradable. Conocía secretos inconfesables del rey y se jactaba de ello.

El clérigo Blas de Estolaza —confesor del príncipe Carlos, hermano de Fernando— cerraba el conciliábulo privado del Deseado. Gozaba del beneplácito real por su condición de implacable delator y rastreador de liberales y masones, a los que conducía personalmente al Santo Tribunal. Su cara, redonda y llena de venitas azules, se ensanchó al entrar en el aposento y saludar a su rey y señor.

Diputado absolutista en Cádiz, se le consideraba el experto de la camarilla en asuntos religiosos; sugería nombres de posibles obispos y decidía sobre los autos de la Inquisición, la entrada de libros en el país, el Índice, la supresión de periódicos y los estrenos de teatro y ópera. Era un versado degustador de vinos de Jerez y un orador prestigioso. Sus sermones conmovían a los pecadores más incrédulos, como también sus halagos y carantoñas a las meretrices y los efebos de los prostíbulos de Madrid, de los que era asiduo cliente, conocido como el «Bello Confesor».

Al entrar, contemplaron a don Fernando hojeando un documento.

Tenía las cejas enmarañadas, y su nariz, grande y corva, reposaba sobre su labio inferior, húmedo y prominente. Los seis sabían que ése era un indicio de mal humor y que deberían soportar su mala disposición una velada más. Las pupilas relampagueaban en sus ojos pequeños, y las patillas y los mechones de pelo negro de su voluminosa cabeza brillaban como el azabache. Su regia persona no emanaba autoridad alguna, sino mezquindad, zafiedad y estrechez de miras. Pero era el rey absoluto. Se parecía a su pérfida madre, la reina María Luisa. Y su perfil imponía.

Tomó la palabra el duque, y lo hizo de forma petulante.

—¿Os preocupa algo, majestad? Os noto melancólico.

Al Deseado le pareció una observación ingenua pero amistosa.

—Algo turbador para el reino y no muy agradable para mí, Paquito. ¡Es un tema tan aburrido! —exclamó de forma caprichosa con su voz de flauta, pues quería asegurarse su aprobación.

—¿Habéis despachado ya con Ceballos, señor? —se interesó Ugarte.

El rey suspiró y se recostó en el sitial aterciopelado.

—¡Sí! ¡Don Pedro me abruma con tanto problema! Insiste en que la nación se halla al borde de la bancarrota —confesó—. Que precisamos renovar la escuadra y que es urgente enviar un cuerpo de ejército a América para aplastar a los sublevados y recuperar así los caudales que nos llegan de ultramar. Pero no comprende que sin armada y sin fondos no puedo mandar ejércitos a las colonias. ¿No os parece desquiciante el asunto? Reconozco que es un experto consejero, pero me pone de los nervios.

La camarilla odiaba al ministro de Estado, que no se doblegaba a las excentricidades del Absoluto y las criticaba. Estaban dispuestos a aplastarlo. Poco importaban sus servicios a la Corona. Su deseo era verlo fuera de la corte real, humillarlo y perderlo de vista, pues los despreciaba abiertamente. Deseaban dirigir los asuntos de Estado, tomar las decisiones de gobierno y ejecutarlas a su antojo.

—Más que ministro principal de Su Majestad, parece un inventor de trabas —apuntó Tatischeff—. Vended los cargos públicos, las cábalas, las canonjías, los obispados y capelos y vuestras arcas se llenarán, señor.

El rey se sonrió, pero no se dejó apartar de su propósito.

—No lo culpo de nada. Cumple su deber con dignidad, lo tengo por un secretario honesto y me sirve con lealtad. No olvidéis sus desvelos en Bayona. El emperador y los reyes de Europa lo tienen en muy alta consideración y me ha representado con éxito en Viena, donde ha afianzado mi Corona. Pero me agota con sus dudas y cuidados.

Estolaza quiso vencer su resistencia sembrando la duda.

—No os fiéis tanto de ese judas, majestad. El mal gobierno que la gente os critica es por su causa. Quizá no tarde mucho en entregaros un informe de la policía sobre asuntos oscuros y negocios contrarios a vuestra causa del «gran» Ceballos, el Insustituible.

Al Deseado la afirmación le pareció tan inaudita como inverosímil.

—¿Asuntos oscuros, dices?

—Así es, don Fernando. Entendimiento con masones y un pasado revolucionario Juega con varias barajas. ¡Cuidado con él!

Tan dramática acusación dejó al rey preocupado. Su íntima e instintiva aprensión a la traición emboscada lo había desarbolado.

—No puedo creerlo, pero espero interesado que ampliéis esa información.

Ugarte no se resistió a arrojar su chorro de hiel sobre Ceballos.

—Simula ser un filántropo y un hombre encantador, pero destila un tufo jacobino nada acorde con vuestro nuevo talante. Atadlo corto, don Fernando —le recomendó.

—Este tema me aburre —los atajó, terminante—. Esta noche os he reunido para otra cosa. Ya sabéis el grado de confianza que tengo depositado en vosotros.

—Vuestra salvación reside en nosotros, señor —afirmó Escoiquiz—. Vuestra benevolencia os será recompensada. No lo dudéis.

Visiblemente furioso, el soberano esgrimió un gesto inesperadamente despótico.

—Pues bien, don Juan, los dramáticos tormentos que sufrí en Francia estuvieron a punto de sepultar este asunto en mi memoria, pero una vez sentado en mi trono ha vuelto a revivir. Nadie me arrancará la corona, ni aunque se alíe con todas las fuerzas del mal. Así que deseo trasladaros ese asunto personal que me ronda por la cabeza desde que salí de Valençay y que anhelo vivamente resolver dentro de la más absoluta de las reservas, sin que trascienda fuera de esta reunión. Desde esta noche se convertirá en un tema del más alto secreto. ¿Me comprendéis?

El ruido de las respiraciones y las inhalaciones de los habanos era lo único que se oía en la salita. El motivo les tentaba. Pero ¿qué cuestión de su oculto pasado había despertado el deseo real hasta convertirlo en asunto de Estado y en asunto reservado y secreto? Los contertulios, que rodeaban a su rey sentados alrededor de un velador, nunca habían visto a su protector tan reservado y circunspecto. Sus pupilas brillaban febriles; resultaba evidente que el resentimiento le roía por dentro.

¡Cuán imprevisible era su soberano y señor!

Aguardaron ansiosos sus palabras.

Una tertulia enigmática

A las palabras del rey siguió una expectante tregua de silencio. Una tibieza empalagosa cargaba el aire viciado. La extrañeza del secreto los había embargado. Seis pares de ojos inquietos miraban con expresión dubitativa al Deseado.

—Existe una trama oculta tras un velo de sospechas que me quita el sueño —dijo el rey en tono grave—. Además, atañe directamente a mi honor de soberano de un imperio. Poco me importan las intrigas y las mentiras que la rodean, pero me subleva que algún plebeyo desconocido las tenga en su poder.

La exposición levantó un revuelo de murmullos.

—¿A qué os referís, señor? —inquirió Ugarte—. No os entendemos.

—¿No lo imagináis? Me refiero, nada más y nada menos, que a las dos joyas de la Corona más señeras de mi estirpe: la Peregrina y el Estanque azul. ¡Ambas me pertenecen por derecho de sucesión y ambas me fueron robadas arteramente! —gritó más que habló—. Es llegada la hora de recuperarlas a cualquier precio.

Los contertulios se miraron unos a otros desconcertados.

—¿Tanto os preocupa ese asunto, mi rey? —Ugarte quiso quitarle hierro—. Reináis como monarca absoluto y podéis disfrutar de las pedrerías que apetezcáis, incluso de otras de mayor valor.

—¡No me comprendéis! Me siento afrentado, Antonio. Los que lo perpetraron lo pagarán caro —afirmó en tono vengativo—. Después de la campaña de engaños y agravios que he sufrido, únicamente deseo restaurar mi prestigio, injuriado por petimetres de baja cuna como Godoy y José Bonaparte. Esas joyas deben regresar a palacio, del que nunca debieron salir. ¿Está claro?

Pasaron unos instantes en los que el rey desgranó por su boca carnosa una sarta de improperios contra los nombrados, a los que al parecer acusaba de haberlas sustraído. El duque articuló algunas frases de consuelo, y cuando el rey sosegó su mayúsculo enfado, Paquito declaró:

—Pero ¿no se hallan en poder del Intruso? Es conocido que Cabarrús le entregó a Bonaparte el estuche aquí mismo, en palacio.

—No, querido Paco —aseguró el rey, con una risita ladina—. Eso es lo que nos hicieron creer. Os contaré algo que me llegó no ha mucho entre la correspondencia de la jefatura de policía. Resulta hilarante, os lo aseguro. Pepe Botella, que como sabéis se encuentra exilado en Inglaterra y con su hermano preso en la isla de Elba, se disponía a poner un océano de por medio y trasladarse a los Estados Unidos de América para salvar su pellejo. Necesitado de dinero para el viaje, intentó vender las joyas a un conocido tasador de Londres, quien le descubrió que eran falsas y que no valían más de dos mil reales. ¿Imagináis su semblante de estupor y rabia? ¡Lo tiene merecido!

La camarilla, como una coral bien entrenada, soltó al unísono una sonora carcajada que contó con el beneplácito del monarca.

—¿Y entonces, mi señor? —intervino Tatischeff, muy interesado.

—Veréis —don Fernando resopló indulgente y volvió a encender el habano—, siempre supe que la caja china que Cabarrús entregó a José Bonaparte en el Salón del Trono era verdaderamente la auténtica, pero no así lo que contenía. No podía serlo. Me lo descubría mi sexto sentido, entrenado tras convivir con traidores, pervertidos, mentirosos y ladrones sin escrúpulos. Y mirad por donde mi confesor, fray Cirilo, sin quererlo, vino a sacarme de dudas al preguntarle yo por el paradero de los cartapacios oficiales de mi padre, el rey don Carlos.

—Bendito sea ese santo sacerdote —se admiró Estolaza.

—Me refirió un suceso extraño que aconteció aquí mismo cuando yo me hallaba camino de Bayona y que tiene que ver con esas carpetas donde se guardaban las cartas secretas de las cancillerías. Escuchad —refirió, reservado—: resulta que una de esas noches en las que el palacio estaba vacío, sorprendió a un capitán de coraceros, de apellido Figueroa, merodeando por estas salas.

—¿Qué tiene eso de extraño, señor? —terció el duque—. Creo recordar que ese oficial era el secretario personal y ayudante de campo del choricero Godoy. Era frecuente verlo por estas dependencias.

El rey hizo una mueca llena de desprecio hacia Godoy.

—Has dado en el blanco, Paquito. Mis padres se hallaban confinados en Aranjuez, preparando el viaje para encontrarse conmigo en Bayona. Godoy estaba detenido por orden mía. ¿Qué hacía Figueroa vestido de paisano por estos aposentos? ¿Qué asuntos de gobierno lo requerían aquí y a horas tan intempestivas? Además, le mintió a fray Cirilo, pues le dijo que venía del buró del rey, de guardar unos documentos. Ignoraba que un alabardero que hacía guardia en el Salón de Espejos seguía sus pasos reflejados en los grandes murales de cristal, sabía que había estado largo rato encerrado en la Sala Amarilla, y que no llegó a entrar en el despacho privado de mi padre el rey en ningún momento.

—Quizá cumplía alguna otra comisión de su superior.

—¡Por supuesto que cumplía una orden de Godoy! —exclamó don Fernando, con una risita triunfante—. ¿Sabéis qué ocultaba doña María Luisa, mi madre, en el secreter de un reloj de esa sala?

—¿Las joyas de la Corona? —se atrevió Collado.

—Exactamente, Pedro: el que en palacio llamaban misteriosamente «el Perfume de las Princesas», un cofre chino al que nadie tenía acceso, ni siquiera yo, y que vale una fortuna. La clave para acceder a él sólo la sabían tres personas de la corte: el rey, la reina y ese ladrón de Godoy, a quien mi madre, en un arranque de generosidad, le permitía usarlas, aunque él haya propalado que se las regaló.

—Puede que no andéis errado, majestad —medió el aristócrata.

—Estoy seguro de ello, Paquito. Figueroa vino a por ellas. Lo sé. Era su hombre de confianza; debido a su rango, no sería detenido por nadie. Las sustituyó por las falsas, así ese maldito Godoy y su puta Tudó tendrían la vejez solventada a mis expensas. ¡Pero no se saldrán con la suya!

—Ese Godoy es un hijo del diablo —expresó Escoiquiz.

El soberano asintió con la cabeza y esbozó una mueca pavorosa.

—Pero aquella noche ocurrieron más cosas —prosiguió el rey en tono misterioso—. Fray Cirilo lo notó muy nervioso, como si ocultara algo de condición inconfesable y secreta. Y cuando quiso protegerlo del furor de algunos guardias que me vitoreaban, Figueroa se negó a recibir auxilio y escapó como un ladrón por el portillo de la farmacia. No atendió al alto, señal inequívoca de que guardaba algo y quería impedir a toda costa que lo detuvieran. ¡Llevaba en sus bolsillos joyas por valor de treinta millones de reales! Fue herido, pues dejó huellas de sangre, pero le perdieron el rastro. No regresó a su regimiento de coraceros. Desapareció y no se supo más de él. ¿No os parece sorprendente y sospechoso, amigos míos?

Los seis se miraron con la viva apariencia del asombro.

—Increíble, señor —se pronunció Ugarte—. Se trata en verdad de un enigmático y singular asunto, majestad.

—Habéis espoleado nuestra curiosidad —dijo Escoiquiz—, pero han pasado varios años… Será difícil seguir una pista tan confusa como sorprendente.

El soberano no parecía resignado a perderlas.

—No tan confusa —dijo, y a continuación pidió a Chamorro que le llenara la copa de brandy—. He hecho mis averiguaciones, Antonio. Ese escurridizo de Figueroa solía frecuentar la que en Madrid llaman «la tertulia del trueno», un círculo secreto de revolucionarios, masones y oficiales liberales que se reunían en el Teatro del Príncipe. Allí tenía amigos y cómplices, y es posible que recurriera a alguno de ellos al verse apurado y herido. Sólo hay que tirar de ese hilo y vigilar a esos conspiradores, si es que no han huido aprovechando la guerra. Entonces el ovillo se desmadejará. Estoy seguro de que tarde o temprano sabremos qué derrotero tomaron las joyas.

—¿Y no las tendrá ya en su poder ese bribón de Godoy? Ha pasado demasiado tiempo, majestad —opinó Ugarte.

Por un momento los íntimos esbozaron un gesto de duda y conjeturaron las más peregrinas posibilidades de su posible localización.

—¡Callad de una vez! —cortó el rey sus murmuraciones—. No las tiene, y además está jugando a desorientar. Él también las busca.

—¿Y cómo lo sabéis tan a ciencia cierta, señor? —inquirió el ruso.

—¿Lo preguntas tú que eres un zorro de los secretos? —Sonrió, malicioso—. Mis agentes de Roma vigilan estrechamente al Choricero y me han hecho llegar ciertas noticias. Bardaxí, mi espía, me comunicó que el Príncipe de la Paz se reunió en París con ciertos agentes que antes trabajaban para él con el solo objetivo de buscar las alhajas. ¿Entendéis?

—¡Es peor que un alacrán de los pedregales! —aseguró Estolaza.

—Y aunque haya dedicado años a la búsqueda, aún no las tiene.

El Deseado había hallado la complicidad de sus adeptos para recuperar las pedrerías. Ugarte lo invitó a proseguir con su revelación.

—Chamorro, llena esa caja de habanos y escancia las copas —ordenó el rey—. Prestadme oídos, pues os haré partícipes de unas confidencias que desconocéis. Pero os ruego que obréis con cautela y no menospreciéis el talento de ese acabado de Godoy, un advenedizo listo, calculador y acostumbrado a la rapacidad y a la codicia a costa de mi familia.

La curiosidad creció entre los invitados, quienes, como si se hallaran en un aquelarre, acercaron sus asientos al rey.

—¿Aún encierra ese robo más enigmas? —se extrañó Estolaza.

—Os adelantaré que media Europa está desde hace años detrás de la Peregrina y del Estanque azul, y que el emperador de Austria ha propuesto a Godoy y a Pepita Tudó que fijen su residencia en la cárcel dorada de Viena para despojarlos de las joyas cuando se hallen en su poder.

—¡No es posible! —exclamó Tatischeff—. Esos codiciosos austríacos os las quieren robar. El caso ha tomado dimensiones universales que en nada os favorecen. ¿Y cómo es que yo no me he enterado de nada?

Fernando asintió, con un semblante resignado.

—Porque, debido a su colosal valor, es un asunto calificado en las cancillerías como de «alto secreto» —reveló—. ¿Comprendéis ahora mi preocupación? Todos saben de su errática y secreta existencia, y todos las desean. Por eso, como genuino dueño, estoy obligado a adelantarme a todos esos buitres.

—Mis agentes lo lograrán, majestad —aventuró Ugarte, sumiso.

—¡Nadie sabe nada, Antonio! Es un dilema oscuro y cegado. La policía ha revuelto cielo y tierra por orden mía y ha llegado a la conclusión de que se han perdido irremisiblemente. La sustracción se concibió en la zahúrda de la clandestinidad y la traición, y fue tutelada por ese monstruo ávido de poder que es Godoy. Costará mucho trabajo dar con ellas. Por eso recurro a vosotros.

El soberano había desplegado unas deducciones sorprendentes y temerarias. El caso estaba a punto de escurrírsele entre los dedos, pero vio, complacido, expresiones de intriga y deseo de ayudar en sus leales sicarios. De repente, asumió un aire de gravedad y en la sala se hizo el silencio, acentuado por el reposo de la noche. El interés y la conspiración latían en sus bocas, pero preferían no perderse ni una sola palabra del anfitrión. La cuestión lo merecía.

En medio de las luminosas constelaciones, una luna menguante era la única espía en aquella velada trepidante. Bebieron de las copas y prepararon los puros con el humidor, pero en la mente de todos ellos se instalaron incómodos interrogantes. El asunto había despertado en la insobornable camarilla la perplejidad y también la avaricia. Tenían que hacer lo posible para que se cumplieran los grandiosos sueños del Rey Absoluto.

Pero ¿encerraban aquellas alhajas alguna trampa oculta para desacreditar al soberano? ¿Algún ardid tramado por Godoy, que odiaba visceralmente a Fernando? ¿Qué había querido decir el rey al insinuar que potencias europeas seguían el rastro de las joyas? ¿Por qué razón había entrado en escena el monarca austríaco?

La noche prometía incitadoras confidencias.

—¿Confiáis en ese Bardaxí, majestad? —preguntó el duque.

Las lámparas iluminaban la negrísima mirada del rey, que disimulaba su burla por el mundo con un parpadeo nervioso.

—Tanto como en ti, Paquito querido —replicó, afable—. En Valencia, el general Elío me ofreció para mi servicio personal a dos agentes que habían espiado a los franceses para el Segundo Ejército. Sus nombres son Eusebio Bardaxí y Vargas Laguna. Los tomé a mi servicio y me han demostrado con creces su sagacidad. Les firmé cartas de crédito y los envié a la embajada de Roma con plenos poderes encomendándoles la labor de vigilar a mis augustos padres y de seguir de cerca a ese pérfido de Godoy.

—¿Y qué han averiguado, señor? —se interesó el duque.

—Primero, que Godoy se mueve sin residencia fija entre Roma, París y Verona, donde es tratado con obsequiosidad porque lo creen poseedor de las dos joyas más capitales de la Corona española. Él, sagazmente, procura publicarlo para recibir créditos fáciles. Bardaxí, con las mañas propias de su oficio, ha registrado las habitaciones privadas del palacio Barberini, donde viven mis padres y la amante del duque, Pepita Tudó, y afirma que las dos alhajas no se hallan en su poder y que las busca como un hurón desde que entraron los franceses en estos reinos.

—Entonces es evidente que el rastro se pierde con Figueroa.

—Exactamente, Paquito —reconoció el rey—. Es ahí donde se produce la fractura de este dislocado rompecabezas. Por eso Godoy espera que se restablezca la cadena que le devuelva las joyas que dice suyas y que con toda seguridad mandó robar aprovechando la confusión y la soledad de palacio. Pero yo me adelantaré a esa perversa jugada con vuestra ayuda. He comprado la voluntad del gobernador de Roma, el cardenal Bartolomeo Pacca, que trabaja para mí y me informa de sus movimientos.

—¿Y por qué os preocupa que Godoy se escape a la que llamáis la «jaula dorada» de Viena, majestad?— se interesó el duque de Alagón.

Don Fernando recordó el último informe de Bardaxí.

—Prestadme oídos —dijo tras soltar una bocanada de humo del habano—. Bardaxí interceptó una carta del embajador de Austria en Roma, el príncipe Wenzel von Kaunitz, dirigida al choricero Godoy. En ella el emperador le proponía instalarse en Viena con su puta y naturalizarse austríacos con la promesa de que así eludirían el largo brazo de mi justicia. ¡Un puro engaño!

—Perderíais para siempre las alhajas —intervino Tatischeff.

—Claro está. Pero lo que no saben esos dos miserables rateros es que según mis informes, en cuanto Godoy y Pepita Tudó pusieran el pie en Viena, serían detenidos y confinados en unas mazmorras, de las que sólo saldrían canjeando su libertad por la Peregrina y el Estanque azul. ¡Ilusos! ¡Están cercados y nunca disfrutarán de su posesión!

—Merecen ese aciago final, señor —señaló Escoiquiz.

—Yo les auguro que morirán en la más absoluta de las pobrezas y mendigarán de puerta en puerta el pan que coman —sentenció el duque.

—Sí, merecen lo peor, pero yo perdería para siempre lo que me pertenece por derecho de nacimiento —manifestó, colérico, el monarca—. ¡Soy el dueño del tesoro y no estoy dispuesto a perderlo! Lo recuperaré. Pero para eso a vosotros os toca rastrear los pasos de Figueroa. Ese enigmático oficial, que el infierno confunda, desapareció sin dejar rastro. Nadie sabe nada de él. Es como si se hubiera esfumado de la tierra.

—El capitán es la clave del enigma —adujo Tatischeff.

Los seis invitados intentaron urdir en su cabeza alguna contestación coherente para contentar a su rey, pero no lo lograron. ¿Dónde se hallaría el escurridizo oficial?

—Se trata verdaderamente de un retorcido jeroglífico, pero perded cuidado, majestad. Pondremos a vuestros pies lo más preciado del trono que Dios os ha devuelto por su divina providencia —afirmó Estolaza.

—Si lo conseguís, os demostraré gratitud eterna.

Un insólito dilema se filtraba en el magín de los consejeros. ¿Qué hacer? ¿A quién debían dirigirse? ¿Qué camino habrían de tomar?

Fernando VII estaba satisfecho con la respuesta, pero no lo estaría íntegramente hasta disfrutar de lo que su regia descendencia le debía. Su felicidad dependía de aquello, y estaba dispuesto a todo, a intrigas, a amenazas, a comprar cargos públicos y a matar si fuera necesario. Atañía al universo de su honor. «Quienes intrigaron para despojarme de mi dignidad real lo pagarán caro», se decía.

El duque de Alagón lo miró fijamente, con admiración.

—¿Quién las posee? ¿Dónde se hallan? ¿Qué renegado las retiene? Ésas son las preguntas que me hago —insistió el rey—. Pienso incluso que pueden emplear las joyas para perjudicarme. Si las recuperarais, me haríais inmensamente feliz. A vuestras manos encomiendo este asunto.

Ugarte se apresuró a aceptar la orden. Significaba, para él, más autoridad y era indicio de la alta estima que le profesaba.

—Mañana mismo iniciaré las diligencias, majestad. Serán vuestras, os lo juro por lo más sagrado.

—Dios, que me ha confiado la autoridad suprema de estos reinos y juzgará mis acciones, te ilumine. Él sabe que reprimo de manera ejemplar los ataques a su Iglesia, a la que he devuelto lo que era suyo. Espero que su providencia me restituya esos símbolos de poder.

—No viviremos hasta haberos complacido —reiteró Escoiquiz.

—Os aprecio porque comprendéis la modestia de mis exigencias y admitís mi autoridad. Y también porque me ayudáis a gobernar una nación donde convivimos difícilmente un rebaño de corderos fieles y una jauría de lobos revolucionarios que nos acosan sin piedad.

—Los obligados somos nosotros, mi rey —adujo Estolaza.

—Gracias, Blas. Sé que sois discretos, incorruptibles y capaces de discernir lo verdadero de lo falso. He pensado que Antonio será quien dirigirá las búsquedas —apuntó el Deseado—. Es una misión delicada, y sólo tú manejas los recursos necesarios para llevarla a cabo con éxito y total reserva. Si se divulgara, nos convertiríamos en el hazmerreír de nuestros enemigos.

—Agradezco vuestra confianza. Dejadlo a mi cuidado —replicó, adulador, el maestro de baile, quien manejaba la información del país. El reto lo excitaba excepcionalmente.

El Deseado se sentía dueño de sí mismo y confiaba en sus leales. Sus accesos de cobardía habían acabado para siempre con la ayuda de esos seis fieles mastines a los que había elevado hasta las nubes del poder mientras hundía a otros con más méritos. Había creado un aparato de poder inédito en la historia de España. Una cámara iletrada y zafia, salida del soez légamo de la chusma, que conocía como nadie lo que corría por su linfa insolente y siempre descontenta y ávida de groseros placeres.

Fuera comenzó a caer una ligera lluvia. Los faroles empañados del Patio de Armas parecían espectros en la niebla. Grupos oscuros de alabarderos y guardias reales se arracimaban en las garitas de palacio. Aquella noche don Fernando no saldría de parranda. Cuando llovía, las tabernas de Madrid se llenaban de alborotadores que gritaban como arrieros, y eso lo incomodaba. Pidió a Chamorro que trajera unas barajas de cartas, la caja de habanos y una licorera.

Dejaría el encuentro con la bella italiana para el día siguiente.

El avance desdeñoso de su labio inferior delataba contrariedad.

El tahúr del Parador de La Higuera

Cecilio Bergamín llevaba en Madrid una vida errante.

Caminaba encorvado y se tocaba con un sombrero de ala ancha para que no lo reconocieran. Se había cortado los rizos que antes adornaban su frente y sus orejas, y cuidaba su nueva y fina barba, que le proporcionaba un aspecto aristócrata. Una párvula cicatriz violácea en la comisura de la boca, cosechada cuando huía de los guerrilleros, hacía más aviesa su fisonomía. No se resignaba a su suerte y se repetía para sus adentros que tenía que mostrarse osado y cambiar su sino.

Y, sobre todo, jamás se aventuraba a acercarse a las proximidades del Palacio Real ni de las dependencias del cuartel del Conde-Duque, por si era reconocido. Le iba la vida de trotamundos. Su mueca altiva se había convertido en un rictus de sumisión. Olvidado de todos, se había arrastrado de taberna en taberna jugando a los naipes, y de convento en convento mendigando un cazo de sopicaldo y un mendrugo de pan. Entró como recadero de un peletero de la calle Montera y malvivía bajo el rellano de una escalera.

Pero sabía que su suerte cambiaría. Así ocurría siempre.

Con los ojos pensativos, una mañana invernal se cubrió con su deshilachada capa y se dirigió al Parador de La Higuera, conocido lugar donde algunos ricos y nobles se jugaban su fortuna a las cartas. Aún recordaba las mañas y trampas que le había enseñado su antiguo amo, el tahúr tísico, y decidió probar suerte y ofrecerse al mesonero a cambio de compartir las ganancias a medias, como era lo usual.

No le fue fácil convencerlo, sobre todo por su condición modesta, pero pronto el ventero percibió que Bergamín poseía lo más valioso de un jugador de cartas: la inteligencia para ganar o perder en el momento oportuno, el arte del silencio y el enaltecimiento del engaño. Bergamín era sentencioso, y permanecía siempre con sus sentidos despiertos. Era el socio perfecto, pues pedía poco y gastaba menos, era diligente y no se vanagloriaba de sus habilidades.

Tras esquilmar a más de un adinerado, el amo del albergue lo llegó a tener en alta estima. Cecilio nunca había hallado tanta generosidad en un semejante. Y así fue como se convirtió en el timbero más reclamado por la parroquia del Parador de La Higuera, adonde trasladó su residencia. No pagaba nada por el alojamiento y la comida, vivía hospedado en la casa del herrero y recibía una aceptable suma de dinero que le permitía vivir acomodadamente. Era el lugar perfecto para no tropezarse con alguien de su ralea que pudiera reconocerlo y denunciarlo por antiguo afrancesado. Observaba a los asistentes por si le cabía la sospecha de que alguno reconociera su identidad o lo asociara con algún recuerdo que lo perjudicara.

Pero nadie lo señaló con el dedo acusador.

La tarde de Todos los Santos se armó un gran revuelo en el Parador de La Higuera. Elegantemente ataviado con un levitón azul y corbatín de seda, entró en el salón de juego don Antonio Ugarte, el gran valido del rey, asistido por dos criados y el cortés anfitrión. Cecilio se sintió desconcertado y dio un respingo. Aún recordaba al todopoderoso privado cuando suministraba víveres al cuartel de Conde-Duque. Lo había tratado en más de una ocasión; si lo reconocía, estaba perdido. Sus sienes le latieron alocadamente y comenzó a sudar. Pero al inclinarse, darle la mano y advertir durante el juego que Ugarte se mostraba ajeno, natural y chistoso, se relajó. No había cuidado.

Nadie de la mesa de juego, a la vista de sus sonrientes labios y su jovialidad, habría podido creer que aquel hombre decidía sobre la vida y los bienes de los españoles. Al concluir una serie de partidas del truquiflor, en las que ganó más de doscientos reales, se retiró con el dueño y unas damas aristócratas a un velador. Pero como la plática era aburrida, Ugarte se excusó y salió a pasear, con un habano humeante entre sus dedos, por un patio desierto que servía de cobertizo a los carruajes y las galeras.

De improviso se tropezó con Cecilio, que, ajeno a tan poderosa presencia, había ido a refrescarse al pozo. Estaba sentado en el brocal de pila berroqueña. Ugarte conocía a aquel hombre, pero no lo situaba. Sin disimular, lo miró intensamente con sus ojillos azules y chispeantes y de pronto le surgió una idea. Desde que el rey le había ordenado que siguiera el rastro de las joyas de la Corona y del extraño capitán Figueroa, no había podido conciliar el sueño. Los otros miembros de la camarilla se le habían adelantado y habían comenzado a hacer averiguaciones por su cuenta. Pero él no estaba dispuesto a conceder ventaja a sus camaradas. Aquel tahúr, frío y calculador, podía convertirse en su hombre. Evaluó la situación y, después de sopesarla, lo llamó. El jugador se sobresaltó.

—¿Me permites formularte una duda que me obsesiona?

El tono de la pregunta era reprobador. Bergamín se quedó petrificado. No podía apartar la mirada del cuerpo obeso de Ugarte pegado al suyo mientras por su mente se derrumbaban negros presagios.

—Claro, don Antonio, preguntad —balbució, acobardado.

—¿Tú no pertenecías a la Guardia Jurada de Bonaparte? Creo recordar que te llamabas Vergara o Berga, y que estabas en Intendencia. ¿No? Nunca se me olvida una cara.

La pregunta hizo temblar a Bergamín; temía que una evasiva ofendiera al poderoso maestro de baile. ¿Valía de algo mentir al que controlaba la vida de cada ciudadano del país?

—Mi nombre es Cecilio Bergamín, para serviros —contestó, abrumado—. A vos no puedo ocultaros nada, don Antonio. Sí, pertenecí a ese regimiento, pero por poco tiempo. Y no por adhesión a Pepe Botella, creedme, sino para comer y malvivir, os lo aseguro. Fui un minúsculo peón sin influencias.

—¿Y cómo que no estás como todos esos traidores en el París de la Francia? ¿Desertaste, quizá? —se interesó Ugarte bajando su voz de barítono. Su aguda mirada le taladró el cerebro. No tenía otra salida que proclamar la verdad y confiar en su persuasión y en la suerte.

—Veréis, señor —quiso justificarse—. Caí herido en la retirada y quedé sin sentido en el campo de Vitoria. Unos aldeanos de Zadorra, que nada sabían de uniformes, me auxiliaron. Al poco regresé a Madrid, desmemoriado y hecho una pura llaga, y os juro que lloré de alegría al ver en el trono de las Españas a don Fernando VII, nuestro señor.

Bergamín estaba demasiado pesaroso y las piernas le temblaban. Los ojos del privado del rey tomaron un brillo raro: observaba al tahúr como si poseyera algo que él ambicionaba. Aquella mirada lo asustó.

—¿Sabes que si alguien te delatara pasarías el resto de tu vida en presidio, como esos lameculos del Intruso? —lo intimidó.

Cecilio se estremeció. Con él no le servía de nada su cualidad escurridiza de camaleón y aún menos sus dotes de persuasión.

—Lo sé, pero confío en vuestra benevolencia, don Antonio. Soy tan insignificante, que vos nada ganaríais con mi detención.

El autoritario privado decidió endurecer el tono de sus palabras.

—No sé —dudó—. Es mi deber ponerlo en conocimiento del jefe de policía. Es un delito que debe castigarse con la horca. Lo siento.

Bergamín se sintió incapaz de reflexionar y evaluar la comprometida situación. Debía ser osado y entregarse sin sopesar los pros y los contras. Una sonrisa petrificada de Ugarte le hizo tartamudear.

—Trabajaré para vos, me convertiré en vuestro criado, en vuestro escolta, en lo que deseéis. ¡No me delatéis, os lo pido por Dios! Sólo así limpiaré mi falta para con mi patria y mi rey. Seré los ojos, los oídos y el olfato de vuestra señoría en este lugar. —Se vendió ahondando en su juramento de fidelidad absoluta—. No podéis ni imaginar las cosas que llegan a escucharse en las mesas. Concededme una oportunidad, señoría.

Ugarte había conseguido lo que pretendía: convertirlo en un sicario, en un sayón incondicional que nunca hablaría porque su ayer lo comprometía. Poseía la mansedumbre de una araña y también su picadura letal. Conocía bien a los hombres. Sería un perro faldero incorruptible a quien encargarle las misiones más difíciles y del que no respondería nadie. Se había fijado en su proceder en las mesas y había comprobado que era un tipo listo, observador y carente de escrúpulos. Se desenvolvía con frialdad y tino, era elocuente cuando la situación lo precisaba y, sobre todo, era reservado. Daba la imagen del sabueso fiel, eficaz y callado que necesitaba. Era el sujeto perfecto, y sus exigencias eran modestas. Tenía mal genio pero sabía contenerlo. Ugarte simuló dudar unos instantes y luego esbozó una risita socarrona. Tiró del brazo de Bergamín, sobrecogido y temeroso, y se ocultaron tras un cabriolé.

—Me gustan los hombres que tienen un pasado que olvidar pero que miran el futuro con fe. Suelen ser fieles e insobornables.

—Y más sinceros, señoría. Yo no necesito a nadie salvo a mí mismo. No mantengo rémoras, ni de familia, ni de amigos, pues no los tengo. No hallaréis en mí a un ayudante nostálgico ni irreflexivo.

—Ese tipo de colaborador es el que preciso en este momento —corroboró su acierto—. Acepto tu ofrecimiento, Bergamín. Hoy romperás los grilletes que te atan al pasado, y desde mañana mismo trabajarás para mí. Tendrás que cambiar de atuendo, manejarás fondos y te trasladarás a una casa de mi pertenencia en las Delicias, con servicio y cuadra. Te convertirás en mi agente personal.

Cecilio, que había esperado lo peor, creyó flotar en una nube.

—Sois el mejor de los consejeros del rey y el más magnánimo de los patrones —afirmó, incrédulo, esbozando una pálida sonrisa.

—Ahora no puedo ser claro contigo. Hablaremos en mi despacho y te pondré en antecedentes sobre cierta cuestión que preocupa al rey nuestro señor. Me ayudarás a resolver un asunto delicado y de alto secreto.

—Me siento honrado. Contad conmigo, señoría —se enfervorizó.

—Preciso para este negocio alguien a quien no conozcan ni en la jefatura, ni en las embajadas, ni en los ambientes del espionaje y de la información del Estado —matizó—. Un hombre nuevo que responda sólo ante mi persona. No trabajarás para el gobierno, sino para mí, para Antonio Ugarte.

—No os arrepentiréis de vuestra decisión —confirmó Bergamín, exultante—. Soy un hombre promiscuo, señor, amo y a la vez odio todo. Sé hacer las cosas limpiamente y me tengo por inaccesible. Y no me importa matar.

—Pero recuerda esto: espiarás para mí, pero no serás de los míos, no estarás en la nómina del ministerio —lo amenazó Ugarte—. Nadie debe conocer nuestro acuerdo y menos aún la misión que te encomendaré. Si descorres alguna vez el cerrojo de tu boca, nuestro acuerdo quedará roto. Y si cometes ese error, lo lamentarás, pues no vivirás un instante más.

Cecilio se sintió molesto con aquella coacción, pero estaba gozoso porque había salvado el pellejo. ¿Él, agente del gobierno? Le costaba creerlo, pero así eran los inexplicables antojos del destino. Debía doblegarse a las exigencias del consejero real. Significaba la ocasión de su vida. ¿Iba a renegar del ofrecimiento sabiendo que aquel poderoso sujeto podía segarle el cuello si se dejaba ganar por la decepción?

Una sonrisa distendida y suspicaz afloró en el rostro sonrosado de Ugarte en el momento en el que los criados encendían los farolones del cobertizo. Nadie había prestado atención a la plática. Cecilio no sabía cómo, pero aquel hombre provocaba sentimientos de simpatía.

—Estoy complacido con nuestro encuentro, Bergamín.

—Beso vuestra mano, don Antonio. Vuestra confianza me honra y mi codicia no llega más allá que a serviros conforme a vuestros deseos. —Se envalentonó inclinándose, mientras pensaba que era el precio que debía pagar por su supervivencia.

—Si me sirves con entrega en este exigente oficio, te haré rico. Al amanecer pasará un carruaje a recogerte. Di que marchas a cobrar una herencia a tu pueblo. Esa excusa lo explicará todo.

—Vuestra generosidad me colma y me abruma, excelencia.

El privado le tendió la mano, que Bergamín cogió entre las suyas. De repente observó que bajo el encaje de la camisa de Ugarte, como una marca misteriosa, aparecían tres puntitos negros en forma de triángulo en simétrica disposición. ¿Sería una señal secreta? ¿Una mancha de nacimiento? Era extraño en verdad.

Antonio Ugarte retiró con rapidez la mano. Parecía muy cuidadoso en ocultar aquella extraña marca.

No obstante, admitía que había elegido a la persona adecuada para introducirse en el círculo de amistades del capitán Figueroa y hallar las dos preciadas alhajas que su rey y señor tanto anhelaba poseer. Si Bergamín perdía la vida, nada le importaba. Si era descubierto, nadie lo asociaría con él. Pero si triunfaba, su influencia ante el rey y su poder se multiplicarían por mil.

Cuando Ugarte abandonó el Parador de La Higuera lucía una mueca triunfante.

Un laberinto de contraluces envolvía Madrid.

A Bergamín le había llegado la hora de prosperar a cambio de ejercitar sus dotes camaleónicas, su sabiduría del mundo, la lealtad hacia su superior y la integridad cuando cumplía con el deber. Era un ser aislado y autosuficiente que vivía en su propio mundo, sin necesidad de nadie. Pasaba por un ser misántropo; jamás había amado a una mujer. No mostraba afecto por ninguna persona salvo por sí mismo. Ésas eran sus virtudes. Y se sentía como si hubiera vendido su alma al diablo.

Cuando volvió al salón, pidió un vaso de jerez seco.

Se lo bebió de un trago.

La caza de liberales

A Galiana las cacerías de liberales en los últimos meses de ese año no le pillaron por sorpresa.

Había edificado alrededor de su vida un muro de hermetismo frente al mundo exterior y apenas si hacía vida social. Pero tenía miedo de que su enemigo cerval, Alfonso Copons, aprovechara el celo absolutista para, amparado por su tío, el influyente general Copons, uno de los defensores del Rey Absoluto, cobrarse alguna venganza personal que anhelaba desde hacía tiempo. El vengativo brigadier estaba presente en todos los actos de exaltación del Deseado, y su figura desgarbada y cojitranca era tristemente famosa en las algaradas contra los liberales, masones y constitucionalistas de Cádiz.

—¡Acabemos con las cloacas masónicas! —gritaba al frente de sus leales guardias, amedrentando por las calles a la población.

La mayoría de los gaditanos no se resignaban a admitir que su querida Constitución hubiera sido proscrita por el monarca a quien más habían deseado y por el que habían sufrido un terrible asedio y privaciones sin cuento. No podían creerlo. Y temían que el decreto de anulación se convirtiera en un azote para Cádiz, que amaba como ninguna otra ciudad la gran obra legislativa concebida en el templo de la libertad de San Felipe Neri.

Y sucedió lo inevitable y más temido: un ejército de serviles, amparados bajo el manto del monarca apóstata, tomaron la ciudad, y el infortunio llegó a las mismas puertas de sus defensores más notorios.

Germán no se consideraba más listo ni más avisado que nadie, pero sabía lo que tenía que hacer si las cosas se ponían mal. Guardó en un bolsón sus enseres, sus documentos más importantes y sus pertenencias más personales, y metió en un baúl sus ropas. De madrugada, sin que nadie lo advirtiera, los llevó al muelle y los embarcó en *La Marigalante*, dispuesta a zarpar en cualquier momento, y así se lo hizo saber al piloto mayor, que tenía vigilante a la tripulación. ¿Adónde iría si tenía que huir? No imaginaba su vida huyendo por segunda vez.

El pánico se había contagiado entre los demócratas, aventado por el hostil comportamiento del Batallón de Guardias Españolas, antagonista de la revolución liberal, que amedrentaba a la población exhibiéndose armado por las calles y vociferando consignas a favor del Absoluto e insultos contra los revolucionarios. Una mañana, llevados por su ardor totalitario, los soldados, con Copons a la cabeza, intentaron quemar las escribanías de los periódicos *El Duende de los Cafés*, *La Abeja*, *El Conciso* y *El Semanario Patriótico*, hijos de la revolución de 1812.

Fue la gota que colmó el vaso.

Los vecinos y el cuerpo de voluntarios populares reaccionaron armándose con fusilería y dispuestos a enfrentarse en las calles al colérico brigadier, a los serviles y a los militares reaccionarios a los que el gobernador Cayetano Valdez, oficial liberal y honesto, no podía controlar. En las plazas se oían gritos, tiros y vivas al Rey Neto mientras en los cuarteles se quemaban ejemplares de la Ley de Leyes. Los liberales más osados, amparados en la noche, incendiaban las garitas y los portones de los cuarteles, y luego desaparecían por las callejuelas, en medio de las llamas y la humareda. La inseguridad y el pavor sobrevolaban la ciudad.

Germán tenía la sensación de que con aquellos humos se escapaba para siempre la libertad en España y también su vida tranquila al lado de quienes más quería.

Las noticias de las refriegas llegaron a Madrid, y el rey, preocupado por Cádiz, defensora de la Constitución y joya de la Corona, separó del cargo a Valdez en beneficio de un general dictatorial, el rudo Villavicencio. Nada más poner el pie en la urbe marinera, ordenó que se destruyera la lápida conmemorativa de la plaza de San Antonio. Los absolutistas lo celebraron con irreverente regocijo, mientras el pueblo protestaba tras los muros de la iglesia.

En los círculos liberales, reunidos secretamente en las buhardillas del comerciante Istúriz, se recomendaba paciencia a sus miembros. Pero el mero chirrido de las ruedas de un carruaje, las voces intempestivas de un alguacil, las bravatas de Copons o las prédicas de un clérigo trabucaire como el padre Vélez encogían sus corazones.

Una de esas tardes, Germán regresaba a su casa del Pópulo, tras rendir cuentas a doña Mercedes Galiana de un cargamento de sedas, cuando sintió como si de repente soplara un viento huracanado y la tierra zumbara bajo sus pies. ¿Qué era aquel clamor sinfónico que todo lo invadía? Aceleró su paso hacia la calle Veedor y contempló, atónito, una concurrida procesión que rodeaba San Antonio y se perdía por la calle Ancha. Se encontró con el poeta Téllez. El monito Chocolate se tiró inmediatamente al reloj de bolsillo de Germán; le encantaban los objetos brillantes. Galiana lo acarició.

—Han cantado un *Deo gratias* como desagravio al rey enojado —explicó Téllez—. ¡Pobrecito!

—¿Tanto mal le han hecho al Deseado sus súbditos? —dijo Galiana, contrariado.

—Ya ves, eso parece —repuso, irónico, Téllez—. El pueblo sufre, se sacrifica y muere, pero luego los ricos son los que sacan tajada. Como siempre, Germán. ¡Todo es mentira! Tu amigo Copons anda por ahí exultante.

—Empiezo a comprender este falso baile de máscaras…

El marino divisó que la multitud procesionaba un retrato colosal del rey Fernando VII cual si fuera una imagen de Cristo. Lo transportaban, bajo palio, dos oficiales de alto rango rodeados por militares con uniforme de gala que enarbolaban hachas encendidas y por serviles que pedían la detención y el castigo de los constitucionalistas. Aguzó la mirada y tras ellos vio a Inés y a su esposo Copons, que cojeaba altanero, como si mostrara una meritoria herida de guerra. Como un torrente les llegaron las aclamaciones al soberano cuando advirtió que unas señoras encopetadas sacaban de la iglesia una carroza con otro retrato del rey con sus atributos absolutistas.

—¡Viva el Absoluto, abajo el papelucho de San Felipe! —coreaban.

En la marea humana circulaban corrientes de animadversión hacia los liberales, que abatieron el ánimo del marino y del poeta del pueblo. Algunos quemaban a su paso los diarios de sesiones de las Cortes y los periódicos liberales. Galiana y Téllez siguieron de lejos la fervorosa manifestación, cuya marcha triunfal concluyó de forma entusiástica en el Ayuntamiento, donde se celebró un baile en el que participaron las más adineradas familias de Cádiz.

Téllez guardó silencio. Sólo se escuchaban los aullidos de Chocolate y su pulmón minado por la metralla; le costaba respirar.

—Aguardaré a otra ocasión para congraciarme con mi ciudad.

—Me cuesta aceptarlo, pero la caza del liberal comenzará pronto en Cádiz —auguró el marino, que siguió su camino cabizbajo.

Los días siguientes fueron de tensa calma, de zozobra.

Se oían detonaciones de disparos y gritos a favor de la Constitución, y no había gaditano que no tuviera su navaja o mosquete preparado tras la puerta. Para amedrentar a los revolucionarios, los Voluntarios Distinguidos, hijos de las familias más aristocráticas, con plumas de colores en el sombrero y una faja granate en la cintura, pasearon de nuevo en un carro triunfal el otro retrato de Fernando VII, quien con su gesto bonachón y candoroso parecía recriminar a los gaditanos su apoyo al Código Abominable. Se les unieron conocidos oficiales de la guarnición. No parecían cohibidos; a pie o a caballo, y con gestos belicosos, impusieron en la ciudad constitucional la paz del miedo: la fría y cruel intimidación.

La divina providencia había detenido la plaga herética y liberal. Ahora había que extirparla de cuajo.

Villavicencio, un oficial tiránico de la vieja guardia, mandó cerrar el Café Patriótico y el Café Apolo, cuyos dueños fueron arrastrados y vapuleados para luego ingresar como indeseables en la Cárcel Real. El monarca seguía el día a día de los acontecimientos del emporio marítimo, la Puerta de las Indias. Enterado de los sucesos, consideró tibias las adhesiones y escaso el celo represor del gobernador, por lo que lo cesó fulminantemente. Quería más dureza, más escarmiento.

El ardor tumultuoso de los liberales fue extinguiéndose por el cuidado de las familias. Nadie osaba levantarse contra la opresión en favor de la libertad conquistada. Los que antes habían apoyado el texto revolucionario avanzaban ahora por las calles con paso vacilante, temerosos de sus vidas y de sus haciendas. Germán se sentía incapaz de sopesar su situación; no sabía si debía huir, esconderse o esperar.

Soledad y Germán llevaban unas semanas distantes. Los Cuatro Vientos cerraba pronto y sus amigos liberales ya no se reunían con la frecuencia acostumbrada. Cantaores, músicos y bailaoras se retiraban antes del toque de ánimas. La Cubana atrancó la puerta de su alcoba. La estación discurría con su rumor a represión. Las alondras y golondrinas habían abandonado las arboledas de las Delicias y la Alameda. Las noches eran estrelladas y olían a la brisa salada procedente de La Caleta. Soledad abrió la ventana y los ramajes secos de una parra se colaron entre los visillos. De pronto vio llegar a Germán, que se deslizaba como un fantasma por la puerta de la caballeriza. Sabía que vivía en la desconfianza y en un sobresalto continuo. Ella abrió la puerta sin hacer ruido y, en cuanto Germán entró, le rodeó el cuello con sus brazos y pegó su rostro al del marino.

Él la estrechó contra su cuerpo y la abrazó enardecido.

—Vives en una permanente angustia, ¿no es así? —dijo ella.

—No puedo remediarlo. Muchos serviles me señalan con el dedo, pero mientras el Tribunal de la Inquisición no reanude sus cometidos, estoy a salvo —la consoló—. Estoy preparado para escapar. No temas.

—Esta persecución pasará. Dicen que llegará un gobernador más compasivo. Tú eres un cargador de Indias reconocido, no te molestarán —lo tranquilizó y besó tiernamente sus labios.

—Reza a tu Niño Jesús de ojos rasgados para que me proteja.

La bailaora miró la figura e hizo una observación sorprendente.

—La verdad es que es tan bonito como un recién nacido oriental. No lo vas a creer, pero esa imagen me magnetiza. Parece como si su mirada inexplicable me hablara. Es muy misteriosa.

—¡Qué cosas dices! Fue robada en el palacio de Madrid y perteneció a la familia real. Es un privilegio poseerla.

—Y como tal lo tengo. Pero porque viene de ti, le rezo, y basta.

Germán contempló durante unos instantes al Infante Jesús Buda, iluminado sesgadamente por las lamparillas de aceite. Soledad tenía razón. Su insólito color y su rara belleza hipnotizaban a quien lo miraba. ¿No era sorprendentemente extraño? Parecía poseído por una fuerza intensa y su belleza era arrebatadora. Sin embargo, le trajo recuerdos de un pasado maldito que no deseaba desempolvar: indisciplina, luchas encarnizadas, muerte, ciénagas, cólicos desgarradores, olor a pólvora, caminatas interminables, noches en vela, hambre. La vida de un guerrillero.

Germán sabía que cualquier día debería partir como un fugitivo y que entonces echaría de menos el aliento húmedo y el aroma de la piel delicada y abrasadora de Soledad. Dirigió una mirada de ternura a su amante y las palabras cesaron por los latidos alterados de sus corazones. Doña Mercedes no aprobaba su relación, pertenecían a castas diferentes, y Germán no deseaba herir a los que más quería. Soledad había llorado lágrimas amargas: aunque su alma poseía la rosa, las espinas no la dejaban crecer en el jardín de su amor.

Se oyó un suspiro lleno de ternura y Germán le desató los cordones del corpiño. Se echaron en el lecho y el marino besó las lágrimas que huían de sus altos pómulos y se fue apoderando de sus senos temblorosos, de su cuello terso y de su boca entreabierta. No codiciaba otro fruto. Se amaron largo rato de forma salvaje, como si ambos temieran una separación prolongada y quisieran conservar el olor del otro por mucho tiempo. Dejaron que sus manos impacientes poseyeran sus muslos, sus sexos y sus caderas.

Soledad le ofreció el refugio de su cuerpo, cubierto apenas por los bucles azabaches de su larga cabellera, y un fuego de placer los envolvió. Los dos se convirtieron en uno solo. Pronto las sábanas y los almohadones estuvieron desperdigados por el suelo, y los amantes, como fulminados por una llama incombustible, con los cuerpos enlazados, abrasados, quedaron desfallecidos en el tálamo en medio de un mar de jadeos.

Tiernamente abrazados intercambiaron una sonrisa embriagadora. La bailaora le dedicó una mirada emocionada, como un destello que acariciaba.

—Permanezcamos así hasta que nos despierte el alba, Soledad.

—La noche no ha hecho más que empezar, Germán.

Con el amanecer, refrescó. El cielo se tiñó de un azul luminoso como sólo era posible en la Ciudad de las Luces. La Caleta comenzaba a recibir a los barcos de pesca y parecía aventar un húmedo airecillo que olía a sal, a algas y a arena mojada. Germán llenó sus pulmones con aquel céfiro vivificante. La estación fría se deshojaba paulatinamente.

Germán Galiana intentaba dilucidar si la opresión que sentía en su garganta se debía a los sucesos vividos en Cádiz o a un sentimiento interior de desacuerdo con su vida y sus deseos futuros. Una de aquellas mañanas llena de luz, en las Puertas de Tierra sonó un clarín de órdenes, acompañado del ronco sonido de los timbales de campaña. ¿Volvía la guerra? El sol jugaba al escondite con las persianas y las celosías del mesón donde Germán conversaba con Téllez y jugueteaba con Chocolate, cuyos ojillos despiertos seguían el pañuelo del marino.

—¿Qué ocurre, Téllez? Me ha dado un vuelco el alma.

—Ha llegado el nuevo gobernador, don Enrique O'Donnell, conde de La Bisbal. Ese absolutista viene rodeado de una aureola de gobernante duro e intransigente —lo ilustró el músico—. No me gusta nada.

—¿Se puede ser más malvado y tiránico que Villavicencio? —El marino parecía preocupado; vivía en un continuo sobresalto.

O'Donnell entró en la ciudad como un conquistador, rodeado de un abigarrado grupo a caballo, su Estado Mayor, y un destacamento de fusileros y dragones. El representante del rey exhibía con aplomo su uniforme de capitán general y apenas si saludaba a sus gobernados. Prefería no mirar los rostros de aquellos a los que pretendía subyugar.

Germán, Soledad, Mendizábal, Urbina y Téllez acudieron al edificio de la Aduana, donde se realizaría la recepción. Doblaban las campanas de las iglesias y, entre el redoble de los tambores y las salvas de honor, los serviles y las autoridades le presentaron sus respetos con gesto sumiso. El semblante del militar, mirando desdeñoso al pueblo desde lo alto de su montura, desconcertó a Galiana. Era algo que conocía muy bien desde la guerra: la ofensiva animalidad del vencedor. Se comportaba como un dios vengador que venía a restañar los valores perdidos, no a impartir justicia. El marino se horrorizó. No le gustaba su actitud desdeñosa y la animosa ovación de sus partidarios.

Sumidos en la duda, regresaron al barrio del Ave María, y a Germán los minutos le parecieron interminables. Soledad, aprovechando la escasez de clientes en el mesón, salió al patio y miró el sesgo declinante de la luna, totalmente amoratada. «Mal presagio», pensó. El marino la siguió, atraído por la exigua luz que salía de su puerta entreabierta.

Aquella noche, la habitación de Soledad le pareció un santuario para desesperados en cuyo fondo, lleno de litografías sagradas, dormitaban sus fantasmas imposibles. A sus ojos, la imagen del Jesús Buda no era más que un bulto redondeado; desconocía que en París, Madrid, Roma o Verona algunos poderosos bebían los vientos por ella. ¿Acaso la ignorancia no es tranquilidad para quien no sabe?

La alcoba olía a romero, a algalia y a la tibieza de los ungüentos aromáticos que emanaban del cuerpo desnudo de la Cubana, que se durmió con la cabeza reposada en su hombro.

Cádiz, la ciudad aterrorizada, no tardaría en despertar, pero la luz de la luna llena todavía envolvía la noche en su manto amarillo pálido.

Galiana ignoraba que pronto podría convertirse en su cárcel.

Un unánime murmullo de asombro corría en boca de los gaditanos.

Cuántas veces habían vitoreado la Constitución nacida entre sus murallas… Pero aquella mañana infausta el Ayuntamiento de Cádiz, instigado por el conde de La Bisbal, emitió un tétrico veredicto: acordó arrancar del Libro de Actas los pliegos de la Constitución, que fueron quemados y aventados en todas las direcciones.

Jamás la ciudad de Cádiz había caído tan bajo.

En una excitada fila de liberales, Germán y Téllez lanzaron al aire una profunda exhalación de amargura. La preocupación resonaba en su cabeza como un tambor de batalla. Junto a él, decenas de constitucionalistas protestaban ruidosamente en la plaza de San Juan de Dios por lo que consideraban una ignominia. Alzaban ejemplares de la Constitución y se lamentaban, cogidos de las manos, mientras veían volar sus cenizas en dirección al Campo del Vendaval.

—¡Fuera los servilones, viva la Constitución! —gritaban.

Pero la insolencia de los munícipes no quedó ahí. Con el ánimo de agradar al nuevo gobernador, mostraron desde el balcón la medalla conmemorativa de las Cortes de 1812 que los diputados doceañistas habían regalado a la ciudad. Y, tras una pausa de efecto, la partieron allí mismo con saña en cuatro pedazos. El oro fue vendido inmediatamente.

Pero lo que más les dolió a Germán y a sus amigos, que seguían el acto escandalizados, fue la insolencia conminatoria de los modales de los regidores y las miradas de desprecio que lanzaban al pueblo. La multitud, impresionada, asistía atónita a la tropelía. En el furor de su celo, decenas de serviles, soldados, oficiales como Copons y clérigos como el padre Vélez, con piquetas y martillos en las manos, se dirigieron como un tropel de posesos hacia la cripta de San Felipe Neri y, entre gritos contra la Constitución, arrancaron las lápidas de los diputados liberales muertos durante las sesiones. Sus leales los alentaban.

—Los tiempos futuros ensalzarán nuestro nombre. ¡Viva el rey!

—¿Quién os limpiará de la vergüenza? —les gritó Téllez.

—¡Calla, viejo estúpido! —le gritó un oficial—. ¿Quieres morir aquí mismo? —Le había puesto la punta del sable en la garganta.

—Germán, parece que en España estamos condenados a vivir eternamente sin libertad —se quejó Téllez—. Deja que les grite.

Galiana sacudió la cabeza, alarmado por las palabras del poeta.

—Yo quiero pensar que la capacidad humana para recuperar la libertad es ilimitada. Y te aseguro que el tirano que nos gobierna también conocerá la desolación —lo rebatió con la cadencia amigable de sus palabras.

Envalentonados, los exaltados absolutistas fueron más lejos. Amparados en la oscuridad de la noche, los concejales revolucionarios, hombres honrados como Zulueta, Urquinaona y López

León, amigos y contertulios de Galiana en el Café Apolo, y los editores de los periódicos más significados, fueron sacados de sus casas, detenidos y confinados en la Cárcel Real. No se había conocido mayor maldad en el emporio del sur: los legisladores de la nación tratados como maleantes y humillados por la sinrazón del tirano. Habían perdido los estribos, y la ciudadanía despotricaba en los corrillos por tanta saña estéril.

Aquéllos eran días triunfales para los defensores del viejo orden. Copons paseaba por la calle Ancha y el paseo de la Alameda como un campeón del absolutismo, recibiendo los parabienes de los serviles. Cuando se cruzaba con Germán, le arrojaba miradas de reto y de furor y hasta lo señalaba con su guante acusador. El capuchino Rafael de Vélez, defensor del viejo régimen y perseguidor incansable de los que él llamaba «ateos», «libertinos» o «impíos francmasones», predicaba desde su tribuna invectivas antiliberales que enardecían a la gente en su contra.

Antes de aparecer en los púlpitos de las iglesias de Cádiz, el presumido padrecito se acicalaba, se rizaba la barba y el pelo y comparecía como una dama tras pasar por el tocador. Inmediatamente tomaba frases de sus dos libros, *Preservativo contra la irreligión* y *Apología del Altar y del Trono,* dos declaraciones de guerra contra las Cortes de Cádiz y la Constitución, que lanzaba como saetas incendiarias.

Fray Vélez conocía el poder que tenía sobre la masa inculta de Cádiz y sobre los serviles que solicitaban al gobernador un obispado para compensar sus desvelos. El capuchino tenía soliviantada a la ciudad, que lo consideraba el adalid de las ideas absolutistas. El padrecito fray Vélez y el conde de La Bisbal ascendían en popularidad y recibían constantes elogios y cartas de adulación de oficiales de rango y damas de alta cuna. Les llegaban en fajos, con lo que el conde y el capuchino multiplicaron su arrogancia y también su capacidad para hacer sufrir a los que pensaban en una España más justa y benéfica. Era su triunfo personal, pero ignoraban que dentro de la devoción del pueblo reside también su indiferencia y hartura. Y a veces estalla para recuperar la dignidad.

Con aquellos dos guías realistas, uno de doctrina y otro de gobierno, había comenzado en Cádiz la edad del miedo y del terror.

Germán albergaba en su alma un alud de incertidumbres. Lo primero que le vino a la cabeza fue huir a Gibraltar. Ante la atroz campaña antiliberal que vivía la ciudad, la desesperanza comenzó a mortificarle e inició en secreto los preparativos para darse a la fuga. Los tiempos eran turbios y no se fiaba. Aún recordaba la advertencia del desconocido del traje negro, el miércoles de Carnaval, augurando su detención y ruina antes de que se cumpliera el año.

Y parecía haber acertado.

Desde su ventana, con una mezcla de pavor y asco, divisaba el muelle, donde *La Marigalante* estaba presta para la huida, insensible a la belleza que irisaba el sol sobre los velámenes y las banderolas, y sobre la piedra de las murallas y los baluartes. Poseía la apariencia de un animal acosado. Otra vez las dudas maltrataban el alma de Galiana. De nada le valía luchar contra enemigos invisibles, pero tenía la certeza de que Alfonso Copons y el padre Vélez estaban moviendo conciencias para que en Cádiz se restableciera la Inquisición. Sería su ruina.

De ocurrir tan fatal restitución, lo conducirían a los muros de la locura. Una punzada de miedo lo obligó a reprimirse para no flaquear. Pero debía tener todo preparado para escapar.

Contempló el cielo, coloreado por llamaradas escarlata que pronto adquirieron la tonalidad de una perla infinita. El aire perfumado que ascendía de los patios del barrio del Pópulo y la hermosura del crepúsculo aliviaron su melancolía.

Pero la sospecha y la alarma lo mantenían paralizado.

La segunda partida

Días después, nubes algodonosas surcaron los cielos de Cádiz al ras de las torres y las azoteas. La ciudad vivía una blandura tensa de miedo e inquietud. Germán entró en el desierto mesón de Los Cuatro Vientos intranquilo, aprovechando el bullicio de una columna de soldados que relevaban la guardia del castillo de Santa Catalina.

Nadie había reparado en él. Le castañeteaban los dientes por la humedad que rezumaban las calles, pero el sol de la mañana germinó desdibujando las penumbras del alba y pugnando por disipar el relente del amanecer. ¿Qué querría de él tan temprano el coronel peruano? ¿Por qué lo había convocado en secreto en los reservados del mesón?

Desde hacía días vivía en vilo, cualquier cosa lo alertaba.

Don Dionisio Inca Yupanqui le había enviado la noche anterior un recado a través del comerciante Lobo, su anfitrión, comunicándole que lo aguardaba con urgencia después de la primera misa de la capilla del Pópulo. Debía acudir solo y acceder por la cuadra, pues podía comprometer a su amigo Urbina, el dueño del mesón. El militar rodeó la Catedral Vieja, seguido de su ayuda de campo, y entró por el Arco de los Blanco para despistar a algún posible seguidor. Vestía de paisano, con la levita abotonada y calada la chistera. Sentía el vaho salitroso, y de su frente morena escapaban algunas gotas de sudor, más por el nerviosismo que por la larga caminata. En unas zancadas el coronel alcanzó el umbral de la fonda. No había nadie, y la puerta estaba entreabierta. Sus ojillos negros brillaban de excitación. Urbina acudió al instante con una vela titilante en la mano.

—Galiana os aguarda en el privado de arriba —lo saludó servicial—. Seguidme.

El militar evitó mostrar contrariedad por el mensaje que traía y se mostró solícito y afable. Un sutil fulgor de preocupación brilló en los ojos del marino. Sus miradas se rehuían.

—¿Ocurre algo grave, don Dionisio? —preguntó Germán, alarmado por lo intempestivo de la hora.

—Germán, escúchame. No traigo buenas noticias y vengo a alertarte. Dentro de dos días se restablecerá solemnemente en Cádiz el Tribunal de la Inquisición, y los jesuitas volverán a esta importante plaza para misionar a los descarriados liberales. He tenido entre mis manos el Decreto Real que se leerá el domingo en los púlpitos de las iglesias y conventos. Volvemos a la edad del oscurantismo, y eso no te favorece.

Las palabras paralizaron a Galiana. Sus finas cejas se arrugaron en un pliegue intenso, como si hubiera recibido un fustazo en la cara.

—¡Dios bendito, se ha cumplido para mi desgracia! —La voz se le quebró como el cristal—. Me lo temía. Y no por esperada, dejo de temerla.

—Parece que me ha tocado el oficio de ser el mensajero de tus desdichas, Germán. Algunos gaditanos serán hechos presos y otros serán condenados al destierro por cuentas contraídas con el Santo Oficio años atrás. Tú te hallas entre ellos.

Un silencio expectante acogió la nefasta información.

—La fortuna no puede serme más esquiva. De nuevo la herencia secreta de mi desconocido padre y mis palabras planean sobre mi destino. ¿Quién era y por qué lo perseguía el Santo Oficio? Estoy pagando sus yerros. ¡O lo descubro, o reventaré con ese ocultismo que me rodea!

—Tal vez sea sólo por lo que le dijiste a Copons.

—También. Estoy seguro de que el brigadier y ese intratable de fray Vélez vuelven a estar tras esta maniobra. Se han convertido en la sombra negra de mi vida. ¿Qué pecado he cometido contra ellos? Ese monje, con sus atropellos verbales, pisotea las enseñanzas de Cristo.

—El vilipendio de haber aparecido en las Tablillas de la Inquisición, el odio de Alfonso Copons y tu tufo liberal. Ésas son las causas, Germán. Ni tus ideas y ni tan siquiera la acusación de corsario ocasional.

El marino, con aquel detallado recuerdo, no podía sentirse más contrariado y se movía inquieto en la silla. Estaba desconcertado.

—Tenemos que planear una estrategia para que puedas escapar antes de que te detengan. Debes irte. Puede que te estén vigilando.

—¿Otra vez? —Germán hundió el rostro entre las manos, como si rezase una plegaria.

—No te queda otro remedio. ¿O prefieres pudrirte en las cloacas de ese tétrico tribunal? No te concederán la menor ventaja: y acabarás condenado. Cuando heriste a Copons, te enfrentabas a un juicio y a una posible sentencia de cárcel. Ahora es distinto. La Inquisición no se anda con chiquitas y renacerá con virulencia. Nadie ignora que tú la denigraste públicamente. Y así lo testificarán los oficiales del rey, amigos de Copons.

—Claro. —Sus ojos centelleaban con rebeldía.

—Sé que para ti supone una profunda humillación, pero entre las prerrogativas del nuevo gobernador figuran las de detener, mandar a prisión y enviar al exilio. Acepta la situación. El conde de La Bisbal no durará mucho en el cargo. Es un sanguinario que jamás ha probado las molestias de la campaña; está acostumbrado a vivir en la corte y desea marcharse. Será por poco tiempo.

—¿Cómo puede entender de piedad y de libertad quien sólo se ha dedicado a pisar cabezas de semejantes? Bien, don Dionisio —aceptó—. *La Marigalante* está preparada. No me queda otra que aceptar mi suerte. En dos días estaré dispuesto.

—¡No! —lo cortó, tajante—. Zarparás esta misma tarde con la marea.

El rostro del gaditano acusó la mayor de las sorpresas.

—¿Cómo? No os entiendo —dijo incorporándose ligeramente.

—Sabes que en mí siempre ha prevalecido un sentimiento de protección hacia la familia Galiana, y no permitiré que tú, el hijo adoptado de don Evaristo, sufras persecución. Copons ha enviado unos cuantos hombres para que vigilen tu embarcación y también tu casa. Antes de que hubieras puesto un pie en la escala de

La Marigalante estarías detenido y frente a un tribunal del Santo Oficio.

—Creo que vais a explicarme un plan que me sorprenderá —dijo, resignado, con un encogimiento de hombros.

—Así es, y préstame oídos —bajó la voz—. En el muelle de levante está atracada la fragata inglesa *Elsinor*, que zarpa hoy mismo para Port-au-Prince. Ya está cargada y te esperan. Tus bártulos serán trasladados al camarote antes del mediodía, cuando más trajín haya en el puerto.

—¿Qué diferencia existe entre embarcar en uno u otro navío? Pueden descubrirme igualmente. Soy persona conocida en el puerto.

—Está todo organizado; será difícil que te desenmascaren. Mendizábal y yo lo hemos preparado minuciosamente —dijo, enigmático—. Cuando salgas de tu casa como cada día, te dirigirás a las oficinas de los Galiana. Permanecerás allí, siguiendo tu costumbre, hasta después de la siesta, hora a la que tus operarios, según creo, cargan los carros y llevan las mercancías al muelle. Ocuparás el lugar de uno de ellos; irás ataviado con sus sayas y alpargatas y te ocultarás la cara con su pañuelo y un sombrero de paja. Nadie repara jamás en un mozo de cuerda.

El marino estaba realmente sorprendido.

—Y una vez allí, ¿me espera alguien?

El oficial inca se mostró protector y paciente.

—Al atravesar la Puerta de Sevilla cubrirás tu cabeza con un saco. Luego te dirigirás a la derecha, donde está atracada la *Elsinor*. En la pasarela preguntarás por el capitán Jack Conrard y anunciarás que le llevas su brandy de Jerez. Es la consigna que te permitirá pasar.

—¿Y puedo fiarme de ese tal Conrard? ¿No me delatará?

—Es hombre de fiar y ha aceptado encantado tu pasaje. Lo conocí en el puerto de El Callao, en mi Perú natal, cuando era cazador de focas del mar de Bering, con las que traficaba. Tuvo problemas con cierto negocio de perlas de Panamá y mi padre lo ayudó ante las autoridades de Lima, que pedían su cabeza. Ahora realiza la ruta Plymouth, Cádiz, Puerto Cabello, Port-au-Prince, La Guayra y Jamaica.

El marino, preocupado, reflexionó durante unos momentos.

—No conozco a nadie en esos puertos, don Dionisio. Si mi exilio se dilatara podría tener problemas para subsistir —dijo, inquieto.

—No debes preocuparte. Tu destino es Venezuela, donde te aguarda un caballero de confianza y miembro de la Real Audiencia de Caracas. Un día te alertó de que esto pasaría. Es afín a la causa liberal y hostil al Deseado. Cuando la *Elsinor* atraque en Puerto Cabello te estará aguardando.

Germán vaciló, como confundido. Pero un destello lo alertó.

—¿Os referís al hombre vestido de negro que me abordó en carnaval?

—El mismo.

—¿Lo conocéis?

—Claro, y tú también. Fue diputado en las Cortes.

—¿Acaso oculta alguna identidad secreta e infamante?

—Mi querido Germán —dijo don Dionisio sonriendo—, no todos los hombres se identifican por un nombre. Éste se reconoce porque es un hombre comprometido con la libertad. El día de carnaval te avisó porque poseía información privilegiada de la policía de Madrid.

—¿Y quién es? Su recuerdo llegó a quitarme el sueño.

—Ese noble amigo no es otro que el marqués de San Luis.

Germán dudó unos instantes y, al poco, con mirada asombrada, preguntó:

—¿Os referís al diputado por Caracas? ¿Al tío y tutor de Simón Bolívar, el que en América llaman «el Libertador»? Lo tenía por un hombre inaccesible, y no sabía que me conociera.

—Ciertamente, ése es. Y no seas tan modesto. Eres persona conocida y querida en Cádiz, donde pasas por un héroe de la vieja raza. Tu encuentro y las causas que lo originaron se comentaron en todos los círculos y corrillos. El marqués de San Luis, don Esteban Palacios y Blanco, es un jurista renombrado y un apasionado de la música. Residió en París, donde llegó a conocer al mismísimo Napoleón, y también en Londres, donde intimó con las ideas de la Ilustración. En Inglaterra entró en contacto con la logia masónica de la Estricta Observancia, la que fundó el duque de Wharton y cuyos símbolos son la flor de la acacia, el compás y la escuadra.

—Los vi en el pomo de su bastón. Lo recuerdo.

—Es un personaje asiduo en la corte de Madrid, donde ejerció como coronel de la Guardia de Corps y como consejero de la Hacienda Pública. Allí fue donde yo lo conocí, junto a su sobrino Simón, el mismo día en que fuimos recibidos por la familia real. Su enfrentamiento con Godoy le valió el destierro a Cataluña, pero era tal su formación musical que, al ser liberado, fue nombrado director del Teatro Italiano de Barcelona.

—Valiosos méritos. Según Mexía Lequerica, fue el más tenaz defensor de la libertad de imprenta y de la abolición de la Inquisición en los escaños de San Felipe —declaró Germán—. Lo recuerdo de sus reuniones secretas en el Museo de Numismática y Pintura de Cádiz con otros diputados francmasones. Siempre mostré curiosidad por lo que allí se maquinaba.

—Pues ni más ni menos que la independencia de las colonias americanas. ¿Qué si no? Según mis noticias, ahora anda a la gresca con los absolutistas venezolanos, en especial con su enemigo cerval, el servil Domingo Monteverde, capitán general de Venezuela y sicario del Rey Neto. Él fue quien detuvo y encarceló al masón Francisco de Miranda, quien, junto a Bolívar, intentó la liberación de los virreinatos americanos de la Corona de España.

Galiana asintió, y pareció que una plácida calma lo tranquilizaba.

—También recuerdo al marqués por la tertulia de Argüelles en el Apolo. Pero ¿cómo iba a reconocerlo embozado, con una voz impostada y aquella estrambótica capa? Parecía el mismo diablo.

—Ahora se convertirá en tu anfitrión, y tú serás el huésped de su casa de Caracas hasta que el temporal amaine. Él te conoce y te elogia.

—Agradezco vuestras gestiones, don Dionisio, y la receptividad y las atenciones hacia mí de un aristócrata tan esclarecido. Sabía que antes o después seguiría la senda de otros gaditanos defensores de la libertad que partieron para el exilio, pero al despertar esta mañana nunca pude ni imaginar que no vería la puesta de sol en Cádiz.

—El destino vuelve a zarandearte como una hoja seca —se lamentó el coronel—. Por nada del mundo te despidas de nadie. El plan podría irse al traste. Compréndelo, Germán. Es doloroso pero necesario. Yo se lo explicaré a tus amigos y familiares, tus cómplices habituales.

—No os comprometeré, don Dionisio. Acepto mi suerte.

—Ésas son las palabras de una persona sensata. La vida te pone de nuevo a prueba, Germán. Ten valor, y escríbeme nada más llegar.

El coronel Inca Yupanqui guardaba en el pecho una carta que había escrito secretamente; se la entregó emocionado. Contenía todos los detalles que Germán debía conocer del marqués de San Luis, señas y contactos en Caracas, Maracaibo, Calabozo y Puerto Cabello. A pesar de su disgusto monumental, Galiana, al que le sudaban las manos, esbozó hacia el militar peruano una expresión de agradecimiento rayano en la admiración.

Se abrazaron con fuerza mientras al marino se le escapaba una lágrima solitaria y enrojecía de ira. Luego salieron por puertas diferentes. Ya en su casa, estalló con una furia mal contenida. Al rato se calmó. Exteriorizaba una actitud serena, pero no podía evitar acordarse de Soledad. Lo suyo era sólo cuestión de esperanza y de una ventura favorable y pronta.

Aquel día infortunado cumplía veinticuatro años.

Tomó una taza de chocolate y a continuación cogió varios fajos de billetes y bolsitas con reales de oro que guardó en los forros de la levita, del chaleco de doble vuelta y del gabán, preparados para esa contingencia. Yupanqui le había dado aliento, pero Germán volvía a sentir la comezón del miedo por lo desconocido. Se consumía por dentro: «Otra vez huyendo como un proscrito por una cuestión de supervivencia. ¡Qué estrella la mía!». Era como si atentaran contra lo más sagrado de su alma.

Galiana se sentía poco hábil cuando engañaba. Se aseó y afeitó, cubrió su pelo trenzado con un sombrero de copa y *bourdalou* canela, traspasó el corbatín con un alfiler argentado y cepilló su elegante levitón azul y las botas de caña. Cebó el pistolón con pólvora y lo guardó en el costado. A media mañana salió para las oficinas de los Galiana de la calle San Carlos, en el barrio de las Angustias cercano a la Alameda, donde residían los mercaderes, los consulados extranjeros y los consignatarios de barcos.

Entretanto transcurría la mañana, estuvo especialmente solícito con doña Mercedes, a la que besó en varias ocasiones pero no le reveló el plan de su precipitada huida. No quería comprometerla. Apenas si notó el paso del tiempo. Durante la siesta llamó a los cinco estibadores de la casa y, bajo promesa, los conminó a que jamás contaran a nadie la treta que se disponía a acometer, pues podían lesionar los intereses de la compañía de la que todos comían.

—Lo protegeremos hasta la muerte, don Germán —se juramentaron.

Al echar a andar calle abajo, un ardor inesperado le quemaba las mejillas ocultas bajo el sombrero de estibador. Nadie lo había reconocido, pero en su inquietud tragaba bocanadas de aire salado para sosegarse. Era un hombre de infortunios, y su sino lo obligaba una y otra vez a reemprender caminos que no deseaba. Llevaba el ánimo herido pero presto para saciarse de esperanzas. Andaba sin parar, aunque las acémilas apenas si avanzaban con el peso de los fardos. Germán, agarrado a la traílla, las espoleaba y gritaba como los demás. Los segundos se sucedían endemoniadamente lentos. Tras dejar atrás la Aduana, la Puerta de Sevilla le parecía aún lejísimos. Sentía en su garganta los embates de la respiración, y a cada paso el fugitivo se creía descubierto.

Pero la realidad era que nadie les prestaba la menor atención.

Entraron en el muelle tras un grupo de vocingleros cargadores. La actividad era la acostumbrada. Marineros y burócratas discutiendo por los pañoles, revisando mercancías y anotando cargamentos; calafates y carpinteros trabajando en sus faenas de embrear y adecentar cubiertas mientras un grupo de artilleros trasladaban un cañón a una goleta de guerra. Estibadores de rostro sudoroso y negro casi desnudos, acarreando baúles, jaulas y cajas, y marinos de todas las geografías humanas aprestando decenas de abigarradas naves donde ondeaban las grímpolas de todas las naciones del vasto mundo.

Germán evaluó de un vistazo los posibles inconvenientes. El camino estaba despejado. Echó una mirada a *La Marigalante*, gallarda y dispuesta a lo lejos en el muelle de poniente, entre un bosque de mástiles, vergas y velas, pero lo que vio lo dejó petrificado. Alfonso Copons, con su cuerpo desgarbado apoyado en unas sacas, daba órdenes a un pelotón de artilleros. «El muy cabrón quiere dirigir personalmente el cerco para que la presa no se le escape. O ando con rapidez, o soy hombre cazado», se dijo. El corazón le subía por la garganta y un sudor frío le corrió gélido por la espalda. No podía sospechar que se tropezaría allí con el brigadier.

Renqueando, Copons distribuía a sus hombres cerca de la goleta de los Galiana, aunque a cierta distancia para evitar ser delatados. Según sus fidedignas informaciones, con la marea la presa saldría de su madriguera del Pópulo para embarcar. El trabajo del coronel Inca Yupanqui había sido perfecto, minucioso. En un momento preciso Copons volvió la cabeza y clavó la mirada en el carromato de Germán; miró displicente la figura de un estibador que se separaba de sus compañeros con un fardo a su espalda, pero no le concedió la menor importancia.

Era uno más.

Galiana se arrastró por el muelle como un cargador despistado que busca a su patrón. Su cuerpo vaciló. Ni siquiera oía los ruidos y las órdenes de los capitanes llamando a la brega a los marineros, pilotos, contramaestres y grumetes. El puerto de las Indias estaba repleto de paquebotes, vapores, barcos de pesca y goletas, y entre tanto bullicio pasó desapercibido.

Con el corazón palpitante, avanzó hacia el navío británico.

Alzó la cabeza y vio que sus hombres comenzaban a descargar y que Copons los examinaba detenidamente uno a uno. Él era un manojo de músculos incontrolados. No estaba acostumbrado a caminar con los pies desnudos embutidos en alpargatas de esparto; le dolían como si llevara tizones encendidos. Cuando dio el santo y seña al pie de la *Elsinor*, nadie le cortó el paso. De un salto abordó la cubierta. Le aterrorizaba la idea de ser detenido por el irascible brigadier. Había superado todos los obstáculos. Estaba salvado. Su respiración se serenó y recuperó las fuerzas. Su mirada había recobrado el sosiego perdido.

Por el momento ninguna agitación desacostumbrada perturbaba la actividad que siempre existía en el puerto. Echó un vistazo a su desaliñado aspecto, los cabellos enmarañados y la camisa manchada, instante en que el capitán Conrard se le acercó y le sonrió cortésmente. Ordenó a uno de los marineros que le indicará su camarote en la barriga de la nao, donde hacía horas que habían instalado los bártulos con sus pertenencias, entre las que se hallaba uno de sus violines.

Regresó impecablemente vestido. Como buen marinero, se alborozó al escuchar las órdenes del capitán que disponía la maniobra para zarpar.

—¡Largad trinquete y orzad la proa! —gritó—. ¡Estad vigilantes!

Un suspiro de alivio se escapó de sus labios e, impaciente, se puso de pie en la proa y respiró el aire a bocanadas, como si quisiera limpiarse los pulmones del hálito pútrido de Copons, que debía de estar esperándolo frente a *La Marigalante*. Una deleitosa sensación de alivio lo inundó. Soplaba un ligero viento del sur, ideal para la operación.

—¡Ceñid la nave! —ordenó el capitán al timonel, que diestramente la viró recibiendo el viento con el menor ángulo posible desde la proa.

La embarcación se hacía airosa a la mar. Estaba limpia desde las cangrejas de popa hasta el bauprés y bien pertrechada de aprestos, velas, foques, drizas y jarcias. Portaba cañones de más de diez libras a sus costados y una santabárbara bien abastecida por si ocurría algún mal encuentro con piratas que intentaran el abordaje. Galiana, marino avezado, observó que el timonel, el maestro de velamen y la oficialía eran diestros, pues amuraban la nave para recoger los soplos del sur que debían empujarla fuera del atestado malecón, hacia el manso océano.

De repente, a un tiro de piedra, se oyó jaleo, carreras y alborotos intempestivos de soldados que sorteaban los norays y se acercaban peligrosamente a la nave inglesa. El brigadier Copons, con la cara desencajada y las venas del cuello hinchadas por el esfuerzo, gritaba como un poseso. Había descubierto tarde el ardid y, desesperado, contemplaba cómo la nao partía sin remisión.

—¡Ah de la *Elsinor*, frenad la maniobra! ¡Lo ordeno en nombre del rey de España don Fernando VII! ¡Deteneos!

Pero sus clamores se perdieron entre el tumulto del muelle y las voces y los pitos de los pilotos y oficiales. Conrard no atendió a las exigencias del oficial español.

—¡Echad las amarras, lleváis a un enemigo de la Corona!

La fragata, con las velas desplegadas, se alejó poco a poco de la ensenada mientras la bandera de la Union Jack ondeaba frente a la ciudad como un pabellón de campaña. Germán, hierático como una esfinge, se quitó el sombrero de copa y, con una sonrisa de oreja a oreja, lo alzó y saludó al brigadier con irónica mofa.

—¡Esta vez tampoco habéis podido atraparme, cobarde!

—¡Maldito seáis, Galiana! —gritó Copons alzando el puño con cólera.

El capitán inglés, con una socarrona carcajada, se expresó en una jerga entre español caribeño, inglés portuario y francés.

—No hay placer más grande que presenciar cómo un cazador de hombres pierde a su presa. Ese oficialote cojitranco jamás olvidará vuestro astuto ardid y el gesto burlón de la despedida. El mar os pertenece, señor.

—Yo le tendí la mano un día, pero la rechazó. El dios de la venganza obra en silencio, y mi perseguidor alborota mucho, capitán Conrard. Yo dejo ese cuidado a la vida, que siempre ejecuta sus escarmientos de modo ejemplar, y en el momento preciso —repuso Germán, alegre por haberlo burlado.

—En Inglaterra solemos decir: *To err is human, to forgive divine*, «Errar es humano, perdonar es divino». Ese militar que intentaba detenernos está desperdiciando su vida y su perdón.

Germán, de pie en la amurada, pensó que había eludido milagrosamente su más que segura detención, largos interrogatorios ante los inquisidores, el tormento si pretendían humillarlo, la pérdida de sus bienes, la cárcel quizá y, con toda seguridad, la difamación de su nombre y un sambenito colgado a su espalda de por vida, esculpido a sangre y deshonor en las Tablillas de San Juan de Dios. Era un prófugo de la justicia, un proscrito. Con un océano de por medio, el brazo del Santo Oficio archivaría su causa y lo olvidaría. Las cosas cambiarían, estaba seguro, y su ausencia no sería larga, pues confiaba en los círculos liberales de España, que procuraban la vuelta de las libertades y la abolición de curias tan retrógradas como la Inquisición.

Sumido en sus pensamientos, desalentado y entristecido, aún pudo olfatear los queridos olores de Cádiz que sobrevolaban por encima de los muros del puerto. Contempló, arrobado, las siluetas de los miradores adornados con grímpolas de colores, las torres blancas de la catedral, las del castillo y las solanas y terrazas donde se batían las ropas lavadas. Cuando salieron a la holgura de la bahía, el rumor de las olas creció y pequeñas gotas de agua le salpicaron la cara.

En el mar se sentía libre.

—*Rune Britannia!** —voceó el capitán animando a la marinería.

La bahía de Cádiz estaba atestada de pequeñas embarcaciones de pesca que sortearon con pericia. Con los faroles encendidos de color ámbar, parecían luciérnagas sobre el agua. Germán, cautivado por el espectáculo, observó cómo se alejaba la Isla Gaditana, la que guardaba lo que más quería. Atrás quedaba su ciudad, la que lo invitara tantas veces a placeres deliciosos, la bulliciosa y multicolor, la metrópoli de la opulencia, la que guardaba celosamente en su intimidad la dulzura de vivir.

Y cuando el velero inglés viró hacia la inmensidad del mar, el marino percibió una absoluta fascinación por la impronta que le ofrecía Cádiz lamida por el sol rojo del crepúsculo.

Lo último que distinguió antes de que se ocultara en el horizonte fue la cúpula anaranjada de la catedral, que despedía destellos azafranados, y La Caleta, cercada por los dos bastimentos que la guardaban como dos cíclopes vigilantes. Pero aquel ocaso imperfecto significaba tragedia para Germán. Con la mirada severa y el gesto apenado, era la viva imagen de la desolación. Abandonaba Cádiz, su hogar, hacia otras tierras, otras gentes. Otra vez.

¿Qué vida le depararía su estrella en la lejana Venezuela?

Le pesaban los párpados, tenía la boca reseca y un sabor acre le invadía la garganta. Antes de recluirse en el camarote para dominar su furia vesánica, miró hacia el cielo y reparó en una lluvia

* «Gobierna (en los mares) Inglaterra».

de estrellas que cruzaba el océano. «Buen presagio para una singladura tan incierta», pensó. Una oleada impetuosa hizo que el navío se estremeciera. Por más que lo intentaba no podía admitir el atropello de aquel exilio injusto e indecoroso.

Le costaba trabajo olvidar a quienes habían precipitado su afrentosa fuga: la malévola pareja que formaban Alfonso Copons, tenaz perseguidor de liberales, y el capuchino fray Vélez, enemigo cerval e implacable del texto constitucional. Pero desde niño se había moldeado un temple enérgico para afrontar los lances del destino con fe y coraje.

—Parece como si me acosara una maldición del cielo. Pero un día volveré y exigiré una justa reparación —masculló entre dientes.

Reflexionó sobre su situación y llegó a la conclusión de que, a pesar de verse zarandeado por un sino fatal, que hasta ahora se había burlado de él, conservaba su fuerza incólume y la esperanza en un futuro certero. Se tenía por un hombre de recursos. Pero parecía tener una maldición en cuanto al amor. Con Soledad, la Cubana, no podía alcanzar un proyecto de futuro, mientras que Inés había dado un zarpazo mortal a sus sentimientos al rechazarlo y contraer matrimonio con el déspota oficial Copons. ¿Volvería a amar a una mujer algún día?

Doña Mercedes y sus amigos lo habían instado a que buscara una muchacha para recorrer el camino de su vida. Pero su corazón lo rechazaba. ¿Estaré condenado a una existencia vacua y sin afectos en medio de la soledad de la soltería? Aún no estaba preparado para amar.

Mientras lo invadía la tristeza de los recuerdos, estaba seguro de que comenzaba otro tiempo de incertidumbres para su vida. Se había familiarizado con la adversidad.

El cielo palidecía y las estrellas titilaban en el firmamento.

El veterano de Subijana

Juan Grimaldi viajaba en la berlina rumiando su propio desconcierto y ensimismado en una única meditación: la búsqueda que
ya le parecía imposible de la Peregrina y el Estanque azul. Iba embutido en un recio gabán, y una bufanda de lana gris le tapaba
hasta los ojos.

Hacía más de seis años que aquel irracional galimatías lo perseguía como una maldición, como una serpiente de obsesión que
lo ahogara y no lo dejara vivir. Había tenido momentos en los
que su entendimiento ya no reaccionaba y aceptaba la triste realidad del fracaso.

Pero él perseveraba. No le agradaba la indecorosa autocompasión, pero la empresa se había convertido en inalcanzable.

Repasaba una y otra vez, sin más aliento que la decepción,
cuanto le había revelado el anticuario de París y su amigo Ives, el
director del Teatro de las Artes. Y cerrado en un círculo de refle-
xiones, acercamientos, retornos y pesquisas, recorría legua tras legua los complicados vericuetos de las aldeas alavesas de Subijana,
Avechucho, Somarra, Gomecha y Murguía, el otrora campo de
batalla que había contemplado la huida del Intruso. Pero la extraña imagen del Niño Jesús Buda se resistía a dejarse ver.

Preguntaba a los aldeanos, sobornaba a los chamarileros y ne-
gociaba con los pastores. Todo sin éxito alguno. Cruzó villorrios,
caseríos montaraces, caminos nevados, ríos de aguas tumultuosas,
bosques silenciosos, y visitaba tumbas, iglesias, oratorios, basílicas
y cementerios jalonados de cruces y arboledas, con las ruedas embarradas hasta los ejes, escuchando sólo el chasquido del látigo y

los improperios del postillón. Y tras semanas de pesquisas y rastreos en la región, hubo de reconocer que el botín del rey José había desaparecido en la memoria del tiempo.

Pero ¿por qué todos callaban? Nadie quería rescatar del olvido tan pingüe negocio con el que muchos salieron de la pobreza. Curas, abades, guardias, comadres y soldados a los que interrogaba parecían estar ligados a una promesa sagrada de callar y guardaban un ominoso silencio. Sólo le hablaban de los cientos de cuerpos que habían tenido que enterrar, los heridos a los que habían auxiliado y las cruces que habían clavado a lo largo del río Zadorra.

En los terrenos donde habían quedado varados los carromatos de José I Bonaparte crecían los abrojos, y todas las pistas se habían borrado devastadas por la severidad del tiempo. El empresario, cansado de la larga e infructuosa investigación, pensó que había llegado el momento de abandonar. Los caminos se estaban volviendo impracticables y peligrosos. Las cosas no eran como había supuesto y sus expectativas estaban muy alejadas de lo que imaginaba. «Otra búsqueda estéril. Me siento sin fuerzas para seguir.»

Los que habían participado en la batalla escamoteaban cualquier tipo de información sobre el pillaje del botín real, revolvían sus recuerdos en erróneas pistas, en marañas de fábulas inextricables y en premeditadas confusiones. Y tras un mes de pesquisas, frío y caminos encharcados, su frustración había alcanzado el cenit. Volvería a Madrid con una decepción más a sus espaldas. Quizá la última y definitiva.

—La vida real es disparatada, absurda —murmuró.

Don Juan y su criado regresaron a la aldea de Subijana antes de la anochecida. Entraron ateridos y exhaustos en la Hospedería La Flor de Gasteiz para cenar y preparar el viático. Saldrían al amanecer.

Abandonaba.

La taberna de la posada estaba a rebosar. Fuera hacía frío y los clientes se juntaban en la tasca alrededor de la lumbre y de los jarrillos de vino; sentados en los bancos, hallaban en ese tugurio un refugio ante la inclemencia y la negrura del exterior. Adivinó entre ellos a algunos labriegos, buhoneros, mercachifles de quincalla, rateros de caminos, persuasivos echadores de dados, y a alguna moza pintarrajeada y experta en las más insolentes depravaciones. Alumbrados por farolillos, candiles y velones, algunos jugaban a las cartas, otros trasegaban cerveza y vino de pitarra, y los más se entretenían con las mozas de folgar, que se afanaban en servir a los parroquianos y borrachines que las sobaban al pasar.

Un aroma a guiso de caza, especias y manteca manaba a oleadas de la cocina. Campesinos con horcas, azadones y hoces invitaban a rondas de morapio alavés. Las mesas estaban repletas de parroquianos con el rostro acalorado y sudoroso; al calor de la lumbre, sus facciones, curtidas por el sol y el viento de la solana, brillaban como el cobre. Una camarera sirvió a los forasteros una fuente con zanahorias, coles y cuartos traseros de cordero, que comenzaron a consumir en silencio.

Cuando apuraron los platos y el mesón se fue vaciando, un malencarado veterano de guerra, andrajoso, desdentado y con la nariz partida, se sentó al lado de Grimaldi sin haber sido invitado. Se frotaba las manos llenas de sabañones; vestía un jubón de cuero y unos calzones roídos hasta las rodillas, y se calzaba con unas abarcas de cuero. El rufián ocultaba sus greñas pelirrojas con un pañuelo y una escarcela de franela roja deshilachada. La nariz le goteaba. En las manos exhibía anillos de metal sin valor y jugueteaba con una navaja descomunal. Don Juan vio que en el cinto llevaba una pistola atracada. Tenía un aspecto aguerrido y las pruebas de su pasado guerrero eran evidentes. Olía a licor, a ajo y a orines rancios, y era de esos que andaban por las tabernas contando historias inventadas de guerras a cambio de un vaso de aguardiente. Se sostuvieron la mirada durante unos minutos. «Éste es un bravucón insolente y chulesco. Ya veremos», se dijo don Juan.

Sin mediar palabra, aquel tipo cogió la botella y bebió directamente de ella, sin escanciar en el vaso. Era el colmo de la provocación. Don Juan lo miró enojado.

—¿Qué se os ofrece, amigo? —preguntó Grimaldi, escamado.

—Tengo información para vos, señoría —aseveró, misterioso, el recién llegado—. Sólo os pido que tengáis la caridad de invitarme a unos jarrillos de vino y que, si la información os satisface, me gratifiquéis con unos reales de a ocho.

Don Juan valoró la modestia de sus exigencias. Si hacía un instante se sentía vulnerable e inseguro, de pronto parecía sereno y ansioso.

—Hablad. Os oigo. Pero bajad el tono de voz.

Al poco, el soldado de fortuna estaba charlando por los codos y una atmósfera de cordialidad se había instalado entre ellos. No parecía un zoquete maleducado, aunque sí de condición modesta. Sus ideas políticas coincidían con las del antiguo actor, que se limitaba a escuchar y a asentir.

—Aquella noche de pillaje y saqueos, tras la victoria sobre los franchutes, todo era un clamoroso abandono —le contó—. Esos tesoros por los que preguntáis, y cuya existencia se os niega, están hoy en muchas casas de por aquí o en los anticuarios de Madrid, París o Londres. Jofainas y objetos de porcelana, frascos de cristal, redomas de Murano, cerámicas, espejos, cubiertos de plata, mobiliario de casa, sedas, abanicos, pasamanerías y plumas de aves exóticas iban de mano en mano. ¡Lo vi con mis propios ojos, ya cansados por la vida!

—¿Y no advertisteis si circularon imágenes sagradas entre los expoliadores? Estoy dispuesto a pagar bien si me indicáis el destino.

—Veréis, señor. —El hombre bebió un largo trago de vino y se limpió la sotabarba con la manga—. Yo pertenecía a la partida de los Cazadores de los Pirineos, a las órdenes del general Morillo y del inglés Graham. Bravos soldados, os lo aseguro. Fueron años gloriosos, dormíamos al sereno y comíamos bellotas, raíces del campo y pan cenceño duro mientras el Deseado engordaba como un cerdo en su paraíso de Valençay.

—Pues ya veis, amigo mío, los curas y el pueblo lo veneran como si fuera un héroe invicto y sufriente bajado del cielo —ironizó Grimaldi.

—¡Chusma, señor, gente retrógrada con la que estos reinos ni avanzarán ni prosperarán, sumidos en la oscuridad de los púlpitos! —Bebió y siguió narrando—: Recuerdo que aquella tarde perseguimos como lobos hambrientos a los hombres de Maucune, que protegían unos carros marcados con el águila imperial, seguramente lo más valioso del Palacio Real. Cruzamos al galope cerros y ríos, pero sin éxito, pues era un terreno especialmente hostil, tomado por los artilleros gabachos. Estaba infectado de cureñas y arrojaban fuego artillero sin cesar. Sólo oíamos los gritos embrutecidos de los dragones imperiales y de los jinetes del Vístula y las salvas de los cañones. Retrocedimos y comprobamos que se nos habían escapado. La tierra temblaba bajo nuestros pies con la peste del ejército francés. Fue un error seguirlos, al fin y a la postre nos quedamos sin el botín deseado. ¡Malditos gabachos!

—¿Y entonces? —inquirió Grimaldi, interesado.

—Regresamos con el ocaso y contemplamos la devastación de los llanos de Vitoria. Caídos sobre ríos de sangre, franceses, ingleses y españoles yacían muertos a millares. ¿Merecía semejante martirio el Borbón traidor que se ha meado en la sagrada Constitución de Cádiz? Las hogueras se alzaban sobre las alquerías, y todavía retengo el sabor del humo y de la carne humana quemada. Aún me martillea el clamor de los moribundos, señoría. ¡Caiga la espada vengadora del Señor sobre sus cabezas!

Grimaldi lo miró con expresión dubitativa. Se impacientaba.

—Entonces, ¿no sabéis nada de esa pieza que busco?

El otro tragó otro sorbo del morapio, se limpió la nariz con la bocamanga, y afirmó:

—¡Claro que sé! Lo suficiente para vos.

—Os escucho con atención —dijo Grimaldi fulminándolo con la mirada. Recobraba las esperanzas.

Antes de desahogarse, el hombre se aclaró la garganta con la botella.

—Pues veréis. Nos retiramos a descansar a un bosquecillo, no muy lejos de aquí, al calor de las hogueras y buscando la compañía humana de los camaradas de guerra. Mi pelotón vino a parar junto a la compañía de guerrilleros del Trapense, que en aquel instante se repartían los despojos de dos carros atestados hasta los bordes. ¡Una jodida cuadrilla de bastardos, pero valientes como toros, os lo aseguro, señor!

A don Juan se le había quebrado la voz con el sobresalto.

—¿El Trapense, decís? No había oído ese nombre antes.

—Por ese apodo lo conocían. Mandaba una curiosa mezcla entre un ejército regular y una partida de ladrones destripafranceses. ¡Temerarios y valerosos hombres! Yo los vi luchar. Eran soldados tan intrépidos como sanguinarios. ¡Hideputas! Ésos fueron los que se llevaron la pieza del león del botín, señor. Se lo ganaron, ¡vive Dios! Así que por ese cura renegado es por quien tenéis que preguntar. Por nadie más.

El empresario se mostró complacido y hasta excitado con la pista. De golpe recobró todas sus ilusiones.

—¡Por Melpómene, la musa del teatro! —exclamó asiendo de gozo el brazo del viejo mercenario—. ¿Y dónde puedo hallarlo, amigo mío?

El soldado enmudeció. Su silencio era esquivo. Grimaldi le llenó la copa hasta los bordes y el otro se la bebió de un golpe.

—Aquí no, desde luego —respondió, irónico—. Al acabar la guerra se volvió a sus tierras, en la Seo de Urgel. Abandonó a su coima, una tal Martina, y se unió a otra mujer igual de brava, una amazona de ideas católicas y de origen irlandés, Josefina Comerford. Ambos han levantado un grupo servilón y realista que ahora mata liberales en vez de franchutes. Ya sabéis, frailes que no lucharon por la libertad del pueblo sino por la cruz y sus privilegios. ¡Satán los confunda! —se pronunció, y escupió al suelo.

Grimaldi no pudo dejar de traslucir una exclamación de dicha.

—¡Excepcional pista! La fe es un arma poderosa, amigo, y el miedo mantiene el orden antiguo de las cosas —refirió don Juan halagándolo—. Pero sólo luchan por sus privilegios.

—En estos reinos los sueños acaban siempre ante un vaso de vino. ¿No os parece, señor?

—Desgraciadamente, sí —convino Grimaldi, y se frotó las manos—. Os recompensaré, amigo. Pero os ruego que mantengáis esa información en el anonimato. Yo también soy un liberal y lo puedo pagar caro. ¿Entendéis?

El soldado adoptó el más convincente de los tonos y juró:

—Por veinte reales de a ocho correré una trampilla en mi bocaza. ¡Palabra de veterano! Pero os diré que, antes de vos, otros señores, y alguna que otra dama, han indagado por aquí y han preguntado por imágenes sagradas. ¿No os parece extrañamente coincidente?

Grimaldi no pudo contener un gesto de alarma y sorpresa. Utilizando la brecha abierta en su reserva se interesó:

—¿Sabéis quiénes eran esas personas?

El otro adoptó un gesto de sinceridad y aseguró, amistoso:

—¡No sabría deciros, pues no revelaron su identidad! Pernoctaron en esta misma taberna, pero se fueron con las manos vacías. Uno era un tipejo relamido, de mal genio, barbita recta y fina y afilado bigote, seguramente un policía de Madrid. Tenía los ojos saltones y vidriosos y el pelo grasoso. Repartió plata a discreción sin éxito alguno, y a veces recurrió a la coacción. Los otros eran una extraña pareja, creo que franceses. Un hombre elegantísimo y una beldad rubia que parecía un ángel del Elíseo.

La conversación se detuvo. Grimaldi parecía desencantado. Esa revelación no era nada tranquilizadora. ¿Se le habrían adelantado?

—Badía y madame Anne, sin duda. Debí imaginarlo. Pero ¿cómo lo sabían? —dijo entre dientes, estupefacto y contrariado.

—Todo el mundo desconfió y nadie soltó palabra, creedme. Al policía incluso llegaron a amenazarlo y no volvió a aparecer más por aquí.

En la mirada del veterano actor surgió un súbito relámpago.

—¿Y por qué habéis decidido contármelo a mí?

La voz del estrambótico hombretón se elevó un poco.

—Es cuestión de simpatías y de ideas afines. Os he visto leer junto al fuego durante estos días el Texto de Cádiz, y a Diderot y a Voltaire, eminentes valedores del género humano. Yo sé leer y aprendí latines en el seminario de Pamplona. ¡Sois de los míos, señor! Además, sé que emplearéis bien la información.

—Os agradezco la confianza —repuso Grimaldi con una sonrisa—. Os daré treinta reales y os regalaré el librito de la Constitución. Pero cumplid vuestra promesa.

El soldado, tambaleándose, tomó una actitud digna.

—Martín Raizábal no se envilece a sí mismo, señor —aseveró—. Nadie sabrá nada de nuestra plática. —Asió el libro y la bolsa que le tendía el empresario, cuya fisonomía había cambiado—. Pero os lo advierto: algún presagio misterioso reina sobre ese botín. Atrae la desgracia.

—Qué me vais a decir a mí... Parece humo invisible. Son muchos los que han muerto por poseerlo, creedme —contestó golpeándole con afecto la mano.

Lenta y gradualmente la taberna se quedó vacía. Fuera, el frío terral se había adueñado de la noche. A excepción del ruido de las cocinas y los jadeos de la respiración del veterano, que yacía borracho y hecho un ovillo sobre la mesa, la paz reinaba en el mesón. Grimaldi salió fuera. Sólo se oía cierto trajín en el cercano palacio de los Anda Salazar y el siseo de la ventolera. No había nubes en el cielo; sobre su cabeza, un toldo de estrellas parpadeantes se adueñaba del firmamento.

Su búsqueda cobraba de nuevo vida.

«No es la fuerza —pensó—, sino la perseverancia la que hace a los hombres superiores a los demás. Si fuéramos siempre constantes, seríamos perfectos.»

En el horizonte de los montes de Vitoria aún quedaba una línea anaranjada que al poco se ensombreció en un negro profundo.

Aquella noche, el director del Teatro del Príncipe, intranquilo e insomne, sopesó una vez y otra la extraordinaria pista confiada por el veterano de guerra y repasó mentalmente sus próximos pasos mientras observaba unas espantables arañas que anidaban en el techo. Fuera, el crudo viento dejaba desnudas las ramas de los árboles. En la taberna había disimulado cuidadosamente su alegría, pero en la soledad de la recámara estalló en un éxtasis de gozo. Después de tantas decepciones, ¿acaso semejante confesión no era lo bastante reveladora como para considerarla un milagro?

Aquel imprevisto testimonio venía a confirmar la veracidad de sus hipótesis. La prisa por iniciar las pesquisas lo embargaba.

Desvelado e inquieto, aguardó la comparecencia de la amanecida.

CUARTA PARTE

LAS JOYAS DE LA CORONA (1816-1820)

Adoremos los terribles juicios de Dios. Los defensores de la revolución caen de las estrellas que los sostuvieron, y en donde habían querido erigir su trono abominable y sedicioso. Así humilla el Señor la soberbia e impiedad de los conspiradores liberales. España está salvada por la mano rescatadora de don Fernando VII y la tutela salvífica de la Iglesia.

Felicitaciones y lealtad a S.M.
La Gaceta de Madrid,
26 de diciembre de 1816

Caracas

Bajo el tibio sol de la tarde, el valle de Caracas brillaba como un gigantesco relicario de reflejos anaranjados. Caían a cuchillo los rayos de luz, coloreando los balcones y cierres, las galerías de persianas verdes, las celosías de madera, las cortinas y los relucientes mosquiteros de abalorios.

Todo era luminosidad, languidez y calor apacible.

Ciudad bulliciosa y eternamente confiada a las brisas antillanas, Caracas se extendía entre el triángulo perfecto de tres ríos y bajo la mirada de las quebradas de Caraota y el esmeralda valle de Arriba. Circundada por las exuberantes plantaciones de caña de Barlovento, Aragua y Guayabo, la impronta que recibió a Germán Galiana al contemplarla fue un deleite para sus sentidos. No obstante, también observó que al rebufo de la riqueza poseía su lugar la pobreza: hileras de negritos, encogidos bajo el peso de los fardos, maldecían su suerte.

Caracas podía presumir de mansiones señoriales con blasones y piedras señeras, enrejados, aldabas de plata y azulejos andaluces, como en cualquier ciudad castellana. Germán advirtió el gracejo y la esplendidez de sus habitantes, así como la afabilidad innata de los llaneros de Camaguán, de los negros de Guayabal, y de los zambos, siempre con una sonrisa en la boca. Sin embargo, desde hacía seis años la ciudad colonial vivía en una calma tirante de inseguridad, guerra soterrada y miedo. Cinco años de guerras civiles entre realistas e independentistas eran demasiados para un país en el que la sangre había corrido a raudales. En el año 1811, Miranda y Bolívar habían proclamado la Primera República —la llamaron «la Boba», por su corta duración—, y dos años más tarde llegó la Segunda República. Vanos intentos de libertad mutilada.

Los realistas, comandados por Monteverde, Morillo y Boves derrotaron una y otra vez a los levantiscos criollos y restablecieron la autoridad de Fernando VII. El contumaz Simón Bolívar, el Libertador, planeaba proclamar la Tercera República desde su exilio en Angostura, en Guayana, levantando a esclavos, criollos descontentos, liberales, ricos ganaderos y comerciantes hartos de la opresión borbónica, que esquilmaba como nunca sus riquezas con impuestos vejatorios.

Hacía un año que Germán Galiana había desembarcado en el puerto de Caracas, La Guayra, en el momento en que la lucha entre los insurgentes y los realistas estaba en su punto más álgido. Pero Morillo, general curtido en la guerra de la Independencia de España, dominaba a los sediciosos y mantenía una paz tensa en el territorio caribeño.

Ya había olvidado las penurias sufridas a bordo de la fragata *Elsinor*, donde había soportado un intento de abordaje de piratas de Granada y dos tormentas terroríficas, una en las Azores y otra en la isla de la Barquilla.

La recepción de don Esteban Palacios no había podido ser más calurosa, y la estancia en su casa, generosa e irreprochable. El noble era persona de porte distinguido y de ostentosa dignidad. Atesoraba, además, una apostura natural y una simpatía arrolladora. Hombre de tez colorada, alto y corpulento, suscitaba a su alrededor simpatía y atracción. Cercano y desprendido, era muy querido en la colonia tanto por afines al rey como por independentistas, en recuerdo de su diputación en las Cortes de Cádiz. ¿Quién iba a imaginar que fuera el desconocido vestido de negro que lo abordara en Cádiz el día del entierro de la sardina?

Germán se hospedaba en su casa de Caracas, junto a la plaza Mayor, aunque iban con frecuencia a su rancho campestre de Ocumare del Tuy, propiedad del marquesado de San Luis en Venezuela. En ambos lugares el gaditano llevaba una vida oculta y de regalo, rodeado de una alfombra verde de bancales de jazmines y siemprevivas, palmerales y selváticas ceibas sobrevoladas por pájaros exóticos y enjambres de mariposas que libaban las flores. Toda la familia, sabiéndolo amigo del coronel Yupanqui, lo trataba con exagerada obsequiosidad.

En un principio, como todo español que llegaba a Caracas, fue tomado por un espía de Fernando VII, pero, viendo que pasaba más tiempo en el campo que en la ciudad y que no solía tener contactos con los realistas, pronto desecharon la idea. Don Esteban Palacios, aparte de sus cargos, en su mayoría hereditarios, era un próspero consignatario que comerciaba con armadores de Boston trajinando con perlas de Tobago, telas de la India, palo de Campeche, alumbre, azúcar y aguardientes de Méjico, a través de una abastecida flota propiedad de la familia.

El noble le había presentado a lo más granado de la sociedad caraqueña: los marqueses de Toro, de Casa León y de La Granja, a magistrados y académicos de levitas austeras, y a capitanes de navío con mando en las fortalezas de San Carlos y San Roque. Además, se permitía una absoluta independencia de movimientos. Durante aquellos meses había conocido también al obispo don Narciso Coll y Prat, un servil porfiado. «¡Dios desaprueba la insurgencia!», proclamaba desde su cátedra. Pero el eclesiástico era un hombre culto, amante de la música y habilísimo diplomático, y por orden del monarca mantenía relaciones con ministros de los Estados Americanos del Norte, en un intento de confraternizar con ellos.

Desde su llegada a Caracas, a Galiana le gustaba deambular por sus calles rectas, como tiradas con plomada y cordel, sin adoquines, pero con el piso apisonado y con el barro revuelto de la bosta de las caballerías salpicándole las botas. Había muchos negros, la mayoría braceros, vendedores ambulantes y estibadores; algunos eran esclavos y otros, libres y a jornal. En Caracas florecía una aristocracia criolla refinada; según el obispo, eran demasiado proclives a las ideas revolucionarias que devastaban Europa y a muchos libros impíos que circulaban entre ellos.

Germán bebía mistela en una taberna de la calle Real y hablaba con los marineros que merodeaban por la esquina de Capuchinos o por el arrabal de El Silencio, paradójica denominación para el barrio más alborotador de Caracas, donde se hacinaban los garitos, los prostíbulos, las pulperías y las tabernas más ruidosas. Y también se mezclaba con los arrogantes «mantuanos», como llamaban en Venezuela a los descendientes directos de los conquistadores.

Le causaron especial atractivo las casas de baile de guaracha y de amores con entretenidas, donde se mezclaban las danzadoras resbalosas y las mulatas de carnes exuberantes, apenas tapadas con faldas de seda y corpiños de encaje almidonado. En las posadas abiertas a la calle no faltaba quien rasgueara una guitarra entonando cantes andaluces y estribillos que hablaban del felón rey Fernando y de curas lujuriosos.

Con el paso de las semanas, Galiana conoció Valencia, Barquisimeto, Calabozo, Guacara y La Cabrera, y con su innata perspicacia comercial vio la posibilidad de incrementar el comercio de la Compañía Galiana de Cádiz a partir de las plantaciones de caña de Venezuela, un negocio en alza que podría reportarles pingües beneficios.

Escribió una carta a doña Mercedes y le solicitó permiso para comprar alguna hacienda en venta. En el barco de regreso, la viuda le remitió, a través de la Banca Morgan de Jamaica, un crédito con los fondos necesarios y le instaba a que fuera cauto en el negocio. Pero ningún terrateniente estaba dispuesto a vender tierras cerca de Caracas. Sobraban heredades más lejos, en San Jerónimo de Guayaba y en el Alto Llano, pero eran lugares peligrosos por la cercanía de tribus de indios hostiles y del selvático Orinoco. Germán no se desanimó y siguió buscando.

Se había propuesto conseguir una plantación productiva con el apoyo de don Esteban. Era un deseo largamente ansiado por los Galiana. Sería la compra definitiva para la estabilidad y el prestigio comercial de la sociedad. El desafío lo estimulaba; sería una manera de retribuir los muchos bienes y favores que había recibido de su familia adoptiva. Además, era la única forma de sacar provecho a aquel destierro injusto y desgraciado.

Pero a veces, mientras visitaba heredades para conocer los sistemas de siembra de caña, Germán parecía ausente, ensimismado en su disgusto interior y en sus añoranzas. Luego, en la soledad del campo, escuchaba embelesado el dulce trino de los turpiales, la guitarra de los llaneros y sus canciones guariqueñas, y en su cámara interpretaba con su viejo violín las piezas de su músico preferido, *Il Preste Rosso* («el cura pelirrojo»), como llamaban a Vivaldi en Venecia.

Tocaba ante el embeleso de la familia del marqués, gran melómano y antiguo director del Teatro Italiano de Barcelona, quien cada día que transcurría le profesaba una amistad sin ambages. Cabalgaban juntos por el camino a Calabozo, visitaban terrenos baldíos, fincas en producción, y cazaban váquiros* y lapas en los manglares mientras hablaban de Cádiz y de sus tertulias secretas en el Museo de la Numismática y la Pintura y en la logia de la Estricta Observancia de Caracas.

—¿Y cómo fue que me alertasteis, señor?

—La Matritense, la logia más antigua de Madrid, tuvo acceso al texto del Manifiesto de los Persas y a las listas de los defensores de la Constitución de toda España que se elaboraron en el convento de Atocha. Todos debían ser eliminados en cuanto el rey retornara.

—¿Y yo estaba en esas listas? Me extraña.

—Figurabais como el principal fustigador del Santo Oficio en Cádiz. Por nacimiento, se aseguraba, por críticas públicas y por opiniones vertidas en el Café Apolo. Vos sabéis que en las sesiones de San Felipe Neri yo fui quien más luchó por la abolición de ese tribunal siniestro. Era cuestión de simpatías, señor Galiana. Por eso os previne.

El gaditano no pareció satisfecho y discrepó sin dudarlo.

—¿Por nacimiento decís?

—Sí. De esa forma se expresaba el informe secreto.

Transcurrieron unos densos segundos de silencio.

—Siempre la misma cantinela. Desde mi cuna me persigue un fantasma que no llego a comprender. Pero mi gratitud hacia vos será eterna —afirmó Galiana, afable por la fraternidad que le demostraba.

—Vuestra presencia en mi país es ya un pago espléndido, Germán. En Cádiz sois un héroe. Combatisteis a Nelson siendo un

* Jabalíes en el decir de los llaneros.

zagal y luego a Napoleón en la guerrilla. ¿Quién puede esgrimir esos méritos? Todo el mundo lo sabe. —La gran sonrisa del marqués dejó a la vista una boca de dientes perfectos.

Germán pensó que otra vez salía a relucir su nacimiento y el enigma de su progenitor. Su madre, Rosario León, nunca había insinuado que su padre fuera hereje o judío, o que tuviera deudas o cuentas pendientes con la Inquisición. Siempre le había dicho que era un actor ambulante que había recalado en Cádiz y que jamás había regresado después de un viaje a Malta. Era cuanto conocía. Pero ¿acaso aquello representaba un pecado contra la fe? «Cuando retorne a Cádiz investigaré mi nacimiento hasta el fondo —decidió—. No puedo seguir con esta incertidumbre, cargar con esa joroba de ignominia toda mi vida, ni sufrir más exilios por esa causa. ¿Qué enigma se esconderá tras la identidad de mi padre? ¿Por qué me lo echan en cara siempre, pero no sueltan una sola palabra que lo explique?»

Don Esteban le confió algunos secretos personales, y el gaditano valoró su admirable solidaridad. Una tarde el marqués lo condujo con gran reserva a una habitación herméticamente cerrada que olía a alhucema. Un ambiente de enigmas e interrogantes agitaba la cerrada atmósfera. No abrió las pesadas cortinas de festones rojos, sino que encendió dos quinqués que iluminaron muebles de caoba, sillas tapizadas, arcones de nogal y varios cuadros de ancestros de formas espectrales.

Junto a la ventana, sobre una larga mesa de madera taraceada, se amontonaban, llenos de polvo, una balanza, un torno de Arquímedes, tubos de ensayo y varias redomas de cristal conectadas entre sí por tubos cegados por las telarañas. Al marino, aquel gabinete le pareció, más que un estudio de física, el cuchitril de un nigromante o de un alquimista descuidado, de esos que buscan oráculos en el vuelo de las aves, en las limaduras del atanor o en los posos de las cenizas.

—¿Practicáis la alquimia, don Esteban?

—En otro tiempo —dijo el marqués riendo con jovialidad infantil—. Pero el ámbar y el plomo vil me negaron su conversión en el metal precioso. Hace ya mucho de eso. Jamás mejoré mis destrezas, y casi dejé mis ojos en los experimentos.

—Sois lo que se dice un buscador de la verdad.

—La busqué, pero fui vencido por el error —confesó don Esteban.

El marqués apartó de su camino un viejo telescopio de latón dorado y señaló un sillón de rocalla.

—En esta misma cámara me he visto en secreto con mi sobrino Simón Bolívar muchas veces —le reveló—. Suele aventurarse a salir de su exilio de la Guayana y así mantener encendida la llama de la independencia. También escapa en secreto para ver a sus amantes; tiene fama de mujeriego y ha tenido amantes allá donde ha estado. Josefina Machado en Caracas, Anita Lenoit en el Magdalena, Julia Cobier en Jamaica... Ése es su sillón preferido, pues desde él se divisa todo el valle, un paisaje que Simón venera.

—Podría resultar fatal para él y para vos que os descubrieran.

—No lo creo, Germán. La independencia de Venezuela y de la América Hispana es un hecho irreversible. El fuego de la emancipación corre como el viento. Sólo es cuestión de tiempo, y entonces regiremos nuestro propio destino y multiplicaremos nuestra riqueza. Y los chapetones, esos tiralevitas del Deseado, lo saben y están amilanados.

—Os admiro, don Esteban —lo alentó el gaditano—. Sois un hombre templado y de principios.

—Este rey tiránico que nos malgobierna no podrá impedirlo. La independencia está en marcha y ni el cielo puede contenerla.

El marqués se acercó a un armario oscuro de dimensiones exageradas y con artificiosas molduras salomónicas. Con ademán misterioso, abrió una de las puertas y sacó una sombrerera. La destapó y, con devoción, extrajo de ella sus útiles masónicos: el mandil, el puñal y las insignias, en especial una flor de acacia de plata, que mostró conmovido a su huésped. Luego le mostró una bandera tricolor, en amarillo, verde y azul, con el lema: «Viva la Patria. Viva la Independencia», que besó con unción largamente.

—Este pabellón lo enarboló mi sobrino Simón en Caracas al proclamar la Primera República. Es el objeto más sagrado de esta nación y el tesoro más querido de cuantos poseo —le reveló—. Si alguien lo descubriera, me ahorcarían por alta traición a la Corona. Cuento con vuestra discreción.

—Descuidad, marqués. Sois hombre valeroso y lucháis por vuestra libertad. ¿Existe algo más noble en esta vida?

—Como vos, Germán. La opresión debe ser combatida en todos sus talantes, religioso o civil. Por eso aquí siempre tendréis vuestra segunda patria —le aseguró, premonitorio—. Y yo os ayudaré a que así sea.

—Si tenéis previsto encontraros en otra ocasión con vuestro sobrino el general Bolívar, me gustaría conocerlo. Mi valedor, el coronel Yupanqui, asegura que su nombre será recordado por los siglos.

—Os prometo que así será, Germán. Si me llamara desde su exilio, me acompañaréis. Es hijo de mi hermana María de la Concepción, que murió siendo él un niño. Yo me cuidé de él durante unos años; le puse como preceptor a Simón Rodríguez, un pedagogo ilustrado que le abrió el mundo de las luces. Tras la muerte de su esposa, María Teresa del Toro, viajó desolado por Europa, visitó Cádiz, Madrid y París, donde maduró su proyecto de liberar la América Hispana. ¡Y lo conseguirá!

—Bolívar encarna la más noble virtud del hombre: el ansia de la libertad, aunque ésta requiera del sacrificio y de la sangre.

—Tan sólo desea que las naciones engendradas por España sean dueñas de su propio destino. Nada más. No es un insurgente como aseguran los realistas, sino un guerrero, un soñador, un guía de pueblos.

Por aquellos días, Germán recibió cartas de doña Mercedes y del coronel Yupanqui, con una posdata de la Cubana; todo lo que amaba y que permanecía tan lejos de sus afectos. Le confirmaban el rigor del gobierno absolutista en España y el restablecimiento de los tribunales del Santo Oficio, que habían vuelto con toda su crudeza, torciendo su vida y sacándolo de sus sueños de futuro. En esos momentos se alegraba más que nunca de haber dejado Cádiz, que, según sus amigos, seguía siendo gobernada como un cuartel por los absolutistas.

En el campo, Galiana gozaba de tranquilidad; sólo el desafío de regresar a España lo estimulaba. Aquella interminable espera lo fatigaba, pero debía aguardar mejores tiempos para regresar; su aciago destino lo acongojaba. Poco después, Germán sufrió una severa disentería y cólicos desgarradores, secuelas de su perruna vida de guerrillero, y su existencia rutinaria cobró el sentido de la preocupación. Hasta pensó que moriría en aquella urbe ultramarina, separada de su ciudad natal por la barrera del océano. Lo trataron con electuarios, quinas y pócimas de agua de melisa y esencias de azahar, pero sus ojos seguían dilatados y brillantes y su estómago, revuelto.

Y su ánimo también estaba devastado. No era sólo una enfermedad del cuerpo. La melancolía había anidado en su alma.

A causa de los esfuerzos y de la pesadumbre, sus sueños se habían convertido en alborotos nocturnos y en pesadillas. Mientras penaba en la oscuridad, se espantó al notar que algo dentro de él había muerto silenciosamente tras un largo tiempo de destrucción interior. Germán se había convertido en un autómata sin ganas de vivir, dejando paso al vacío, la pereza y la insensibilidad. Parecía un dramático remedo de sí mismo, resignado a ser una víctima del fatídico azar.

Y la familia Palacios comenzó a preocuparse por su huésped.

Tigrekán

Madrid, enero de 1816

El Deseado paseó su mirada vacua por el Campo del Moro.

Los bancales y los arbustos recortados por hábiles jardineros reales eran pura delicia para la vista. Desvió sus pupilas hacia la blancura de los ventanales y los pináculos del palacio y le pareció contemplar una perspectiva ultraterrena. Luego se fijó en los carruajes que circulaban y en los ciudadanos ociosos que, cobijados bajo sus capas, deambulaban por la plaza de Oriente y la calle Nueva, y se sintió incómodo con la visión. Chusma.

Una luz cobriza, proveniente de las llamas que crepitaban en el hogar, circundaba su dubitativa y solitaria figura, y creaba a su alrededor el efecto de una majestad augusta, de la que carecía. Don Fernando VII no se sentía a gusto entre el boato de la corte, prefería la vulgaridad y la camaradería de los chulapos y las majas de los garitos de San Blas, donde se codeaba con el populacho y la morralla.

Pronto comparecerían sus leales camaradas, y eso lo hacía feliz. Creía que los hombres aman lo que temen, y únicamente su camarilla representaba a la perfección sus deseos de poder. Aguardaba impaciente a don Francisco, el duque de Alagón, y a Antonio Ugarte, su mensajero por excelencia, el paño de lágrimas que ordenaba cada uno de los secretos de la Corona. Nadie como él y Paquito para depositar sus efusiones más íntimas, sus secretos deshonrosos y para mantener el contacto hasta con el más minúsculo de sus vasallos. Antonio Ugarte sabía lo que el rey ignoraba. Era su memoria, su inteligencia, su fuerza y sus ojos en el mundo. «Salvas mi honor y mi vida, querido Antonio», solía decirle el monarca. A lo que Ugarte replicaba: «Vuestra liberalidad lo merece, majestad».

La leal camarilla lo prevenía contra las astucias de sus enemigos más cervales y le servía de cómplice para su licenciosa vida erótica. ¿Cómo no iba a honrarlos? Con ellos se sentía despreocupado y locuaz y se entregaba libremente a sus chuflas, regocijos, invenciones y travesuras sexuales. Con nadie más. ¿Para qué quería a su lado a la nobleza, a la jerarquía de la Iglesia, a la magistratura, o a la alta milicia? Los demócratas y los francmasones conspiraban a sus espaldas, las colonias de América se insurreccionaban, y las arcas, según Urquijo, estaban cada día más vacías. ¿Qué humano podía soportar semejante carga?

Aquella cruda tarde la reunión auguraba ser turbulenta. Fernando, que parecía acatarrado, estaba sentado como un juez supremo en su sillón preferido de la Sala Gasparini. Con gesto hosco, afilaba la punta a un cigarro cubano. Sus ojillos brillaban con perspicacia entre su hirsuta y espesa cabellera, mientras su ganchuda nariz se perdía en el bigote que coronaba sus gruesos labios. Su natural aturdimiento se trocó en desenvoltura cuando entraron el duque y Ugarte, quienes, tras inclinarse, se acomodaron frente a él. A los pocos minutos, confortados por los efluvios del oloroso brandy de Jerez, la plática se animó.

—Vosotros atendéis como nadie mis desvelos. Sois mi cálido consuelo ante los rigores del gobierno —les confesó el rey después de pasarse el pañuelo de seda por su mayúscula y goteante nariz—. Mis ministros son parcos en palabras, soberbios y a veces vacíos de ilusiones. ¡He tenido que sufrir seis conspiraciones y no sé cómo aún conservo el trono!

—Nosotros creemos que el verdadero poder debe producir temor, y éste, sumisión. Ésa es la diferencia. Pero el vil veneno de los masones lo corrompe todo —se pronunció Paquito Córdoba, el duque de Alagón.

—Nos están acorralando; bullen por todas partes —dijo Ugarte.

—El reino padece graves amenazas, pero no quedarán sin respuesta, majestad —lo animó el duque, que apretó la pañoleta de su cuello.

—España está revuelta y la francmasonería se cuela por todas las fisuras de mi reino, amigos míos —dijo el rey, apesadumbrado—. Son maestros del desacato y del libertinaje. Quieren a mis súbditos ateos y republicanos, y muchos de ellos lucen escarapelas liberales en sus chisteras a la luz del día.

—Hay que intimidarlos, señor —afirmó Ugarte—. Cuando el trono causa violencia, en realidad es justicia. Hay que acabar con los actos de sedición. El miedo es el arma política más decisiva y vital —añadió Ugarte socarronamente.

El Deseado se desplomó en la butaca, como si el peso de la púrpura le fatigara. Miraba a sus amigos con expresión ausente, las rodillas abiertas y las manos caídas a los lados. Escuchaba a los consejeros del trono, pero ocultaba algo en su magín que le desencadenaba pesadumbre y rabia; como si al recordarlo percibiera un latigazo y anhelara liberarse de su dolor. Humedeció su labio caído. Se avecinaba tormenta y habrían de confortarlo. Como un fauno enfurecido, manifestó:

—Pues sí, esos hijos de Lucifer me quieren separar del trono.

—Tenemos controlados a esos francmasones, majestad —aseguró Ugarte—, y muchos penan su perversión en las cárceles.

El monarca revelaba la contrariedad de su orgullo herido. Un agrio rencor, acrecentado por la inquina que sentía hacia liberales, jacobinos y masones, lo hacía destilar la hiel más amarga.

—Entonces, ¿por qué sus logias son cloacas de conspiración y de traición? Me llegan decenas de informes secretos sobre esas gentes impías que adoran a ídolos, hablan en hebreo, invocan a Salomón y a un Supremo Hacedor, blasfeman contra lo más divino y persiguen el caos en mis reinos. Hasta me trajeron de un registro unas obras de Voltaire traducidas por ese renegado Abate Marchena, que Satanás confunda.

—Mis soplones e informadores no permitirán más tentativas masónicas en vuestros territorios —insistió Ugarte—. Hace unas semanas abortamos la instauración en Madrid de una nueva logia, hija de la Lautaro de Cádiz y de la Gran Logia Americana de Londres que fundara ese traidor de Miranda, y a la que pertenecen, según mis informes, los que llaman «los libertadores de América», Simón Bolívar, San Martín y O'Higgins.

—No lo sabía, Antonio. Ilústrame, te lo ruego.

—Veréis, majestad —dijo, e hizo una pausa—, me llegó cierto rumor de que los masones ingleses, que llaman a sus hermanos de España «Las Columnas de Hércules», habían instado a sus correligionarios liberales de Cádiz a que secretamente promovieran agitaciones independentistas en América. Pues bien, el general O'Donnell ha cortado de raíz ese intento y todos los intrigantes han sido apresados.

—Me llenas de consuelo y de felicidad, Antonio —declaró el monarca.

Ugarte, para seguir agradándolo, siguió con temas baladíes.

—¿Y sabéis cómo os llaman en sus aquelarres, majestad? —preguntó por pura fórmula. Detestaba a aquellos enemigos.

—No, pero seguro que una indecente procacidad. No me respetan. Se ríen de lo más sagrado y de su señor natural, que soy yo.

—Tigrekán, señor —le informó sumisamente Ugarte.

—¿Tigrekán? ¿Qué significa esa detestable palabra?

—Hace referencia a un sátrapa persa, señor. ¡Una majadería!

—Ignoran mis desvelos por la nación —dijo el rey, incómodo y enojado—. Sé que me difaman en sus logias, que se infiltran hasta en lo más sagrado y que se conjuran contra lo más inviolable: su rey y su fe. Ni la cárcel ni la persecución parecen desanimarlos.

—Posee su explicación, mi rey. Su existencia forma parte de una conjura universal para combatir a la Iglesia y a la autoridad de los reyes en Europa —expuso el duque—. Argüelles, Alcalá Galiano, Toreno, Quintana, en España, y Miranda, Bolívar, Sucre y San Martín, en América, pretenden una misma causa: destruir el orden establecido y vuestra monarquía.

—¡Pues hay que extirparlos de la faz de la tierra o serán ellos quienes nos destruirán! Se acabaron las estúpidas tolerancias. Espero que pronto se produzca una redada de esos indeseables. Anhelo respirar tranquilo en un reino con vasallos sumisos y obedientes. ¡Quiero más vigilancia en esos establos de complot antimonárquico!

—No cejamos en el empeño y os aseguro que los tenemos controlados, cuando no presos —repuso Ugarte—. Sus ideas están reñidas con Dios y la Corona. Intensificaremos el control, majestad, si ése es vuestro deseo. Habéis de saber que hace días encerramos al célebre actor Isidoro Máiquez, conocido masón del Gran Oriente. Significará un ejemplo para todos.

El rey bebió de su copa y quedó unos instantes como transfigurado. La luz del crepúsculo iluminaba la confusa rocalla de la sala y la gigantesca lámpara de cristal, que despedía reflejos anaranjados y azules. Cerró los ojos como un asceta y cambió de tema.

—Antonio, hay algo más que me preocupa. Ha pasado ya mucho tiempo y seguimos sin ninguna buena noticia acerca de las joyas perdidas… Pasan los años y la reputación de la Corona sigue en entredicho. ¿Cómo voy a mantener así mi credibilidad?

El maestro de baile vaciló. El rey lo miraba con raro interés.

—Majestad, como ya os he informado en otras ocasiones, no quise precipitarme para no alertar a vuestros enemigos. Pero sigo teniendo abiertas dos investigaciones, aunque con resultados difusos. Una en Italia y otra aquí. El tema es arduo y complejo, carecemos de rastros fiables y el tiempo pasado borra las pistas.

—Confío en que llevas tú personalmente la investigación…

—Así es, señor, pero con la ayuda de un sabueso de cuidado —le descubrió—. Hace tiempo que recluté para mi servicio secreto a un individuo escurridizo y detestable, pero leal e íntegro, quien, para salvar su pellejo por antiguo afrancesado, me vendió su vida y su alma. Se llama Cecilio Bergamín y sirvió a vuestro padre don Carlos, a Napoleón Chico y luego a vos. ¿Puede existir ejemplar humano más execrable?

—Hay muchos como él. En España es una especie de lo más prolífica —terció el duque, y rió cínicamente.

—Pero no debemos temer nada, majestad —dijo Ugarte—. Ahora se comporta dócil como un perro faldero y sagaz como un hurón. Después de múltiples pesquisas, piensa, como yo, que esas joyas no han salido de España y, que tras el levantamiento popular de Aranjuez, se esconden en algún lugar desconocido pero cercano. Tarde o temprano nos haremos con ellas, ya que al parecer se perdieron en uno de los muchos ajetreos sufridos en este mismo palacio. Bergamín ha jurado dar con ellas y os aseguro que lo conseguirá. Es pertinaz como el martillo del herrero machacando el yunque y listo como una comadreja.

—Ten cuidado, Antonio, no sea que te traicione también a ti.

—Lo tengo atado corto y lo vigilo día y noche. Es de fiar, y os garantizo que trabaja para preservar el trono de no pocas tramas que se urden a vuestra espalda. Es el agente que tanto nos ha ayudado a descubrir los complots contra vuestra venerable persona. Y siempre con fructíferos resultados.

El príncipe se mostró entusiasmado.

—¡Ah! ¿Es el que en la jefatura llamáis como Cecilio «el Insobornable»? —preguntó, complacido.

—El mismo. Su entrada en la Superintendencia de la Policía ha sido providencial, y ahora se dedica en cuerpo y alma a esa búsqueda. Lo de «Insobornable» es porque en el tiempo que lleva conmigo jamás ha aceptado un soborno. Es ladino y eficaz, pero a veces violento y sanguinario. Aunque yo no lo he visto, algunos de mis policías aseguran que se está fabricando un libreto con la piel de los liberales más recalcitrantes que penan sus culpas en las cárceles de la calle de la Reina Isabel.

El soberano mostró el más sorpresivo de los asombros.

—¿Un libro dices? ¿Y para qué? Me parece repulsivo.

—Piensa escribir en él todos los artículos del papelucho de Cádiz para escupir en ellos y hacer que los encarcelados lo denigren ante él.

El Deseado permaneció inmóvil, como petrificado.

—¡Increíbles su fidelidad y celo! —balbució el monarca, sorprendido—. Sin duda la Corona está en deuda con ese leal funcionario.

—Es un hombre sediento de justicia, y encontrará esas joyas.

—Me contentas, Antonio. Lo espero, vistos sus persuasivos métodos —arguyó el rey—. Y no es que me preocupe excesivamente. Sé por mis embajadores que las dos alhajas no han visto aún la luz y siguen envueltas tras un manto de misterios. Pero yo me pregunto: ¿cómo aderezos de tal valor pueden permanecer ocultos durante años? No es lógico ni sensato. ¿Fueron destruidas, quizá?

—Resulta verdaderamente chocante y rarísimo —convino el duque.

—Tiemblo ante la idea de saberlas en poder del Choricero. Para mí significan mucho, Antonio. ¿Sabíais que la Peregrina muestra en su interior un signo muy particular, trazado por la naturaleza que sólo es reconocible bajo cierto tono de luz? Si se coloca sesgadamente, se ven unos extraños signáculos en su interior que no son sino pequeñas perlas unas dentro de otras. Mi hermana Carlota me lo descubrió. Ésa era la señal para comprobar si se trata o no de la verdadera —explicó el soberano, nostálgico.

—Sin lugar a dudas resulta curioso, majestad —ratificó el duque.

—Ésa es una de las virtudes por la que es tan codiciada por coleccionistas, reyes y joyeros del mundo entero —reveló Fernando—. Mi hermana también me desveló que nunca jamás debían disociarse joyas y arqueta, pues ambas son un todo. Por eso estoy preocupado. Según la leyenda de palacio, una vez separadas se perderán para siempre.

—Nosotros romperemos ese maleficio. Descuidad, majestad —aseguró, sereno, el privado en un asalto de amabilidad—. Al mismo tiempo de lo que os transmitan vuestros espías en Italia, yo manejo mis propios informes. Según mis agentes, Godoy y su puta, la condesita de Rocafort, sufren un auténtico calvario. Mendigan préstamos a la Banca Taleia, préstamos que luego satisface vuestra madre, la reina, mujer generosa, por otra parte. Os aseguro que viven en la estrechez y la privación.

—No sabes la alegría que me transmites, Antonio, aunque te pido resultados más contundentes. Tengo la sensación de que las voy a perder.

—Señor, hacemos cuanto podemos. Al fin hemos conseguido separarlos y no pueden gozar de su mutuo apoyo y consuelo —siguió informando Ugarte—. Godoy vive en Roma, mendigando de vuestros padres, que siguen protegiéndolo porque son desprendidos y magnánimos. Está claro que no posee las joyas.

—¿Y Pepita? ¿Qué es de esa fulana desgraciada?

—Va como una trotamundos de un lugar a otro de Italia, de Verona a Pisa, y de allí a Bolonia o Livorno, con la intención de despistar a nuestros vigilantes. Mis agentes aseguran que la confunden con una cortesana.

—Únicamente quien está en paz con Dios y con la conciencia puede vivir en paz. Esos dos son unos arribistas y unos ladrones, y la mala conciencia los fustiga —aseguró el rey, enfurecido.

Ugarte creyó llegado el momento de descubrirle otro secreto.

—Lo que no saben es que hemos introducido un topo en su madriguera. Llevaba tiempo intentándolo y al fin lo he logrado.

—¿Un topo? ¿Quién, Antonio? —se extrañó el soberano, que cada vez que hablaba se iba sintiendo más aliviado e interesado.

—Mi señor don Fernando, se trata de uno de mis mejores agentes, el bachiller José Martínez, que ha entrado a trabajar como secretario personal de la Tudó. Lo sabremos todo.

—¿Y cómo lo has conseguido, bribón? —se interesó el Deseado.

—Haciéndolo pasar como un afrancesado devoto de su causa y de Godoy. Unas cartas e informes falsos lo han ayudado a introducirse junto a su esposa, que trabaja de ama de llaves. La parejita ignora que sus pasos están siendo seguidos minuto a minuto por mi sabueso.

—Excelente maniobra, Antonio, excelente —se alegró el rey.

—Sabed, majestad, que estoy informado a diario de sus desplazamientos, cartas, secretos, intentos de pedir asilo en Austria y demás traiciones que maquinan entre los dos. Mi agente interviene su correspondencia, en la que se animan mutuamente asegurando que pronto tendrán en su poder las dos alhajas, pues sus agentes en España siguen una pista muy certera. Y cuando esto ocurra, serán nuestras —informó, triunfante—. Ahora bien, una cosa es segura, señor: no las tienen en su poder. Así lo corroboran mis espías que las buscan sin descanso.

—O son unos insuperables simuladores —lo cortó el Deseado.

Las espirales de humo del habano ocultaron su faz.

—Imposible, majestad, y perdonad mi firme aseveración. ¿Cómo podrían sufrir tantas penurias económicas y medrar subsidios de banco en banco teniendo bajo la almohada un tesoro que vale millones? No son tan estúpidos y les gusta el lujo.

—Entonces, ¿puedo estar seguro de que ese advenedizo no oculta la Peregrina y el Estanque azul?

—Como que Dios nos mantiene con vida, señor. Bardaxí controla a los joyeros de Italia y Francia, y yo a los de aquí. Esos aderezos irreemplazables para vos desaparecieron estando vuestros padres, los reyes, en Aranjuez. Alguna mente malévola las mantiene ocultas por ignorados motivos que se nos escapan.

—Bien —declaró el monarca, satisfecho—. Que sientan nuestro aliento en la nuca. Han de sufrir lo que sufrí yo a su lado: menospreciado por mis padres y separado de su cariño por su causa —se lamentó, rabioso—. ¡Maldito sea ese ladrón de Godoy! Pero ¿hasta cuándo he de soportarlo?

—Para vuestra tranquilidad, señor, también debéis saber que he pagado a la policía de Verona, Livorno y Pisa para que, nada más poner el pie en sus ciudades, los expulsen. Están soportando un infierno sin fin, majestad. Su continuo éxodo, de aquí para allá, no se lo desearía ni a mi peor enemigo. Sé que eso os complace.

Había un sesgo de crueldad en la boca del soberano. Pero deseaba mostrarse indulgente y lleno de gratitud.

—Me deleita sobremanera, Antonio. Apruebo tus métodos y estoy contento con los progresos del caso.

Ugarte pensó que podía ser uno de sus más brillantes triunfos. La inicial animosidad del rey se había trocado en dicha.

—Quiero que un día no lejano esas joyas adornen mi corona. Un plazo razonable sería el día de mi boda. Como sabes, pronto contraeré matrimonio. ¿Lo lograrás para entonces?

—Os lo prometo por mi salvación, don Fernando —se comprometió Ugarte.

—Sé que puedo confiar en ti, Antonio. Este asunto me compromete mi honor de rey; me enerva cuando pienso en él —afirmó el monarca en tono desabrido y terminante.

El resto de los miembros de la camarilla real fueron incorporándose paulatinamente. Al llegar, se frotaban las manos en el fuego de la ornamental chimenea. La habitación estaba suavemente perfumada de rosas. Jugarían al billar con el monarca y luego visitarían una tabernilla del Prado, disfrazados y bajo nombres supuestos. Allí se solazarían hasta el amanecer con unas mozas nuevas llegadas de Valencia que esperaban al real grupo. Era uno de los servicios del canónigo Ostolaza, entendido en asuntos religiosos y también de faldas, galanteos, diversiones y amoríos. Había contratado a unos músicos de Mantua y preparado una suculenta cena para contentar al rey y rendir culto a sus sentidos.

Las lámparas de la Sala Gasparini proyectaban fantásticas sombras sobre las paredes y los espejos, creando imágenes que parecían irreales. Instado por el Deseado, el contrahecho Chamorro llenó hasta el borde las copas y pasó una fuente de plata con almendrados y frutas confitadas. Luego rodearon al soberano y brindaron por una noche pródiga en placeres. Sabían que cada banquete solía convertirse en una bacanal.

Un frío viento movió las ventanas, animando el juego. Las pocas hojas que quedaban en los árboles caían de las ramas y se estrellaban contra los cristales. Fuera hacía un tiempo de perros, casi glacial.

La luna pendía en el cielo, baja, pálida, amarillenta.

Una sutil esperanza

En su penosa convalecencia, Germán deseaba regresar en cualquier nave, sin despedidas, para oler los salados aires de Cádiz. Si debía morir, que fuera en su ciudad. Pero la parca aún no había decidido llevárselo. Echado en una hamaca de moriche, con cuidados, timiamas y tiempo, fue recuperándose de su convalecencia.

Una mañana suave, bajo la sombra de un frondoso tamarindo, percibió el aroma de las trinitarias, el tufo a café verde, a azúcar de caña y a cacao, y el aire húmedo con olor a tierra mojada. Trasegaba sorbos de ron, menta y azufaifa, que según el médico aliviaría sus padecimientos.

A pesar de la preocupación de Germán por su dilema personal, las fuerzas comenzaron a fluir lentamente por sus venas gracias a los cuidados de la familia del marqués y de un galeno de Calabozo. La añoranza ya no interrumpía la ilación de sus pensamientos optimistas, y su vida, lejos de tornarse un rompecabezas perturbado, se estabilizó.

—Las fiebres os han convertido en un asceta, Germán, pero os recuperaréis del todo. Tengo que devolveros a España como vinisteis.

—No os doy sino quebrantos, señor marqués. Gracias.

A finales de marzo, la familia del marqués de San Luis regresó a Caracas, y con ellos un Galiana animado y recuperado de sus trastornos, aunque más delgado y pálido. Los caminos estaban infames por la lluvia y el barro, y los cocheros mestizos, subidos en los pescantes y con el capote empapado, azuzaban a los caballos que renqueaban enlodados en el barro rojo de los campos de caña.

Después del zarandeado viaje se instalaron en la casa solariega. Germán poseía la desalentadora impresión de que si las cosas no cambiaban en España, difícilmente podría regresar a su tierra en los meses por llegar. Sentía nostalgia de su ciudad, de sus aromas y de sus gentes, pero no se producía el evento esperado: el triunfo del liberalismo en su país.

Su espíritu estaba lleno de confusión. Cuando su nación había hallado su gran mutación política y la *lux ex tenebris*, los inamovibles principios absolutistas la habían devorado con sus dientes afilados. En ese momento deseaba disponer del manso regazo de la Cubana y atrapar una fuerza de la que cada día carecía más; pero debía esperar y encontrar ese aliento mitigador en su propio interior.

Desde el primer día emprendió largos paseos por Caracas. Se notaba recobrado y con más energía. Cruzaba las cuadras de las monjas concepcionistas hasta llegar a los aledaños del barrio de El Silencio, con sus casitas azules, rosas y anaranjadas. Le era grata la arquitectura de la capital caribeña y pensaba hallarse en su añorada Cádiz, tan ajena y movediza en su memoria. Visitaba la catedral, desmedrada por un terremoto y en proceso de reconstrucción por el pueblo, y la iglesia de San Francisco, donde se reunía el cabildo. Una de aquellas mañanas, inmerso en su bucólico placer, le llamó la atención un anuncio amarillento pegado en la puerta. Pendían de él los sellos reales y el membrete de la Real Hacienda.

Y la noticia que leyó le devolvió los bríos. Era lo que había estado esperando.

> Contaduría de la Real Hacienda de las Indias.
> Se anuncia subasta pública de la estancia de este concejo llamada Las Ceibas, asentada en el valle de Aragua. Trescientas hectáreas, con albergue, molino de azúcar y sin cargas. Precio de salida de treinta mil pesos, remunerables en pagarés o en monedas de plata de ocho reales. Se inicia venta pública en el patio de la Fontana de esta parroquia tras la misa ordinaria, el 6 de marzo del año corriente, festividad de las Santas Perpetua y Felicidad.

Confirma el Contador Real de la Capitanía General, licenciado Feliciano Mariño. Imperante Ferdinandus, Rex VII Hispaniarum. Caracas. Año del Señor de 1817.

Si se había complacido en soñarlo, desmedido había sido el júbilo experimentado al tener ante sí aquella insospechada oportunidad de romper su monotonía y cumplir sus deseos de comprar una hacienda. Galiana saltó de júbilo. Se caló el sombrero y regresó a la casa. Encontró al aristócrata en el patio, un vergel sembrado de palmerales y acacias y repleto de flores exóticas. Acariciaba a un araguato venezolano —una rara especie de simio de asombroso parecido con el hombre— atado a una leontina plateada. Se alegró de ver al gaditano y lo invitó a un palito de ron. Platicaron durante largo rato, y Galiana le comunicó la venta esperanzadora de Las Ceibas.

Don Esteban parecía un hombre nacido para los negocios, experto en el manejo de los asuntos comerciales. Le enumeró los grandes beneficios que podía obtener de la plantación: una renta anual de quince mil pesos y una venta asegurada. Una expresión de confianza escapó de sus gestos, y el marino, también hábil comerciante, vio que ponía el asunto en buenas manos.

—Bien, Germán, obraremos con cautela. No es precisamente una finca grande, y los terratenientes de las grandes plantaciones no acudirán a la almoneda. Pero vos os abstendréis de acudir.

El gaditano no acertaba a comprender y lo miró desconcertado. Sus palabras resultaban contradictorias.

—Y entonces, señor marqués, ¿he de dejarla escapar?

—No, pero vos no tendríais ninguna posibilidad de comprarla. Un forastero, y más si es español, sería vetado por mil trabas legales. Además, deberíais pagar un elevadísimo impuesto de residencia. Conozco a don Feliciano y sus métodos. Seguramente alguien interesado en la compra ya le habrá untado el bolsillo, cosa que yo haré también, con vuestra venia.

—Claro, disponed de lo que preciséis —lo animó—. Mi madre adoptiva, doña Mercedes, ha puesto a mi disposición un crédito de cuarenta mil pesos en la Banca Morgan. No estoy autorizado a gastar más.

—Obraremos de la siguiente manera —prosiguió don Esteban—. Yo concurriré a la compraventa con un poder firmado por vos que sólo esgrimiré si la conseguimos, momento en que aportaré esa libranza de la que me habláis. Pujaré reciamente, y os aseguro que en estos asuntos soy duro de pelar. Es la única oportunidad, dejadlo en mi mano.

—Pues en vuestra sabiduría dispongo el éxito de la operación. Y una vez más, mi reconocimiento, don Esteban.

—Hoy mismo me informaré de por qué la venden. Más vale no encontrarse con alguna sorpresa de última hora.

A media tarde una sirvienta llamó a la puerta de la cámara del huésped español. El marqués había regresado. Lo recibió en su despacho con gesto adusto, mientras tamborileaba con los dedos la mesa. Algo no iba bien.

—Sentaos, Germán —lo invitó—. He estado conversando con don Feliciano y vive Dios que esa venta me resulta harto insólita.

—¿Veis entonces pocas posibilidades en el trato?

—No es eso, Germán. La cuestión es que la finca pertenece a la joven Lucía de Alba, la única descendiente de los Alba, una conocida familia de insurgentes que ha efectuado ruidosas manifestaciones contra la Corona. Esa hacienda está como maldita, creedme.

—¿Maldita? Me asustáis, don Esteban.

El aristócrata pasó a hacer un relato detallado.

—Los antepasados de la familia Alba conquistaron parte de estos dominios y construyeron florecientes heredades y pueblos prósperos. Muchos los tacharon de saqueadores, capaces de las mayores mezquindades y también de las heroicidades más sublimes. Entre la arrogancia y la decadencia, la familia se fue debilitando. Perdieron muchas de las tierras que poseían y se resignaron a perder también su prestigio. Las Ceibas era una finca diez veces más extensa. Y ahora van a perderla en su totalidad.

—¿Y cuándo pasó todo eso?

—Cuando se iniciaron las guerras entre independentistas y realistas. Los Alba se enfrentaron al caudillo de los llaneros, Boves, un fanático del rey Fernando hasta el delirio. Defendieron desde el principio la causa de mi sobrino Simón. Y lo pagaron muy caro.

—¿Los Alba eran afines a la separación de España?

—Lo eran, y en sus salones alzaron el soñado edificio de la Gran América Independiente. Después, en los enfrentamientos con Boves, Alba padre y sus dos hijos varones fueron ajusticiados en la carnicería de civiles de Comaná, de infausto recuerdo para esta nación. ¡Mal asunto aquél, y aún trae cola!

—¿Tan grave fue, marqués?

—Así es, desmedido y estéril —recordó don Esteban—. Pasarán años hasta que se cicatricen las heridas. Negros que mataban a españoles, blancos a mulatos, llaneros a criollos. Los realistas se encarnizaron con los prisioneros. Fue un dislate que esta tierra nunca olvidará. Y menos que nadie, esa joven. Los mantuanos prisioneros fueron alanceados mientras Boves, borracho como una cuba, dirigía la matanza como un director de orquesta loco. Sus soldados mulatos violaban a las mujeres blancas presas en la catedral de Cumaná, y los músicos que habían amenizado la sanguinaria velada, todos afines a Bolívar, fueron fusilados a pistoletazos en un macabro aquelarre de sangre.

Galiana bufó con desprecio.

—Al lado de cada artista siempre habrá un bárbaro devastador. Y esa muchacha, ¿cómo conservó la vida?

—Fue un verdadero milagro —respondió el marqués—. Por eso los negros la llaman «la Mandinga», algo así como «la que protege» o «la diosa de la tierra». Desde aquel aciago día, Lucía de Alba regenta Las Ceibas con la ayuda de una tía pintona y de un bachaco de Calabozo, un negro pelirrojo de ojos verdes. Además, hemos de competir con la Compañía de Caracas, una sociedad de vascos muy influyentes.

—Don Esteban, no os veo muy animado —se desmoralizó Germán.

—Es que arrebatarle unas tierras a una niña huérfana, aunque sea en buena lid y con justicia, me causa estremecimiento. Pero ya nos hemos inscrito en la puja y no podemos volvernos atrás. Dejemos el asunto en las manos de Dios y de la fortuna.

Después de tomarse una caña de aguardiente, el gaditano y el noble se despidieron. Pero el marino se retiró insatisfecho a su alcoba. No veía asegurada la compra. ¿La había dejado en buenas manos? ¿Quiénes eran en realidad los Alba y esa niña desamparada que habían espoleado el recelo del marqués? ¿Y el extraño negro de rasgos anglosajones?

Aquella noche cenó poco y habló con el marqués de San Luis con aire ausente. En el lecho, sufrió ardores de estómago y sintió como si una garra de hierro le hurgara en las entrañas. ¿Por qué había empleado el marqués la palabra «maldita»? ¿Qué eran esas historias sobre dramas lastimosos que encerraba la propiedad? Galiana se jugaba un futuro de prestigio con una operación que parecía envuelta en unos antecedentes tan enigmáticos que lo intranquilizaban.

Esa noche Germán soñó con los ojos abiertos.

Audi, Vide, Tace

El calor empezaba a deshacer las nubes y una calidez pegajosa empapaba la negra e indefinida bóveda celeste de Madrid. Aquella primavera era más tórrida y bochornosa de lo habitual.

Sumido en una silenciosa cavilación, Grimaldi esperaba inquieto.

Una alarmante corriente de secretismo amenazaba el ambiente de la casi desierta logia de La Matritense. Parecía que aquella tardanza estaba proyectada para desconcertarlo y humillarlo. Hacía calor, y se desabrochó la levita y se aflojó el pañuelo de la camisa.

Los otros hermanos, concluido el Capítulo, habían abandonado la logia y se habían dispersado misteriosamente por las callejas aledañas. Vivían colmados de peligros e inmersos en un miedo constante a la Superintendencia de la Policía de Madrid, que seguía todos sus pasos. No podían cometer errores que los condujeran a la cárcel o al exilio.

Dos hombres ataviados con levita negra entraron solemnes.

El tragaluz ovalado de la estancia de los Pasos Perdidos recogía la lechosa luminosidad de la luz de la luna y arrojaba una perspectiva en dos dimensiones: un fondo de sombras y un exiguo haz que alumbraba a tres autoridades masónicas: el Gran Comendador, el Venerable Soberano y el director del Teatro del Príncipe.

Los tres hombres pertenecían a la generación de eminentes talentos que la Ilustración había forjado en España para su casi imposible regeneración. Entre ellos se hallaba don Juan, Príncipe del Real Secreto. Grimaldi sabía que lo habían convocado para preguntarle sobre los progresos de su secreta misión, que ya duraba demasiado. Y la verdad era que estaba hastiado de sus búsquedas y de aquella vida de catacumbas.

Desconfiaba incluso de sus hermanos. El Gran Soberano de la logia inició la reunión, mientras don Juan, cansado, fijaba la mirada en un dosel escarlata con flecos dorados que decoraba el fondo con los signos francmasones. Mostraba los distintivos del Templo de los Siete Peldaños, el triángulo, el compás, la Estrella del Número de Oro, la rama de acacia y las armas heráldicas de la orden con la leyenda: *Audi, Vide, Tace* («escucha, ve y calla»).

Luego de una ansiosa espera, el gran maestro habló:

—¿Comparecéis, hermano Galileo, con el corazón puro y en paz con vuestra conciencia?

—Procuro ennoblecerme y ennoblecer al hombre —contestó Grimaldi.

El otro caballero masón, que parecía un barril de cerveza, se dirigió a Grimaldi con una voz trágicamente ronca.

—Esta logia filantrópica, progresista y filosófica, desde que se fundara hace un siglo, tan sólo pretende extinguir los odios en España, conseguir su progreso y la armonía universal, no reconociendo más autoridad que la de la Razón Humana y la del Gran Arquitecto del Universo. ¿Seguís en esa norma, hermano?

—Jamás la he abandonado —respondió don Juan.

—Entonces, os oímos. ¿Qué sucedidos nos traéis?

Grimaldi carraspeó y se agitó en el asiento. La sola luz del ventanuco y de las velas confería a la escena un halo de discreción.

—Tengo nuevas importantes sobre la búsqueda en la que sigo empeñado a pesar de los humos que la han ocultado. Una pista que resultará definitiva después de todo este tiempo, aunque tenga que exponerme a algunos riesgos —respondió.

—¿Creéis que debe comprometeros tanto un hecho de dudosa existencia? —preguntó el Soberano—. Ya dudamos de su existencia y el tiempo la ha convertido casi en innecesaria.

—Lleváis años tras ese tesoro y no habéis conseguido nada cierto —dijo el masón obeso, que no creía en la indagación de Grimaldi—. ¿No creéis que debéis abandonar la investigación?

Nos habíamos hecho ilusiones con poseer lo que nadie conoce: las cláusulas secretas de Bayona y superar en poder a los Comuneros de Padilla. Pero vemos que nos es negado.

—Hermano Comendador, esa pesquisa se ha convertido en el propósito de mi vida, aparte de ser una promesa que hice a un hermano de esta logia que merece la paz eterna. Pero, después de un dilatado periplo, al fin una luz se ofrece en el horizonte. Sé que quienes lo buscan tampoco han dado con ello. Godoy se desespera en Italia, y Tigrekán, nuestro rey Suspirado, sigue removiendo cielos y tierra por poseerlo. Aún no ha sido encontrado, hermanos.

El Soberano acarició su barba puntiaguda y blanca. Sudaba y se abanicó con un folio que sujetaba en la mano.

—Por su complejidad parece ciertamente el secreto mejor guardado del universo —ironizó el Soberano.

—¡Lo es, venerable maestro! Pero lo hallaré y recuperaré para nuestra orden las actas de Bayona para enfrentárselas a ese monarca traidor y retrógrado. La masonería moverá los hilos de la política española en un futuro próximo, y liderados por nuestra logia. Os lo aseguro.

—Parece demasiado hermoso para que sea cierto, Galileo. Hace tiempo te autorizamos y te suministramos la provisión de peculio para conseguirlas. Como tú, pensamos que después de la división de nuestra logia en dos y de la deserción de la mitad de los hermanos, nos hallamos sumidos en el descrédito y el olvido.

El Gran Soberano llevaba a sus espaldas, como una condena, la división de la orden en dos facciones: la que él dirigía, la vieja rama escocesa, y la de los Comuneros, que se había trasladado a la calle de las Tres Cruces. Los Comuneros se oponían a sus raíces extranjeras, caían en una exaltación ibérica, dividían sus talleres en ridículas Fortalezas, Torres y Comunidades, pero dejaban su logia sin nombradía ni prestigio.

Debían recuperar su fama y reputación como fuera.

—Vamos a ver, hermano Galileo. Tienes que manifestar la misma confianza que yo he depositado en ti. Nunca nos has revelado el verdadero objetivo de tus búsquedas. Creo que ha llegado el momento de conocerlo, si pretendes nuestro apoyo y nuestros dineros.

Dentro de aquellas salas, Grimaldi encontraba el empuje y la pasión que deseaba para su vida, pero también sus hastíos. Si el asunto de las joyas de la Corona alcanzaba el éxito, en el siguiente Capítulo general podría convertirse en el Gran Soberano de la logia escocesa, la gran y ansiada aspiración de su vida.

Les hablaría de espionaje e información secreta.

El suave tono empleado por don Juan para narrarles todo lo ocurrido desde la muerte del capitán Figueroa —el fallecido hermano Fidias— hasta su conversación con el veterano de Subijana se asemejaba a un armonioso oboe. Quiso mostrarse persuasivo y convincente, para recabar fondos y acometer sus próximas pesquisas. Sus dos hermanos, sorprendidos con la prodigiosa narración, se llevaron las manos a la boca.

—¡Fascinante! —exclamó el masón rechoncho, que transpiraba como una res—. Tus actos los ha dictado un juicioso designio de lo alto.

—No ha sido una confesión decepcionante, en verdad —dijo el Gran Soberano—. Ahora sé que no es un espejismo del momento de fantasía. Tendrás de nuevo nuestro apoyo en dinero, amistades y contactos. ¿Y dónde crees que puedes encontrar a ese Trapense?

Con una inescrutable sonrisa, Grimaldi reveló:

—En la comarca de las Cinco Villas, cerca de Zaragoza. He investigado durante más de un año y, aunque parecía desaparecido, al fin he dado con ese caudillo. Se hallaba escondido en las estribaciones de los Pirineos. Se llama Antonio Marañón y lidera una partida de voluntarios realistas y anticonstitucionales a los que por allí denominan «los Apostólicos». Es nuestro enemigo más cerval, pero sabré cómo convencerlo para que me descubra lo que sabe. Seré persuasivo, grandes maestros.

—No me cabe duda, Galileo. Te entregaré unos pagarés con los que podrás hacer frente a tus gastos.

Al salir de la logia, una ligera neblina, húmeda y tibia, proveniente del río, ocultaba los faroles de la Puerta del Sol, que surgían fantasmagóricos —como sus empeños por recuperar las joyas— en medio de la noche avanzada. No lo advirtió, pero un hombre envuelto en una capa, de ojos saltones, barba fina y rala, mostacho puntiagudo, pelo negro y grasoso, y escurridizo como un camaleón, lo seguía a cierta distancia.

Había seguido a los tres ilustres masones, se había escurrido sin ser visto por uno de los corredores, y habría merodeado alrededor de los bajos del Teatro del Príncipe. La logia estaba vacía por tratarse de un Capítulo secreto y extraordinario. Había amortiguado el ruido de sus zapatos, aguzado el oído y empujado suavemente una de las claraboyas. Y a través del ventanuco del tragaluz había podido oír ciertas informaciones. Aunque hizo lo imposible por volverse invisible, no alcanzó a oírlo todo, pero sí lo suficiente, y lo guardó en su memoria como si fuera un tesoro.

Tan inmensa revelación daba sentido a sus sospechas y también a sus aspiraciones de ascender como agente del rey en la policía secreta. Don Antonio apreciaría la excepcional información en su justa medida. ¿Acaso no lo deslumbraría con semejante información y valoraría su brillante talento para la investigación?

Sin poder disimular su desazón, se secó las manos, sudorosas por la inquietud de ser descubierto. Estaba gozoso por lo escuchado. Había buscado una pista que reforzara su tesis y al fin la había hallado. Hizo un examen retrospectivo de cuanto sabía del botín expoliado y todo fue encajando como en un rompecabezas. No podía estar especulando eternamente con el asunto de la Peregrina y el Estanque azul. Se había convertido en una obsesión para él, y había llegado el momento de recuperarlas.

Un perro olisqueó sus botas mientras el trémulo resplandor de la farola recortaba las siluetas negras de los tres jerarcas masones.

El cielo de Madrid mostraba una colección de extinguidas estrellas.

Mandinga

Caracas era una ciudad de comerciantes, afanosa, ruidosa, activa. Las calles y mercadillos estaban atestados de sacos, jaulas, toneles, quitasoles de colores, hatos de tabaco de Cuba, cajones con plumas de quetzal, cordajes y arpilleras, fardeles con tinturas de Veracruz, mantas andinas de Cuzco, sacas de café de Quito y especias de Ceilán que olían a laurel, regaliz, azafrán, canela y jengibre.

Los ciudadanos y los forasteros, que solían deambular por sus calles y plazas y sestear en las pulperías con su aliento a vino, cuando tenían noticias de que se celebraba la subasta de una finca en San Francisco, solían asistir como si de un espectáculo se tratara. No para pujar, sino para disfrutar de la lozanía del patio conventual y de su fresquísima fuente. Luego solía ocurrir que el satisfecho comprador los invitara a unas cañas de aguardiente o a un vaso de licor de cartujos, sangría o hidromiel. Aprovechaban para espiar las miradas malévolas de los litigantes, observar las idas y venidas de los gordinflones escribanos reales, silbar a los postores indecisos y hostigar a los comerciantes altaneros.

Aunque aquel día era diferente. Vendía su hacienda Lucía de Alba, la Mandinga.

Pero, ante la contrariedad de la concurrencia, la hija del hacendado ajusticiado por Boves no acudió. La «Niña Alba», como también la llamaban, no quería exponerse a una nueva humillación cuando su orgullo estaba por los suelos. Era una muchacha con redaños. El pueblo la admiraba y no quería perderse sus casi seguras diatribas contra los secretarios de la Hacienda Real. Desde la muerte de su padre y sus hermanos, cuyos cadáveres había trasladado en un carro desde Comaná con la sola ayuda del mulato Maximiliano, su criado, vivía en un estado de rebelión que a veces rayaba la temeridad.

Se había manifestado contra el gobernador y el obispo en varias ocasiones, a los que pedía justicia por la muerte de sus seres más queridos, muertos por los realistas en una matanza abominable, que el pueblo no había olvidado, cuando la marcha de independentistas. Ella, que jamás se había repuesto de aquella tragedia, se había parapetado tras un muro de respetabilidad aplastada. Con su sola presencia, débil y vulnerable, y ante la admiración de los caraqueños, que temían que un día fuera encarcelada o ajusticiada por los sicarios de Fernando VII, había llevado a cabo protestas frente a la mismísima puerta de la Casa de Gobernación.

Desde entonces, acusada de irresponsabilidad y de promover tumultos, era observada por los agentes del rey y, también, respetada por su tenacidad y fuerza de ánimo. Vivía retirada en la hacienda, junto a su tía, una monja tornera que se había exclaustrado del convento para cuidarla, y contaba únicamente con la ayuda de Maximiliano y de un grupo de negros a los que había manumitido. No solía asistir a las fiestas de la alta sociedad criolla de Caracas, a la que pertenecía por derecho propio, como auténtica mantuana* que era y descendiente de los primeros conquistadores. No le gustaba que nadie la señalara con el dedo acusador.

Los negros la consideraban una mandinga porque había sobrevivido a la furia destructiva del sanguinario caudillo realista Boves, había salido ilesa al caer en un hoyo de terribles tambochas, las hormigas carniceras del valle, y había escapado a un fuego voraz que se había declarado en el molino donde trabajaba con sus capataces. Nada ni nadie podían con ella. Y entonces una aureola de hembra amparada por la madre naturaleza había crecido a su alrededor.

Sin embargo, herida y humillada por los gobernantes de la Corona, que la acusaban de ir contra los intereses reales, y por la dificultad cada día más creciente para vender la cosecha, se había

---

* El nombre deriva del privilegio de las mujeres criollas de usar «manto» en las iglesias.

visto abocada a vender la heredad, a la que amaba con toda su alma y donde se alzaban las tumbas de sus muertos de seis generaciones.

La representaba su tía, a quien acompañaba un picapleitos de Puerto Cabello y el negro Maximiliano. El hercúleo bachaco, de cárdenos rizos, ojos chispeantes como esmeraldas y tez reluciente, vestido de blanco y con los pies descalzos parecía una columna de ébano. Nadie ignoraba el patético destino de la única superviviente de la estirpe Alba, y la compadecían a la vez que admiraban la fuerza de sus argumentos.

No obstante, cualquiera de los que asistieron ese día a la almoneda habría atestiguado que esa subasta, de no ser por los enjambres de insectos que se arracimaban en los árboles y que picaban como tarántulas a los amanuenses, había sido la más aburrida de la temporada. Comparecieron dos individuos de la Compañía de Caracas, dos vascos de cuello de toro y rostro como un palo, que al lanzar su oferta arrancaron el palmoteo de los mirones. Apenas si pujaron en dos ocasiones y abandonaron la subasta pronto. Ignoraban quién se ocultaba tras la fachada de la Sociedad Naviera de los Galiana de Cádiz, representada por el reputado marqués de San Luis. El dinero no era suyo, por lo que debían responder de una licitación alta y abiertamente hostil.

En menos de una hora, frente al estrado que presidía el adusto don Feliciano sólo quedaban don Esteban Palacios, representante de Germán, y dos llaneros obstinados que habían subido la puja a treinta y ocho mil pesos, provocando el rumor del asombro entre los asistentes. Don Esteban subió a cuarenta mil. Sus oponentes se quedaron en silencio y el público paseó sus miradas por los ganaderos, que titubearon. El tope expresado por el caballero era difícil de contestar. Tras unos instantes de indecisión, renunciaron a la mejora por considerarla inalcanzable. Era de Germán.

Don Feliciano cerró las estipulaciones con la documentación que ambas partes presentaron y emplazó al comprador y al vendedor al día siguiente en la casa del aristócrata para realizar la entrega de las escrituras y el efectivo del dinero. Don Esteban, notablemente complacido, subió en su carruaje; abrigaba la sospecha de que había consumado un beneficioso negocio a favor de su huésped, Germán Galiana. Le placía ayudarlo, y por una rara razón que ocultaba hacía tiempo, deseaba atarlo a aquella tierra. La vieja España no era apacible con él.

Cuando Germán conoció por su boca que la operación se había cerrado tan satisfactoriamente, no cabía en sí de gozo. Cerró los párpados y dejó que los aromas del jardín, el rumor de la fuente y el frescor de los palmerales y las acacias inundaran sus sentidos. La luz dorada de la tarde caribeña saturaba el pórtico con lánguida suavidad. Estaba deseando conocer a la familia Alba, cerrar cuanto antes la compraventa, y luego olvidarlos.

Muy de mañana aguardaban ya la visita de la desconocida jovencita mantuana para cerrar definitivamente el trato. Germán detestaba aquellos acuerdos, pero eran necesarios. Cuanto antes concluyeran, mejor. Por unos instantes el gaditano permaneció ensimismado, indiferente a los exagerados elogios del marqués sobre su intervención en la subasta. De repente oyó tras él el leve bisbiseo de unas enaguas de seda deslizándose por el suelo.

Lucía de Alba, acompañada por el mayordomo de la casa Palacios, entraba en la pieza despacio y dignamente, fingiendo la mayor de las indiferencias. Venía sola, con el semblante arrogante. «Los mantuanos son una raza altanera y desapegada, como los viejos castellanos», le había alertado el marqués.

Don Esteban y el gaditano se incorporaron como impelidos por un resorte oculto. Galiana se quedó inmóvil como una efigie. La que creía una niña indefensa resultaba ser una dama de apariencia subyugadora, bella como el primer día de la Creación, sensual y perturbadora. Debía de rondar la veintena, sin traspasarla. Aquella joven dominaba el arte de componer una máscara de gélida impasibilidad.

—Doña Lucía de Alba y Malpica —la presentó el sirviente.

El mundo pareció detenerse por un momento.

Germán, cuyo corazón para admirar a una hembra se hallaba aletargado por el fallido amor de Inés, se vio liberado al instante del insoportable lastre. No fue enamoramiento a primera vista, sino fascinación, deseo y pasión. Después de unos segundos de contemplación mutua, se prendó de su cadencia al andar, de su larga cabellera azabache adornada con peinecillos de plata y peines de carey, y de sus inquietantes ojos color canela, transparentes y llenos de luz. Una inocencia fascinadora despertaba de inmediato el interés de quien la miraba.

Galiana no acertaba a saber qué era lo que más le atraía de ella, si su hermosura, su entereza o la elegancia de sus ademanes. No tenía ante sí el rostro de una mujer vencida, sino el de una mujer indomable y orgullosa que no obstante exhibía la perfecta calma de un lago de aguas tranquilas. Palpitaba en su cuello un rutilante collar de perlas que destacaba su tez rosada, sin polvos ni carmín. Engalanada con un vestido azul de muselina y un sombrerito malva sujetado bajo su barbilla por un lazo blanco, movía displicentemente una sombrilla de raso grana.

Encendida por los rayos oblicuos del sol, resaltaban sus cejas arqueadas, unos pómulos salientes y sus párpados sombreados por unas pestañas larguísimas. Sus labios denotaban una excitante mezcla de sensualidad y firmeza. Y cuando se adelantó y les ofreció la mano, su sonrisa, que se movía entre lo malicioso y lo inocente, exhibió dos hoyuelos al lado de la boca que la hacían irresistible. Sensualidad, serenidad y lindeza definían a aquella misteriosa joven.

No era de extrañar la admiración que suscitaba a su alrededor, por lo que la reunión no auguraba ser nada tranquilizadora.

La muchacha contempló los rostros de sus interlocutores dejándose ganar su confianza y con inefable e incluso temerosa cortesía los saludó. No esperaba nada de ellos, ningún rasgo de comprensión, pero el más joven le sonrió con benevolencia y picardía, y se serenó. Parecía que poseía los dones que ella más apreciaba en un hombre: la delicadeza y la inteligencia para los negocios, muy escasos en la era de temor que vivía su país. Tras ofrecerle asiento, don Esteban le presentó a Galiana. Una vez que se hubo acomodado, entresacó de un bolso de arpillera un legajo de papeles amarillentos que depositó en la mesa.

—Las escrituras de Las Ceibas —dijo con la voz rota; la reacción de los dos hombres fue de condescendencia—. Mi vida y mi único amor. Como veréis, datan de la época del rey don Felipe IV.

¡Cuántos sueños, sudor y muerte, alegría y vida de los Alba encierran! Tengo el alma desollada, pero deseo sobrevivir. Todo alcanza su fin, hasta lo más sagrado y querido.

Germán la miró con osadía y quiso comprometerla.

—¿Y por qué la habéis vendido, señora?

—Vos vais a ser el nuevo propietario, ¿no es así? —La muchacha lo taladró con la mirada.

—Ciertamente.

—Acuciada por la inevitable bancarrota, señor —explicó—. ¿Creéis que una mujer como yo, frágil e indefensa, con la única ayuda de una tía chocha y de un bachaco fiel, pero cerril y zafio, puede sostener una finca de esa envergadura? Antes vivía en ella en el candor y la despreocupación, pero ahora me resulta imposible sacarla adelante. Después de la tragedia sufrida por mi familia, ya no me quedan fuerzas ni recursos para mantenerla.

—Entonces lo hacéis por necesidad, no por deseo propio.

—He nacido, vivido y enterrado a mis padres y hermanos en esa tierra. ¿Cómo no voy a amarla y reverenciarla? Sí, lo hago por necesidad.

El gaditano trató de atraer su atención mostrando franqueza.

—¿Y dónde iréis cuando se realice el traspaso?

—Sois extremadamente indiscreto, señor. ¿Os mueve la curiosidad o quizá la preocupación por una desconocida?

—Con confianza, señora, ambas cosas —aseguró Germán sin acritud.

La joven acentuó su rebeldía. No deseaba ir más lejos. Ignoraba quién era aquel hombre y no estaba dispuesta a confesar las intimidades de su vida a quien le había arrebatado sus tierras.

—Para vuestro conocimiento os diré, como el señor marqués sabe, que no estoy casada. Mi prometido, al que sólo vi una vez, también murió a manos de los realistas. Venezuela no es un lugar seguro para quien sueña con la libertad. No tengo ya a nadie. Con la renta que recibiré, partiré a Santa Fe de Bogotá, donde residen mis padrinos. Allí reiniciaré una nueva vida con la ayuda del cielo.

No había hablado con el tono firme del que había hecho gala hasta entonces, pero sí con encanto, hasta tal punto que Germán contenía la respiración y sólo observaba el temblor de sus labios.

—Entiendo.

El intercambio de preguntas se detuvo ahí. Pero Lucía buscaba alguna reacción en los gestos de Galiana, una chispa de afinidad en sus pupilas, y acentuó su ironía.

—Aunque no me concierne, ¿habéis pensado en el futuro de Las Ceibas? —preguntó en tono de reproche—. ¿Es sólo el capricho de un español rico que especulará con ella? ¿Olvidaréis su labor y la dejaréis estéril? Me rompería el alma si así fuera.

Había opinado con dureza sobre las intenciones de Germán, pero ya era demasiado tarde para rectificar. No sentía rencor hacia su comprador, pero temía el fatal destino de su hogar.

—Ahora quien parece provocadora sois vos, pero os comprendo, señora —replicó Germán—. No me enorgullezco ni me vanaglorio del trato, creedme. Os diré que represento a la Sociedad Naviera de los Galiana de Cádiz, sociedad que comercia desde hace cien años con sedas de Lyon, azúcar y cacao. Soy uno de los herederos de esa sociedad, por la que daría mi vida, pues se ha alzado gracias al trabajo, la generosidad, el esfuerzo y el amor de unos seres a los que venero. Me he decidido a adquirir esa propiedad porque me atrae esta tierra, porque llevo en mi interior la inquietud del riesgo, y porque quiero seguir colaborando con esfuerzo y dignidad a lo que antes realizaron con su trabajo los Alba. Ésa es mi honesta pretensión. Ninguna más.

La mujer se sentía halagada con su réplica, incluso honrada. Era lo que deseaba saber. Si no era un consumado fabulador, Las Ceibas parecían quedar en buenas manos.

—Excusadme, señor Galiana, a veces atropello mis palabras.

Don Esteban decidió intervenir y, adoptando el más neutro de los tonos, apuntó que era hora de finiquitar el acuerdo. Galiana puso en su mano enguantada el recibo del ingreso de cuarenta y dos mil pesos en la Contaduría de Hacienda. La muchacha le entregó con gesto apenado los legajos, donde aparecía como nuevo dueño Germán Galiana Luján, marino, armador y comerciante, residente en el barrio del Pópulo de Cádiz, huésped y, al parecer, socio del marqués de San Luis.

El español se quedó con los ojos fijos en Lucía. Su conversación había sido tan limpia, su elocuencia tan digna y su intervención tan animosa, que deseaba ser distinguido con su favor. Pero la joven le dedicó una fría y fugaz mirada. Germán sentía remordimiento por haberla despojado de lo que más quería, por haberse aprovechado de su debilidad económica, ese sinsabor tan altamente indigno que te incita a arrepentirte y que hace añicos el sosiego hasta hacerlo insufrible.

Entonces el marino interrumpió aquel incómodo momento. En la forma de hablar de la mantuana había observado un tono de abatimiento difícil de precisar. «¿Dice la verdad? ¿Dictan sus palabras el rencor y el despecho?», se preguntó. No sabía por qué, pero trataría de atraerla hacia sí, tranquilizarla y no prolongar su angustiosa tristeza. Mera caridad.

—Señorita de Alba, mi corazón fue educado para no ignorar la aflicción de mis semejantes. De modo que no tenéis por qué abandonar la hacienda de inmediato. No os acuciaré. Permaneced en ella cuanto deseéis. Necesito tiempo para conocerla. He concebido un proyecto de futuro, y nadie mejor que vos para ilustrarme y hacer a la vez que ame esa finca. Quedaos el tiempo que queráis, os lo ruego.

La faz de la caraqueña resultaba ilegible por la emoción y una mueca de incredulidad escapó de sus labios. ¿Le ofrecía reconstruir el mundo que se había desmoronado a sus pies?

—¿Habláis en serio, señor? —preguntó con una mirada rendida, satisfecha pero recelosa.

—Como que Dios nos alumbra con su luz, y no creáis que tengo un espíritu samaritano. Os necesito, señora —aseveró recibiendo el impacto agradecido de sus ojos—. Será una oportunidad magnífica para explicaros mis intenciones y que no prevalezcan las confusiones sobre mí.

La muchacha permaneció inmóvil, como absorta y sumida en una enigmática consideración, camuflada tras su espesa capa de orgullo. Sobre la mesa, los trozos de nieve se diluían en la limonada como en el interior de la mantuana se disolvían los recelos sobre el español. Luego balbució:

—Me habéis regalado una razón para seguir viviendo y también para creer en la magnanimidad del género humano, certeza que había extraviado hacía tiempo. Gracias. Allí os aguardaré, y cuando os haya explicado su funcionamiento y os presente a los jornaleros y capataces, partiré.

Lucía de Alba se incorporó y, dando un paso resuelto hacia Galiana, alzó una mano trémula para que la besara.

—A veces los vientos soplan como no lo precisan los barcos, pero no por ello debe sobrevenir un naufragio fatal —la consoló Germán.

—Señor Galiana, habéis conseguido sosegar mi alma, os lo aseguro. Sé por experiencia que sobre las personas sobrevienen dichas y también desgracias. Pero cuando un sino te está predestinado, cuanto más huyes de él, hacia él te encaminas inexorablemente.

—Espero y deseo que ese sino sea la ventura. La merecéis.

Germán pensó que era la decisión más cabal y acertada que había ejecutado en su vida. Don Esteban volvió a sonreír para sí con agrado y delectación. Veneraba a aquel hombre sensato, espléndido y lúcido. «No sé cómo lo ha logrado, pero esta mujer, rebelde, inasequible e indócil para todos, se ha refugiado en él mansamente», se dijo.

Cuando Germán regresó a su cámara, no encendió ninguna lámpara. Iluminado únicamente por el fulgor desvaído de la luna, improvisó con el violín una sonata inédita, salida de los pliegues más apartados de su corazón. No entendía la vida ni la felicidad sin la música. Con los ojos cerrados buscaba trasladar a la soledad de sus pensamientos la silueta de la tentadora mantuana, cuya sugerente voz le seguía pareciendo audible. Con el transcurso del tiempo pareció materializarse ante sus ojos, con su sonrisa, sus hoyuelos hechiceros y su porte refinado, y la adivinó, entre sedas y tules, parada frente a él en el alféizar de la ventana.

¿Era suficiente su fuerza —una simple mujer a la que apenas si conocía— como para cambiar su destino? ¿Debía desafiar a su propio sino por una joven de pasado tan misterioso y turbulento? «Sólo es calor y deseo, nada más», pensó. Pero por unos momentos se sintió atado a ella por una fuerza inexplicable, y su dicha podía oírse entre las armonías del violín.

Hizo una pausa en sus pensamientos. Su espíritu lo animaba a afrontar su nueva aventura, y poseía las fuerzas y el valor para desafiar a su destino. El cielo parecía haberle enviado una acompañante ideal para ese nuevo viaje: la mantuana.

Lucía era para él una mujer inquietantemente necesaria.

El implacable sol venezolano había colmado de luz su corazón.

Caracas respiraba sus propias exhalaciones de tibieza bajo los tajos de luz, pero en la casa de los Palacios el silencio constituía una refrescante sensación. Sentado indolentemente en un sillón de enea, el marino sesteaba perezosamente mientras vertiginosas ideas sobre un futuro en Venezuela se despeñaban por su cerebro.

El noble caballero se acercó por atrás. Se puso ante él, como una efigie acuñada en una estela, y le dio una sorpresa.

—En un barco cartográfico ha llegado una carta para ti, Germán —lo tuteó.

—¿De don Dionisio o de doña Mercedes?

Con resignada entereza, Germán tomó la carta que don Esteban le tendía y la estudió de un vistazo. Quebró el lacre y el bramante rojo y, con un océano de por medio, olió el inconfundible perfume a rosa y algalia de doña Mercedes, su madre adoptiva. Germán amaba a aquella mujer fuerte.

Lloraba su año y medio de ausencia, le preguntaba con su redonda letra sobre la operación de compra, se interesaba por su salud, sus cuidados y sus cólicos periódicos, y le enviaba una estimable cantidad para sufragar sus gastos en la casa del marqués de San Luis, al que agradecía su favor y generosidad. Le aseguraba que los contables y su sobrino, al frente ahora de la compañía, prometían un año de pingües beneficios en la Sociedad Naviera Galiana y que el negocio de las sedas de Lyon y el azúcar la convertirían en una de las más boyantes de Cádiz.

Germán siguió leyendo complacido, hasta que una noticia hizo que detuviera su lectura y enarcara las cejas.

En esta ciudad de nuestros amores, la lealtad, la decencia y el honor han sido suplantados por la más absurda revancha de los absolutistas, arribistas y aduladores que dicen venerar al Deseado cuando lo que adoran son sus bolsillos, llenos a costa de un pueblo que cada día pasa más hambre y hace colas interminables en las casas de beneficencia buscando el sustento y el calor.

Te voy a comunicar una noticia que, conociéndote, sé que no alterará tu ánimo, pues tu espíritu jamás conoció el rencor y evitaste siempre los reproches de tu propio corazón. Créeme, hijo mío, sé por experiencia que el que ha sufrido un mal puede olvidarlo —y tú eres una prueba palpable—, pero el que lo ha causado jamás lo olvida, pues vive torturado por el miedo de su propio ejemplo. Y te preguntarás, ¿a qué viene esto, madre?

Te contaré. El brigadier Alfonso Copons, tras ser nombrado gobernador por el conde de La Bisbal, cayó en desgracia ante el rey y ante Dios por sus malas acciones y escasos méritos castrenses. Como no había participado en la guerra, no pudo ascender y fue destinado de nuevo al Regimiento de Artillería de Toledo, de donde procedía, y habiendo fallecido su tío el general, nada pudo hacer para evitarlo. Abandonado de todos, amargado porque su esposa carecía de una dote colosal como él pensaba, fue despegándose de los Muriel y sustituyó el lecho de su joven esposa por el de las rameras del Buche. Y esa muñequita de porcelana —tu Inés idolatrada—, hembra banal y remirada, arrastra su juventud como una vieja viuda, vestida de negro, sola, delgada como un junco, seca y macilenta. Se ha convertido en el centro de las habladurías y reproches de esta ciudad habituada a ser inmisericorde con los fracasados y despreciados.

El casamiento fue un fiasco, se sabe que él malvive en Toledo y ella en la casa de sus padres, en una tácita separación que ni el Señor ha bendecido con hijos que puedan unirlos en un futuro. Un escándalo sin precedentes. Rebuscan en el fondo de sus banales almas y sólo hallan el vacío. Fue un matrimonio de conveniencia y ahora purgan sus malos propósitos. Quisieron hacerte daño y ahora son ellos los que sufren los zarpazos del desamor y la componenda material sin el sostén del afecto. No me alegro de las desgracias humanas, pero cuando el cielo y la tierra te rechazan, cabe pensar que eres mala hierba, y esos dos petimetres cretinos lo son, y de las peores.

Germán se quedó cabizbajo y se sumió en la confusión. Siguió leyendo.

No basta, Germán querido, con arrepentirse del mal causado, sino del bien que se ha dejado de hacer a un semejante. Pero como esa pareja arrogante creo que jamás sentirá remordimiento alguno en su alma, que purguen el mal que te hicieron. El orgullo terminará devorándolos, y llevan tanto veneno en sus alientos que no descansarán ni en el Paraíso. Creí que debías saberlo, hijo.

El gobernador, don Enrique José de La Bisbal, un dictador disoluto, desalmado y altanero, osó incluso colocar piezas cargadas de artillería en la plaza de San Antonio para hacer frente al pueblo y a un asustado grupo de liberales defensores de la Constitución. Hasta tu querido Café Apolo lo convirtió en cuerpo de guardia de sus esbirros opresores.

En otro orden de cosas te diré que hace unos días recibí en la casa al nuevo secretario del Santo Oficio, don José Castellaro, un clérigo honesto y misericordioso que me ha prometido revisar tu causa. He enviado un óbolo para la Hermandad de Penitentes de la Inquisición y así espero ablandar su conciencia. También envié a la Corte de Madrid una carta al ministro de Gracia y Justicia, don Esteban Lozano de Torres, para que interceda por ti. No hay humillación a la que una madre no se rebaje por su hijo. No es la carne ni la sangre, sino el corazón y el amor lo que nos hace padres e hijos. Paciencia y resignación son necesarias para alcanzar el fin que pacíficamente deseamos los que te queremos de regreso, mi añorado Germán.

—No conozco todavía a un sabio que haya soportado pacientemente un dolor de muelas. La resignación es un suicidio diario. Espero que mi perdón no me llegue demasiado tarde —masculló Germán.

Todo llega si se sabe esperar, y se dice en Cádiz que el severo padre Vélez va a ser promovido a obispo muy en breve y que abandonará Cádiz. Ya no tienes enemigos que te espoleen, hijo mío. Espero que sea la señal del fin de tu exilio, que tanto nos apena. La paciencia, me decía mi madre, es un árbol de raíz amarga pero de frutos dulces. Que Cristo y la Virgen del Rosario te protejan. Salud, hijo mío. Deseo que vuelvas pronto.

Germán sabía que era intensamente amado por doña Mercedes y que su afecto entrañable la hacía profetisa de su futuro. Cerró el pliego, pensó en su Cádiz añorada y sintió una punzada de esperanza. Luego se encerró en su soledad, como si fuera un manto protector.

El firmamento era un muestrario de luminosos tonos azules.

Los agentes de París

El objetivo de Badía, alias Alí Bey, era hacerse invisible. Como buen agente que era, monsieur Domingo rara vez caminaba por los mismos lugares, frecuentaba los mismos cafés o comía en los mismos restaurantes. No le agradaban las vidas insípidas ni las existencias ordenadas y cómodas. Para él, el mundo no era un lugar tedioso y adverso, sino exótico y fascinante.

Todo se basaba en método y supervivencia.

Desde que don Manuel Godoy le encomendara la búsqueda de las joyas de la Corona de España, entre otros servicios, prefería pasar ignorado por el mundo. Sabía que de aquel asunto sacaría una buena tajada, la justa para retirarse, y mimaba cada detalle de la misión.

Mantenía correspondencia con Grimaldi, y sabía que el asunto, por ausencia de pistas fiables, se había vuelto confuso y enmarañado. Había pasado demasiado tiempo, pero estaba firmemente persuadido de que tarde o temprano, gracias a su tenaz persistencia y perseverancia, daría con el secreto de los secretos. Era sólo cuestión de paciencia.

Un pálido disco de luminosidad opaca germinaba en un firmamento moteado de gris, tan frecuente en París. Luego de concluir la misa en Saint-Séverin, el espía dio un breve paseo por la rue du Petit Pont en contemplativo silencio. Una ligera luminiscencia pugnaba por abrirse en el encapotado cielo parisino. El verdoso y apacible Sena lamía las esquinas del Barrio Latino, al que así bautizaron los estudiantes de latín de la Sorbona.

Conforme caminaba, los palacetes del boulevard de Saint-Michel y el quai de Montebello iban adquiriendo la tonalidad gris del celaje de la niebla. El español paladeaba cada imagen, cada ruido, cada olor.

Le gustaba el distinguido y selecto encanto de París. Tras sortear unos carruajes que escupían agua y barro, y a unos cocheros que chasqueaban los látigos, alcanzó los escalones de su residencia en la rue des Écoles. De repente alzó el cuello y se detuvo. En su ausencia, alguien había entrado en su casa. Lo sabía. No pudo ocultar su irritación. Desenroscó el pomo del bastón y liberó el sable que ocultaba. No deseaba tener un mal encuentro, y dispuso todos sus músculos en tensión. Sintió un preocupante desconcierto. ¿Quién lo había descubierto?

Pero pasados unos instantes se relajó y su semblante no denotaba ninguna expresión. Había olido un perfume que le resultaba familiar. Exhaló una bocanada de aire, sacó el llavín y abrió la puerta con prevención. Al pie de una lámpara rococó se hallaba una mujer de esbelta silueta, envuelta en una capa oscura de satén y de espaldas. Cuando se volvió, contempló, tal como había supuesto, a la bella, racional y querida compañera de aventuras y espionajes: dame Anne Lignane de Villedary, que lo recibió con su sonrisa maliciosa.

La joven emanaba un perverso entusiasmo que no le pasó inadvertido. Además, había detectado en ella una inquieta excitación.

—*Bonjour, mademoiselle* —la saludó sonriente—. ¿Qué te trae por mi casa? Debiste avisarme. No deben vernos juntos en París.

—Urgencias, don Domingo. Salimos para España —le desveló—. Con la correspondencia cifrada de Madrid vino un mensaje de Grimaldi. Por fin ha encontrado la pista definitiva que le conducirá al paradero de las joyas. —Sacó el mensaje de su bolso de lentejuelas y se lo tendió.

—¡Ya era hora, por Dios! Las creía perdidas irremisiblemente.

Badía orientó la carta hacia la tamizada luz que entraba por el balcón y pudo leer que don Juan, tras inagotables pesquisas en los más apartados valles del Pirineo aragonés, se dirigía a entrevistarse con un fraile, de nombre el Trapense, en un perdido predio de

Zaragoza. Siempre había creído en él, y al fin su obstinada tenacidad lo premiaba.

—Es absolutamente extraordinario —se alegró el espía—. Ha tardado, pero al fin acariciamos el éxito. Llegué a pensar que abandonaríamos. El día que se entrevistó con Joseph Leví, encuentro del que fui testigo anónimo disfrazado de rico anciano, parecía muy satisfecho. Busca una imagen sagrada, así que ella debe ser la clave de este embrollo. ¿No es natural que la posea un fraile?

—Don Juan no es demasiado explícito, pero como veis se traslada a las cercanías de Zaragoza para entrevistarse con un monje guerrillero que conoce la suerte seguida por las joyas escondidas por Figueroa y que tanto ansía nuestro señor don Manuel. ¿No os parece increíble? —La dama evaluó la sorpresa que sus palabras habían producido en el agente.

Badía permaneció unos instantes presa de sus propias cavilaciones.

—¡En absoluto! —aseguró al fin—. Lo que sí me parece asombroso es que las joyas estén relacionadas con un fraile guerrillero. Ahora comprendo por qué el anticuario le habló de la batalla de Vitoria y de ciertas aldeas que arramblaron con el botín del Intruso. Todo empieza a encajar, querida Anne. Monjes guerreros que lucharon contra Napoleón, tesoros de José Bonaparte interceptados y expoliados por los guerrilleros, tallas sagradas salvadas de manos irreverentes. Todo encaja, querida mía.

—Una mentira destruye, y la verdad restaura. ¡Cuánto misterio! Las penurias de don Manuel y de Pepita cesarán al fin —afirmó jubilosamente la muchacha—. Están sufriendo un infierno.

—Sufren sin sosiego las descaradas bellaquerías de ese rey felón —dijo Badía riendo con evidente amargura.

Recordaba el tiempo pasado desde su ocultación, su irracional desaparición y su desquiciada suerte. Había que ser prudente.

—Eres singularmente propensa a hacerte ilusiones. Seamos juiciosos, Anne. Sin embargo, esto sí tiene visos de conclusión feliz y de que muy pronto recibiremos nuestra bien ganada recompensa. La ambición y el deseo son las alas de los grandes logros, y yo sabía que haría mella en don Juan. De su descubrimiento todos nos beneficiaremos.

Pero la hermosa espía, feliz porque el dilema se descubría al fin, sintió que su espíritu vital ansiaba poseerlas.

—No pudimos mostrarle mejor señuelo a ese empresario —recordó—. Su logia de masones, creo que los más antiguos de España y seguidores de los maestros canteros de Escocia, anda a la deriva y partida en dos. Precisa de un impulso espectacular que la saque del marasmo. Y las Cláusulas de Bayona los ayudarán.

—En estos asuntos nunca se puede estar seguro de nada, pero acudiremos a su llamada sin dilación alguna —aseguró Badía—. No podemos estar especulando eternamente con este dilema.

—Como ya había pensado en esa posibilidad, avisaré a don Manuel de nuestros próximos pasos.

—Hazlo cifradamente. Toda precaución es poca, querida Anne.

Badía admiraba a la francesa con el pensamiento. Le deleitaba su inagotable *joie de vivre*. Su genio vitalista y la radiante jovialidad que cultivaba ejercían sobre él una peculiar seducción. No podía disimular su impaciencia.

—Se acabó nuestra tediosa vida —dijo, animoso—. Pronto daremos el zarpazo del león. Salimos mañana para La Rochelle. En unos días arribaremos a Pasajes, y una semana después a la Villa y Corte del Deseado. Recoge el legajo de las Cláusulas Secretas. Lo escondí en el lugar acostumbrado.

En connivencia por la alegría compartida, la dama preguntó:

—¿En el secreter del clavijero del piano?

—¿Dónde si no, *chérie*? —respondió Badía con una sonrisa pueril.

El agente secreto pensó que al fin las incógnitas sobre las joyas de la Corona se iban despejando por sí solas. Tanta pasividad sobre su paradero le había parecido inconcebible y de mal fin. ¿Dónde las había ocultado el fallecido capitán Figueroa? «Es llegado el tiempo de sacar una buena tajada y de conocer el valioso secreto y su inaccesible impenetrabilidad», pensó, y notó en su interior un inefable alivio.

Se dejaría llevar por su instinto. Aquellos trabajos ejercían sobre él una seductora fascinación.

Sólo entonces una astuta serenidad inundó su rostro.

Una bruma cargada de humedad se asemejaba a una montaña flotante que ocultaba las techumbres de Saint Germain-des-Prés, las mágicas agujas de la Sainte-Chapelle y las torres romas de Notre-Dame.

La Contramina

Aquella misma tarde se había oído en las cumbres de Gredos el lejano retumbar de la tormenta y un viento enfurecido corría por las calles de Madrid, sumido en un húmedo sofoco. Los madrileños buscaban las ascuas de las lumbres en los hogares y ya no salían al anochecer a pasear por las umbrías del Prado y del Buen Retiro. Era una noche de luna llena, y según la costumbre establecida, el último sábado del mes se reunía en un añoso caserón la Junta General de la sociedad secreta defensora del viejo orden: La Contramina o Junta Apostólica del Ángel Exterminador.* Una claridad de plata penetraba por las ventanas del destartalado y deslucido palacio del duque de Casarrubio, en la plaza de Santo Domingo, mientras entraban embozados y mudos sus poderosos miembros.

La hermandad, que obraba en el más absoluto de los secretos y con los más expeditivos métodos, era un arma creada en Roma por encumbrados eclesiásticos y oficiales de los ejércitos realistas como oposición a la francmasonería y a las ideas corrosivas de la Ilustración. En España espiaban a los inquisidores en sus tribunales si les suponían tibieza en su celo y cargaban de hierros, sin juicios ni procesos, a los que defendían la Constitución de Cádiz. Su objetivo era expreso y contundente: proteger el trono absoluto del Deseado y la religión católica. Represen-

---

* El historiador Joaquín del Castillo, en *La Ciudadela Inquisitorial de Barcelona*, confirma más tarde a Calomarde, ministro de Fernando VII, como jefe de La Contramina y de la Junta del Ángel Exterminador.

tantes de la vieja nobleza, del ejército, de la jerarquía eclesiástica, de la diplomacia y la magistratura, componían su hermética cohorte.

La Contramina pasaba por ser una organización clandestina de contraespionaje que operaba con total impunidad dentro de la misma Superintendencia de la Policía del Estado y del Santo Oficio. Acechaba secretamente a los liberales, vigilaba a los altos cargos y velaba por la pervivencia de los principios de antaño que habían hecho grande al imperio. Y los funcionarios la temían como al mismo cólera.

Cecilio Bergamín, el nuevo candidato al cargo de «acogido» en la orden, miraba sin cesar su reloj de bolsillo. Parecía que no llegaba nunca el toque de completas que daba inicio al ritual, y la espera le resultaba insoportable. Aquel lugar, imponente y arcano, lo intimidaba. Había permanecido varias horas intentando purificar su corazón con la meditación, pero sólo había conseguido inquietarse aún más. ¿Qué pretendían de él aquellas importantes personalidades? ¿Lo considerarían un igual o sólo un sayón para ejecutar sus voluntades?

Los misterios de las sociedades secretas le apasionaban, pero la opresión del instante lo atenazaba. Mezclado con el olor a sándalo y la transparente claridad lunar, percibió un estado interior de poder y comprendió el verdadero significado del acto de investidura como familiar de la Hermandad Santa, Apostólica y Romana del Ángel Exterminador, llamada en España «La Contramina». Una cruz y una espada, sobre un trípode de plata que las sostenía, mostraban el único signo conocido de la junta. No había trucos de iluminación, ni de voces del más allá, como aseguraban que hacían los masones en sus Grandes Orientes; sólo banderas enrolladas, tambores de guerra y panoplias de armas.

Bergamín, incapaz de serenarse, tocaba el cielo con los dedos. Él no era un personaje de alcurnia; sin embargo, lo habían aceptado por su inteligencia, honradez y forma expeditiva de comportarse. ¿Podía haber imaginado tan siquiera cuando llegó de su pueblo que iba a codearse con prebostes tan ilustres del reino? Le costaba aceptarlo, pero don Antonio creía en él y en sus cualidades innatas para husmear.

No estaba allí por casualidad. Desde que Ugarte lo inscribiera en la nómina de sus espías secretos y lo embarcara en la causa y en la primera línea de fuego, sus servicios a la Corona habían sido distinguidos, incluso eminentes. Había participado con notable éxito desbaratando hasta tres conspiraciones dirigidas contra el corazón mismo de la sagrada monarquía. Infiltrado como camarero en el sospechoso Café de Levante, nido de masones, afrancesados y conjurados, había delatado una intriga para derrocar al rey que dio con todos en la cárcel sin que supieran jamás quién los había descubierto.

Ugarte estaba complacido con sus limpios trabajos; jamás dejaba huella. Tras el carnaval del pasado año de 1815, le había ordenado que se trasladara a La Coruña junto a otros agentes de confianza, donde según don Antonio prosperaban los rumores de sables y los levantamientos de militares liberales. Bergamín se hizo pasar por traficante de armas francés, papel que ejecutó a la perfección. En dos meses destaparon la conjura del líder antiabsolutista, el general Porlier, al que llamaban por su gallardía «el Marquesito». Y antes de que la trama se propagara por el país, el oficial había sido ahorcado tras un juicio sumarísimo.

Pero cuando Cecilio se cubrió de gloria fue en las postrimerías de aquel mismo año, al desenmascarar su caverna policial el complot más sonado, osado y misterioso dirigido contra la sagrada persona del soberano. La prensa lo llamó «La Conspiración del Triángulo». La lideraba un tal Richard, comisario de Guerra, y lo auxiliaban un sargento de la Armada, un soldado de garita y un cura revolucionario. Su objetivo era asesinar a don Fernando en una de sus visitas nocturnas a la venta del Espíritu Santo, o bien a la casa de la bella Juanita la Naranjera, donde el monarca saciaba sus apetitos sexuales y se hallaba más desprotegido. Bergamín se introdujo con una falsa identidad de cochero en el cogollo de la conspiración, simulando ser un liberal ultrajado de La Fontana de Oro. Destapó los detalles del magnicidio y alertó en secreto a Ugarte. Todos fueron apresados, sufrieron tormento, les dislocaron los huesos, y pasaron por el hierro y el potro. Los cabecillas fueron ahorcados en la plaza de la Cebada y la cabeza del guía aún se pudría en el camino de Aragón. Estaba orgulloso de aquella acción.

Ugarte premió a Cecilio con la propiedad de la casa donde vivía de prestado, y el rey le envió un medallón de oro puro como premio por su impecable gestión. Con plenos poderes, lo envió después junto a otros agentes a Barcelona, donde el capitán general Lacy se había sublevado, enardeciendo al pueblo y levantando regimientos para su causa liberal. Cogido a tiempo, y gracias a los informes del círculo policial de Bergamín, que especificaba nombres, lugares y movimientos, Lacy fue hecho prisionero y ejecutado después en los fosos del castillo de Bellver de Mallorca.

Y atropellando conciencias y comprando lenguas llegó a acusar al todopoderoso ministro don Pedro Ceballos de ser el famoso y anónimo «Duclos», quien había firmado el infamante anexo de Bayona en el que se afrentaba al rey de haber servido a José Bonaparte, de haber aceptado un cargo de las Cortes de Cádiz, de ser masón y de mantener correspondencia secreta con el rey don Carlos. Hundida su vida política, en la anterior primavera Ceballos había sido enviado a Viena como diplomático, perdiendo su puesto y arruinando su carrera y la confianza cercana del soberano. «¿Quién me habrá traicionado hurgando en pruebas tan secretas de mi vida pasada?», se preguntaba, desconcertado, camino de Austria.

Ugarte y el rey estaban satisfechos con su impecable gestión.

La sala de reuniones de La Contramina estaba exenta de objetos y símbolos superfluos, salvo la escultura de un Cristo y una vitrina repleta de espadas, medallas militares y condecoraciones. Una quincena de clérigos, militares de rango, magistrados y covachuelistas de los ministerios se sentaban en círculo a su alrededor: eran los clarísimos y los nobilísimos, que gozaban de poder en la orden y de grandes prerrogativas. Representaban a las más importantes jerarquías de la nación y estaban vinculados a las corrientes más ortodoxas y ultraconservadoras del absolutismo monárquico. Él, que entraba como aspirante, muy pronto conseguiría el tercer rango: el de acogido. Pero con la escasa luz no distinguía uno solo de los rostros de sus superiores.

Según los informes secretos a los que Bergamín había tenido acceso, La Contramina, más que una sociedad secreta, era una facción exaltada del partido servil que, desde la conspiración contra la Constitución de Cádiz, había cruzado la frontera hacia la sedición, sin importarle encender la mecha de la guerra civil en nombre de Dios y del rey, aunque ultrajaran al cielo y afrentaran al soberano a quien aseguraban defender.

Aunque detestados por militares, políticos, jueces y religiosos de bien, contaban con el apoyo de una parte del ejército anticonstitucional, un poder formidable en la sombra que amenazaba al mismo monarca si rehusaba someterse a sus designios. Sus creadores deseaban sustituir la influencia popular de los gobiernos democráticos y subordinarlos a la voluntad del clero y a la decadente nobleza. Sus medios, el golpe de Estado, el terror, el púlpito y el confesionario, eran el paradigma del fanatismo secular, el terror y la intolerancia vividos en España en los siglos pasados. Odiaban a los oradores amigos de la libertad que, aclamados por el pueblo en las tribunas de los clubes liberales, según La Contramina arrastraban a las masas ingenuas hacia el caos.

Bergamín sabía que lo llamaban «el Insobornable», y alardeaba de poseer en su casa un texto constitucional de 1812 singular y único, escrito sobre trozos de piel humana, extraída en los calabozos a liberales, herejes y afrancesados. Cada uno de los encausados debía dejar su propio tributo y escribirlo con su propia mano, para luego deshonrarlo. Pensaba llegar al centenar de artículos. Era una demostración de fe que no dejaba duda alguna de su fanática entrega a la causa de la Junta del Ángel Exterminador.

Cecilio lo sabía, y por medrar, estaba dispuesto a aceptarlos. Una sonrisa de placer flotaba en sus labios resecos.

Al sonar la campana de una iglesia próxima convocando al rezo de completas, el presidente, cuya enjuta figura se recortaba en la penumbra, se incorporó y manifestó con una voz atronadora:

—Corren tiempos llenos de males y peligros para la España católica. Literatura revolucionaria se imprime en Francia con destino a las logias y universidades españolas. Los masones conspiran, los herejes se multiplican y el papelucho de Cádiz prende cada día más en las mentes depravadas. Nosotros somos la memoria de los que no quieren olvidar. No somos una religión, ni un credo, sino una organización sagrada emanada del solio pontificio de Roma para preservar el orden establecido por Dios, el Santo Oficio, el

Trono, la fe y a nuestro rey don Fernando. Nuestro propósito es diáfano; al contrario que los masones, no precisamos de símbolos paganos. La rectitud es nuestra bandera. —Su mirada altiva se posó en el padrino, Antonio Ugarte—. ¿Qué méritos adornan al neófito para pertenecer a nuestra orden?

—Eminentes servicios al Trono, que le debe parte de su firmeza, hermanos —se pronunció, solemne—. Su autocontrol y sus métodos de persuasión no tienen parangón entre quienes servimos a la mano sabia del Señor de Palacio. Nunca he conocido a un hombre tan grave, tan frío, tan prudente y tan fiel a nuestra doctrina y nuestros métodos. Sus méritos están relacionados en ese pliego, firmado por mí y cinco nobilísimos miembros.

—Los hemos leído y contrastado, y vemos que le sobran merecimientos para ser recibido en esta orden sagrada. ¡Hágase la luz! —clamó, y un grupo de lacayos encendieron las luces.

Entretanto, Bergamín permanecía muy quieto, muy tieso, observándolo todo con su mirada glacial. Por un instante sus ojos quedaron deslumbrados al hallarse súbitamente iluminado por decenas de amarillentos flameros y candelabros.

El maestro de ceremonias se adelantó y pregonó:

—¡Somos la luz del mundo, el Áncora de la Fe y de la Corona! Nuestro Dios es celoso, colérico y juez supremo de la conducta de los pueblos. Apoyamos las antiguas virtudes que nos hicieron grandes, el Tribunal de la Santa Inquisición y la obediencia debida al representante de Dios, nuestro rey y señor. Poned la mano sobre la espada y confiad en la protección de Dios.

El gerifalte se situó solemne frente al aspirante, con la espada y la cruz en la mano, y le rogó que leyera en voz alta un papel.

—Repetid y prometed conmigo —dijo el presidente.

—«Detesto y repruebo la soberanía popular y el sufragio universal, en cuanto son principios revolucionarios y fundados en la errónea creencia de que la mayoría del pueblo es la autora de todo derecho, lo cual se reduce a rechazar el señorío de Dios en el hombre y en la sociedad. Detesto y abomino la libertad de cultos y no consentiré jamás que arraiguen las herejías de la Ilustración en nuestro suelo. Todo lo sufriré, antes que consentir y tolerar que se implanten en nuestra católica nación.»

Al tocar con sus manos el frío acero y el tosco crucifijo, Bergamín sintió una indescriptible sensación de poder que le inflamaba las venas.

De nuevo el decano llamó su atención.

—¿Quién eres, aspirante? ¿Qué deseas?

—Me llamo Cecilio Bergamín, natural de Campo de Criptana, cristiano viejo y fiel a la causa realista. Anhelo ser aceptado como miembro veraz de la Junta Apostólica, la mano de Dios en este Reino, ayudado por su misericordia y por vuestras grandezas.

—¿Has pertenecido alguna vez a una cofradía de francmasones o liberales? —lo interrogó el celebrante.

—¡No, excelencia! —se apresuró a responder el aspirante.

—¿Has pecado contra tu rey y tu religión?

Meditó unos instantes. No era un rito repelente como el de los masones, no tenía que pasar pruebas repugnantes ni se realizaban cultos irreverentes. Estaba abrumado por las preguntas, pero replicó seguro:

—La cruz de Cristo siempre ha velado por mí. ¡No!

—¿Eres puro y limpio de corazón?

—Siempre lo he intentado dentro del seno de la Madre Iglesia.

Se hizo un mutismo indescriptible.

—Has ingresado en el mundo que tanto esperabas —dictaminó el oficiante tras la pausa—. Desde hoy defenderás nuestros principios, lucharás contra los ignominiosos cánones de Cádiz y, llegado el caso, darás tu vida.

—Que el Salvador me conceda las fuerzas suficientes —dijo Bergamín.

El breve ceremonial había concluido. Las erráticas esencias a incienso y sándalo lo empalagaban. El efecto de la luz que se multiplicaba en la sala era espléndido y entonces pudo ver todas y cada una de las caras de sus superiores y protectores, sentados en sillas de marfil y cedro con adornos de oro. Adivinó la identidad de todos ellos, reconocidos regentes, obispos y oficiales de alto rango: Eguía y Elío, cuyos nombres no se atrevería nunca ni a pronunciar; un grupo empenachado y deslumbrante de galones, cruces pectorales, sables, galones, púrpuras, birretes, insignias y condecoraciones lo miraban circunspectos; el obispo de Osma, antes regente del reino; su ilustrísima Inguanzo, jerarca de Zamora, y los prelados de Tarazona y León. Todos lo rodearon sin decir palabra, congratulándose por su admisión. Olían a perfume rancio, rapé y tabaco, y se movían como autómatas, mientras lo felicitaban por sus servicios al Trono.

El presidente lo llamó a su lado y lo despojó de los guantes. Luego frotó sus antebrazos con cenizas de laurel. ¿Qué era aquello? ¿Qué representaba la ablución? Don Antonio no lo había prevenido de aquella parte tan singular del ceremonial. Al observar sus rostros apacibles se tranquilizó. De repente le llegó al olfato el acre tufo de ascuas encendidas y al oído el chisporroteo de un hierro incandescente. ¿Iban a marcarlo como a una res?

En aquel instante los hermanos expusieron sus manos delante de los ojos del aspirante y Cecilio pudo ver que tres minúsculas marcas formando un triángulo perfecto asomaban estigmatizadas en las muñecas de todos ellos. ¿No era aquélla la misma cicatriz que adivinó en Ugarte el mismo día en que lo tomó a su cargo?

—Ésta es la señal secreta de La Contramina, la que nos hace ser reconocidos entre nuestros hermanos de toda Europa. Puede salvarte la vida y también quitártela. Recíbela con honor.

Y extrayendo de un crisol dorado un cuño de plata en el que brillaban como carbunclos tres diminutos puntos incandescentes, lo empotró en su brazo. De inmediato, tres heridas rojas que olían a carne quemada le quedaron marcadas para siempre mientras otros tantos hilos de humo negruzco escapaban de su brazo dolorido.

Un hermano lo lavó con agua de beleño y le colocó el guante protector. Cecilio percibía un punzante dolor y los maldijo en su interior. El misterioso líder lo tomó por los hombros.

—Desde hoy tu cometido será muy simple —le dijo afablemente—: liberar al rey y a la Iglesia de sus enemigos jacobinos, los discípulos de Maximiliano Robespierre, que disfrazaban a las putas del Sena de la diosa Razón mientras parían la demoníaca Declaración de los Derechos del Hombre, cuyo único derecho es someterse a su Dios y a su monarca. Si tienes que matar, mata; si conspirar, conspira. Y no dudes que serás absuelto por el Altísimo, pues trabajas para su causa en la tierra. El pueblo es zafio e ignorante y debemos impedir que caiga en las garras de la masonería y la Revolución. ¿Para qué necesita libertad y cultura? Su puesto en la tierra es ganarse el pan y servir a la Iglesia de Dios y a su rey, y morir por ellos. Nada más.

—Sí, excelencia —dijo Cecilio balbuciente.

—Has sido elegido para la gran tarea de liberar a España de enciclopedistas y anticatólicos, y a Dios de sus más cervales adversarios, los jacobinos y masones. Eres un privilegiado, Bergamín. Desde hoy eres uno de nosotros y cuentas con nuestro favor.

Cecilio tomó conciencia de que había alcanzado la cima. El ardor de los neófitos siempre era emotivo y comprometedor.

—Gracias, señoría. Permaneceré inquebrantable a los principios de La Contramina. Para mí es un inmerecido honor. Daré mi vida por los santos designios de la orden —se comprometió.

—¡Vivan Fernando VII y la Religión! —gritó el jefe.

—¡Vivan eternamente! —replicaron todos al unísono.

El Insobornable fue abrazado por todos, mientras un lacayo pasaba bandejas con vino malvasía que degustaron los miembros mientras hacían un examen retrospectivo de la vida de Cecilio, que él inventó conforme le convenía, diciéndose ser hijo de un viejo hidalgo manchego venido a menos y que en su juventud había estudiado en París, desde donde le venía el conocimiento del idioma francés, sus contactos diplomáticos y sus habilidades para investigar.

El impecable cumplimiento del ceremonial lo había extasiado.

Ugarte callaba y sonreía. «El escorpión jactancioso, perfeccionista e irascible no ha perdido su veneno», pensó, aliviado. Desde aquel día su esbirro debía obediencia ciega a aquel universo de conspiradores, pero aquellas falsedades convenían a sus propósitos. Cuanto más mintiera, más fuerte lo apretaría en su puño. «Este ser vil ha sido ungido, pero no sabe que habiendo jurado está más a mi merced.»

A Bergamín, en cambio, se le adivinaba una exaltada expresión en su semblante. Estaba pletórico. Jamás había imaginado alcanzar tal respetabilidad y tan sólida y firme posición. Con aquellas muestras de confianza se sentía un elegido de Dios, un hombre nuevo. Salió renacido del palacio, exultante por codearse con tan ilustres autoridades del reino.

El oficio de tinieblas había concluido como había empezado, en el más absoluto y enigmático de los hermetismos. Salieron, sin decir palabra, e ingresaron ocultos tras sus capotes en sus ricos carruajes, que al poco desaparecieron en la negritud de la noche. «Cada uno posee su destino y el mío es llegar alto», caviló Bergamín.

Aquella vigilia Cecilio durmió inquieto. Un desfile de alucinaciones de monstruos abisales cubiertos de capas carmesíes y uniformes militares acampaba en su mente, emergiendo de las tinieblas de sus sueños. Se despertó de madrugada presa de una aflicción que le paralizaba los miembros. Un veneno letal entraba en su cuerpo por los tres puntos de la marca secreta, emponzoñaba sus venas y lo destruía por entero.

Se levantó tambaleándose del lecho y bebió vino de una jarra de cristal hasta que se sosegó. Madrid estaba silenciosa, y el firmamento, tachonado de luceros. Un gajo de luna amarilla que presagiaba tormenta danzaba en la desnudez de un cielo intimidatorio. De repente cruzó la bóveda celeste una estrella fugaz que se perdió junto al cuerno de la luna creciente. Bergamín se sobresaltó viendo el prodigio celeste.

Consideró el sueño y el signo astrológico de mal agüero.

Las Ceibas

Tras la compra de la hacienda, la laboriosidad de Germán resultó devoradora.

La primera impresión que le causó la plantación de su nueva propiedad fue desconcertante, pues se hallaba en estado de abandono. Los jornaleros permanecían de brazos cruzados. Pero tras unas palabras de bienvenida y de compromiso por parte de Lucía, ayudada por el negro Maximiliano, la finca experimentó una importante transformación. El incansable capataz tenía siempre la blasfemia cariñosa en la boca. Arengaba a los braceros con teatrales gesticulaciones y chillaba como un mariscal de campo a las negras que trabajaban en los chamizos. Germán no dejaba de observar su diligencia, su pelo espesamente ensortijado de color bermejo y sus ojos, brillantes y verdes, que se movían inquietos cuando hinchaba la nariz.

Galiana le regaló un reloj de plata y un atuendo blanco con botonaduras, y desde aquel día Maximiliano le entregó sin cortapisas su voluntad y su fidelidad. El español ignoraba que lo hacía porque había percibido en el nuevo amo rasgos de generosidad y de compasión.

Mientras tanto, los independentistas habían dado un golpe de fuerza en Venezuela con las arriesgadas acciones de los generales Rojas, Mariño y Monagas. Comenzaban a controlar el país, mientras los realistas, aislados y sin apoyos de la metrópoli, retrocedían. La independencia era cuestión de tiempo. Bolívar meditaba en

Angostura su sueño político: la Gran Colombia, un vasto territorio que reuniría bajo una sola bandera Nueva Granada,* Ecuador y Venezuela. Su proyecto de liberación caminaba vertiginoso hacia la celebridad, y su «Ejército de los Andes» era una realidad incontestable que cada día recibía más apoyos. Había prometido entrar victorioso con sus regimientos en Caracas en menos de cuatro años. Y todos sabían que lo cumpliría. Las fuerzas del general Morillo hacían planes para regresar a España y auxiliar a un rey en apuros. Había llegado la hora de la emancipación americana.

Los avatares bélicos y el gentil ofrecimiento de Galiana obligaron a Lucía de Alba a retrasar su salida de Las Ceibas. El marqués la convenció de que las muertes y los robos eran moneda corriente en la frontera. Hablaban de matanzas de blancos a manos de negros, de incendios devastadores y de bárbaras violaciones perpetradas por bandas incontroladas de mercenarios. No era momento de emprender tan arriesgado viaje a Bogotá; resultaba imprudente aventurarse a transitar por caminos tomados por tropas de uno y otro bando que no solían salvaguardar la vida ajena. «Podéis quedaros en Las Ceibas una noche, un día o un año. Lo que queráis, señora», le había asegurado el español el día que se acercó a tomar posesión de las tierras y a conocerlas.

Desde hacía varios días Germán se notaba inquieto. El viento transportaba un denso olor a mar que nunca había olido. La brisa permanecía inmóvil, sofocante. Maximiliano, que parecía presagiar el desastre, le aseguró que se acercaba una tormenta recia que, antes de emigrar con su furor hacia el mar de los Caribes, azotaría con crudeza el valle y los puertos. Los barcos amarraron en La Guayra, y el anunciado tornado compareció con toda su virulencia un turbio atardecer.

Los venezolanos estaban acostumbrados a aquellas desmesuras de la naturaleza, pero a Germán le pareció una plaga bíblica salida de los mismos infiernos. Habían cegado las puertas y ventanas con listones y sacas de arena, habían apagado candelas, fuegos y quinqués, y las mujeres rezaban retahílas de rosarios en los rincones. La tempestad se presentó cual furioso aliento del diablo, arra-

* Actual Colombia.

sando los tejados, los brotes nuevos, los cobertizos de palmera, las barquichuelas, las velas mal arriadas y los cristales y persianas de los miradores. Las campanas tocaban solas con el vendaval y los barandales crujían sobre sus cabezas.

El gaditano, silencioso y taciturno, miraba expectante por entre los postigos. Jamás había visto caer una lluvia tan densa, violenta y caliente. Un ventarrón de colosal empuje parecía que fuera a arrancar los cimientos de la casa del marqués. Ni siquiera entre las embravecidas olas del mar del Norte los había sufrido tan fuertes. El aire giraba sobre sí mismo, se retorcía en torbellinos y aventaba recias tolvaneras que levantaban por los aires todo lo que encontraban a su paso.

Galiana temió por su vida, por sus anfitriones, por Lucía y sus próximos, pero el marqués lo apaciguó.

—Los que hemos nacido aquí sabemos lo que hay que hacer. Esta ira de la naturaleza pasa pronto. Permaneced en vuestra cámara. Tal vez vuestra música os tranquilice.

Pero las ráfagas del temporal, que parecían arrojadas por cañones furiosos del cielo, amenazaban con reiterar un nuevo diluvio universal. Germán intentó extraer algún sonido armonioso de su violín, pero las rachas de lluvia y de viento ocultaban las notas. No pudo conciliar el sueño en toda la noche, atento a los fragores, derrumbes y bramidos, que paulatinamente fueron menguando y aquietando su natural pavor. En una hora todo fue calma.

Cuando al amanecer siguiente el tifón tomó el rumbo de Bonaire y La Española, Germán contempló la dantesca visión de los desperfectos obrados en la finca del marqués: ventanas desvencijadas, árboles tronchados, macetones caídos, ramas partidas, y decenas de enseres navegando en un mar de lodo y barro. Reinaba en el ambiente una quietud solemne. El día se aclaraba lentamente y las gentes salían de sus casas para arreglar los desperfectos. Tras consultar al marqués, cebó la pistola, se cubrió con un capote y cogió una garrafa con agua. Luego se dirigió a la cuadra y montó un viejo alazán que lo condujo, no sin dificultades, a Las Ceibas.

Allí todo era devastación, animales ahogados, mosquiteros agujereados, barracas caídas, aguas fangosas discurriendo como un río de légamo parduzco entre los cañaverales, gallos, gatos y perros muertos, fardos embarrados, y negros mustios bajo los chamizos de palmera. Como único signo de vida, enjambres de moscas, mariposas y libélulas azules revoloteaban por el aire inmóvil y caliente. Los cobijos de las gallinas y porquerizas estaban desmantelados. Todo parecía inmovilizado por una mano gigantesca e invisible. Olía a tierra mojada, a cieno y a estiércol de establo.

Su sueño se había venido abajo. El desánimo lo atenazó. Lo poco que había podido salvar de la hacienda había sido aniquilado. El terreno estaba desnivelado por las torrenteras, como si hubiera habido un terremoto, y el fango escondía toda clase de inmundicias. Sería muy difícil ponerla de nuevo en producción. Desanimado, buscó con la mirada la casa de la finca, y se tranquilizó.

Lucía, junto a un grupo de negras, remangada, con la blusa embadurnada y abierta, ayudaba a achicar agua del porche, donde aún fulguraba el escudo de yeso del clan familiar. Estaba bellísima con sus grávidos pechos apenas apresados por el corpiño, escapando como alondras de su escote, las torneadas piernas al aire, el cabello revuelto y sus rotundas caderas marcadas por una falda exigua y deshilachada. Parecía una heroína enfrentada al invasor natural. Germán nunca borraría de sus retinas aquella provocativa imagen de valor, fuerza y sensualidad.

Resopló feliz. La naturaleza la había preservado una vez más.

—¡No os quedéis ahí parado, señor Galiana! —le gritó Lucía—. Al fin y al cabo estas tierras son vuestras. ¡Empezad a luchar por ellas!

Germán cobró conciencia de la realidad y despertó como de un sueño efímero. Permaneció a su lado cinco días, metido hasta los codos en aguas inmundas, sofocado, sudoroso, con las ropas enlodadas pero satisfecho; olía la piel de Lucía, tan cercana, tan admirada, tan inasequible. Comían guisos de guisantes con habas y coles y trabajaban de sol a sol, sin quejarse, animosos. La casa de la hacienda, que antes parecía un teatro ostentoso con molduras y guirnaldas, cortinas y dorados por doquier, se asemejaba a un escenario alterado y asolado.

Había creído que no podrían restaurar los destrozos, pero ignoraba que los venezolanos estaban acostumbrados a levantarse de sus cenizas después del paso de un tifón. La finca ya parecía un lugar habitable, y los daños no resultaron tan irreparables después del duro trabajo de Maximiliano, los macheteros y los cortadores de caña, que pusieron en marcha el molino.

Al final de la jornada, descansaban tirados en los sillones de mimbre tomando una reconfortante taza de chocolate caliente. El ocaso llegaba con un vigoroso perfume a melaza. Los alrededores estaban silenciosos, no se oía el crepitar del molino, sólo los mormullos de los torrentes; era un momento idóneo para las confidencias. Pocos días habían bastado a Germán para percibir que la joven seguía replegada sobre sí misma. Para animarla, le expresó su agradecimiento con espontaneidad.

—Gracias, Lucía. Vuestro esfuerzo me ha emocionado.

La mantuana no lo miró, pues aún recelaba de sus intenciones.

—Luchando por estas tierras tengo la ilusión de que aún son mías. Éste es el único lugar donde me siento a gusto conmigo misma.

Aquella tarde, Valle Alto se cubrió de luminiscencias perfilando de verde esmeralda las montañas. Una prodigiosa puesta de sol le recordó al marino gaditano los atardeceres de Cádiz.

Desde entonces, la propiedad cobró un valor inusitado para Galiana. Había comprendido que aquella plantación era el único señuelo con poder para retener junto a sí a la mantuana, a la que comenzó a mirar con otros ojos. Ya no era sólo deseo, sino un sentimiento más puro y hondo.

Lucía se sentía protegida al lado del marino, y viendo la benevolencia de los propósitos del español, le devolvió favores por cientos. Germán arregló el molino de azúcar, deteriorado tras el vendaval; acotó las lindes derruidas; aportó nuevas herramientas, y arregló la casa y los ruinosos cobertizos de los braceros sin reparar en gastos.

Aquel hombre merecía su gratitud.

Maximiliano también era consciente de ello, y se lo hizo saber a su joven patrona, a la que protegía con su vida como un perro fiel, con un proverbio de su casta: «Señora Lucía, los pájaros acuden donde hay granos esparcidos. Por eso las casas de los hombres generosos están atestadas. Ese nuevo amo es como un collar de perlas, cuyas cuentas se desgranan por sembrar a su alrededor fortuna y bien».

Reparados los desperfectos causados por la tempestad, Galiana creyó que había llegado el momento de realizar mejoras de mayor calado en la plantación. Partiría de la nada y compraría máquinas nuevas para que la producción se multiplicara. Se despidió cortésmente de Lucía, rogándole que aguardara su regreso y cuidara de la finca, y aprovechó un viaje comercial de don Esteban a Boston, el más activo puerto comercial de Nueva Inglaterra, situado en unos estuarios naturales de gran belleza.

El muelle bostoniano le pareció colosal. Centenares de estibadores, calafates, cargadores, marinos, exilados europeos que huían de los intolerables regímenes absolutistas y pasajeros de todas las razas llenaban los muelles y sorteaban ingentes pilas de fardos con lanas, cueros y pieles que pronto serían almacenadas en las bodegas de los barcos. Adivinó banderas de todas las naciones del globo y habitantes de las colonias de América que lo mismo se expresaban en francés que en holandés, inglés o español.

El mar poseía una tonalidad azul verdosa cuando al día siguiente de la arribada tomaron una chalupa para dirigirse a otro de los puertos del estuario, Charlestown, una ciudadela de aquel conglomerado de poblados bostonianos, donde se levantaban fábricas de ingenios mecánicos. Fondearon en una ensenada arenosa en las primeras horas de la mañana, y Germán, gracias a sus conocimientos de la lengua inglesa, se atrevió a comprar dos artilugios novedosos accionados a mano. Incluían dos máquinas distintas para el tratamiento del azúcar de caña desconocidas hasta entonces en Europa y Venezuela. Uno contenía las cuchillas desmenuzadoras y el molino de la molienda, donde se exprimían los tallos con planchas de acero; y el otro los filtros, donde se cocía el jugo de melaza y se obtenía el pan de azúcar, y el trapiche, donde se cristalizaba el jugo. El manejo le pareció asequible, pues sólo precisaba el trabajo de cuatro hombres para accionar los manubrios y las ruedas, y el precio, más que razonable. Lo costeó con un pagaré de la Banca Morgan de Jamaica. Fueron estibadas en la bodega de la goleta del marqués, *La Afortunada*. Germán estaba gozosamente satisfecho con la compra y agradecido por la ayuda de don Esteban. Comprobó también que el marqués no había perdido el tiempo, pues había comprado una imprenta, seguramente para editar panfletos revolucionarios. El general Morillo había prohibido las imprentas en todo el territorio bajo pena de muerte. «Espero que don Esteban sepa que se juega la vida», pensó.

Pero ésa no iba a ser la única satisfacción que recibiría en la próspera colonia del norte. Cuando el marqués hubo llenado de sacos de grano los pañoles, la víspera de la partida hacia La Guayra abordó al gaditano de forma intrigante y misteriosa. Galiana se extrañó del secretismo.

—Germán, esta noche voy a asistir a una sesión extraordinaria de la logia masónica de la Estricta Observancia de Boston. Ya sabéis que ostento el cargo universal de Gran Elegido o Caballero Kadosch.

—Por favor, don Esteban, no tenéis que rendirme cuentas.

—Os lo refiero porque dos personas ilustres de mi fraternidad, que ocupan altos cargos en el consejo, desean conocerte tras la ceremonia. Son comerciantes y saben de tu ideología y que has comprado los ingenios del azúcar que se fabrican aquí.

—¿Hablaremos de negocios? Excelente oportunidad.

Una persistente y fina lluvia caía sobre la ciudad de Boston aquella noche de misterios. Cubiertos por recios abrigos y con la chistera calada, el marqués y el gaditano abandonaron el camarote y luego el navío. Apenas si intercambiaron palabra alguna.

—Esperadme en esta taberna. —El local lucía un rótulo con un pirata tuerto—. Es un club de caballeros; después cenaremos en privado con esos dos amigos.

—Aquí os aguardaré, don Esteban —lo tranquilizó.

Desde la ventana de El Tuerto, la refinada cantina de la aristocracia de la ciudad norteamericana, Germán pudo observar en la puerta de entrada la fórmula secreta para la presentación de los miembros venerables de la logia de la Estricta Observancia: la mano abierta en el pecho. Identificó a los prebostes por las levitas negras, los mandiles con emblemas dorados y los medallones que lucían en sus cuellos con el símbolo escocés de la acacia masónica y el triángulo que representaba al Gran Arquitecto del Universo.

Llegaron después los neófitos y aprendices, caracterizados por los mandiles blancos, sin insignias. Parecían hormigas que regresaran disciplinadamente y en silencio al hormiguero. Al poco se oyó el tétrico ruido de unos goznes que cerraban el portón a cal y canto: el ritual francmasón de Boston se había iniciado.

En aquel instante la celisca arreció, azotando los macizos edificios del bulevar, cuyas luces parpadeaban e iluminaban levemente las siluetas de los navíos varados en el puerto y la aledaña Casa del Estado, como llamaban a su Ayuntamiento, una mansión roja embellecida con una torre de estuco blanco, centro, según el marqués, de la élite cultural y social de los nuevos Estados Unidos de Nueva Inglaterra. La formaban grupos de comerciantes, navieros, artesanos y banqueros, en su mayoría puritanos ingleses, judíos, católicos irlandeses e italianos, muchos de ellos masones.

Los miembros de la fraternidad permanecieron reflexionando en el viejo caserón más de dos horas. El gaditano, mientras degustaba un vino de Oporto arrellanado en un sillón de cuero, no hacía sino elucubrar quiénes serían esos importantes ciudadanos que deseaban conocerlo. ¿Y por qué? Veía en todo aquello la mano benevolente del marqués.

Las sonoras campanadas del reloj del concejo lo sacaron de su ensimismamiento. Al instante se oyó el eco de un coro de voces roncas que aclamaban su consigna masónica: «¡Libertad, igualdad, fraternidad! *Huzzé, huzzé!*». Poco a poco el recinto se fue vaciando de hermanos, que tras saludarse fraternalmente desaparecieron entre las oscuridades. Tres hombres alcanzaron los soportales de El Tuerto hasta llegar al apartado donde se hallaba Germán. Entraron como un relámpago, acuciados por el frío y la sed. Don Esteban hizo el honor de las presentaciones.

—Boston aún no tiene alcalde como tal por eso de que aún es un racimo de pequeñas poblaciones. Estos dos grandes amigos míos, mister John Phillips y mister Josiah Quincy,* son los que rigen esta industriosa ciudad, como burgomaestres.

* Estos dos personajes bostonianos fueron el primer y segundo alcalde de la historia de Boston.

Germán los saludó en inglés con obsequiosa cortesía. Eran dos caballeros de elegantes modales y acendrados principios revolucionarios. Además, entendían de negocios, de los entresijos de la banca y de las rutas marítimas. En la solapa de la levita ostentaban un broche con una «T» esmaltada que suscitó la curiosidad del gaditano.

—¿Esa letra pertenece a vuestra fraternidad masónica?

—De ningún modo. Es el distintivo de Boston. Los primeros pobladores la llamaron «Trimountaine», la ciudad sobre las tres colinas de Dios. Él nos bendijo, y lo mismo os deseamos a vos.

Conversaron durante horas sobre el descubrimiento del Nuevo Continente, las ideas de la Ilustración y sus códigos masónicos de filantropía e igualdad. Después se interesaron por la plantación de Las Ceibas, que mister Phillips prometió visitar para comprobar cómo funcionaban los ingenios. Acto seguido, firmó ante los dos testigos un protocolo de compromiso de compra de la cosecha.

Germán no cabía de gozo. Lucía saltaría de deleite. El precio que ofrecían los americanos del norte triplicaba el de los compradores españoles, que abusaban de su monopolio.

—Vuestro lugar está en esta parte del mundo, mister Galiana —le dijo el banquero Quincy—. Mi buen amigo Bolívar, a quien hemos recibido en la logia varias veces, necesita hombres como vos.

Germán no se sorprendió. Parecía como si las luces de su estrella se confabularan para que así fuera. Pero su añorada Cádiz seguía atrayendo su corazón. Complacido, siguió escuchando a los norteamericanos.

—En América existen inmensas posibilidades para la felicidad de la humanidad —prosiguió Quincy—. El Viejo Mundo o cambia o se destruirá a sí mismo con tanto privilegio injusto. Vuestro país necesita su propia «revolución francesa», una catarsis para que renazca de nuevo.

—Así lo creo yo también, señores, y de esa forma se plasmó en la Constitución firmada en mi ciudad. Pero, para nuestra desgracia, en España los poderes fácticos aún siguen siendo muy influyentes.

—Con este rey retrógrado es imposible —dijo el marqués.

—En la América Hispana se impone la liberación de los territorios del férreo control de la monarquía —expuso Phillips—. Sólo así podrá sobrevivir y prosperar. ¿Por qué no fijáis vuestra residencia en América?

—Ahora mismo estoy en esta parte del mundo porque huyo de la Inquisición. Pronto regresaré a mi país y allí decidiré.

—¡Ay, la Inquisición! —exclamó Quincy moviendo negativamente la cabeza—. Cuánto mal le ha ocasionado a vuestra nación, cercenando la libertad y el conocimiento. Y lo peor es que se os sigue mirando a través de ese espejo de fanatismo. El día que España se libere de esa falsa Iglesia de intolerancia, privilegios y atraso, progresará como ninguna otra nación de Europa.

—La Constitución de Cádiz así lo procuró, pero murió antes de nacer —se lamentó el gaditano.

Mientras fumaban unos puros y los humedecían con brandy, Phillips se dirigió al marino con aire enigmático.

—¿Sabíais que el filósofo Bentham se cartea con Bolívar? Es su gran ideólogo. Los nuevos criollos, don Esteban por ejemplo, no temen al trabajo, en cambio los viejos conquistadores españoles lo consideran indecente. Nuestro hermano Simón acabará con la corrupción borbónica y traerá la independencia y la prosperidad a las naciones sudamericanas. Está citado con la historia y comparecerá muy pronto en su tribunal de gloria. Uníos a él, mister Galiana. El futuro del mundo está en América.

—Estoy de acuerdo en lo que decís, estimados amigos. Y os aseguro que tan sólo un asunto sin resolver me ata a mi país. Una vez resuelto, seré libre —dijo con sinceridad—. Gracias, señores. Jamás olvidaré vuestra gentil acogida.

Sellaron su amistad con un brindis y un abrazo.

Germán, después de abandonar la taberna, meditó sobre lo escuchado a aquellos hombres que se habían comportado con tan solícita hospitalidad. ¿Precisaba España de un tiempo de patíbulos y revoluciones para al fin ser libre? Él era un hombre de paz, pero le dolía el retroceso de su nación, propiciado por reyes tiránicos, una nobleza déspota y una Iglesia opresiva. Sabía que no sería la última vez que visitaría aquella ciudad fascinante, en la que se respiraba libertad, honorabilidad y un espíritu de trabajo desconocido para él.

Tras eludir a un bajel de piratas franceses que operaban desde Cayena, lugar donde penaban los deportados de la Revolución, divisaron al fin la costa venezolana. El marqués protegió la imprenta con un hermético embalaje de algodón a fin de eludir a los oficiales portuarios, sabedor de que si era descubierto podría ser ahorcado. Desde la toldilla, Galiana adivinó el contorno del puerto de La Guayra y olió el tufillo característico de la salmuera, la madera vieja de Bonaire y las bodegas repletas de olorosas mercaderías. Estaba deseoso de encontrarse con Lucía, mostrarle sus nuevas adquisiciones y relatarle sus proyectos.

¿Seguiría mostrándose tan esquiva y distante?

El hombre sin rostro

Cecilio Bergamín miró su reloj de bolsillo. Estaba impaciente. Quería alejarse cuanto antes de aquel perdido lugar de Aragón, acometido por la hambruna y la fiebre amarilla, las dos plagas más temidas que se abatían desde hacía semanas sobre el país.

Marjales nevados, frías ciénagas, bosques con escarcha, campos jalonados de cruces recientes, silenciosas arboledas sin brotes de vida y hojarasca amarilla y corrompida tendida en la yerma tierra formaban el paisaje que encontró don Juan en su irreductible búsqueda.

Desde hacía tiempo, el Insobornable perseguía los movimientos del maestro Grimaldi como la noche sigue al día. Lo había acechado durante semanas en Madrid, y se había convertido en su sombra, pegado a su diligencia, hasta llegar a la misma Tauste, en las intrincadas sierras de Aragón, donde tenía su cuartel de invierno el antiguo guerrillero el Trapense. El fanático líder de la causa absolutista se había trasladado a ese lado del Ebro y a la comarca de las Cinco Villas. No había licenciado a muchos de sus hombres, los fanáticos Apostólicos, que se tenían por la ira de Dios sobre la tierra. Los lugareños los temían como al mismo diablo por su crueldad y ardor guerrero frente a los liberales; crucifijo, látigo y pistolas en mano.

El empresario teatral era precavido. Llevaba cartas de recomendación de Madrid, y utilizó al comandante del puesto militar de Tauste para saber del escondrijo del Trapense. El escurridizo Bergamín no perdía detalle de sus idas y venidas, pero permanecía prudentemente alejado y en segundo término. Había embaucado a las gentes haciéndose pasar por un tratante de ganado de Alcalá que acudía para negociar en su afamada Casa de Ganaderos. Sin embargo, perdió la estela de Grimaldi en varias ocasiones, y no pudo espiar como hubiera querido sus conversaciones con el combatiente. Ni siquiera sabía si se había entrevistado con él.

Así que Bergamín, preso de la impaciencia, decidió seguir otra pista distinta: la del viejo teniente del cuartel de granaderos, asiduo a la posada Sancho Abarca, donde Cecilio estaba hospedado. Con malas artes y arrimándole unos reales de plata, sonsacó al tosco posadero, confidente del oficial. Alabó su perspicacia para el negocio y el trato con sus feligreses, y el tabernero se infló como un pavo.

—Pues sí, don Cecilio, vuestro paisano de Madrid, ese don Juan, hombre callado y reservado donde los haya, parte apresuradamente para Barcelona. Nos deja; ya están preparándole un carruaje.

—¡Ah!, ¿se marcha? —contestó, interesado.

—Mañana mismo. Lo sé gracias al teniente del puesto militar, buen bebedor, mejor conversador y algo mujeriego. Ha tenido varios duelos con esposos burlados y algunos lo han amenazado de muerte. Conmigo no tiene secretos —señaló el mesonero dándose importancia y enseñando unos repugnantes dientes amarillentos.

—¿Ha intimado entonces con ese don Juan?

—Sí, mucho. Es un caballero principal de la corte, ¿sabéis? El teniente lo ha puesto en contacto con el Trapense, ese cura bravío y desvariado que anda con su jauría de alimañas por esos montes de Dios matando liberales. Un sujeto capaz de sacaros las tripas por una fruslería. No se os ocurra decir un «Viva la Constitución» en su presencia. ¡Cuidado con él! Al parecer, los tres son muy afines a la causa de don Fernando VII.

Ante la brecha abierta, Bergamín le tiró de la lengua.

—¿Os ha comentado por qué deseaba encontrarse con ese guerrillero? He visto al aristócrata muy preocupado y con aire taciturno. Creo que ni incluso ha reparado en mí.

El mesonero se le acercó, receloso, al oído.

—Don Juan busca a un combatiente de su familia que luchó a las órdenes de ese fraile en la guerra de la Revolución —le reveló con aire de secretismo—. Asunto de herencias, creo.

El espía escondió una sonrisa irónica. «Ladino ese Grimaldi», pensó.

—Interesante —reconoció—. Una acción muy noble la suya.

Bergamín escanció otros dos vasos de cariñena e invitó al hospedero, que se pavoneó al saberse el centro de la conversación.

—¡Bebamos a mi cuenta! —dijo Bergamín—. Y mientras tanto os escucho.

—A vuestra salud —contestó el tabernero limpiándose un reguero de vino que le corría por la sotabarba—. No ha dado con ese familiar, pero sí con una pista fiable de su actual paradero. Me alegro por don Juan, es un caballero cortés y generoso.

—¿Sí? Quizá ese familiar sea un desaparecido más de la guerra contra el francés —apuntó Cecilio, aunque deseaba fervientemente que el secreto que perseguía no se fuera con aquel desconocido a la tumba.

El esbirro de Ugarte se vio bruscamente interrumpido por el mesonero, que lo cogió del brazo y lo atrajo hacia sí.

—¡No, qué va! No ha desaparecido, vive al parecer en Cádiz —dijo bajando la voz—. Si no, ¿por qué se ha interesado don Juan por los barcos que salen desde Barcelona para Cádiz?

—¿Cádiz? —El espía se quedó pensativo.

—Así es. Ayer mismo preguntó al teniente mayor sobre posadas, diligencias y gentes de esa ciudad del sur en la que él sirvió al rey como artillero. Ha gestionado pagarés en Zaragoza que cobrará cuando atraque en el puerto gaditano. Al parecer permanecerá ahí una larga temporada. Ese pariente es muy querido para él, según palabras dichas al Trapense.

El semblante de Bergamín era ilegible, inescrutable. En su rostro apareció una leve expresión de tensión. Tenía intención de visitar al cura guerrillero. Pero ¿para qué si ya sabía lo que deseaba?

Asintió con un ligero movimiento de cabeza y, sin perder tiempo, apuró el vino y alargó al tabernero otro real, que éste cogió al vuelo.

—Gracias, posadero, es tarde y tengo asuntos importantes que tratar en la Casa de Ganaderos. Los apuros de mis semejantes no me incumben.

—¡Claro! Id con Dios, don Cecilio —se sonrió, ufano.

Hacía un frío cortante. Bergamín se cubrió con la capa y se dirigió al cuartel, donde pernoctaba una dotación de artilleros al mando del mujeriego teniente mayor, que acababa allí su anodina carrera militar, olvidado de sus jefes. Gatos salvajes aullaban encaramados en los troncos nudosos de los olivos; alertado, Cecilio posó su mano sobre la culata de la pistola.

El barracón era lóbrego, con los techos abombados y húmedos. Un crucifijo ajado presidía el rincón donde sesteaba el oficial al mando. Olía a cuero, a bosta de caballo, a rancho y a picón de los braseros que calentaban el recinto militar. El soldado acudió al cuerpo de guardia hecho una furia. ¿Qué hijo de perra se atrevía a entrar en el cuartel y convocarlo conminatoriamente? Enojado, dirigió una mirada de extrañeza al desconocido y permaneció inmóvil frente a él. Bergamín, sin decir nada, entresacó de su levita una billetera y, de ella, un escrito real con una escueta orden y el amenazante: «Yo, el Rey».

Absorto en el documento que le mostraba el visitante, la desaprobación que tenía en su boca, presta a salir, quedó suspendida al examinarlo detenidamente. Además, en la muñeca del visitante, que había levantado para saludarlo, advirtió la marca de La Contramina, que él conocía por su superior, el general Eguía, con el que había luchado en la batalla de San Marcial. Debía extremar sus cuidados. «Son gente poderosa», pensó. Era la misma que portaban esclarecidos generales del bando absolutista, al que él pertenecía. Se decía que contaba con ojos y oídos en todas partes y con un brazo ejecutor temible. Un repentino calor le subió por el cuerpo. ¿Quién era aquel hombre cuya identidad y cuyos servicios a la nación avalaban los sellos y la firma del mismísimo soberano de España? Tras reponerse de la impresión y del inicial azoramiento, se puso incondicionalmente a su servicio.

—A vuestras órdenes, señor Bergamín. La Superintendencia de la Policía del Rey siempre tendrá en mí a su más fiel servidor.

—Os honra y os enaltece, teniente —lo tranquilizó.

—¿Qué deseáis de mí? Ordenad lo que sea, y acomodaos. ¡Trae mi brandy y dos copas, cabo!

—¿Conocéis a don Juan Grimaldi? —le soltó el huésped.

Siguió un momento de silencio, dictado por la indecisión.

—Claro, señoría. Hace días lo acompañé hasta los montes de Castejón, donde se mueve ese lego guerrillero, un hombre fiero pero de acendrados principios realistas y súbdito leal de don Fernando. Ahora anda a las órdenes del general Romagosa, declarado enemigo del libelo liberal y herético de Cádiz. Conseguimos abordarlo cuando se dirigía con sus Apostólicos a la sierra de Alcubierre.

—¿Y lo acompañasteis así, sin más? ¿No pensasteis que podría ser un agente liberal que procura la caída de nuestro señor?

Las pupilas del jefe de puesto mostraron estremecimiento. Paladeó la copa y se mordió desalentado los labios.

—No, en modo alguno, señoría. Era portador de dos despachos oficiales. Uno de ellos un salvoconducto, firmado por un coronel de dragones de la corte, dirigido al general Romagosa para que propiciara una entrevista. —El soldado se agitó, atenazado por los nervios—. ¿Hice algo mal? Con esa credencial no podía negarme.

—Corristeis un peligro fatal. Hicisteis caso, sin saberlo, claro está, a cartas escritas seguramente por masones y traidores a la Corona.

Con voz temblorosa y vacilante, el oficial emitió un reniego. Una palidez marmórea se apoderó de su sofocado semblante.

—¿Qué decís, señoría? ¡Por todos los diablos!

—Lo que oís —repuso el agente, iracundo—. En el regimiento de dragones suelen menudear los afrancesados que veneran el código abominable de 1812. En fin, el mal está hecho y no viene al caso.

—¡Por los clavos de la Pasión! Lo ignoraba —dijo el soldado con voz temblorosa.

—Bien, pero lo que ahora me interesa es saber qué habló con ese guerrillero de Dios. Vuestro testimonio es crucial para dilucidar un asunto de estricto secreto que interesa al mismísimo rey.

El escamado teniente se acarició la piel colgante de su mandíbula angular, adornada con unas largas y rizadas patillas y unos bigotes poblados, como buscando en su memoria lo poco que sabía del encuentro entre el Trapense y el director teatral. «Qué personajes tan extraños están recalando en este lugar olvidado de Dios… ¿Y si no se da por satisfecho?», pensó.

—Pues la verdad es que no estuve presente en la conversación privada entre ambos —comentó, vacilante—. No os imagináis cómo lo siento, pero sí pude escuchar algo y ciertas confidencias que luego me descubrió Grimaldi. Además, yo he hecho algunas discretas pesquisas sobre los pasos que pretende tomar don Juan.

Una mueca de interés se dibujó en la boca del espía.

—¿Y bien?

—Al parecer estaba interesado en conocer el nombre y la procedencia de un guerrillero que combatió a las órdenes del Trapense en la guerra de liberación, pero desconozco la causa. Podría ser un familiar extraviado con una herencia de por medio.

—¿Y no oísteis nada más? ¿Algo sobre robos y expolios?

—Pues ahora que lo referís, también hablaron del botín extraviado del Rey Intruso y de no sé qué carros despojados.

Bergamín sí lo sabía, sólo necesitaba escuchar un nombre.

—¿Y la identidad de ese guerrillero? Un nombre. Sólo quiero un nombre —le requirió con un ademán de crispación—. En este instante os estáis jugando vuestra carrera militar. Calculad el riesgo.

La voz apenas si le salía de la garganta. Se sumió en una insondable deliberación y luego balbució con una sonrisa exultante:

—Señoría, ahora que recuerdo, escuché una exclamación de mosén Antón, como llamamos aquí al Trapense, que llegó nítida a mis oídos: «¡Ah, os referís a Galiana, el gaditano! Sí, a él le correspondió en el reparto lo que buscáis. Lo recuerdo vagamente por su rareza. ¡Era un Niño Jesús muy extravagante, filipino diría yo!». No oí ningún otro nombre, y pienso que puede ser el de la persona a la que busca ese Grimaldi.

El agente del gobierno no dejó entrever ninguna emoción, se limitó a anotar aquella frase con un lápiz de plata de cantero en un cuaderno de cuero atado con un bramante. La revelación había sido espléndida, le costaba disimular la alegría que sentía en su cuerpo. «El asunto está casi resuelto. Ha llegado el momento de recuperar las joyas de la Corona sin gran esfuerzo. Me cubriré de celebridad.»

—No preciso de más información, teniente. El nombre de esa persona y su paradero son de una importancia vital para el rey nuestro señor. Habéis cumplido como buen soldado. En mi informe aconsejaré vuestro ascenso y ponderaré vuestra excelente ayuda.

El comandante del puesto, envarando su cuerpo, ejecutó una ceremoniosa y risible reverencia. Luego pensó: «¿Quién será ese ciudadano de Cádiz que hasta el mismo Trono se interesa por él? Bueno, al fin y al cabo puede convertirse en el artífice de mi halagüeño futuro».

Bergamín se levantó y recuperó el mismo hieratismo con el que había entrado en el barracón.

—Teniente, yo jamás he estado aquí y nunca habéis escuchado ese nombre que me habéis revelado —le advirtió, adusto—. Borradlo de vuestra mente como se borra una pesadilla. De lo contrario, no viviréis para disfrutar de vuestra recompensa. ¿Lo comprendéis?

Unas gotas de sudor frío perlaban las sienes del oficial.

—Por el amor de Dios, seré un sepulcro, señoría.

«El poder de la mentira es extraordinario», pensó Cecilio.

Al llegar a la posada, el agente cerró con llave la puerta de la cámara y corrió las cortinas. La gélida humedad le había calado hasta los huesos. Tomó el recado de escritura y alisó el grumoso papel, en el que se advertía grabada una corona real. Sobre su baúl, que le sirvió de escritorio, redactó con trazos enérgicos una breve y explícita carta.

Don Antonio:

Salud. Vuestro halcón sigue a la paloma, que en un viaje inexplicable parte mañana para Barcelona, para desde ahí levantar el vuelo hacia Cádiz. El empresario se entrevistó con el mosén Antonio Marañón, líder realista en estas tierras y antiguo guerrillero, que le reveló el nombre de nuestro hombre tan largamente buscado. Mañana mismo salgo para Madrid, donde dispondré mi urgente viaje a Cádiz.

Disponed de fondos y advertid a la policía de mi llegada y a algún miembro de la hermandad del Ángel Exterminador. Esta vez, y será la definitiva, tendré que disponer de agentes capacitados y de hermanos decididos. Preciso de un informe sobre los joyeros, prestamistas y oficiales de bolsa de Cádiz, Sevilla y Madrid, y si ha habido intento de venta de esas joyas tan preciadas. En muy poco tiempo nuestro augusto soberano dispondrá de lo que tanto añora. Bien parece que ya comienzo a esclarecer este complicado jeroglífico y las sutiles vinculaciones entre el pasado y el presente del enigmático robo.

Vuestro seguro servidor,

C. B.

Cecilio Bergamín dejó adrede la luz encendida de su cuarto e incluso pidió que le subieran la cena al aposento. Calculó que pronto sonaría la campana del rezo de completas. Aguardó a que los arrieros dejaran el corral y a que las cuadras y el corredor se quedaran desiertos de mozos, acemileros y sirvientas. Luego, envuelto en su capote, bajó silenciosamente, de dos en dos, las escaleras traseras que daban al patio. Se frotaba las manos por el frío y se echó el aliento en ellas. Precisaba tenerlas listas. No se tropezó con nadie. Abandonó el albergue por un portillo de la caballeriza, cuya cerradura abrió con una ganzúa. Era su oficio. El eco de las voces procedentes del mesón le llegaba lejano. El sudor caía por sus mejillas y respiró hondo. Nadie lo había visto.

Dos mujerucas abrigadas con sus chales de lana conversaban ruidosamente en una puerta, pero no advirtieron su presencia embozada. Apresuró el paso y avanzó siguiendo el muro de la iglesia de Santa María, que había cambiado la hermosa rojez de sus muros y la esbeltez de la torre por la negrura de las sombras. Franqueó precavido por la ladera cercana al cuartel, donde los gatos seguían aullando desaforadamente. Esperó frente al cuartel y alzó la cabeza. Al poco advirtió que el teniente abandonaba el cuartel en dirección a la taberna de Sancho Abarca.

Tenía que pasar inexcusablemente por el sendero de San Martín; allí lo abordaría. Un temblor vinculado a ser descubierto le corrió por la espalda cuando se ocultó tras la oscura esquina de la parroquia. Le subió un tufo seco y hediondo a orines y vomitona. Bergamín tiró del pomo plateado de su bastón y dejó al descubierto una hoja larga, afilada y terrorífica; su blancura y delgadez brillaron con la pálida luz de la luna. Su rostro consumido, como un viejo pergamino acotado por la afilada barba, se contrajo. «No puedo dejar ningún cabo suelto. ¿Y si este oficialucho se va de la lengua? Sabe el nombre y la ciudad. Es demasiado. Toda la operación podría irse al traste», se dijo para convencerse.

Sus cuerpos casi se tocaron al salir del escondrijo. El teniente se detuvo en seco, como si se hubiera dado de bruces con una fantasmagórica aparición. Estaba petrificado por la sorpresa.

—Vos, señoría. ¿Qué deseáis de mí? —balbució, espantado.

Tras su incredulidad inicial, el corazón le dio un vuelco. La repentina mirada de estupefacción, la impotencia para sacar su espada, y la familiaridad del rostro de su asesino, al que conocía y respetaba, lo dejaron sin habla.

—¡No! ¡Ah! —gritó ahogadamente mientras Bergamín le traspasaba el corazón de parte a parte con el fino acero.

El cuerpo del teniente cayó desplomado y sin vida, como un fardo. Jadeante por el esfuerzo y con su víctima en el suelo, el espía le practicó, con sadismo y con la minuciosidad de un cirujano, un profundo tajo en el cuello y otro en la entrepierna, cercenándole los genitales. La sangre manaba por su levitón azul, empapándole las chorreras y los correajes. La sangre se deslizaba por el estoque, que Bergamín limpió pulcramente en el uniforme del teniente. Tiró de él con fuerza y lo despeñó por el barranco de zarzas, como si fuera un peso inútil. Tardarían días en hallarlo y, conocida su reputación donjuanesca, y la emasculación de que había sido objeto por parte de su ejecutor, que de un tajo le había cortado los testículos, seguramente tacharían el asunto de ajuste de cuentas de honor de algún marido burlado.

Como si le faltara el aire, Cecilio abrió sus fosas nasales y aspiró ansioso el aire glacial de la noche. Aplacados sus nervios, volvió al mesón bordeando las afueras, desandando sus pasos y con precaución suma. Sin ser visto por nadie, entró en su habitáculo y llamó a la sirvienta para que retirara la cena, que tildó de exquisita, limpiándose la boca, como si nada extraordinario hubiera acontecido. Luego se tumbó en el lecho, se tapó con dos cobertores y entre dientes masculló:

—¿Quién será ese hombre sin rostro al que he de buscar en Cádiz? Al fin desentrañaré el enigma de las joyas de las reinas.

Una risita languideció en sus labios de un modo siniestro, intimidante. Comprendió que durante demasiados años se había estado tejiendo una complicada y enigmática historia sobre las alhajas perdidas de la Corona, en la que él no sólo había participado como figurante sino como actor principal.

«Tal es el poder del azar en la vida de un hombre», pensó.

Un prodigio casual

Enero de 1817

Cecilio Bergamín arribó a Cádiz de incógnito.

Una gran melancolía se cernía aquel atardecer fresco sobre la ciudad de la luz y de la libertad, ahora sufriente y socavada.

Había viajado empleando las diligencias de los servicios policiales y las postas reales, acortando en una semana el viaje desde Madrid hasta Cádiz para adelantarse a Grimaldi. Envió su baúl al hotel y prefirió dar un paseo para desentumecerse. Admirando la ostentosa urbe marinera, se había quedado casi solo en la plaza de San Juan de Dios. Horas después de su arribada, respiraba el aire aromático y salado frente a la fachada del Ayuntamiento. Contemplaba la conmovedora imagen de cuatro defensores de la Constitución atados como bestias a unas argollas de hierro y expuestos al escarnio público en los bajos del Consistorio. No se quejaban, permanecían en aquella humillante postura con los ojos cerrados, casi inermes, aguantando los insultos de un grupúsculo de absolutistas.

Satisfecho con el escarmiento, sintió un aire de alivio: «Aquí saben cómo tratar a esos infames liberales y masones». Movía sus hombros caídos con deleite mientras se mesaba la fina barba y se rascaba el pelo grasoso, peinado sobre la frente con sus grotescos rizos. Los observaba con sus penetrantes ojos negros, orgulloso con el correctivo ordenado por el gobernador de la plaza y capitán general de Andalucía, el conde de La Bisbal, firme baluarte de los absolutistas en el sur del reino.

Necesitaba descansar, así que se dirigió al Hotel de La Corona, en la calle del Hondillo, propiedad de una familia corsa, los Camidriano. El propietario era además confidente de la policía. Necesitaba del calor de un techo, pues los soplos del mar, fríos e inclementes con el ocaso, se colaban por las esquinas con sus gélidos silbidos. Como en las grandes hospederías extranjeras, el alojamiento elegido poseía cocineros y mayordomos propios, y al Insobornable le seducían los servicios exquisitos.

Hacía unas horas que había amanecido, y una claridad sorprendente para un amanecer invernal se colaba por las persianas. Bergamín sabía, por el colaborador hostelero, que don Juan Grimaldi no había desembarcado aún en Cádiz, y decidió que le daría ventaja en sus pesquisas. «Todo marcha a satisfacción, como quien sigue los renglones inexorables de un libro ya escrito de antemano», se dijo. Por la mañana miraba las hojas de una gacetilla donde indicaban las entradas y salidas de los buques procedentes de Barcelona. No aparecía ninguno. «Ese don Juan estará retenido por agentes durante unas tres semanas. Eso me dará ventaja para preparar mi plan.» Se sonrió.

Preguntó por la casa de Galiana, pero su informador le reveló que tal vez se hallaba de viaje en las Indias, por lo que pensó que regresaría una vez que hubiera cargado sus bodegas. Esperaría y no preguntaría más para no levantar sospechas. Una de aquellas tardes se dirigió con la orden real a revisar los libros de entradas de joyas y de ventas de los joyeros de la calle Cobos y de las dos platerías más sobresalientes de Cádiz y de España, la del italiano Sivello y la de Raimundín, en la bulliciosa calle Ancha. Nada sabían de aquellas alhajas, y mucho menos de su venta clandestina.

Sin embargo, seguía ignorando si el hombre a quien buscaba, el tal Galiana, estaba muerto, escondido o se había fugado con el tesoro. Había llegado el momento de hacer una visita oficial al gobernador, el conde de La Bisbal. Debía conocerlo.

Según sus informes, era un severo, eficaz y firme militar de carrera, y miembro, como él, de la sagrada Contramina del Ángel Exterminador. Eso lo tranquilizó. Al llegar al edificio de la Aduana, sede de la Gobernación, vio cómo se apelotonaba en la puerta lo que denominó para sus adentros «la chusma revolucionaria». El oficial de guardia le informó que eran familiares que pedían el fin del castigo de los liberales recluidos en la Cárcel Real. Los gritos de los insurrectos le aguijoneaban como alfileres el cerebro, y más cuando oyó que algunos pedían el alzamiento de los militares contra el Absoluto. No le gustó la algazara ni los movimientos de tropas que había observado a su llegada a la ciudad. Informaría a Madrid. ¿Era Cádiz una ciudad segura para concluir su cometido? «Me parece que el mal revolucionario sigue latente», pensó.

El mandatario lo recibió tras una hora de espera; Bergamín se hallaba inquieto por el alboroto que había presenciado. Don Enrique José era un hombre adusto, de pelo crespo, grandes patillas blancas y movimientos nerviosos. Tenía órdenes estrictas de Madrid de facilitar a Bergamín los medios necesarios para su misión, cuya reservada naturaleza desconocía. Pero su poder era omnímodo y no se dejaría avasallar por el agente. El asunto, según el informe recibido de Madrid, salido de la oficina de Ugarte, gozaba de la calificación de alto secreto y de consideración preferente.

El general trató de mostrarse colaborador y considerado.

—Según mis reseñas e informes, el hombre a quien buscáis, Germán Galiana Luján, es un marino y armador de Indias muy conocido en la ciudad, considerado además un héroe —le informó, algo despectivo.

—¿Hemos de tratar entonces con un personaje popular, excelencia? ¡Qué sorpresa! —respondió—. ¿Y qué hazañas se le atribuyen?

—Según estos papeles, se batió en Trafalgar contra los ingleses siendo un grumete de tambor de la escuadra franco-española, y luego luchó en la guerra de liberación en la batalla de Vitoria. Es un caballero de honorable familia, aunque de él no se puede asegurar lo mismo. Es un anticlerical, y se dijo que había ejercido de corsario sin patente real, hace ya años, bien es verdad. Un sujeto contradictorio, según creo.

Bergamín seguía escuchando las voces de los agitadores y se removió intranquilo en el sillón.

—No desearía importunaros más de lo debido, pero ¿han averiguado vuestros contactos lo que se os requirió desde Madrid, señoría?

—Sí. Ese ciudadano lleva una vida corriente y sin ningún hecho digno de citar. Aquí se le tiene por hombre astuto para los negocios, de talante liberal, algo mujeriego y decidido para la aventura y el riesgo —testificó el gobernador en tono grave—. Desde que regresara de Vitoria no ha realizado ninguna transacción comercial conocida ni importante, tampoco visitó a orfebre alguno de Cádiz, Sevilla, Córdoba o Gibraltar. No se le conocen gastos extraordinarios, ventas o compras notables, ni tampoco dispendios ostentosos o costumbres extravagantes propias de acaudalados o de ricos recientes.

—Lo celebro, pues quiere significar que o es un perfecto simulador, o un ignorante de su gran suerte. —Se rió sarcásticamente.

El conde no sabía a qué se refería, y ese engreído agente de Ugarte lo molestaba más que sus agudos ataques de gota.

—Hasta tal punto es así que su existencia no se ha modificado ni un ápice —le contestó, desabrido—. Para adquirir una finca en Caracas, una «caballería» de mediana extensión, ha tenido que acudir a un préstamo en la Banca Morgan, hipotecando la Compañía Galiana. Quien maneja dinero de una venta importante no hace esa operación mercantil, que puede ser ruinosa y llevarlo a la bancarrota. Ese hombre sigue igual de pobre, o de rico, que cuando regresó.

Bergamín cogió los papeles sin apartar la mirada de ellos.

—Interesante, señor conde —apuntó mientras los ojeaba—. Es obvio que ese sujeto desconoce el valor y el paradero de lo que le correspondió en el botín de Vitoria. Y más evidente aún que lo que busco por orden de Su Majestad permanece en su poder u oculto. El trabajo del capitán Figueroa resultó ejemplarmente efectivo, ¡vive Dios!

Al conde de La Bisbal aquel endiablado asunto empezaba a sacarlo de sus casillas.

—¿Qué decís? —preguntó, desconcertado y con el rostro congestionado.

—No, nada, circunstancias de la investigación, señoría —respondió Bergamín—. ¡Bendita inocencia! Espero que el nudo gordiano de este insólito asunto se destape pronto.

—¿Y cómo?

—Verá, su excelencia —comenzó, atrayendo el interés del conde—, un caballero de Madrid, empresario teatral muy conocido en la corte, vendrá a hacer negocios con él. Algo así como si un lazarillo llevara de la mano a un ciego hacia un néctar ignorado. Nosotros asistiremos a ese momento histórico y nos haremos con él, pues lo que ha ocultado durante tanto tiempo pertenece a la Casa Real y a ella debe retornar.

El gobernador era un apasionado de los acertijos, pero la presencia de aquel esbirro, aunque fuera hermano de La Contramina, lo incomodaba hasta el extremo de perder su templanza. Él era un aristócrata, y su interlocutor, un funcionario de una jactancia insoportable.

—Comprendo a medias —replicó—. Los asuntos de los reyes suelen quemar los oídos de quienes los escuchan, así que prefiero no conocerlos.

—En nada os comprometeré, mi general. ¿Sabe vuestra excelencia cuándo regresará su barco a Cádiz?

La mirada del militar se ensombreció.

—Según mis informes, vive en Caracas, exilado —adujo, grave.

El Insobornable esbozó un mohín de contrariedad y decepción.

—Entonces, ¿no retornará pronto, señor?

—Dudo que regrese. —El tono del gobernador sonó seco, con agria acritud.

El iris de los ojos de Bergamín adoptó una tonalidad glacial. Apretó los labios, irritado. Las mejillas se le incendiaron de ira. No esperaba tropezar con aquella dificultad imprevista que tiraba por tierra sus planes más inmediatos.

—¡Por todos los diablos! Es la peor noticia que podíais confiarme, señor gobernador. ¿Es por ser un maldito liberal por lo que no regresará?

El conde parecía un animal al acecho; no estaba seguro de si debía contestarle. Aquel desconocido le provocaba rechazo y deseaba deshacerse de él.

—Hice mis pesquisas y no van por ahí los tiros, señor Bergamín. No es un liberal de acción, sino de ideas. Al parecer, denigró a la Santa Inquisición públicamente, y como su nombre apareció escrito en las Tablillas, temió tener que rendir cuentas ante el tribunal, como blasfemo. De modo que zarpó secretamente a la capitanía de Venezuela, huyendo de la cárcel y del tribunal eclesiástico. Asuntos de sotanas. Según la policía de Caracas, vive allí como refugiado pero también como súbdito fiel al Trono. Es huésped y protegido de un viejo conocido mío, el marqués de San Luis, un personaje intocable y muy estimado por Su Majestad, pues en otro tiempo fue opositor furibundo del choricero Godoy.

El agente de policía miró al gobernador con una media sonrisa en los labios, sarcástica y alarmante. Aquel hombre lo exasperaba.

—Me sosegáis, señor gobernador. Las cosas cambian. Pensaba que sus faltas eran mayores, de asesinato o de traición a la Corona, con lo que lo habríamos perdido para siempre. —Se sonrió como una hiena— ¿Y es ése el motivo que lo retiene en las colonias, como expatriado?

—Así parece —aseveró el conde de La Bisbal, exasperado—. Según don Dionisio Inca, un coronel de dragones amigo suyo y oficial a mi servicio en el baluarte de los Negros, Galiana espera a que el Santo Oficio lo exculpe para volver inmediatamente a Cádiz. No desea otra cosa, y así se lo expresa en sus cartas a amistades y familiares, lleno de añoranzas.

La contestación del agente desconcertó aún más al gobernador.

—Bien, estamos de suerte —replicó mordazmente—. Os ruego entonces que impartáis las órdenes oportunas para arreglar esa cuestión. Su Majestad ansía con vehemencia resolver este tema cuanto antes. Galiana desea volver, y nosotros queremos que vuelva. Deberíamos propiciar su inmediato regreso, excelencia.

Los labios de don Enrique José se paralizaron como si los sujetara una mordaza de incomprensión y estupor.

—¿Cómo decís? —preguntó, alterado—. No poseo esa prerrogativa.

Bergamín alzó su mirada fría hacia el malhumorado general.

—Excelencia, como capitán general de Andalucía y gobernador de la plaza poseéis atributos excepcionales incluso con la Iglesia —le recordó en tono sumiso—. Si vos lo ordenáis, esta misma tarde y en este mismo despacho podéis convocar al titular del Santo Oficio de Cádiz.

El conde se sobresaltó. Aquel hombre se comportaba como un demente. No estaba dispuesto a ser receptivo con su ruego.

—¿Qué? —exclamó fuera de sí—. ¿Me pedís que requiera a su paternidad fray Mariano, vicario y fiscal del Santo Tribunal, cuya autoridad es omnímoda y temida en la ciudad? Andáis errado, carezco de jurisdicción sobre la jerarquía eclesiástica. Temo las consecuencias que se derivarían de mi decisión. ¡No!

Ante la taxativa negativa del gobernador, Bergamín insistió con firmeza.

—No tenéis por qué comprometeros con el inquisidor. Exhibid esta orden real que os traigo, señor gobernador. No se negará. ¡Leedla, os lo ruego! —Le mostró un enigmático folio.

El conde creyó atisbar un tono de amenaza. Lo miró con insolencia, buscó sus antiparras en la mesa y se las acomodó. Luego, impaciente y molesto, clavó sus ojos miopes en el pliego. Sus manos rugosas se volvieron violáceas al leer el ineludible mandato y ver el sello real y la firma: «Yo, el Rey».

Conmocionado, parecía no reaccionar. ¿Quién era en realidad aquel hombre? ¿Cuál era su poder? ¿Por qué el mismísimo don Fernando lo encumbraba por encima de sus ministros otorgándole prerrogativas excepcionales? ¿De qué naturaleza era el secreto que debía resolver en Cádiz, que el rey consideraba de capital importancia para la Corona?

Sintió un malestar difuso, y, consternado, se sometió.

—Será emplazado para esta tarde, señor Bergamín. Este mandato firmado por Su Majestad se halla por encima de todos nosotros.

—Gracias, general. El rey nuestro señor tasará vuestros cuidados y socorros —aseguró Cecilio, recobrando el dominio de sí mismo.

Una sospecha atravesó la mente del perplejo gobernador, que pensó que aquel asunto se le escurría definitivamente de las manos. «Es un enigma de carácter vertiginoso, que escapa a mi razón», se dijo.

El Insobornable esperaba más hostilidad, pero la predisposición y ayuda del conde habían sido ejemplares. Le comunicó que durante su estancia en Cádiz se haría pasar por un tratante de arte con sede en Madrid, donde surtía a la familia real, y con delegación en París, en la rue Férou, del aristocrático barrio de Saint-Sulpice.

Desde aquel mismo día, Bergamín adquirió un fulminante prestigio en Cádiz y una aceptación inmediata en la sociedad burguesa, donde fue presentado por el mismo gobernador.

Tras la misa del domingo siguiente, ante el estupor de sus amigos, el nombre de Germán Galiana Luján había desaparecido milagrosamente de las infamantes listas de los prófugos de la Inquisición. Sus familiares derramaron lágrimas de contento, pero el avisado Téllez temía una trampa.

Don Dionisio Inca Yupanqui estaba felizmente sorprendido.

—Esto es un prodigio. Al fin el cielo hace justicia con él. —Abrazó alborozado a Téllez—. Por un extraño veredicto del destino, nuestro amigo Germán ya no figura en las Tablillas de la deshonra. Se le han retirado todos los cargos que pesaban sobre él. Es como si a un animal encerrado le abrieran la jaula de repente.

—¿Y no os parece raro, mi coronel? —malició el músico.

—Tal vez se deba a los movimientos militares contrarios al Rey Neto que se están sucediendo en muchos acuartelamientos. Tal vez a que los liberales poseen cada día más poder, o tal vez a que este nuevo inquisidor, fray Mariano, es más benévolo en los asuntos de la fe y la pureza de sangre. Hay que avisar a Germán con urgencia. Convoca a los amigos en el mesón. Hemos de celebrarlo y hacerle llegar a Caracas cuanto antes la buena nueva.

Téllez daba gracias a Dios. Pero mientras se dirigía a sus aposentos del barrio de Santa María se preguntaba: «¿Pueden ser los mismos que obraron su desgracia los que ahora le tienden un cebo fatal para perderlo definitivamente? No me fío».

—¡Vamos, Chocolate, hoy va a correr el vino en Los Cuatro Vientos!

Al poeta lo embargó un tumulto de emociones encontradas. Aspiró hondo; le encantaba oler el aire balsámico de su ciudad, pero desde que se enterrara la Constitución, en Cádiz flotaban olores de vergüenza y de rabia.

El hermano Tadeo Quirós

De ordinario no solía acicalarse, pero aquella tarde Cecilio Bergamín, el Insobornable, se recortó la barba, hasta hacerla apenas una línea imperceptible, y se colocó en su voluminosa cabeza una anticuada peluca blanca para impresionar a su nuevo ayudante.

Llegó en una calesa a la playa de La Cortadura. La marea estaba baja y sólo se oía el rumor de las olas y el chirrido de las gaviotas. Desmontó y aguardó la llegada del contacto que le habían adjudicado sus superiores de La Contramina. Se despojó de los guantes y exhaló un vaho azulado para calentarse las manos. No había luz en la cercana Venta del Buche, y pronto comenzaría a anochecer.

Un ruido a sus espaldas le hizo levantar la cabeza.

Débilmente iluminado por el sol declinante surgió de la nada un hombrecillo delgado, de delicada tez y notorios gestos femeninos. Tenía la devota apariencia de un fraile excesivamente tímido, una calva pronunciada y, en la nuca, un mechón de pelo garzo y lacio que le caía por encima del cuello. De su párpado caído repetía cada minuto un tic nervioso que alteró a Bergamín. Le habían asegurado que era discreto, poco hablador, fiel como un sabueso y excelente investigador de crímenes. Era el hombre perfecto para la misión. La Contramina sabía cómo maniobrar en la sombra. Los dos hombres se miraron durante unos instantes, hasta que el recién llegado preguntó con afectada cortesía:

—¿Sois el hermano Bergamín?

—Así es. ¿Y vos, Tadeo Quirós?

—Para serviros a vos y a la causa del Ángel Exterminador, a la cual nos debemos para salvaguardia de nuestro señor don Fernando VII.

Y, como si de un ritual atávico se tratara, unieron sus manos y muñecas, mostrando las tres marcas de la iniciación como miembros activos de La Contramina. Más allá del ventorrillo, ahora desierto de clientela, sonaba una lejana fanfarria de cornetas y tambores. «¿Qué estarán tramando esos militares? —se preguntó Bergamín—. ¿Estará avisado el rey? No me gusta este movimiento de tropas, de espías y de masones de aquí para allá.» Pero decidió centrarse en lo que le había llevado hasta allí.

—Bien, precisaba de un hermano leal y eficiente para una misión urgente en la que está en juego la credibilidad de nuestro soberano. Escucha, Tadeo —lo tuteó—, desde hoy te convertirás en mi inseparable colaborador y tus servicios serán reconocidos por el rey en persona. Te instalarás a mi cuenta en un albergue de Cádiz cercano al mío. Su nombre es Los Tres Reyes. Te he inscrito como tratante de arte y tendrás una cuenta propia en la Banca del comerciante Aramburu.

Quirós, que sufría una opresiva respiración asmática, se sentía impresionado y le era difícil deshacerse de su encogimiento y embarazo. Aquél era un hombre de carácter.

—¿Y cuál será mi cometido, don Cecilio?

—Sencillo, aunque se precisa de precaución y sutileza. Buscamos una imagen sagrada propiedad de nuestro monarca, y también a quien la posee, un hombre al que no conocemos y del que nos separa un océano. Su nombre es Germán Galiana y en este momento se halla en Caracas. Así que mientras regresa de América, que lo hará en breve, indagaremos por nuestra cuenta.

El recién llegado asintió solícito.

—Llevo días investigando sin éxito alguno en iglesias y oratorios —siguió explicándole Bergamín—. ¡Esa imagen de Satanás parece habérsela tragado la tierra! Para nuestra fatalidad, nadie ha visto en Cádiz una escultura semejante, ni en casa alguna, ni en capillas o sagrarios de la ciudad. Así que nos dedicaremos a realizar un intenso rastreo por las parroquias. Visitaremos las casas de los burgueses y les haremos saber el interés que esa talla posee para nuestra falsa empresa de antigüedades de Madrid y la corresponsalía de París. Podríamos incluso anunciarlo en los periódicos del día, ofreciendo un pago espléndido, por encima de su valor. Es un asunto de capital importancia para el rey, que ha calificado el cometido de alto secreto.

Quirós lo miraba con la boca abierta.

—¿Y de qué imagen se trata, don Cecilio?

—De un Niño Jesús.

El tal Tadeo, que hasta ese momento parecía un dócil corderillo, movió negativamente la cabeza y esgrimió una sonrisa mordaz e irreverente.

—Labor condenada al fracaso. ¡Los hay a cientos!

—Como este Infante no, amigo mío —refutó, cáustico, Bergamín.

—¿Es un Niño de Pasión, de Praga, Buen Pastor, de Nacimiento? —se interesó el recién llegado, a quien el asunto le parecía harto extraño.

—Es especial. He indagado en Madrid entre artistas y anticuarios, y me aseguran que debe de tratarse de un Niño Dios filipino, de los que carga el *Galeón de Manila*. Son extremadamente escasos y muy caros; sólo la nobleza y los reyes suelen poseerlos. Éste, en concreto, es insustituible, de un valor artístico irreemplazable y de gran estima y veneración para la Casa Real, de cuyo erario fue robado por unos traidores. He investigado en la casa de sus padres y allí no está. En la mansión del mercader no he podido entrar, pues al hallarse de viaje está cerrada a cal y canto.

Tadeo lo miró con incredulidad:

—¿Y qué la convierte en única? —preguntó, comedido.

El genio de Bergamín parecía que iba a estallar.

—Te aseguro que no has visto jamás uno igual en encanto y rareza. Es de porcelana azul, dorada y blanca, tiene los brazos abiertos, y en una de las manos sostiene una cruz de oro. Tras una odisea de censurables avatares, cuyos pormenores te parecerían una fábula de griegos, la insólita imagen ha recalado en Cádiz por una sorprendente cabriola del destino.

El ayudante no salía de una sorpresa cuando entraba en otra.

—Entonces, ¿vos lo habéis visto?

—Así es. Lo tuve en mis manos en la Capilla del Palacio Real de Madrid. Pero ésa es otra historia de mis servicios a la Corona —comentó dándose importancia y hurtándole la verdad.

—Señor… hay muchos Niños Dios de porcelana…

—¡Sí, pero éste posee los rasgos de un oriental! ¿Lo entiendes? Tiene los ojos achinados y rasgados, la tez amarillenta y pálida, los pómulos salientes, los labios color cereza y el pelo ralo. Su sagrada cara posee la fisonomía de un Buda, uno de sus falsos santones al que adoran esos paganos del diablo de Filipinas.

Quirós no podía creerlo, incluso llegó a sonreírse.

—¡Por la Madre Dolorosa, qué blasfemia!

—Blasfemia o no, está bendecido y es el gran objetivo de nuestra misión. No debemos defraudar a Su Majestad, y ésa es la razón por la que nuestra hermandad nos ha elegido. Espero que esté aguardando a que lo rescatemos en alguna parte de esta ciudad, eso si no lo extravió, perdió o vendió su anónimo poseedor. —Bergamín no dijo nada en ningún momento de su valioso contenido.

—Difícil cometido, aunque no imposible, señor Bergamín.

—Dios nos ayudará, pues es una causa justa —repuso el agente cogiéndolo por los hombros—. Te pido reserva, discreción y firmeza. Y que no te tiemble el pulso si tienes que matar para conseguirlo.

—La muerte por orden real es una necesidad y un deber —respondió el otro en un tono descaradamente despiadado—. No nos engañemos. En este mundo imperfecto, con don Fernando Absoluto sentado en el trono, nuestro reino es más seguro.

—Y la perspectiva de una horca ayuda a mantener el orden.

A Tadeo Quirós se le quedó una mueca de asombrada y ávida curiosidad en el semblante. Su nuevo superior apenas si lo saludó mientras subía al carruaje de un brillante azul magenta. ¿Le ocultaba alguna verdad infamante el agente venido de Madrid? ¿Lo habían elegido como un asesino a sueldo? Andaría con cuidado.

El asma lo estaba matando con aquella porosa humedad. Respiró hondo, se puso en la mano un poco de rapé y lo inhaló. Le ayudaba.

El asunto del Niño Jesús filipino le parecía la clave de un misterio críptico y notoriamente enigmático que escapaba a lo usual.

Dos almas semejantes

Los campos de Las Ceibas estaban a punto para la cosecha.

El carruaje en el que llegaba Germán se balanceaba de tal manera y daba tantas sacudidas que parecía que en cualquier momento se estamparía contra las espigas de centeno. Maximiliano, con un delantal de cuero y el torso desnudo, tocó el cornetín para avisar a la casa de que llegaba el amo. Una estela de polvo amarillento se escapaba desde la grava hacia el valle. Las verjas se hallaban abiertas, habían quemado los hierbajos, y el pastizal estaba salpicado de lustrosos olmos y palmerales. Había creído que los encontraría descuidados, pero lucían pulcros, señal de que los trabajadores estaban realizando un trabajo excelente.

Lucía olvidó sus temores y recelos y se lanzó al sendero a recibirlo. Caminaba despacio junto a una criada negra, enmarcada por la vieja casona, con tres hastiales de mármol rosado en el que las enredaderas y las campanillas rojas imponían un colorido fascinador. Alfileres de plata recogían sus cabellos y lucía dos pendientes de perlas y un collar de coral con varias vueltas. Germán se detuvo embelesado. Tras el fiasco de Inés había jurado no fiarse más de una mujer, pero en los pliegues de su corazón percibía que se alegraba de verla. Era una mujer fuerte, distinta.

Cuando la tuvo frente a sí, la mantuana le dedicó una cálida sonrisa, muestra de su sinceridad y de una amistad sin fisuras.

—Bienvenido, Germán, os echaba de menos.

—Mis ojos se alegran de veros —dijo él, y le besó la mano—. Os he traído de Boston unos regalos para embellecer la casa, un chal inglés y otras fruslerías.

—Gracias. —Le sonrió—. Vuestras tierras no dejan de dar sus frutos, ofreciéndonos generosidad a raudales. No vais a conocerlas de tanta frondosidad. Si el tiempo nos es favorable, la cosecha se duplicará.

Ya en la casa, le ofreció un zumo de nébeda y admiró los cuadros comprados por el español en una galería de Boston. Representaban bucólicas escenas de campo, deidades griegas retozando en el Olimpo y una cacería del zorro en los verdes prados de Canfield. Los colocaron juntos en el salón de la mansión.

—Hay que llenar de calor este hogar. Cuando decidáis marcharos quedará muy frío —adujo Germán—. Así que lo convertiremos en el paraíso de los cuatro ríos.

—Cuando los caminos queden libres de peligros, nos iremos.

Instalaron las máquinas en el cobertizo. Lucía, admirada, lloró de contento.

Maximiliano, tras el accidentado traslado en los carros, donde un cargador quedó herido, las consideró unos artilugios diabólicos, pero pronto se acostumbró a ellas y las manejaba con eficacia.

Con la ayuda de don Esteban, el gaditano contrató a un nuevo mandador o cañaverero, como llamaban en Caracas a los capataces. Por Llamozas lo conocían, un criollo, callado y capaz, oriundo de Barlovento, que sabía del negocio y cómo tratar a los trabajadores. Maximiliano quedó como cagacuatero, o mayoral de los esclavos negros liberados, y la plantación pronto se convirtió en una de las más productivas de Aragua. Según Llamozas, con los artefactos a pleno rendimiento y con el trabajo de los nuevos pisatarios, campesinos libres venezolanos que se habían instalado en la plantación con sus familias tras el huracán, superaría los beneficios de quince mil pesos que le había augurado el marqués.

Desde entonces, Germán salía y entraba en la heredad casi a diario y siempre hallaba en la tía y la sobrina un rasgo de amistad y de reconocimiento. Su aspiración más profunda y su anhelo más urgente no eran unirse a la muchacha u ofrecerle matrimonio, sino acariciar el cuerpo voluptuoso que se insinuaba sensual bajo su vestido. Le preparaban deliciosos manjares y la joven platicaba con él con llaneza mientras inspeccionaban juntos los trabajos en el sembradío y a los macheteros, y revisaban las máquinas y el azúcar —desparramado entre las balanzas y las oscuras covachas del cobertizo— que pronto sería empacado.

La vitalidad y la voluntad de hierro de Germán imponían respeto.

Pero la joven seguía manteniendo una dignidad esquiva, que el gaditano no podía vencer. ¿Ocultaba algún amor del pasado? ¿Tenía su corazón comprometido? ¿Era cierto que su pretendiente había muerto?

—Os noto satisfecha después de tanto trabajo, pero también reparo en que en vuestro interior se libra una lucha cuya causa ignoro. ¿Os falta algo? ¿No sois feliz? —se interesó.

Lucía lo observó impasible con sus ojos inmensos, como si hubiera vulnerado alguna parte oculta de su alma.

—No es nada del corazón, pues se halla libre de afectos, os lo aseguro. Ningún hombre ha significado ni significa nada para mí. En los últimos años sólo me ocupé del cuidado de mis seres queridos, y ahora ninguno de ellos está ya aquí para recibir mi amor. Sólo mi tía, la monja exclaustrada, que es más una carga.

—Entonces, ¿qué os atormenta? Os noto ensombrecida —se interesó el marino.

La mujer dudó si continuar o no, pero confiaba en Germán.

—Parece como si mi tía y yo viviéramos de vuestra caridad —contestó con su ya proverbial insumisión—. No deseo daros esa impresión, mi honra de sangre lo rechaza.

—¿De mi caridad? Sois rica, señora. Sólo sois mi invitada.

—Quiero seros útil mientras permanezcamos aquí. Permitídmelo, os lo ruego. De momento el viaje a Bogotá no es posible.

—¿Útil? —Germán sonrió afablemente—. Una dama como vos es valiosa con su sola presencia. Proporcionáis lustre a esta casa y habéis trabajado hasta la extenuación.

—Insisto —dijo Lucía, persuasiva—. Quiero colaborar con mi trabajo en su cuidado. No nos hallamos ni en Cádiz, ni en la corte de Madrid, donde las damiselas viven una vida ociosa, pendientes de su cutis, de los requiebros de los galanes, de aprender francés y de las modas. Es mi aportación de reconocimiento al descubrir la tierra de mis ancestros convertida otra vez en un vergel. Permitídmelo.

Para ocultar su sorpresa, Germán adoptó un aire tolerante.

—Bien, ¿qué deseáis hacer?

—Estudié con las monjas Concepciones de Caracas. Podría ocuparme de la teneduría de la heredad. Sé de números —reveló, convincente—. Llamozas pone voluntad, pero es poco metódico y analfabeto con las cuentas. Su puesto está en el campo y con los ingenios, no en las oficinas. Ponedme a prueba, por favor. —La muchacha lo observó buscando una reacción afirmativa.

—Solamente pretendo ser desprendido con vos y vuestra tía y distinguir a unas visitantes a las que aprecio. Dejadme obsequiaros sin nada a cambio. No estáis obligada a corresponderme con ninguna ocupación. Vuestra amistad me basta, Lucía.

—Lo admito, jamás recibí tanta generosidad de un hombre desconocido, pero en Caracas ya han empezado las habladurías por mi conducta, y mis instintos se revelan. Deseo cambiar mis circunstancias.

Germán se decidió al fin a demostrarle su inclinación.

—Para acabar con los chismorreos es necesario que nos vean juntos en Caracas. Si os place, el domingo vendré a recogeros y acudiremos juntos a misa. Eso barrerá de golpe todas las insidias. ¿Aceptáis?

—No deseo otra cosa, aunque no os hagáis ilusiones —dijo Lucía con voz ahogada pero resuelta—. Quiero pasear por Caracas, independientemente de las opiniones de sus gentes. Detesto a esas damas encopetadas y chismosas. Sí, ha llegado el tiempo de recuperar la reputación. Os espero, don Germán.

Hacía años que Galiana ni se arrodillaba ante el Santísimo ni asistía a misa ni rezaba ante una imagen sacra, pues era un anticlerical y un escéptico. Pero allí estaba, en la capilla de Nuestra Señora de Coromoto, la patrona de Venezuela, donde Bolívar había sido proclamado Libertador, orando contrito y observando el rostro de Lucía, que irradiaba una balsámica quietud. Las nubes de oraciones habían transformado a la hermosa mantuana en un ser irreal, y el incienso la envolvía en una nube fuera del tiempo, en una mágica Virgen de altar.

Al salir de San Francisco, bajo la blancura barroca de su fachada, le ofreció la mano para ayudarla a subir al carruaje. Todo Caracas observó el gesto del español. Sabroso bocado para los rumores de los que la mantuana solía ser el epicentro.

—Sienten hacia mí la misma aversión que ellas me inspiran.

—No, Lucía, se sonríen indulgentes. ¿No las veis? Creo que infundís un profundo respeto entre ellas —la animó.

Al día siguiente, las matronas de alta alcurnia renunciaron a censurarla y se asociaron de buen grado a la más que posible unión entre la enérgica mantuana y el próspero marino de Cádiz, el distinguido amigo del marqués de San Luis, que no tenía miedo al progreso. Y así, en las tertulias y los mentideros no se hablaba de otra cosa que de más que posibles casorios y de amores compartidos y apasionados.

Germán sintió una plácida delectación cuando se enteró, pero estaba curado de amores y decidió que tasaría prudentemente cualquier intento de casorios.

Desde aquel día, Lucía y Germán no evitaban hablar de un futuro común como socios mientras el destino seguía tejiendo lazos de afecto a su alrededor. Germán se afeitaba pulcramente, se ajustaba su sayuela blanca con botones dorados y se calaba un sombrero jamaicano, a la espera de que la joven apareciera en el pórtico, fresca como un pámpano, para abordarla, obsequiarla y disfrutar de la inagotable originalidad de su ingenio.

Lucía comenzó a sentirse amada y Galiana a ser correspondido. Ocurrió sin apenas percibirlo y pronto se vio atrapado en un sentimiento que hacía muy poco lo hizo desdichado. Lucía, que sabía que el español suspiraba por regresar a la península Ibérica, recelaba del momento en que Germán lo decidiera. Se lo había confesado: «Cualquier día recibiré una carta de Cádiz y tendré que partir sin dilación. Es mi deber. Soy un proscrito en mi tierra, un exilado. Estoy aquí de huésped». Por eso cada conversación, cada paseo, cada comida y cada mirada extraña poseían el sabor de una despedida y la dejaban sin aliento.

Llamozas y Maximiliano les mostraban los progresos, les explicaban el uso de los ingenios del molino, que trabajaban en la molienda de la caña sin descanso, y después se reunían para comer. El desorden en el ánimo de Lucía se había diluido, y Germán, sin desearlo, se sentía cada vez más atraído por su magnética influencia. Una de aquellas tardes, después de la comida, cuando el sofocante aire del llano inflamaba el ambiente, Lucía se dejó tomar la mano por el gaditano, que la acarició.

Luego se besaron furtivamente, con acaloramiento.

—Me siento apenadamente solo. Y en mis sueños y previsiones de futuro ocupas un puesto de honor a mi lado —la tuteó por vez primera.

—Tu confianza me honra, Germán. —Lo apartó suave, y le confesó—: Yo nunca calculo mis afectos, pero percibo que mi afinidad y aprecio por ti son cada día más fuertes. Y te aseguro que jamás me lo propuse.

Feliz, Galiana decidió formularle una sincera petición:

—¿Quieres compartir tu vida conmigo, querida Lucía? Te ofrezco esta casa y cuanto me pertenece, pues hace tiempo que reinas solitaria en mi corazón, hasta hace poco destrozado por una caprichosa mujer.

Un fuego interior de contento se propagó por las venas de la muchacha.

—Si decidiera unir mi alma a la tuya, jamás sería por una posesión material —respondió, satisfecha.

—Lo sé, como sé que desprecias las cosas que el mundo aprecia. Por eso me gustas. Pero también noto que te tratas a ti misma con mucha severidad, cuando tu espíritu se alimenta de misteriosas armonías.

Lucía se sentía injustamente desdichada, pero no podía evitar la vanidad que suponía ser el centro de los cuidados del español.

—Sabes que soy una mujer de intimidades, libre e inclinada a la independencia. Por eso quiero ser sincera conmigo misma. No tengo necesidad de lujos y de fortuna. Además, no quiero que nadie me ame por mis desgracias sobrevenidas, o por lástima.

—Mi corazón lo rige la sinceridad, no la compasión, Lucía.

En medio de su gran turbación, la mujer esbozó una sonrisa. Hacía semanas que deseaba escuchar aquella declaración. Pero era una dama de alma revolucionaria y prefería hacerse rogar.

—Antes desearía medir la intensidad de tu apego y también tu honestidad, Germán. No debo apresurarme en contestarte.

Galiana comprendió la modestia de sus exigencias. Era una mujer inteligente e inquieta.

—Pero si sigues huyendo de los demonios de tu pasado, estás condenada a la soledad de por vida. A veces el sufrimiento hace que nos mostremos indiferentes a nuestros sentimientos. Préstale oídos a tu corazón, te lo ruego —le aconsejó, como un admirable pedagogo, cogiéndole las manos.

A la mantuana le pareció una observación acertada.

—No es eso —le explicó—. Hace unos años me devoraba el ideal de la independencia de mi patria, un sueño que nunca pude atemperar y por el que murieron mis seres más amados. Estamos hartos de los injustos impuestos del tiránico monopolio español y creíamos luchar por una causa justa. Sigo sintiendo un legítimo orgullo por esa ilusión, pero no deseo sentir junto a mí la hoja temblorosa de la muerte. Quiero vivir.

—Lucía, a mi lado olvidarás la amargura de tu calvario secreto.

—Eso espero, Germán. El dolor destruye los caminos de la razón, pero tú lo has difuminado con tu presencia, y te lo agradezco. Apenas si he probado los placeres de la vida, pero desde que te conocí disfruto de este romántico aislamiento y de cada momento junto a ti. Antes, todo me resultaba odioso. No podía vencer los terrores de la brutal muerte de mi padre y de mis hermanos, y mi conciencia estaba endurecida, atrincherada en el rencor. Ahora me siento libre.

—Eres una mujer valiente y has decidido hacerles frente.

—Gracias a ti. No sé si podré expresarte toda la gratitud que merece tu generosidad. Eres un alma noble y desprendida, Germán —le confesó con una ternura inefable.

El marino, enternecido, besó su mano blanca y sedosa.

No temía el fracaso de una relación con la mantuana. Soledad, la Cubana, era sólo su amante; e Inés Muriel representaba para él un pálido recuerdo en su memoria, a pesar del daño que le había causado. La recordaba como una muñeca de porcelana, frágil como el cristal, frívola y trivial, y sin discernimiento propio. «Peleé por ella y perdí. Mejor así que no haber peleado nunca. Me dejó prevenido para el gran amor», pensó.

La solitaria marcha de su destierro adquiría un nuevo matiz: ya no estaba solo, el exilio forzado ya no suponía un castigo. Había hallado en Lucía un puerto perfecto donde refugiar su soledad.

Por otra parte, en Lucía de Alba se había operado una indecible mutación, tan muda e implacable como una rebelión que surge desde el alma, ignorante de su propia fuerza. Ella quería que se la respetara y se la amara con pasión. Por eso comenzaba entre la mantuana y el español una relación dominada por la admiración mutua, el deseo de sus cuerpos y la ternura de sus palabras. Germán estaba seguro de que Lucía le entregaría su vida y de que él jamás abandonaría el fortín conquistado.

No existían dos corazones más semejantes y armónicos.

Un ritual macabro

El sereno había anunciado hacía un instante la medianoche.

Un perro callejero de pelaje canela husmeaba en las escorias de los rincones. Un coche se detuvo en el Arco de la Virgen del Pópulo de Cádiz. Se abrió la puerta sigilosamente y descendió su único pasajero: Tadeo Quirós.

Miró a uno y otro lado y se deslizó en el laberinto de callejuelas del barrio del Pópulo, desierto salvo por unos borrachos medio dormidos que platicaban en las puertas de la Posada. Después de dos semanas de infructuosas indagaciones y del rastreo inútil de la maldita imagen del Niño Jesús Buda, lo embargaba la decepción. Detestaba la misión que le había ordenado don Cecilio. Aquella noche su asma lo ahogaba. «Ésta es una busca desquiciada y absurda», pensó, enojado.

Se acercó a la casa de Germán Galiana con cautela, para evitar ser visto. Pensaba que eso era lo primero que tenía que haber resuelto su «patrón», pero se había mostrado demasiado prudente. Quirós asía con una mano una bolsa de cuero y con la otra empuñaba un cuchillo corvo, por si tenía un mal encuentro. Sabía que la casa, en ausencia del dueño, estaba vacía de cocineros, lacayos o cocheros, y que una mujer la abría de vez en cuando, la aireaba, la limpiaba y luego cerraba puertas y ventanas. Para pasar desapercibido, llevaba polainas y pantalones negros, gorra oscura de marinero y chaqueta del mismo color muy ajustada. El reflejo de la luna se movía por el agua de los charcos como una candela errante en la noche.

La calle formaba un embudo que se estrechaba antes de salir a

443

la plaza de San Juan de Dios. No se oía ningún ruido, pero Quirós sentía que todos los músculos de su cuerpo estaban en una tensión expectante. La casa del marino estaba cerrada con postigos y cancelas. Decidió dar la vuelta. No sin esfuerzo, consiguió subirse al bardal del corral trasero, donde abundaban los bejucos y la hojarasca. Se descolgó, hiriéndose las manos, y luego se arrimó al brocal del pozo y se las limpió en un cubo. Estudió la situación con fría previsión.

Encaramarse a la balaustrada que daba acceso a la trasera de la casa no sería difícil si conseguía escalar una pared lateral lisa pero en la que se abrían dos ventanucos enrejados, uno encima del otro. Un carro pasó con gran estruendo bajo los ventanales por los que pretendía trepar. Tadeo reprimió un escalofrío. Su calva y su pelo raído comenzaban a emanar un sudor pegajoso. A cada minuto que transcurría, repetía su tic nervioso.

Sacó de la bolsa una soga de tres cabos hecha de cáñamo. La lanzó varias veces, hasta que el garfio se prendió fuertemente en los hierros. Como un trapecista, se encaramó a la cuerda y salvó la altura con habilidad. De un salto se deslizó hasta el cobertizo trasero, al que se abrían un ventanal y una puerta cerrada con llave, cadenas y candados. Se decidió a entrar a través de la lumbrera emplomada, pequeña y sin herrumbre. Como era frágil de cuerpo, sólo tuvo que romper un cristal y colarse. Le costó trabajo y se rasgó el pantalón, pero lo consiguió. Todo seguía en calma.

Abrió el cerrojo de dentro con una ganzúa y saltó hacia el interior de la casa, al descansillo de la escalera. Cuando estuvo dentro, sacó del bolsillo una barra de cera y la encendió con un pabilo, una cajita de yesca y un mechero. La casa estaba limpia y ordenada y olía a romero. Bajó a la primera planta. Iniciaría desde allí la búsqueda. No era una casa muy grande, pero era hogareña, con muchos muebles y adornos. El suelo, de valiosa taracea, estaba abrillantado, y hasta los cuadros, de barcos y de divinidades paganas, relucían a la luz del velón. En el recibidor, varios sombreros colgaban de un perchero de pie que arrojó al suelo.

Sus toscos zapatos chirriaban en el suelo encerado.

Ingresó en la cocina y echó un vistazo a cada uno de los cajones y estantes. Examinó las cajas de sal, rastreó en la carbonera y en las despensas. Expeditivo, derribó ollas, sartenes, cacerolas, tarros de miel y de aceitunas, y rompió una tinaja, cuya agua se desparramó por el suelo. Ascendió luego por la escalera, ornamentada con una araña de cristal y una alfombra turca de llamativa policromía, y entró en un vestidor, donde se alineaban, sin una mota de polvo, trajes, abrigos y levitas de elegantes colores negro, azul oscuro o tabaco, chalecos floreados con puños amplios, pañuelos, zapatos, botas de caña y camisas con cascadas de encajes. Varias sombrereras se apiñaban unas sobre otras junto a un compartimiento para bastones y paraguas.

—Ese desconocido debe de ser un caballero elegante —balbució.

Tras un largo rato de rastreo, la decepción asomó a su cara. Pero aún le quedaban tres habitaciones empapeladas y de techo alto por revisar: un dormitorio, un saloncito y un despacho. Las adornaban aristocráticos muebles castellanos y franceses, cortinajes de terciopelo rojo y jarrones de Talavera. La biblioteca-despacho era una sala ovalada, recoleta y armoniosa, con una chimenea, dos cómodos sillones y dos cuadros de doncellas de rosadas carnes al aire. En una bandeja de plata había una licorera, dos tazas, una cafetera de plata y un azucarero que representaba a un pavo real.

Alzó la vela y admiró una panoplia de armas con floretes y sables limpios y rutilantes, indicativo de que su dueño era un experto en esgrima. Bajo ella, en un buró francés, brillaban un sextante, algunas cartas náuticas, brújulas y dos catalejos dorados. Tardó una hora en desvalijar el mueble y destrozar los sillones. Cuando paseó la vista y miró su trabajo, no dejó de pensar que había ejecutado una labor minuciosa y eficaz. Pero estéril. Su disgusto e irritación se iban acentuando paulatinamente; cada instante que pasaba incrementaba su irascibilidad.

Irrumpió en el dormitorio, sudoroso, cansado, respirando con dificultad… Era lujoso y confortable. Había un orinal de loza, y el lecho estaba cubierto con una colcha escarlata. Observó que el anónimo marino dormía en una cama adoselada rematada con una colgadura y con sábanas con encajes de Holanda.

De repente el reloj de pie sonó intimidante en el silencio de la noche y el allanador se llevó un susto de muerte. El sudor le empapaba la camisa. Remiró bajo las esteras y debajo de las cenizas chamuscadas de la chimenea. Rajó pacientemente el colchón y miró entre las sábanas y cobertores que se apilaban en un armario. Tampoco allí se hallaba la insólita imagen del Niño Jesús.

Renegando de su mala suerte, alcanzó el salón. Si la talla estaba ahí, no parecía encontrarse a la vista. El coqueto saloncito estaba engalanado con una mecedora, un biombo chino, una otomana, una mesa con un violín y decenas de partituras apiladas. Las paredes lucían decoradas con lienzos de barcos antiguos y retratos de *boudoir* con rostros de mujeres que Tadeo creyó de diosas antiguas. Los apartó de la pared, por si escondían algún agujero o secreter, pero sin éxito alguno. En uno de los rincones adivinó a la luz del velón un decorativo reloj, un Breguet inglés de caoba y bronce dorado, regalo de doña Mercedes.

—Este sujeto es un anticlerical y un descreído. Aún no he visto ni un mal crucifijo ni una estampa sagrada —farfulló, enojado.

Arrojó el reloj al suelo con violencia, originando un ruido espantoso. La maquinaria saltó por los aires y el cristal se hizo añicos. Luego examinó, lanzando improperios, sus compartimentos destrozados. En vano. El Infante de Belén no se escondía en aquella habitación. A la luz de la chisporroteante vela, se recreó en el examen minucioso de una caja de pipas de porcelana y madera de boj, en una mesita con cajones con tinteros y pergaminos y en un estante donde ojeó los lomos de tres libros que consideró escritos por la mano del diablo.

—«Voltaire, Rousseau, Moratín» —leyó en voz alta—. ¡Éste es un hereje y un maldito afrancesado! —Y con furia los tiró al suelo mientras arrancaba algunas hojas y las arrugaba en sus manos con ira.

Su mal humor iba creciendo como un torrente. Su curiosidad lo llevó entonces hasta un anaquel adornado con figuras africanas y orientales. Un objeto sacro llamó su atención. Se trataba de una caja dorada para contener polvos de tocador y también hostias consagradas; llevaba labrada la efigie de un hombre de apariencia aniñada que bien parecía el diputado Mexía Lequerica. El grabado lo puso en alerta. Abrió lo que parecía un hostiario para llevar la comunión a enfermos impedidos y vio que estaba repleto de hojillas circulares. Cogió la primera y la acercó a la vela. Un nuevo furor le encendió la sangre.

—¡Una copia del Código Abominable de 1812! Habrá que desenmascarar a ese traidor a España y a su rey.

El cofrade de La Contramina acercó la llama y quemó los artículos mientras improvisaba una sonrisa sardónica. Los tiró al suelo y de una patada los unió a los libros desparramados y mutilados. A continuación, con una carcajada que resonó tétrica en la quietud de la noche, se desabrochó la bragueta, sacó su miembro viril y se orinó en ellos con jactancia.

—¡Así quedaréis bendecidos por los meados de un patriota!

Se rascó la calva y, desengañado, descendió hasta el sótano, donde se amontonaba una carga de carbón y medio centenar de botellas de vino de Chiclana, Priorato y Cariñena. Con una pala desparramó el combustible. Cuando concluyó sus inútiles pesquisas, su cara parecía la de un deshollinador. Le faltaba aire, se ahogaba. La figura buscada tampoco se hallaba allí, y su arrebato se había acrecentado hasta tal punto que, rojo de rabia, rompió contra la pared una docena de botellas. Limpiándose la cara con el pañuelo remontó los escalones hasta la cocina. De repente se detuvo y, alzando la vela, sorprendió a un gato negro que relamía la miel de un tarro destrozado.

—Es lo que necesito para concluir mi servicio —dijo, misterioso.

Dejó la palmatoria en un estante y se acercó sigilosamente por detrás al felino, que tal vez había entrado por el vidrio roto. Gruñó, pero no modificó su deleitosa postura. Tadeo sacó el cuchillo del bolsillo y con un movimiento rápido, preciso y contundente lo hundió en la parte blanda del cuello del micifuz, que maulló quejumbroso; un chorro caliente de sangre manaba de su cuello. Cuando hubo expirado, le ató las patas y colgó el chorreante animal del dintel de la cocina.

Acto seguido, fuera de sí, y como si cumpliera un extraño y macabro ritual, agarró un escobón del fregadero y lo empapó en su sangre. Sus ojos se volvieron tan duros como el marfil. Y como un artista admirable, en la pared blanca frente a la puerta dibujó tres grandes puntos rojos perfectamente equidistantes: el signo de La Contramina.

—Así sabrá con quién se juega los cuartos este cabrón del infierno.

En la Isla del León sabían que Tadeo era un cínico, cruel y frío confidente de los poderosos y de la policía. Era apodado «el Soplón», un seudónimo sin cariño, pero que le convenía a la perfección. Poseía todas las cualidades para ser un investigador de crímenes y también para ejercer como un sádico verdugo. Había llevado al cadalso y amargado la vida a más de un liberal. Cuando se le achacaba excesivo rigor en su cometido, él solía decir a sus detractores: «La horca no es una medida represiva y brutal, sino un castigo ejemplar y necesario. Es la mano dura de la civilización contra la barbarie».

Salió de la casa de Germán como había entrado. Nadie advirtió esa sombra negra que se descolgaba por el bardal y se perdía por el Arco de la Rosa. La aurora teñía los tejados de la ciudad portuaria con un tenue brillo plateado. Sin decir una sola palabra, se subió en un coche que lo esperaba en la plaza de la Catedral. El cochero, un agente de la policía, iba armado con un trabuco, pues aquélla era una misión secreta y arriesgada. Ovillado en su capa, se asustó al ver a Quirós. Parecía un demonio salido de los infiernos. Golpeó con el látigo al caballo de negro pelaje y, dando un rodeo, se dirigió al Campo del Sur. El barniz azulado de sus puertas brillaba y el repiqueteo de las ruedas resonó por los adoquines. Los caballos, inquietos por el rugido de las olas, exhalaron un vaho gris y caliente.

Dormiría un poco y después informaría a don Cecilio.

Bergamín era conocido por su mal genio, que solía suavizar con aparente flema. Pero aquella mañana, cuando Quirós le relató los detalles de su búsqueda en la casa de Galiana, el aquelarre de sangre y el bosquejo del signo de La Contramina, con el que había rematado su ineficaz labor, el demonio que llevaba dentro estalló como un volcán aterrador. La cicatriz del mentón se tornó lívida. Cogió del cuello al agente y lo estrelló contra la puerta.

—¡Eres un cretino! —le espetó, airado—. ¿A qué viene esa divulgación gratuita de nuestra hermandad? Ése es un signo sagrado asociado al Ángel Exterminador, ¡necio! Te pedí reserva y prudencia y sólo te ha faltado tocar las campanas de la catedral, ¡imbécil!

Quirós se puso pálido y tembló como un junco.

—Sólo quería darle un escarmiento y, de paso, intimidarlo.

—Ese caballero tiene amistades poderosas, y tú lo has alertado.

Tadeo percibió la gran agresividad en la voz de Bergamín.

—Lo siento de veras, don Cecilio. Extremaré mi moderación.

—¡Más te vale! Seguiremos nuestras pesquisas y rezaremos para que regrese pronto. No nos queda otro recurso que el de la paciencia.

Cuando Tadeo Quirós creyó que la tormenta de rayos y centellas que había salido de la boca de su jefe había amainado, inclinó la cabeza y salió del hotel como un corderito camino del degolladero.

El primero en enterarse del atropello fue el músico Téllez.

Avisado por doña Mercedes, se acercó temeroso a la casa de su amigo Galiana. Allí estaba, llorosa y atribulada, la sirvienta que asistía a Germán. El músico contempló atónito la penosa confusión de destrucción, estrago y quebranto producido en muebles y enseres. Un tufo corrosivo le irritó la nariz y se la tapó con un pañuelo; era el olor nauseabundo del gato muerto y del légamo de la cocina, una mezcla de trozos de carbón, sangre, nueces, especias y basura. Las pérdidas no eran irreparables, pero cualquiera habría dicho que el ángel del Juicio Final había pasado por aquella casa. Según el ama, no habían robado ni un solo botón, pero habían realizado un exhaustivo registro en la casa, una profunda exploración mueble por mueble, habitación por habitación, buscando algo de índole anónima que al parecer el ladrón no había hallado.

El asunto no tenía fácil explicación, y en la casa los ánimos estaban suficientemente revueltos. En el ambiente flotaba un hedor pestilente, y el zumbido de las moscas que acudían al festín sonaba como un murmullo tétrico. Nadie daba crédito a la visión que se presentaba ante sus ojos. Los tres puntos bosquejados en la pared y el gato sangrante, que ya habían descolgado, producían un terror de naturaleza desconocida en sus corazones. ¿Qué significaban aquellos signos macabros? ¿Se había celebrado en la nocturnidad de la vigilia un ritual satánico en la casa de Galiana?

El misterioso signo daba al caso un carácter de prodigio; no presagiaba nada bueno.

Doña Mercedes, una mujerona montañesa de rasgos angulosos, amable y temerosa de Dios, era presa del desasosiego y el temor. Estaba aturdida y rebosante de tensión. La dama y la criada lloraban sin cesar; acuciadas por la ignorancia, recelaban que allí se hubiera ejecutado una ceremonia de nigromancia, de magia negra o algo de mayor gravedad. Y eso no era bueno para la fama de descreído de Germán.

—¿Qué ha hecho Germán para merecer esto? —Sollozaba y se hacía cruces—. ¡Qué sacrílega monstruosidad!

Téllez no podía permitir que por una superstición mal entendida se le achacara a su amigo un pecado capaz de justificar semejante desafuero. No debía permitir otro atisbo de protesta a la dama.

—Señora, no temáis nada del más allá, y menos aún un culto maldito o nigromántico —quiso confortarla—. Ese signo que veis ahí es el lema de una hermandad de poderosos realistas y serviles unidos por el fanatismo hacia el Rey Absoluto. Desechad misterios del más allá, señora, y serenaos. No ronda Satán por aquí, sino hombres de carne y hueso que buscaban algo para comprometer a Germán. Vuestro hijo adoptivo es un arrebatado anticlerical y un defensor de la Constitución. Han dejado esto aquí como una clara advertencia para desanimarlo en el futuro. Eso es todo.

—Siempre le dije que su simpatía por la causa liberal le acarrearía problemas. Este hecho empaña la alegría de los Galiana tras haberse archivado su causa en el Santo Oficio. Germán debe regresar cuanto antes. —El alivio disminuyó ligeramente su tensión.

—Excelente idea. Todos queremos abrazarlo —dijo Téllez, jovial, percibiendo el apuro de la vieja dama.

—La casa se cerrará a miradas indiscretas. Habrá que sellar con resina de sandáraca la ventana por donde han entrado. Yo misma avisaré a la policía antes de que la noticia se propague.

Téllez echó un vistazo en busca de un indicio que explicara aquel atropello, pero no lo halló y su desconfianza aumentó. ¿Habrá cometido Germán un tropiezo que guarda en su corazón? No comprendía nada. Un punto de alarma se había encendido en su privilegiada cabeza. Aquel registro tenía mucho que ver con la desaparición de su acusación por parte del Santo Oficio. Su amigo Germán guardaba un secreto, críptico y terrible, del que no le había hecho partícipe. «No podemos fiarnos de nadie. Aquí se cuece algo muy comprometido.» Téllez esbozó un gesto de resignación y también de inquietud. «Decididamente, ese muchacho tiene una estrella obstinada», se dijo.

¿Andaba metido Germán en algún negocio extraño? No era su estilo. ¿Tenía que ver todo aquello con su participación en el expolio del botín del Rey Intruso en Vitoria, como él mismo le había narrado a la vuelta de la guerra? Su vieja y sabia intuición lo alertaba. Esa misma mañana haría algunas pesquisas dentro de la más reservada de las discreciones. Avivó el paso y se dirigió al mesón de Urbina, Los Cuatro Vientos.

Al pasar por delante de las galerías porticadas del Ayuntamiento vio muchos mendigos; demasiada penuria en una ciudad que se decía de la abundancia. Cabizbajo, pensando en la oportunidad perdida para acabar con las injusticias, rodeó el callejón.

En vez de entrar en la taberna, empujó el portillo del patio trasero —lleno de botas y barriles de vino, cajas rotas y un maloliente retrete que tiraba de espaldas— y ascendió la escalera torpemente, arrastrando su pierna impedida. Con los nudillos tocó en la puerta de la Cubana.

Soledad se despertó bruscamente.

El dueño del secreto

Tras un segundo de parálisis por la tensión del instante, Soledad saltó de la cama.

Sudorosa y alertada, le pidió a Téllez que aguardara un minuto. ¿Qué querría a aquellas horas? ¿Por qué golpeaba la puerta con tanta insistencia? De algo grave tenía que tratarse, pues Téllez jamás la había importunado en sus habitaciones. Instintivamente pensó en su añorado Germán. Se cubrió su desnudez con las enaguas y una bata de seda negra de Filipinas, se pasó el cepillo de carey por su melena azabachada y aseó su cara con una toalla perfumada.

Ya podía recibirlo. Con sigilo, abrió una rendija de la puerta y comprobó que el músico estaba rígido y que su semblante parecía moldeado en arcilla. Se apoyaba en su pierna buena y llevaba la vieja peluca ladeada. Manoseaba su viejo reloj de bolsillo con nerviosismo. La Cubana se dio cuenta de que Chocolate no lo acompañaba.

—¿Qué pasa, Téllez? Me has asustado.

—Déjame pasar y cierra la puerta. Tienes que saber lo que ha pasado —dijo en un tono enigmático y preocupante.

El músico no omitió ni un solo detalle de cuanto había ocurrido la noche pasada en la deshabitada casa de Germán ni tampoco enmascaró la extraordinaria violencia con la que habían procedido el ladrón o los ladrones. Petrificada, incapaz de comprender el significado del saqueo, la bailaora se persignó repetidamente. Las líneas de su rostro conservaban su proverbial belleza, pero su mirada se había vuelto heladora.

—¿Tiene que ver ese rebusco con la Inquisición? —preguntó con una nota de incredulidad en su hermosa cara.

—No lo creo. Lo habrían efectuado antes y a la luz del día.

—¿Querrán comprometerlo por su amistad con los liberales?

—Ni a los más furibundos les han investigado sus casas. ¡No!

—¿Entonces?

—Nuestro amigo Germán esconde algo muy gordo.

—No sería Germán Galiana si no estuviera metido en líos.

—Estoy seguro de que guarda algo sospechoso, algo que nosotros ignoramos pero que interesa a otros, y mucho, pues no han dudado en desvalijar y arrasar su casa para dar con ello, aunque parece que en vano.

—Pero ¿qué buscan exactamente, Téllez? —se interesó, nerviosa.

—No lo sé, he meditado en ello largamente y he llegado a una conclusión que, aunque parezca descabellada, puede ser cierta. Desde que regresó de la guerra de la Revolución, Germán era otro hombre. ¿Recuerdas cuando nos narró sus peripecias en la guerrilla y el delirante reparto del botín que Pepe Botella pretendía llevarse, y que algunos comerciantes acudieron a comprarlo por mucho dinero? Pienso que Germán acarreó consigo algún objeto de inestimable valor que otros desean y que quizá perteneciera al Palacio Real.

La respuesta sonó seca y extravagante. Aquel hombre deliraba.

La bailaora dudó y comenzó a ponerse nerviosa.

—¿Crees que esconde algún documento robado al rey? Mal asunto —dijo.

—Podría ser. Sería una explicación a todo este desbarajuste.

—Pero los objetos que trajo no eran muy meritorios, o al menos los que nos mostró —apuntó la Cubana—. Quizá él guardó otros de más valor.

—Tú lo conoces tanto como yo, Soledad. Únicamente se quedó con un sable francés. Ese hombre es la generosidad personificada. A mí me regaló una caja de puros que perteneció al mismísimo rey Carlos; a Urbina, un licor de la bodega real —recordó—, a don Dionisio una pistola inglesa, y a doña Mercedes, según nos dijo, un mantón de Manila. No creo que hayan arrasado su casa por esas fruslerías. Buscan algo de mucha valía, de otra condición. Algún documento, quizá un objeto valioso o comprometido.

—Pues ya han pasado unos cuantos años.

—La pesquisa ha debido de ser enrevesada, larga y espinosa. ¿Quién iba a relacionar un objeto sacado por José Bonaparte de palacio con un guerrillero del Trapense? —se preguntó Téllez—. Y son gente gorda, de la policía secreta, quizá enviados por el mismo rey. Ese signo de los tres puntos rojos que te he explicado está unido a los intereses más ocultos del Absoluto y de una hermandad que mata por él.

—¡Por la Virgen del Rosario! —La Cubana se llevó las manos a la boca.

—¿Y a ti qué te regaló? Nunca nos referiste nada.

En ese preciso momento Soledad se dio cuenta de que podía hallarse la solución del rompecabezas en algo que ella poseía. Las brumas de su oscura pesadilla no eran un sueño sino una peligrosa realidad. Dominada por el pánico, se levantó de un salto y se precipitó hacia la mesita donde estaban colocadas la hilera de estampas y las imágenes de santos y vírgenes de su devoción, ante las que lucían lamparillas de aceite. Allí estaba la imagen del Niño Jesús Buda; con sus brazos abiertos y la cruz dorada en la mano, recortada entre las demás, misteriosa e inquietante, la animó a tomarla delicadamente entre sus manos. Como si fuera un relicario, se la entregó a Téllez.

—Éste fue su regalo —dijo pensando en el hombre que ocupaba su corazón y su mente—. Le correspondió en suerte en el reparto.

—¡En nombre del Todopoderoso! —exclamó, confundido, el músico—. Qué Niño Dios tan extraño... Jamás vi uno como éste. Pero ¿dónde he oído yo algo referente a un Infante Jesús que se compraba?

—¿Aquí en Cádiz?

—Sí —respondió Téllez, y se sumió en una insondable recordación.

Se produjo un breve silencio. Soledad miraba el rostro del músico a la espera de sus palabras, pero su cara era tan inexpresiva como la de una careta. De repente Téllez dio un respingo.

—¡Claro! Ahora recuerdo. Ciertos tratantes de arte llegados de Madrid han anunciado en unos pasquines que compraban tallas filipinas del *Galeón de China*, imágenes muy raras y valiosísimas, tasadas en un altísimo precio. Todo encaja. Ésos son agentes reales enviados por ese vil Deseado. ¡Estoy seguro! Hicieron sus conjeturas, ataron cabos con los guerrilleros supervivientes en Vitoria y han dado con la identidad de Germán. ¡Así que vienen buscando precisamente esta imagen! Pero ¿por qué? ¿Cuál es su auténtica cotización? ¿Qué esconde o qué representa? No parece que tenga gran valor artístico —opinó, inquieto.

—Germán me reveló que perteneció a la Capilla Real.

—¡Entonces está claro, Soledad! Quieren restituir al Deseado sus tesoros perdidos. Pero yo me pregunto: ¿no podía adquirir en Madrid una imagen igual? Ese rey felón no lo hace por devoción. Sólo adora sus caprichos. A tenor del dispendio que prometen esos traficantes, y la acción perpetrada en la casa de Germán, esta escultura debe de atesorar otros méritos bien distintos. Su interés es mayúsculo para alguien que ignoramos.

—Es una escultura nada más. Yo nunca he advertido nada anormal.

—Veamos —dijo Téllez acercándosela a los ojos. Un brillo de inteligencia surgió en su mirada—. ¿Qué misterio escondes, Niño de ojos achinados? —dijo, irónico.

La situación se complicaba. El corazón del músico se detuvo. ¿Estaba burlándose de él la bailaora? ¿Se traía un juego perverso? La figura, aunque estrambótica, era corriente, no parecía encubrir nada raro. Tras unos instantes de vacilación, Téllez se colocó los quevedos y, sin pensárselo dos veces, exclamó:

—¡Rompámoslo! Quizá esconda algún atractivo oculto.

—Abajo esconde un agujero tapado con cera y telilla —le informó la Cubana—. Pero ahí no suena nada. Yo la he zarandeado alguna vez. Está vacía.

Ante la insistencia de Téllez, Soledad le prestó unas tijeras de tocador y el músico rompió el trozo de gamuza reseca que lo tapaba y que parecía cuero viejo. Metió luego sus dedos sarmentosos y se quedó de una pieza. No estaba vacío.

—Aquí hay algo encajado, como un trozo de terciopelo o felpa.

Volcó la imagen, pero lo que hubiera dentro se resistía a salir. Algo esponjoso estaba fuertemente embutido en el reducido interior. La tensión se adueñó de sus ánimos. Téllez volvió a tirar, e inmediatamente cayó al suelo una escarcela de color carmesí. La recogió y la abrió despacio.

—¡Por las Santas Espinas! ¿Qué es esto? —dijo con el estupor grabado en su mirada.

Tenía en sus manos dos alhajas de munífico esplendor y de una galanura deslumbrante. Allí estaba el enigma que todo lo explicaba.

Soledad no sabía si reír o lamentarse. La descomunal perla, con la forma de una perilla, poseía un blanco iridiscente que embelesaba; y el grandioso diamante rielaba una luz tan brillante que competía con la luminiscencia de los haces del sol que atravesaban el balcón. Súbitamente la claridad las descompuso en todos los colores posibles de un prisma de cristal. Parecían poseer una música propia y mágica, como una coral inerte que los magnetizara con su melodía de belleza fascinadora. Se asemejaban a dos volcanes de luz, asombrosos y temibles.

El músico y la bailaora, con la perplejidad en el rostro, se miraron durante segundos sin pronunciar palabra. Téllez cerró un instante los ojos e intentó calmar su respiración y sus nervios mientras las pupilas de Soledad se clavaban en las preciosas alhajas. Presa de la admiración, las tomó en sus manos, pero le punzaban como ortigas. Un enjambre de negros presagios revoloteaba por su cabeza. Las piernas le temblaban.

—Estas joyas deben de valer muchos millones de reales…

Hombre y mujer parecían dos estatuas de sal. Era como si su fuerza vital y su voluntad hubieran quedado anuladas de golpe. De improviso Germán Galiana formaba parte exclusiva de los pensamientos de aquellos dos sorprendidos amigos. ¿Qué secreto terrible les había traído de su época de guerrillero? ¿Sabía él algo del asunto? ¿Había confiado a Soledad un tesoro envenenado que podría significar su ruina? ¿Lo ignoraba como ellos mismos?

—¡Santa Virgen del Rosario! —exclamó Soledad, que hasta ese momento había sido el mudo ejemplo de la estupefacción—. ¿Qué juego perverso es éste? ¿Es una burla de Germán? ¿Las habrá robado y escondido luego aquí?

Téllez las tapó con su mano, como si las cubriera con un velo.

—Éste es uno de esos secretos embarazosos que un hombre no quisiera desentrañar nunca, pues está unido a los provechos de los poderosos, ésos siempre traen problemas y muerte —enfatizó—. Da por descontado que Germán habría sido el primer sorprendido con este hallazgo. Él sería incapaz de confiarte ese regalo envenenado.

—Este hombre es un imán que atrae lo inconcebible y peligroso.

—Estoy seguro de que Germán es un cómplice involuntario y se halla en un buen embrollo sin saberlo —aseguró Téllez, consternado.

—¡En uno más! —dijo la mujer—. No se conforma con una vida vulgar.

—Sé tolerante con él. Por una cabriola del destino, este tesoro, cuya existencia él desconoce, le correspondió en el reparto de un botín de guerra. Luego te lo regaló y lo olvidó para siempre.

—No quiero pensar otra cosa. No me ha acarreado sino pesares, aunque lo quiero con locura.

—Soledad, tranquilízate y escucha —la apaciguó—. Germán es listo, se habría desembarazado de esas joyas nada más conocer su existencia. Es un anzuelo demasiado visible y extremadamente letal. En cuanto hubiera intentado venderlas, se habría descubierto el asunto y le habrían llovido los problemas. Posiblemente, con los motines que se sucedieron en palacio, alguien las guardó allí para preservarlas de algún expolio interesado y regresar luego por ellas. Pero, tras la llegada del Intruso, no pudo recuperarlas. Y al final de la aventura, ironías del albur, recalaron en el zurrón de nuestro «afortunado» Germán, que no olvides participó en la captura del botín que Pepe Botella intentaba sacar de España.

—O sea que podrían ser pedrerías vinculadas a la Corona y pertenecer al joyero privado de las reinas de España.

—Con toda probabilidad, Soledad —repuso Téllez sin inmutarse—. Una historia demencial y un escándalo sin precedentes, querida niña.

—Pues que las devuelva y en paz —soltó la bailaora.

—No es tan fácil, mujer. Muchos querrán probar que son sus dueños. ¿Sabes cuánto podrían dar por ellas? Una millonada.

Téllez se retorcía los dedos hasta hacer crujir sus nudillos. Permaneció callado, pensando en lo que debían hacer con ellas. El contenido de la imagen del Niño Jesús Buda había aclarado un misterio insoluble hasta entonces, nueve años después. En su interior reposaban las dos joyas más preciadas de la Corona, que habían desaparecido tras el motín de Aranjuez. Se levantó torpemente, respiró hondo y dejó caer los brazos.

—Tenemos que elaborar una estrategia rápidamente y avisar a Germán —dispuso, severo—. Pero la primera providencia será deshacerse inmediatamente de esta imagen. Guía la desgracia tras de sí y es la llama que atraerá a todas las polillas que andan tras ella.

La bailaora, con lágrimas en los ojos y la boca como la estopa, se las acercó al pecho para lucirlas aunque sólo fuera fugazmente. Las dejó unos instantes en su pecho, del color del almíbar, y disfrutó de su sublime hermosura.

—Por un momento me siento reina de las Españas —dijo, irónica.

El músico, con una ternura ineluctable, la tomó por las manos.

—Soledad, si en algo aprecias tu vida, este descubrimiento no debe trascender, o somos muertos. Ni una palabra, ni un gesto, ni una indiscreción. No sabemos nada de estas alhajas —le rogó como un padre—. ¿Conoce alguien que poseías esta escultura entre tus pertenencias?

—Aquí no sube nadie, ya lo sabes. Y en estos años, sólo una criada, que ya no está por aquí, pues enfermó y marchó a su pueblo, en la sierra. Pudo verla, pero ¿qué va a saber? Entre todas esas imágenes pasaba desapercibida. No, descuida. Ni siquiera el patrón Urbina lo sabe. Sólo tú, Germán y yo.

—Mejor así —contestó Téllez, y suspiró hondamente.

A la bailaora se le hincharon las venas del cuello y le subió el rubor.

—¿Y qué haremos? Me queman como si fueran azufre del infierno.

—No podemos olvidarnos del asunto sin más. Sabemos que andan tras ellas. Tenemos comprometido un débito de amistad sincera y de protección con Germán. No podemos fallarle. El asunto es grave.

—No me sermonees, tengo miedo —lo cortó ella, alterada—. ¿Crees que podemos ser sospechosos a los ojos de alguien poderoso?

—Cuando investiguen su entorno y sus amistades, podríamos serlo. El expolio de su casa es una seria advertencia. Iban por estas joyas, me juego el pescuezo —razonó el músico—. Debemos despabilarnos en hacerlas desaparecer u ocultarlas, o nos encontraremos con un cuchillo en las costillas. Esa gente carece de principios.

—¿Qué nos tendrá reservado la providencia, Téllez?

Para sosegarla, el poeta le dio cuenta de su determinación.

—Soledad, no temas. Todos te protegeremos —la confortó—. Escucha, ya he urdido en mi magín un plan. Ni tú ni yo podemos esconderlas, pues tarde o temprano se cerraría el círculo de sospechosos y podríamos tener problemas serios. Te explicaré mis precauciones en mi casa del convento. Ahora mismo haremos añicos la imagen y luego yo la tiraré al muladar del Castillo dentro de una talega. Allí no nos comprometerá. Saldremos con un intervalo razonable de tiempo.

—De acuerdo, Téllez —convino, asustada.

El cielo de Cádiz rielaba azul, y sin embargo a Soledad se le asemejó el pañolón de un sepelio. El viento de levante soplaba con fuerza dibujando garabatos imprecisos de arenisca en los cristales. Las olas rompían con fuerza en la muralla del Campo del Vendaval y sus potentes soplos se escurrían hacia el convento de Santa María. Las campanas de la Merced resonaban convocando al ángelus. Soledad se cubrió con una toca de lana y un velo de encaje, y con sus dedos enguantados sujetó fuertemente un bolso de arpillera que guardaba las dos portentosas joyas.

Traspasó el Arco de los Blanco aterrada. El lugar, sobre todo al anochecer, era una reputada zona de actuación de ladrones, carteristas, descuideros, meretrices y cortabolsas. Ahora parecía desierto y, tras pasar ese trago sin dificultades, se alegró. Al salir de la casa era como un marjal de inquietudes, y tenía un nudo en la garganta. Lucía un atractivo vestido color malva con encajes blancos en el pecho y en los puños.

Téllez, el poeta del pueblo, vivía con la sola compañía de su monito Chocolate en una casa propia cercana al cenobio de Santa María, donde Cádiz veneraba al milagroso Nazareno. La mañana había estado cargada de tensión, pero, una vez juntos de nuevo, recuperaron el sosiego y la sensatez.

Téllez, arrastrando su pierna mutilada, cerró la puerta. Pidió a Soledad que lo acompañara hasta la buhardilla y corrió la cortina del ventanuco para evitar injerencias no deseadas. Sin tan siquiera preguntarle, le sirvió una taza de coñac francés de contrabando que la bailaora apuró de dos tragos. Lo necesitaba. Soledad tenía la cara desmejorada, la vivacidad de su mirada sugería un velado fondo de agotamiento y preocupación.

—Tenemos que forzar las circunstancias, Soledad.

—¿Crees que estamos atrapados por esos desconocidos?

—Somos los sospechosos más evidentes, y esa gente que sirve a los poderosos necesita pocas razones para matar.

—¿Por qué? Sólo son casualidades —se defendió la bailaora.

Téllez esgrimió una sonrisa ladina. Parecía un fauno malévolo.

—¿Coincidencias, casualidades? Vamos, Soledad, no seas ingenua. Tú eres su amante, hecho reconocido en todo Cádiz. Y yo su confidente y amigo, casi un padre. ¿Te parecen pocas razones? Tarde o temprano estaremos en el punto de mira y procederán a registrar nuestras casas.

—Entonces crees que nos relacionarán con el caso.

—No directamente, ni de forma inmediata, pues están dando palos de ciego. Pero hasta los mismos reyes matarían por estas joyas. Son dos pruebas inculpatorias de mucha hondura, y no debemos convertirnos en encausados de robo o de ocultación. Nuestra obligación es ayudar a Germán en una situación apurada, hasta que vuelva, cosa que hará antes de Pascua, pues está libre de cargos y don Dionisio le ha avisado ya mediante un correo urgente de la misma Armada Real. Pronto estará de regreso.

—¿Y dónde las ocultaremos? El peligro sigue siendo el mismo. ¿Dónde está la salida de este círculo infernal?

El músico acercó su cara, y dijo, enigmático, en voz baja:

—Hasta tanto inspeccionan nuestras moradas, cosa inminente, he pensado en camuflarlas en una criatura de Dios a la que adoro y en la que tengo plena confianza. No seremos ni tú ni yo, pero la tendremos muy cerca, vigilada a cada instante, hasta que las escondamos definitivamente.

—¿Y cómo es eso posible? No te entiendo.

La cara de Téllez, destrozada por la metralla de Trafalgar, adoptó una mueca seráfica. A Soledad su nariz le pareció demasiado larga, su barbilla, demasiado afilada, y su cabello ralo, más pelirrojo que nunca. Cuando le confirmó su plan, se asemejaba a un demonio triunfante.

La mujer puso cara de no entender. Se produjo un silencio momentáneo en la cámara mientras la bailaora percibía una electrizante sacudida de sobresalto.

Su cuerpo apenas si pudo tolerar la larga pausa de Téllez.

Chocolate

Téllez dejó de sonreír. Su rictus estaba serio.

Las arrugas de su frente se estiraron. Aquel hombre iba a proponer una solución inaudita. Soledad aguardaba muda.

—Mira, Soledad, he pensado que ahora las guardará Chocolate.

La bailaora parpadeó unas cuantas veces para recuperar la calma mientras su corazón latía desbocado en su pecho. Ese plan era un desatino. Decididamente aquel hombre, siempre prudente y sereno, inteligente y erudito, había extraviado la razón. Saltó del asiento y exclamó, indignada:

—¿Chocolate? ¿Un mono irracional y tan chiflado como tú?

Como un curandero milagroso, Téllez explicó su increíble propósito.

—Piénsalo bien. Durante unos días, hasta que nos eliminen de sus sospechas, este simio será la caja de caudales andante más segura de estos reinos —reveló—. Nadie hará mejor ese cometido, créeme. Será por poco tiempo, y te aseguro que es un guardián único, excelente, mudo, iletrado, inabordable, y muy difícil de faltar a la lealtad a su amo, pues no la entiende. Además, será un centinela de garantías. No escapará, le soy útil e imprescindible. Lo llevaré atado constantemente y no le quitaré ojo de encima. Nadie se atreve a tocarlo, ya sabes que muerde.

Soledad estaba estupefacta, lo único que quería era dejar el bolso allí y salir huyendo. A la sorpresa sucedió primero una fuerte desazón y después mucha preocupación. ¿Había alguna razón para que el viejo Téllez se hubiera vuelto loco de repente? Los ojos de la artista brillaron feroces y encolerizados.

—¿Chocolate las va a proteger? ¡Eres un viejo chocho! —exclamó.

La verdad era que Soledad, tras la conmoción, no tenía elementos de juicio para solventar la cuestión y comenzó a asumirla. Sus grandes ojos ámbar parecían más grandes. Temía que aquel asunto terminara en un fiasco o en algo peor.

—Cálmate, mujer. —Téllez intentó devolverle el ánimo—. ¡Ven aquí, Chocolate, toma! Ven, bonito.

El mico dio un salto para hacerse con un cacahuete que le ofrecía su dueño. Téllez, cual padre, aprovechó para despojarlo de su levita negra a lo Bonaparte. Soledad no perdía detalle, pero el pellizco en el estómago seguía ahí. Guardó silencio. Estaba sobrecogida y pasaba por un mal trago.

Como un prestidigitador antes de embaucar a su público, Téllez dio la vuelta al sucio levitón y mostró a Soledad dos bolsillos disimulados en el forro interior; unos corchetes de metal, al parecer seguros, los cerraban.

—¿Ves estos bolsillos? Aquí guardo nuestras ganancias diarias, y son más eficaces que el Banco de San Carlos o la puerta de los infiernos. Llevo diez años utilizándolo como arca de caudales y jamás hemos perdido un solo cobre. Aquí dentro, cualquier objeto pasa desapercibido y nadie se atreve a acercarse a Chocolate; temen un bocado o un arañazo. El miedo guarda la viña. Además, ¿quién podría imaginar que guarda un tesoro de tal calibre en esta chaquetilla?

—¿Y esas dos joyas estarán dando vueltas por Cádiz hasta que regrese Germán? —preguntó, anonadada con la idea.

—Espero que no más de dos o tres días. Registrarán nuestras alcobas, ya lo verás. Está al caer. ¿Y dónde mejor que guardarlas a la vista pero no con nosotros? En Berbería dicen que no se puede poner un cascabel a una cobra viva. Esto sería algo parecido. No las guardaremos ni tú ni yo, por lo que no correremos peligro ante un incierto registro, pero estarán siempre junto a mí, discretamente guardadas durante todas las horas del día. Si llegan a registrarnos, nada hallarán.

—¿Y si Chocolate se escapa? —malició la Cubana.

—Jamás lo hizo en los años que llevamos juntos. Este cuadrumano rinde culto a la lealtad de quien lo alimenta. No nos separamos nunca, ni de día ni de noche —quiso convencerla—. No olvides que tú y yo somos los amigos más cercanos a Germán y que esos desalmados encubiertos están cerrando el cerco de sus pesquisas. Los intocables relicarios de estas dos joyas serán mi inseparable Chocolate y la ciudad de Cádiz.

—¡Virgencita mía del Rosario! —se quejó la bailaora con un brillo de asombro en la mirada—. Este asunto está conmocionando mi serena existencia.

—¿Qué te parece la solución, Soledad?

La mujer lo miró inquisitivamente y se encogió de hombros.

—No me inspira ninguna confianza —reconoció—. Pero a veces la falta de opciones es también una solución. Y ante una situación desesperada, se precisan acciones audaces. ¡Que Dios nos proteja!

—Deseaba tu aprobación. Así que ocultémoslas en la ropilla de Chocolate. A partir de ahora será tan rico como Napoleón.

«¿Estarán de verdad salvaguardadas?», pensó la mujer.

—Corramos un cerrojo a nuestras bocas —dijo Téllez—. Será nuestro seguro de vida. Desde este instante la ocultación de las joyas será nuestro gran secreto, el secreto mejor guardado jamás en la ciudad de Cádiz. —El músico se arrepintió al instante de mostrarse tan arrogante y seguro. Miró con afecto a la Cubana y le estampó un beso paternal—. Sabes que yo daría mi vida por ti, Soledad.

—Y yo por ese tozudo de Germán que me sorbe el alma —se sinceró ella tras un largo suspiro—. Eres un dominador de la palabra, y una vez más me has embaucado. Yo soy una ignorante y siempre he creído en tu inteligencia, músico revolucionario. Por favor, cuida de ese mono ahora más que nunca. Y que sea lo que Dios quiera.

—Pues ya sabes, unos por otros. Y mientras tanto no olvides esto: «Conservar la vida en estos tiempos de tribulación depende de la soltura de la lengua». Sujétala y nada malo nos ocurrirá.

—Queda con Dios, insensato del diablo.

Téllez se había visto obligado a justificar su increíble decisión; hasta él era consciente de que el plan albergaba algunas dudas. No podía poner la mano en el fuego en cuanto a que no iban a sufrir un inoportuno percance. Cuando hubiera pasado un tiempo prudencial, las guardaría en un lugar más seguro que ni el mismo diablo conocía. Pero la decisión formaba parte de su esencia y de su forma de ser.

Soledad era consciente de que el asombroso asunto los había situado en un estado de debilidad extrema y que habían pasado a convertirse en sospechosos en primera línea de fuego. Era demasiado tarde para huir de Cádiz, y preveía irremediables acontecimientos de índole aciaga. Sólo el regreso de Germán le proporcionaría tranquilidad y sosiego. «Quiera la Virgen del Carmen que vuelva pronto», pensó.

Escuchó el rumor del mar y aspiró su brisa vivificante.

Tras unos días insufribles de viento de levante, Téllez salió a cumplir con su ronda. El plan marchaba a satisfacción, y hasta el momento ni él ni Soledad habían recibido ninguna visita inoportuna. Cuando sonaban las campanas de sexta, Téllez estaba pateando las calles de Cádiz en busca de su sustento; lo mismo respiraba los miasmas de sudor y putrefacción de los mercados y boterías, que los lozanos perfumes de las frondosidades de la Alameda o del paseo del Perejil. Y, mientras, se enteraba de las novedades y trivialidades de la ciudad portuaria.

La ciudad de las cuatro puertas —la del Mar, la de Tierra, la de La Caleta y la de Sevilla— no tenía secretos para la extraña pareja. Téllez amaba a la ciudad que lo vio nacer, ansiosa de las alturas, ceñida de murallas y baluartes, laberinto de calles plagadas de geranios, enrejados verdes y azoteas blancas para recoger el agua de la lluvia, que él pateaba cada día con la compañía de Chocolate. La única en España, según cantaba en sus coplillas, con adoquines y alumbrado, tertulias políticas, periódicos y paseos aristocráticos.

—Vamos, Chocolate, a pasear nuestras galas y caudales por todo Cádiz —le decía, burlón, mientras lo ataba a su cinturón con una leontina de metal—. Dios no te ha dado entendimiento para saber que podrías codearte con esos atildados burgueses y enterrarlos en reales. Pero ¿qué es la riqueza sino una trampa del diablo para perdernos?

El monito lo miraba y se reía con su irracional guiño de alegría. Con su valiosa carga a cuestas, hacía las delicias de los paseantes y, cuando las condiciones climatológicas lo permitían, lo mismo recibía las caricias y los parabienes de banqueros, estibadores, canónigos, damas, criadas o comadres. Su dueño lo aseaba cada día, comprobaba que el tesoro seguía en su lugar intacto, y luego apuraba una olla de riñones picantes y menudo, un guiso de pescado y un pastel de albaricoque que él mismo se preparaba y que solía acompañar con un vaso de cerveza o con ron de Cuba.

Chocolate únicamente sentía pavor cuando su amo escribía una carta y dejaba gotear la cera y el lacre. Aquella humeante mancha escarlata lo ponía en estado de frenesí. No le asustaba el ruido ensordecedor de los coches de caballos, ni las acémilas, ni los carruajes y carretas; pero solía gritar con su chillido penetrante y agudo cuando los chiquillos corrían a su alrededor. Y cuando Téllez, a eso de la medianoche, caía en un sueño profundo y algo achispado de trasegar vino, el monito caía rendido a su lado, pegado al catre y a una estufa negra de hierro.

Como si fuera un docto miembro de la universidad, Téllez vendía sus reputados pliegos de cordel, historias inventadas por su mente febril para cantar en las esquinas coplillas libertarias y gallardas amorosas sobre rameras ennoblecidas, y escribir alguna carta a un soldado que servía al rey en las Indias o a algún escritorzuelo de un periódico de Madrid.

Hacía una preciosa mañana, aunque el aire rezumaba humedad y los adoquines de las calles brillaban como el azogue. El cielo impoluto de Cádiz invitaba al paseo y a la charla. Millares de hilos de humo blanco escapaban de las chimeneas; olía a pan recién horneado. Berlinas descapotables subían por la calle Nueva tiradas por caballos ingleses engalanados de cintas mientras una banda de música se dirigía a la Aduana para acompañar una parada militar.

Los acemileros gritaban obscenidades a una mula que, bajo el peso de la carga, se había caído justo ante la puerta del Café del Correo, donde caballeros respetables —con chaqueta abotonada, pantalón blanco ajustado y chaleco de seda— se apartaban de las aceras y alzaban elegantemente el sombrero ante un grupo de damas con parasoles color naranja.

Téllez afinó su instrumento y se situó en una de las esquinas de la calle de la Carne, donde un ciego de una sola pierna solía mendigar, y comenzó a improvisar una cantinela que enseguida atrajo a varios curiosos que admiraban la danza del divertido mono, ataviado con su estrambótico uniforme, el tricornio afelpado y su chaleco francés con botonaduras de plata. La zanfonía sonaba delicada, como la voz impostada de Téllez:

«*Traedme de allá los mares los objetos más caros, las perlas de Mascate, los brillantes de África, para engalanar a Chocolate. Quiere parecerse a un príncipe de Mantua, a un sátrapa de Siam, cuando es más rico y afortunado que la favorita de un sultán.*»

Algunos aburridos aristócratas echaron unos ochavos en el platillo de peltre que les acercaba el mono con sus simiescas gracias. Téllez alzó la vista para agradecer los aplausos y las monedas, y de repente vio a dos forasteros que contemplaban como hipnotizados el espectáculo. Uno era calvo y de gestos afeminados, y su respiración asmática se asemejaba al fuelle de un herrero; el otro, de ademanes soberbios, barba muy recortada y bigotes largos, se mesaba unos bucles risibles que le cubrían las orejas. Parecían dos empleados de una funeraria. Con un amago de sonrisa, observaban al mico vestido de tan napoleónica y cómica guisa.

Téllez grabó sus rostros en su memoria.

El más alto poseía una irascible arrogancia y miraba a Chocolate con piedad y desprecio. Luego vio que lo señalaba, tiraba de la manga del otro con autoridad y desaparecían por la calle Novena.

—Vamos, Tadeo —dijo—, no nos perdamos en fruslerías. Debemos invertir todo el tiempo del mundo en nuestra sagrada tarea.

Quirós, que sentía admiración por el simpático simio, abandonó el lugar con una mueca de disgusto. Bergamín, que fumaba un elegante habano, le echó una bocanada de humo a la cara. El subalterno, aunque irritado, sonrió con devoción perruna.

Minutos después, conociendo la ausencia de Téllez de su buhardilla de Santa María, a la que no regresaría hasta media tarde, y que Soledad se hallaba en misa en la iglesia del Carmen con la familia de Urbina, aprovecharon para proceder a una intensa y sagaz inspección de sus austeras moradas y examinar los posibles lugares donde podían hallarse las dos alhajas reales. Tenían práctica y entraron sin levantar sospechas. En el mesón, Bergamín simuló que iba a aliviarse al corral, y en la casa del poeta, mientras Quirós entretenía a la casera, su jefe y cómplice se escurrió por las escaleras hasta la buhardilla.

Lo hicieron a conciencia, aunque esta vez fueron cuidadosos con los enseres, que dejaron esmeradamente en su sitio. Examinaron los pocos utensilios que adornaban las dos alcobas. En la de Soledad, inspeccionaron sus vestidos, tarros de perfume, la cama y un aparador lleno de imágenes. No hallaron nada. En la habitación de Téllez: un anaquel con partituras, «pliegos de cordel y aleluyas de ciegos», unas tazas muy gastadas, la bacía y el orinal, la jeringa de las lavativas, un estuche con navajas, una bota de vino y un relicario de san Cristóbal, patrono de andariegos como él.

Cuando Téllez llegó cansado a su habitación, supo de inmediato que habían estado allí. Había dejado en el borde de su baúl un cabello largo que ya no estaba, y en la cazoleta de la palmatoria, un papelillo que se hallaba en el suelo. Y su astrosa mesita de noche estaba ligeramente desplazada.

—Malditos sicarios del Rey Felón —masculló, y lanzó una sonora risita—. Ven, Chocolate, te voy a libertar de tu lujosa carga. Durante dos días has cargado con los joyeles de las emperatrices de las Españas. ¡Me tenías preocupado, bribón! Ahora serás tan pobre como tu amo.

Cuando anocheció, Téllez subió a la azotea; la dueña de la casa no solía subir debido a la edad, el reuma y los achaques. En las azoteas aledañas, más bajas que aquélla, no había un alma; únicamente un hipotético observador apostado en la torre del convento podría verlo, y con dificultad.

Como conocía el lugar a ciegas, esperó la oscuridad total y entonces se subió a un poyete cercano al tejado, alargó sus huesudos brazos, tanteó y levantó una teja, la quinta de la cuarta hilera, y luego una losa de pizarra sobre la que descansaba, y la puso a un lado sin hacer ruido. Sacó luego del agujero un paquete que estaba encajado en la oquedad y envuelto en un hule de piel de ballena. Tanteó a ciegas. El envoltorio encerraba una caja de plomo alargada. Se acomodó en el escaño y la acunó en su regazo. Estaba jadeante, respiraba con dificultad. La abrió con una llave mohosa y a continuación colocó las controvertidas joyas de la Corona sobre un fajo de billetes, unos papeles y una bolsa de monedas.

Después repitió la operación a la inversa. Hincó bien la bocateja, presionándola con fuerza con las que la rodeaban, y se dijo entre dientes:

—Ni un mal viento de poniente ni un vendaval moverán la cobija.

Satisfecho, regresó a su cuarto, donde lo aguardaba Chocolate. Llevaba años ocultando sus dineros y pertenencias más valiosas en aquel escondrijo y jamás había entrado una gota de agua ni se había movido un ápice. Tras la inspección, allí estarían seguras hasta que regresara Galiana.

—Ay, galán, desde que te conocí no me has dado más que disgustos. Pero, qué demonios, eres el mejor amigo que esta humanidad infame me ha regalado —discurseó—. Que tengas una buena travesía, Germán.

La noche de Cádiz había adquirido una tonalidad de gris de agua, y bajo la densa grisura del anochecer, nubes matizadas de azabache iban de una orilla a otra.

El Libertador

En las mañanas caraqueñas, la luz del sol, en cuanto el astro aparecía en el horizonte, disipaba la niebla del valle y llenaba la casa de una cálida luminosidad.

Pero a pesar del manto de placidez en el que vivía y de la cercanía con Lucía, Germán sentía añoranza de los aires de España. Aún era ajeno a que la Inquisición lo había exonerado de toda culpa y que su nombre ya no servía de escarnio público en las Tablillas de San Juan de Dios. Su corazón se veía cada vez más alejado de la posibilidad de volver. La flota de la Armada que arribaría a Cuba aún navegaba por el Atlántico, por lo que la carta de don Dionisio —el contrapeso entre la esperanza y su abatimiento— no estaba en su poder.

—La persecución de que soy objeto por parte del Santo Oficio ha interpuesto entre mis raíces y yo una cárcel invisible cuyos barrotes son la intolerancia y el vasto océano —le recordó a Lucía—. ¿Qué puedo hacer?

El trato con la mantuana parecía apaciguar la adversidad, pero la ausencia de noticias de Cádiz le preocupaba. ¿Lo habían olvidado? ¿No eran suficientes más de dos años de exilio?

A lo largo de esos días de inquietud, Galiana residía en Caracas pero aparecía constantemente por Las Ceibas y aguardaba la contestación de Lucía. Esperaba anhelante, tocaba el violín, paseaba por la ciudad y revisaba las cuentas que le traían Llamozas o Maximiliano, mientras su espíritu se espesaba en melancólicos presagios.

Rumores perezosos escapaban de la casona, donde Germán, tendido en su hamaca bajo el parasol, dormía siestas interminables. Sólo don Esteban lo incorporaba a la realidad contándole las novedades del drama bélico que se vivía en Venezuela y sobre los panfletos revolucionarios que producía con su imprenta clandestina, que había instalado en un arrabal de las afueras. Él lo escuchaba sin inclinación manifiesta, pues leía *El Correo del Orinoco*, el instrumento de propaganda de Bolívar, y estaba al tanto de los acontecimientos. Una mañana, el marqués entró sigiloso en su cámara y cerró la puerta para huir de oídos indiscretos.

—Mi sobrino Simón deja su exilio y ha decidido dirigirse a Nueva Granada para liderar el movimiento de independencia —le contó en tono precavido—. Lamento la crueldad del enfrentamiento entre hermanos, pero sin sangre no hay liberación. Se está formando un ingente ejército compuesto por los Voluntarios de los Andes y lo aguardan en Tame. Ha llegado el tiempo de la libertad, Germán.

El español no pudo disimular su sorpresa y se incorporó.

—¿Y abandona la conquista de Venezuela?

—En modo alguno, sólo cambia de táctica. Llegado el momento, caerá sobre Caracas desde occidente y verá cumplido su gran sueño de unir todas las colonias andinas en una sola nación. Según mis noticias, dentro de unos días pasará por Calabozo. He decidido que iré a visitarlo. ¿Me acompañaréis, Germán? No correréis ningún peligro.

—¿Y los realistas no nos lo impedirán?

—Sólo se habla de pérdida de posiciones, de pronta retirada a España y de baja moral. Se han acantonado para defender la capital, y no tienen medios ni tropas para seguir a mi sobrino.

—Pues vayamos a su encuentro, don Esteban.

Germán ignoraba que el marqués estaba tendiéndole una amistosa trampa para incorporarlo a la lucha. Ese día Simón Bolívar entró en su vida, quizá para torcer definitivamente su destino.

Agotados por el cansancio de la cabalgada, no se detuvieron a asearse ni a comer. O se encontraban con él esa noche, o al amanecer la empresa sería imposible. El irregular ejército de Bolívar era invisible, en marcha continua y sin rumbo fijo, para evitar un mal encuentro con los realistas. Y aún se hallaba en formación. Un hervidero de fogatas, órdenes, invectivas, reparto de rancho y gritos marciales los detuvo. Guerreros nómadas de las orillas del Orinoco, llaneros de larga cabellera y rostro feroz, mulatos y cuarterones hacían guardia apostados ante la tienda del Libertador. Cuatro soldados negros con carabinas amartilladas los detuvieron.

—¡Alto! ¿Quién va?

Los miraron con desconfianza hasta que el coronel que los mandaba descubrió la identidad del marqués de San Luis. Era raro que unos visitantes fueran recibidos por el capitán general, pero fueron anunciados de inmediato. Germán sabía por don Esteban que Simón Bolívar era un hombre accesible, acostumbrado a recibir honores que luego rechazaba, y un líder templado y cercano.

Recobraron el aliento antes de entrar.

El general, sumido en sus pensamientos, tardó un momento en apercibirse de su presencia; pero en cuanto los vio se fundió en un abrazo con su tío el marqués. Germán, inclinando la cabeza, tuvo el privilegio de estrechar su mano. Bolívar era un hombre delgado, de bigote afilado y rizadas patillas, nariz aquilina, rostro largo y huesudo, y amplia frente que ocultaba con los cabellos peinados hacia delante. Llevaba la guerrera desabrochada; una camisa de seda blanca destacaba entre las chorreras doradas. Muchos lo acusaban de excesiva crueldad a la hora de arreglar cuentas con el enemigo hermano; aducía que la independencia del territorio americano iba a resultar terrible y devastadora. Su sable de campaña sujetaba un cúmulo de legajos, mapas y órdenes firmadas. De vez en cuando tosía con sequedad, tic muy característico de los enfermos de la consunción.*

Tras despedir a sus hombres de confianza, escanció vino de una jarra y los invitó a sentarse en sendas sillas de tijera.

El gaditano contempló a aquel líder que parecía entregado al misterio de desentrañar el sueño de la libertad. Temido por unos y alabado por otros, aún recordaba que de niño había sido abanicado por negras y atendido por esclavos, y ahora se había convertido en su máximo valedor. Tenía toda la apariencia de un demo-

* Bolívar murió relativamente joven a causa de la tuberculosis.

nio de la guerra montado en el viento. Lo admiró por su plan genial y osado y por su temperamento templado y visionario. Dirigirse a través de los Llanos a Nueva Granada atravesando los Andes lo convertía a los ojos de Germán en un Aníbal renacido. Bolívar, al ver al marqués y al marino español, parecía colmado de dicha y se apresuró a romper el protocolo con su voz acerada.

—¡Tío, qué alegría me da veros!

—Sobrino, el país entero está contigo, pero se pregunta por qué has salido de tu refugio. Nada sabíamos en Caracas; yo podía haber llenado la ciudad de pasquines en tu favor.

—No podía estar eternamente agazapado. —En su contestación había naturalidad y aplomo—. Un día lejano, el honor y la patria me llamaron a su socorro y no supe cómo servirlos. Ahora sí. He decidido terminar con el derramamiento estéril de sangre. El general Morillo ha perdido casi toda su caballería y ha extraviado la esperanza de batirnos. Tiene un ojo aquí y otro en la otra orilla. Lo atacaré por donde no me espera. Si la fortuna me ayuda, un día no muy lejano celebraremos la victoria en nuestra querida Caracas.

Germán se sentía eclipsado por su personalidad, y aunque se mantenía en segundo término, el militar fijó en él su atención.

—Te presento a mi huésped don Germán Galiana, el agente marítimo del que te hablé. Está exilado de España como prófugo del Santo Oficio.

Bolívar lo miró y no mostró ninguna arrogancia.

—Es una satisfacción conoceros personalmente, señor Galiana —dijo, severo—. Veo que esa madre implacable que es España ha puesto precio a nuestra cabeza. No tengo alma de conspirador ni de carnicero, creedme, señor, sino una fe ciega en la libertad de un pueblo oprimido por una monarquía tiránica que lleva siglos vejando a los súbditos de las dos orillas del océano.

—También yo he sufrido su repudio y despotismo, además de dos exilios injustos —le informó Germán con aire triste.

—Nos encontramos en una situación desesperada, pero romperemos las cadenas una a una, amigo Galiana, aunque muchos muramos en el intento. Un día, cuando visité Roma, juré en el Monte Sacro que no daría descanso a mi brazo ni a mi espada hasta que hubiera roto los grilletes con los que nos atan los despóticos reyes de España. Es preciso desligarse del oneroso dominio Borbón. El hombre siempre ha dado su sangre por la libertad; la historia así lo confirma.

Germán le respondió con sinceridad, sin traicionar a su patria.

—Veo con dolor la incompetencia de la Corona para comprender vuestros anhelos. Si obra así no es por amor a España sino por egoísmo, pues considera que las colonias son una fuente de ingresos para su bolsa, nada más. El pueblo, sea americano o peninsular, le importa poco.

Bolívar asintió; le admiró el valor que Germán mostraba en su opinión.

—No es caso de propiedad, señor Galiana, sino de libertad, y esta batalla la ganaremos en el campo de la rectitud, aunque nos duelan los estragos de la guerra.

—Vuestro paraíso y vuestro infierno están en el mismo lugar, señor.

—Lo habéis definido a la perfección, amigo mío —enfatizó el militar—. Nuestro valor y nuestra fe ciega en el triunfo son nuestra riqueza. «Nunca la bandera arriada, nunca el último esfuerzo.» Ése es mi lema.

—El rey Fernando VII, más que odiar la independencia, odia a sus emisarios: los liberales y los masones. Es un hombre brutal e ignorante. El único miedo que debéis sentir es el de ser humillados, señor.

—Sé que nuestra recentísima amistad no me da derecho a pedíroslo, pero uníos a nuestra causa —dijo Bolívar con la cortesía de un anfitrión obsequioso—. Es un gran consuelo constatar que existen españoles que comprenden nuestra lucha contra la Corona. Venezuela es la más altruista de las tierras del Nuevo Mundo. Sé por mi tío de vuestras luchas en España y de vuestra amistad con diputados americanos, en especial con el coronel Yupanqui, mi gran amigo peruano. ¿Sabíais que fuimos presentados al rey don Carlos el mismo día en el Palacio Real?

—Me enorgullezco de tenerlo como protector, mi general.

El marqués le quitó la palabra y le sintetizó su compra de Las Ceibas, su amistad con Lucía de Alba y su reciente viaje a Boston, donde había recibido las mismas sugerencias. Como por encanto, el rostro de Bolívar se iluminó. Era un buen presagio.

—¿Fuisteis recibido por mis amigos John Phillips y Josiah Quincy? Lo celebro. Contamos con su inestimable ayuda en esta guerra. Ya no me cabe duda de que vuestro futuro está aquí, Galiana. La nueva Venezuela precisa de personas honestas para cuando se restaure el frágil edificio de la República, a la que ya pertenecéis por derecho propio —lo animó.

El gaditano se sintió entusiasmado, incluso halagado.

—Vuestra propuesta me adula, general. Pero antes tengo que regresar a mi patria para dejar cerrados algunos asuntos comprometidos. Algún día volveré a Las Ceibas para unir mi vida con una mantuana que prevalece en mi corazón.

Después de unos segundos de cavilación, Simón soltó, jovial:

—¿Os referís a Lucía de Alba? La conocí cuando era una chiquilla. Debo preveniros: es una mujer idealista e indócil, y su fe en nuestra causa es tan colosal como las selvas que nos rodean. Sufrió mucho con la muerte de su padre y sus hermanos. La República está en deuda con ella. Algún día la compensaré.

—Deseo liberarla de todo el sufrimiento que ha padecido.

—Ambos tenemos un empeño con la libertad, señor Galiana —manifestó Bolívar rebosando entusiasmo—. Las colonias americanas no pueden seguir sometidas a impuestos excesivos y a las vejaciones de unos reyes deshonestos. Estoy harto de esos cambalaches de la Corona a costa de mi patria. Lucharé contra la tiranía en todas sus formas.

—Que se cumplan vuestros sueños, general —afirmó Germán.

—Bien, no puedo negaros mi techo por esta noche. Dormid en la tienda de mis comandantes. Y vos, tío, mantened viva la llama de la insurrección en Caracas y en todo el Valle.

—No tienes que recordármelo, sobrino —lo confortó—. Luchamos por ella día y noche. ¡Ánimo y libertad!

En medio de una complicidad sin límites, ante el asombro del marqués, el general transgredió sus costumbres:

—Aguardad, señor Galiana, quiero obsequiaros con un presente muy personal: el emblema de la Primera República de Venezuela.

De un cofrecillo extrajo un medallón esmaltado. En el centro se apuntaba un círculo con el número «19». Simón Bolívar le explicó que recordaba la fecha de la proclamación de la República: el 19 de abril de 1810. De él partían rayos, en representación del sol, y seis estrellas. En la parte superior destacaba una filacteria con la divisa: *Lux Unita Clarior*, «La luz unida es más brillante».

Germán no podía sentirse más ennoblecido.

—Jamás olvidaré este momento y vuestro obsequio. Gracias. Desde hoy formará parte de mis más valiosos recuerdos.

—Regresad para ayudarnos, Galiana —lo alentó Bolívar—. Y ese día, si Dios me ha conservado la vida, hacédmelo saber.

Un fuerte abrazo cerró aquel perdurable encuentro.

Germán salió impresionado de la tienda. Aquel hombre era un político incomparablemente hábil. Además, poseía un aire melancólico, soñador, y un fuego en la mirada que magnetizaba. Había adivinado en sus palabras que era un creador de rumbos nunca transitados, un elegido que se anticipaba a su tiempo, un idealista utópico que rechazaba la esclavitud en todas sus formas de opresión. Se sentía complacido tras haberlo abrazado, a pesar de que detestaba la guerra.

La pólvora de la rebelión se había propagado por toda América. El Libertador no había renunciado a sus sueños.

La noche barría con su ejército de sombras la rojiza claridad del ocaso; las cercanas cumbres se encapotaban con el celaje de una niebla oscura y amedrentadora.

Germán descansaba en Las Ceibas cuando oyó un gran ajetreo de cascos en el patio empedrado y vio que una de las negras, con su vestido blanco de lino, gritaba su nombre.

Levantó la vista sin alegría ni sorpresa. Era un correo de la Casa de Postas de Caracas. ¿Sería para él? Cuando vio el membrete de «urgente», el ancla y la corona de la Real Armada y la identidad del remitente, don Dionisio, el semblante se le transformó. Su sonrisa era la de alguien que disfrutaba ya de una más que presumible buena nueva. ¿Representaría al fin aquella carta la justa corrección de un destino injusto?

Germán retribuyó al mensajero con un real y se retiró a su alcoba. Su corazón latía desbocado. La habitación se hallaba a oscuras, los candelabros estaban apagados. Empujó el postigo y expuso la misiva a la luz del sol. El aire soplaba caliente, como si un millar de hornos exhalaran su vaho al unísono. Nunca se había sentido tan endiabladamente temeroso. Sus únicos aliados en España eran una madre amorosa e indulgente, un músico inteligente y cojo, una bailaora con cuerpo de fuego, y un coronel de dragones más noble que efectivo valedor. Pero los veneraba y esperaba de ellos el favor de su libertad.

En él, la desgracia era, más que un castigo, una amenaza sin fin.

El regreso

A Germán se le alegró el corazón. Había vivido la angustia de más de dos años de destierro y ahora notaba que su espíritu flotaba. ¿Significaría esa carta un bálsamo para su corazón? ¿Acarrearía malas nuevas? La epístola estaba redactada en caracteres inclinados, tan conocidos por él, y en un pliego de color mostaza, el utilizado por la oficialía militar. Rompió el lacre y desdobló el papel. Luego leyó ávido.

25 de enero de 1817

Salud, armonía y libertad.

Créeme, mi querido Germán, le había tomado animosidad a escribirte, siempre rogándote paciencia, cuando lo que precisas es un barco marinero para retornar y una casa con las puertas abiertas que te reciba. Sé que vives en la nostalgia de tus recuerdos de Cádiz, pero tus amigos hemos sufrido el constante suplicio de tu ausencia. Pues bien. Ese día ha llegado. Ya puedes volver, pues se han producido propicios cambios que requieren de tu presencia aquí.

Tu nombre se ha desvanecido de las Tablillas de San Juan de Dios, tu causa ha sido archivada formalmente, y ya no se te considera un prófugo del Tribunal Inquisitorial. Eres un cristiano libre, y la providencia está cansada de revolver tu vida de aquí para allá, como una hoja seca zarandeada por un diabólico viento.

Tus adversarios han ido cayendo como lanzas abatidas en combate. Copons se pudre en un cuartelucho olvidado de Toledo, Inés bien parece un alma en pena melancólica y humillada. Nunca vi a los Muriel tan arrepentidos. En el pecado llevan su justa mortificación y su deshonra resulta horrenda a los ojos de esta sociedad burguesa y cruel.

¿Y qué cosas han cambiado para que te anime a regresar? Se han sucedido meses de miedos, otros de amargura y muy pocos de complacencias. El peripuesto curita fray Vélez ha abandonado Cádiz. ¡Que un mal levante aleje a ese relamido fraile para siempre de la Ciudad de las Luces! Tigrekán, el Rey Felón, ha premiado sus favores nombrándolo obispo de Córdoba, donde sigue propalando soflamas en contra de la Constitución. Fray Mariano, un clérigo bondadoso y campechano, es el nuevo inquisidor.

Vivimos en un tiempo en el que la vileza y el honor caminan juntos. El Absoluto se deja gobernar por una camarilla inestable de infames favoritos, y más de medio millón de muertos nos reclaman cambios, justicia y pan.

Muchos que como tú lucharon como guerrilleros se buscan hoy la vida como bandoleros y con la cabeza puesta a precio. La voluble fortuna de la vida. Con los posos de la guerra, en la que sólo hubo gestos de nobleza en unos pocos héroes, arribaron a España: el Rey Impío, los curas trabucaires, la campana y el crucifijo, el cañón represor, los visionarios y los exaltadores de pasiones patrióticas, que están convirtiendo nuestra nación en un cementerio. Napoleón fue vencido, y ahora nos matamos entre nosotros. Triste sino el de esta nación.

Desde que tú nos abandonaste se han sucedido sin tregua las conjuras para destronar al Deseado, y decenas de patriotas liberales han sido fusilados en el empeño. ¿Cuándo veremos el castigo y la caída del Gran Miserable?

Antes debo relatarte jugosas nuevas que bien podrían acabar con la insoportable era absolutista del Deseado, que por traidor a la nación debe ser expulsado de su innoble trono y desposeído de su corona. Por su nefasto gobierno somos el hazmerreír de Europa.

Te cuento. España precisaba de barcos para enviar las tropas a América y pararle los pies a Simón Bolívar en sus sueños independentistas. Pues bien. La camarilla del rey, liderada por don Paquito Córdoba, Ugarte y Tatischeff, convenció a Fernando VII para que comprara cinco navíos y una fragata al emperador Alejandro de las Rusias y así poder sostener la guerra en América. El favorable negocio se anunció a bombo y platillo, como si se tratara de una operación diplomática y mercantil ventajosa para las arcas de la nación. La escuadra rusa zarpó del Báltico al mando del almirante Muller, y Cádiz se engalanó para recibirla.

Oficiales de la Armada española tomaron posesión formalmente de la escuadra, y en menos de dos días éstos comprobaron que los navíos estaban apolillados y podridos. O sea, inservibles para el servicio. La noticia y la indignación se propalaron como la espuma, provocando un escándalo mayúsculo. ¿Son necesarios más argumentos para demostrar su torpeza y las afrentas cometidas contra sus súbditos?

El Deseado se ha dejado engañar lastimosamente por los rusos y por los propiciadores de la compra, sus íntimos más allegados, que se han llenado los bolsillos con la nefasta negociación. Ésta es nuestra España, mi querido Germán, un país de naturaleza disipada y de indecorosas costumbres, inclinado al egoísmo y la rapiña en beneficio propio y no en el de la patria amada.

Ahora están desmenuzando esos barcos en el Arsenal de la Carraca, convertidos ya en inútiles cascarones de madera carcomida. Qué fiasco y qué sonrojo para la Armada. La traición es tanto más traición cuando ésta se halla envuelta en la villanía del dinero. Espero que este deshonesto incidente remueva de su torre de marfil al Absoluto Felón.

Muchos de nuestros amigos liberales trabajan secretamente en Cádiz para que la ayuda militar prometida a Morillo no parta nunca hacia Caracas. Todos deseamos que esos combatientes sean destinados para un fin más noble: destronar al Tirano. De modo que la logia masónica de Cádiz ha creado un cuerpo supremo y misterioso, denominado el Soberano Capítulo, que lidera el viejo De la Vega y que celebraba sus sesiones en casa de Javier de Istúriz, el comerciante que tú conoces y que a veces frecuentaba nuestra tertulia del Café Apolo.

Esta institución de osados conspiradores proyecta en la clandestinidad el levantamiento. Se la conoce con el sagrado nombre de «El Taller Sublime», y se ha erigido en la impulsora de las ideas revolucionarias. Ha adquirido una importancia extraordinaria en el restablecimiento constitucional, con nuestro amigo Juan Mendizábal, Alcalá Galiano, De la Vega e Istúriz como principales impulsores.

Te aguardamos con los brazos abiertos y esperamos que los vientos te sean favorables. Tus enemigos se han eclipsado. Te animo a que zarpes en el primer barco que leve anclas de La Guayra.

No quiero sustraerme a informarte de un incidente extraño al que no deberías concederle mayor importancia. Hace unos días entraron en tu casa en la oscuridad de la noche. Al parecer se trata de un apaño de ladrones anónimos, aprovechando tu ausencia. Un insensato disparate. No robaron nada, según doña Mercedes, pero ocasionaron algunos destrozos de escasa consideración, lo que nos obliga a pensar, a tus amigos y familiares, que buscaban algo ignorado por nosotros. ¿Escondes algún secreto que deberíamos conocer para protegerte?

Amigos míos de la Aduana me confirmaron que unos agentes de Madrid hacían preguntas sobre ti, tu pasado y tus negocios, y que se interesaban por tu paradero. Sin embargo, merodea por nuestra cabeza algo más insólito que difícilmente podemos encajar, como si se tratara de un jeroglífico dislocado. Esos ladrones dejaron la marca de su paso por tu casa: tres puntos rojos pintados en forma de triángulo en la pared. Un método propio de nigromantes y de depravados seguramente, aunque Téllez afirma que es el símbolo de La Contramina, la sociedad secreta de serviles que sostienen a ese rey indigno de gobernar la más noble de las coronas del mundo. ¿Te dice algo esa señal? ¿Te recuerda algún contacto ignorado con esos indeseables? Ya sabes que un secreto significativo abre camino a otros de mayor envergadura. Que no te atormente el alma. Olvídalo como se olvida un mal sueño. Me he decidido a narrártelo para que acucies tu regreso, aunque creo que el asunto carece de importancia. Desde hace dos meses soy tan civil como tú. He abandonado la milicia y mi puesto de coronel, y en breve me dedicaré a los negocios de mi familia en Lima. Mis respetos y saludos a mi dilecto amigo don Esteban Palacios y a su familia. Te aguardamos.

Que el Supremo Creador del Universo te proteja.

En Cádiz, A. D. 1817
Dionisio Inca Yupanqui,
coronel honorario de dragones de S. M.

Los murmullos del exterior de Las Ceibas enmudecieron y en la cara de Germán se dibujó primero la alegría porque se había despojado por fin de su injusta infamia y descrédito, y luego el asombro. ¿Qué es lo que le insinuaba el bueno de don Dionisio?

¿Qué quería decirle con tan espectacular insólito mensaje? Germán no pestañeaba. Aquello sonaba a amargura y alarma; tenía la sospecha de haber invadido un jardín prohibido. Estaba contento, pues el exilio había terminado, pero las últimas noticias lo habían dejado sin habla, inquieto y con el orgullo herido. Lo que afirmaba era grave y sorprendente. Su confuso estupor y el nerviosismo crecían y su semblante era un monumento a la perplejidad. ¿Qué fuerza probatoria poseían aquellos tres puntos púrpura? ¿Qué peligro representaba para él esa desconocida Contramina?

No salía de su sorpresa.

La noticia le había provocado una extraordinaria conmoción. «¿Guardar yo un secreto infamante?» Ninguna certeza que lo explicara se abría paso en su mente confundida. Luego pensó, incrédulo: «¿He caído en algún desliz superlativo, en el pasado, sin saberlo? ¿Debo encararme otra vez con el mundo por salvar mi inocencia y mi libertad? Parece una maldición de Dios. No soy consciente de haber cometido ningún desafuero en mi época de combatiente por mi patria. Pero ¿tendrá algo que ver todo este embrollo con mi pertenencia a la cuadrilla del Trapense? ¿Tal vez con el reparto de aquel loco fraile o con alguna de las acciones que acometimos? ¿Estoy inmerso sin saberlo en una conspiración de consecuencias desconocidas?».

Su alterado ánimo se sumió en un manto de denso silencio.

Aquella noche Germán apenas si probó bocado.

Se había vestido como un indiano: calzón blanco, camisa abierta y sin botones, y chaquetilla criolla. Contemplaba en silencio la hermosura de Lucía, con un seductor vestido de seda marrón estampado con flores amarillas, el cuello liviano, los senos escapándosele del escote bordado y los prendedores de plata sujetándole la negra melena. La joven lo miraba con gesto de pesadumbre. Sus ojos color miel brillaban como la fruta del Edén, provocadores, desafiantes. La carta de España lo había perturbado. Pero borró su desdén y lo observó con una afabilidad inextinguible.

—¿Cuándo te marchas, Germán? —le soltó sin más.

—Lo antes posible. No tengo elección. Asuntos de mi vida pasada me requieren con urgencia en Cádiz. Me han retirado los cargos de acusación y deseo cerrar ese capítulo como conviene a un caballero de honor.

—¡El honor! —protestó ella—. ¿Qué seríais los españoles sin ese necio lastre que os mancha con sólo aspirar el aire?

—Quien en unos años no fue honrado, es que no lo fue nunca. Limpiaré ese frágil cristal, lo quebraré luego para siempre y volveré, Lucía.

—Descárgame tu corazón. Sé que lo necesitas.

Germán le relató los cuidados por los que había salido de Cádiz, las noticias recibidas meses antes por doña Mercedes y lo relatado en la última carta de don Dionisio. No omitió nada.

Y Lucía notó en su garganta un bocado de desesperanza.

—Presiento que ocultas un secreto temible —apuntó.

—No existen en mi vida conflictos escondidos. Te lo juro. Temas familiares y nada más. Pero, sí, la misión me es ingrata.

Con la mirada clavada en sus ojos, le apretó las manos.

—Aprecio mi vida, pero más la tuya, Germán —le declaró Lucía.

Transcurrieron unos instantes sin respuesta, luego Germán rompió el silencio:

—La vida es peligrosa. El destino nos acucia en cada esquina con el dolor y la muerte. Pero sé cómo hacerle frente, sin forzarlo, dejándome ir.

—Mi alma destila amargura por ti. Y ahora que nuestros rumbos estaban tan cercanos, me veo otra vez condenada a la soledad.

Germán la besó rozándole apenas los labios.

—Volveré antes de lo que imaginas, Lucía —le prometió.

Acercaron sus cuerpos y se envolvieron en un abrazo íntimo. Una brisa suave les traía el ruido de las ceibas, los cocoteros, los palmerales, los árboles frutales, los grillos y el chisporroteo de las lámparas; el lenguaje de la noche. El contacto de la piel de Lucía, tan dulce, tan vulnerable, sorprendió al marino como un trueno, mientras a la mantuana un relámpago de placer le atravesó el corazón. Sus manos se perdieron en el mapa de su piel, entre una lluvia tenue de besos y revoltosas caricias mientras se tensaban, se ofrecían y se sumergían en sus honduras.

Transportado en la ola del deseo, Germán saboreó por vez primera su aliento perfumado, la redondez de su pecho, el ardor de su pasión y las perlas húmedas de sus lágrimas. Y abandonados en la confusión de sus cuerpos, ahuyentaron sus miedos. Hablaron en el lenguaje de los amantes, con la palabra desnuda y ardorosa, con el contacto elemental y puro. Poco a poco sus carnes acabaron palpitando al ritmo de un ardor que se extendió por sus venas. Luego se despidieron con desaliento.

—Lucía, no temas; el miedo es el gran enemigo de la felicidad.

—Sé que volverás, pero temo a las desgracias —dijo, aturdida.

Sus pupilas estaban ensanchadas por la felicidad y la entrega, como si hubieran asistido a la celebración del misterio de la felicidad suprema. Lucía y Germán comprendieron que habían atravesado una tierra que sólo les pertenecía a ellos mismos. Aquella noche sus almas se descubrieron como hermanas.

La luna, de color porcelana, emitía un resplandor reluciente.

Germán se implicó con don Esteban en una labor incansable.

Antes de partir, debía dejar sus negocios debidamente arreglados. Visitó varios comercios de la capital, al notario del Real Tribunal, al párroco de San Francisco y a varios amigos de la capital caraqueña.

El día antes de la partida, la mañana nació sin nubes. Don Esteban Palacios, su esposa y Germán Galiana se vistieron con sus mejores galas y anunciaron su visita en la casa de los Alba de Caracas, abierta y adecentada para la ocasión. El barullo de comadres, mulatos, cocheros, criados y cocineros, que iban de un lado para otro, era ensordecedor. Todo había sido tan rápido y tan imprevisto que la casona parecía un teatro a punto de estrenar una comedia. Habían contratado para la ocasión a una diva de la ópera de Santiago y a un *castrati* italiano de Valencia. El acontecimiento había encandilado a la ciudad caribeña.

El gaditano había cambiado su peinado y su indumentaria según la moda inglesa. Se había hecho cortar la larga melena, que solía anudar atrás con un lazo; llevaba el cabello corto, peinado hacia delante y con rizos acaracolados sobre las sienes y la frente, aunque conservaba sus largas y rizadas patillas.

Lucía de Alba, gratamente sorprendida al verlo tan transformado, sonrió y asintió con la cabeza; había abandonado los ímpetus de su adolescencia. Iba a ser pedida en matrimonio por el español de Cádiz, el marino exilado que decían amigo del Libertador. Entregado primero al gozo de la vida en Caracas, se había comprometido con la tierra de promisión y hoy era tenido por uno de los comerciantes más prósperos de Venezuela. Lo respetaban.

En un alarde de prodigalidad, Germán había regalado a la novia un carruaje inglés de tonalidad azul brillante y ribetes dorados, enjaezado con muserolas, bridas, cinchas, colleras y tirantes de cuero repujado, todo fabricado por los mejores curtidores de Calabozo, y tirado por un tronco de espléndidos alazanes de raza española.

—Tu amabilidad me colma y me abruma —le confesó Lucía.

La petición de mano se hizo según la costumbre. Lucía fue pedida por don Esteban a su tía doña Clementina, la ex monja y solterona de los Alba, que veía reverdecer con el ritual los viejos laureles de la estirpe. Germán le entregó un documento validado por el notario real, en el que la hacienda de Las Ceibas, propiedad de la Sociedad Naviera Galiana, pasaba desde aquel día a ser administrada por la mantuana, con poder para adquirir, decidir sobre el trabajo, comerciar con las cosechas y procurar su beneficio.

La muchacha sintió una exaltación inexplicable y se echó a llorar.

Muy pocos sabían lo que significaba para ella aquel gesto, al que respondería con lealtad sin límites y con un amor sin fisuras hasta que regresara o ella recalara en Cádiz. Lucía le regaló a Germán una colección de botones argentados con brillantes y unos gemelos de Toulouse de espléndida orfebrería. Sellaron el convenio con una sencilla ceremonia, entre religiosa y mundana; el capellán, con su anticuada peluca, su protuberante barriga, la sobrepelliz y la estola púrpura bordada de cruces, parecía salido de otra época.

—¡Bendito sea el nombre del Señor por esta promesa santa! —exclamó.

El gaditano recibió el beneplácito de los amigos y la familia. Besó a Lucía.

—Es tarde ya para arrepentirte, Lucía —dijo.

—De hacerlo, sentiría en mi alma el aguijón del infierno, Germán —afirmó ella—. Estás más apuesto con tu nueva presencia, ¿lo sabías? Tu melena te hacía más salvaje, más primitivo.

—Comienzo una nueva vida y deseo parecer diferente.

Sonó la orquestina en el patio de la finca, y se sirvieron bombones ingleses, figuras de mazapán de Cuba, caramelo hilado, barquillos de miel y frutas confitadas de Valencia, todo regado con oporto, brandy de Jerez y malvasía de Puebla de Méjico. La fiesta duró todo el día y el júbilo resultó grandioso.

Antes de marcharse, Germán fue a despedirse de su amada. El alto espejo y la enorme araña del salón le conferían una aureola de ángel. Tras colgar la chaqueta y la chistera en el perchero curvado, se acomodó frente a ella y tomó una pizca de rapé de su caja plateada. Deseaban estar solos. Sorbió la taza de chocolate para aminorar la tensión del encuentro. Estaban tan cercanos… Le desenredó su larga cola, que como suaves ondas atravesaban su vestido. Luego la besó con calidez.

—¿Te sientes sola?

—No, me acompañan mis sentimientos, que hoy no son buena compañía —contestó ella indolentemente.

No era histeria femenina, era desconsuelo.

—Lucía, el amor sólo se alimenta de amor, y la razón nunca dicta los caminos por los que hay que transitar en él. No receles de mí. Si digo que volveré es que volveré.

—Mi estrella me guarda para ti —aseguró la muchacha con dulzura—. Sin frustrantes separaciones. Pero tenerte lejos de mí me resultará insoportable.

Lucía le ofreció un colgante con un pequeño retrato suyo; se lo había regalado su padre sólo unos meses antes de haber sido asesinado. El gesto provocó un silencio momentáneo; los dos enamorados se miraban con expresión seria.

—Para que no me olvides y lo muestres a tu madre y a tus amigos —dijo Lucía con delicadeza—. La vida es complicada. ¿Romperás algún día nuestro compromiso?

—Cuando nos casemos ante el altar de la Virgen de Coromoto. A partir de ese día jamás me separaré de ti. Lo juro por mi salvación. Antes de que se abra la navegación me tendrás aquí de regreso.

La miró como si su mirada hubiera atrapado los últimos rayos del sol, y Lucía se entrelazó en el fuerte brazo de Germán, viril y homérico, con su rostro griego y ovalado y aquella sonrisa tan cercana y provocadora.

Galiana sintió que lo invadía una sensación de alivio: había conseguido la respuesta que deseaba. Las estrellas eran tan brillantes que le parecía que podría cogerlas con la mano. Antes de besarla, se perdió en la profundidad de su inteligencia y en la claridad de su alma. El escenario del atardecer le confería una hermosura seductora.

La unión de sus labios era también la de sus almas.

Germán miró su reloj de bolsillo y se dirigió raudo hacia la pasarela del barco. Bajo su chaqueta llevaba una pistola cebada. Había por allí demasiados individuos de los bajos fondos, pillos de tez morena y truhanes de la más baja hez. Los carros se deslizaban peligrosamente por los adoquines del puerto, resbaladizos por la lluvia. Aquella misma mañana partían el ballenero francés *Le Rapide*, acompañado por otros barcos, *La Guadalupana*, un navío atestado hasta los topes de jengibre y nuez moscada, y *El Toisón*, el barco elegido por Germán. Provenía de Veracruz, transportaba productos de Acapulco y Filipinas, y le había parecido el más marinero. En menos de cincuenta días recalarían en Cádiz.

Don Esteban, Llamozas y el negro Maximiliano fueron a despedirlo. Lucía no se atrevió. Su corazón no habría podido soportarlo.

Cuando alcanzó la amurada, le llegó a la nariz el olor a salmuera. Ese tufo que tanto le agradaba, a cala de barcos, a bodegas abastecidas de zalapa, de añil de Caracas, de anís y de comino, a algas violáceas y a barracones donde los negros mascaban tabaco, fue el efluvio que olió Germán Galiana antes de partir para Cádiz en singladura por los espumosos caminos de Margarita y Tobago. Las olas del mar se mecían frágiles entre el azul verdosamente profundo del Caribe mientras las lonas sonaban como cañonazos. Sueltas las amarras, la mole verdosa de La Guayra fue desapareciendo de sus ojos.

¿Lo aguardaba en Cádiz algún prodigioso destino que le helaría la sangre? La atmósfera le era opresiva, y Germán bajó la mirada. De una cosa estaba seguro: sería su último exilio. Comenzó a pensar en su ciudad natal, tan alejada aún, tan extraña en la distancia.

Y la evocaba con todo el ímpetu de su afecto.

La cuarentena

A Grimaldi el viaje a Cádiz se le estaba haciendo eterno. Parecía que una mano negra se había interpuesto entre él y su onerosa búsqueda. Y como los contratiempos no suelen andar sin una compaña más infortunada, la adversidad se cebó en el cansado agente teatral.

El capitán de la *Montserrate*, corbeta mercante donde viajaba don Juan, irrumpió chorreando agua en el comedor de oficiales. Un aguacero caía inclemente sobre Málaga, donde estaban incomprensiblemente detenidos. Por el gesto adusto del capitán, hombre rechoncho de cráneo rasurado, el antiguo actor pensó que era portador de una noticia de cariz calamitoso.

—No podemos zarpar con destino a Cádiz —anunció, contrariado—. Se ha declarado entre la marinería un caso de fiebre mórbida.

—¿Corremos peligro de contraer la enfermedad, capitán? —preguntó el empresario, con cara de profundo espanto.

—No hay nada que temer —respondió el marino tratando de no revelar preocupación—. Es un caso aislado, y los médicos no creen que sea peste amarilla, sino una calentura sin más, de las que en los viajes padecemos media docena. Eso no nos detendría más de dos días, pero incomprensiblemente hemos de permanecer anclados en el muelle hasta que la autoridad portuaria lo decida. ¡Jamás presencié tal atropello a las leyes del mar! —Dio un manotazo en la mesa—. ¡Esta fatalidad dañará mi mercancía!

Grimaldi palideció. Tragó saliva e hizo un esfuerzo ímprobo para superar sus temores. Se hallaba en un aprieto. No podía perder ni un solo día en su búsqueda del anónimo poseedor de las joyas de la Corona, pero la cuarentena impuesta por las autoridades portuarias no le dejaba otro remedio que reservar su impaciencia y su furor y aguardar a que levantaran la prohibición. Ahora que por fin había hallado al más que presumible poseedor de las alhajas reales y su paradero definitivo, que con tanto denuedo había buscado durante años, no podía haberle ocurrido nada más desafortunado. Aquella inoportuna espera ponía en peligro su misión.

¿Se hallarían aún las joyas en poder del desconocido guerrillero? ¿Habría descubierto el tesoro que guardaba la imagen del Niño Jesús Buda, o sucumbido a la tentación de venderlas si las había descubierto? Según monsieur Badía y madame Anne, hasta el momento no habían aparecido en mercado alguno ni en el taller de ningún orfebre de Europa, Oriente o América. Grimaldi sintió un ligero alivio.

No obstante, su situación era de excitabilidad extrema; recelaba que se le adelantaran. Su camarote era cualquier cosa menos confortable, y la prolongada inactividad lo impacientaba. Los días transcurrían tediosos. Todo le crispaba y le alteraba los nervios. Una de aquellas aburridas tardes un grumete vino a rogarle que lo acompañara al aposento del capitán, que lo aguardaba. Cuando entró sin llamar, el oficial era la viva imagen de la desolación, pero le tendió la mano con cortesía.

—Señor Grimaldi, quería ofrecerle una botella de este elixir que llaman «Regocijador». Es un reconstituyente que desinfecta los humores y previene los contagios. Posee *Panax ginseng* de China, llantén, belladona, quina y otras pócimas que lo convierten en milagroso. Tomad una cucharada al día. Su acción es rápida y sin efectos indeseables, os lo aseguro.

—Gracias, capitán. Esto paliará mis alarmas —dijo Grimaldi paseando su mirada aburrida por una estantería que se alzaba sobre su cabeza.

Una lámpara de cobre se balanceaba suavemente. En uno de los estantes adivinó ejemplares del periódico masónico inglés *The Light*, que él conocía, unos tratados de Voltaire y una banda negra rematada con un triángulo y un compás de brillos dorados. Su sorpresa resultó indecible. Componiendo un gesto seráfico, apostó su mano abierta en el pecho con el pulgar separado en ángulo recto, el signo universal de la masonería.

—¿Sois masón, capitán? Sería una bajeza no preguntároslo.

En el camarote se hizo un espeso mutismo. El marino pensó varias réplicas posibles, pero el orgullo de su militancia le llevó a revelar la verdad.

—Sí, como mis oficiales. Pertenezco al rito francés y a la logia de Marsella. Poseo el grado de Maestro del Real Arco. ¿Y vos, lo sois?

—Pertenezco a la logia escocesa de Madrid, señor. Somos seguidores del rito escocés y he alcanzado la responsabilidad de Príncipe del Real Secreto.

—Aunque os lo propusierais, no podríais pasar desapercibido, hermano. Lo supe desde que os vi. Ésa es la razón por la que os he llamado —le confesó, afable—. ¿Viaje de negocios, don Juan?

—De mis ocupaciones privadas y también comisionado por mi Gran Maestro en un asunto de interés para la Hermandad —respondió sin descender a detalles—. Es un viaje no exento de riesgos, pero espero obtener una recompensa que merezco desde hace nueve años ya.

Una mirada intrigante del marino detuvo sus palabras.

—Hermano Grimaldi, extremad vuestros cuidados. Los canallas de La Contramina siguen haciendo su trabajo de espionaje y de caza de masones. Están por todas partes, y en Cádiz proliferan.

—Sé que son unos enemigos poderosos. Andaré alerta.

Siguió una prolongada pausa, hasta que el marino, en franca camaradería, lo invitó a beber una taza de café mientras platicaban de su fe filantrópica. Relajada la tensión, estuvieron hasta la medianoche dentro del camarote mientras el barco se balanceaba en el pantalán en la quietud de la penumbra. A partir de ese momento su complicidad fue máxima.

Grimaldi paseó por la cubierta con el ánimo abatido. No podía quedarse encerrado en el camarote como una fiera en su jaula. La luna, en cambio, sí parecía navegar por el nuboso firmamento, ocultándose y desapareciendo con extrañas intermitencias.

Al poco, se encontró solo en la trinquetilla.

Entretanto levantaban la incomunicación a la *Montserrate*, Grimaldi permanecía recluido en el castillo de popa dando muestras de una exagerada impaciencia. Para matar el tedio, leía los periódicos franceses e ingleses que le facilitaba el capitán. Sin embargo, la ansiedad crecía en el productor teatral cada hora que pasaba. «No puede existir mayor infortunio que el mío. Ahora que tenía mi objetivo al alcance de la mano, esta maldita espera me está matando. Estoy seguro de que los agentes de Godoy, y quizá de La Contramina, me siguen los pasos. Si se me adelantan, lo perderé todo», pensaba. Estaba visiblemente fatigado. Había dejado de llover cuando dos médicos abandonaron el barco.

Ya era algo.

Conforme pasaban las horas estaba más firmemente persuadido de que alguien se le adelantaría y daría con el paradero del enigmático marino al que con tanto brío buscaba. Pero abandonar el barco y tomar una diligencia en la casa de postas podía costarle la cárcel y dilatar aún más su salida. ¿Se debería aquella espera a una vil jugarreta de La Contramina?

En sus oídos, las palabras de los agentes de Godoy y las de sus Maestros Venerables resonaban como un martillo en el yunque, y se mortificaba. Nada podía hacer. Estaba en una situación en la que su ventaja inicial se había ido al traste.

—¡Malditas fiebres del diablo! ¿Cuándo escaparé de esta trampa? —masculló.

Pero cuando pensaba que una maldición lo distanciaba definitivamente del objeto de sus sueños, el capitán fue a anunciarle que habían levantado la cuarentena. Sin embargo, Grimaldi le notó una mirada de sospecha.

—Reanudaremos la singladura con la marea del amanecer. En unos días, si no tropezamos con un mal viento en el Estrecho, fondearemos en Cádiz.

—¡Albricias! —se alegró don Juan—. Pero os noto contrariado, amigo mío.

—No me han gustado las formas. Algo huele mal en este asunto. Parece como si los físicos obedecieran órdenes superiores para detenernos con cualquier excusa. Mi marinero se repuso a los cuatro días, pero han retenido el barco cinco semanas.

—No lo dudéis más. He de confesaros que la policía me sigue desde hace tiempo —se sinceró el empresario—. Siento el vaho de su aliento desde que partí de Madrid, camino de Zaragoza. Mi logia está involucrada en un grave asunto que concierne a la Corona.

—Ahora lo comprendo todo. Andad con cuidado, amigo. Lamento que nuestros caminos se separen, hermano Grimaldi. Yo sigo después para Cuba. Sabed que he hallado en vos el confidente perfecto.

—En la vida hay muchas encrucijadas. ¿Quién sabe? —dijo Grimaldi al tiempo que le regalaba una caja de habanos—. ¿Tenemos noticias de Cádiz?

—Según unos telegramas recibidos esta misma mañana en la Aduana, sigue fuertemente defendida por los serviles. ¿Habéis pensado dónde os hospedaréis?

—No. Es la primera vez que visito Cádiz.

—Os aconsejo que os dirijáis a la Posada de las Nieves —le recomendó—. La regenta un probado amigo y hermano francmasón. Se llama Thomas Hill, es inglés y tiene a su servicio más de una docena de mayordomos de su país. Decidle que vais de mi parte y os ayudará.

—Os agradezco vuestra gentileza. —Grimaldi le apretó la mano—. Lamento que por mi culpa os hayáis demorado y arriesgado a perder vuestra carga.

—No os preocupéis, recuperaremos tiempo en mar abierto —aseguró el marino; a continuación, alzó un dedo admonitorio y lo previno—: Y no lo olvidéis, don Juan: La Contramina, con su espionaje, sigue intentando atajar cualquier intento de revolución, y seguramente vuestras acciones.

—Confío en mis instintos —afirmó Grimaldi, agotado. Sus dudas se disiparon cuando su moral comenzaba ya a resquebrajarse.

Tomó la tabaquera, llenó la cazoleta de tabaco y exhaló una vaharada de bocanadas pausadas, inacabables, mientras pensaba en las amenazas que podrían aguardarle en Cádiz. «Me espera una angustiosa carrera contra el tiempo. Es mi última oportunidad, o lo perderé todo», caviló. El humo le rozaba suavemente el rostro.

En el horizonte del mar, un agonizante disco escarlata se hundía como una bola de fuego y el cielo se oscurecía paulatinamente.

Los ojos admirados de Grimaldi observaron a los hombres de la tripulación que se afanaban en las arboladuras para atracar la *Montserrate* en el muelle de la Puerta de Sevilla del puerto gaditano. Se arrimó al dique con su imponente arboladura desplegada y con las gavias abombadas y preñadas de viento. Los marineros arriaron las anclas hasta los pescantes. Un cielo lujosamente azul encendía el aire salado brindando descanso a sus ánimos. El buque mercante catalán era un portento de la marinería, y atracó suavemente, como una pluma amansada por un viento invisible.

Al recién llegado, el trasiego y la animación del atracadero le resultaron incomparables. Estaba repleto de ruidosos mercaderes, compradores, estibadores, calafates y marineros que conversaban y discutían alrededor de montones de sacas, jaulas, barriles, cajas de mimbre y esparto, y barricas de vino, aguardiente y melaza. El desembarcadero olía a brea, nuez moscada, pimienta malabar, canela y cacao. Grimaldi aspiró profundamente aquella amalgama de aromas.

—Don Juan, Cádiz es una ciudad sitiada por los serviles por dentro y por fuera. Recelad de todo y de todos —le advirtió el capitán al despedirlo.

Tras bajar por la pasarela, se tropezó con una reata de mendigos seguidos por una jauría de perros hambrientos que ladraban y cuyo hedor era irrespirable. Les soltó unos cobres y se apartó. Las calles empedradas, únicas en España, estaban sucias. Había carteles anunciando la censura de los periódicos liberales. Don Juan lo lamentó. ¿Dónde estaban los tiempos en que Cádiz se erigía como el emporio de la libertad que iluminaba el país? Un propio acarreó los bártulos de Grimaldi a la Posada de las Nieves mientras el empresario contrataba los servicios de un landó.

En las miradas de los vecinos se advertía el temor. Era mediodía, pero fuera del puerto todo parecía convulso. ¿Por qué la ciudad estaba desierta? Su llegada no podía ser más traumática. De repente oyó el estruendo del redoble cercano de tambores y timbales, el resonar de trompetas y las órdenes de oficiales en la cercana plaza de San Juan de Dios. Entonces Grimaldi fijó sus inquisitivos ojos azules en un hombre vestido de negro, enjuto, de nariz roma, pringosos bucles sobre las orejas, barba delineada y bigotes largos y afilados. «¿No he visto a ese hombre en alguna parte? —recapacitó Grimaldi—. Tiene todas las trazas de ser un espía real buscador de masones.» Los rumores cotidianos se reanudaron en las calles. Don Juan sucumbió a la sospecha de que había llegado en mal momento. No obstante, estaba seguro de que no era la primera vez que se cruzaba con aquel sujeto de mirada vidriosa y gesto sombrío. El cochero le reveló que los arrestos de vecinos continuaban debido al intolerable celo de los absolutistas y de su furor anticonstitucionalista.

—Señor, andad con cuidado. Esta ciudad ya no es segura.

—Soy un hombre de negocios, no suelo meterme en líos.

—Ese tirano que tenemos por rey quiere hacer que parezca legal lo que ha sido usurpación —afirmó el cochero sin miedo a ser oído—. Al entregarse a Napoleón, perdió todos sus derechos. El pueblo, que expulsó a los franceses, es el único dueño y heredero.

—No digáis esas palabras muy alto, o lo lamentaréis, amigo.

El carruaje dobló la Aduana y don Juan se apeó. Deseaba aparentar que era un hombre discreto que estaba de paso, pero instintivamente miró hacia atrás. Desde que había desembarcado, un hombrecillo de ademanes afectados, casi calvo, de cabellos lacios sobre los hombros y un tic nervioso característico que le hacía inclinar la cabeza como una marioneta, lo había seguido a cierta distancia. El peligro lo acechaba allá donde iba. ¿Debía buscar a Germán Galiana con esa presencia indeseada? «No me cabe duda, los espías de La Contramina me vigilan.» Extremaría las precauciones.

Cuando se disponía a entrar en la hospedería, el ruido de una diligencia de postas lo detuvo. Entonces aconteció algo insólito, inesperado. Una elegante dama, encapuchada y envuelta en una capa turquesa, se asió a la portezuela, puso su pie exquisito en el pescante y, con coquetería, se tapó la boca con su pañuelo de seda. Tras ella, un hombre de porte distinguido, vestido a la inglesa, miraba a Grimaldi a través de la cortinilla. Sus expresiones eran de amistosa complicidad. Sin embargo, pasaron ante él como si jamás lo hubieran visto. Grimaldi compuso un gesto de absoluta perplejidad. Presagiaba dificultades. «¿No habíamos quedado en proceder al intercambio en Madrid? ¿Qué hacen don Domingo Badía y dame Anne en Cádiz?», pensó, alarmado. El asunto, lejos de simplificarse, se complicaba. La cita en la Ciudad de las Luces se auguraba enigmática, tensa y borrascosa.

Aquella noche, Grimaldi no pudo conciliar el sueño. Trazaba un plan tras otro para iniciar las búsquedas de modo que ningún extraño se le adelantara. Había mucho en juego. Al alba, desgreñado, rendido y con los ojos hinchados, miró hacia el este a través de los cristales.

Un sol anaranjado y colosal surgía lentamente del mar.

El desterrado

La amedrentadora soledad del océano había hecho mella en el ánimo de Germán Galiana. Había tenido pocos contactos con la tripulación y menos aún con el capitán del navío, un francés antipático y avaro que había racionado el rancho hasta la ridiculez. Sus habituales cólicos se habían reproducido desgarradoramente y hubo de guardar cama. Después de todo, no era una navegación para su regalo, sino una obligación tras una fuga muy poco decorosa.

Las olas sacudían los costados de la embarcación, que se mecía como una birlocha china entre las enfurecidas aguas del Atlántico. Pero bastaba que el sol medroso compareciera por levante para convertirlas en mansos oleajes de plata fundida.

Germán, cuando precisaba espantar el sopor de la navegación, se apostaba en la toldilla y sentía las gotas de lluvia y del mar en su rostro curtido; así durante horas, hasta que los aguaceros se convertían en temporales y volvía al camarote. Los cincuenta y dos días de travesía por unas aguas embravecidas terminaron por derrumbarlo en su litera en estado de letargo. Echaba de menos la cercanía de Lucía de Alba, las charlas con don Esteban y las dulzuras de Las Ceibas y de Caracas.

Llovía tenuemente, pero hacía un calor agobiante. El timonel señaló la línea blanca de la distancia y emitió las palabras más deseadas por Germán: «¡Cádiz a estribor!». Los temporales habían cesado y su ciudad brillaba como un relicario, nívea, recién lavada, diáfana. Una amante a la que había añorado en la distancia.

El Toisón atracó en el muelle al atardecer, ayudado por la barcaza del práctico y empujado por una brisa de poniente, la mejor para navegar. El sol del ocaso matizaba de púrpura los miradores y las azoteas de la ciudad y teñía el mar con la tonalidad de la sangre. Cuando tuvo ante sí la imposta del puerto, donde reposaban decenas de barcos de pesca y las airosas fragatas de la Compañía de Filipinas, las velas blancas de los jabeques y naves varadas de todas las nacionalidades, se sintió emocionado y libre de toda culpabilidad. Sin embargo, no sabía si su destierro había sido un sueño o una realidad. Paulatinamente los recuerdos se hicieron más nítidos, y le embargó un alborozo tan extraordinario que acentuó su sonrisa y sus ojos se llenaron de lágrimas. Volvía de su segundo exilio más fuerte, menos vulnerable. Pero sabía que nada podría ser como antes.

La bóveda del cielo rielaba de claridad. Una infinitud de luz empapaba las azoteas, las torres, las casas y los campanarios. Acudieron a recibirlo, en dos elegantes carruajes descapotables, doña Mercedes, don Dionisio Inca, Téllez y Chocolate, Urbina el vasco, y Soledad, que lo abrazó descaradamente.

—Pareces otra persona, Germán —le dijo, melosa—, con tu fino cabello cortado a la inglesa. Estás más moreno, y tu mirada revela dicha y firmeza.

—Los sueños y la perseverancia son una mezcla eficaz, Soledad.

—Te veo feliz. ¿Debo pensar que has conocido un nuevo amor?

—El único y definitivo, y vive allende el mar. Se llama Lucía —le contó al oído, regocijado, mientras la abrazaba con su afecto antiguo. Germán miró su perfil voluptuoso. Soledad olía a agua de rosas. Se sintió excitado.

Doña Mercedes, con su característico aroma a vainilla, escondía su rostro entre sus manos enguantadas para ocultar su llanto convulsivo. El recién llegado mostraba un júbilo radiante, pero notó cierto rictus de inquietud en sus caras. ¿Debía temer algo de naturaleza alarmante?

—Germán, tengo que confiarte un asunto de extrema gravedad —le susurró Téllez—. Pero en un lugar donde no haya oídos indiscretos.

¿Volvía a estar atrapado en un asunto inquietante? ¿Tendría que ver con lo que el coronel le había adelantado en su carta?

Prefirió no investigar, estaba demasiado dichoso y también cansado. Le llamó la atención ver que los marineros, los paseantes y sus amigos lucieran en el pecho una escarapela de vivos colores rojos y verdes.

—¿Por qué lleváis prendido en la ropa ese distintivo?

—¡Es la divisa de la libertad, Germán! La lucen los gaditanos que aman la Constitución, aunque sufran escarnio. No nos importa que esos serviles absolutistas nos señalen con el dedo —replicó Téllez.

—No lo atosiguéis más —advirtió don Dionisio, irreconocible sin el uniforme de coronel—. Luego nos contará su vida en Caracas.

Doña Mercedes lo rescató, lo cogió del brazo y lo besó en la mejilla.

—Sé que precisas descansar, hijo mío. Hoy vienes a mi casa y mañana podrás trasladarte ya a la tuya. Vamos, el carruaje nos espera.

—Sí, madre, no deseo otra cosa que un lecho mullido, un baño reconfortante y una buena cena. —Germán sonrió y la abrazó.

Mientras recogían sus pertenencias y abandonaban el bullicioso muelle, Cecilio Bergamín, confundido entre unos elegantes aristócratas, no había perdido detalle de la recepción de Germán Galiana. Cuando ya pensaba que no podría extraer ninguna información de sus pesquisas, el anuncio de la llegada de su objetivo colmó todos sus deseos. Había sido un testigo mudo del arribo del «desterrado», al que siguió a distancia mientras una sonrisa ladina emergía en su rostro violáceo de enterrador.

—No hay más que esperar —masculló con una risita triunfal mirando a Quirós—. Ya tenemos a los dos sujetos en Cádiz. Ahora cercaremos los movimientos de ese Galiana y de Grimaldi, que ha llegado justo cuando a mí me convenía. En cuanto contacten, nos haremos con el botín. Aunque esta empresa sólo será coronada con el éxito extremando la paciencia, la sutileza, la perspicacia y el talento. ¿Comprendes?

—Sois un zorro de la investigación, señor Bergamín —contestó su sicario Quirós, que le regaló una mueca rastrera y babosa—. Ya son nuestros.

Cuando Germán abandonó el lecho, una niebla diamantina se espesaba sobre Cádiz. Pero una ligera y primaveral brisa del este no tardó en disiparla.

El marino había quedado en visitar a Téllez en su casa, cerca del convento de Santa María, pero tuvo que postergarlo a su pesar. Gracias a las gestiones de doña Mercedes, la Inquisición lo había convocado con urgencia a sus dependencias para cerrar el caso y sobreseerlo para siempre.

La sede inquisitorial, en la calle del Boquete,* era un palacete de marmóreas columnas cercano al convento de los dominicos, que imponía respeto. Doña Mercedes, su hijo adoptivo y el coronel Yupanqui llegaron a sus puertas. Un ligero y caliente viento de levante removía sus cabellos; Germán tuvo que agarrarse la chistera con su mano enguantada. Hacía un calor templado, y comenzó a sudar por el cuello. Aquella institución le causaba pavor. «No sé qué maldición ha sido peor para el progreso de España, si esta institución eclesiástica o los poderosos que hoy sostienen al Felón», pensó.

Urbina y Téllez, que los seguían a poca distancia, se quedaron fuera por si los necesitaban. El desterrado deseaba de una vez por todas conocer los cargos que el Santo Tribunal guardaba contra su persona. Habían puesto en tela de juicio su honorabilidad y la de su padre, y ansiaba llegar por fin hasta el fondo de la cuestión. Después arreglaría los otros asuntos que lo acuciaban, como el extraño allanamiento de su casa y el secreto recado de Téllez. Una lucha sorda contra su pasado se libraba dentro del alma del marino.

Las dependencias inquisitoriales inspiraban terror por su severa presencia. Tenían las ventanas protegidas con hierros forjados donde sobresalía la cruz verde de la temida institución; ninguna ornamentación las exornaba. Un fraile de la Orden de Predicadores, con el cráneo tonsurado, abrió la puerta, y un lego con un candelabro encendido les indicó que lo siguieran.

* Hoy calle Plocia, junto a San Juan de Dios.

—Doña Mercedes y distinguidos señores, acompañadme, os lo ruego —dijo en un tono anodino—. Monseñor Castellaro os aguarda en su cámara.

Germán recelaba, temía. Las paredes del sombrío despacho del inquisidor, fray José Castellaro, estaban cubiertas con lienzos morados de Cuaresma. Ciriales negros iluminaban su rostro afilado, y un Cristo desnudo y sangrante presidía el austero habitáculo. El aire inmóvil estaba viciado; olía a incienso y a sandáraca. En varias filas paralelas de anaqueles se amontonaban decenas de expedientes, protocolos y memorandos que exhalaban un acre olor a cera y pergamino húmedo. En el techo había un tragaluz; una nube de puntos de luz en suspensión flotaban alrededor del inquisidor, quien, embutido en un sitial de alto respaldo, estaba sumido en la lectura de un legajo amarillento. En la quietud del momento se asemejaba una estatua de cera. Germán, inmóvil en el centro de la habitación, se sintió incómodo y perturbado. De repente, el que parecía un ser ultraterreno alzó unos ojos tan fríos como la obsidiana.

—Sentaos —ordenó—. Entonces, ¿vos sois don Germán Galiana Luján?

—Sí, ilustrísima. —Germán se había convertido en el centro de las miradas.

Con extrema parsimonia, el inquisidor adoptó un aire paternal pero cínico.

—Así que venís a saciar vuestra curiosidad… Queréis saber qué sangre lleváis en las venas que, según mis conocimientos, os ha acarreado todo tipo de problemas. Cuando esas palabras salgan de mi boca ya no habrá manera de acallarlas. ¿Estáis dispuesto a oírlas?

—Eso pretendo de vuestra generosa paternidad —contestó Germán simulando una humildad que no sentía—. He sufrido persecución por pecados que no he cometido. Deseo saber quién soy y qué baldón arrastro desde mi nacimiento.

El clérigo se irguió en el sillón.

—Quizá prefiráis no saberlo nunca, ignorar la existencia del ascendiente de un ayer disoluto y sospechoso —dijo, enigmático—. He conocido a bastardos de sangre degenerada que, llevados por su arrogancia, se han visto deshonrados innecesariamente. ¿Estáis seguro de que deseáis conocer las delictivas y heréticas andanzas de Gabriel Luján, vuestro padre?

Germán apretó los puños con un gesto de rabia contenida.

—Sí, lo deseo —respondió—. Sólo pido justicia para mi pasado y la paz para mi madre adoptiva aquí presente, por la que daría mi vida. Es el único ser en el mundo con el que mi complicidad y mi amor son completos. Pero sólo así no me maldecirán mis amigos, ni me menospreciarán mis enemigos.

El inquisidor, que parecía no haberle prestado escucha alguna, transformó su amabilidad en aspereza.

—Os noto muy tolerante al enjuiciar la onerosa historia de vuestra sangre —sonó de nuevo su detestable voz de púlpito—. Sea como deseáis, pero os dolerá en el alma, señor Galiana.

Germán hizo un visible esfuerzo para no replicarle como se merecía por su falta de tacto y de caridad cristiana. No podía soportar la altanería de aquel injusto tribunal, pero se contuvo y aguardó. El inquisidor esbozó una mueca burlona. Luego abrió una carpeta de cuero y sacó de ella unos folios con sellos lacrados y con cintas del color verde inquisitorial.

—¿Os suena el fatídico nombre de La Garduña? —preguntó, displicente.

Germán, que lo acechaba como una fiera herida, lo miró con una mezcla de animadversión y sorpresa.

—Jamás escuché ese nombre —respondió, atónito—. ¿Por qué lo preguntáis?

—Porque vuestro padre perteneció a esa organización disidente y criminal —reveló el clérigo, y durante unos minutos se dedicó a referirle lo que realmente representaba aquella hermandad secreta.

—Lo ignoraba, como también ignoraba la existencia de esa institución —confesó Germán, desconcertado—. Mi madre me contaba que era un mimo, un actor que había actuado en los principales teatros de España y que, tras un viaje a Malta, había muerto en Madrid de la tisis, a los pocos meses de mi nacimiento.

—En efecto, era un cómico. Ya sabéis, personajes de mala conducta a los que la Iglesia niega la sepultura en terreno sagrado y recibir los santos sacramentos. Pero su profesión era una burda máscara tras la que encubría sus actividades dañosas y anticlericales, ignoradas incluso por vuestra madre de sangre. Y no murió de la consunción, como ella, quizá ignorante, os contó, sino de resultas del tormento sufrido por sus maldades en los calabozos de la Inquisición de Sevilla.

Esa revelación fue para Germán como una bofetada en pleno rostro.

—¡No puedo creerlo! Os ruego que me lo aclaréis.

—Os contaré. —Las palabras del clérigo surgían de sus labios como estiletes—. A simple vista, esa sociedad maléfica y secreta de La Garduña, felizmente desarticulada por este Sacro Tribunal hace años, asemejaba un gremio de artesanos, con sus grados de aprendiz, oficial y maestro. Pero la diferencia es que no se unían para trabajar según la orden divina, sino para cometer los más atroces desmanes y excesos. Se servían de las llamadas «coberteras», mujeres de mala vida que solían servir en casas de hacendados y nobles, y también de los «soplones», espías de edad avanzada y aspecto honorable que les proporcionaban informaciones útiles para sus finalidades delictivas. Existía también un segundo grado de sicarios, el de los «ejecutores», compuesto por los «floreadores» y los «guapos». Los primeros eran asesinos a sueldo; sabían que si fallaban en su cometido, La Garduña los eliminaría sin compasión. Los guapos eran duelistas especializados y espadachines mercenarios. La jerarquía máxima de la sociedad estaba presidida por un Hermano Mayor que residía en Sevilla, aunque tenían casas en Madrid, Jaén, Málaga, Córdoba, Toledo y Valencia. Le seguían en el escalafón los «capataces», algo así como los agentes locales, y también los «ancianos», que tenían como misión recordar a los afiliados las ordenanzas y el orden interno de la hermandad. El símbolo de reconocimiento entre esos facinerosos era una pata de garduña tatuada a fuego en el hombro.

Germán pensó que por algo los secretos más dolorosos de las familias suelen guardarse en lo más oculto de los recuerdos.

—¿Y mi padre perteneció a esa cofradía, ilustrísima?

—Así es, y con el grado de capataz de la Hermandad de la Costa, que así se llamaba la organización en Cádiz. A tenor de estos informes, era muy respetado por su elocuencia, carisma y valor, y no carecía de escrúpulos para propalar sus herejías —aseguró, categórico—. Robaban a poderosos mercaderes y burgueses de la bahía, pero no para distribuir las ganancias entre los pobres, sino para llevar una vida de lujos en una sociedad, según ellos, constituida para placer y abuso de los poderosos. Actuaban en la clandestinidad según los principios de la camaradería y del espíritu heroico, pero la Santa Inquisición presupone que no perseguían una vida digna basada en el trabajo cotidiano sino en perpetrar un mal absolutamente luciferino. ¿No veis en todo ello la mano del diablo?

Con resignación y angustia, Germán asintió:

—¿Mi padre era un vulgar delincuente? —preguntó, azorado—. No puedo creerlo. Siempre creí que había sido un actor de teatro que murió joven.

El inquisidor alzó su voz acerada ante los afligidos asistentes, que lo miraban de hito en hito.

—Más bien diría yo que era un ácrata, un libertario e inconformista que perseguía el caos y la anarquía, y vivía separado del reino del Cielo. En estos documentos se le tacha de ateo, fanático, impío, republicano, antimonárquico… Despreciaba lo más sagrado y el orden establecido por Dios en la tierra. Negaba al Creador y desdeñaba a la Santa Iglesia y a sus jerarcas. Ése fue su mayor delito, y le costó pasar por los calabozos de Sevilla, donde purgó su culpa y descargó su ponzoña.

En medio del murmullo de desaprobación, Germán quedó mudo. Notaba que se tambaleaba y que una punzada le taladraba el pecho. ¿Había sido su padre un monstruo?

—Jamás pude imaginar que ésa fuera la causa de la separación de su familia y su trágica muerte. Y siento piedad por él, os lo aseguro —dijo luego, vivamente conmocionado.

—Lo sé, señor Galiana, pero para vuestra ventura fuisteis rescatado por esta familia de viejos cristianos —repuso el inquisidor señalando a doña Mercedes— que salvaron vuestra alma y os dieron su apellido, una situación desahogada, bienestar, educación y un hogar cristiano.

—Me siento confundido, señoría —balbució, abatido.

—Pero la Providencia divina, que siempre vela por la verdad, propició a través de su Santa Curia su inevitable fin. Era preciso extirpar de raíz esa diabólica asociación de indeseables a la que vuestro progenitor pertenecía. —Fray José Castellaro tragó saliva—. ¿Sabéis cómo cometía sus crímenes y cómo cayó en las redes del Santo Oficio? Es hora de que rompáis de una vez ese lazo negro y oscuro de maldad que os une a vuestro padre.

¿Cabría pensar que detrás de esa apariencia idealizada que tenía de su progenitor se escondía un alma malvada? ¿Se desharía en la nada la admiración y el afecto idílico que le había profesado desde su niñez? Sobre la sombra de su padre existía una ignominiosa maledicencia y un más que perverso e inconfesable misterio.

Una atmósfera de inquietante calma planeó por la sala. Un silencio sepulcral precedió a la declaración del inquisidor.

Decretum Sancti Officii

La tensión había paralizado a los tres visitantes, y Germán había quedado suspendido en un rictus de estupor. Transpiraba. Se secó el sudor con su pañuelo. Doña Mercedes se abanicaba nerviosa. Sólo se escuchaba el crepitar de los velones y el estrépito de los postigos y las contraventanas sacudidos por la mano invisible del viento de levante.

Tres pares de miradas dubitativas escrutaban al inquisidor sin pestañear. El peculiar modo de acusar del dominico había aumentado el nerviosismo entre los presentes; la curiosidad cruzaba sus semblantes. ¿Qué había transgredido el padre de Germán contra los dogmas cristianos? ¿Acaso su conducta no era lo bastante indefinida y equívoca como para ser considerado un hereje y un peligro para el Estado?

Los labios del marino habían embozado varios argumentos posibles para protestar, pues sentía agitarse la linfa de sus venas. Pero su orgullo estaba por los suelos, y cualquier propósito de exculpar a su padre se desvanecía. Sin despegar su boca crispada, aguardó la revelación del inquisidor. El silencio era pegajoso, masticable, doloroso. Germán sostuvo la fría mirada de fray José, que acalló el silencio tras unos momentos desesperantes.

—Os lo relataré —afirmó—. Habéis de saber que esa violenta sociedad de malhechores y cismáticos a la que perteneció vuestro padre existía en estos reinos desde el tiempo de los Reyes Católicos. Se sabe de la existencia de «cortes de milagros de La Garduña» que agrupaban a mendigos, truhanes, herejes y delincuentes, en una curiosa amalgama presidida por el mismo Satán, allá por el siglo XV. Se dedicaban a corromper y sobornar a altos cargos judiciales y policiales. Se servían de contraseñas y mensajes cifrados para cometer sus tropelías, y en su nómina, según los informes de la Santa Inquisición, estaban inscritos conocidos prohombres, como gobernadores, jueces, regidores y alcaldes.

El inquisidor hizo una pausa para recuperar el resuello. No podía decepcionar su curiosidad y liberarlos de su interés.

—Sus delitos más atrevidos —prosiguió— solían ser raptos, violaciones, secuestro de niños, exigencia de rescates, desvalijamientos de diligencias, cortijos y haciendas, falsificación de moneda y asesinatos por encargo. ¿Comprendéis, señor Galiana, la gravedad de los hechos y el pasado borrascoso al servicio del mal de vuestro progenitor?

—Lo voy asumiendo, y mi corazón destila pesar —confesó, abatido—. Pero ¿qué pecados puntuales cometió, ilustrísima?

—Enseguida lo sabréis —indicó, acusador, el clérigo—. Hace tiempo se hallaron en una mansión sevillana los cadáveres de una muchacha secuestrada, María de Guzmán, y los de sus tres asesinos y violadores. El amo de la casa, un personaje influyente, declaró y delató a sus otros cómplices. Al parecer los tres secuestradores mancillaron y estrangularon a la joven sin el beneplácito del jefe, que los liquidó al enterarse de que habían transgredido sus normas. En la misma casa donde apareció el cuerpo de la infortunada joven se halló un texto manuscrito: «Crónica y directorio de La Garduña». Se trataba de los estatutos que jamás habían sido transcritos, las cuentas de la sociedad, que nunca se habían llevado a pergamino alguno, y las actas de las tropelías sin contabilizar, amparadas durante siglos por el más severo de los secretos. Sus cabecillas, personas de posición y rango, fueron ajusticiados en la plaza de San Francisco de Sevilla, y sus miembros de provincias fueron cayendo uno tras otro como un castillo de naipes, entre ellos vuestro padre. Hoy es sólo un desgraciado recuerdo.

—¿Su nombre se hallaba en esas listas?

—Según estos folios, no —respondió el fraile, algo azorado—. Pero es probado que frecuentaba el Café del Ángel, en la calle Santo Cristo, esquina con Candelaria, aquí en Cádiz, lugar de cita y reunión de esos indeseables, con los que mantenía una relación de amistosa complicidad. En la rueda del tormento confesó que compartía las ideas y los fines de esos desalmados. Pero no os preocupéis, pues murió como creyente y en gracia de Dios, por lo que al fin salvó su alma pecadora.

La perplejidad del marino era evidente.

—Entonces, ¿de qué se le acusó, padre? —protestó.

—De asociación con malhechores, blasfemias a la religión y subversión contra Su Majestad. La sentencia lo condenó a tres años de reclusión mayor, que cumplió en las mazmorras de la Inquisición de Sevilla, y a un año de trabajos forzados en las minas de Almadén, como servicio al rey. Después, según estos documentos, murió en Madrid, en paz con Dios, al año siguiente. Es cuanto puedo deciros.

¿Su padre acusado de perjuro y hereje y condenado a trabajar como un proscrito en una mina? Una rebelión interna se despeñó por el cerebro de Germán, que apretó sus puños y dejó escapar dos lágrimas que cayeron mansamente por sus varoniles pómulos.

Cabizbajo, se sumió en una rendida deliberación. Luego dijo:

—Excesivo castigo para un insumiso al que la vida maltrató.

—Si bailas con el diablo, ya sabes —apuntó el clérigo incriminador—. La justicia del Cielo premia a cada uno según sus merecimientos. Al final, todos pagamos por lo que hemos hecho en la vida, no os quepa duda, señor Galiana. *Dura lex, sed lex.**

—Gracias, padre, por exponernos la verdad, aunque ésta haya sido tan amarga —señaló Germán, cortante—. ¿Y ese protocolo acusatorio sobre mi padre fue conocido por el padre Vélez?

—Era el inquisidor general, tenía acceso a cualquier documento de estos archivos. Además, aquí veo una denuncia que en el tribunal llamamos «*additum in autographo Sancti Officii*»;** es de un tal Alfonso Copons, militar de oficio. Era obligación del padre Vélez tomar medidas ante la acusación formulada por un cristiano de vieja sangre al servicio de Su Majestad. Por eso fuisteis ins-

---

   * La ley es dura, pero es la ley.
  ** Añadido en el texto autógrafo del Santo Oficio.

crito en las Tablillas de San Juan de Dios. Erais hijo de hereje relapso con cargos reconocidos por la Santa Inquisición. Debéis aceptar que a veces Dios castiga a sus hijos por pecados cometidos por los padres.

La descarnada y cruel realidad de los hechos lo había rendido.

—Entonces está claro que esa acusación fue empleada contra mí por ese celoso hombre de Dios y por el brigadier Copons, un verdadero canalla. La delación codiciosa nacida en el resentimiento debería ser rechazada por este Santo Tribunal. Ese hombre obró por envidia, rivalidad y celos, que me costaron dos destierros, donde hube de probar muy amargo acíbar.

El dominico se encogió de hombros y lo exculpó.

—La santa Providencia no es abarcable por nosotros. Sin embargo, hoy la misericordia de Dios ha sido benévola con vos. Habéis conocido la página de vuestra niñez que os faltaba y ya podéis disponer vuestro espíritu en paz. Además, por las oraciones y limosnas de doña Mercedes, este expediente acusador va a ser quemado en vuestra presencia: el fuego destruirá para siempre un caso que no debió ocurrir. Menos, ¡claro está!, esta carta redactada por vuestro padre, y dirigida a vos. Podría decirse que es la última voluntad de un hombre en paz con su conciencia y con el Altísimo.

—¿Dejó una carta para mí? —preguntó Germán, boquiabierto.

—Sí, tomadla —dijo el fraile mientras se incorporaba afectadamente y arrojaba al fuego de la chimenea italiana el legajo número *XXIV/A.D. 1800*–*Decretum Sancti Officii*, con el procedimiento seguido por la Inquisición de Cádiz y de Sevilla contra Gabriel Luján, el comediante amigo de los capataces de La Garduña de Cádiz—. El proceso acaba de ser consumado para siempre —exclamó, y a continuación rezó—: *Deus subicit nobis suam omnipotenciam.**

La espléndida limosna de doña Mercedes merecía aquel gesto.

¿Debería Germán seguir respetando a su desconocido padre ahora que sabía su desventurado y atroz pasado? Su inconmensurable asombro lo había dejado sin habla y percibía como un pin-

---

* Dios somete a nosotros su omnipotencia.

chazo en el corazón. El infortunio de su cuna hurgaba cruelmente en la herida desvelada por el inquisidor Castellaro, cuyos recursos dialécticos le habían parecido muy limitados. ¿Y la admiración que siempre había sentido por él? ¿Se había desvanecido de su mente como se diluye el garabato de un niño en la arena de la playa lamida por el mar? Su terquedad por conocer su pasado se había convertido en su peor pesadilla. Cuando era niño no comprendía, pero en ese momento, sabedor de la tragedia de su pasado, habría preferido no saberlo.

—Lamento que hayas conocido una historia tan triste, hijo mío. —Lo consoló la compungida doña Mercedes.

—Yo lo quise así, madre, pero lo lamentaré toda mi vida.

Guardó la carta en la levita y fue acompañado en silencio de regreso a casa por sus adictos. A sus ojos, el cielo parecía haber extraviado el luminoso añil de la mañana y adoptado una tonalidad mustia y plúmbea. Su sensible espíritu había recibido una lección; se sentía avergonzado. Sin embargo, reflexionaba que su padre, aun siendo al parecer un hombre de naturaleza contradictoria y libertaria, bien podía haber sufrido las injusticias de los poderosos, los atropellos del cínico tribunal religioso y el despotismo de un destino adverso.

Sus ojos tardaron en acostumbrarse a la luz. Pero lo primero que vieron fue a dos hombres vestidos con levitones negros que parecían aguardar su salida. ¿Eran revolucionarios, realistas, republicanos, espías, agentes de la policía? Lo señalaron discretamente con la cabeza y cuchichearon entre sí mientras trataban de pasar desapercibidos tras un cabriolé que transitaba por la calle. Germán bajó la testa y los ignoró, pero adivinó que hablaban de él. ¿Por qué razón?

El mediodía, con su tinte almibarado, se espesaba sobre Cádiz.

Tras la impresión sufrida en las dependencias de la Inquisición no sabía a qué atenerse. Estaba confuso, y en verdad no comprendía por qué graves cargos su padre había sido juzgado por la Inquisición. ¿Por estar asociado a unos enemigos de la sociedad? Ahora que conocía la identidad del hacedor de sus días, sus ansias por saber de su pasado se le revelaban absurdas, y la búsqueda le parecía un jeroglífico cruel y desatinado. Pero, aun así, tomó de nuevo la carta de su padre, despegó sus labios trémulos, y la leyó por segunda vez:

Mi drama, no voy a ocultártelo, Germán, es no haber nacido con un apellido noble. No tuve ninguna oportunidad en la vida por razón de mi cuna. Carecí de medios para vivir decentemente, rodeado de miseria, enfermedad y humillaciones, y por ello me convertí en un descreído, un librepensador y un seguidor convencido de las ideas ilustradas, que podían convertir a los hombres en justos y benéficos. Pero, claro, estas cualidades mías son muy mal vistas en esta sociedad injusta y tiránica, que te mira hostilmente si eres un desdichado con espíritu rebelde. Así no puedes escapar jamás de la pobreza. Me adelanté al tiempo y pagué por ello.

Es la impotencia de los desfavorecidos la que cambia la vida cuando rebosas tu capacidad de ser oprimido y buscas desesperadamente rehabilitarte como ser humano. Y qué angostos son para nosotros, los desposeídos, los linderos que separan la humillación de la cólera desbocada, esa que te conduce al sacrilegio y luego a la horca. Si compartí secretos con ese grupo de descreídos fue porque deseaba luchar contra las jerarquías y la clase aristocrática, que en España lleva siglos aplastando la dignidad de los más débiles, y a una Iglesia coactiva que se ha olvidado del mensaje evangélico. Pero jamás delinquí, te lo aseguro.

En los trances duros los poderosos invocan a la patria para salvar sus haciendas, pero es el pueblo el que lo paga con su sangre. Y el peso de su omnipotente poder fue el que me aplastó. No fui ni un criminal ni un ladrón, créeme. Perdería credibilidad ante ti si no te dijera la verdad ahora que mi alma se halla en paz dentro de un cuerpo descoyuntado por el potro y el cepo y con los pulmones encharcados en sangre por el tormento del agua helada.

No eres un hijo de la calle, ni un bastardo, ni un hijo del pecado, abandonado y sin bautizar, como muchos supusieron. Me casé en secreto con tu madre, la bondadosa y dulce Rosario León, en la capilla del Caminito de Cádiz, donde hallarás el acta de casamiento. No fui un hombre de sangre degenerada. Mis actos fueron unas veces puros y otras infames, lo reconozco, pero los tiempos eran difíciles y despóticos, y había que luchar por cambiarlos.

Amaba la interpretación y tenía alma de comediante, pero nunca llegué a ser primer actor. Trabajé en el Teatro del Balón, y también en el Corral de Comedias de la calle Novena, y allí mismo, en la cazuela,* conocí a tu madre. Yo actuaba en *La Estrella de Sevilla* y hacía el papel de don Clarindo. Ella era una mujer insobornablemente ingenua, dulce e inocente. Fue un hermoso sueño, pero el trabajo me faltaba. El empresario, Manuel Arenas, un servil recalcitrante, me detestaba y hasta me inventó un idilio con la primera actriz, la famosa Coleta Paz, que enturbió la relación con tu madre.

La mayor honra para un hombre es tener un hijo, ese eslabón que nos une a la cadena de la vida y a la inmortalidad. Sé que tú estás en el sitio adecuado, por lo que triunfarás en la vida. No renuncies a nada que creas merecer. Doy gracias a esa familia que te ha recogido. Bendita sea. Me aseguran que tienes los ojos de tu madre y que te desenvuelves con su misma afabilidad. No te abandoné: cuando tu madre estaba encinta me detuvieron. Caritativos propósitos, respetables acciones, constancia, generosidad y honradez son las virtudes de los espíritus tocados por la mano del albur. Procúralas para ti y no permitas que nadie cambie tu destino. Te bendigo y te ruego que seas indulgente con mi conducta. He sido maltratado por la vida, y un sino nefasto me impidió alcanzar la dignidad que anhelaba.

Mi tiempo de sufrimientos expira. Mi último suspiro será pensar en ti y en tu madre, los dos amores que me fueron arrebatados por mis innobles obras y por ser un revolucionario idealista e incauto. La vieja España ya no es un lugar seguro para vivir, y hay quienes, como yo, no tienen elección para escoger su camino. Tú eres lo mejor que me ha ocurrido en mi vida. Perdóname.

Tu padre,

GABRIEL LUJÁN,
Madrid, mayo de 1807

Germán hizo una pausa dramática y luego dobló el papel.

El recuerdo de su padre se disipaba en los pliegues de una historia trágica que se había marchitado nada más conocerla. En aquel aciago instante sintió pesadumbre por aquel ser refractario a la humillación y consecuente con sus ideas, aquel ser que le ha-

---

* Espacio del citado teatro donde se situaban las damas solteras y mujeres sin compañía.

bía dado la vida pero al que, muy a su pesar, no había conocido. Con pena pensó que había sido un desdichado de alma insumisa, doblemente maltratado por la vida y, quizá, injustamente acusado por el único crimen de ser un hombre indócil. Atisbaba una injusticia, una arbitrariedad del Tribunal, un ultraje del destino. «No basta el lazo de sangre para amar a una persona. Se precisa el contacto, el trato, la intimidad, la amistad y el calor. Que su alma descanse en la paz de los justos e insumisos», se dijo.

Notó que los latidos de su universo se habían detenido.

Un vacío desmedido ocupaba el nombre de su padre.

El viento había azotado pertinazmente la ciudad durante toda la noche, pero al amanecer se había extinguido. Una suave brisa de poniente, un airecillo fresco y salado, oreaba las calles y lo invadía todo.

Germán, que había dormido mal, se incorporó del lecho y miró a través de los vidrios garabateados de briznas y polvo. Se aseó, se afeitó con su hoja barbera adquirida en Boston, y se vistió elegantemente. Abrió el postigo y aspiró los efluvios a especias, a mar, a geranios, a café, a bosta de caballerías. Los olores de su infancia, los aromas de Cádiz.

Pensó unos instantes en Inés. Según Téllez, se había trasladado a Toledo, junto a su marido, a penar un nuevo capítulo de su lastimosa vida. Después desvió sus pensamientos hacia su añorada y querida Lucía y se distrajo con el ir y venir de los vecinos, que le traían perfiles inolvidables de otros tiempos. No advertía la agitación de la que le habían hablado sus amigos, ni gente hambrienta ni alborotos antiliberales. Cádiz se levantaba en paz. El tránsito de viandantes, carros y palanquines era el habitual. No se veían provocadores serviles y revoltosos por las esquinas de su estrecha calle, llena de caserones antiguos y de heráldicas desmochadas. Los periódicos circulaban entre los ciudadanos. Los faroles habían sido apagados y los adoquines brillaban como espejos con la humedad de las primeras horas.

Aquella mañana Germán tenía intención de visitar a sus amigos La Rossa, influyentes cargadores de Indias, las casas de comercio de Miguel Mendizábal y Segismundo Moret, para tantear los precios del azúcar en la Península, y la Casa Aseguradora Urda, que regentaba su afecto Josef, para proteger las cosechas y los ingenios de Las Ceibas.

De repente fijó sus ojos en un hombrecillo escuálido, con el párpado caído, calvo, aunque con un manojo de pelo lacio sobre la nuca. Parecía observarlo desde la calle, y al ser descubierto se volvió de espaldas. «¿Otra vez ese hombre espiándome? ¿Qué ocurre para que nada más bajar del barco me convierta en el centro de tantas miradas interesadas?» Estaba seguro de que era objeto de una vigilancia constante por parte de unos individuos a los que no conocía y por una razón que ignoraba. «Qué extraño —caviló—. Diría que es el mismo sujeto que ayer se hallaba en la calle del Boquete, al salir de la Inquisición… ¿Tendrá algo que ver con los hechos sobre los que don Dionisio me alertaba en su carta y con esas prisas de Téllez por contarme un asunto de gravedad extrema?»

Miró el reloj y observó que un landó se detenía enfrente de la casa y de él bajaba uno de los pasantes de su amigo el mercader y banquero Miguel Aramburu. Su primera reacción fue de sorpresa. Recuperó la compostura y esperó. «¿Qué querrá de mí don Miguel?», pensó.

Unos pasos atrás, confundido entre unos carros que acarreaban carbón, Tadeo Quirós no perdía uno solo de los movimientos del recién llegado. Dejó ver sus dientecillos afilados y murmuró:

—Esto empieza a moverse. Don Cecilio se alegrará.

El enviado del comerciante fue conducido al saloncito, donde el fuego animaba una chimenea de ébano decorada con cajas chinas. Las cortinas de terciopelo, las alfombras orientales, el suelo de madera, los sofás franceses, las lámparas, los muebles de esmerada taracea y la biblioteca ricamente abastecida denotaban el desahogo y el buen gusto del agente naviero. Germán Galiana lo esperaba ante la ventana, vestido con una impecable levita de color gris perla, pantalones ajustados y botas de montar inglesas. Un alfiler de plata y aljófar sujetaba el corbatín a una camisa de encaje holandés. Sus cabellos castaños, peinados hacia delante, denotaban que el marino era un hombre de mundo a quien seducía la moda de Londres y París.

Tras los saludos de rigor, Germán observó que el hombre no traía ninguna carta. El pasante hizo una ligera y cortés reverencia.

—¿Y don Miguel? ¿Cómo está? —preguntó el marino.

—Bien, aunque temió por vuestra vida, señor.

—¿Y qué desea de mí vuestro patrón?

—Veréis, debido a los tiempos de incertidumbre en que vivimos, no ha querido enviaros su mensaje por escrito —señaló, misterioso—. Hoy cualquier nota inculpa, y ha preferido que os lo transmitiera verbalmente.

—¿De qué se trata? ¿Le ocurre algo?

—En modo alguno, señor Galiana. Resulta que hace unas semanas llegó a Cádiz un amigo íntimo de don Miguel, el señor Grimaldi, director del Teatro del Príncipe de Madrid y hombre muy principal. Por raro que os parezca, ha venido de la Villa y Corte para entrevistarse con vos por un asunto de índole confidencial.

—¿Para hablar conmigo? —Germán, desconcertado, pensó en su padre—. ¿Y por qué razón? No creo conocerlo.

—Don Miguel me ha dicho que os traslade que este caballero se entrevistó no ha mucho con el Trapense, al parecer amigo vuestro. El señor Grimaldi ha arribado a Cádiz para arreglar cierto asunto referido a la batalla de Vitoria en la que vos participasteis. Han concertado una cita en El León de Oro a la hora del café de la tarde. Os aguardan mañana.

La asombrada cara del marino esbozó una media sonrisa.

—Ciertamente me dejáis perplejo, aunque este hecho viene a aclarar algunas situaciones inexplicables con las que me he encontrado a mi llegada a Cádiz. Decidle a don Miguel que allí estaré. No sabéis cuánto lo deseo.

El visitante se despidió, pero dudó y se revolvió enigmático.

—¡Ah, lo olvidaba! Don Miguel me reiteró que os insistiera en que el asunto es de importancia capital, y también que el sistema policial de los esbirros del Absoluto sigue intacto.

—¿Y qué tiene eso que ver conmigo?

—Según don Miguel, ciertos agentes llegados de Madrid están espiando todos vuestros actos y los de ese caballero. Extremad vuestros cuidados. Cádiz se ha convertido en una olla en ebullición. Todo son sigilos.

Germán, tras devolverle el saludo y una circunspecta sonrisa, se quedó petrificado, cavilando. Cogió en sus manos el periódico de la mañana y se preguntó qué insólito enigma planeaba sobre su cabeza. Había advertido mucha ocultación y muchas urgencias a su alrededor. Don Miguel deseaba verlo con un apremio desconocido. Un sorprendente personaje de la corte se había tomado la molestia de venir desde Madrid en tiempos revueltos, arrostrando arriesgados peligros; el Trapense había resucitado como una pesadilla del fondo de su memoria, y Téllez insistía en verlo para hablar de un tema trascendental para ambos que no podía esperar una hora más. «¿Es que el mundo se ha vuelto loco a mi alrededor? De nuevo, la misteriosa mano de mi destino me prepara un sesgo inquietante», pensó, contrariado.

Había llegado la hora de salir de dudas. Se colocó la chistera y salió. El aire era húmedo, y el viento de La Caleta dispersaba los humos de los fogones y las chimeneas del barrio. Se distrajo mirando a unos borrachos que proferían indecencias a las mozas y a los clientes sentados en la taberna de la Posada. Tras ellos adivinó la cara inconfundible del desconocido del tic nervioso; seguía observando sus movimientos.

Buscando una escapatoria, Germán cruzó raudo el Arco del Pópulo.

El enigmático Galileo

El sol había brotado con una tibieza agradable y reconfortadora cuando los trajines de la sirvienta lo despertaron. Notaba la boca seca.

El día anterior Germán se había pasado toda la tarde recluido en casa estudiando las ofertas de los comerciantes gaditanos y las tasas del asegurador. Estaba de buen humor, aunque su habitual ardor de estómago lo había obligado a tomar sales medicinales. No quería esperar a la mañana siguiente para rendir una visita a su amigo Téllez —sentía una debilidad morbosa por aquel hombre perspicaz—, y decidió que iría a verlo antes del almuerzo.

Pero no tuvo que molestarse. La doncella le anunció que hacía media hora que el viejo músico lo aguardaba en la cocina y que, contrariamente a su costumbre, había entrado sin llamar por la puerta trasera del corral. Germán se colocó la bata y las chinelas y bajó inmediatamente.

Allí se hallaba su amigo del alma, con su mirada acuosa y tímida, la barba esponjosa y blanca, tosiendo como de costumbre y jugando con el ágil Chocolate. Con el calor se había desposeído de su raída pero limpia capa. Téllez nunca le había fallado; era su confidente, y lo quería como a un padre.

—¿Tanto sueño has traído de las Indias, galán? —lo saludó el poeta.

—Buenos días, amigo. Iba a visitarte para beber en tu compañía un trago de ron de Cuba —contestó, y le echó una golosina al mico.

—Pues Chocolate y yo deseamos verte en privado. ¿Subimos

a tu bufete? Ya sabes, este inteligente mono es muy celoso de su intimidad.

—Tanto como tú, sois dos locos de atar. ¡Subamos pues! Tengo que preguntarte sobre muchas cosas y apenas si he tenido tiempo —afirmó el marino palmeando su hombro huesudo.

Germán apreció un brillo misterioso en la mirada del estrafalario músico, quien, como era habitual en él, llevaba la casaca desabrochada, los pantalones remendados, los zapatos de hebilla sucios y el chaleco de cachemir ajado y deslucido. Su andar encorvado y su melena desgreñada seguían siendo inconfundibles.

Téllez se sentó en el butacón, ató el monito al sillón y tomó una pizca de rapé que le ofreció el anfitrión y un pastelillo de canela que mojó en un tazón con malvasía. En un pebetero se quemaba romero y sándalo; el músico aspiró. Sus ojos, más que mirar, parecían escudriñar al marino, y éste se impacientó.

—Querido Germán, deberás hacer volar tu imaginación con lo que voy a narrarte, y más siendo tú el protagonista —dijo Téllez mientras se limpiaba los residuos caídos en su recosida camisa.

Germán hizo un esfuerzo por superar la sorpresa.

—Pareces el mensajero del averno. ¡Vamos, habla! —lo animó con su voz apaciguadora al tiempo que le servía una taza de café caliente.

En la calle, el griterío y los relinchos de las caballerías eran cada vez más ensordecedores, pero lo que comenzó a narrarle Téllez los eclipsó al instante. Germán no salía de su estupor. Durante casi una hora, con la puerta y las ventanas herméticamente cerradas, el poeta del pueblo le narró con todo lujo de detalles desde el robo frustrado en la casa, hasta el hallazgo de las joyas reales dentro de la imagen del Cristo Niño. Germán escuchaba impertérrito unas veces, ansioso otras y estupefacto las más.

Resultaba difícil asumir tamaño embrollo.

Cuando Téllez concluyó, en la salita se hizo un espeso silencio, sólo desbaratado por los leves chillidos del primate. El marino había mudado su semblante; era la viva encarnación del asombro. Estaba petrificado, inmóvil, suspendido entre interrogantes y con el gesto inmutable. ¿Durante tres años, sin saberlo, había sido el hombre más rico de la ciudad? Observó a su interlocutor con una mirada errática, mezcla de recelo, turbación y ansia. Las venas del cuello se le hincharon. No podía quitarse de la cabeza la inconcebible y espectacular revelación que le había destapado. Quiso gesticular, decir algo, pero no podía. Germán era la imagen de la incredulidad pura y total.

—Ya he vaciado el costal de mis secretos —dijo el músico—. Ahora tú decides.

Galiana se levantó del asiento como expelido por un resorte.

—Deseo ver esas joyas, Téllez. Sólo si las veo creeré ese cuento inaudito que me has revelado. Nunca imaginé siquiera que ese Niño pudiera esconder un tesoro.

Téllez colocó en sus rodillas al animalillo vestido a lo Napoleón. Chocolate se dejó dócilmente manipular mientras mordía una nuez y mostraba sus afilados colmillos al anfitrión en una mueca histriónica y burlona. El poeta abrió los corchetes de la levita y extrajo un saquito de color púrpura que por la noche había rescatado del tejado. Lo vació en la mano temblorosa del marino. Cuando las tuvo ante sí, su visión le cortó el aliento; el corazón porfió por salírsele del pecho. Un sudor frío comenzó a perlarle la frente, y un revoltijo de imágenes brillantes e inconexas difuminó su mirada.

Las palpitaciones sonaban en su cabeza como un tambor de batalla. Todo a su alrededor, que antes parecía opaco, refulgió como un nido de estrellas. Eran dos aderezos de prodigiosas cualidades, dignos de pertenecer a un sátrapa persa, a un sultán de Bagdad, a los Borgia, a una Austria, a Catalina de Médicis o a la legendaria Giovanna de Nápoles. Pero no eran dignos de él.

Estaba persuadido de que eran superiores en belleza a los jaspes y esmeraldas hallados por Pizarro en Cuzco, o a las campanillas de oro que según Cortés colgaban como racimos de los sangrientos templos aztecas. Los rabiosos centelleos de la perla y los brillos del diamante le parecían el mágico sueño que sólo podía aparecer en un cuento de Camelot o en una narración sobre las ciudades fabulosas del Preste Juan. Exquisitez, suntuosidad, maravilla y lujo inefable las definían.

En callado recogimiento, Germán parecía presa de un grandioso trance. Se sentía como una nave a la deriva, pero se tenía por un buen timonel y debía resolver la situación cuanto antes. Intuyendo su procedencia, las joyas empezaron a quemarle en los dedos como dos tizones del infierno. ¿Quién las colocaría dentro de la talla que le tocó en suerte? ¿Quizá los reyes, para preservarlas de los depredadores franceses y del Intruso? ¿Tal vez el choricero Godoy, que las ocultó soñando con volver al poder y recuperarlas? ¿Un cortesano avispado que las sustrajo en medio de la confusión y no pudo volver a recogerlas?

—¡Disparatado enigma el de estas alhajas reales! —se pronunció, atónito—. Daría mi brazo por saber cómo esta perla y este diamante terminaron en aquella escultura que me tocó en suerte y por qué razón. El resto me lo imagino. ¿Saqueo, ocultación, robo? ¡Qué sé yo!

—Eres el dueño del gran secreto, Germán —dijo Téllez.

El marino luchaba por ordenar la confusión de explicaciones y emociones que se despeñaban por su cerebro. Sentía tal fascinación al contemplar las joyas, que apenas si podía apartar la vista de ellas. Eran la máxima concepción de la belleza.

—Entonces, ¿te correspondió en el reparto del botín que Pepe Botella intentaba sacar de España? ¡Qué ocurrencia del destino!

El gesto de Germán revelaba tensión interior, como si estuviera metido en negocios poco claros y sucios. Cabeceó torpemente en señal de asentimiento. Detestaba sentirse así.

—Cierto, pero nunca se me ocurrió mirar dentro, créeme. Para mí era solamente eso, un Niño Jesús exótico y raro, nada más. Luego se lo regalé a Soledad, mujer devota y piadosa donde las haya —declaró, socarrón—. ¿Quién sabe de su existencia, amigo?

—Soledad, tú y yo —replicó Téllez, terminante—. Nadie más.

Era lo más desafortunado que podía ocurrirle. Habría de maniobrar con urgencia y discreción y desprenderse de ellas al precio que fuera, pues era el sospechoso más relevante en ese asunto.

—Me siento la víctima imprevista de una inesperada maquinación a la que soy ajeno. Hay que devolverlas inmediatamente, Téllez. Resulta perentorio, sus efectos podrían ser devastadores para mí. Ahora estoy en paz con la justicia. Me compromete demasiado —dijo con voz decidida.

—La codicia y los codiciosos hacen de éste un perro mundo.

—Además —siguió el marino—, si el Trapense está al tanto, pueden saberlo otros, en especial agentes realistas que no dudarían en segarme el pescuezo por arrebatármelas o en acusarme de ladrón de bienes regios, o de cómplice de Godoy.

—Si proclamas que las tienes, eres hombre muerto, o como mínimo acabas en galeras. Debes callar y pensar en un ardid para deshacerte de ellas sin que tu nombre salga a la luz —adujo el músico con gesto intranquilo.

—¡Por todos los diablos! Me hallo en una situación peliaguda, Téllez. Cuando salí de Caracas jamás pensé que podía aguardarme un asunto tan espinoso y delicado.

—¿Y a quién se las reintegrarías? —le preguntó Téllez, severo—. ¿Quién te garantiza que llegarían a su verdadero dueño? ¿Y quién es su dueño? ¿El codicioso rey Fernando VII; el bobalicón de su padre, don Carlos? ¿Godoy, el ambicioso Príncipe de la Paz? ¿La ramera de Parma? Tienes que obrar más inteligentemente que ellos y que sus secuaces. Ellos fueron los que registraron esta casa en tu ausencia. No me cabe la menor duda de que buscaban estas alhajas y que nada político los animaba.

—Ciertamente debemos reforzar nuestra integridad personal y cebar una buena pistola que no abandonaremos nunca, ni siquiera cuando durmamos. Te prestaré una de las mías. Y ahora devuelve esas gemas a su escondrijo, la levita del ingenuo Chocolate, el mejor y más seguro del mundo para transportarlas, y luego al rincón secreto. —Germán lo acarició.

—¿Y Soledad? Está temerosa y muy preocupada —le recordó Téllez.

—Velaremos por ella noche y día. Déjala a mi cuidado. Y tú no le quites el ojo a este monito o estamos perdidos.

—No has de preocuparte por él. Hace su trabajo que es un primor. Y en mi rincón secreto nadie las hallará.

—No obstante, algo me dice que una reunión a la que he sido citado esta tarde en El León de Oro vendrá a resolver nuestras cuitas, o a aumentarlas hasta un límite insoportable si las cosas van mal. ¡Que el cielo nos ayude, pero creo que va resultar providencial!

—Aquí no existen ni providencias ni casualidades —lo interrumpió el perspicaz músico—. Todo obedece a un plan preconcebido, también el que anularan de golpe los cargos que pesaban sobre ti. Andan buscándote desde que esas alhajas desaparecieron, pero han tardado todos estos años en encontrarte y atar cabos. No era fácil empresa, lo reconozco. De ahí el tiempo transcurrido.

—Es muy posible que todo haya sucedido así.

Galiana, cada vez más pensativo, especuló que aquellas joyas podían significar para él promesas de lujos inimaginables, palacetes suntuosos, servidumbre, molicie y relajo, pero sabía que jamás podría disfrutar de ellas huyendo de un tropel de asesinos. «No, no puedo conservarlas, significarían mi perdición y la de los míos. Son un regalo envenenado», se dijo. Amaba demasiado a Lucía, a doña Mercedes y a sus amigos para exponerlos a un fin fatal. Era el momento de demostrar sagacidad, discreción y sabiduría; el instante para desplegar la prudencia propia de un espía. U obraba con reserva, o la hoja afilada de un asesino cercenaría su cuello. «Es el hecho más grave que el destino ha dispuesto en el camino de mi vida», pensó.

—Unos desconocidos merodean discretamente alrededor de esta casa —confesó, angustiado—. Y seguro que lo mismo hacen en las vuestras y en las oficinas de la Compañía Galiana.

—Hay que comportarse como zorros, Germán. La Contramina es una sociedad secreta con medios poderosísimos y peligrosos. Como todos los fanáticos de una religión, pueden causarte la ruina.

—Es una carrera contra el tiempo, pero he de pensar un plan.

—No me perderé por nada del mundo participar en él.

Hablaron durante una hora del procedimiento que seguirían y bosquejaron los primeros pasos. Luego, Germán despidió a su amigo, que abandonó cabizbajo la casa por el mismo lugar por donde había entrado, por la cocina.

Al mediodía, cuando regresó cariacontecido al bufete, el marino se sentía solo, vulnerable y perseguido, como si se hallara sumergido en un océano de aguas profundas, en una sima abismal, en un desierto acosado por invisibles amenazas. Aquello le resultaba inexplicable. «Qué caprichoso es el azar», se repetía.

El viento del norte presagiaba un repentino cambio de tiempo. El día transcurrió lento y perezoso para Germán Galiana. Debía tomar la iniciativa.

La puerta del León de Oro se abrió de par en par, y en el umbral apareció un caballero maduro y elegantemente ataviado con una levita de verano azul celeste con los bordes marrones. Era de corta estatura, rasgos aristocráticos y facciones sonrosadas, y apoyaba su recia humanidad en un bastón de empuñadura argentada.

En su rostro destacaban dos pupilas azules e indagadoras. Miró a través del monóculo y divisó, en un rincón, a don Miguel y al desconocido al que llevaba nueve años buscando. Se le notaba ansioso; sus sienes comenzaron a palpitar. Como sabía que Aramburu era hermano del credo masónico y que Galiana era un liberal reconocido, se presentó con amistosa cortesía entregando a Germán una tarjeta primorosamente caligrafiada.

—Juan Grimaldi, director del Teatro del Príncipe de Madrid y Príncipe del Real Secreto de la logia masónica La Matritense, del rito escocés del duque de Wharton, para servirle, señor.

—Germán Galiana, agente naviero —le respondió, grave.

—Me han dado excelentes referencias de vos. En la ciudad os consideran un héroe popular —lo halagó Grimaldi.

—Y también un corsario, un anticlerical y un villano liberal.

—El ser humano es un saco de contradicciones —lo animó don Juan.

Tras las presentaciones de rigor y las trivialidades propias de tres hombres civilizados, el madrileño, que poseía la expresión propia del que sabe que debe acudir a toda la persuasión de que sea capaz, fue al grano.

—Veréis, señor Galiana —comenzó—, hace ahora nueve años, poco antes de la entrada de los franceses en Madrid, recibí en mi casa una nota escrita por un amigo moribundo, el capitán Aníbal Figueroa, de la Guardia de Corps, al que Manuel Godoy había enviado a palacio para llevar a cabo una misión secreta y peligrosa: la puesta a salvo de las dos joyas más preciadas de la Casa

Real: la Peregrina y el Estanque azul, que le fueron regaladas al privado por la reina María Luisa al otorgársele el título de Príncipe de la Paz.

—Arriesgado encargo, señor —intervino el marino.

—La fortuna no acompañó a Figueroa, pues se vio rodeado por los esbirros del Absoluto —prosiguió Grimaldi—. El capitán, hermano de mi logia, que la tarde anterior me había puesto en antecedentes sobre su cometido, murió en raras circunstancias cumpliendo con su deber, pero antes tuvo tiempo de esconder las joyas y remitirme esta nota en clave, donde me especificaba el lugar exacto donde las había ocultado. —Don Juan le pasó el billete escrito por el capitán.

—Entiendo —asintió el perplejo marino, que lo leyó interesado.

—Fidias es Figueroa, y Galileo soy yo; son nuestros nombres masones.

—Ahora comprendo vuestro interés personal, pero está claro que no pudisteis recuperarlas, señor Grimaldi. ¿No es así?

—Está claro que no. Pero por preservar su memoria jamás renuncié a su ruego, pues nos unía un doble vínculo: la amistad y la pertenencia a la masonería. Era mi destino y un desafío posible, toda vez que mi compañía de teatro, la más reputada de este país, solía representar obras en palacio. Los ensayos solían durar semanas, y Figueroa sabía que yo podía deambular por sus dependencias con el aposentador real. Pero la situación había cambiado radicalmente. Llegaron los franceses y la colaboración se interrumpió. Yo había deducido que había ocultado las joyas en la Capilla Real, concretamente en un Cristo Jesús Niño, de los llamados «filipinos». Pero no llegaba la ocasión de que pudiera acceder a ella. El tiempo pasaba y me desesperaba.

—Lo que suponía para usted una ventaja se convirtió en una imposibilidad. Qué contrariedad —dijo Germán, absorto en la narración.

—Tomé el asunto como el empeño de mi vida, y durante meses intenté entrar en palacio. Pero todo fue en vano. Mientras tanto, unas joyas falsas, que el capitán Figueroa había sustituido por las verdaderas, circularon por Europa confundiendo a todos. Pasado un tiempo, por fin me invitaron a la representación de una obra de una compañía francesa. En uno de los descansos, simulando un sofoco, busqué la imagen del tan ansiado Niño Dios Buda. Y cuál no sería mi sorpresa al comprobar que José Bonaparte, el Intruso, había dispuesto a buen recaudo los tesoros más importantes de palacio en cajas cerradas y marcadas con el águila imperial. Pero yo y sólo yo sabía dónde estaban. Era cuestión de seguir su pista, aunque fuera en Francia.

—Durante la guerra, esos ladrones franceses saquearon y esquilmaron España sistemáticamente. Yo vi en Vitoria esos carros marcados a los que aludís. Se convirtieron en nuestro objetivo militar.

—Francia entera está adornada con los tesoros de las iglesias, los castillos, las catedrales y los monasterios de España. En París visité las tiendas de anticuarios de Saint-Sulpice y comprobé la contumaz rapiña de que fue objeto nuestro país. Y siguiendo esas cajas selladas, hice gestiones al más alto nivel, en las que intervino el mismísimo primer ministro de Francia. Pero la imagen del Niño Dios de la Capilla Real no había sido catalogada ni puesta a la venta por ningún anticuario parisino. Sin embargo, fue precisamente allí donde me dieron noticias del expolio de Vitoria y de ciertos guerrilleros que se repartieron parte de aquellos cajones marcados. Después de algún tiempo, viajé al Pirineo aragonés, donde contacté con vuestro antiguo jefe de guerrillas, el montaraz Trapense, que anda por allí defendiendo con el trabuco el absolutismo y la unión de la espada y la cruz.

—Maldito fraile —sonrió, cáustico—. Creo que cuando disolvieron el Congreso, partió con sus propias manazas la estatua de la Libertad.

—Pues ahora cabalga con una famosa amazona realista y apostólica, Josefina Comerford, andaluza de Tarifa, aunque de ascendencia irlandesa. Esta intrépida mujer ha vivido en Dublín, Viena y Roma, y ha retornado a España para unirse a esa partida de frailes y bandoleros alzados por el Trapense en favor del absolutismo y la religión. Estos locos agraviados andan por Cataluña, Navarra y La Rioja en un alzamiento teocrático y absolutista verdaderamente demencial, fusilando a cuanto liberal se interpone en su camino. El lema de su bandera es: «Resistamos a la peligrosa novedad de discurrir». ¡Dios nos libre de esos exaltados!

Por su expresión, el gaditano parecía estar recordando un tiempo infame.

—¿Y cómo está ese trabucaire hombre de Dios?

—Creo que es un demente y un hombre peligroso, amén de un servil violento. He oído que si se le nombra la sagrada Constitución de Cádiz, puede rebanarte el cuello.

—¿Y os habló de mí?

—Con gran afecto y con un recuerdo más que amistoso —confesó Grimaldi—. Él fue quien me puso tras vuestra pista. Y después de no pocos avatares, peligros, trances, aventuras y apuros, llegué al fin a Cádiz, donde con la ayuda de don Miguel, hermano de mi orden y acendrado amigo, estoy sentado frente a quien posee el legado del capitán Aníbal Figueroa, aunque ignoro si sois consciente de ello, pues desde entonces se ha perdido su rastro y las joyas no han aparecido en ningún mercado de Europa, Asia o América. Las tenéis vos, ¿verdad, señor?

Germán jugueteó con sus guantes y miró a don Juan con sorna.

—Negarlo sería una estupidez, pero puedo aseguraros que lo sé desde hace sólo unas horas. Le regalé esa imagen del Niño de Belén achinado a una persona cercana muy devota que, ajena a lo que atesoraba, lo tuvo en un altar junto a otras imágenes. Tras el allanamiento de mi casa, estando yo exilado en Venezuela, mis amigos ataron cabos, examinaron los regalos que les traje del saqueo del botín, y finalmente descubrieron las alhajas, que han guardado a buen recaudo hasta mi llegada, hace tan sólo unos días. Ahora son mías por derecho de guerra.

El empresario arqueó las cejas y las venillas del rostro se le encendieron. Habría de apelar a toda su capacidad de convicción.

—Pero ¿sabéis el peligro que corréis si intentáis quedároslas?

A Germán la pregunta se le antojó ridícula, incluso ofensiva.

—Por supuesto —dijo con un rictus de contrariedad—. En cuanto pusiera el pie en una platería de la calle Ancha o en el despacho de un banquero o de un tasador, sería detenido en el acto.

Don Miguel apareció en escena para ayudar.

—Yo he visto esa orden real, Germán, y también la conocen

los joyeros de la calle Cobos y de la calle Ancha de Cádiz y de toda España. Si las descubren, han de avisar inmediatamente a la policía, so pena de cárcel, potro y galeras. Además, una jauría de agentes del rey y de La Contramina han recalado en esta ciudad, siguiendo a mi amigo Grimaldi. Es muy posible que ahora mismo nos estén espiando.

—Yo podría descargaros de esa servidumbre y premiároslo.

—¡Una verdadera lástima! —se lamentó el marino—. ¿Y vos trabajáis para Godoy? Me cuesta creerlo. ¿Qué sacáis de todo esto?

El masón no tuvo que meditar sus palabras, le salieron solas.

—En reciprocidad por vuestra leal disposición, os diré que Godoy fue un gobernante abyecto, ladrón y vividor, y un hombre al que detesto. Pero no lo son menos los monarcas, tanto don Carlos IV como el despreciable Rey Neto. Únicamente quiero cumplir el último deseo de un hermano al que apreciaba mucho. Pero sí, mi logia saca algo a cambio. Si yo entrego esas joyas a su legítimo dueño, el duque de Alcudia, éste a cambio me entregará las Actas Secretas de los Acuerdos de Bayona, que existen y que mis hermanos y yo, y los masones del gobierno, como Argüelles, Toreno o Martínez de la Rosa, esgrimirán ante ese rey disoluto, tiránico y nefasto, para mantenerlo a su merced y bien atado, pues pueden desposeerlo de su trono mostrándole las alternativas a su Corona. ¿Habéis comprendido?

Germán se recolocó las chorreras de su intachable camisa.

—Mire, don Juan, detesto tanto a ese perro de Godoy, paradigma de la corrupción en este país, como a ese abominable fantoche de Fernando VII —dijo—. Pero este rey que nos malgobierna no merece una satisfacción más.

—En eso estamos de acuerdo, y debemos llegar a un pronto arreglo.

—¿Y yo qué sacaría de todo esto? Me estoy jugando la vida…

Hacía tantos años que Grimaldi ansiaba este momento, que se mostró extremadamente generoso. Renunciaría a la recompensa prometida por Badía.

—En primer lugar, tranquilidad, seguridad y paz. Nadie os señalaría con el dedo inculpador, pues las joyas, nada más pasar a mi poder, serían entregadas a unos intermediarios de Godoy, que ya os presentaré, pues se hallan en Cádiz. El traspaso sería conocido en Madrid y por el mismo rey tres días después. Los acosos y espionajes de los realistas cesarían, pues dejaríais de ser el blanco de sus pesquisas. Nadie podría probar que un día las tuvisteis. Además, yo podría ser sumamente generoso.

Las palabras de Grimaldi estorbaban la conexión de los pensamientos de Galiana: los hacían oscilar caóticamente como el péndulo de un reloj desatinado, pero el grado de confianza hacia el empresario había crecido con su último ofrecimiento. ¿De qué se trataría esa generosidad?

—¿Y qué estaríais dispuesto a ofrecerme? —insistió Germán.

Don Juan detuvo instintivamente su discurso. Volvió la cabeza hacia un lado y, como impelido por un muelle oculto, se enderezó en el asiento. Su gesto había cambiado al percibir que una mujer de arrebatador atractivo y un caballero de mirada glacial, piel aceitunada e intachable presencia entraban en El León de Oro, despertando todo tipo de murmullos y comentarios, pues no era corriente ver a una dama en el café. Una sonrisa dadivosa salió de los labios perfectos de la señora. ¿Entrañaba aquel guiño cierto nivel de compromiso con Grimaldi? ¿Era la connivencia la principal causa del retraimiento observado en el empresario teatral? ¿Le ocultaba algo?

Anne Lignane de Villedary, y Domingo Badía y Leblich, alias «Alí Bey», los agentes de Godoy, habían entrado en escena como una aparición. Entre el humo de los habanos, las bebidas calientes y las miríadas de puntos de luz en suspensión que se colaban por la claraboya, parecían dos seres majestuosos fuera del tiempo.

Resultaba evidente que Grimaldi conocía a aquellos forasteros. Su presencia lo había sobresaltado, aunque no alarmado ni preocupado. «¿Son amigos o enemigos? ¿Han venido también a buscarme a mí?», se preguntó Galiana. Una fugaz chispa de admiración por la belleza de la mujer corrió por la faz del marino, que inclinó la cabeza. ¿Qué era lo que tanto le atraía de esa dama? ¿Su exotismo? ¿Su exquisita hermosura? Germán estaba persuadido de que aquellos desconocidos o eran unos consumados simuladores o jugaban al mismo juego que él.

El sol del atardecer, precozmente primaveral, se coló por las ventanas del León de Oro y proyectó en la mesa que ocupaban la sombra colosal y fantasmagórica de una de las lámparas colgantes.

Y entonces un relámpago iluminó su mente. Utilizaría a la deslumbrante dama en la trama que su cerebro concebía a marchas forzadas para deshacerse de las alhajas.

Un plan meticuloso y audaz.

El testamento del procesado

Germán, ensimismado con la bella extranjera, apenas si prestaba atención a lo que le narraba don Juan. Su aparición había producido un fuerte impacto en sus emociones.

—¿Conocéis a esa mujer y a ese hombre, señor Grimaldi? —preguntó.

El empresario abandonó su inflexible actitud de impasibilidad forzada. No tenía otra opción que informarle con sinceridad.

—Sí —admitió en voz baja—. Son dos agentes de Godoy y colaboran conmigo. La prima que ha ofrecido el Duque por recuperarlas pasaría a vos íntegramente, y el encargado de garantizar el cobro sería don Miguel. No quiero manchar la memoria de Figueroa con dinero. Creo que la recompensa asciende al cambio a unos cincuenta mil pesos de oro. Cantidad nada despreciable, amigo Galiana.

Una mueca de placer flotó en los labios del marino.

Pensó que con ese dinero podría saldar el préstamo solicitado a la Banca Morgan de Jamaica para la compra de Las Ceibas, liberar a la Compañía Galiana de su hipoteca y pagar de camino los ingenios del azúcar adquiridos en Boston. Para doña Mercedes sería una noticia excelente: sufragaría su desprendida generosidad y actuaría como un regalo llovido del cielo en su contabilidad.

El silencio que siguió se trocó en amenazante espera. Grimaldi temía una negativa fatal y no paró un instante en mirar sus labios. El marino se había sumido en una insondable deliberación; sopesaba la oferta. Después miró a uno y otro lado y, confundido entre unos capitanes de barco, volvió a ver al tipo del párpado caído y el tic nervioso; sorbía una tacita de café. Su desagradable presencia le ayudó a decidirse.

—Estoy convencido de la sinceridad de vuestra oferta, señor Grimaldi. Así que acepto. Esas gemas me queman las entrañas. Al menos llegarán a las manos de una gaditana. ¿Sabíais que doña Pepita Tudó, la amante y luego esposa de Manuel Godoy, es hija huérfana de un artillero gaditano y que ama Cádiz como su cuna?

El empresario sintió una impulsiva reacción de alivio.

—No, lo ignoraba —admitió sonriente—. Gracias por valorar la pureza de mis intenciones; y celebro que os agrade quien va a ser su receptora —contestó don Juan.

—Pero es demasiado pronto por cantar victoria. El gran problema sigue siendo la forma de entregároslas y sacarlas luego de la ciudad. A esos sabuesos no se les escapa ni uno solo de nuestros movimientos y de nuestros gestos. Si nos atrapan con ellas, estamos perdidos. Y es lo que están esperando.

—Ciertamente resultará comprometido y podría arruinar nuestro feliz acuerdo —convino don Juan, contrariado.

—No os preocupéis y confiad en mí. La menor señal de debilidad o de titubeo daría al traste con nuestras previsiones. No debemos mostrar ni inquietud ni excitación, sino displicencia y desinterés —lo alentó Germán—. Desde que tomé conciencia del asunto, estoy concibiendo una compleja estratagema para deshacerme de las joyas del modo más apropiado.

—¿En qué consiste? —se interesó Grimaldi, ávido.

Tras unos instantes de recelo, Germán se decidió a responder.

—Escuchad, señor, lo más importante es que no nos cojan en el momento de la transacción. Nos veríamos obligados a dar muchas explicaciones a la policía y tal vez lo pagaríamos con nuestra vida o nuestra libertad. Las joyas son de propiedad real, no lo olvidéis, y robarlas conlleva el cadalso o un banco de galeras.

—¿Y entonces?

—Meteos una sola idea en la cabeza, señor Grimaldi: la única forma de salir con éxito de esta espinosa situación es cubrir con un velo de ocultación y reserva todos y cada uno de nuestros movimientos. Sólo así salvaremos nuestro pellejo y nuestros intereses.

—¿Y cómo? —preguntó don Juan con morbosa curiosidad.

—Mirad, el guión acaba de comenzar, y debemos actuar con rapidez extrema, inteligencia y osadía. Si no se tienen buenas cartas, no se puede jugar. Y yo las poseo, señor Grimaldi. El plan consta de tres actos que llegarán a un final feliz si obramos con cautela, firmeza y valor. Lo tengo todo calculado.

—Os escucho. —El empresario se acercó a Germán.

—Prestadme oídos —dijo Germán bajando la voz—. Después de meditarlo concienzudamente, he deducido que la clave del éxito de la operación debe basarse en que ni vos ni yo manipulemos bajo ningún concepto las joyas. Así nunca podrán acusarnos de robo, o de negocios sucios con gemas robadas al rey. Tengo dispuesta la forma de hacerlo, y más aún tras la oportuna aparición de esa beldad extranjera. Pero precisamos de una excusa creíble que justifique por qué habéis venido a verme.

Grimaldi no había pensado en aquella contingencia. Decididamente, aquel hombre templado rezumaba talento.

—¿Y cuál puede ser, si no son las joyas, amigo Galiana?

—Existe otra, y por cierto muy verosímil. —Germán sonrió taimado—. Esos agentes realistas que no nos quitan ojo intuyen que yo las poseo, pero no saben nada a ciencia cierta, si no ya me habrían detenido. Está claro que esperan el momento de la entrega para abordarnos, detenernos y luego arrebatárnoslas aplicando todo el peso de la ley. ¿Comprendéis?

—Y entonces, ¿a qué he venido a Cádiz, según vos?

—Poseo el motivo acertado por el que me habéis buscado denodadamente —expuso Germán, enigmático—. Y aunque os parezca extraño, me lo ha proporcionado quien más daño me ha ocasionado condenándome a dos exilios injustos: la Inquisición.

—¡La Inquisición! No os entiendo.

—Os lo explicaré, señor. Mi padre, que era actor, hace años sufrió un proceso por parte de ese caduco y denigrante tribunal eclesiástico que tanto mal ha obrado a este país retrasando su desarrollo y cultura y enterrándolo en una era de oscurantismo, delación y supercherías. Pues bien. Antes de morir de resultas de la cárcel inquisitorial y de los trabajos forzados a los que fue condenado, se fue a vivir a Madrid, de donde era natural, y me dejó una carta que puede tomarse por su testamento póstumo. Lo que haremos es utilizar convenientemente ese obsequio de mi sangre.

—¿Y cómo? —preguntó Grimaldi sopesando su plan.

—Simularemos que mi padre, Gabriel Luján, tras cumplir su pena, fue actor de reparto de vuestra compañía en los últimos meses de su vida. Era un cómico de segundo orden, por lo que es fácil esconderlo entre vuestro elenco de comediantes. Le profesabais gran afecto por su bondad, mala fortuna, necesidades, persecución y buenas maneras, por lo que le jurasteis, en su lecho de muerte y por vuestra salvación, que me entregaríais esa carta y que lavaríais su mala reputación ante mí, su único y querido descendiente. De ahí vuestros viajes y las preguntas sobre mi paradero en diferentes lugares de España. Es totalmente asumible. ¿No lo creéis así?

Una inquietante corriente de misterio corría por el ambiente.

—Sí, en verdad creo que puede ser verosímil y que la policía podría aceptarlo —se pronunció Grimaldi—. Pero ¿esa carta existe? —La lucidez del marino le pareció febril; lo escuchaba embelesado, con un vigor y un entusiasmo vivificantes.

—Naturalmente —respondió el gaditano—. Id mañana al mediodía al Café del Ángel, en la calle Santo Cristo entrando por la plaza de la Candelaria. Es un mesón discreto. En otro tiempo fue una mezquita musulmana; os gustará su ornamentación y el excelente vino que despachan. Pedid al camarero una caña de Chiclana y un habano de Vuelta Abajo, la mejor comarca productora de Cuba. Es la contraseña. El ventero, un individuo picado de viruelas, amigo mío de la infancia, os entregará una caja de cigarros; en el fondo de la caja estará la carta, atada a varios habanos. Cogedlos y guardadlos en el bolsillo de vuestra levita, como hace cualquier comprador.

—¿Y qué debo hacer con ella? —preguntó Grimaldi, encandilado.

—Me la daréis mañana por la tarde, en este mismo café y a la misma hora, con todo tipo de protocolos y beneplácitos, para que la entrega sea bien visible. Yo me emocionaré, es posible que incluso vierta alguna lágrima. Luego os daré las gracias efusivamente y os abrazaré ante toda la clientela. Ése será el primer cuadro de esta comedia bufa cuyos actos os iré anunciando día a día a través de un músico amigo mío, Téllez.

—Vuestro plan me agrada. Habéis mitigado mi inicial inquietud.

—Pero ya sabéis, amigo Grimaldi, cubrid con un manto de secreto vuestra estancia y vuestros pasos. Yo os garantizo la reserva de mis actos. Sólo así nos acompañará el éxito. No obstante, una duda me asalta, ¿podemos confiar en esos agentes de Godoy?

—Enteramente. El caballero es un hombre de honor, y la mujer, a quien conocí siendo una muchacha, es una dama de esmerada educación y exquisitez, acostumbrada a moverse en palacios y en las cortes de París, Bruselas, Madrid y Viena. Trabajan por dinero, son profesionales de la extorsión, la intriga y el espionaje. Pero, eso sí, de guante blanco.

—Bien, mejor así. Lo único que deseo es vivir y que no me dediquen un epitafio por mi estupidez. Este local será siempre nuestro punto de encuentro, en la tertulia del café de la sobremesa —concluyó, y sin previo aviso se levantó y con una voz que fue oída por todos los parroquianos, declaró—: No lo olvidéis, señor Grimaldi, mañana os espero. Estoy ansioso por acabar cuanto antes con este venturoso y comprometido… negocio.

—También yo, amigo Galiana. No sabéis el peso que me quitaré de encima —dijo don Juan en voz alta siguiéndole la representación.

Se estaba divirtiendo a pesar de la gravedad de la trama. Otra vez interpretaba el papel de farsante.

Horas más tarde, en la intimidad de su alcoba, Germán reflexionaba con los ojos fatigados por el insomnio. En su cabeza revoloteaban ideas descabelladas. «¿Tan poderosa es la tentación?», se preguntaba. Aquella noche, debatiéndose entre la maldita tentación de quedarse con las joyas y huir con ellas a América, o seguir el plan que se gestaba en su mente para salir ileso del envite, no conseguía conciliar el sueño. Tan sólo anhelaba volver a abrazar a Lucía y dedicarse en cuerpo y alma a la plantación. «La alternativa de desertar no es buena, y sería muy poco honorable tras la palabra dada al señor Grimaldi. Seguiremos con mi minucioso plan», pensó y se acurrucó entre los cobertores.

Sólo era cuestión de paciencia, decisión y audacia.

Salió el sol y lamió la satinada belleza de la Ciudad de las Luces.

No habían tocado aún las campanas de San Juan de Dios convocando a misa de siete cuando Germán se despertó sobresaltado. Con el dormitorio sumido en la oscuridad, sintió un repentino temor claustrofóbico. Había tenido un sueño agitado en el que poseía a Lucía salvajemente en el palmeral de Las Ceibas. Se levantó despacio. Su aspecto no era el mejor. Se acercó a la ventana y el vaho de su aliento empañó el vidrio, pero aun así pudo ver que su pertinaz espía se esfumaba calle abajo como un espectro en la bruma.

El asunto de la entrega de las joyas lo obsesionaba, se sentía anímicamente exhausto. Se irguió en toda su estatura, envarado y agotado. La sirvienta entró sin hacer ruido y dejó sobre la mesa una bandeja con una cafetera, panecillos calientes y varios periódicos.

Para el marino, el café era el elixir de la vida.

Germán dejó sobre la mesa un libro de Fénelon y revivió sus propios recuerdos. Parecía como si nada de aquello fuera con él. Su futuro estaba en Caracas, al lado de Lucía, con todas sus recompensas. Afloraban en él nuevas sensaciones. Le aguardaba un compromiso en otra tierra, y en ese momento prefería ignorar el trágico destino de su nación, gobernada por el Absoluto y eternamente acechada por el oscurantismo, el despotismo de unos pocos, la pobreza y el atraso. Se dejó caer en el sillón y meditó.

Aquella tarde la atmósfera del León de Oro estaba muy cargada. Germán se acomodó en la misma mesa que el día anterior y con los mismos contertulios. Saludó a Grimaldi y a Aramburu y comenzaron la comedia.

—Hagámoslo de tal forma que nuestro «ángel guardián», que se esconde tras aquel perchero y disimula leyendo *La Gaceta de Madrid*, no pierda detalle. El mal existe y nos rodea por doquier.

Las miradas de Cecilio Bergamín y de Tadeo Quirós se clavaban como dardos en Grimaldi y Galiana. El jefe, mesándose la barbita y sus afilados bigotes negros, lo escrutaba con sus abombados ojillos de batracio. Ni uno solo de sus movimientos le pasaba desapercibido. Incluso esbozó una risita sardónica cuando observó al marino exaltado y conmovido al recibir cierto papel. ¿Qué le había entregado el masón que tanta conmoción había ocasionado en el gaditano? «Algo relacionado con las joyas, estoy seguro. Puede ser la prueba definitiva que necesitaba», murmuró para sus adentros.

Los dos agentes de La Contramina se levantaron para hablar con el dueño del local. Tras cuchichear en su oído, los tres se encaminaron a un reservado, donde a veces se reunían los hombres de negocios y los capitanes de barco. El mesonero se acercó luego a Germán.

—Señores, don Cecilio Bergamín, de la Jefatura de Policía de Madrid, les agradecería, a vos y al señor Grimaldi, que pasaran a verlo al salón privado para un asunto que precisa de la reserva más absoluta. Serán sólo unos momentos y pide disculpas por las molestias. Acompáñenme.

La impostada indignación de Galiana apenas duró un instante, luego lo siguió. Una sequedad creciente le convertía la boca en estopa seca.

—¿Qué os parece el atropello, don Juan?

—No me parece mal. Se ha convertido en mi diablo custodio y me viene siguiendo por media España. Se merece una lección.

—Creo que no deberíamos subestimar a esos perros. Saben más de lo que parece. Andémonos con cuidado. No me fío.

Debido a la escasa iluminación y a la cargada atmósfera, la cara de Cecilio Bergamín les pareció más diabólica de lo que suponían. Aquellos hombres olían a sudor, a tinta y a brandy. La penumbra era densa, los cuadros de barcos parecían esfumarse de las paredes. Hacía calor y sus frentes estaban moteadas de sudor. Con cortesía, Bergamín los invitó a sentarse mientras les mostraba las credenciales de su cargo y de su misión al servicio de la Corona. Galiana tenía la mirada perdida, y Grimaldi jugueteaba indolente con su monóculo.

Los agentes de La Contramina, sin decir palabra, los sometieron a un intenso escrutinio tan preocupante como incisivo. Bergamín les sostuvo la mirada como si fueran los cómplices de un crimen. Era un maestro en demoler artificiosas fachadas de inocencia y en despertar un complejo de culpabilidad en cuantos interrogaba. Era su método intimidatorio.

«¿Qué flagrante mascarada era aquélla? ¿Con qué derecho habían perturbado su charla? ¿Habrían cometido una involuntaria acumulación de errores? ¿Los acusarían de robo y los detendrían? ¿Acaso la situación no era lo bastante grave para ser considerada comprometida?», se preguntaban Grimaldi y Germán, inquietos.

Grimaldi era consciente de que el papel que debía representar en aquel momento no le iba a resultar nada fácil. Pero ¿había arriesgado tanto y había llegado tan lejos para entregarse a un vulgar esbirro que lo tiranizaba con su mirada o para pudrirse en una cárcel real? No, no lo permitiría. Para fundamentar una incriminación sobre él precisaban de muchas razones y pruebas; las conjeturas no bastaban. «Sin embargo, el destino de los hombres es notoriamente veleidoso», pensó.

Germán no ocultó su irritación ante el descaro de los agentes de policía. ¿Disponían de evidencias irrefutables que sustentaran su acusación? Por un momento se sintió sobrecogido, pero lo disimuló cuidadosamente. Había tomado noción del alcance de su vulnerabilidad.

Un incómodo silencio se hizo entre ellos.

El interrogatorio de Bergamín

Rígido e inmóvil, Bergamín parecía una estatua de cera.

Germán y Grimaldi sabían de antemano que el encuentro iba a transcurrir de forma embarazosa y que debían estar ágiles y despiertos. Mientras los miraba con insolencia, el agente escogió sus palabras cuidadosamente. No disimuló sus intenciones, y con pasos seguros rondó a sus presas. Sus ojos de desconfianza se movían vertiginosos, en alerta, y su inquisitivo cerebro ordenaba el flujo de sus imputaciones.

—Señores, les he llamado con el mayor de los respetos —comenzó—. Deseo que no se tomen esta charla como un interrogatorio, y menos aún como un arresto. Está en juego un asunto grave relacionado con la casa de Su Majestad, y esto me ha llevado a tomar la indeseable determinación de sondearles. He de decirles que creo estar al tanto de las intenciones del señor Grimaldi, a quien he seguido por media España.

—Hablad con confianza, nada ilegítimo me ha traído a Cádiz —lo azuzó don Juan, y a continuación le advirtió de sus amistades—: ¿De qué se trata? Sabéis que gozo de la confianza del rey y de la amistad del señor Ugarte y también del duque de Alagón, don Francisco, el privado del soberano, y que nunca me he opuesto a la labor de las autoridades.

—Lo sé, y es algo que os agradezco y por lo que os pido excusas —mintió el Insobornable—. También sé que don Germán es un reconocido comerciante de esta ciudad que goza de la admiración y del respeto de sus gentes.

Bergamín tenía dispuestos sus sibilinos dardos contra sus blancos: Grimaldi y Galiana. Ya creía tenerlos en su poder, como la comadreja que ha descubierto dos gazapos indefensos en la madriguera.

—Pues bien —siguió hablando—, os diré que don Antonio me encomendó hace tiempo una misión de capital importancia para la Corona. Se trataba de recuperar unas joyas perdidas pertenecientes al tesoro real, las universalmente conocidas la Peregrina y el Estanque azul, que, tras la salida de los reyes a Bayona, desaparecieron en extrañas circunstancias. Después de cientos de pesquisas y de seguir mil pistas falsas, el padre Cirilo, confesor de Su Majestad, nos puso por casualidad en el rastro correcto. Yo suelo llamarla «la pista Figueroa», en honor del capitán de Corps Aníbal Figueroa, principal sospechoso de la sustracción. Sabemos que estuvo en palacio la noche antes de morir, y en una actitud harto sospechosa. Tras un mal encuentro con la Guardia Real, en el que resultó herido al darle el alto, huyó como un ladrón y fue a morir a la Fonda y Mesón de Venecia, en el paseo del Prado, desde donde creo que os envió un recado, señor Grimaldi. ¿No os parece dudosa la conducta de vuestro amigo?

Germán se sintió culpable y dio un imperceptible respingo.

Don Juan se concentró en la mirada de Bergamín. El agente era una víbora cínica y venenosa, uno de esos hombres anímicamente vacíos a los que les encanta ejercer de sabuesos para los poderosos y que cuando sujetan su presa difícilmente la dejan escapar, sino que la persiguen con ahínco para al fin clavarle sus dientes afilados. A Germán se le encogió el corazón, y Grimaldi tragó saliva y simuló desconocimiento.

—El capitán Figueroa era un querido amigo —contestó con severidad—. Pero ¿equivocó su comportamiento? En modo alguno. Tengo entendido que había llegado de Aranjuez con órdenes precisas del rey don Carlos de preservar unos documentos capitales para el gobierno de España. Efectivamente, me envió una nota a fin de que sus hermanos lo amparásemos, lo asistiéramos en su agonía y, si expiraba, nos hiciéramos cargo de su cadáver y de sus exequias. Ruego que luego cumplimos escrupulosamente. Cuando llegamos había muerto. ¿Y qué pensabais que pudo comunicarme?

Bergamín apuntó una socarrona e inarmónica sonrisa.

—Posiblemente el paradero de esas joyas propiedad del Trono, el lugar donde las había escondido. Presiento sospechosas conexiones entre el capitán Figueroa, vos y, luego, el señor Galiana —afirmó enseñando sus dientes amarillos.

Grimaldi era un actor grandioso, no en vano era maestro de varias generaciones de actores. Simuló que una oleada de sangre subía por su garganta y le incendiaba el ánimo.

—Vuestra imaginación me resulta portentosa. Niego esa afirmación con rotundidad, caballero. ¿Acaso esas joyas no le fueron entregadas al Intruso en el acto de su coronación? Mirad, amigo Bergamín, meses después me encontraba en París invitado por monsieur Ives de Morvilliers, director de la Compañía de Teatro de la República y las Artes, y estando allí fui convidado al palacio de las Tullerías, residencia, como sabéis, de Napoleón Bonaparte, y contemplé con mis propios ojos cómo la esposa del rey José, dame Julia, lucía ante la fascinada corte francesa esas dos gemas que vos infantilmente afirmáis que fueron ocultadas o robadas por mi amigo Aníbal Figueroa. Como español y patriota, sentí una rabiosa punzada en el corazón al ver que el expolio había llegado hasta la familia real. Eso es cuanto sé de esos valiosos aderezos a los que os referís.

Bergamín intentó justificar aquella ilícita indagación.

—Le agradecería que no dudara de la inteligencia de los agentes reales. Para su conocimiento le diré que nuestros espías en Italia han probado que esas joyas son falsas. Fueron sustituidas, y creemos que lo hizo el capitán Figueroa. Es más, en la Jefatura de Policía sospechamos que ese oficial, secretario de Manuel Godoy, pretendía robarlas para su superior. Al no poder sacarlas de palacio, las ocultó, creemos, en una imagen que se veneraba en la Capilla Real —adujo sin vacilar—. Y afirmamos también que vos, señor Grimaldi, intentasteis en más de una ocasión rescatarlas. Esa talla salió en las cajas del botín del Rey Intruso y, por una cabriola del destino, llegó a parar al zurrón de un guerrillero que acompañaba al famoso Trapense en la batalla de Vitoria. Ese guerrillero bien podríais ser vos, don Germán. Y ésa es la razón por la que vos, don Juan, lo habéis buscado por los cuatro puntos cardinales hasta que al fin habéis dado con él. ¿Ando errado, quizá?

Los dos interpelados se miraron confusos, como si albergaran un mal final a la entrevista, y se refugiaron por un momento en un mutismo impactante.

—Andáis más que desacertado, señor Bergamín —contestó, irónico, don Juan, dominando de nuevo la situación—. Yo jamás he estado al tanto de esas joyas, y menos aún he ido tras ellas. Tan sólo la persona del señor Galiana me ha traído a Cádiz. Un empeño muy distinto al que insinuáis.

Una ruda mueca propia de un depredador nato afloró en Cecilio.

—Por favor, no me menospreciéis ni me infravaloréis. Lo sé todo.

Grimaldi había acumulado una ira sorda contra el agente real. La mirada le ardía. Temía que tuviera guardada alguna arma oculta, pero una súbita claridad mental despejó su mente enojada.

—Os digo la verdad —replicó Grimaldi con un ademán de exasperación—. He arribado a esta ciudad para consumar un acto de amistad y de caridad cristiana con el hijo de un amigo al que respeté, consideré y amé, y que no es otro que Gabriel Luján, padre de don Germán, quien tras sufrir los rigores de las cárceles de la Inquisición y las crudezas de las minas de mercurio me suplicó, como actor que era, faena en el Teatro del Príncipe de Madrid, para sobrevivir. Los últimos meses de su vida trabajó como tramoyista de mi compañía. Era un hombre culto, ilustrado y de grandísimo corazón, e ingresó como masón en la logia de La Matritense. Antes de entregar su alma al Creador me hizo jurar que buscaría a su hijo, le explicaría la verdad de los avatares de su vida y le entregaría una carta testamento con la que pretendía conciliarse con el fruto de su sangre. Un deber elemental de caridad cristiana, ¿no os parece?

—Conclusión muy virtuosa y cristiana, pero tardía. Me resisto a creer que hayáis venido a Cádiz espoleado por ese fraternal motivo.

—Mis posos de buena conciencia así me lo exigían —siguió con la parodia—. Yo soy una persona muy ocupada, señor Bergamín. Estoy organizando continuamente obras teatrales en España, Nápoles, Francia y Viena, y hasta hace un tiempo no he podido hallar a don Germán, también viajero empedernido, quedando por fin mi alma en paz y con la promesa cumplida.

Bergamín, atónito, se rascó la oreja y abrió desmesuradamente sus ojos de batracio.

—No os creo, señor —se envaneció, seguro de que no existía carta alguna y que todo aquello era un farol—. ¿Podéis probar lo que decís?

—¡Claro! Soy un caballero y un hombre de honor —mintió Grimaldi descaradamente—. Mostrádsela, señor Galiana.

Germán atendió a sus ruegos fingiendo que no se enteraba de nada.

—Aquí tenéis esa carta. La escribió mi padre hace más de dos lustros. En lo que a mí respecta, ya que habéis sugerido que tras el reparto del botín de mi jefe de guerrilleros pudo tocarme en suerte una imagen que llevaba puestas u ocultas ciertas joyas reales, y cuya existencia ignoraba e ignoro, os aseguro que es una falacia. Preguntad a mis amigos y a mi madre los regalos que les traje a mi llegada a Cádiz, ninguno de ellos era precisamente una imagen. Así que seguid otra pista, pues ésta os aseguro que es absolutamente falsa. Leedla vos mismo —dijo, enojado, y le entregó la carta.

Cecilio no esperaba esa salida. Creía que no existía ninguna posible. Aquello derrumbaba sus argumentos. Sin pruebas, no podía detenerlos. Ahogó una exclamación y pasó a examinar la carta con evidente interés. Su gesto triunfal se fue apagando a medida que leía las líneas. Estaba tan pálido que parecía a punto de desvanecerse allí mismo.

—No lo comprendo, francamente —balbució el agente, confundido—. No sé qué decirles; parece ser cierto. Pero tengo la sospecha de que esconden algo de entidad inconfesable, como es la ocultación de esas dos joyas que pertenecen a Su Majestad, don Fernando VII. Vuestros argumentos no me convencen, seguiré tras esa pista aunque me vaya la vida en ello. Y en cuanto a vos, don Juan, me cuesta creer que por una simple promesa a un moribundo hayáis revuelto cielo y tierra. Os sigo desde Tauste, y presumo otros motivos, señor.

—¡Volvéis a ofenderme de forma vergonzosa! —exclamó Grimaldi.

Mientras tanto, en el interior de Germán se libraba una lucha sorda entre el pavor a ser descubiertos y la indignación que le producía la altivez del policía, que ni pestañeaba; parecía hecho de un material insensible.

—Pues aunque os cueste creerlo, así es —afirmó Germán con gravedad—. Y todo eso que decís sobre las pedrerías extraviadas me incita a la risa. Temo que habéis perdido el juicio, señor mío.

Un silencio denso, pegajoso, se desplegó entre ellos. Bergamín creía que los tenía a su merced y que tarde o temprano se derrumbarían ante sus argumentos. No tenía más remedio que aguardar a la entrega y vigilarlos estrechamente. Era cuestión de tiempo y paciencia.

—Bien, señores, acepto por el momento vuestras respuestas, pero insisto en que es otro el motivo de vuestro encuentro. Quizá me haya precipitado al convocarlos hoy. Aquí tenéis la carta, pero os prevengo —añadió mostrándoles una disposición del rey—: si dais un paso en falso, mis hombres y yo actuaremos con la contundencia y el rigor a los que me facultan esta orden real. Y a propósito, señor Grimaldi, ¿conocéis a una dama francesa y a un caballero que llegaron a Cádiz por las mismas fechas en las que vos arribasteis de Málaga y que se hospedan en vuestro mismo hotel? La madame parece una cortesana babilónica y estoy seguro que aguarda algo o a alguien. Las huelo a diez leguas.

En el semblante de don Juan afloró una ira no forzada, sino real, surgida del arrebato por las palabras de aquel repulsivo mequetrefe y esbirro de Ugarte al que deseaba retorcer el pescuezo.

—He reparado en algunos extranjeros que van y vienen en la hospedería. Normal en una ciudad tan cosmopolita e ilustrada como Cádiz —mintió de nuevo—. Y sí, me he tropezado con una señora de extraordinaria distinción y belleza, y paradigma de la elegancia de París. Pero puedo aseguraros que jamás la había visto antes y, por supuesto, nunca he cruzado una palabra con ella. Eso es todo.

Bergamín apuntó una amarga mueca. Pese a lo meticuloso de su plan, por el momento no había podido hallar ninguna prueba imputadora. Incapaz de reprimir su desencanto, agachó su maliciosa mirada inflamada por la cólera. Concentrando todo su furor, afirmó con un ademán airado:

—Bien, pueden retirarse. Este asunto se ha convertido en un confuso enredo. Ya saben, si inesperadamente recuerdan algo referente a esas joyas que pertenecen al rey, avísenme y, con la mayor de las reservas, todo quedará resuelto y olvidado, y vuestras señorías y familias vivirán tranquilas y exoneradas de cualquier cargo. Creo que no es mal acuerdo, y la mano bondadosa del Buen Soberano don Fernando VII os recompensará. Les doy mi palabra.

Grimaldi estaba harto de tanta vigilancia encubierta.

—No os quepa duda. Mi gran amigo don Antonio Ugarte sabrá de vuestro activo celo y hablaré en vuestro favor.

Germán, que no podía aguantar la insolencia del agente, le reprochó, irónico:

—Ya sabéis, señor Bergamín, sacad vuestro particular y delirante mapa del tesoro y poneos a excavar. Quedad en paz.

En aquel instante el agente alargó el brazo con el propósito de recriminar a Germán sus cáusticas palabras. Su muñeca quedó liberada de los encajes de la camisa y el empresario teatral pudo ver los tres puntos sagrados de los afiliados a la terrible Contramina. Un sudor frío le corrió por la espalda. Se trataba de un enemigo pavoroso y no había que menospreciarlo.

Germán y don Juan giraron sobre sus talones y abandonaron la congestionada sala.

—Hemos de esperar el momento de la entrega, Tadeo. No tenemos otra opción. ¿De dónde habrán sacado esa carta del demonio? Me han dejado sin argumentos.

—Son dos sujetos listos y escurridizos —dijo Quirós.

El empresario estaba tan nervioso que las venillas de su rosado rostro parecían a punto de estallar. En cuanto salieron a la plaza de San Juan de Dios, soltó un resoplido y luego un chillido histérico.

—Galiana, ese hombre pertenece a La Contramina, esa caterva terrorífica de serviles absolutistas. Éstos no se andan con chiquitas. El trámite del intercambio debe quedar resuelto ya, de lo contrario este asunto se convertirá muy pronto en un drama para los dos. Esos sicarios del rey van a cerrar el cerco. ¡Decidíos, por favor!

—Aunque sólo fuera por sustraérselas a ese sayón que osó violentar la intimidad de mi casa, y hurtárselas al Rey Indeseable, lo haría encantado, don Juan. Pero mantengamos la calma.

—¡Si ese sapo repugnante hace averiguaciones, estamos perdidos! Esos esbirros suelen ser sujetos hábiles, matan sin escrúpulos. Los amparan personas poderosas y se mueven como enemigos rencorosos. Una información tarda tres días en llegar a Madrid y otros tantos en volver. ¡Ya es demasiado tarde! ¡Siento el aliento de ese hurón hambriento tras mis orejas!

Afilando su semblante, Germán le esclareció algo de su plan.

—Lo sé, don Juan. Os dije que estaba de acuerdo con el arreglo, pero con dos condiciones: que, para protegernos, nos moveremos detrás de un muro de sigilos, y que nos separaremos de esas gemas como si fueran dos tizones del infierno.

—Sí, de acuerdo, pero ¿cuándo me las entregaréis?

El marino lo miró fijamente y le palmeó el hombro para calmarlo.

—A quien vendes tu secreto, das tu libertad. No seáis impaciente. Sólo me queda un cabo que atar. La entrega de esas alhajas será el comienzo de mi felicidad personal, don Juan.

—A veces la fruta madura o se corrompe o se seca. No os demoréis.

Pero ninguna presión alteraba el recto juicio de Germán.

—Os aseguro que esas gemas estarán en las manos adecuadas antes de lo que pensáis. Confiad en mí —le pidió, tendiéndole la mano con una sonrisa convincente.

Grimaldi sabía que la feliz conclusión de la trama dependía de aquel hombre bienintencionado que resolvía sus asuntos con frialdad desapasionada y, al parecer, con precisa eficacia. Germán se despidió cortésmente del empresario y acortó el trayecto por el barrio del Pópulo, que comenzaba a deshabitarse con la declinación del ocaso. Las farolas empezaban a encenderse y un denso polvillo amarillo, movido por el viento de levante, serpeaba por las aceras.

Entre la bulla de un grupo de estibadores, mesoneros que buscaban clientela y truhanes de puerto, dos pares de pupilas, glaciales y casi extinguidas, los observaban desde la esquina de la calle Nueva. El cerco se estrechaba.

Germán ajustó sus pasos al cruzar el Arco del Pópulo. El cielo traslúcido de Cádiz, la jubilosa luz del cielo y la multitud bulliciosa que se dirigía al mercado de la calle Libertad eran sus cómplices en el paseo. Sus párpados estaban cercados por las sombras del insomnio y la preocupación, pero la esperanza de concluir con éxito el extraño caso de las joyas de la Corona lo hacía vibrar. Estaba firmemente decidido a enfrentarse a la realidad y solventar aquel mismo día el negocio. Sintió la embarazosa sensación de que vigilaban sus movimientos, pero mientras no lo vieran con Grimaldi todo iría bien.

Su mente aún no había definido completamente el plan para deshacerse de las dos malditas alhajas. Quedaban algunos detalles que no sabía cómo resolver. Pero la fortuna parecía estar de su parte. Poco antes de llegar a la catedral, se detuvo en la esquina de la calle de la Pelota para verificar si lo seguían cuando de repente observó que algunos viandantes se arremolinaban para leer un bando claveteado por el concejo municipal. Interesado, Galiana se acercó a leerlo.

Y cuando el desánimo lo desbordaba, halló en él la solución que tanto anhelaba y cuya búsqueda lo había mantenido desvelado dos días.

Ciudadanos de Cádiz, mañana por la tarde este Ayuntamiento rendirá homenaje al ilustrísimo señor don Enrique José O'Donnell y Anethen, conde de La Bisbal, mariscal de campo de Su Majestad, gobernador de esta plaza y capitán general de Andalucía, ofrendándole una cena de gala y una actuación de los títeres del Nacimiento de la Tía Norica, que interpretarán en su honor una pieza en tres actos. Posteriormente se celebrará un baile, en el que actuará Soledad Montano, la Cubana, al que asistirán los próceres de la Villa y los oficiales vencedores de la guerra de Liberación. ¡Bienaventurados los días en que tal gloria se hizo y que tal merced recibimos los gaditanos bajo el reinado absoluto de nuestro soberano Fernando VII!

El Síndico Primero de Cádiz

Germán no pudo evitar un ademán de satisfacción. Aquélla era la idea que aguardaba para completar su plan.

Estaba pletórico y esgrimió una tímida sonrisa, apenas esbozada. Uniendo el gesto a sus planes, se decidió a buscar sin dilación a Téllez. Una ocurrencia luminosa se había encendido dentro de su cerebro. Hizo un esfuerzo por dominar las ideas que afluían a su mente y por poner orden en los movimientos exactos que seguiría en las próximas horas.

En la precisión y en la rapidez se asentaba el éxito de la operación. Se abrochó la chaqueta y apretó el paso para dirigirse al Café de los Patriotas, en la calle Hortas, donde hallaría con seguridad al poeta del pueblo y a su mico Chocolate. Aceleró el paso, pues las recientes previsiones bullían en su cabeza como en una olla. Los encontró allí. El monito hacía las delicias de unos chiquillos que jugaban con él.

—¿Qué haces aquí, galán? Te estás comprometiendo. Es una temeridad que nos vean juntos, Germán —lo alertó el músico.

—¿Va todo bien? ¿Algún problema con el tesoro? —musitó el marino.

—Ninguno, seguimos siendo sus seguros guardianes. Dos muertos de hambre que guardan el caudal de los caudales de este país. Paradojas de la vida. ¿Te has decidido ya a entregarlo?

Galiana era muy vulnerable a las insinuaciones de su amigo.

—En eso ando. Escúchame con mucha atención, pues no tenemos tiempo —dijo bajando la voz—. Ha llegado el momento de desembarazarnos de las joyas y liberarte de este atadero. Jamás olvidaré tus méritos. A lo largo de la mañana, recoge las joyas, guárdalas en la levita de Chocolate y acércate al taller que nuestro amigo Pedro Montenegro, el titiritero, tiene en la calle Compañía. Entrégale discretamente la perilla y el diamante, no le reveles su valor ni su procedencia. Ruégale que mañana las coloque en alguno de sus muñecos. Ya sabes que suelen ir profusamente adornados de abalorios de bisutería. Nadie reparará en ellos; ni el más avispado supondrá que valen millones. Dile que el objetivo es introducirlos en las Casas Consistoriales para que pasen desapercibidas, pues Grimaldi y yo seguimos vigilados por agentes serviles de La Contramina.

—¿Y con qué excusa? —preguntó Téllez—. Es un amigo leal, pero cabe la posibilidad de que se niegue. Me parece que te has aferrado a una idea delirante que podría costarnos la vida. ¡Sabía que esto acabaría mal!

—¡No seas agorero, pardiez! Todo está bien pensado. Dile que todo forma parte de un plan de la logia masónica de Cádiz en connivencia con la de Madrid, que precisa de la posesión de esas alhajas para conspirar contra el Felón —explicó, convincente—. Dile también que tanto Aramburu como yo le explicaremos el subterfugio una vez todo haya pasado, y que le agradecemos en lo que vale su inestimable colaboración, que en nada lo compromete, pues nadie en Cádiz las conoce. Él lo comprenderá y se ofrecerá sin pedir explicaciones, satisfecho además de cooperar. Lo hará sin rechistar, lo conozco bien.

—Puede resultar arriesgado. ¿Y si con el trajín se extravían? Luego no me digas que no te previne, Germán.

—En modo alguno, Téllez. No subestimes a Pedro. Sabe salir airoso de las situaciones arriesgadas y está firmemente comprometido con la causa liberal. Si sabe que forma parte de un complot contra el Narizotas, las guardará como su misma alma. Es una forma limpia de quitarlas de la circulación sin correr riesgo alguno. ¿Quién se va a fijar en los atavíos de un muñeco y deducir que son las joyas de la Corona? Explícale que al final de la representación, cuando comiencen los fuegos artificiales y los juegos hidráulicos que cierran el espectáculo, Soledad se acercará por la trastienda (donde sólo estarán él, su hijo el pequeño, José María, y Lola, su mujer) y recogerá las joyas sin ser vista por nadie. Que se las entregue sin decir palabra, y en paz.

—Es un auténtico atrevimiento, pero quiero acabar ya con esta incertidumbre. Vivo en un constante desvelo. Cuenta con que todo se hará como sugieres. ¿Soledad lo sabe ya? —se interesó vivamente.

—Pasaré por el mesón de Urbina y se lo comentaré. Con tal de olvidar esta perversa cuestión, hará cuanto le pida. Siempre le gustaron los secretos y es mujer valiente. Dentro de dos días todo habrá terminado y seremos libres, Téllez.

—Que el Hacedor Supremo nos ayude, Germán.

—No puedo aplazar ni un día más este terrible deber. Corremos un serio peligro, pero confío en nuestra estrella. Ahora disimulemos, ese secuaz de La Contramina se acerca. ¿Lo ves en la esquina?

—Salgamos al callejón por la puerta de la bodega y de allí a la calle Rosario. Así me dejará libre para hacer lo que debo.

Germán se masajeó las sienes para mitigar el dolor de cabeza y asintió repetidamente con la cabeza. Salieron a grandes zancadas de la taberna por el postigo de atrás justo en el instante en que Tadeo Quirós entraba jadeante en la bodega. Hacía calor en Cádiz, y tenía el cuello de la camisa empapado. Con los rasgos deformados por la carrera, observó el lugar y no vio a Germán en los bancos donde los parroquianos escanciaban cerveza y jugaban a los dados. Quizá había pasado de largo.

—¿Dónde estás, Galiana del diablo? —masculló—. Tengo que encontrarte o don Cecilio me matará. Menos mal que otros agentes vigilan a Grimaldi.

La Contramina tenía oídos y ojos por todos los rincones de Cádiz, y Germán desconfiaba de un mal encuentro. Se dirigió al paseo del Perejil, y Téllez puso rumbo a su casa por el Campo del Vendaval.

Germán necesitaba respirar, ordenar sus pensamientos. Se refrescó abanicándose con el sombrero. La fragancia consoladora y vivificante del mar, el alboroto de las gaviotas y el siseo de la brisa alentaron al marino y le insuflaron confianza e ilusión. «¿Seré capaz de encajar uno a uno todos los movimientos?», caviló.

Al atardecer, se encontró con Soledad en su aposento de Los Cuatro Vientos. Parecía que había despistado a los espías, o al menos no los veía. La Cubana llevaba una bata floreada de Manila, y el cabello, asentado por el agua, aún goteaba en su pecho descubierto. El perfume que exhalaba su cuerpo lo conturbó. Sintió una abrumadora e irresistible tentación de poseerla allí mismo. Pero pensó en Lucía y en el fuerte lazo que lo ataba a la mantuana. La bailaora, sensible a las galanterías de Galiana, se despojó del batín y se dejó caer desnuda sobre la cama. A su alrededor lucían parpadeantes las palmatorias de los santos y las estampas sagradas. Con un gesto de dulzura sensual, lo invitó a la unión de sus cuerpos, pero su amante ocasional reprimió la tensión de sus deseos. Sus sentimientos hacia Lucía de Alba se lo prohibían; tan sólo se permitió besarle en las mejillas.

Sus vidas eran dos líneas paralelas que jamás se juntarían.

—Te voy a relatar cómo conocí a Lucía.

Un silencio ártico, como un sudario, cayó sobre la alcoba. Nubes grises tachonaban el cielo. La densa atmósfera se hacía más agobiante cada hora que pasaba. Demasiado calor.

El firmamento, negro como el carbón, extendía su oscura infinitud.

La recepción de los absolutistas

La mañana del homenaje al general, el sol brillaba lujurioso.

Olas mansas y espumosas lamían los costados de Cádiz. Nubes blancas pasaban presurosas por encima de baluartes, torres y azoteas. Crecientes lenguas de calor ascendían del suelo. Los adoquines quemaban. El sol caía a plomo sobre la ciudad.

Cádiz se había engalanado como una novia para homenajear al sostén y férrea columna del Rey Absoluto en Andalucía. Algunas personas de talante conservador se habían congregado en la plaza de San Juan de Dios para vitorear al espadón del Rey Neto. Banderas blancas y rojigualdas, oriflamas púrpura y guirnaldas de laurel y mirto colgaban de los balcones de las Casas Consistoriales. En las esquinas, poetas y pregoneros rivalizaban cantando las hazañas del general mientras los quincalleros vendían medallas de cobre del Soberano Absoluto.

Cecilio Bergamín, sentado entre el bochorno y la luz lujuriosa de la mañana, había estado encerrado toda la mañana en la habitación del hotel con un grupo de agentes, definiendo un plan de seguimiento de sus dos presas: Galiana y Grimaldi. Su nariz de hurón se olía que, aprovechando la algarabía de la fiesta, las joyas pasarían de manos de Galiana al Príncipe del Real Secreto, el señor Grimaldi. Si no, ¿por qué habían pagado los dos el estipendio para asistir a la fiesta? Estaba seguro de que el gran momento había llegado. Pero ¿cómo lo harían?

Eso era lo que estaba dispuesto a averiguar. Pretendía sorprenderlos in fraganti. Apostaría dos agentes experimentados tras sus orejas, y tarde o temprano cometerían el gran error. Inquieto, atisbaba tras los visillos por si Quirós le traía alguna buena nueva, pero sólo veía la corriente de público a lo largo de las calles.

Concentrado en su espionaje, Tadeo no prestó atención al carromato de los títeres donde Pedro Montenegro acarreaba los últimos muñecos del espectáculo que comenzaría tras la cena. Él mismo apartó a unos ujieres para tener más despejado su campo de visión. El agente ignoraba que el objeto de los deseos del rey y de su jefe y superior pasaba en aquel momento ante sus narices, prendido en las pecheras de dos títeres de la Tía Norica: el rey Herodes y el rey Negrito.

Un aire de desánimo invadió a Bergamín. Inquieto, se dejó caer en el sillón mientras un denso tirabuzón de humo salía de su habano. En aquel asunto había algo que lo desconcertaba.

—Entonces, ¿esos dos bribones aún no se han visto?

—No, señor —informó Quirós—. Galiana sólo ha salido de su casa para ir al muelle y conversar unos minutos con un comerciante inglés sobre un negocio de fletes de azúcar. Lo he comprobado. Luego ha estado paseando por las alamedas. Grimaldi ha estado conversando con el banquero Aramburu en El León de Oro y volvió solo a su hospedería. Doña Mercedes ha estado toda la tarde en su casa. Téllez y la bailaora, no se han visto.

El agente no dejaba traslucir su impaciencia.

—¿Y esa puta francesa y su acompañante?

—La mujer se prepara para acudir a la velada —respondió Tadeo—. Cómo ha conseguido la invitación, lo ignoramos. El hotel ha sido un ir y venir de peluqueras, modistas, manicuras y maquilladoras.

—Muy propio de una ramera de corte. Quiere impresionar. —Bergamín sonrió con gravedad—. No dejéis de vigilarla. Hoy intentarán cumplir su perverso propósito, estoy seguro. Sabemos que Galiana y Grimaldi han comprado su invitación. Está claro que esa francesa es el contacto del masón, y allí procederán al intercambio. Vigilaremos las puertas, los pasillos y los salones y no perderemos un detalle de los movimientos de los dos sospechosos. Los cogeremos con las manos en la masa, y a la salida detendremos también a la «meretriz babilónica». Luego los llevaremos esposados a la Jefatura de Policía de la Aduana. Hoy hallaremos una respuesta a esta enigmática y criminal asociación. Serán acusados de sospechosos de traición al Trono. Dentro de tres días llegarán ciertos datos de Madrid; si me han mentido, irán todos a la cárcel. Me juego la salvación de mi alma que uno u otra llevarán consigo esas alhajas esta noche. ¡No los perdáis de vista ni un instante!

—Será como ordenáis, jefe —replicó Quirós en tono sumiso.

Bergamín exhibía una sequedad brutal y una mueca de alarma.

El sol del ocaso, alejándose del mundo, arrojaba una leve luz cárdena. El último acto de la imprevisible comedia iba a cumplirse.

Anne llegó al Ayuntamiento sola, en un landó de brillante negrura, junto a otros carruajes que trasladaban a los invitados. Envuelta en un chal negro, lucía un entallado vestido de muselina color azul estilo Josefina, a juego con unos guantes del mismo tono que le llegaban hasta el codo. Se unió a un grupo de damas que accedían al interior por la escalinata principal del Ayuntamiento. Todas volvían sus miradas hacia la hermosa extranjera; su atractivo llamaba la atención.

La impaciencia por acabar cuanto antes su papel en el plan la mantenía algo inquieta. Grimaldi le había transmitido secretamente que debía consagrarse en tres empeños: llamar la atención del general, tratar de conquistarlo, y luego salir del agasajo en su compañía y, a ser posible, con las joyas. Así que contribuiría a la causa con todas sus cualidades de seducción.

Las Casas Consistoriales se habían convertido en un espacio de ensueño: una catedral pagana deslumbrante donde el oro de los marcos, el reflejo de los espejos recamados y el brillo de los cristales de las arañas lo poblaban de destellos caprichosos. Una luz ámbar empapaba de misterio la solemne atmósfera. La francesa observó el espectáculo de lujo que se ofrecía a su mirada. Los salones eran un estallido de escotes, encajes, plumas de colores, lujosas chisteras, corbatas de seda, chalecos abotonados con brillantes, tocados de raso y alhajas impresionantes.

Damas profusamente acicaladas, brillantes vestidos de lamé, próceres de elegantes levitas, militares de gala, uniformes azules y blancos, sables relucientes, casacas rojas de los dragones y charreteras convertían el acto en un espectáculo soberbio, propio de una corte real. Una orquesta de músicos armenios amenizaba la fiesta. En las escaleras, llenas de conversadores que subían y bajaban hacia los salones, se sucedían las presentaciones y los cumplidos. Mientras Anne paseaba en busca del homenajeado, una sonrisa de ensueño afloraba en su rostro perfecto. Aquella noche mostraba un encanto arrebatador, una sublime hermosura en todos sus gestos. Su leonada cabellera color oro estaba trenzada en bucles y tirabuzones recogidos con peinecillos de plata.

De acuerdo con el objetivo trazado, su pecho estaba cubierto por un collar triple de perlas falsas, y en orejas, brazos y manos exhibía una profusión de anillos y joyas de los más diversos tamaños, todas montadas con zafiros y rubíes que no valían más de una onza de plata. Sus labios, carnosos y sensuales, su deliciosa nariz empolvada, su piel exquisita y rosada, y sus senos, tersos y firmes, que anhelaban escapar del escote, despertaban admiración. Además, sus pupilas azules añadían a su exquisitez una nota de misterio. Era, sin duda, la mujer más agraciada del banquete, la estrella del elenco de damas.

El héroe del momento, Enrique O'Donnell, conde de La Bisbal, mariscal de campo de Su Majestad, capitán general de Andalucía y caudillo de los absolutistas españoles, simuló aparecer discretamente en el salón del banquete. La abordó seductor.

—Mademoiselle, ¿estáis sola? Resultaría imperdonable.

Anne se apartó el abanico con una inocencia suprema y estudiada.

—A última hora mi acompañante se ha puesto enfermo —mintió—, y por nada del mundo quería dejar de conoceros. Mi nombre es Anne Lignane de Villedary —dijo con una dulzura demoledora.

—¿Estáis en Cádiz de paso, quizá de visita? No os he visto por aquí.

Anne compuso un gesto de mujer maltratada por el destino.

—Estoy de paso, salgo mañana para Brest. Hace unos años me vi obligada a huir de los horrores de la Revolución y he pasado un tiempo en Haití, en Saint-Domingue y Port-au-Prince, donde mi familia se dedica al comercio del cacao —falseó su identidad—.

Ahora regreso a mi casa de París, a emprender una nueva vida; estoy cansada de la vulgaridad y del aburrimiento de la colonia. El vizconde de Noailles nos arrebató nuestra fortuna en Francia, pero nos hemos recuperado y, ahora que la Corona ha sido restituida, regresamos.

—Tan joven y sufriendo un exilio tan injusto…

—Así es el inexorable destino, mi admirado don Enrique.

El caudillo de la represión de la causa liberal, que frisaba los cincuenta años y poseía un porte aguerrido y avasallador, había quedado rendido a sus encantos: sólo tenía ojos para la extranjera insospechadamente hermosa que había penetrado como un estilete de fuego en su corazón. El conde hizo un aparte con el alcalde y le rogó que modificara el protocolo y la colocara a su lado.

La fiesta comenzaba a animarse.

Los esbirros de Bergamín se preguntaban por qué aún no había aparecido el principal sospechoso, Germán Galiana, y sí don Juan Grimaldi, que lucía un traje de embajador plenipotenciario. El asunto había dado un giro insospechado. Habrían de extremar su vigilancia.

Estaban confundidos.

En el salón principal se había instalado un dosel de intenso color púrpura y bordado con los leones y castillos de la Corona. Lo presidía un cuadro del rey Fernando VII. Pesadas cortinas de terciopelo rojo recubrían las cristaleras, y ricos tapices y cuadros alegóricos revestían las paredes. Decenas de lámparas de araña convertían la noche en un clarín de fulgor.

Los mayordomos se apresuraron a servir las mesas, cubiertas con manteles de hilo bordado y adornadas con pétalos de rosas. Los manjares se alineaban junto a las copas de plata, los saleros, los cuchillos y los tenedores de oro, que brillaban con los flameros y candelabros, atestados de velas perfumadas. Mientras la dama y el mariscal probaban gelatinas, pescados, faisanes, naranjas con cilantro, confituras de almendra y mazapanes de canela, conversaban animadamente y él le dedicaba todo tipo de requiebros.

El militar, extasiado en su contemplación, saboreaba el aliento perfumado de Anne y procuraba el contacto con su piel, cuya sedosidad lo arrebataba. Los ojos color añil del oficial eran una interrogación constante, pero por su cerebro se despeñaba una sola idea: aquella beldad tenía que ser suya esa misma noche. La francesa lo envolvió con voz apaciguadora y un gesto de ingenuidad forzada. Para el conde, su risa era un torrente de vitalidad y los sonidos de alrededor eran un mero rumor.

Anne sabía que la vigilaban, pero en el fondo no tenía miedo: se hallaba bajo la protección del hombre más poderoso de la ciudad. Por naturaleza, amaba el riesgo y sabía cómo salir de él. En determinado momento acercó sus mejillas al general y, a la vista de los comensales, estallaron en una risa cómplice.

—Dios nos ha regalado a las mujeres para acercarnos el paraíso después de estar demasiado ocupados con nuestras guerras —filosofó el conde de La Bisbal—. ¿Y creéis que un hombre como yo puede disfrutar de ese edén?

Anne sonrió y sus pupilas brillaron risueñas. Su plan caminaba por donde ella lo había trazado. En su boca flotaba un destello triunfal.

—¿Sabéis que sois el hombre más deseado de esta ciudad? —dijo, coqueta—. ¿Cómo no iba yo a apetecer vuestra compañía, don Enrique?

En el conde estalló un torrente de gozo. La francesa había caído rendida a su valor y prestigio. Tomó la mano de la joven y, con una mirada tierna en sus pupilas azuladas, depositó en la palma de su mano un beso lleno de cordialidad. Sus ojos vibraban de deseo. Una tempestad erótica de pasión fluía por las venas del general. Las mejillas de Anne estaban inflamadas de un falso rubor. De vez en cuando se acercaba a la cara del general y con los cabellos azotaba su rostro, que se sonrojaba por la ilusión de una noche de arrebatos.

En los ojos del hombre se instaló un brillo desesperadamente tierno hacia la dama. En su enajenación no advirtió que la mirada rendida de la francesa era absolutamente engañosa, que estaba representando un papel y que sólo le interesaba un propósito: sacar de aquel recinto las joyas de la Corona. Anne aminoró su fingido sofoco moviendo su abanico de nácar y muselina mientras se limpiaba la boca con un pañuelo de seda de Lyon. Mientras tanto, agazapados en las esquinas, los hombres de don Cecilio se hallaban atentos a cualquier gesto o movimiento. Sin embargo, Germán Galiana no había aparecido en la fiesta y eso lo complicaba todo. Su sillón estaba vacío. La hipótesis de su jefe se había ido al traste.

Un sonoro reloj de carillón dio las nueve de la noche.

Lacayos con libreas verdes y rojas abrieron las puertas de doble hoja y ofrecieron a los comensales brandy de Jerez y vinos dulces de Chiclana y Málaga. En el gran salón, la representación de los célebres títeres gaditanos de la Tía Norica estaba a punto de comenzar. En los corredores se apagaron los candelabros gigantes; las damas visitaban los tocadores para recomponerse los velos, crepés y tisúes antes de sentarse ante el entarimado forrado de terciopelo. El atento Síndico Mayor explicó al general y a la invitada que aquellos títeres eran únicos en su género.

—Aquí, en Cádiz, se llaman «de peana y varillas», pues son ellas las que sostienen sus manos y rodillas para una mejor movilidad de los artistas.

La artística barraca, instalada en el fondo, presentaba un atractivo aparejo de ornamentos y telones bordados con el escudo del Hércules Dominador. Los tramoyistas habían conseguido una luminosa visión del teatrillo. Sonó un cornetín y se hizo el silencio. Uno tras otro, los titiriteros fueron moviendo sus muñecos según el guión. Anne estaba seducida con los ajetreos de Luzbel, que movía el rabo graciosamente, de san Miguel con su espada flamígera, del Sumo Sacerdote, de la Virgen y del alcalde Cucharón, que leía a los pastorcillos con una voz graciosísima el edicto de Augusto, cantando simpáticas coplillas y tangos. De vez en cuando intervenía el popular tío Isacio, con sus gracias y chascarrillos, que la francesa apenas si entendía, acompañado por las diabluras de Batillo y las valentías de Tía Norica, los personajes predilectos del público, que suscitaban el aplauso enardecido de los asistentes a la cena de gala.

En un momento de la representación, Anne fijó sus pupilas preocupadas en el muñeco del rey Herodes, que dando saltitos ascendía a su trono con La Peregrina en su túnica enjoyada. Contuvo la respiración. De repente, cuando al son de la orquesta de los clarinetes y el sarmentón irrumpieron en escena los tres Reyes Magos, la dama tuvo que ahogar un nuevo grito. El que llamaban «el Rey Negrito» exhibía en su turbante un reluciente cristal al que nadie concedió consideración alguna, pensándolo de bisutería. Pero no era otro que el Estanque azul. Las dos alhajas estaban bien ajustadas y no se movían.

Mientras duró la puesta en escena, que no se prolongó en demasía, Anne estuvo al borde del derrumbe nervioso.

Al acabar la representación, una clamorosa ovación premió la labor de los titiriteros, ocultos tras las bambalinas. Pedro Montenegro salió a saludar y presentó a los invitados a Soledad, la Cubana, que, como era costumbre tras los títeres, amenizaría el acto con unos bailes de Jerez, un olé y un bujaque, danzas flamencas andaluzas muy del gusto del público. Su legendaria maestría quedó patente en el entarimado. Nadie podía asemejarse a Soledad en el embrujo febril y entusiasta de sus movimientos. Sudorosa, encendida y con el cabello revuelto, arrancó los más elogiosos aplausos de la concurrencia, que tras su actuación la despidieron arrojándole flores y pañuelos.

—¡Bravo, Soledad, bravo! —clamaba el público, entusiasmado.

Soledad desapareció tras el escenario en el preciso instante en que Montenegro encendía los cohetes, las ruedas de fuegos artificiales y la fuente autómata de agua de colores. Una sonora estridencia de pífanos, fumarolas chinas, centellas y pirotecnias cerró el telón encarnado de terciopelo. La bailaora se colocó su mantón filipino y se sentó para calzarse los botines de calle cerca de las maquinarias y engranajes que provocaban el movimiento de los títeres. Se alzó y optó por desaparecer. De pronto Montenegro la detuvo suavemente por el brazo con una sonrisa cómplice.

—Soledad, te olvidas de tu pañuelo y del bolso, ¡chiquilla! —la reprendió cariñosamente.

—¡Ah, sí! Qué cabeza la mía, maese Pedro —se excusó. Lo ocultó todo entre su mano y el chal y se marchó sonriendo.

Mientras tanto, Anne permanecía alerta como un soldado ante la batalla, evitando mostrar la menor vacilación. El éxito del plan ideado por Germán dependía de las dos mujeres, de su serenidad y aplomo, y de la sincronización de sus movimientos. Y también de la fortuna, pues los sabuesos de Bergamín no quitaban ojo a la extranjera. No habían reparado en la bailaora, que no era objeto de sus pesquisas y que con paso firme se había dirigido a uno de los tocadores preparados para las damas para recomponer su vestido y arreglarse antes de marcharse.

Debido a la penumbra, y a que los invitados, incluidos los espías, estaban pendientes del escenario, de la pirotecnia y de los autómatas acuáticos, nadie atendió a su fugaz figura, que desapareció con movimientos cautelosos dentro del coqueto cuartito. Entró, ocultó tras el biombo un bolsito de felpa, se secó el sudor de la cara y se ajustó el vestido. Luego salió. A los ojos del policía del corredor, que todo lo escrutaba, parecía normal que la actuante, concluido su trabajo, entrara en el tocador y se marchara rápidamente, pues no estaba invitada.

Los lacayos comenzaron a encender las lámparas. Era el momento previsto. Anne se levantó.

—Excusadme, don Enrique —se disculpó ante el general—, voy al tocador a empolvarme la nariz.

—Madame —dijo él besándole la mano e inclinándose.

El desconocimiento de quién era la mujer que le había dejado las joyas, y la conciencia de que aquél era el último peldaño del plan, confería a ese último acto el carácter de prodigioso y capital.

Pero ¿y si se metía en una ratonera?

Anne avanzó temerariamente bajo la atenta mirada de los espías. Había alcanzado ese punto de la ventura en que no podía dar marcha atrás. No debía mostrar la menor vacilación. Cecilio Bergamín en persona se le adelantó y, simulando no haber reparado en su presencia, casi hizo que tropezara, aunque le pidió disculpas. Le abrió gentilmente la portezuela del coqueto cuartito de aseo con el único objeto de comprobar si alguien la esperaba allí. Pero no. Estaba vacío.

Después de una rápida ojeada, el policía comprobó que el tocador carecía de ventanas y que estaba desierto. Una primorosa mesita, un espejo con molduras de brocado, una jarra con agua, dos candelabros, un pequeño biombo de adorno y una taza de porcelana eran sus únicos ornamentos. Con un brillo de codicia atrapó todos los detalles.

No había peligro que temer, pero no se fiaba. Algún cómplice podía entrar y proceder a la entrega de las alhajas reales; así pues, decidió aguardar al otro lado de la puerta hasta que Anne saliera.

Ausente Galiana, esperaba un encuentro de la francesa y Grimaldi, pero éste no llegaba.

Anne acercó su cara a los candelabros y se perfumó. Súbitamente, sin descomponer su figura, hurgó con su mano delicada las frágiles traviesas posteriores del biombo. De inmediato se tropezó con un bolsito negro de felpa, sujeto a una de ellas. La francesa lo abrió y cogió primero la Peregrina, que engarzó firme en su profuso collar de perlas, justo en el remate, ocultándola entre sus gráciles senos y el reborde del vestido. Después recogió el diamante. Lo ajustó en su pulsera de perlas, que lucía encima del guante negro, y embutió fuertemente sus engastes entre las cadenitas de plata, preparadas de antemano para la ocasión.

Los defendería como si fueran los talismanes de la vida eterna.

No había mejor manera de ocultarlas que exhibiéndolas como si tal cosa a la vista de todos, aunque con cierto disimulo y sin prolongar por mucho tiempo su exposición. Resultaba natural que una mujer tan bella se engalanara con joyas acordes con su hermosura y alcurnia. Después introdujo la escarcela dentro de su bolso, para no dejar ninguna pista inculpatoria. Con la frialdad de una espía, Anne miró de reojo hacia la puerta; estaba segura de que Bergamín aún se hallaba apostado al otro lado.

La francesa suspiró y, ajustándose el chal encima del diamante para que no resplandeciera, salió al corredor para unirse al festín con estudiado gesto femenino de mujer insustancial, trivial y coqueta. Poseía un especial olfato para detectar si algo iba mal, y ante la certeza de que todo estaba saliendo como la seda, sonrió abiertamente.

Las señoras comenzarían a visitar el tocador cuando se iniciaran la música y las danzas. Mientras tanto, Soledad bajó las escaleras traseras y salió por el postigo de servicio, ocupado por algunos cocheros y lacayos que no repararon en ella. Minutos después entraba en su casa y se tendía en su lecho, destrozada por los nervios. No sabía por qué, pero presentía que aquél era el fin de una vida y el principio de otra.

El gobernador, que aguardaba a su invitada embelesado, la recibió con los brazos abiertos, ignorante de que en ese momento apretaba contra sí a la dueña del secreto más buscado de España.

—Mademoiselle, ¿me concedéis este baile?

—*Enchantée, mon général* —contestó ella, afable, ante la curiosidad de los congregados.

En un momento preciso, el general le susurró una inconfesable confidencia y las señoras cuchichearon detrás de sus abanicos. «¿Qué le habrá solicitado? ¿Un favor de amor? ¿Una noche de erotismo desenfrenado?» Todo había ocurrido tal como Germán había planeado. El bizarro guerrero invitaba al tálamo a la más hermosa de las damas, el más sublime de los trofeos que pudieran ofrecerle. Las joyas de la Corona no podían estar mejor guardadas y en más óptima compañía. Se las había hurtado en sus mismas narices a los buitres de La Contramina. Mientras estuvieran tuteladas por el águila del absolutismo, aquella noche no había que temer un registro inoportuno de la policía. ¿Quién se iba a atrever a importunarlos en el día de su triunfo?

Anne se sonrió maliciosamente mientras ocultaba el Estanque azul con la estola de raso, y la Peregrina entre su sedoso pecho. La noticia de que el general y la desconocida extranjera —de paso por Cádiz y, al parecer, amiga del mercader Aramburu— se retiraban juntos se propagó rápidamente entre los invitados.

Un guardia del Batallón de Dragones los escoltó a la Aduana.

Uno de los agentes de Bergamín le informó, sofocado, que Galiana no había abandonado su domicilio en toda la noche y que Grimaldi había cenado y estaba fumándose un habano, en compañía del corregidor de la Villa, en uno de los salones.

—El acompañante de la francesa está haciendo el equipaje y don Juan parte mañana en la diligencia de Córdoba y ni ha mirado a la francesa. El hospedero asegura que esa extraña pareja parte mañana para Brest en una goleta inglesa que comercia con alumbre. Se nos escapan, don Cecilio, y las joyas no aparecen. Este misterio está velado por el secretismo más inaccesible.

Las noticias eran pésimas. Esa espantada no era casual. «Pero si las joyas siguen en poder de Galiana, ¿por qué se van todos? Esta gentuza se ha valido de algún ardid oculto», caviló Bergamín.

Tras superar la natural alarma, la mirada de Cecilio Bergamín perdió la suavidad de la certidumbre. Aquella noche no cerraría el caso con éxito. Había fracasado. Sus ojos se habían convertido en dos estiletes heladores. No comprendía en qué habían fallado sus predicciones. ¿Qué maquiavélico complot habían urdido a sus espaldas aquellos provincianos? ¿De qué forma tan hábil habían burlado su sutil inteligencia y a todos sus experimentados agentes de la policía? No compareciendo Galiana, ¿se había llevado a cabo la transacción, o esperaban otro momento? ¿Era todo un efecto de su febril imaginación? ¿Eran sinceros Grimaldi y Galiana y no sabían nada de las joyas? Sus sienes estaban a punto de estallar. Sin duda esos sucesos tan enigmáticos lo sobrepasaban. «He menospreciado el talento de ese Galiana del demonio», pensó.

Con ademán furioso, dio órdenes inmediatas de que no molestaran a la dama. Podía ser contraproducente y suscitar un escándalo de imprevisibles consecuencias estando por medio el poderoso gobernador, un realista convencido, amigo declarado del Rey Absoluto y de su amo Ugarte. «No hay que tentar al diablo», decidió. Hizo un gesto conminatorio y se retiró encrespado del bullicioso recinto; sus agentes le seguían como sumisos corderillos. «¿Cómo lo han hecho? —se preguntaba—. Revolveré cielo y tierra para saberlo.»

Pensaba que lo habían embaucado.

Él no creía en los milagros, sino en la inteligencia.

Su congestionada cara se había vuelto tan inexpresiva como las máscaras de los títeres de la Tía Norica, cuyos muñecos y artefactos eran cargados en aquel momento en un ajado carromato y envueltos con una lona impermeable. Cecilio miró al cielo. Le extrañó que cubrieran todos los artilugios, pues el cielo estaba límpido y estrellado, y más podía caer fuego del cielo que una sola gota de lluvia; pero lo olvidó en cuanto desapareció por el Arco del Pópulo. Si hubiera sido gaditano, habría recelado del camino escogido por el carromato, pues no era el más indicado para dirigirse a la calle Compañía. Era la señal para indicar a Germán, quien permanecía atento tras los visillos de la ventana de su casa, que el plan se había culminado con éxito.

¿Qué había sido de sus gestos rudos, sus aires de suficiencia y sus modos de esbirro carcelario? El agente se revolvía internamente ante aquellos inesperados sucesos; y esa rabia, rechazo y decepción embargaban también a sus hombres. Se produjo un incómodo silencio sobre aquel lodazal de incomprensión. Una extraña tos atacó la garganta del perplejo Bergamín.

El Insobornable inspiraba un pavor aterrador a quien lo miraba.

La pálida luna germinaba moteada de nubecillas grises y una ligera bruma cargada de humedad comenzó a brotar bruscamente. La bochornosa atmósfera del caliginoso día se hacía más benévola.

El gavilán

Al día siguiente, un carruaje arribó al puerto al salir el sol.

El crepúsculo matutino teñía los miradores con un tenue brillo azulado. Algunos nubarrones atraían retales del fulgor de la mañana que parecían globos de algodón. El negro y el rojo escarlata de las heráldicas del condado de La Bisbal, impresas en el elegante vehículo, destacaban con las primeras luces. Don Enrique José y la francesa, escoltados por un escuadrón de soldados a caballo, ataviados con las guerreras azules de campaña y armados con fusiles y pistolas, descendieron del landó, cuyas lanzas de tiro brillaban como el oro. Coches descapotables y carros tirados por mulas repletos de sacas pedían paso a gritos a los estibadores, marineros y mercaderes que merodeaban por las escalas de los barcos.

El resplandor de la luz se iba materializando en un calor agobiante.

Cádiz, nítida, fresca y olorosa, despedía a la hermosa Anne.

—Madame, ¿nos veremos pronto?

—En Madrid, *mon général*. Para la Pascua me hallaréis en la casa de los duques de Teba, mis amigos de Madrid. Tengo grandes amistades en la capital, como el señor Grimaldi, director del Teatro del Príncipe, y miembros del gobierno de Su Majestad.

—Allí nos daremos cita. Una amistad así no puede romperse.

—Os aseguro que se perpetuará en el tiempo, don Enrique —declaró con engaño la dama, dándole a besar su mano mientras le dedicaba una falsa sonrisa de arrobamiento que emocionó al gobernador.

—No os olvidaré nunca, Anne —confesó, embelesado.

—Tampoco yo. Sin vuestra gentil y segura compañía, mi último día en Cádiz no habría sido igual. *Au revoir* —susurró, y lo besó.

—Siempre regiréis mi corazón, Anne. Id con Dios.

Anne se despidió del obsequioso militar y, tras subir la escala ayudada por el contramaestre, entró en el camarote que le había asignado el capitán, un inglés taciturno y poco locuaz, aunque de maneras corteses. Domingo Badía la esperaba.

—Jamás pensé —dijo Badía— que la operación saliera tan perfecta y sincronizada a cada punto del guión pergeñado por el señor Galiana. Ese marino es un excelente estratega. Me han impresionado sus formas. Podría convertirse en un inestimable agente para don Manuel.

—Dudo que acepte. Creo que es un liberal de ideas revolucionarias —opinó la francesa—. La verdad es que me habría gustado conocerlo en profundidad. *Mon Dieu!* Es elegante y atractivo, su presencia llama la atención entre las mujeres —confesó vertiendo en sus labios una sonrisa melancólica.

—Eres incorregible, querida —bromeó Badía—. ¿Sabes que esta noche han registrado nuestros equipajes y el del señor Grimaldi?

—¡Claro que lo sé! ¿Acaso no era una posibilidad? He vivido un angustioso duermevela. Mientras fingía dormir, una criada entró en mi dormitorio y examinó mi neceser de manicura y mi estuche joyero.

—¿Dónde las escondiste? Sé que posees tus propios recursos, pero esto era realmente arriesgado.

—En una espléndida ratonera, don Domingo —le reveló Anne en tono lujurioso—. Un lugar donde ni una mujer se atreve a mirar.

Después alzó su pierna indolentemente y la colocó sobre una de las sillas. ¿Qué pretendía hacer? Badía la observó con curiosidad. Con estudiada parsimonia, se levantó la falda y luego las enaguas, dejando al descubierto unas piernas largas y esculturales, cubiertas por unas medias de seda de color rosado. Enganchada a la liga, de un apasionado color rojo, se hallaba prendida la Peregrina, que con el vaivén del barco se balanceó ligeramente. Repitió la operación con la otra pierna, y allí estaba el Estanque azul, firmemente sujeto a la erótica jarretera escarlata.

Los ojos de Badía se dilataron desmesuradamente.

—¡Por todos los santos del cielo! Eres una dulce diablesa. ¿Y no te han importunado para galantear con el general?

—¿El general? —dijo ella con una expresión exenta de romanticismo—. Don Enrique estaba borracho y derrochaba sudor y blasfemias: su insignificante virilidad no consiguió excitarse. Estos bravucones son todos iguales. Se excitan con un beso, eyaculan con un roce y luego se duermen. A la media hora roncaba a mi lado como un portuario. Alegó que estaba cansado por la larga recepción. Tras varios escarceos, se durmió en mis brazos como un niño. Pero antes pregonó unas proezas varoniles que no me demostró. Me resistí a los primeros embates y lo convencí de que muy pronto visitaría Madrid. Luego le prometí que me convertiría en su rendida amante.

—Eres sorprendente. Entonces, ¿has dormido con ellas entre tus muslos?

—Fue un placer acunar junto a mi sexo las joyas más preciadas de la Corona, lucidas por las más célebres reinas de España. Todo un privilegio y un gozo —añadió mirándolo con sus ojos provocadores.

—Mejor así, *ma chérie*. En una semana estas alhajas estarán en manos de su legítimo dueño —dijo Badía, y suspiró sosegado.

—Mi mayor premio ha sido ver a esos esbirros de Ugarte y del Narizotas perplejos porque se les esfumaban de las manos.

—¿Crees que estaban seguros de que trajinábamos el intercambio a sus espaldas? Han estado muy cerca de arrebatárnoslas.

—Y lo habrían hecho de no contar nosotros con la lúcida y espectacular intervención del señor Galiana. Grimaldi no sabía cómo salir del atolladero. Nos habrían cogido. Se lo debemos al gaditano.

—Creo que ese distinguido marino te ha impactado, querida.

—Cierto. Siento no haber intimado con él. *C'est la vie!*

—Ayer procedí a ingresar en la Banca del comerciante Aramburu lo acordado, en contantes napoleones de oro. Una cantidad que, al cambio, será de unos cincuenta mil pesos españoles. Recompensará con creces su ayuda y su sagaz intelecto. Grimaldi también tendrá hoy mismo en su poder las cláusulas malditas de Bayona.

—Lo que bien concluye, hay que darlo por bueno —sentenció la espía.

Pronto surcaron las añiles aguas de la bahía de Cádiz. Anne y don Domingo, tras años de espera, estaban satisfechos con su trabajo. Una majestuosa calma reinaba en el océano Atlántico.

Mientras tanto, cerca del puerto, en una de las esquinas de la Puerta de Sevilla, Cecilio Bergamín observaba cómo el buque mercante inglés *The Sparrowhawk* («El Gavilán») desplegaba su arboladura y zarpaba lentamente en un prodigio de maestría marinera. «¿Irán en él, camino de Francia, las joyas del rey? —se preguntaba, arrebatado—. Pero ¿cómo lo han consumado?» De repente oyó a sus espaldas una voz familiar.

—Formidable barco, ¿verdad, señor? —observó Germán—. Creo que antes fue un buque de guerra que luchó contra Napoleón en Egipto.

—¿De negocios, señor Galiana? —le espetó Bergamín, enojado y vulnerable.

El gaditano le sostuvo la mirada, amenazadora, impertinente.

—Sí, he venido a revisar la fragata y el bergantín de la Compañía Galiana, *La Guadalupana* y *La Prosperidad*. Pronto se harán a la mar con un cargamento de sedas y luego regresarán con azúcar de Venezuela.

—Me refería a otros negocios, amigo mío. Contestad a un capricho motivado por la repentina curiosidad de un hombre decepcionado.

Frío, racional y dueño de sí mismo, el gaditano le replicó:

—¿Seguís aferrado a esa absurda leyenda de las alhajas sustraídas de palacio y a ese extravagante Niño Jesús Buda?

—No creo haber mencionado nunca nada de ese Cristo Niño. ¿Cómo lo sabéis? Habéis estado metido hasta el cuello en el asunto, ¿no es así, Galiana? Os haré una confidencia —dijo Bergamín, mostrándose mordazmente amistoso—. Tuve esa imagen en mis manos, pues fui comisionado siendo guardia jurado del rey José I para almacenar ciertos tesoros en esos carros marcados con el águila imperial que acechasteis en las colinas de Vitoria. Pocos sabían de la existencia de esa escultura, y eso os acusa sin paliativos, señor.

Germán reaccionó al instante. Era el primer error que cometía. Aquel detalle se lo había referido don Juan, no el agente, y se lamentó. Pero afortunadamente ya no tendría ninguna consecuencia.

—¿No lo referisteis en El León de Oro?

—En absoluto, don Germán —aseguró, terminante.

—Bien, de todos modos no podéis demostrar nada. Sin gemas no hay caso, y sin caso no hay acusado. Asumid vuestra derrota. Sólo puedo deciros que nada sé de esas pedrerías que tanto os preocupan. Yo nunca las he tenido en mi poder, os lo juro, y menos ahora. Según vuestras acusaciones, podría ser inmensamente rico, pero me sigo ganando el pan con mi trabajo. Haced cuantos registros y pesquisas deseéis para cercioraros de que os digo la verdad. Estáis obsesionado y eso no os deja ver con claridad la situación de ridículo en la que habéis caído.

Una insidiosa corriente de sospechas se había abierto entre ellos.

—Sí, imagino que después de un tortuoso plan que ignoro y que me trae de cabeza ya no las tenéis. Sois un hombre sagazmente astuto. Os subestimé desde el principio. Craso error por mi parte, que deploraré siempre —se lamentó bajando la testa.

¿Cómo había que proceder para que el espía de Ugarte exhibiera alguna emoción humana? Germán pensó que con lo que se disponía a decirle conseguiría quebrar su fría y dura imperturbabilidad.

—Mirad, don Cecilio, con franqueza, la tenacidad es un don que admiro en un hombre, así que voy a proporcionaros una inestimable información —dijo en tono misterioso—. Cuando venía para el muelle, escuché a mi buen amigo Téllez, el poeta del pueblo, cantar una coplilla que ha compuesto hoy mismo. Tal vez con vuestra perspicacia conteste a las preguntas que tanto os obsesionan.

—¿Una coplilla? ¿Os burláis de mí? —dijo Bergamín, herido.

—En modo alguno. Es del estilo a las que se cantan en Cádiz en el carnaval. El pegadizo estribillo dice más o menos así:

¡Oh qué dolor!
El «Gavilán» lleva las gemas prendidas en su pico.
Las que acogió en su panza el Niño Bendito,
en su gabán Chocolate el monito,
y en la túnica Su Majestad Herodes maldito,
y en su turbante el títere del Rey Negrito.

Germán carraspeó para aclararse la garganta, señaló con enigmática sonrisa el buque británico y le rogó que leyera el nombre grabado en la proa. El agente dio un respingo y se adelantó unos pasos. No podía creerlo. Durante unos instantes se quedó atónito. Bergamín era la encarnación de la perplejidad. Callado, golpeó el suelo con las botas. Se reprochaba no haberlo descubierto antes. El marino tenía ante sí a un hombre angustiado y pálido.

—¡Por todos los diablos! —exclamó Bergamín fuera de sí—. ¡*Sparrowhawk*, gavilán! Ahora lo comprendo todo. Pero ¿pretendéis hacerme creer que escondisteis las joyas en las ropillas de ese sucio mono y que las sacasteis luego del palacio consistorial adornando esos grotescos muñecos? ¡Vamos, por favor! ¿Me tomáis por necio?

—Cádiz es una ciudad de milagros, y también de mucho ingenio. Aquí todo es posible, Bergamín —declaró Germán, irónico.

—Me faltó la perspectiva necesaria para intuir vuestros planes.

—Aceptad vuestra derrota. Fue sorprendentemente fácil. Unas veces se pierde y otras se gana. El azar administra nuestras vidas.

Un sudor frío perlaba la frente abombada del agente; su expresión facial era de descalabro total.

—Admiro vuestra inteligencia, pero buscaré pruebas —le advirtió, severo—. El azar hizo que os interpusierais en mi camino una vez. La segunda os hundiré.

Germán se encogió de hombros. Aquel sayón había abortado cualquier forma de diálogo amistoso. Ahora era él quien tenía la sartén por el mango. Sabía que el sicario de Ugarte lo había comprendido todo de golpe y que sus amenazas eran meras bravatas. Su mirada exhalaba fuego.

—Es inútil que sigáis con vuestra locura —lo cortó Galiana—. Espero y deseo, ya que se os ha hecho la luz prodigiosamente, que me dejéis en paz, y también a mi familia y a mis amigos. Sé que allanasteis mi casa y que pertenecéis a La Contramina, así lo atestiguan vuestro proceder y las marcas que ocultáis bajo la camisa.

El espía se quedó atónito ante la intimidación, pero quiso defenderse.

—Más urgentes serán entonces mis avisos, señor Galiana. No pierdo la esperanza de concluir mi libro del Abominable Texto con dos páginas hechas con vuestra piel y la de ese masón de Grimaldi.

Su deletéreo enemigo había escupido su amenaza.

—¿Habéis fabricado un libro con piel humana, verdugo del mal?

—¡Lo tengo a gala, miserable liberal! Pasad por la comisaría de Madrid y os lo mostraré. He seleccionado los cincuenta artículos más ignominiosos de ese despreciable papelucho y los he grabado en otros tantos pellejos de traidores y detestables españoles.

Germán no podía creerlo. Una rabia inarticulada lo devoraba. Le resultaba intolerable e infame. ¿Cómo podía existir un ser tan despreciable? ¿Lo estaba provocando?

—¡No pararéis hasta que os hunda mi espada en el corazón, sayón del diablo! —gritó Galiana—. Mantenéis un duelo absurdo que no os conducirá a ninguna parte. Ahora os hablo en serio, cretino torturador de liberales. El gobernador, contertuliano de mi madre, doña Mercedes, está al tanto de vuestra conducta y vuestros inadecuados métodos, y bien podría echaros a patadas de la ciudad. Por muy poderoso que creáis a vuestro amo, andad con cuidado, perro faldero.

—Pues guardaos de mi maldición personal. Que Dios os valga.

—Regresad al reino del diablo y seguid arrastrándoos en esta vida por el cieno. Allí os sentiréis feliz, Bergamín.

Germán se despidió con un rudo gesto de la mano, como quien ahuyenta a un insecto enojoso. Pensó que la locura de aquel hombre no era sino un antifaz y que detrás de esa ira salvaje se escondía un ser humano temeroso y desamparado.

Ante la indiferencia con que el gaditano acogió su perorata, Cecilio se revolvió y se marchó bufando, vencido por su propia tozudez. Lo había decidido: de momento no regresaría a Madrid; no estaban los tiempos para arriesgar el pellejo. Esperaría órdenes de Ugarte, a quien se lo llevarían los demonios cuando conociera la pérdida. «Esta grieta acabará por destruirme», caviló. El imprevisto descalabro lo había desarmado.

Le aterrorizaba enfrentarse al naufragio en que se había sumido su existencia. La cadena de desastres lo había destrozado y podía acabar conduciéndolo a la locura. La respuesta al fracaso había llegado rápida y dolorosa. Debía poner en práctica su notable capacidad camaleónica. Estaba acostumbrado a recibir coces de su desquiciado sino, y lo asumió. Arrinconó el inconmensurable vacío que sentía. No olvidaría jamás la lección recibida en Cádiz.

Era como si lo hubieran despojado de golpe de sus entrañas. Pero había decidido sobrevivir otra vez.

Poco antes del mediodía, una diligencia con un tiro de seis briosos caballos de posta se disponía a salir de Cádiz con destino a Sevilla y luego a Córdoba. Don Juan Grimaldi estaba ansioso, pues Badía le había asegurado que antes de partir tendría en sus manos el manuscrito de Bayona. ¿Lo habrían engañado? Quería pensar que no. Eran personas de honor, y él creía en su palabra. No obstante, los viajeros se disponían a ocupar sus asientos y nada sabía. Al fin, cuando, decepcionado y con la expresión atormentada, puso el pie en el pescante, el cochero, que sostenía la portezuela, le susurró al oído:

—Cuando hayamos salido, mirad debajo del asiento. Ahora, subid.

Grimaldi echó la cortinilla, por si era espiado. Ignoraba que Bergamín había anulado la orden de que lo registraran antes de partir. El cochero hizo restañar el látigo y levantó un reguero de polvareda. El tiro respondió a las órdenes del cochero, quien, una vez hubo dejado atrás el emporio gaditano, se dispuso a entrar en la Isla de León, donde debía recoger a otro pasajero.

Aprovechando la parada, y mientras los otros dos viajeros se bajaban para estirar las piernas, don Juan levantó el cojín de cuero y vio una carpeta roja de tapas floreadas y anudada con un lazo carmesí. Levantó el pico de la carpeta y se sirvió del monóculo para ver parte del cuño del águila imperial napoleónica y las dos abejas distintivas de la familia Bonaparte, símbolos que conferían credibilidad y autenticidad al tan deseado documento.

Era el que conocía. Grimaldi esbozó una sonrisa beatífica. «Mi mejor baza contra los enemigos de la libertad», pensó.

Había tardado nueve años, quizá demasiados, pero al fin había culminado el deseo de su amigo y hermano Aníbal Figueroa. Además, cumplida la orden de sus superiores de la logia La Matritense, su nombre adquiría de golpe una preeminencia capital, imprescindible ahora que sus más conspicuos miembros la abandonaban para afiliarse al Gran Oriente Masónico de Los Comuneros e Hijos de Padilla. «Ha llegado en el momento más oportuno —reflexionó—. Se la ofreceré a Argüelles, que valorará en lo que vale este documento trascendental para derrocar el absolutismo. Seguro que lo convertirá en un arma capital para mantener bien atado a Tigrekán. Y, de paso, Juan Grimaldi y La Matritense volverán a recobrar la influencia y el poder perdidos.» Apuntó un ademán augusto.

No podía evitar sentirse orgulloso de haber concluido la insensata búsqueda que había emprendido el mismo día de la infausta muerte del capitán Figueroa, Fidias. La fortuna al fin le había sonreído, pero en su fuero interno no hacía sino darle las gracias a la osada y perspicaz intervención de su amigo Germán Galiana. «Sin su contribución y arrojo, esto no habría sido posible. Que os vaya bien en vuestra aventura americana, amigo del alma», pensó.

El viaje se reanudó sin incidentes. El sol, en lo más alto del cielo, enviaba magnánimo sus alfanjes de luz y calor. Don Juan vislumbró el afanoso ajetreo de los salineros y la luminiscencia del paisaje isleño que se abría ante sus ojos, plagado de marismas, caños añiles y esteros centelleantes. Las barquichuelas ahuecaban sus velas abriendo caminos de espuma en el mar. Cerró los ojos y se durmió con el traqueteo.

Al despertarse era otro hombre. Se sentía sosegado y feliz.
Ya el mundo le parecía un lugar más completo.

Días después, Cádiz se vio sacudida por un calor hinchado, asfixiante, que parecía que iba a reventar en las alturas del inmóvil firmamento.

A Germán le entristecía su ciudad. Los serviles conspiraban a la luz del día para mantener a Fernando VII en el trono absoluto y, mientras, los liberales seguían en la clandestinidad.

Ansiaba la llegada de la noche, menos irritante, más tibia, ideal para confidencias y encuentros en la Alameda entre amigos y amantes. Era consciente de que no iba a ser fácil liberar sus sentimientos y contar a sus seres más queridos sus planes de futuro, todas esas intenciones que había urdido muy lejos de ellos. Pero ansiaba restablecer cuanto antes el orden en su pequeño universo.

La bóveda del cielo aminoraba su azul rutilante y envolvía la ciudad amurallada en una colección de tonalidades carmesí y púrpura. Una filtración serena de aires aromáticos la embalsamaba, y un tajo de penumbras comenzaba a empapar el declinante astro solar.

Por encima de las blancas azoteas, el ardiente día se rompía.

La despedida

Cádiz, septiembre de 1817

La noche se había agazapado en Cádiz por encima de los miradores.

Germán, para disfrutar del afecto de los suyos, invitó a cenar en su casa a doña Mercedes y a su sobrino, a don Dionisio, a Soledad, al banquero Aramburu, al viejo Téllez, elegantemente ataviado, a fray Efrén, el prior capuchino, y a Urbina.

Y cuando ya habían perdido la esperanza de conocer sus verdaderas intenciones de futuro, el marino los sacó de dudas. Y fue tal la magnitud de su convicción, que lo comprendieron enseguida: deseaba regresar a América, donde había conocido a la mujer de su vida.

La mansión de Galiana olía a sirope, a nuez moscada y a rosas. El anfitrión había organizado la comida de despedida y los sirvientes habían exornado el salón con exóticas lámparas sacadas del trastero, cortinas bordadas, cristalería de Murano y estatuillas de jaspe de gran realismo heroico pero que jamás se lucían. El viejo cocinero filipino de los Galiana se había esmerado en los platos, y doña Mercedes había mandado traer de la bodega vinos añejos cuya procedencia quedaba oculta por el polvo del tiempo.

Un plácido Germán se sentaba junto a la señora de Galiana y el sobrino de ésta, que serviría en lo sucesivo de enlace a Germán. La compañía había cambiado de nombre, y ahora, según el registro de sociedades, pasaba a llamarse Compañía Galiana de Caracas y Cádiz.

—Hijo, cuéntanos toda la verdad. ¿Por qué hace unos días debíamos un préstamo a la Banca Morgan y ahora don Miguel me dice que tenemos un saldo a nuestro favor? ¿Te has metido en algún negocio ilícito? Ya sabes que tu padre no lo habría permitido.

—Nada que deshonre el buen nombre de la familia, madre. Mi padre adoptivo, don Evaristo, que Dios lo tenga en su gloria, lo habría aplaudido. Simplemente, la fortuna me sonrió siendo yo guerrillero y hace unos días me ha devuelto lo mucho que arriesgué por mi patria.

—Entonces, ¿debo dormir sin ningún temor, hijo?

—Sólo darle gracias al Creador por ser con nosotros tan benévolo. Pero para que conozcáis lo que se ha desatado realmente a mi alrededor, contaré a mis verdaderos afectos lo ocurrido. Pero os prevengo: alguno pensará que es una fábula o una historia alejandrina inventada por un demente. Pero es verdad. Os lo juro por mi fe.

Únicamente se oía el chisporroteo de las hierbas aromáticas quemándose en el pebetero y las increíbles y pausadas palabras de Germán, al que los comensales escuchaban embelesados. Y cuando al cabo concluyó, doña Mercedes y Soledad lloraron y los demás lo miraban incrédulos pero con orgulloso asombro.

—Me vi obligado por lo extraordinario de la situación, como quien descifra un misterio inventado por un loco. La vida me tendía otra emboscada y había que rebatirla. Nada más —testimonió, humilde.

—Tu padre habría obrado igual, hijo mío —dijo doña Mercedes.

—Me cuesta admitirlo, pero verdaderamente estoy orgulloso de ti —añadió el clérigo—. Obraste como un buen cristiano, sin codicia ni ruindad. No vendiste tu corazón al dinero.

—Este muchacho es un loco de atar —señaló Téllez—. Lo que no le ocurra a él, no le ocurre a nadie. Está señalado por el dedo del destino.

Durante los siguientes minutos, Germán se consagró a hablar de las cualidades de Lucía, de la bonanza de Las Ceibas, de sus proyectos de futuro, de la posición envidiable que gozaba en Venezuela, donde era reconocido como amigo de don Esteban y del general Simón Bolívar, así como de influyentes criollos y mantuanos y del arzobispo don Narciso.

—Mi sitio está allí, donde el trabajo y la libertad no son perseguidos.

—Y donde los Galiana prosperaremos como nunca —dijo el sobrino.

—Quiero que la compañía se extienda a Boston, y es muy posible que me ofrezca al Libertador para convertirme en abastecedor de su ejército revolucionario —aseguró Germán—. Ése sería un buen negocio para los Galiana.

Soledad lo miró con una mueca divertida.

—¿Y cuándo es la boda, Germán? —preguntó.

—Lucía desea que antes cumplamos con los requisitos del noviazgo.

—Yo únicamente deseo, hijo, que sea una garantía de felicidad para ti —exclamó la vieja dama alzando los brazos.

—Lo será. Tienes tiempo para prepararte, madre —la alentó, afable—. Don Dionisio te acompañará en la travesía, y Téllez también. Se viene a vivir conmigo. A este viejo achacoso y chocho, sin el que no puedo pasar, le he ofrecido un lugar de descanso en la casa de Caracas. Merece una vejez sin agobios. Bastante ha luchado contra el mundo. Un tipo así quedará muy decorativo en el porche de una hacienda criolla.

La concurrencia no dejó de reír con sus entrañables palabras.

—¡Demonios! Sin mí, ¿con quién te ibas a pelear? Lo manteníamos en secreto, y la verdad es que no deseo otra cosa. Me uno al albur de este muchacho del diablo y a enterrar mis huesos en tierra extranjera. Lo seguiré con las pocas cosas que pueda llevar a mano. La rutina estaba desnaturalizando mi vida, y yo aún espero vivir nuevas correrías. Y ya sabéis que siempre lo consideré el hijo que nunca tuve. Tengo hecho el equipaje, o sea, Chocolate, que vuelve a sus selvas primigenias, y mi vihuela, para cantarle a Cádiz cuando me pique la morriña.

Se cruzaron ruidosas carcajadas y bebieron a su salud.

—Y tú ¿qué vas a hacer, Soledad? —preguntó Germán.

—Urbina y yo hemos llegado a un acuerdo, y aunque lo lamenta, lo asume. Me marcho a Ronda, la tierra de mi malogrado marido. Quiero abrir allí una hospedería modesta, sin muchas pretensiones. Emplearé unos ahorrillos que he logrado juntar —explicó con el gesto entristecido.

Con una ingenuidad casi infantil, Germán la calló, poniéndole el dedo en sus refinados labios. Se alejó de la mesa, abrió el secreter de un buró de caoba y extrajo un pagaré firmado por Aramburu por valor al portador —Soledad Montalvo— de tres mil pesos de plata.

—Toma. —Se lo tendió ante la conmoción de todos—. Es para ti, Soledad. Te ayudará a emprender ese negocio con garantías. Arriesgaste tu vida por mí, y lo mereces. Pero te lo ofrezco sobre todo porque te profeso gran cariño y por tu tolerancia hacia mí. Nunca te olvidaré, pues has escrito con amor muchas páginas de mi vida.

La bailaora, desarmada por el imprevisto regalo, lo observó escandalizada. Luego recompuso su gesto de asombro y, tras sobreponerse, miró alternativamente a uno y otro lado con sus ojos insondables. Sólo vio complicidad y afecto en aquella querida familia. Se había llevado la sorpresa más grata de su vida. Se incorporó y, llorando, abrazó a su amante.

—Siempre gobernarás mi corazón, Germán. Nunca tuve otro amor que tú —confesó y consiguió el ánimo unánime de los comensales—. ¿Volveremos a vernos algún día?

—Claro que sí, Soledad. Estaré a lomos de las orillas, pero deseo vivir donde las palabras «Inquisición», «amo», «señor» o «rey tirano» no existan.

El plazo para ejecutar las acciones salvadoras que lo habían traído hasta su tierra había expirado. El marino se despidió de sus amigos. Un farol amarillento iluminaba su vetusto caserón y el barrio del Pópulo, llenándolos de sombras ambarinas. No tenía otro camino que seguir.

Su hado estaba escrito en las estrellas. Sus últimos pensamientos fueron para Soledad, que volvió varias veces la vista atrás, con una mirada desolada, y lo despidió agitando su pañuelo, empapado en lágrimas.

El pulso del indiano palpitó acelerado. Comenzaba para él un nuevo tiempo, con otras medidas, otros azares, otros apegos.

Era casi medianoche, y el firmamento, oscuro refugio de negruras, lucía lujosamente tachonado de luminarias, silenciando los rumores de la bulliciosa Ciudad de las Luces, que rielaba como una copa de porcelana.

El sereno volvió a dar las horas, asordinando las voces de la Posada. Una suave lluvia neblinosa anunciaba las grisuras del otoño.

El barco en el que navegaba Germán surcó sin aprietos las aguas caribeñas. La luz amarilla de la mañana se filtraba por la escotilla y el castillo de popa, donde se hallaba el camarote del gaditano. La rejuela lo despertó con su juego de luces y sombras. Abrió la puerta y salió al puente.

El sol se había deslizado a estribor y su fulgor lo deslumbró. En dos días arribaría a Caracas, donde Lucía lo aguardaba impaciente. Todo había ocurrido con gran rapidez. Ahora veía su vida con otros ojos. Las olas susurraban unas con otras y su garganta vibró de satisfacción.

El destino le había inventado un nuevo futuro.

Ante el trono de Coromoto

Caracas, diciembre de 1818

La boda de Germán Galiana y Lucía de Alba se convirtió en un evento social de primera magnitud en la capital caraqueña. El español había sobrellevado el cortejo conforme dictaban las normas sociales de los mantuanos. El día de las nupcias sólo prestaba atención a Lucía, ajeno a las felicitaciones y charadas de los amigos y familiares.

El día nació bajo un manto de nubes bajas. Campesinos con sacas de cacao, chocolate, frutas y quesos, acemileros con reatas de burritos cargados con mazos de caña, negros y mestizos detuvieron sus tareas.

Los novios comparecieron en la explanada de San Francisco de Caracas, delante de su nacarada fachada, en un carruaje tirado por un tronco de seis caballos enjaezados y con un parasol de paño dorado con flecos plateados. Germán pensó que Lucía estaba hecha de incorpóreo éter, pues le parecía que flotaba. Un panal de pensamientos dichosos, después de una vida de vaivenes, exilios, muertes y revoluciones, se instalaba al fin en su cerebro.

Se había formado un cortejo imponente. En el pórtico resonaba una orquesta de violines, guitarras y clarinetes. El arzobispo Narciso Coll y Prat, que, aunque realista, se mostraba amigo de un Galiana convencido de la causa independentista, los recibió en la puerta. Ataviaba su quijotesca figura con una brillante capa pluvial burdeos y era ayudado por el bajo clero, que vestía casullas damasquinadas.

Al gaditano lo invadía un estado de paz lindante con la beatitud. Su cabeza asentía y sonreía a los invitados, pero en realidad andaba a la deriva conducido por la mano de la felicidad suprema: vivir al lado de la mantuana, que se engalanaba con un traje de raso blanco bordado de oro con el pecho aderezado con joyas y sujeta su melena con peinetas de plata y carey. Cuando alcanzaron las escalinatas de la iglesia, niños vestidos de blanco les arrojaron flores perfumadas que al marino, vestido con una impecable levita marrón y un chaleco crema con corbata amarillo pálido, le parecieron pétalos caídos del cielo. Tal era su seducción.

Llegaron los carruajes de los invitados, en los que iban apostados los amigos de Caracas, don Esteban y su familia, y los llegados de España un mes antes, tras un azorado viaje: doña Mercedes, cuyo deleite emanaba de su pecho; don Dionisio, y el polifacético y ácrata Téllez, impecablemente vestido y de la mano de una viuda criolla, de la esquina de Traposos,* que bebía los vientos por el dicharachero y cortés músico; también algunas niñas vestidas con largas túnicas blancas en señal de castidad.

La feliz realidad se iba asentando lentamente alrededor de Germán, entre los neumas gregorianos del coro, el repique de las campanas del convento y el murmullo de la voz serena de Lucía, que le expresaba lo inmensamente feliz que era. Los padecimientos que había sufrido la joven con la muerte de sus padres y sus hermanos, lejos de agriar su belleza, la habían enaltecido. Se asemejaba a una diosa.

La iglesia había sido exornada con ramos de flores y gavillas de amarantos, o caracas —las hierbas floreadas del valle—, y pedestales dorados de los que colgaban guirnaldas de jazmines y nardos. El corredor de la nave central lucía alfombrado de claveles, jazmines, narcisos y siemprevivas, y los bancos habían sido perfumados con agua de rosas. Germán percibía, después de muchos años, una compacta sensación de serenidad, placidez y sosiego. Una orquestina reclutada por el marino en las poblaciones de alrededor, y provista de un clavicémbalo, cornetos, violines, oboes, violas de

* En el casco antiguo de Caracas aún se sigue llamando «esquinas» a las calles, distintivo colonial.

gamba y organillos de fuelle, amenizó la ceremonia, resonando en la iglesia como una sinfonía fantástica.

Se casaron bajo un palio montado para la ocasión y con los acordes del *Stabat Mater* de Pergolesi, un músico pontificio preferido de Germán. Capellanes, amigos y familiares asistían a la bendición del matrimonio en la capilla de la Virgen del Coromoto, la patrona de Venezuela, con su mirar dulce en el trono dorado. Lucía y Germán se dieron el «sí» y se entregaron las arras con los labios temblándoles, pero con la determinación de quien cierra para la eternidad un sentimiento compartido.

Al salir del templo y acariciarle el sol la cara, el gaditano tomó conciencia de que una euforia secreta invadía su alma, un bienestar que jamás había sentido. Los vivas alegres de los curiosos que se habían amontonado fuera de la iglesia lo impulsaron a besar a la bella e inalterable Lucía y a susurrarle al oído que era infinitamente dichoso y que nadie podría arrebatarle la satisfacción de aquel momento que esperaba perpetuar en su santuario familiar mientras vivieran. Para él, Venezuela era su edén, y Lucía, su tierra prometida.

Si la ceremonia nupcial fue fastuosa, no lo fue menos el convite que se celebró en la casa de los Alba de Caracas, cerca de la esquina de los Carmelitas. El patio estaba exornado de tapices y repleto de tiestos con flores salvajes y naranjas amargas. Más de doscientos comensales entre lo más granado de la aristocracia venezolana asistieron al banquete, organizado por Maximiliano que, como un mariscal de campo, ordenaba a una legión de sirvientes de Las Ceibas.

Por orden de Lucía, se repartió comida a muchos necesitados y asistieron todos los trabajadores de la plantación, con su impecable traje blanco. Una orquesta de Calabozo amenizó la fiesta en tanto se servían en vajillas de porcelana china decenas de platos: asados, pichones, quesos manchegos, morros de jabalí adobado, jamones de Mérida, lampreas, pasteles almendrados, confitadas y mazapanes, de los que daban cuenta los comensales, acomodados en sillones de mimbre y bajo quitasoles anaranjados recubiertos con hojas de laurel.

Se hizo la noche, se encendieron velas, antorchas y faroles, y los músicos tocaron minués y chaconas en honor de los invitados españoles. Pero pronto los sones derivaron hacia las solicitadas canciones populares de Venezuela. Sonaron los cuatro, las arpas y las maracas, y los convidados, sin distinción de casta, bailaron un joropo tras otro, el popular baile de los campesinos del valle y el llano.

Los braceros de Las Ceibas dedicaron a los novios un emotivo sebucán, el baile de las cintas multicolores alrededor del palo o árbol de la vida para reclamar al cielo la fertilidad de la novia, que sonreía a todos con su gesto conciliador. A Germán le pareció una visión ultraterrena y aplaudió el gesto. Los negros no querían ser menos y danzaron una tura en homenaje a los recién casados, un baile mágico y religioso trenzado en parejas, de eróticos movimientos, en el que agradecían a la Madre Tierra sus beneficios. El negro Maximiliano acompañó a las flautas y los panderos con una canción extremadamente voluptuosa que hizo ruborizar a más de una dama:

Un torrente de deseos me atormenta.
Métete en el lecho nupcial y mezcla tu piel con la mía.
Ríe enloquecida a mi lado, con tus labios encarnados como fuego
y tiembla de deleite y recompensas, amada mía.

La coral negra fue aplaudida sonoramente en tanto el viento del este acarreaba perfumes de regaliz, tabaco, cacao, azúcar de la molienda, y de mar en calma. Antes de retirarse al tálamo nupcial, Germán, sin que le pareciera un pecado de vanidad, asió su violín y, en medio de un silencio casi religioso, interpretó, acompañado del arpa, la «Oda de los casados». Muchos lloraron de emoción, entre ellos Téllez, feliz como un niño, doña Mercedes y la sorprendida Lucía.

—Nadie podrá romper nunca nuestra felicidad, Germán —le aseguró la mantuana al terminar, dejándole en la mejilla su ofrenda de lágrimas.

Cuando la fiesta languidecía y algunos invitados abandonaban la casa solariega, se besaron bajo el alero del zaguán. Luego entraron en la tibia habitación atestada de flores. El rostro de Lucía nunca había tenido un brillo tan delicado; su cabellera, oscura, sedosa y lacia, le caía sobre los hombros. La escasa luz de la noche arrancaba destellos azulados en su piel. Se tendieron en la cama y aspiraron la densidad del aroma del aire. Con las caras enfrentadas, hablaron sobre el amor, sobre su futuro y sobre la fortuna, ilógica y caprichosa, que los había hecho encontrarse. La venezolana, siempre tan racional y dueña de sí misma, casi altanera, se había convertido en una dulce gacelilla.

Germán Galiana era un ejemplo viviente del poder de esa fuerza ingobernable que rige a los seres humanos y a la que llamamos «destino». Pero después de unirse a Lucía de Alba, ya nada podía alterarlo.

Una luna fastuosa inseminaba con su brillo el lecho de los amantes. Lucía sabía que hasta entonces, atrapada en el recuerdo de la matanza de los suyos, había sido un helado fortín para los hombres. Pero al conocer a Germán había descubierto dentro de sí una abundancia gigantesca de sentimientos amorosos. Al principio se mostró tímida, pero pronto los embates de su sensible amante la enardecieron. El cuerpo de su esposo se le reveló un mapa sorprendente y desconocido de calor, emociones y caricias. Se embriagaron el uno del otro y se nutrieron de sus caricias hasta gozar del placer salvajemente.

Entonces afloró una pasión que duraría mientras vivieran.

El disco menguante de la noche se mostraba mudo y luminoso.

París

Un caballero maduro, de porte robusto y aún apuesto, paseaba en solitario por el boulevard du Temple. Sus rasgos denotaban cansancio. Se apoyó en el bastón y se detuvo en el escalón del Café Turc. Miró a través de los cristales y entró. Con un pañuelo de batista, se acarició la nariz, inflamada por la humedad y el frío de París. Tras despojarse de la capa y de la chistera negra, tomó el periódico *Les Nouvelles* y paseó su mirada por las noticias sin prestarles excesiva atención.

Por su aire marcial y arrogante parecía que había sido militar, y hombre de pasado influyente y señalado. Esperaba a alguien, pues no dejaba de mirar por los empañados vidrios. Durante años había soportado la más absoluta de las bancarrotas y la persecución sin descanso por parte de los esbirros de Fernando VII, de Roma a Pisa, y de Verona a Livorno, pero desde hacía dos años el timón de la fortuna había dado un sesgo satisfactorio a su vida.

Ese día era especial para él. Las joyas habían sido al fin tasadas por expertos orfebres franceses de la *Cité*. Aquel negocio le concedería el añorado sosiego que había tenido al alcance cuando el barón de Metternich, el poderoso canciller de Austria y juez de la política europea, le había ofrecido la nacionalidad austríaca y la mano negra y larga del rey de España lo había impedido.

Ya no se esforzaba en disimular el temor que lo había perseguido. Su mirada poseía un cinismo mordaz. Después de más de dos lustros de penurias, miedos y persecuciones por media Europa, había vencido. Las joyas de la Corona española se hallaban en su poder, para indignación del Deseado. Y ahora que todas las monarquías europeas habían adoptado la moderación y el sistema parlamentario para gobernar a sus pueblos, la tranquilidad definitiva se hallaba más cercana.

Al cabo, un hombre embutido en un gabán de astracán, de facciones pronunciadas, nariz rojiza y frente surcada de arrugas, se apeó de una berlina en la puerta de la cafetería. Entró, barrió el local con sus ojos miopes y de inmediato se sentó frente a su distinguido cliente, quien inclinó levemente la cabeza y luego le tendió la mano.

—Monsieur Godoy, mi nombre es Bertrand Sardou. —En su mirada brillaba un sesgo de indisimulada inquietud—. Represento, como sabéis, al Banco Rollac. He de daros una buena noticia. Mi entidad ha recibido el informe de la autenticidad de las joyas peritadas, y valora cada una de ellas en cuatro millones de francos de oro. Aquí se certifica, señor.

—¡Magnífico, seigneur Sardou! Han tardado, pero la espera ha merecido la pena. —No pudo contenerse y exhibió una sardónica sonrisa de triunfo.

Como eran discretamente observados, bajaron el tono de voz.

—Por tanto, la dirección de la entidad a la que represento mantiene el crédito que os concedió y accede a incrementarlo hasta los seiscientos mil francos, avalado por esas alhajas que entregasteis en depósito. Asimismo, el banco se ofrece a vender las gemas que aderezan esos magníficos adornos, y a tal efecto ya podéis utilizar como vivienda habitual el palacete de la rue Saint-Honoré, entre la rue Royale y el Louvre, y también una casa de campo en Montigny. ¿Os parece bien, excelencia?

—Lo creo justo, monsieur —respondió, exultante.

—Este contrato ha sido extendido en estos pliegos que os dejo para que los firméis. —Sardou le expuso ante los ojos el documento del acuerdo recién caligrafiado, cuyos beneficiarios eran él mismo, Manuel Godoy y Faria, príncipe de Bassano, y su cónyuge, dame Josefa Tudó, condesa de Castillofiel y vizcondesa de Rocafort.

—Le ruego que me disculpe —lo interrumpió el español, extrañado—. No aparecen como beneficiarios y legatarios mis hijos Manuel y Luis.

—Sí, en la hoja anexa. Todo está bien atado, don Manuel.

—*Mon Dieu!* Al fin la fortuna recompensa sobradamente las penurias sufridas —afirmó, satisfecho—. Hace unos años sólo aspiraba a sobrevivir.

—Pues ya nadáis en un mar de lujos, señoría —le confió el banquero—. Todo selecto, como veis, tal como corresponde a vuestra rancia nobleza.

El español, no obstante, se removía en el asiento con cierta inquietud, pues en los últimos meses las noticias de la situación política en Francia no le parecían tranquilizadoras.

—Existe un extremo que me gustaría cerrar para gozar así de absoluta tranquilidad. ¿Habéis puesto el asunto en conocimiento del actual gobierno de Francia, como convinimos? —preguntó con gesto preocupado—. No me agradaría residir en París bajo sospecha. He quemado todas mis naves, no tengo adónde regresar, monsieur.

—Viviréis como cuando erais primer ministro en vuestro país, seigneur —respondió el banquero en un tono de incuestionable fiabilidad—. Sois un conocido monárquico, desdeñáis la república y las revoluciones. Sois, además, un reconocido antibonapartista, como la mayoría de los ministros y gobernantes. Así que nadie os comprometerá.

—¿Puedo confiar entonces en vuestras palabras?

—¡Indudablemente! —exclamó el banquero, disgustado—. El banco se ha preocupado de esa cuestión. Vuestra presencia en París se mantendrá en la más absoluta de las reservas. El conde de Villèle, jefe del gobierno, el consejero del rey Luis XVIII, duque de Richelieu, y sobre todo el todopoderoso Talleyrand, al que conocéis personalmente, os protegerán. Y vuestro soberano, Fernando VII, lo sabe y lo acepta, pues debe hacer frente a graves problemas de Estado.

—La vida es complicada. Sólo deseo tranquilidad.

—Veo que teméis algo, monsieur. Os noto preocupado.

Manuel Godoy mudó el semblante y confesó en voz baja:

—Desconfío de lo que en París llaman «el Terror Blanco». Los monarcas Borbones no han aprendido de sus errores, pero tampoco han olvidado a sus enemigos. Regresan de sus exilios con su carga de crueldad intacta. Quieren recuperar el poder absoluto, y temo un nuevo destierro e incluso la cárcel. Me cuentan que los Verdets, los matones del conde D'Artois, el hermano del rey de Francia, asesinan con total impunidad, y temo que Fernando VII se sirva de ellos para vengarse de mí. La vida es un juego cruel, y tengo miedo por mi familia.

—Nada debéis sospechar, excelencia. Sólo matan a revolucionarios, jacobinos y liberales exaltados franceses. Y vos, que yo sepa, no sois nada de eso.

—Entonces trataré de mostrarme enteramente neutral.

El pecho del exilado latía a un ritmo desacostumbrado, y su alma se abismó en un torrente agitado de emociones. Se sentía compensado por los muchos sufrimientos y servicios prestados a la Corona. Esa misma tarde acudiría a la rue Férou del barrio de Saint-Sulpice, donde lo había visto. Era el colofón apropiado a una empresa concluida de forma felizmente sorprendente. Pero ¿se hallaría aún allí?

Deseaba recrear sus ojos con su visión mágica y recordar el pasado. Era lo único que poseía en su alma.

Tras ser informado de quiénes eran los egregios visitantes que habían entrado en la tienda, Joseph Leví Wateville, el anticuario judío más acreditado de París, acudió precipitadamente a la puerta. Sus labios temblaban cuando esbozó una ligera genuflexión delante del prohombre y de la vizcondesa española, una mujer esbelta, ataviada con un traje de tafetán drapeado y una toca con cuello de marta cebellina, de rostro dulce, brillante y terso como el de una estatua griega.

—¡Excelencias! Sed bienvenidos a mi establecimiento —manifestó el judío sumisamente—. Poseo tesoros llegados desde vuestro país que pueden interesaros, siempre que no sean imágenes filipinas de Niños de Belén.

Don Manuel Godoy, duque de Alcudia y príncipe de Bassano

y de la Paz, lo miró suspicaz pero sonrió con benevolencia. O era un descortés, o sabía secretos que nadie conocía.

—¿Por qué decís eso, maese Joseph?

—Porque desde hace un tiempo algunos compatriotas vuestros se han interesado por ese insólito artículo. ¿No os parece raro, mi príncipe?

—Francamente, sí —convino Godoy, escamado—. Os revelaré una cosa con la que podréis dar por zanjado el asunto. Por una singular travesura del azar, sé por qué buscaban esos «Niños» y también sé que ese asunto ya es un fantasma del pasado.

El judío compuso una mueca dubitativa, incluso algo maliciosa.

—Extraño final el de una imagen tan apetecida y valiosa —se lamentó—. Y bien, ¿qué deseáis, excelencia? Puedo facilitaros selectas antigüedades, muebles de estilo, e incluso carrozas y cabriolés acordes con vuestro espíritu refinado.

Don Manuel requirió sus servicios para que decorara y abasteciera el palacete y la casa de campo. Un trato que reportaría pingües beneficios a la casa de antigüedades. Firmado el acuerdo, y una vez que la dama hubo elegido muebles, cuadros, enseres y porcelanas, el caballero español miró, simulando indiferencia, el género menor que se mostraba en las mesas y anaqueles.

—Buscaba también un cofre no muy aparatoso para guardar algunas joyas de valor. Una arqueta sencilla aunque lujosa —comento fingiendo escaso interés.

El judío parecía que estaba aguardando aquel momento.

—Casualmente, no hace mucho un antiguo sirviente de José Bonaparte me vendió algunos objetos del Palacio Real de Madrid y entre ellos me trajo una caja china que tenía expuesta en el escaparate. Tal vez se ajuste a vuestras necesidades, excelencia.

Cuando la puso ante sus ojos, las miradas de la vizcondesa y del antiguo valido del rey Carlos IV convergieron en el mismo punto, como si viesen en ella un espectro del pasado. Aquella caja insinuaba nostalgia, poder y también felicidad perdida. Sus gestos y sus corazones galoparon alocadamente y al mismo tiempo.

¡Cuántos recuerdos del ayer le traía el bello cofre de carey, en forma de «casita china», con dragones y flores de loto! Veladas inolvidables con María Luisa y el bondadoso monarca don Carlos, bailes en los salones de La Granja, Madrid y Aranjuez, intrigas palatinas, regalos de Sus Majestades, boato sin tasa y dicha a raudales. Parecía que el tiempo se había detenido y, reconciliados con el pasado, regresaban a su época dorada de cortesanos.

La arqueta oriental estaba fragmentada en tres estuches de color escarlata que encajaban unos dentro de los otros. Don Manuel sabía que guardaban secretos de la sangre degenerada de algunas reinas de España, según le había confiado «su» soberana y amante, doña María Luisa de Parma, esposa del fallecido Carlos IV.

—Me es familiar, don Joseph, ciertamente —confesó con vaguedad—. Os haré una confidencia: siempre quise saber qué significa esta inscripción china que aparece bajo la cerradura. Tal vez vos lo sepáis…

—Sí —reconoció el hebreo—. Es semejante a otras que he tenido. Representa el cielo de Indra, dios principal de la cultura védica de la India, cuyo cuerpo está cubierto de ojos sin párpados, con los que ve el mundo entero. Este epígrafe desvela que dentro de la caja duerme una pedrería excepcional protegida por el ojo de Indra, un regalo de emperadores. Asegura que si las miras fijamente, ves muchas joyas semejantes, y cada vez más pequeñas, reflejadas dentro de ella.

Don Manuel recordó que, efectivamente, la fantástica y extraordinaria Peregrina, si la colocabas al trasluz, dejaba ver en su interior otras perlas de menor tamaño, hasta perderse en una miniatura. «La espada de la luz vuelve a su vaina», caviló para sí.

El comerciante prosiguió hablando como un viejo filósofo.

—Y ésa no es la única singularidad que esconde —reveló, enigmático—. ¿Sabíais que esta caja es como un libro oculto que cuenta mil historias ignoradas de la realeza española? Quien me lo vendió me aseguró que dentro había poemas de amantes de las reinas, acertijos y confidencias de las hembras reales, que nunca fueron destruidos y que han permanecido ocultos durante siglos.

—Fascinante, maestro Joseph —dijo Godoy, interesado.

—Son tres pequeños compartimentos que encierran enigmas inconfesables de las regias damas de España. Aseguraba que había pequeños trozos de papel con mensajes de Isabel de Valois, esposa de Felipe II, de Mariana de Austria, de la conspiradora Isabel de Farnesio, y también de «vuestra» reina, doña María Luisa de Parma, en los que se confesaban con su objeto secreto e inviolable.

—Lo ignoraba, creedme.

—Precisamente, de la Valois, la francesa que revolucionó la timorata corte de Madrid, y la primera reina de España que usó medias de seda y que lució la Peregrina en el pelo, pervive un delicioso secreto que os voy a descubrir. Limpiándolo hallé un trocito de pergamino en el que deploraba que su marido, Felipe II, mantuviera amores ilícitos con una tal Eufrasia de Guzmán: «Puta, calentarás las sábanas de mi señor, pero nunca podrás ostentar estos luceros, pues tienes sangre plebeya», decía la nota. Esta cajita se convirtió en el confesor y en el paño de lágrimas de las esposas de los monarcas españoles. De ahí su enorme valor.

—Y… ¿encontró algún recuerdo de la reina doña María Luisa?

El anticuario sonrió burlón y depositó sus ojos de ratón en un bargueño castellano. Con estudiados movimientos, se acercó, lo abrió y de un secreter extrajo un papel doblado y anudado con una cinta escarlata. Deshizo la lazada y lo limpió del polvo con el envés de la mano.

—Tomad, es para vos. Es un regalo de este viejo comerciante para el que un día rigió los destinos de España —afirmó, y procedió a leerlo en voz alta: «Os he regalado a quien más aprecio y quiero. El que está predestinado a poseerlas no es digno de tanta excelsitud».

Con pulso seguro, el noble español tomó el papel, volvió a leerlo en silencio y lo guardó en su chaleco de ante, cerca del corazón.

—Me gustaría saber a quién dedicó esta hermosa declaración de afecto, qué la llevó a regalarle alhajas tan valiosas —terció el judío, persuadido de que tenía ante sí al receptor de aquellas palabras escritas.

—¿Quién conoce el corazón de una mujer? —respondió Godoy, evasivo.

—Sabia sentencia, excelencia. Creo que en la corte de Madrid llamaban a esta singular cajita «el Perfume de las Princesas» —aseguró el judío—. Atraían como un imán a quienes las contemplaban.

—Eso tenía entendido, pero hasta hoy no había comprendido el porqué —aseveró Godoy con fingida sorpresa—. Os aseguro que contenía las joyas más portentosas del mundo. Da pena verlo tan vacío y yermo.

—Existe también una extraña leyenda que asegura que si esta caja es separada de las joyas para las que se hizo, su dueña las perderá para siempre. ¿Y no ha sido así? Pero es posible que esos dos prodigiosos hijos que salieron de su barriga vuelvan al vientre materno. Los milagros existen, señoría.

El duque de Alcudia esbozó una sonrisa algo nerviosa y asombrada.

—No os comprendo, señor.

—Seigneur —dijo el comerciante sonriendo ladinamente—, yo también, «por una singular travesura del azar», como vos decís, sé de buena tinta que después de no pocos avatares van a retornar a su seno maternal. Y os aseguro que nadie como la vizcondesa de Rocafort, vuestra gentil esposa, para lucirlas en los salones de este mundano París. María Luisa de Parma y Julia Bonaparte carecían de vuestra belleza y donaire, aunque fueran de sangre real. Os lo aseguro, madame.

Pepita Tudó apartó, arrebolada, el abanico de seda y le dedicó una acogedora sonrisa. Unos dientes como perlas, enmarcados por unos labios seductores, quedaron al descubierto. Su discreta belleza, su distinción y la lindeza de su figura turbaban al judío. Parecía como si aquella mujer hubiera nacido para estar rodeada de exquisitez y lujo.

—Gracias por vuestra gentileza, monsieur Joseph —apuntó la dama.

—Hacer negocios con vos ha sido una delicia, mi señora.

—Vuestros recursos dialécticos y vuestra inteligencia son ilimitados —añadió el caballero español—. La sutileza siempre me encandiló. Habríais sido un excelente político. Vuestra intuición no tiene precio. *Adieu, seigneur.*

Llamaron al carruaje y subieron a él discretamente. En París comenzaba a llover y una niebla fría se espesaba como un humo denso y blanquecino que todo lo cubría. Parecía como si los dos extranjeros hubieran regresado del pasado y que una gruesa capa de rencores se hubiera difuminado para siempre.

Ya no tenían que reescribir el pasado. El futuro les sonreía.

Caracas

Don Esteban, a todas luces excitado, despertó a Germán golpeando la puerta impetuosamente. El gaditano saltó del lecho como impelido por un resorte. Tenía el rostro demudado. ¿Se habría propagado una epidemia en la ciudad?

—¿Qué ocurre, don Esteban? —gritó poniéndose en pie de un salto.

A su lado, su esposa Lucía, embarazada de su primer hijo, lo miró alarmada.

—Bajad al salón —respondió el marqués—. Nos esperan jugosas noticias de España.

Germán miró su reloj de bolsillo. Acababa de salir el sol, y esa llamada intempestiva lo había puesto en un estado de intranquilidad. Dio un beso a su esposa y abrió la puerta con una mirada de sobresalto, abrochándose la bata y descalzo.

Se adelantó un paso con la respiración contenida. Acompañaba al noble un marino, a tenor de su vestimenta, de alta estatura. La expresión del rostro del capitán de barco y del marqués resultaba inenarrable. Algo de naturaleza extraordinaria había ocurrido.

—¿Hemos de añadir alguna mala noticia a nuestro exilio?

—¡Al fin el absolutismo se ha hundido en España! —exclamó el marqués apretándole las manos—. ¿No pedíamos al cielo una revolución y la llegada de un gobierno constitucional? ¡Pues ha ocurrido!

Una gozosa alegría dominaba al patricio y en los ojos de Germán surgió un súbito fulgor. No pensó en nada, ni siquiera sabía cómo había ocurrido. Sencillamente estaba contento por las noticias que le traía uno de los capitanes de su flota, recién llegado de Canarias.

—Explicadme, capitán —le rogó Galiana—. Estoy en ascuas.

—Veréis, señor —comenzó el capitán en tono apasionado—. A primeros de enero me hallaba en Cádiz cargando licores y lanas cuando la noticia corrió como una mancha de aceite. El ejército expedicionario destinado a enfrentarse a los insurgentes de América se negaba a embarcar. Eran carne de cañón que habían sido atraídos con engaños a las orillas del mar después de escapar vivos de los franceses. Un ejército más que formidable, señorías, con regimientos de infantería, artillería, zapadores y caballería. Catorce mil hombres que iban derechos al matadero. Y como soldados veteranos que eran, olieron a tiempo los peligros que les aguardaban si embarcaban en esos navíos medio podridos, apestados, faltos de higiene, con víveres corrompidos y sin más esperanza que la muerte lejos de sus terruños, la miseria y el hambre.

—A veces el descontento es el primer paso en el progreso de una nación —lo interrumpió Galiana.

—¿Qué esperaban si la dirección del embarque estaba en manos del favorito Ugarte? —ironizó el marqués de San Luis—. Esa infame camarilla de curas, criados, rameras y tunantes de la corte real, a cuál más grotesco y ambicioso, gobernaban el país mientras los padres de la Constitución de Cádiz se pudrían en las cárceles de África, olvidados de todos.

—¿Y cómo ocurrió, capitán? —se interesó Germán.

—Sucedió que en la mañana de Año Nuevo —prosiguió, emocionado—, el teniente coronel Riego proclamó la Constitución de 1812, en Las Cabezas de San Juan, como Ley de Leyes de la nación. Eran las ocho de la mañana; ante las tropas formadas y las banderas desplegadas, Riego pronunció unas palabras, redactadas por el prócer gaditano Alcalá Galiano, que rompían con el trono absoluto del Indeseado. El mismo Alcalá, para elevar la moral de la tropa, escribió una canción de guerra, el «Himno de Riego o de la Lid», lo llaman. «Soldados, la patria nos llama a la lid, juremos por ella vencer o morir», arenga su estribillo —dijo el capitán en tono cantarín, casi infantil—. Leed vos mismo *La Gaceta* que he traído.

Germán cogió el papel y recitó en voz alta:

—«Soldados, este gobierno ha acabado con la nación y consigo mismo y por ello sentimos indignación y desprecio. España necesita un gobierno paternal y moderado y una Constitución que asegure los derechos de los ciudadanos. ¡Viva la Constitución de Cádiz!»

El capitán se arrellanó en el sillón, tomó un sorbo de café y prosiguió.

—Riego, al frente de sus hombres y de los batallones de Asturias y Sevilla, emprendió la marcha hacia Arcos de la Frontera para coger por sorpresa a los realistas. A pesar de las lluvias torrenciales y de los caminos intransitables, al clarear la mañana del 2 de enero, arrestó al general Calderón, proclamó la Constitución y la hizo jurar a alcaldes y autoridades. Por otra parte, don Antonio Quiroga, ascendido a general, avanzó con sus regimientos España y Corona hacia el Arsenal de la Carraca y la importante plaza de San Fernando, pregonando solemnemente la Ley de Leyes de 1812.

—Hacéis renacer la felicidad en mi alma, amigo mío —dijo Germán.

—Sin embargo, debo deciros que esta buena nueva viene aparejada con una mala noticia —reveló el capitán—. Cádiz, el símbolo de la libertad, no pudo ser recuperado para la causa inmediatamente. Fue alertada por telégrafo de la insurrección. Su defensor, el general Campana, reconocido y cruel servil, rechazó a los asaltantes liberales en las mismas murallas. El general Quiroga dio muestras de una evidente torpeza, pues las Puertas de Tierra, la Cortadura y San Lorenzo del Puntal fueron reforzadas con artillería antes de cogerlos por sorpresa. Este revés ocasionó que no pudiera proclamarse el gobierno liberal de la nación. Riego instó al rey a que adoptara una monarquía parlamentaria y abandonara inmediatamente su tiránico gobierno. Asimismo, Quiroga envió una carta a Su Majestad en estos términos: «Es la nación quien tiene el derecho a darse a sí misma las leyes que la gobiernen. Las luces de Europa no permiten gobiernos absolutos, señor. Jurad la Constitución de Cádiz».

—Y ese Rey Felón ¿la ha jurado finalmente? —preguntó el gaditano.

—No ha tenido más remedio —desveló el capitán—. El ejército en masa y muchos de los oficiales, en su mayoría masones, se pasaron a la causa de la revolución. Saben que España precisa de reformas urgentes. Sin embargo, los intentos por apoderarse de la plaza de Cádiz y el alzamiento de los liberales gaditanos dentro de las murallas fueron ahogados en sangre por el general Campana, un miembro de La Contramina distinguido por su crueldad. En *El Conciso*, el obispo de Cádiz, Cienfuegos, llamó al pueblo a la obediencia hacia su señor natural, don Fernando VII, según él «por su condición de institución creada por Dios». Además, añadió: «Esos liberales, jacobinos, lobos rapaces y perjuros abominables no merecen el nombre de españoles y de cristianos». ¿Hasta cuándo la Iglesia y la oligarquía mantendrán la opresión de este reino?

—Un pueblo que se pega a la carroza del Deseado y grita «¡Vivan las *caenas*!» es un pueblo que no merece el bálsamo de la libertad —intervino el marqués en tono apesadumbrado.

—En aquellos días de incertidumbre —prosiguió el capitán—, en Cádiz reinaba un religioso silencio de pavor y expectación. En las esquinas de la plaza de San Antonio se veían agitadores liberales dispuestos a proclamar el Texto Magno de 1812 y había agentes monárquicos por todas partes. Pero la presencia de los soldados con las bayonetas caladas disuadía a cualquiera de promover alborotos libertarios. Sólo se veían las casacas azules de los dragones del general Campana, los penachos de plumas escarlata, las picas de los lanceros y las chorreras de los soldados, marcialmente alineados y dispuestos a llenar de sangre la Ciudad de las Luces. Por aquellos días, desde el balcón del Ayuntamiento se leyó una carta enviada por el dubitativo Fernando. Pero lo más inconcebible era que el secretario del gobernador se cubría la cabeza con el folio de papel amarillento del rey, ante el que las autoridades se inclinaban con fervor.

—¿Como si fuera el capelo de un papa? —preguntó don Esteban.

—¡Como lo oís, señor! Era la carta del Narizotas llegada de Madrid —le informó—. El muy villano Borbón daba las gracias al carnicero Campana por su sonada caza de liberales. ¡Valiente bribón! Yo estaba allí, y vi cómo el gobernador ordenaba silencio. El gentío puso sus ojos en las pelucas empolvadas, en los sables relucientes, en las levitas de raso y en los oropeles de las autoridades. Se mascaba el desprecio del pueblo, aumentado por el silencio de la tropa. Y en voz alta leyó el mensaje del Absoluto: «A la muy heroica y amada ciudad de Cádiz, que excita mi paternal corazón por su fidelidad. Me hallo satisfecho con vuestros públicos testimonios de fidelidad y así lo reconocerá siempre quien os ama como padre y soberano. Fernando rey». Y a continuación exclamó con entusiasmo: «¡Viva el Rey Absoluto!».

—Cádiz siempre tendrá un motivo para helarnos la sangre —dijo Germán, preocupado—. ¿Y fue muy dura la represión, capitán?

—Lo fue, señor, y en especial el 10 de marzo, día de la promulgación de la Carta de Leyes en Cádiz, su madre y cuna. Lo recuerdo porque estábamos listos para zarpar. El sagrado código de 1812 había sido jurado, y los presos políticos, entre ellos Istúriz y Alcalá Galiano, retenidos en el castillo de San Sebastián, habían sido liberados. La noticia no podía ser más del gusto del pueblo de Cádiz. Pero la jura de la Constitución no fue un día glorioso para vuestra ciudad, don Germán. Tuvo un trágico final. Se mezclaron las lágrimas con las alegrías por unos sucesos que nos avergüenzan como españoles, como seres humanos y como patriotas.

—¿Qué ocurrió? —se extrañó el marqués. Germán estaba pálido.

El marino tragó saliva y carraspeó.

—Cádiz se había convertido en un barril de pólvora a punto de estallar. El pasado 10 de marzo fue una jornada nefasta para la memoria de Cádiz y de España. Estaba todo preparado para la solemne promulgación de la Constitución; aún me tiembla el pulso al recordarlo. Las campanas repicaron a gloria, pero, como tétrico contrapunto, también retumbaron los cañones de los absolutistas, que hasta hicieron fuego contra los paisanos y la lápida de la Constitución, que había sido repuesta en San Antonio. Los militares estaban divididos entre la devoción y el desafecto al Texto Glorioso. Los liderados por el general Freire pretendían reconocerla, y los fieles al orden absolutista, dirigidos por el general Campana, impedirlo. Los Dragones del Rey, el Batallón de Guías y los Granaderos de la Lealtad, espada en mano, impidieron la jura sembrando las calles de sangre y amedrentando al pueblo. El cornetín tocó a degüello, y el pueblo, convidado a la fiesta, estuvo a punto de asistir a su entierro.

—¡Por Dios vivo, qué villanía! —exclamó Germán—. El poderoso contra el indefenso. Siempre he sostenido que la ira de ese tirano supera con creces a la de Dios. Temo por mi familia y mis amigos.

—No os preocupéis, señor Galiana, vuestra madre me visitó antes de zarpar y me aseguró que nadie de vuestros afectos había sufrido el menor rasguño. Las tropas de ese sádico Campana sembraron el pánico en medio de una incesante lluvia y no tuvieron pudor en tirotear a los inocentes, a las mujeres y a los niños que se aventuraban a salir a la calle. Yo mismo auxilié a una viuda a la que esos jinetes de la muerte habían atropellado. Daban vivas al Rey Absoluto y a la religión, y en su nombre masacraban o robaban a quienes hallaban a su paso.

Don Esteban, por su casta de soldado, se apresuró a decir:

—Crímenes inenarrables alentados por militares cobardes que así mostraban su lealtad al Rey Neto y que me hacen repudiar mi condición de oficial.

—Esa matanza, estéril y gravísima, entra en el debe del Absoluto y de sus secuaces gaditanos. Cádiz no olvidará esa fecha terrible.

—¿Murieron muchos paisanos? —se interesó Galiana.

—Casi un centenar —apuntó el capitán—. Los ricos fueron desvalijados de sus riquezas y los cadáveres, despojados de sus vestidos. La tropa robó en las iglesias, en las casas de los burgueses y en las relojerías alemanas. Los dragones incluso se atrevieron a entrar en la catedral en el instante en que el magistral Cabrera oficiaba la misa. Vitorearon al Absoluto, profirieron insultos y robaron lo que les vino en gana. Y los conventos, siempre tan caritativos, se negaron a dar auxilio a los perseguidos. Sólo el de San Francisco abrió sus puertas para que se guarecieran.

—Aterrorizar a los inocentes con el sable y la bayoneta es lo más indigno para un soldado —opinó, consternado, Germán.

—No se libró nadie —afirmó el capitán—. Ni siquiera los diputados, como Alcalá Galiano, López Baños, comandante de artillería, y el coronel Agüero, jefe del Estado Mayor, que habían entrado en Cádiz a la cabeza de un pelotón libertador, con gran temeridad por su parte. Hubieron de esconderse como ratas y saltar de tejado en tejado para intentar salvar el pellejo. Finalmente fueron apresados y conducidos al castillo de San Sebastián y denostados por el camino por la soldadesca, que les escupía e insultaba. Hoy, gracias al cielo, ya se hallan libres.

—Denigrantes actos que me avergüenzan como ser humano, y como gaditano —se pronunció Galiana, que sólo deseaba saber de los suyos.

—He traído de Cádiz una gacetilla que circulaba entre los círculos liberales por esos días para que lean vuestras mercedes los desmanes cometidos por esa turba de demonios que decían servir al pueblo.

—Gracias, capitán —dijo el marqués.

—Pero al fin, desde la solemne y definitiva jura que se llevó a cabo el día 20, Cádiz y España entera son libres —afirmó el piloto con gesto exultante—. Los diputados fueron puestos en libertad, se iluminaron las calles, hubo bailes en las plazas y embajadas, y los liberales más castigados procuraron olvidar las vejaciones sufridas. Se nombró un Ayuntamiento constitucional, y la ciudad ha recuperado las ganas de vivir.

—Y el general Campana ¿ha pagado sus crímenes?

—Esa rata de pelo rojo y frente de simio partió de Cádiz en la noche, como un ladrón, junto a sus tropas asesinas, las causantes de los días del terror. Ahora tacha a los oficiales liberales de masones y traidores a la Corona, pero ningún militar lo obedece. Cuando mi barco zarpó, Cádiz, la patria de la libertad, se preparaba para recibir al libertador Riego y al general Quiroga y otorgarles los laureles del triunfo.

Al rato el capitán se despidió. Germán se encerró en su alcoba para leer el noticiero que les había llevado el marino, *El Correo Político y Literario de Londres*, una publicación creada en el exilio londinense por su amigo, y proscrito como él, José de Mora. Y lo hizo con deleite y desazón:

> La Revolución ha triunfado y Su Majestad Fernando VII es prisionero de los liberales. Al fin se ha derrumbado el más odioso de los gobiernos, donde los advenedizos y despreciables eran encumbrados y los sabios y prudentes expiaban en las cárceles sus deseos de una nación nueva, más justa y más benéfica. No obstante pensamos que esta revolución ha sido obra de unos pocos liberales y oficiales osados y que aún debe ahondar en el pueblo y en las clases poderosas, que ya han comenzado a conspirar para derribar a los liberales y masones.
>
> El Soberano Capítulo del Grande Oriente de Madrid, liderado por Argüelles, Calatrava, Quintana y Alcalá Galiano, ha tomado las riendas de un gobierno que era ejercido por una camarilla de desalmados, adquiriendo grandísimo poder las Asociaciones Patrióticas, como la de los cafés Lorencini, en la Puerta del Sol de Madrid, de La Fontana de Oro o La Cruz de Malta. El ejército revolucionario, cuyo alzamiento ha trocado el pesar en felicidad, el espanto en ánimos y los lamentos en cantos de libertad, es aclamado por gentes ansiosas de liberación, que asaltan los calabozos de la Inquisición en toda España, rescatando a los detenidos.
>
> Un enjambre de emigrados cruza la frontera de Francia, mientras la Constitución es proclamada en los lugares más recónditos de la nación. El férreo imperio de la monarquía absoluta ha capitulado, y el mismo rey Fernando ha besado el Libro de Cádiz, manifestando: «Marchemos francamente, y yo el primero, por la senda constitucional». Loada sea la mudanza que devuelve la dignidad ultrajada a los españoles. ¡Constitución o muerte!

«Este rey pérfido lo hace más por cobardía que por fe», pensó Galiana, que siguió leyendo con interés.

> Temiendo la traidora reacción de ciertos sectores de la Iglesia radical, la nobleza, los serviles realistas y de sus sectas secretas, el ejército revolucionario no se ha disuelto, sino que ha aumentado en efectivos con los batallones de voluntarios de las Milicias Nacionales. Lo dirige el general mártir, el masón O'Donojú, que ha dividido el mando en dos divisiones, una la ha entregado a Qui-

roga y la otra al glorioso caudillo del levantamiento, don Rafael Riego.

Sin embargo, la antigua corte de serviles sigue conspirando y desafía a la nación entera. La revolución necesita madurar y ser aceptada por todos. Sólo entonces en España se aspirará a la comprensión entre los hombres, la fraternidad y el perdón. ¡Mueran el servilismo y la tiranía! ¡Viva la Constitución de 1812!

—Dudo que los absolutistas los dejen gobernar más de un año —masculló Germán.

En fechas próximas, Cádiz recibirá en las Casas del Concejo Municipal al general don Rafael Riego, el caudillo de la libertad, por cuya vigorosa mano los pueblos de esta Nación son defendidos y la tiranía humillada. Será paseado en una carroza de victoria, a fin de que el pueblo de Cádiz lo enaltezca. Gracias a su valor ha sido mejorada la honra de nuestro pueblo soberano, y multiplicados los bienes de España. Se espera que las gentes de toda condición salgan a las calles y plazas a recibirlo con áureas y palmas, como corresponde a un héroe de la patria.

Germán echó la cabeza hacia atrás y dejó el periódico en el suelo. Su matrimonio con Lucía, y el hijo que esperaban ver nacer en unos meses, lo hacían tan feliz que no quiso que su cabeza y su corazón se llenaran de inquietud por lo que preveía que iba a suceder en su tierra natal.

Caracas

Así suele suceder.

Cuando la vida nos concede una moratoria de efímera felicidad y recobra su estabilidad, una adversidad repentina y atroz viene a estremecer las existencias de los mortales. Y así ocurrió en la grata existencia de los Galiana de Caracas, que celebraban el nacimiento de la hija del matrimonio, a quien pusieron el nombre de María del Rosario en recuerdo de la madre natural de Germán.

Diciembre de ese año se presentó inclemente, con ciclones, lluvias al alba, tormentas al mediodía y olor a ceniza mojada en las casas. Los cafetales estaban desiertos, y nubes grisáceas acompañaban los lentos amaneceres.

Téllez llevaba postrado en cama más de un mes y no pudo asistir al bautizo y a las celebraciones. A pesar de su proverbial vitalidad, el músico se moría; su desconcertante mezcla de distinción y de fortaleza se había trocado en una lastimosa postración. Yacía en su habitación de Las Ceibas en un estado doliente, con la cara huesuda, ojeroso, respirando como un fuelle a causa de la fiebre tifoidea que había agarrado en el verano. Y con esa silueta tan esmirriada asemejaba un asceta de El Greco.

Germán, que apenas si se separaba del lecho, lo animaba a dar cuenta de un suave morro de atún escabechado con orégano y cilantro y de un bizcocho de membrillo hecho por las monjas de la Concepción. Pero Téllez no podía tragar ni la ambrosía de frambuesa que se balanceaba en la bandeja.

—No pudieron conmigo los cañones del lord Nelson el borracho, y estas fiebrecillas me mandan al otro barrio. ¡Hábrase visto!

Germán lo miró con ojos apesadumbrados. Cogió su violín y entretuvo a su amigo tocando algunas piezas italianas que parecieron calmarlo. Veía con dolor que su fisonomía había pasado bruscamente de la lozanía a la decrepitud. Sus ojos, dilatados y ausentes, ansiaban vivir, pero se movían en cuévanos oscuros; habían perdido su natural ardor.

—Estas fiebres pasarán. La quina y las pócimas te sanarán.

—Sabes que no, Germán, pero estoy contento porque en España se gobierna con la Constitución en la mano. No obstante, mucho me temo que ese rey infame la traicionará. Ése es el monstruo al que hay que derrotar —le trasladó sus temores haciendo un esfuerzo por hablar.

—Soplan vientos contradictorios, pero los liberales resistirán.

—España está gafada por el destino. Ese cenáculo de reyes ingratos, nobles indecentes y curas corrompidos no nos han dejado progresar durante siglos y se resistirán a abandonar el macho —profetizó el músico con teatrales gestos, mientras Chocolate saltaba alrededor del catre intentando hacerse con el brillante reloj de bolsillo de su amo.

—Tu imaginación siempre ha tenido poderes de resurrección; revivirás —lo confortó Germán, y a continuación cerró las ventanas para que durmiera.

La víspera del deceso, después de tiritar durante tres días seguidos, largó un vómito en el que iba prendida su alma. Le suministraron la extremaunción y los santos óleos. Ya apenas si le quedaba un hilo de voz, que salía de su boca amoratada como el silbato de un contramaestre.

—Me da no sé qué desatender este mundo. Pero me muero, galán.

—Allí arriba te harán consejero del Trono de Dios, y descubrirás un nuevo universo sin caminos, sin egoísmos y sin cadenas —lo alentó el marino reteniendo el caudal de sus lágrimas—. Y vagarás a tu antojo allende las estrellas, donde las criaturas del Creador son libres, pues son espíritus puros, como tú. Viviste sin compromisos ni obligaciones con lo mundano. No te costará acostumbrarte, bribón.

—Los pocos momentos de felicidad que he conocido me los has dado tú, hasta que estas calenturas han torcido mis propósitos, sacándome del único sueño placentero que he tenido en esta perra vida. Gracias, Germán, por proporcionármelo —susurró, y un lloro leve corrió por sus pómulos resecos.

—Vamos, anda. Siempre exageras —lo animó.

—Mira que probé todo el amargo acíbar de la vida, pero ya le había cogido el tranquillo a lo bueno, y me iba bien —respondió el músico con apuro—. Ahora que me dirijo a la paz de las cenizas, y aunque nos separe una barrera de océano, lleva mis huesos a Cádiz, Germán. Quiero que reposen mirando al mar de La Caleta. ¿Lo prometes?

—Claro, descuida viejo loco —lo juró tomándole la mano.

—Echaré de menos las medias lunas que me hacía la viuda. ¡Qué mujer en la cama! Sublime hija de Afrodita… ¿Cuidarás de Chocolate? Sabes que lo quiero, aunque sea una criatura sin alma.

—¿Cómo no iba a cuidar a tan «acaudalado señor»? —dijo Germán con una sonrisa—. Si hubiéramos ideado otra salida con aquellas joyas del diablo, hoy seríamos unos potentados. ¡Qué oportunidad perdimos!

—Qué va, Germán —replicó Téllez con palabras ahogadas—. Habríamos sido más desventurados, siempre con un ojo abierto y pendiente de un puñal asesino o de la horca. El dinero es un buen sirviente pero un mal amo. Sin embargo, nunca olvidaré la farsa del teatro de títeres. Cómo burlamos a ese sádico policía… Resultó una función asombrosa, pues la vida no es sino un conjunto de pequeñas tragedias y comedias. —Un fugaz alivio afloró en su cara, luego cerró los párpados.

Murió al amanecer del día de Santo Tomás, agarrado a Germán, que veló sus últimos suspiros. La muerte del poeta del pueblo le afectó grandemente; Germán lloraba a solas su inconsolable disgusto. Ya no sonaría en el porche su voz tumultuosa cantando coplillas. Lo velaron bajo un lampadario barroco las tres familias —los Alba, los Palacios y los Galiana— y la viuda caraqueña con la que había flirteado los últimos años, que suspiraba dolorosamente. Amortajado con un hábito del Carmen, con la cara llena de surcos y consumido por las fiebres, parecía un hombre con mil años a sus espaldas.

Llevarían luto por el buen Téllez. Había muerto un hombre desprendido, perspicaz y estoico, que jamás había doblado la rodilla ante el poderoso. Se había reído con sus sátiras de los burgueses y clérigos de Cádiz, se chanceaba de sus provincianos prejuicios y de los más acendrados dogmas. Ya no pasearía por la plantación ni contemplaría extasiado los ingenios del azúcar. «El progreso hará más libre a la humanidad», solía decir.

Había comenzado la estación de las lluvias. Moscas y barro salpicaban el carruaje mortuorio, al que seguían los cariacontecidos deudos por el camino desfondado del cementerio. Portaban cintas negras en los sombreros y espontáneos lutos en las mangas. Salpicaduras y charcos y una llovizna pertinaz calaban las levitas, los chales y los capotes. Un bochorno húmedo prevalecía en el ambiente mientras los chantres y el capellán cantaban ante la tumba, con sonoras voces, el *Dum veneris* y el *Requiem*.

El negro Maximiliano, que cargaba con Chocolate atado a su leontina de plata, cantó ayudado por una sambuca y un pandero una saloma marinera en honor del viejo Téllez, al que había tomado gran afecto por su alma insobornable. El monito ya no vestía a lo Napoleón, sino como un bracero venezolano, con un calzón blanco y una camisa del mismo color atada con un pañuelo rojo que Lucía le había confeccionado con sus manos. Era la herencia de Téllez, además de la cédula de veterano de Trafalgar, una caja con los utensilios de barbero, un ajado ejemplar de la Constitución, sus quevedos, un reloj de bolsillo casi inservible, su zanfonía y un fajo de papeles con poemas y coplas sobre Cádiz.

Aquella tarde, al regresar a la hacienda, la llovizna cesó. El aire no se movía, permanecía inerte como un velo de férrea obsidiana. Las hojas de los palmerales y de las cañas de azúcar parecían petrificadas.

Como uniéndose al óbito, habían adquirido la pesadez del plomo.

El Naufragio

La aciclonada tormenta viajaba veloz y negra, de poniente a levante.

El trueno retumbaba en la lejanía mientras el mar de los Caribes adquiría la tonalidad de las esmeraldas. Con el alba, los faroles de la ruinosa taberna que dominaba el acantilado del astillero apenas si iluminaban los restos del último naufragio, que se balanceaba, prometedor para los saqueadores, entre las espumas de las olas.

Una corbeta española procedente de Santiago de Cuba, que comerciaba con mercaderías —cacao, café y esclavos— entre los puertos de Antigua, las Granadinas, Maracaibo y La Guayra, había sido sorprendida por el repentino temporal al día siguiente de zarpar. Y cuando el desesperado piloto buscaba el abrigo del puerto venezolano de Tucacas, la embarcación se partió en dos. Los restos se dispersaron varias millas a la redonda y pronto las playas deshabitadas entre Puerto Cabello y Tocuyo se fueron poblando de gentes sin ley que vagaban por los atracaderos y cañaverales; ladrones de soez catadura, filibusteros y contrabandistas con sus coimas, dispuestos a repartirse los despojos del trágico naufragio. Arcones, jaulas, cajas, sacas y cadáveres hinchados habían quedado varados en la arena cubiertos de sargazos y algas. Vivían como buitres de los despojos de aquellas catástrofes.

—¡Los restos llegan hasta San Juan de los Cayos! —gritó un truhán desdentado y con bubones en la cara al tiempo que echaba a correr hacia las dunas con un cuchillo entre los dientes.

—¿Hay alguien vivo? —preguntó el tabernero patrón cuando se hizo la calma—. Si es gente principal, podríamos cobrar un buen rescate.

—Aquí parece que hay un «bacalao» que resuella —contestó uno.

—¡Conducidlo al mesón, y allí lo registraremos! —ordenó el tabernero.

Trasladaron al moribundo a un cochambroso tugurio, La Madre Tortuga, que alzaba su desvaída arquitectura de maderas viejas en un apartado y desierto cementerio de osamentas de navíos zozobrados. Olía a tripas de pescado, ron, orines rancios y tabaco. Unas rameras, armadas con machetes, se afanaban en desnudar y destripar con la precisión de un cirujano a los muertos llegados con la marea para, acto seguido, repartirse las pertenencias. El naufragado en cuestión tenía el pulso mermado, estaba hinchado por el agua y recubierto de algas. Pero vivía.

A pesar de la escasa caridad cristiana que profesaban aquellos bandidos, intentaron arrebatárselo a la parca. El náufrago tenía las piernas partidas y luchaba por sobrevivir entre delirios de fiebre y dolor. Balbucía palabras incoherentes sobre venganzas, horcas y patíbulos. Tenía trazas de sepulturero y estaba devorado por la fiebre.

—Misericordia…, salvadme —suplicaba con un hilo de voz—. Puedo pagaros bien. ¡Dios mío, no me dejéis morir como un perro!

En su agónica debilidad destacaban su achaparrado porte, su testa desmesurada, los bucles negros sobre una cara amoratada, una barba estilizada y un bigote ridículo y afilado. Tras un alivio pasajero, su gran nariz, lívida y arrugada, se dilató entre lamentos y sacudidas. Mientras aún respiraba fue rodeado por el promiscuo barullo de matuteros, proxenetas y mulatas, que inmediatamente se dispusieron a despojarlo de cuanto poseía, vaciándole los bolsillos, las polainas y los forros.

—¡Por la ropa parece un españolito, o quizá un criollo de Cuba! ¿Qué haría en el barco este gachupín?* —habló una de las mancebas del mesón.

---

* Nombre por el que en ciertos países americanos conocen a los españoles, evocando su afán por el oro.

—Mirad, tiene tres cicatrices grabadas a fuego en la muñeca —señaló una de las mozas al despojarlo de una pulsera de oro.

—¡Qué raro! Parecen las marcas de un esclavo. ¿Habrá huido?

—No, este pájaro debe de pertenecer a una secta secreta.

—¿Y quién será? Viste como un señorito —dijo una de ellas.

—Quizá la respuesta esté en esta carta que lleva en la billetera —apuntó el cantinero, un individuo soez al que le bailaban dos dientes en sus encías sanguinolentas—. ¡Tú, rezalatines, ven y léenos esto!

Acudió al punto un joven picado de viruelas, pelirrojo y de aspecto patibulario. Era un grumete que sabía leer y que olía a cerveza y a humanidad. Acercó el papel mojado a la luz de las velas y, tomando una postura de predicador que concitó la curiosidad de todos, leyó:

Del Superintendente de la Policía de Madrid al Jefe de la Capitanía de La Habana. En nombre de Su Majestad, ruégole facilite al portador de esta carta, don Cecilio Bergamín, comisionado extraordinario de esta Superintendencia, los medios necesarios para trasladarse a Caracas de incógnito, donde ha de cumplir una orden secreta y ajustar las cuentas a un exilado español revolucionario, cuya identidad sólo el agente conoce. Ese individuo, un liberal insolente, se burló de la Justica del Rey Nuestro Señor y merece purgar su culpa con la vida. Dada la índole privada y confidencial de su misión, le ruego que su estancia en esas islas no quede registrada, ni se haga mención ni seguimiento de sus pesquisas. Dios guarde a V. E. muchos años.

Dado en Madrid, a 2 de mayo del año del Señor de 1820

—Está certificado con el sello de la Corona de España —añadió el lector tras componer una mueca de estupefacción.

—Así que tenemos aquí a un asesino a sueldo, un esbirro del Borbón. ¡Maldito sea! A cuántos no habrá torturado este cabrón —exclamó el ventero arrancándole un anillo del dedo, que cortó con el machete de un tajo atroz—. Da mal fario, así que dejadlo pelado y echadlo al astillero. Que muera allí como lo que es: un perro.

El agonizante, que parecía haber entendido la sentencia y había sentido el dolor desgarrador del corte, masculló unos vocablos ininteligibles de clemencia al ver su dedo en manos de su verdugo y adivinando lo que le esperaba.

—Está todavía vivo, patrón —advirtió uno de los traficantes.

—Que se pudra en los infiernos este hideputa y soplón del demonio. En menos de dos horas se lo habrán comido los cangrejos. ¡Tiradlo fuera!

—Piedad, piedad, por lo más sagrado —rogó el desahuciado Bergamín sacando fuerzas de flaqueza.

Lo arrojaron como un fardo al pastoso légamo, entre las cuadernas de unos barcos derruidos, donde las alimañas y los cárabos lo habrían devorado antes de ponerse el sol. Sus piernas quebradas le impedirían moverse y arrastrarse. Había venido a América para vengarse de Galiana y matarlo, pero le aguardaba una muerte lenta, pavorosa y terrible. Primero atacarían sus ojos y partes blandas, y luego despedazarían cada partícula de su encarnadura, en medio de una agonía espantosa.

Su miserable comportamiento recibía el veredicto del destino.

Aquella parte del mar Caribe, que los pescadores llamaban «la Trinchera de Bonaire», recibió un repentino chubasco bajo el peso inmutable del firmamento. El olor salino a brea y sargazos se recrudeció. El oleaje se volvió calmo y acompasado. Parecía agua plomiza donde se dibujaban pequeñas crestas nevadas. A media tarde, con las aguas vacías de hombres y barcos, el cielo se pintó de rojo cárdeno y trazó una línea de sangre moribunda en el horizonte.

Todo estaba silencioso y despoblado.

La marea de la playa atraía lentamente el abismo de la noche.

Cecilio Bergamín había expirado. La implacable naturaleza cumplía su inexorable sentencia.

Epílogo
Cádiz-Caracas

Otoño de 1824. Cuatro años después

Don Dionisio Yupanqui soltó preocupado el aire por la nariz. Su semblante adusto presagiaba borrasca interior.

La Ciudad de las Luces estaba convirtiéndose en la ciudad de las sombras. Las cosas se estaban poniendo borrascosas y el peruano había decidido zarpar secretamente hacia Plymouth en una goleta inglesa. Ya no se fiaba de sus títulos ni de su sangre real inca. Hasta ahora la fortuna le había concedido algunas oportunidades, pero los acontecimientos iban en su contra. El coronel honorario de dragones acarició su perilla plateada mientras su mirada vagaba por las copas de los árboles del paseo de la Alameda. Antes de partir, enviaría una carta a su protegido y amigo Galiana para comunicarle las aciagas nuevas y su repentina decisión.

Su mesa era un revoltijo de plumas, tinteros, libros prohibidos y fajos de papeles atados con bramantes. Pronto guardaría todo eso en su baúl. Comenzó a escribir apresuradamente y sus trazos inclinados se fueron endureciendo línea tras línea. Mientras la punta de plata arañaba el pliego, el oloroso aroma del aceite del quinqué inundó la habitación.

> Germán:
> Salud y fortuna para ti y los tuyos.
> Excúsame por dilatar el tiempo en escribirte, pero la situación política en España ha sido tan convulsa en estos últimos meses que he estado huyendo de aquí para allá, acuciado por los incier-

tos eventos. Recibí tus cartas y me alegra el rumbo que ha tomado tu vida. Ayudar al progreso de la América liberada era tu destino. Aquí las cosas no pueden ir peor para la causa de la libertad. Mientras en las Américas se hizo la luz, en España el tirano Felón nos sumió de nuevo en las sombras del oscurantismo.

Todo se sucede de forma dañosa, infame y preocupante. Otra vez la libertad ha sido arrasada en España de manos de los serviles. Se acabó la libertad, volvió la negrura; la prensa y la palabra vuelven a estar amordazadas. Sólo ha durado tres años.

El gobierno liberal surgido tras el pronunciamiento de Riego sufrió el acoso constante de los absolutistas y de las cancillerías de Francia, Rusia, Austria y Prusia, comandadas por el pérfido ministro austríaco Metternich, que en su tortuosa política exigían la restitución del poder absoluto al gran bellaco Fernando VII, al que llamaban «el Rey Mártir y Cautivo». Con esas presiones reaccionarias de la Europa de los Congresos y de la Fraternidad Absolutista, la Constitución de Cádiz se hallaba cada día más desarmada y acorralada. La invasión del país por las fuerzas reaccionarias de Europa era un hecho irreversible. Y, para nuestra desgracia, ¡ocurrió lo peor!

No se podía detener el curso inexorable de los acontecimientos, y en la primavera de 1823, como ya sabrás, los franceses cruzaron de nuevo la frontera, convocados y pagados por los que detestan el Texto Constitucional y no desean derechos públicos ni reforma alguna, o sea, el rey, los privilegiados, parte del ejército y la Iglesia, que recibieron con los brazos abiertos a los gabachos, a los que años atrás combatieron. Qué descrédito, Germán.

Otra vez nuestros altivos vecinos, que antes enarbolaban la bandera tricolor y revolucionaria de Napoleón, y ahora la de la Santa Alianza, invadieron el solar de la madre patria entre vítores a la religión, a las cadenas y a los indignos Borbones. ¡Qué ignominioso espectáculo el de un país tan bravo hincando las rodillas ante el ocupante francés al que antes habían vencido! ¡Qué degradante vergüenza para España!

El ejército invasor, que la historia ha denominado los Cien Mil Hijos de San Luis, guiado por los generales Molitor y Bourdessoulle, duque de Regio, y bajo el mando supremo del duque de Angulema, sobrino de Luis XVIII de Francia, tomaron el país, sin oposición alguna, para restaurar el poder absoluto del Deseado. Fue un paseo militar deshonroso, sin dignidad, sin enfrentamientos heroicos, sin los arrojos de antaño, vigilados por el odio soterrado de algunos y con los aplausos entusiasmados de los más.

¿De qué sirvió la guerra de la Independencia? De nada.

Así llegaron a Cádiz los franceses. Y otra vez nos vimos asediados por sus cañones y con la flota gala bloqueando el puerto. Detestable la suerte de nuestra nación. ¿Y qué hizo el gobierno liberal ante la alevosa invasión de los santos cruzados del absolutismo? Pues trasladar a Andalucía la corte —monarca incluido— y al gobierno en pleno. Primero a Sevilla y luego a Cádiz. Tigrekán, ese ingrato traidor a quien la historia juzgará como el más deshonroso de los monarcas, fue recibido por los gaditanos con total indiferencia, como se merece un intrigante y desleal señor por el que el pueblo vertió su sangre y empeñó su vida.

Vigilado por la Milicia Nacional, permaneció como rehén del gobierno en el edificio de la Aduana y, como siempre, engañando a unos y a otros. Rogó al gobernador Valdés que levantara en la azotea una torre de madera para contemplar el mar, pero lo que realmente hacía era enviar mensajes convenidos y cifrados a sus salvadores extranjeros, sirviéndose para ello de un juego de cometas y birlochas chinas de colores. Pérfido para la nación hasta humillarla. ¡Maldito sea!

Los reyes no se persuaden de que la corona y el cetro no les pertenecen, sino que les son prestados por el pueblo para que procure su felicidad. No nacieron los súbditos para servir al rey, sino al revés. La gloriosa Constitución, que tú y yo vimos nacer en nuestra querida Cádiz, fue ajusticiada por las bombas de los fanfarrones y bautizada bajo una lluvia de pólvora napoleónica. Estaba escrito que su fatal destino sería no ser amada por los poderosos y privilegiados. Y ocurrió lo que era previsible. El gobierno liberal, conocidas las deserciones de sus principales valedores, sabía que tenía los días contados, por lo que liberó al rey prisionero, que una vez libre salió de Cádiz rumbo al Puerto de Santa María, donde lo aguardaban Angulema y sus fieles.

El «mártir secuestrado por la barbarie liberal», como él se definió, escapaba al fin del infierno revolucionario. Ya te figurarás cuál fue su primera y real decisión: detener al caudillo de la libertad, Rafael Riego, y hacerle pagar con la vida su alevosía. Fue detenido y confinado en una jaula con grilletes en los pies y las manos, herido y atormentado. Y tras sufrir todo tipo de afrentas e infamantes humillaciones, el pasado 6 de noviembre de 1823 fue ejecutado como un vil criminal en la plazuela de La Cebada, rincón vil, vulgar y repugnante, ante una chusma pagada y olvidadiza. Pero antes, para escarnio del general Riego, fue paseado por las calles de Madrid metido en un serón de esparto del que tiraba un asno famélico. Un hermano encapuchado de la cofradía de la Paz y la Caridad lo asistió espiritualmente mientras el general gemía entre unos lamentos que helaban la sangre. Resultó patético, innoble y cruel.

¿Y sabes quién iniciaba la extravagante procesión patibularia montado a caballo y enarbolando el estandarte realista? Pues nada más y nada menos que tu «jefe» de guerrilleros, el atrabiliario Trapense, quien, temible como el ángel exterminador, con el crucifijo, el látigo y las pistolas en el cinto de su hábito remangado, conminaba a la multitud a que ultrajara y escarneciera al indefenso reo, mientras profería vivas al Trono y a la Cruz. No se ha escrito página más penosa en la reciente historia de estos reinos, créeme. Muchos lloraban su escandaloso final, pero otros le lanzaban piedras, boñigas y frutas podridas. ¡Qué cara y desgraciada es la libertad en nuestra nación, mi querido Germán!

Y desde que se consumó ese degradante crimen se ha levantado la veda contra el liberal en todos los rincones del país. La cárcel madrileña de la calle Concepción Jerónima está atiborrada de patriotas procesados y de condenados a muerte. La pavorosa respuesta absolutista, como un viento huracanado, todo lo aniquila. Hoy, muchos masones y liberales penan sus ideas cargados de cadenas en presidios inmundos. Se suceden los exilios, las venganzas, las violaciones, los abusos, las difamaciones viles, las desapariciones y los ajustes de cuentas. Ninguno de nosotros está seguro, y por eso te conmino a que pospongas tu viaje a Cádiz. Déjalo para mejor ocasión. Don Fernando firmó un decreto irrisorio de «Perdón General» que no es sino un desprecio al derecho natural del ser humano.

Ahora quien ostenta de nuevo la autoridad en España es la Junta Secreta del Estado, la siniestra camarilla de privados, comandada por el inefable Antonio Ugarte, enorme bergante y no menos despreciable estafador. Han vuelto los corruptos, y las libertades han sido asfixiadas en el cenagal del tirano Tigrekán. En los púlpitos se exige la restitución de los sagrados poderes de la realeza y del sagrario, e instan al monarca a que extirpe el mal liberal con más piras, más horcas, más garrotes viles, más inquisiciones y más cadalsos. La católica España debe volver al redil.

Y sobre estos cimientos se ha instalado el trono del Deseado.

A propósito, he de comunicarte que no he visto por Madrid a tu antiguo perseguidor, Cecilio Bergamín, ese canalla que apareció en Cádiz. Quizá un mal viento se lo ha llevado de la Superintendencia de Policía, donde servía sumisamente a Ugarte. Nadie ignora en la Villa y Corte que Godoy y los banqueros parisinos son los dueños de las joyas de la Corona española, pero pocos saben de su rocambolesco desenlace, baldón con el que hubo de cargar ese repulsivo esbirro. El Rey Felón pasea su arrogancia por palacio levantando calumnias contra los liberales de La Fontana de Oro, de La Cruz de Malta o del Teatro del Príncipe, y contra masones asustados, a los que envía a la cárcel sin procesar. Dios no lo absolverá nunca.

Tu amigo don Juan Grimaldi se trasladó a París, y allí reside exilado, como otros muchos. Frecuentan una tertulia en el Café Turc, junto a Manuel Godoy, Badía, dame Anne y otros compatriotas perseguidos.

De modo que debo reconocer que a los que defendimos la libertad y el Texto Sublime de 1812 nos ha quedado un triste papel en la comedia de la historia de España. ¡Cuántas revoluciones justas se han perdido en el polvo de la historia! Por eso marcho desalentado a un destierro forzoso. Algunos de mis compatriotas me ofrecieron el trono del Perú, pero el tiempo de los reyes acabó en ambos hemisferios. Ignoro por qué en este país se tiene ese miedo cerval a las ideas novedosas. Así que en unos días levo anclas hacia Inglaterra, por lo que en primavera, antes de instalarme definitivamente en Cuzco, te rendiré visita en Caracas para conocer a tu hija Rosario y abrazar a Lucía y a don Esteban. Abandono Cádiz con la convicción de haber amado la conciencia recta y haber sido honrado y compasivo, sin mermar ni mi libertad ni la de mis semejantes.

Tu madre, doña Mercedes, está algo achacosa de sus huesos, pero resiste como buena montañesa con reciedumbre y entusiasmo. La Compañía Galiana no ha sufrido ningún menoscabo y es respetada por comerciantes y armadores en todos los puertos.

Recibe un efusivo y devoto abrazo, amigo mío.

Cádiz. Día quinto de septiembre de 1824.

DIONISIO INCA YUPANQUI,

coronel honorario de dragones de Su Majestad

Al cabo de unas breves vacilaciones, don Dionisio se dispuso a preparar el equipaje. Su futuro lo conmovía indescriptiblemente; se sentía como un condenado a muerte. Posiblemente ya no regresaría nunca más a la ciudad donde había vivido veinte años asombrosos que habían cambiado el mundo. Corrió las cortinas del salón, pues se sentía observado. Luego se dispuso a dormir.

La antes Ciudad de las Luces, prodigada eternamente a los vientos del mar, se hallaba desierta, las fuentes permanecían mudas, los marineros no alborotaban en las calles. Sólo se escuchaba el rumor cíclico del océano.

Cádiz era una ciudad enmudecida, desolada, sombría.

La noche anterior, en el cielo húmedo de Caracas habían retumbado los fuegos de artificio rememorando la independencia del país y festejando las recientes emancipaciones de Perú y Bolivia.

El aire flotaba pesado y cargado de celajes de tormenta.

El salón de la Capitanía General de Caracas estaba repleto de generales y de oficiales envanecidos de sus galones, sables, proezas y veteranías, que habían sido invitados a la fiesta cívica por el presidente Simón Bolívar, que, de paso por Caracas, saldría para Perú en unos días.

Para él resultaba imprescindible granjearse el apoyo de los mantuanos, los criollos que dominaban la riqueza de Venezuela y que lo amparaban con dineros y sostén militar. Lucía, que ostentaba un espléndido vestido de tonalidad marrón y gris perla, don Esteban y Germán se movían, con una copa en la mano, entre los asistentes que, anhelosos de cargos y de tierras, merodeaban alrededor del caudillo.

El Libertador conversaba con un corro de soldados que hablaban sobre los éxitos de la campaña del Alto Perú, con la que concluiría su magno proyecto emancipador. Germán sabía que Bolívar proseguía su ofensiva para liberar América del último reducto del yugo colonial y crear una gran patria sudamericana de habla hispana.

Ambicioso sueño que nunca llegaría a cumplir. «República de ingratos», manifestaba constantemente en sus discursos, aludiendo a los que, con miras estrechas, se oponían a su magno proyecto y sólo deseaban repartirse del goloso pastel: «Temo más la paz que la guerra», decía Bolívar.

Su voz resonaba ronca en aquella luminosa noche.

Lo acompañaba el gran amor de su madurez, la exquisita Manuelita Sáenz, una joven quiteña casada con un inglés pero unida con toda su alma a las ideas, los afectos y las aspiraciones del general. Valiente, hermosa, femenina y atrevida, lo seguía como el rayo al trueno en su periplo de conquistas y congresos, liberándolo de más de un atentado y de muchos complots. Por eso la llamaban «la libertadora del Libertador». Se ataviaba con un traje blanco cruzado con una banda albirroja, cual un general con traje de gala.

La luz caraqueña, de sensual color ámbar, correteaba por las bóvedas y artesonados iluminando un gran retrato de Bolívar, con su rostro alargado, el bucle negro sobre su frente espaciosa y sus ojos marrones e intensos, que taladraban a quien lo contemplaba. La pechera roja brillaba con los entorchados sobre un uniforme azul y blanco.

La gloria del Libertador parecía cálida y luminosa, pero Germán la sentía fría como la cima de una montaña. El gaditano portaba prendido en su solapa el medallón esmaltado que le regalara el general. Los rayos representando al sol, el número 19 y las seis estrellas de la filacteria, con la enseña *Lux Unita Clarior*, brillaban como gemas. De repente escuchó a sus espaldas:

—Una luz unida es más brillante.

Esa cascada de voz varonil procedía del Libertador.

—Excelencia —lo saludó Galiana dándose la vuelta e inclinado la cabeza—. Os felicito por vuestros éxitos. Vuestras gestas a lo largo del continente están siendo obra de titanes, y la libertad posee una sola patria gracias a vos.

El general lo miró con afabilidad y con una sonrisa artificialmente seductora.

—Así está siendo, en verdad. Cientos de leguas cabalgando, territorios redimidos, gentes pidiendo libertad, y mucha sangre derramada. Pero percibo con desconsuelo que lo que con tanto tesón había unido, se desune poco a poco por la ambición de unos egoístas sin miras políticas.

—Señor, los sueños del hombre suelen ser buenos guías en el camino de la vida. Seguid viajando con ellos. Vos ocupáis ya un lugar de privilegio en la historia de nuestra raza —lo alentó el español.

A Bolívar se le rompió ligeramente la voz al contestarle.

—El tiempo de las guerras se acabará pronto y llegará el tiempo de las palabras. Hoy amanece aterrador, pero mañana lo hará apacible.

—Sois el último revolucionario puro, señor. Acabad la tarea.

Los representantes de las familias de la nobleza caraqueña los observaban con curiosidad. El afecto de Bolívar hacia el exilado español, a quien puso su huesuda mano en el hombro, no pasó desapercibido.

—Por mi tío don Esteban sé de vuestro trabajo en Las Ceibas y también de los éxitos comerciales en Estados Unidos. Mis grandes amigos, John Phillips y Josiah Quincy, con los que me carteo, me hablan de las buenas relaciones que mantienen con la Compañía Galiana, y sé por ellos que vos sois el «culpable» por vuestro buen hacer.

Germán no tuvo más remedio que admitir lo obvio, y se sonrió.

—Hacer negocios con esos eminentes ciudadanos es un regalo.

—Bien, pues a tal efecto quiero haceros un ruego. —Sus ojos oscuros se alegraron—. ¿Estaríais dispuesto a haceros cargo de los asuntos comerciales de Venezuela en Estados Unidos? Vuestra situación es de privilegio, y este inexperto país se beneficiaría de vuestro prestigio comercial. Dispondríais de nombramiento oficial, créditos, barcos mercantes y de un porcentaje en los negocios que se firmaran entre las dos repúblicas. ¿Aceptáis el reto, señor Galiana?

Germán seguía siendo el centro de atención de la sala. Se sometió a una fugaz reflexión; luego, tras unos instantes sabiamente condensados, posó su mirada en el rostro del Libertador.

—No tengo que pensarlo, excelencia. Significaría para mí un alto honor —reconoció—. Así devolvería la afectuosa acogida recibida por esta nación.

La voz de Bolívar sonó tan entusiasmada, que lo sobresaltó.

—Os agradezco el gesto. Las nuevas repúblicas americanas precisarán muy pronto de hombres como vos—. Y tras estrecharle la mano se dejó llevar por doña Manuelita, que había presenciado el apretón, y que sonreía al gaditano con sus labios de cereza.

Aquella noche Germán se vio colmado de afectos. Había recibido el presente de luchar por un ideal y una causa. Salió al balcón y la brisa del valle transformó la templanza en un oleaje de palmerales, arbustos y ceibas que llenó de frescor la alcoba.

Era feliz porque veía el mundo según sus deseos: el universo entero conspiraba para ver cumplidos sus sueños. Se encontraba en el lugar designado por su sino. Había acabado un largo itinerario de embates de la vida y de amargas dudas. Su corazón añoraba Cádiz, pero en el Nuevo Mundo le esperaba un prodigioso destino.

Oreó un suave aire que lo envolvió con la pródiga naturaleza.

Había hallado al fin una tierra libre.